ACTION

BAND 52

Wenn Lesen zur Mutprobe wird ...

www.Festa-Verlag.de

VINCE FLYNN

THE LAST MAN
★ DIE EXEKUTION ★

Aus dem Amerikanischen von Alexander Rösch

FESTA

Die amerikanische Originalausgabe *The Last Man*
erschien 2012 im Verlag
Emily Bestler/Atria Books, Simon & Schuster.
Copyright © 2012 by Vince Flynn

1. Auflage November 2017
Copyright © dieser Ausgabe 2017 by Festa Verlag, Leipzig
Veröffentlicht mit Erlaubnis von Emily Bestler/Atria Books,
ein Unternehmen von Simon & Schuster, Inc., New York.
Titelbild: Dead Samed
Alle Rechte vorbehalten

ISBN 978-3-86552-560-4
eBook 978-3-86552-561-1

Für all meine Lehrer und Trainer an der
Saint Thomas Academy,
die mir beigebracht haben,
dass man im Leben nur dann erfolgreich ist,
wenn man die Messlatte höher legt, nicht niedriger.

1

Die vier toten Männer lagen nebeneinander auf dem Boden des Wohnzimmers im sicheren Unterschlupf. Mitch Rapp nahm sich zuerst den Linken vor. Das bärtige Gesicht, die dunklen leblosen Augen und das münzgroße Einschussloch in der Mitte der Stirn passten ins Bild. Eine einzelne Kugel, sauber platziert – genauso hätte Rapp es auch gemacht. Bei den beiden anderen Bodyguards bot sich der gleiche Anblick; inklusive der geröteten Falte zwischen den Brauen. Der vierte Afghane erzählte jedoch eine andere Geschichte: Ihm hatte man einen Schuss in den Hinterkopf verpasst. Ein Viertel seines Schädels hatte sich in einen zerfurchten Krater aus Fleisch, Blut und Knochen verwandelt. Die Austrittswunde verriet, dass der Kerl mit etwas deutlich Stärkerem als einer 9-Millimeter-Waffe erledigt worden war – vermutlich einem Kaliber 45 mit Munition, die aufplatzte und sich großzügig verteilte, um den angerichteten Schaden zu maximieren. Nichts an dieser Schweinerei ließ vermuten, dass alles in Ordnung kam, aber letzteres Detail stieß die Tür in eine besonders unangenehme Richtung auf, mit der er sich lieber nicht beschäftigt hätte.

Rapp verdrängte den beunruhigenden Gedanken für einen Moment und versuchte sich auszumalen, wie es abgelaufen sein mochte. Die ersten Anzeichen deuteten auf einen gut koordinierten Angriff hin. Alle Überwachungsvorrichtungen waren ausgeschaltet worden; Telefonleitungen, Kameras, Bewegungssensoren und selbst die Druckkissen hatten die Eindringlinge aus dem Verkehr gezogen. Die Back-up-Verbindung über die Satellitenschüssel auf dem Dach funktionierte ebenfalls nicht mehr.

Wer immer das Versteck angegriffen hatte, verfügte über Know-how und Fertigkeiten, um zuzuschlagen, ohne einen einzigen Alarm auszulösen. Das hätte unweigerlich die schnelle Eingreiftruppe auf dem weniger als zwei Kilometer entfernten Luftwaffenstützpunkt alarmiert. Laut den Experten in Langley war so etwas gar nicht möglich. Vor vier Jahren hatten sie behauptet, das Safe House sei für jede Bedrohung gerüstet, die sich die Taliban oder andere lokale Milizen einfallen ließen. Rapp machte keinen Hehl daraus, dass er diese sogenannten Experten für ahnungslose Schwachköpfe hielt. Da man solche Verstecke betreten und verlassen musste, traten automatisch Sicherheitslücken auf.

Wie bei den meisten Häusern der CIA ließ auch dieses keine Rückschlüsse auf den Verwendungszweck zu. Weder wehte eine US-Flagge im Vorgarten noch standen schneidige Marines vor dem Eingang auf dem Posten. Es handelte sich um einen Black Site – eine feindlichen Diensten unbekannte Einrichtung, in der man sich den unerfreulichen Begleiterscheinungen des Krieges gegen den Terror widmete. Bei der CIA wollte man unbedingt vermeiden, dass offizielle Aufzeichnungen über das Kommen und Gehen von Drogendealern, Bandenchefs, Waffenhändlern, lokalen Politikern, Polizeikräften und afghanischen Armeeoffizieren existierten, die hier geschmiert wurden.

Das Haus wirkte auf den ersten Blick wie einer der üblichen zweistöckigen Wohnbauten in Jalalabad. Im Inneren machten es einige Modernisierungen ziemlich einzigartig, aber von außen sah es schäbig und heruntergekommen wie alle anderen Gebäude in der Nachbarschaft aus. Die Mauer aus Betonziegeln, die das Grundstück umgab, war mit einem speziellen Harz lackiert, um zu verhindern, dass sie im Fall einer Autobombenexplosion in Millionen von Bruchstücken zerplatzte und das Gebäude zerstörte. Die primitiv erscheinende Eingangstür wurde durch eine zweieinhalb Zentimeter dicke Stahlplatte und einen massiven Rahmen verstärkt. Alle Fensterscheiben bestanden aus kugelsicherem Plexiglas und die Hochsicherheitskameras und Sensoren hatte man so geschickt getarnt, dass sie den übrigen Anwohnern gar nicht auffielen. Langley hatte sogar die seltene Vorsichtsmaßnahme getroffen, die angrenzenden Anwesen zu kaufen und Bodyguards mit ihren Familien dort einziehen zu lassen. All das galt dem Schutz eines einzigen Mannes.

Joe Rickman war eindeutig der gerissenste und begnadetste Agent, mit dem Rapp je zusammengearbeitet hatte. Sie kannten einander seit nunmehr 16 Jahren. Anfangs wusste Rapp nicht, was er von dem anderen halten sollte. Rickman fiel durch jedes Raster. Nichts an seiner äußeren Erscheinung blieb einem in Erinnerung. Mit 1,78 Metern war er weder groß noch klein. Sein unscheinbares braunes Haar passte perfekt zu den trüben braunen Augen. Die wenig markante Kinnpartie vervollständigte das rundliche Durchschnittsgesicht. In den seltenen Momenten, in denen er sprach, klang es seltsam unbeteiligt und extrem monoton – eine Stimme, die selbst das quengeligste Baby in Rekordzeit in den Schlaf lullte.

Rickmans leicht zu vergessender Anblick erlaubte es ihm, mit seiner Umgebung zu verschmelzen und von jenen, die ihn zu Gesicht bekamen, sofort wieder vergessen zu werden. Das kam ihm sehr gelegen. Sein Erfolg beruhte darauf, dass ihn Idioten unterschätzten. Er arbeitete seit 23 Jahren für die CIA, hatte das Hauptquartier in Langley gerüchteweise aber nie betreten. Vor ein paar Monaten stellte Rapp ihm die Frage, ob das Gerücht stimmte. Rickman tat es mit einem leichten Lächeln ab und meinte, man habe ihn eben nie einbestellt.

Anfangs hielt Rapp die Bemerkung für einen leichtfertig dahingesagten Anflug von Selbstironie. Erst im Nachhinein stellte er fest, dass Rickman es todernst meinte. Er gehörte zu den Leuten, die man nur in Krisenzeiten duldete – in der Regel, wenn man Krieg führte. Während der letzten acht Jahre hatte er im afghanischen Untergrund die Interessen Amerikas vertreten. Mehr als eine Milliarde Dollar in bar waren durch seine Hände gewandert. In der Regel setzte er das Geld ein, um Leute zu bestechen, damit sie sich dem richtigen Team anschlossen; allerdings investierte er auch größere Summen, um Feinde töten zu lassen und weitere unschöne Punkte abzuhaken, die in solchen Fällen nun mal zu erledigen waren. Die Leute daheim in Langley legten keinen Wert darauf, Details seiner Arbeit zu erfahren. Für sie zählten nur die Ergebnisse, die Rickman lieferte, und das tat er wie kein Zweiter. Hinter der unspektakulären Fassade lauerte ein raffinierter Verstand, der für die doppelbödige, ausgesprochen komplexe Welt der internationalen Spionage wie geschaffen zu sein schien.

Rapp hatte den Grund für den alarmierten Tonfall seiner Chefin sofort erkannt, als sie ihn vor etwa

zwei Stunden anrief. Sobald die Wachposten zur Früh-
schicht aufgetaucht waren, hatten sie die Leichen und
die Abwesenheit von Joe Rickman bemerkt und umgehend Meldung an John Hubbard gemacht, den Chef der
CIA-Station in Jalalabad. Hubbard gab den Vorfall an
seinen Boss in Kabul weiter und von dort aus rollte die
Scheiße weiter den Berg hinauf. Rapp erhielt den Anruf
von CIA-Direktorin Irene Kennedy, als er gerade in der
großen Kantine der Bagram Air Force Base beim Früh-
stück saß. Er war erst am Abend zuvor im Rahmen einer
Prio-1-Mission in Afghanistan eingetroffen, doch die lag
nun zunächst mal auf Eis. Er und seine vier Teamkolle-
gen wurden um kurz vor neun morgens in Jalalabad von
Hubbard mit einem Konvoi aus drei SUVs abgeholt und
zusammen mit einer Sicherheitsmannschaft zum Safe
House gekarrt.

Langley wollte Rickman unbedingt finden, aber Mitch
beschlich das merkwürdige Gefühl, dass sie es unter den
aktuellen Umständen vorgezogen hätten, den Black-
Ops-Chef in einem Leichensack geliefert zu bekommen.
Seine Entführung ließ sich unmöglich geheim halten und
Rickman verfügte über entschieden zu viel operatives
Wissen und Einfluss, um es zu vertuschen. Bei der CIA
arbeiteten mehrere Teams rund um die Uhr unter Hoch-
druck daran, den Schaden einzuschätzen. Wenn Rapp
den Kollegen nicht innerhalb kürzester Zeit fand, flogen
ihnen komplexe, teure Operationen um die Ohren und
Informanten überall im Nahen Osten, in Südwestasien
und darüber hinaus drohten in Leichenhallen zu landen.
Früher oder später bekam sicher auch der US-Kongress
Wind von der Katastrophe und forderte Antworten
auf unangenehme Fragen ein. Eine Menge CIA-Leute

hielten die Vorstellung, dass Rickman vom Kongress als Zeuge einbestellt wurde, sogar für noch schlimmer, als dass er im Rahmen eines Verhörs geheimdienstliche Erkenntnisse an den Feind weitergab.

Rapp verband eine lange und ziemlich komplizierte Geschichte mit Rickman. Nach anfänglicher Skepsis respektierte er den anderen mittlerweile. Gerade beschäftigte er sich mit dem Gedanken, von seinen Vorgesetzten möglicherweise aufgefordert zu werden, Rickman zu töten, bevor dieser Geheimnisverrat begehen konnte, da tauchte Hubbard bei ihm auf.

»Das ist eine ziemliche Scheiße.«

Rapp nickte. »Schlimmer kann's kaum werden.«

Hubbard fuhr sich über die Vollglatze. »Wie zur Hölle sollen wir ihn bloß finden?«

»Im Moment habe ich keinen blassen Schimmer.« Rapp wusste, dass ihre Erfolgschancen gering waren, aber irgendwo mussten sie anfangen.

»Auf jeden Fall dürfte es ziemlich unangenehm werden. Falls du damit nicht klarkommst, Hub, schlag ich vor, dass du zur Basis zurückfährst und dich in deinem Büro einschließt.«

Hubbard betrachtete Rapp kritisch, ehe er erwiderte: »Mach dir darüber mal keine Sorgen. Ich bin seit mehr als zwei Jahren hier und hab eine Menge kranken Mist erlebt.«

Den meisten ›kranken Mist‹ hatten allerdings ihre Gegner angestellt. Diesmal mussten sie selbst die rote Linie überschreiten.

»Ich weiß«, meinte Rapp, »aber glaub mir, wenn wir ihn zurückholen wollen, müssen wir deutlich skrupelloser vorgehen, als du's dir vermutlich vorstellen kannst.

Solltest du zwischendurch Bauchschmerzen bekommen, kann ich damit leben, solange du dich einfach davonstiehlst, den Kopf in den Sand steckst und so tust, als wüsstest du von nichts.«

Hubbard reagierte mit einem verkniffenen Lächeln. »Keine Sorge, wenn's hart auf hart kommt, schalte ich einfach auf Durchzug.«

»Gut.« Rapp hatte da so seine Zweifel.

»Und wo willst du ansetzen?«

Rapp richtete seine Aufmerksamkeit auf die vier Toten auf dem Boden. »Bei den Bodyguards.«

Hubbard hievte seinen imposanten Zweimeterkörper in Richtung der Leichen und verzog das Gesicht.

»Ich denke, die hier können wir außen vor lassen.«

Rapp konzentrierte sich auf den Mann, dessen Gesicht einem Krater glich. Natürlich roch das Ganze nach einem Insider-Job, allerdings waren die Leibwächter allesamt abgehärtete Kämpfer der Nordallianz gewesen. Möglich, dass man einen von ihnen bestochen hatte, um interne Informationen zum Überwachungssystem aus ihm herauszukitzeln; wenn auch eher unwahrscheinlich. Falls doch einer von ihnen auf die andere Seite gewechselt war, durfte man davon ausgehen, dass die Taliban – oder wer immer dieses Massaker verantwortete – den Informanten getötet hatten, sobald sie alles wussten, was sie brauchten. Das Problem an dieser Theorie bestand darin, dass für Rapp eigentlich feststand, dass die Taliban nichts mit der Sache zu tun haben konnten. Er wies auf den Toten, dem ein Teil des Gesichts fehlte: »Konzentrieren wir uns auf den hier. Ich will alles herausfinden, was es über ihn herauszufinden gibt … vor allem über seine Familie. Haben seine Eltern, seine Frau oder seine Kinder gesundheitliche Probleme? War er drogensüchtig? Solche Details brauche ich.«

»Und die anderen acht?«

Ein Team von Verhörspezialisten wurde aus Washington eingeflogen, landete allerdings frühestens in 13 Stunden.

»Wenn du genug Leute hast, kannst du sie dir schon mal vornehmen. Ich gehe allerdings davon aus, dass sie sich längst abgesetzt haben. Was würdest du tun, wenn dir jemand einen Haufen Geld in die Hand drückt, um deine Kumpel und einen Mann wie Rick zu verpfeifen?«

Rickman hieß zwar Joe mit Vornamen, doch alle, die mit ihm zusammenarbeiteten, nannten ihn nur Rick.

»Abhauen.«

»Eben.« Rapp deutete auf den Toten mit der Kaliber-45-Verletzung.

»Also konzentrier dich vorerst auf ihn.«

»Meinst du, die Taliban haben ihn umgedreht?«

Rapp ließ die Frage im Raum stehen.

»Wer hat die Leichen bewegt?«

»Wie meinst du das?«

»Die Leichen.« Rapp zeigte auf die Viererreihe. »Sie wurden nicht hier erschossen. Sieh dir das Blut auf dem Boden an. Man hat sie hergeschleift, nachdem sie bereits tot waren.«

Er wies auf die Stufen. »Einen von ihnen hat man aus dem ersten Stock hier runtergezerrt.«

Hubbard zuckte die Achseln. »Sie lagen schon so da, als ich ankam.«

»Haben die Bodyguards sie bewegt?«

»Nicht dass ich wüsste. Soll ich mich mal umhören?«

»Moment noch.« Rapp begutachtete die Vordertür, neben der einer der Leibwächter mit einem AK-47 auf dem Posten stand, das er mit beiden Händen umklammerte.

»Die Nachbarn … Haben die letzte Nacht etwas gehört oder gesehen?«

»Nein. Gar nichts.«

»Keine Anzeichen für einen Einbruch?«

»Wir haben jedenfalls nichts entdeckt. Sollte einer von diesen Typen ihnen geholfen haben, hätten sie sich ja auch nicht gewaltsam Zugang verschaffen müssen.«

»Okay, sie kamen also einfach so rein … vier Bodyguards … vier Kopfschüsse … vier Tote. Fällt dir daran nichts auf?«

Hubbard dachte kurz nach. »Keine Ahnung, worauf du hinauswillst.«

Rapp deutete nacheinander auf die Leichen. »9 Millimeter. 9 Millimeter. 9 Millimeter. 45er-Kaliber. Ich lege die Hand dafür ins Feuer, dass alle Schüsse mit schallgedämpften Waffen abgegeben wurden. Ziemlich saubere Arbeit. Gute Feuerdisziplin. Schau dir die Wände an.«

Hubbard drehte sich einmal im Kreis. »Was soll mit denen sein?«

»Siehst du was?«

»Nein.«

»Eben. Das ist nicht die Handschrift der Taliban. Vier Schüsse, vier Treffer, keine überflüssig verschwendete Munition. Die Taliban stehen drauf, alles mit Blei einzudecken. Du kennst diese Hunde. Sie wären mit drei oder vier Trucks angerückt und hätten alle drei Gebäude mit Panzerbüchsen unter Beschuss genommen. Die Wände wären durchsiebt wie Schweizer Käse. Nein, hier waren Profis am Werk.«

Mit säuerlicher Miene musste Hubbard zugeben: »Stimmt ... du hast recht. Die Turbanheinis stehen auf Rumballern. Das sieht eher wie ein Einsatz von unseren Jungs aus.«

Hubbard redete weiter, doch Rapp blendete seine Stimme aus. Die Erklärung, dass amerikanische Spezialkräfte im Spiel gewesen waren, hatte er bisher gar nicht in Betracht gezogen und wollte es auch gar nicht tun. Seit er von Rickmans Verschwinden gehört hatte, rechnete er mit dem Schlimmsten. Rickman beherrschte seinen Job aus einem einfachen Grund so gut: Er war dem Feind immer fünf, zehn, 15 oder sogar 20 Schritte voraus – und allen anderen Beteiligten ebenfalls. Mehr als einmal hatte Rapp überhaupt nicht kapiert, was Rickman gerade ausheckte, weil der Kerl einfach viel zu clever war.

»Wie steht's mit diesen Arschlöchern vom ISI?«, fragte Hubbard.

Rapp hatte auch schon an den militärischen Nachrichtendienst der pakistanischen Streitkräfte gedacht, für den sicher auch einige weniger loyale Mitarbeiter arbeiteten. Doch es gab noch weitere Verdächtige.

»Vergiss nicht die Iraner, die Russen und die Chinesen.« Er dachte an eine weitere Möglichkeit, aber die wollte er an dieser Stelle nicht erwähnen.

»Ich wette, der ISI steckt dahinter. Das passt zu dem Mist, den sie abziehen.«

Rapp fiel etwas ein. »Wo steckt eigentlich der Hund? Dieses Monster von Rottweiler, das Rick nie von der Seite weicht?«

»Ajax? Der ist vor einem Monat gestorben.«

Diese Neuigkeit überraschte Rapp. »Was war denn los mit ihm?«

»Keine Ahnung. Rick war jedenfalls ziemlich fertig. Der Köter wurde plötzlich krank, er brachte ihn zum Tierarzt nach Jalalabad und musste ihn einschläfern lassen. Er erwähnte was von Krebs oder so.«

Einer von Rapps Leuten, ein blonder, blauäugiger Mann um die 50, kam mit verstörtem Blick die Treppe herunter.

»Nicht gut.« Mehr brachte er nicht heraus.

»Bitte sag mir, dass du damit nicht den Safe meinst«, wandte sich Rapp an Scott Coleman.

»Sag mir, dass niemand den Safe angerührt hat und das Geld, die Festplatten und der Laptop noch drin sind.«

Coleman schüttelte den Kopf. »Alles weg. Sie haben ihn komplett leer geräumt.«

Rapp hatte zwar insgeheim damit gerechnet, sich jedoch an die Hoffnung geklammert, seiner Chefin gute Neuigkeiten übermitteln zu können.

»Shit, ich muss Irene anrufen und ihr das schonend beibringen.«

Rapp griff nach dem Handy, zog die Hand jedoch zurück, als am Eingang ein Tumult ausbrach.

2

Abdul Siraj Zahir bewunderte sein eigenes Spiegelbild. Mit 48 galt er in seinem Heimatland fast schon als Greis. Selbst im normalen Volk erreichten nur wenige ein solches Alter, in seinem Metier erst recht nicht. Er war ein Krieger, wie sein Vater und dessen Vater vor ihm. Sein Vater und die beiden ältesten Brüder waren von den

Sowjets getötet worden, der Tod des dritten ging auf das Konto der Nordallianz. Zahir hatte aus ihren Fehlern gelernt. Afghanistan galt als brutales Land, in dem man nur den Bewohnern des eigenen Dorfes trauen konnte. Jenseits von dessen Grenzen verlagerten sich die Loyalitäten in einem komplizierten Wechselspiel ständig.

Zahir hatte gelernt, durch Brutalität und Wachsamkeit am Leben zu bleiben. Er wusste, dass ihn manche für sadistisch und paranoid hielten, aber diesen Ruf trug er wie einen Orden mit sich herum. Je mehr Menschen Angst vor ihm hatten, desto besser. In Afghanistan regierte die Angst. Schaffte man es nicht, von anderen gefürchtet zu werden, wurde man schnell zur Zielscheibe. Zahir wollte nicht so sterben wie sein Vater und seine Brüder, deshalb schürte er Ängste. Es fiel ihm zwar nicht immer leicht, aber er beherrschte es wie kaum ein Zweiter.

Zahir zupfte an der grauen Uniformjacke herum, schnippte mit den Fingern und streckte fordernd die Arme aus. Sein Untergebener eilte mit dem glänzenden schwarzen Ledergürtel herbei, fädelte ihn um die weitläufige Hüfte seines Herrn, überprüfte den korrekten Sitz und trat aus dem Weg, damit Zahir sich erneut im Spiegel anhimmeln konnte. Er lächelte die Reflexion an. Seine Waffe war eine noch nie abgefeuerte Smith & Wesson, Kaliber 40. Dass die Amerikaner sie ihm im Tausch gegen Land überlassen hatten, erschien ihm wie eine Ironie des Schicksals. Immerhin hatte er das letzte Jahrzehnt damit verbracht, Amerikaner zu töten, und nun stand er plötzlich auf deren Gehaltsliste.

Zahir fiel auf, dass etwas mit seinem Bart nicht stimmte, und er trat näher an die Scheibe heran. Seine

Irritation galt einer grauen Stelle, die er beim Rasieren übersehen hatte. Er griff nach einem Behälter mit schwarzer Tinte und schob einen kleinen Pinsel hinein. Mit ein paar schnellen Strichen verschwand das Grau. Zahir lächelte dem nunmehr perfekten Bart entgegen und stemmte die Hände in die Taille. Er gefiel sich in Uniform. Sie saß um die Hüfte zwar etwas eng, aber in Afghanistan galt ein kleines Bäuchlein nicht als Makel, sondern als Zeichen von Wohlstand.

Afghanistan war ein einzigartiges Fleckchen Erde. Ein eigener Kosmos, in dem nur die Tapfersten überlebten. Historisch betrachtet hatten es die Menschen hier seit jeher schwer gehabt; glutheiße Sommer, eiskalte Winter und die zerklüftete Landschaft ließen sie im Laufe der Geschichte extrem abhärten. In den letzten drei Jahrhunderten trugen nahezu pausenlose Kampfhandlungen weiter zum Ausleseprozess bei. Körperlich stark zu sein genügte nicht. Man musste sich darauf verstehen, die ständig neu geschmiedeten Allianzen richtig zu deuten, die die Machtverhältnisse in diesem isolierten Land regelten. Erst mussten die Sowjets besänftigt werden, danach die Amerikaner und ihre pakistanischen Verbündeten, die die durchgeknallten Wahhabiten-Truppen auf der anderen Seite des Persischen Golfs unterstützten. Das wiederum mündete in einen ausgedehnten Bürgerkrieg zwischen den Taliban und ihren Feinden von der Nordallianz. Das Auftauchen der Amerikaner und ihrer Bündnispartner hatte die Taliban innerhalb weniger Monate von den Schalthebeln der Macht entfernt.

Abdul Siraj Zahir hatte an diesem Tag vor über einem Jahrzehnt in die Zukunft geblickt und fest damit gerechnet, dass die Taliban irgendwann zurückkehrten.

Die Kampfstärke der amerikanischen Luftwaffe und ihre fortschrittliche Technik hatten zwar kurzzeitig Zweifel aufkommen lassen, aber Zahir kannte das afghanische Volk – und vor allem die tiefgläubigen Muslime, die als Basis der Taliban-Bewegung dienten. Sie stürzten sich lieber kollektiv in den Tod, als den Triumph des gottlosen Feindes aus dem Westen mitzuerleben. Zahir wusste außerdem, dass die Amerikaner zu viele Skrupel hatten, um die Taliban zu jagen wie die Hunde, die sie waren, und sie endgültig auszulöschen.

Deshalb spielte Zahir alle Seiten gegeneinander aus und behielt dabei stets das Schicksal seines Vaters und seiner Brüder im Hinterkopf. Er klammerte sich an diese kleine Enklave südöstlich von Jalalabad und wechselte so oft die Seiten, wie es nötig war, um zu überleben. Weder liebte noch hasste er sein Land. In solchen Begriffen dachte er nicht. Er lebte, wie die meisten seines Volks, schlicht in diesem Teil der Welt, weil er hier aufge-wachsen war. Er hielt sich für eine überdurchschnitt-lich intelligente Person, die genau verstand, was Leute motivierte und – fast noch wichtiger – was sie fürchteten.

Trotz seines Talentes, das Fähnchen in den Wind zu hängen und Machtverschiebungen zu wittern, hatte selbst er die jüngste gewaltige Umwälzung nicht vorher-gesehen. Nachdem er unzählige Amerikaner getötet und ihnen ihr Geld abgenommen hatte, waren diese Narren mit einem Jobangebot zu ihm gekommen – einem ernst gemeinten. Es ging nicht, wie so oft in der Vergangenheit, um den Tausch einer Tasche voller Geld gegen gewisse Informationen. Nein, sie wollten, dass er die Leitung der örtlichen Polizei übernahm. Zunächst hielt er es natür-lich für eine Falle, aber dann erfuhr er, dass man anderen

Kämpfern wie ihm ähnliche Posten angeboten hatte. Die Amerikaner selbst bezeichneten das Ganze als Reintegrationsprogramm.

Er bekleidete den Posten erst seit sechs Wochen, doch schon jetzt füllten sich seine Taschen mit Bestechungsgeldern örtlicher Geschäftsleute. Letztlich funktionierten auch die Taliban nach dem Prinzip eines Wirtschaftsunternehmens. Irgendwann würden sie wieder an die Macht gelangen, allerdings nicht innerhalb der nächsten Jahre. In der Zwischenzeit gedachte Zahir beide Seiten gegeneinander auszuspielen, indem er für die Amerikaner arbeitete und ihr Geld kassierte, während er umgekehrt die Taliban über alles auf dem Laufenden hielt, was sie wissen mussten.

Wie so oft war es am Wichtigsten, sichtbaren und unsichtbaren Feinden stets einen Schritt voraus zu sein. Zahir umgab sich seit Langem mit Menschen, die ihm blind ergeben waren. In seinem engsten Umfeld gab es nicht einen Mann, den er nicht mindestens seit zehn Jahren kannte; und jeder Einzelne stammte aus seinem Heimatdorf. Sie gehörten zu seiner Sippe; und als Gegenleistung für ihre Loyalität beschützte er ihre Familien. Zahir blieb nie länger als zwei Nächte am selben Ort und hielt trotz seines neuen Postens an dieser Gewohnheit fest. Das lag unter anderem an den vier Ehefrauen, um die er sich wechselweise kümmern musste, aber nicht nur an ihnen. Die Grundregel, an die er sich hielt, war denkbar simpel: Weiß der Feind nicht, wo du bist, kann er dich nicht töten. Die Dunkelheit bereitete ihm die größten Sorgen, weil die amerikanischen Killer dann auf die Jagd gingen. Sie nutzten ihre Nachtsichtgeräte, um Landsleute zu drangsalieren und zu meucheln.

Seit Jahren verzichtete Zahir darauf, nachts zu schlafen. Zwischen Mitternacht und Sonnenaufgang tat er kein Auge zu, weil es die bevorzugte Beutezeit der amerikanischen Hurensöhne war. Er blieb wach und auf der Hut, schlief vormittags und erledigte seine Geschäfte nachmittags und am Abend. Am heutigen Morgen lief es jedoch anders. Nach nur wenigen Stunden Schlaf hatte ihn Pamir, einer seiner wichtigsten Vertrauten, mit beunruhigenden Neuigkeiten geweckt. In den Hinterhöfen von Jalalabad kursierten Gerüchte, wonach man einen berühmt-berüchtigten Amerikaner aus seiner Festung entführt hatte. Mr. Rickman galt in der Stadt als bedeutende Persönlichkeit, die zum Reichtum vieler Freunde von Zahir beigetragen hatte. Bedauerlicherweise hatte dieser Rickman auch eine Menge Zeit und Geld auf Bemühungen verwendet, ihn töten zu lassen. Oft war er seinem Schicksal nur knapp entkommen, dem Gegner aber stets einen Schritt voraus gewesen. Nun, wo sich Zahir endlich auf einem Posten wiederfand, auf dem er selbst von dem großzügig verteilten Geld des Amerikaners hätte profitieren können, war dieser plötzlich geschnappt worden.

Zahir machte sich stumme Vorwürfe, nicht selbst auf diese Idee gekommen zu sein. Mit dem neu erworbenen Einfluss hätte er eine solche Entführung problemlos organisieren können. Da ihm jemand zuvorgekommen war, musste er seine Strategie ändern. Wenn er in den letzten 30 Jahren etwas gelernt hatte, dann, dass sich aus solchen überraschenden Entwicklungen Kapital schlagen ließ – vor allem, wenn man skrupellos vorging und kein Risiko scheute.

Beim Blick in den Spiegel sah Zahir, wie Pamir den Raum betrat. Er trug nicht die Uniform der örtlichen

Polizei, sondern gehörte zu den Leuten, die lieber im Schatten lauerten.

»Was hast du rausgefunden?«

Pamir neigte den Kopf leicht zur Seite. »Es sind weitere Amerikaner im Haus eingetroffen. Angeblich wurden sie heute Morgen aus Kandahar eingeflogen und von ihrem groß gewachsenen Landsmann hingefahren.«

»Hubbard?«

»Ja.«

Zahir schnaubte abfällig. Der hiesige CIA-Vertreter war kein ernst zu nehmender Gegner. Jemanden wie ihn bekam er mit Leichtigkeit in den Griff.

»Hat Mr. Sickles sie begleitet?«

»Nein.«

Das überraschte Zahir. Er empfand die Zusammenarbeit mit Sickles als äußerst angenehm. Dass Rickman und Sickles nicht miteinander klarkamen, hatte er schnell erkannt. Sickles hatte ihn sogar explizit vor Rickman gewarnt. Er hielt ihn für unkontrollierbar. Das änderte nichts daran, dass Sickles der führende CIA-Vertreter in Kandahar war. Warum blieb er also außen vor?

»Diese amerikanischen Neuankömmlinge … Hast du eine Ahnung, wer sie sind?«

»Nein«, musste Pamir zugeben. »Ich weiß nur, dass sie zu sechst sind.«

»Begleitschutz?«

»Drei Geländewagen. Einer mit Kaliber-50-Drehringlafette, einer mit Granatenwerfer.«

»Wie viele Männer?«

»Insgesamt acht. Sie sichern beide Enden der Straße.«

Zahir schnaubte erneut. Zu wenig, um seine Polizeifahrzeuge aufzuhalten. Er könnte einfach an ihnen vorbeifahren. Er wandte sich an Raashid, seinen Lieutenant, und fragte: »Sind die Männer bereit?«

»Ja, Sir.«

»Gut. Sie sollen alle in die Fahrzeuge einsteigen. Ich will denen eine kleine Machtdemonstration liefern.«

Pamir fragte: »Und was soll ich in der Zwischenzeit machen?«

»Nach Mr. Rickman Ausschau halten und mir Bescheid geben, sobald du etwas Nützliches erfährst.«

Pamir verbeugte sich kurz und verließ den Raum. Im Vorraum des Büros beobachtete Zahir mehr als ein Dutzend Männer beim Anlegen der neuen kugelsicheren Westen und dem Check ihrer Waffen – eine freundliche Gabe der Vereinigten Staaten von Amerika.

Diese Narren!, dachte er. In den kommenden Monaten standen den Amerikanern einige unerfreuliche Lektionen bevor.

3

Eine Gruppe von Männern in Uniformen der afghanischen Polizei kämpfte sich zum Haus vor. Rapp betrachtete verärgert, wie ein Mann mit öligem, schwarzem Bart die Personenschützer der CIA beschimpfte. Der Bart war eindeutig gefärbt, wodurch er aussah wie ein Stummfilmstar, der einen Piraten mimte. Rechts von sich hörte er Hubbard leise fluchen. Das Einzige, was Rapp aufschnappte, waren die Worte: »Das ist gar nicht gut.«

»Wer ist das?«, erkundigte sich Rapp.

»Commander Abdul Siraj Zahir von der ALP.«

ALP stand für Afghanische Lokale Polizei.

»Was hat's mit ihm auf sich?«

»Bis vor sechs Monaten kämpfte er aufseiten der Aufständischen. Eine Art Gangsterboss. Der hat so ziemlich alle Dörfer zwischen hier und der Grenze geplündert und Bewohner verschleppt. Bis diese Genies in Kabul auf die Idee kamen, ihn im Rahmen des neuen Reintegrationsprogramms zum örtlichen Polizeichef zu ernennen.«

Rapp verarbeitete das Gehörte. Jetzt wusste er, woher er den Namen Zahir kannte. Er zeichnete mit seiner Bande für eine Vielzahl von Bombenexplosionen in der Region verantwortlich.

»Stand er auf Ricks Gehaltsliste?«

»Zumindest war er ein Kandidat.«

Hubbard gab dem Posten am Eingang ein Zeichen, den Neuankömmling passieren zu lassen. »Schon okay. Er darf rein.«

Mit einem betont gelangweilten Gesichtsausdruck schob sich Zahir an den Wachen vorbei und kam zu ihnen. Er konzentrierte seine Aufmerksamkeit auf Hubbard und ließ eine Flut von Schimpfwörtern los, die wenig Zweifel daran ließen, dass er von den Fähigkeiten des CIA-Stationschefs wenig hielt – genau wie von den Amerikanern im Allgemeinen.

Rapp trat einen Schritt zurück und sezierte mit seinen dunklen Augen den komischen Typen, der sich so brüsk Zugang zum Safe House verschafft hatte. Sein pompöses Auftreten und das Herumgepoltere überraschten ihn weniger; etwas anderes dagegen schon: dass Hubbard zuließ, sich von diesem Stück menschlichen Abfalls derart auf der Nase herumtanzen zu lassen.

Rapp rief sich in Erinnerung, dass Hubbard im Gegensatz zu ihm nicht unterhalb des Radars segelte, sondern gegenüber seinem Boss in Kabul, Darren Sickles, Rechenschaft ablegen musste. Für Sickles zählte das Einhalten von Vorschriften mehr als Ergebnisse, denn er schlug sich mit einer Vielzahl von US-Behörden und Institutionen herum, auf deren Mist dieses gefühlsduselige Reintegrationsprogramm gewachsen war. Die Fußtruppen der Geheimdienste hielten ihm vor, dass er ihnen ständig in den Rücken fiel. Rapp ging davon aus, dass Zahirs geringschätzige Art und mangelnde Kooperationsbereitschaft nicht zuletzt auf Sickles' Konto gingen.

Nachdem er Hubbard noch eine Weile zur Schnecke gemacht hatte, wandte sich der Polizeichef an Rapp und Coleman.

»Wer bitte schön sind diese beiden? Und warum hat mich niemand über die Morde informiert?«

Rapp schreckte nie vor Auseinandersetzungen zurück, also brachte er sich in Schlagdistanz zu Zahir und beäugte ihn kritisch. Obwohl der andere aussah, als hätte er die 50 längst hinter sich gelassen, war er vermutlich wie Mitch selbst erst Anfang 40. Im Gegensatz zu Rapp wirkte er jedoch pummelig und außer Form. Das kleine Bäuchlein und der lächerlich nachgefärbte Schuhcreme-Bart machten ihn nicht gerade zu einer Autoritätsperson.

Hubbard wollte gerade antworten, da schoss Rapps Arm vor und bremste ihn aus. Rapp richtete seinen durchdringenden Blick auf den Afghanen.

»Wer ich bin, geht dich einen feuchten Kehricht an. Und warum du nicht informiert wurdest, liegt auf der Hand: Du bist ein Gauner und ein Scheißkerl.«

Zahirs Gesicht rötete sich vor Zorn und er stammelte wütend drauflos.

Hubbard hob die Hand und bemühte sich um Schadensbegrenzung.

»Commander ... er will damit sagen, dass wir einen ziemlich anstrengenden Morgen hatten und Sie in Kürze benachrichtigt hätten.«

Rapp fokussierte unverändert Zahir, seine Wut richtete sich jedoch gegen den Stationschef.

»Hub, halt den Mund. Das war ganz und gar nicht das, was ich sagen wollte. Vielmehr wollte ich diesem Haufen Exkremente gerade zu verstehen geben, dass ich durchschaue, was für ein Typ er ist. Sollte auch nur ein Funken Verstand in seinem aufgequollenen Körper stecken, rate ich ihm, schleunigst zu verschwinden, bevor ich ihn erschieße.«

»Wie können Sie es wagen, so mit mir zu reden?« Zahir straffte seine Haltung und tastete am schweren ledernen Seitenholster nach dem Griff seiner Waffe.

Rapp ließ die Glock 19 mit einer fließenden, tausendfach geübten Bewegung aus der rechten Innenseite der Jacke gleiten. Zahir mühte sich noch mit der Klappe des Holsters ab, da sah er sich beim Aufblicken bereits mit dem Visier von Rapps Pistole konfrontiert.

»Hör mir gut zu«, verkündete Rapp im Plauderton, »und halt die Klappe, bis ich fertig bin.«

Coleman hatte ebenfalls die Waffe gezogen, eine massive H & K .45, und verstellte mit seinem Körper gezielt den beiden Polizeibeamten im Eingangsbereich die Schussbahn. Er hatte den Sicherungshebel gelöst und forderte die zwei Männer auf Paschtu auf, ihre Hände schön dort zu behalten, wo er sie sehen konnte.

Rapp rammte Zahir den Lauf der Pistole direkt unter die Nase.

»Ich erklär dir jetzt mal, was Sache ist. Ich bin kein Duckmäuser von der Regierung oder ein Zweisternegeneral, der glaubt, seiner Karriere am besten auf die Sprünge zu helfen, indem er dir den Terroristenarsch küsst und danach von hier verschwindet, damit sich jemand anderes in 20 Jahren erneut mit euch Arschlöchern rumärgern muss. Ich bin der Typ, den man holt, wenn die Kacke so richtig am Dampfen ist. Ich bin der Typ, der Ergebnisse liefert, weil ich auf die üblichen Regeln pfeife.

Ich weiß, wer du bist. Ich weiß, dass du eine Menge GIs auf dem Gewissen hast und deine eigenen Mitbürger kidnappen und foltern ließest, um Kapital draus zu schlagen. Du bist ein Tyrann und ein mieses Dreckschwein. Leute wie dich zu töten macht mir besonders Spaß. Normalerweise mach ich mir keinen großen Kopf drum, wen ich abknalle, aber du gehörst in eine besondere Kategorie. Ich finde, ich tu der menschlichen Rasse einen Gefallen, wenn ich deinem armseligen Leben ein vorzeitiges Ende setze. Dazu kommt, dass ich heute verdammt mies gelaunt bin. Genau genommen bin ich dermaßen angepisst, dass eine Kugel in deinen Kopf vermutlich das Einzige ist, wonach es mir besser geht.«

Rapp musterte den Mann noch eine Weile, dann kippte er den Kopf in Richtung rechte Schulter, als wäre ihm gerade eine spontane Idee gekommen, wie sich das Problem noch besser lösen ließe.

»Da ich allerdings ein fairer Mann bin, gebe ich dir natürlich die Chance, mich vom Gegenteil zu überzeugen.«

Zahirs Brustkorb bebte, während er sich abmühte, nicht komplett die Beherrschung zu verlieren. Seine Augen zuckten nervös zwischen Hubbard und diesem verrückten Kerl hin und her, der ihm eine Pistole ins Gesicht drückte. Er hatte oft genug mit Mördern zu tun gehabt, um die Blender von denen unterscheiden zu können, die es ernst meinten. Mit diesem Mann war definitiv nicht zu spaßen. Als einzige Rettung fiel ihm der Amerikaner ein, der sich dafür eingesetzt hatte, Zahir trotz seiner verbrecherischen Vergangenheit eine neue Chance zu geben.

»Mr. Sickles ist ein guter Freund von mir«, brachte er heraus. »Ein sehr guter Freund sogar. Und er ist ein wichtiger Mann. Wenn er erfährt, wie Sie mit mir umgehen, wird er davon überhaupt nicht begeistert sein.«

Rapps Bauchgefühl hatte ihn nicht getrogen. Der Stationschef aus Kabul trug die Verantwortung dafür, dass dieser Gauner jetzt ein hohes Amt bei der örtlichen Polizei bekleidete.

»Darren Sickles«, verkündete Rapp mit triefendem Hohn, »mag sich selbst für wichtig halten, aber da ist er auch schon der Einzige.«

»Er ist der mächtigste CIA-Vertreter in meinem Land.«

»Er ist ein Idiot, was man allein schon daran erkennt, dass er dich in eine Polizeiuniform gesteckt hat. Also lass dir was Überzeugenderes einfallen, als mir mit Darren Sickles zu kommen.«

Zahir leckte sich über die trockenen Lippen und suchte verzweifelt nach etwas, womit er diesem Amerikaner seine abscheulichen Drohungen austreiben konnte. Nach einer unangenehm langen Pause war ihm nach wie vor nichts eingefallen. Also zwang er sich ein Lächeln aufs Gesicht und wich einen Schritt zurück.

»Nun, ich geh dann wohl besser.«

Rapp hielt ihn an der Uniform fest. »Das kommt nicht infrage. Entweder lässt du dir etwas einfallen, wie du mir nützlich sein kannst, oder ich verteile gleich den kläglichen Inhalt deines Gehirns auf dem Boden.«

Etwas wie Hoffnung blitzte in Zahirs Gesicht auf. »Nützlich?«

»Ganz genau.«

»Ich bin ein extrem wertvoller Verbündeter.«

»Lass mal hören.«

»Ich kenne viele Leute … und bekomme viel mit. Ich kann Ihnen alles besorgen, was Sie brauchen.«

Zahirs natürliche Gier meldete sich zu Wort. »Natürlich nur, wenn der Preis stimmt«, schob er hinterher.

»Wenn der Preis stimmt?« Rapp musste sich bemühen, ernst zu bleiben.

»Ich sag dir mal, wie das laufen wird, allerdings nur, wenn du mich wirklich überzeugen kannst, dich am Leben zu lassen. Du wirst keinen mickrigen Cent bekommen. Der einzige Lohn, der dir winkt, ist deine kümmerliche Existenz. Ich vermute, dass die dir ziemlich viel bedeutet.«

»Natürlich bedeutet sie mir viel, aber ich bin kein reicher Mann.«

»Hör auf, ständig von Geld zu reden. Das langweilt mich. Solltest du mich zu sehr langweilen, brech ich diese Verhandlung ab und leg dich um.«

»Sagen Sie mir, was Sie brauchen. Ich werde alles tun.«

Rapp ließ sich die Umstände von Rickmans Verschwinden durch den Kopf gehen. In Wahrheit wussten nur wenige Leute, was dieser Mann ausheckte. Okay, Kennedy und einige andere Eingeweihte kannten die grobe Marschroute, aber über die Details ließ Rickman sie im Dunkeln. Zahir mochte in der Lage sein, den Schleier ein wenig zu lüften.

»Der Mann, der hier wohnt, kennst du ihn?«

»Mr. Rickman … natürlich. Sehr gut. Wir waren gute Freunde.«

»Übertreib nicht immer so. Warum bist du heute Morgen hergekommen?«

»Ich fuhr zufällig am Haus vorbei und habe Mr. Hubbards Söldner gesehen. Sie wirkten, als wäre etwas nicht in Ordnung, also hielt ich an, um der Sache auf den Grund zu gehen.«

»Hältst du mich für bescheuert, Abdul?«

»Nein«, kam hastig die Antwort. »Auf keinen Fall.«

»Dann nenn mir den wahren Grund, warum du angehalten hast.«

Rapp beobachtete, wie der andere mit sich rang. Offenkundig suchte er nach einer Ausrede. Rapps Geduld war allmählich erschöpft, also klopfte er Zahir mit der Pistole gegen die Stirn.

»Ich weiß, dass Lügen für dich so normal ist wie Atmen.«

Er schüttelte den Kopf, als würde er ein Kind tadeln. »Dagegen musst du ankämpfen, sonst bringt es dich irgendwann noch um.«

Zahir fuhr sich mit der rechten Hand über die Stirn.

»Ich habe ein Gerücht gehört.«

»Was für ein Gerücht?«

»Dass Mr. Rickman etwas zugestoßen ist.«

»Red weiter.«

»Dass etwas sehr Schlimmes passiert ist und er vermisst wird.«

»Und wie hast du davon erfahren?«

Informationen preiszugeben, ohne dafür entlohnt zu werden, war für Zahir etwas gänzlich Ungewohntes. Deshalb log er.

»Einer meiner Männer hat beobachtet, wie Mr. Hubbard die Basis panisch verließ. Ich telefonierte ein bisschen herum und fand bald heraus, dass in Mr. Rickmans Haus etwas vorgefallen ist.«

»Du hast dir also Sorgen um Mr. Rickman gemacht?«

»Ja.«

»Und deshalb bist du hier aufgetaucht, hast dich wie ein Vollidiot benommen und Leuten gedroht?«

»Nur weil ich beunruhigt bin.«

Rapp sah auf die Uhr. Schon acht Minuten nach zehn, und die Liste der Punkte, um die er sich kümmern musste, wurde ständig länger. Zahir mochte zwar ein Gauner sein, aber einer von der nützlichen Sorte. Er traf eine Entscheidung.

»Okay, wir machen Folgendes: Du wirst für mich arbeiten. Finde raus, wer Mr. Rickman mitgenommen hat. Ich gebe dir 48 Stunden, um mir Antworten zu besorgen. Solltest du keine liefern, bist du ein toter Mann.«

Zahirs Reflex zum Rückzug schlug erneut an. Er brauchte dringend Zeit zum Nachdenken, und die hatte er nicht, solange ihm jemand mit einer Waffe im Gesicht herumfuchtelte. Allerdings hatte er kein Glück, denn der Amerikaner folgte ihm stur. Zahirs Augen bettelten Hubbard an, ihm einen Aufschub zu verschaffen. Als dieser ihn ignorierte, wechselte er erneut zu der Taktik, die er am besten beherrschte: »Wie viel werden Sie mir zahlen?«

Rapp lachte erneut, diesmal jedoch merklich unentspannter.

»Ich zahl dir einen Scheiß. Ganz im Gegenteil: Sollte ich rausfinden, dass du mich auf den Arm nimmst, schick ich dein Foto an jeden Söldner in dieser Stadt ... ach was, auch gleich an alle Kollegen auf der anderen Seite der Grenze. Ich werde eine Prämie von 50.000 Dollar auf deinen Kopf aussetzen. Und vergiss die Idee, dich durchs Hügelland davonzustehlen, denn ich werde rund um die Uhr einen Scharfschützen für dich abstellen. Sobald du jemanden anrufst oder dich auch nur eine Sekunde aus der Deckung wagst, jagt der dir eine Hellfire in den Arsch und pustet dich schnurstracks in die Hölle.«

Zahir empfand diese Bedrohung als überaus real. Er hatte die CIA in der Vergangenheit benutzt, um die Reihen seiner Feinde zu dezimieren, indem er den Amerikanern ihre Aufenthaltsorte und Kontaktnummern zuspielte. Nach kurzer Überlegung entschied Zahir, dass ihm zumindest für den Moment keine andere Möglichkeit blieb, als auf die Forderungen des Amerikaners einzugehen. Langsam nickte er: »Ich werde sehen, was ich tun kann.«

»Wenn du überleben willst, reicht das nicht.« Rapp senkte die Waffe. »Gib mir dein Telefon.«

Zahir förderte sein Handy aus der Brusttasche des blau-grauen Uniformhemds zutage und reichte es Rapp, der das Gerät an Hubbard weitergab.

»Bringe es rauf zu Sid. Sie soll das Übliche damit anstellen und unsere Freunde in den Staaten darauf ansetzen. Außerdem brauch ich eine Kopie der SIM-Karte.«

Hubbard verschwand, woraufhin sich Rapp erneut an Zahir wandte.

»Wir werden jedes deiner Gespräche mithören. Solltest du etwas probieren, das uns nicht gefällt, blasen wir den Deal sofort ab.«

»Und das heißt?«

»Das heißt, dass du gegen meine Regeln verstoßen hast und stirbst.«

»Und wenn ich mich nicht darauf einlasse?«

Rapp hob die Pistole und zielte mit der Mündung auf das Gesicht seines Gegenübers.

»Ganz einfach, dann blas ich dir jetzt und hier das Gehirn weg und du darfst den vier Jungs auf dem Boden Gesellschaft leisten.«

Rapp deutete auf die toten Bodyguards.

»Sie lassen mir gar keine Wahl!«

»Lässt du den Menschen, die du aus den Dörfern entführst, um Lösegeld zu erpressen, etwa eine Wahl?«

Zahir weigerte sich rundheraus, die Frage zu beantworten.

»Mir ist klar, dass dir das nicht gefällt, Abdul. Der Grund liegt auf der Hand. Du bist ein brutaler Kerl, der es gewöhnt ist, andere Leute zu schikanieren. Du drohst ihnen und ihren Familien Gewalt an, um zu bekommen, was du willst. Nun bist du zur Abwechslung mal derjenige, der schikaniert wird, was dir überhaupt nicht gefällt. Weißt du was? Das ist mir total egal. Für mich gibt's nur eins, was zählt. Dass du kapierst, worum es bei unserem Deal geht, und ihn akzeptierst. Haben wir uns verstanden?«

Als sich die Mündung einer Waffe in seine Stirn bohrte, wusste Zahir, dass ihm nur eine Alternative blieb: klein beizugeben. Sobald ihm dieser Verrückte nicht länger im Nacken hing, konnte er sich immer noch irgendwie aus der Sache herauswinden.

»Sie lassen mir keine andere Wahl.«

»Gut. Ich würde dir sogar die Hand geben, wenn ich nicht genau wüsste, dass du mich bei der erstbesten

Gelegenheit hintergehen wirst. Ich sag dir, was wir machen …«

Rapp angelte mit der Rechten nach seinem Mobiltelefon, tippte auf dem Touchscreen herum und hielt es dann vor Zahirs Gesicht, um ihn zu fotografieren.

»Bitte recht freundlich. Das wird das Fahndungsfoto für dein 50.000-Dollar-Kopfgeld.«

»Aber Sie sagten doch …«

»Ganz ruhig. Ich weiß, was ich gesagt habe. Wenn du mir lieferst, was ich haben will, geschieht dir nichts. Mit etwas Glück bekommst *du* sogar die 50 Riesen. Sollte ich allerdings auch nur den geringsten Grund zur Annahme haben, dass du mich verarschst, war's das für dich. Du hast ohnehin schon genug Feinde. Wenn noch eine Prämie obendrauf kommt, werden die Leute Schlange stehen, um dich um die Ecke zu bringen. Vermutlich ist das sogar preiswerter, als dir eine Rakete in den Arsch zu jagen.«

Hubbard kam mit Zahirs Telefon zurück und reichte es dem Polizeichef. Rapp bekam ein schmuckloses, schwarzes Klapphandy und hielt es in die Höhe.

»So werden wir uns verständigen. Wir können dich mit beiden Handys orten, aber dieses hier benutzen wir, um miteinander in Kontakt zu treten.«

Rapp gab ihm das Gerät.

»Ich werd dich in zwei Stunden anrufen. Falls du nicht abnimmst, bist du tot. Falls du rangehst und mir erzählst, du wüsstest noch nichts Neues, bist du ebenfalls tot. Verstehst du, wie das laufen wird?«

Zahir steckte das Handy zögernd ein und nickte. »Wie soll ich Sie am Telefon nennen?«

»Harry«, nannte Rapp einen seiner Tarnnamen.

»Und jetzt mach dich vom Acker und find raus, was mit Joe Rickman passiert ist.«

4

Joel Wilson trommelte nervös mit den Fingern der rechten Hand gegen den Oberschenkel, während er durch die dunklen Straßen einer verschlafenen Wohngegend in Maryland chauffiert wurde. Die Sonne ging erst in ein paar Stunden auf und die Vorstellung, seinen Boss um diese Zeit aus dem Bett holen zu müssen, gefiel ihm überhaupt nicht. Allerdings hatte Wilson bei früheren Zwischenfällen die unangenehme Lektion gelernt, dass man dem schwerfälligen alten Bastard besser nichts verschwieg.

Wilson hatte seine Mühe und Not damit, dass ihn Samuel Hargrave, der Executive Assistant Director des FBI für nationale Sicherheit, mit seiner gemächlichen Art ständig ausbremste. Er selbst war ein wahres Energiebündel. Außerhalb des Bureaus kannte Hargrave kaum jemand, aber beim Federal Bureau hatte sein Posten nach 9/11 massiv an Bedeutung gewonnen. Hargrave war verantwortlich für Terrorabwehr und Gegenspionage. Außerdem stand er dem Direktorat für geheimdienstliche Ermittlungen und Massenvernichtungswaffen vor. Pflichtgemäß erstattete er dem Leiter des FBI regelmäßig Bericht, hielt sich ansonsten aber vom Rampenlicht fern und verlangte dasselbe von seinen Leuten – auch damit kam Wilson überhaupt nicht klar.

Wilsons Urteil über Hargrave fiel eindeutig aus. Er hielt den Alten für ein Überbleibsel aus den Tagen des Kalten Krieges, das in der heutigen Zeit mit all den ständigen Bedrohungen von allen Seiten längst den Anschluss verloren hatte. Hargrave erinnerte ihn an John Houseman, der in dem 70er-Jahre-Film *Zeit der Prüfungen* diesen Juraprofessor mit den buschigen Augenbrauen gespielt hatte. Ständig rückte er einem auf die Pelle und suchte in den Krümeln nach Fehlern, während er das große Ganze aus den Augen verlor. Der Mann liebte es, einem jeden auch noch so geringen Patzer unter die Nase zu reiben. Wilson hatte vorher noch nie für einen dermaßen kleinlichen, quengeligen Chef gearbeitet. Konnte dem Opa nicht endlich mal ein Gefäß im Gehirn platzen, damit er sich in Ruhe den zahllosen Gefahren zuwenden konnte, die den USA zu schaffen machten?

Wilson hielt seinen eigenen Job für den kniffligsten und anspruchsvollsten im gesamten Bureau. Als Leiter der Abteilung für Spionageabwehr hielt er nicht etwa die CIA, sondern sich selbst für die wichtigste Speerspitze im Kampf gegen den internationalen Terrorismus. Immerhin drohte der Nation die größte Gefahr von ausländischen Geheimdiensten und Terrororganisationen, die gezielt nach Angriffsflächen suchten, um die USA zu schwächen. Wilsons Aufgabe bestand darin, sie davon abzuhalten und jenen Amerikanern das Handwerk zu legen, die sich mit dem Feind verbündeten.

Hargrave verkörperte alles, was ein Vorgesetzter *nicht* sein sollte. Er blockierte jede Entscheidung und jede Operation, die Wilson auf den Weg bringen wollte. Wilsons Frust hatte inzwischen das Level erreicht, dass er Hargrave wiederholt gezielt aus dem

Entscheidungsprozess ausklammerte, was ihm im Gegenzug ernste Ermahnungen vom FBI-Direktor persönlich
einbrachte. Aktuell befand er sich auf dem Tiefpunkt
seiner bis dahin steil nach oben verlaufenden 20-jährigen
Karriere beim Federal Bureau. Das Timing hätte schlechter kaum sein können. Wilsons Chef – der Mann, der die
Counterintelligence Division leitete – war nämlich nach
einer mit Komplikationen verlaufenen Wirbelsäulen-
OP seit vier Monaten beurlaubt. Im Zuge dessen hatte
man Wilson gebeten, kommissarisch die Leitung der
Abteilung zu übernehmen. Da es sich um einen der drei
begehrtesten Jobs beim FBI handelte, hatte sich Wilson
nicht lange bitten lassen. Zunächst schmiss er den Laden,
als hätte er sein Leben lang nichts anderes getan, doch
dann fing Hargrave an, ihm ständig dazwischenzufun-
ken.

Seitdem hatte Wilson alle möglichen Optionen ausge-
lotet, ihn zu umgehen, war jedoch jedes Mal gescheitert.
Der FBI-Direktor persönlich gab ihm irgendwann unmissverständlich zu verstehen: »Es hat gute Gründe, warum
beim Federal Bureau of Investigation auf die Einhaltung
von Entscheidungswegen so großer Wert gelegt wird.«

Wilson sah das zwar anders, war aber nicht so ver-
bohrt, dass er ein weiteres Mal mit dem obersten Vorgesetzten aneinanderrasseln wollte. Von da an informierte
er Hargrave über jeden seiner Schritte; egal wie unbedeu-
tend sie sein mochten. Sein Chef schien den Braten zwar
zu riechen, ließ sich dadurch aber nicht aus der Reserve
locken. Die Entwicklungen des heutigen Tages mochten
ihm, Hargrave, allerdings endgültig das Genick brechen.

Bis es so weit war, musste Wilson sich jedoch stur an
sämtliche Schrittfolgen dieser albernen Choreografie

halten. Deshalb saß er gerade in einem Wagen, der die wunderschöne Allee des Chevy-Chase-Wohnviertels entlangrollte, anstatt mit dem Rest seines Teams in einer Gulfstream 550 des Bureaus eine Spritztour ans andere Ende der Welt zu unternehmen. Der Fahrer bremste und Wilson erkannte, dass er nach der richtigen Adresse Ausschau hielt.

»Es ist da vorne links. Die weiße Kolonialvilla mit den grünen Fensterläden.« Leise fügte er hinzu: »Stinklangweilig … passt zu seiner Persönlichkeit.«

»Wie bitte, Sir?«, erkundigte sich der junge Agent am Steuer.

»Nichts«, gab Wilson zurück.

Cal Patterson arbeitete seit drei Jahren für das Bureau und hielt sich für einen Glückspilz, als einer der jüngsten Agenten überhaupt zur Counterintelligence beordert worden zu sein. Er mochte seinen Job, aber sein Chef machte ihn nervös. Vorsichtig kurbelte er am Lenkrad des Ford Taurus und navigierte den Kombi in die schmale Einfahrt.

»Soll ich irgendwas für Sie erledigen, während Sie den EAD briefen, Boss?«

Wilson öffnete die Tür und sagte: »Kontaktieren Sie das Go-Team. Ich möchte, dass alle samt Ausrüstung bereits an Bord sind, wenn wir später dazustoßen. Wir hätten schon vor einer Stunde in der Luft sein sollen.«

»Ich gebe es sofort weiter, Sir.«

Wilson schlug die Wagentür hinter sich zu und lief über die mit Pflastersteinen ausgelegte Zufahrt. Er spähte durch ein Fenster, hinter dem er das Esszimmer vermutete; dabei erhaschte sein Blick einen schwachen Lichtschein im Küchenbereich. Die Vordertreppe war relativ schmal – gerade ausreichend dimensioniert für zwei Leute nebeneinander. Wilson wollte schon die Hand zum Klingelknopf ausstrecken, da überlegte er es sich anders. Um diese Uhrzeit klopfte man wohl besser. Er ließ die Knöchel der linken Hand zweimal gegen das grün lackierte Holz knallen, geduldete sich eine Weile und hörte, wie der Schlüssel im Schloss umgedreht wurde. In einem Spalt erschien die hohe Stirn von Samuel Hargrave. Ohne auch nur zu nicken, öffnete er und winkte Wilson in den Flur.

Der ältere Mann schloss die Tür und lief voraus in den hinteren Teil des Hauses. Wilson musterte die schwarzen Lederhausschuhe, die karierte Pyjamahose und den marineblauen Morgenmantel. Sein Boss sah aus, als wäre er den Kulissen eines Cary-Grant-Films entstiegen. Gerade wollte er darüber sinnieren, wie es sich anfühlen mochte, 50 Jahre zu spät zur Welt gekommen zu sein, da unterbrach Hargrave sein Gedankenspiel mit der Frage nach einer Tasse Kaffee.

»Nein, vielen Dank. Ich hatte schon genug Koffein. Vor mir liegt noch ein längerer Flug.«

Hargrave starrte ihn kurz an, als würde er nach der geheimen Botschaft forschen, die sich in diesen Worten verbarg. Er schenkte sich selbst nach und setzte sich an den kleinen Küchentisch. Nach einem kräftigen Schluck fragte er: »Längerer Flug … wo geht's denn hin?«

»Nach Afghanistan.« Weitere Details verkniff er sich.

»Afghanistan ist ein großes Land. Wohin genau?«

»Jalalabad.«

»Jalalabad«, murmelte Wilson. »Das ist ja mal was Neues.«

»Was Neues?« Wilson verzog irritiert das Gesicht. »Ich verstehe nicht ganz, Sir.«

Hargrave hatte ihn schon unzählige Male aufgefordert, ihn Sam zu nennen, doch Wilson ignorierte es – vermutlich, um damit sein Misstrauen ihm gegenüber zum Ausdruck zu bringen.

Hargrave wollte die Weigerung nicht an die große Glocke hängen, doch es zeigte ihm, dass er seinen kommissarischen Abteilungsleiter besser genau im Auge behielt.

Wenn er solche Machtspielchen schon mit *ihm* abzog, wie ging er dann erst mit Kollegen und Untergebenen um? Hielt er sich ebenso wenig an die Regeln, wenn es um rechtliche Fragen ging? Hargrave hatte früh gelernt, dass solche Kleinigkeiten beim FBI schnell zu großen Schwierigkeiten führten.

»Ich mache diesen Job schon ziemlich lange, aber noch nie hat mich jemand aus dem Bett geholt, um mir mitzuteilen, dass er nach Jalalabad fliegt.«

Hargrave stellte die Tasse auf den Tisch und rieb sich die Augen.

»Wir sind wirklich zu einer globalen Vollzugsbehörde geworden.«

Ach, sag bloß, du Schwachkopf!, dachte Wilson. *Hast du das letzte Jahrzehnt komplett verschlafen?*

»Also, warum Jalalabad?«

»Joe Rickman.« Wilson hatte größere Ziele vor Augen, aber die Erwähnung von Rickman musste fürs Erste genügen.

Hargrave war mit dem Namen durchaus vertraut und hatte aufgeschnappt, dass Wilson eine gewisse Besessenheit für ihn entwickelt hatte. Da er merkte, dass Wilson ziemlich angespannt war, wägte er seine nächsten Worte mit Bedacht ab.

»Was hat Mr. Rickman denn diesmal angestellt?«

»Mich erreichte vor drei Stunden die Mitteilung, dass er aus einem sicheren FBI-Unterschlupf in Jalalabad entführt wurde.«

Hargrave fehlten für einen Moment die Worte. Die potenziellen Konsequenzen, wenn jemand wie Joe Rickman einem Feind Amerikas in die Hände fiel, waren gewaltig.

Zu behaupten, dass eine solche Entwicklung die Männer und Frauen in Langley beunruhigte, wäre eine glatte Untertreibung gewesen.

»Weiß man schon, wer dahintersteckt?«

»Nein, aber das Timing kommt mir verdächtig vor.«

»Verdächtig?«, erkundigte sich Hargrave neugierig.

»Ich habe seit zwei Monaten Ermittlungen zu seiner Person angestellt.« *Und auch zu diversen anderen Personen, aber davon brauchte Hargrave nichts zu wissen.*

»Wie bitte?« Hargrave schien nicht sicher zu sein, ob er richtig verstanden hatte.

»Vor etwa einem Jahr wurden mir beunruhigende Informationen über Mr. Rickman zugespielt. Vorwürfe, dass er große Geldsummen von seinem verdeckten Konto abzweigt und etwas zu enge Kontakte zu gewissen verruchten Individuen unterhält.«

Hargrave schloss die Augen und hob die rechte Hand.

»Moment, Sie wissen seit einem Jahr davon und erwähnen es in meiner Gegenwart gerade zum ersten Mal?«

Wilsons Rücken versteifte sich.

»Bisher hielt ich es nicht für notwendig, Sie damit zu belästigen, Sir. Es waren anfangs wirklich nur Gerüchte. Gäbe ich sämtliche Gerüchte an Sie weiter, die mir zu Ohren kommen, müsste ich achtmal am Tag ein Meeting mit Ihnen einberufen.«

Hargrave spürte, wie es in ihm brodelte, und er erinnerte sich an die Mahnung seiner Ärzte, sich nicht unnötig aufzuregen.

»Mr. Rickman«, fuhr er langsam fort, »ist ein ungewöhnlicher Mensch. Alles, was ihn und seine Aktivitäten betrifft, landet automatisch ganz oben auf dem Stapel. Aus diesem Grund kann ich Ihre Begründung nicht akzeptieren. Ich bin sehr enttäuscht, dass Sie mir diese Angelegenheit bisher verschwiegen haben.«

Hargrave schüttelte vorwurfsvoll den Kopf. »Wir hatten dieses Thema schon häufiger. Der Direktor persönlich hat Sie aufgefordert, sich an die festgelegten Hierarchien zu halten.«

Wilson hatte mit dem Vorwurf gerechnet und sich eine passende Antwort zurechtgelegt.

»Es tut mir leid, Sir, aber in diesem Fall kann ich mildernde Umstände geltend machen.«

»Tatsächlich?«

»Ja.«

»Ich höre.«

Wilson zappelte mit vorsätzlicher Nervosität auf dem Stuhl herum. Er wollte den Eindruck erwecken, dass er sich die Maßregelung von Hargrave extrem zu Herzen nahm.

»Die Information wurde von einer sehr einflussreichen Person an mich weitergegeben. Sie bat ausdrücklich darum, ihren Namen nicht damit in Verbindung zu bringen.«

Hargrave hatte seine Karriere beim FBI begonnen und war mit 40 an den Foreign Intelligence Surveillance Court versetzt worden, den als FISC abgekürzten Gerichtshof des Auslandsgeheimdienstes. Elf Jahre lang hatte er dort Urteile gefällt und wusste deshalb, wie es lief.

»Und wer ist diese Person?«

»Ich bedaure, das darf ich Ihnen nicht sagen, Sir.« Wilson gab sich betont gelassen, obwohl er innerlich jubilierte, weil Hargraves mausgraues Gesicht akut rot angelaufen war.

»Das ist inakzeptabel. Wir saßen vor weniger als einem Monat im Büro des Direktors zusammen. Er hat Sie ausdrücklich aufgefordert, dass Sie mich in sämtliche Ermittlungen umfassend einbinden müssen. Ohne Ausnahme.«

Hargrave schüttelte verärgert den Kopf. »Der Direktor wird ausgesprochen enttäuscht über Ihr Verhalten sein. Ich nehme an, aus Ihrem Flug nach Jalalabad wird nichts.«

Auch das hatte Wilson erwartet und lavierte geschickt.

»Sir, es hat bislang keine Ermittlungen gegeben, sondern nur zugegebenermaßen beunruhigende Anschuldigungen eines prominenten Akteurs. Ich hielt es nicht für angebracht, Sie damit zu behelligen, weil es sich unterhalb Ihrer Wahrnehmungsschwelle bewegte. Ich wollte erst klären, ob es sich bei den Vorwürfen um Fakt oder Fiktion handelt, um Sie dann gegebenenfalls sofort ins Vertrauen zu ziehen.«

Hargrave verdaute die Aussage.

»Trotzdem muss ich meine Frage wiederholen: Wer ist die Person, von der diese Vorwürfe stammen?«

»Das möchte ich nicht sagen, Sir.«

»Es mag sein, dass Sie das nicht möchten, aber so funktioniert das nicht. Ich bin Ihr Vorgesetzter. Falls Sie beabsichtigen, ans andere Ende der Welt zu fliegen und das Geld der Steuerzahler dafür auszugeben, einem Kollegen hinterherzuspionieren, muss ich wissen, worum es geht.«

Wilson schlug die Beine übereinander und blickte übertrieben besorgt auf die Wanduhr. Mit einem Seufzen meinte er: »Bei der fraglichen Person handelt es sich um einen Senator, Sir, und im Rahmen unseres Abkommens erlegte er mir den Schwur auf, seine Identität nicht preiszugeben.«

»Das kommt Ihnen sicher sehr gelegen.«

»Ich denke mir das nicht aus, Sir.« Wilson wirkte ehrlich empört.

»Es ist mir ohnehin egal. Wenn Sie in diese Gulfstream steigen wollen, werden Sie mir jetzt den Namen dieses mysteriösen Senators nennen.«

»Sir, ich habe ihm mein Wort gegeben.«

»Ich verliere langsam die Geduld, Joel. Ich bin Ihr Boss und wir sind hier nicht bei den Pfadfindern, sondern beim FBI, bei dem es klare Regeln und Gesetze gibt, denen wir von Eides wegen verpflichtet sind. Ein privates Versprechen, das Sie einem Politiker gegeben haben, hat für uns keine Bedeutung. Sie werden mir jetzt sofort alles sagen, was Sie wissen, oder ich rufe in Dulles an, lasse Ihren Flug canceln und frühstücke in etwa vier Stunden mit dem Direktor, um ihn über Ihre jüngsten Aktivitäten zu unterrichten. Wenn ich damit fertig bin, wird er mich um eine Empfehlung bezüglich Ihrer Zukunft als kommissarischer Leiter der Counterintelligence Division bitten.«

Hargrave schwieg ungemütlich lange und starrte Wilson ins Gesicht.

»In Anbetracht Ihrer Weigerung, sich selbst an meine simpelsten Anweisungen zu halten, dürfen Sie davon ausgehen, dass sich mein Lob für Ihre Arbeit in engen Grenzen halten wird.«

Wilson war ziemlich sicher gewesen, dass sich dieses kleine Drama so oder ähnlich entwickelte, aber um überzeugend zu wirken, musste er sich strikt ans festgelegte Drehbuch halten. Er platzte mit dem Namen heraus: »Carl Ferris.«

Hargrave schien beinahe zu ersticken. »Sie wollen mir ernsthaft erzählen, dass Sie eine Ermittlung aufgrund von verdeckten Andeutungen eingeleitet haben, die von einem der größten politischen Mitläufer in der Geschichte des US-Senats stammen?«

Wilson stellte sich dumm. »Ich habe keine Meinung zu dem Mann, Sir. Wenn mich ein amtierender US-Senator um eine private Unterredung bittet, nehme ich das äußerst ernst.«

»Meine Güte, Sie müssen mich für ganz schön dumm halten«, erwiderte Hargrave zögernd. »Ich kaufe Ihnen nicht eine Sekunde ab, dass Sie dermaßen naiv sind.«

Er war aufgestanden und lief unruhig durch den Raum. Sein Gehirn schien nach Möglichkeiten zu forschen, dieses potenzielle Desaster zu verhindern, bevor es ans Tageslicht gelangte. Carl Ferris verstand sich meisterhaft darauf, die Medien und die Fakten, über die sie berichteten, zu manipulieren.

Wilson gab eine weitere Information preis: »Er warnte mich, dass Sie nicht viel für ihn übrighaben.«

»Wie bitte?«

»Senator Ferris erwähnte, dass Sie ihn nicht sonderlich schätzen. Er wollte nicht in die Details gehen, meinte aber, es habe etwas mit Ihrer Vergangenheit beim FISC zu tun.«

Hargrave wandte sich dem jüngeren Besucher zu.

»Das Thema, auf das er anspielt, ist vertraulich und nicht zur Diskussion freigegeben. Ich kann Ihnen jedoch versichern, dass sich der Senator dabei alles andere als rühmlich verhalten hat.«

»Ich wollte mich nicht in einen Hickhack einmischen, der nur Sie beide betrifft. Das geht mich nichts an.«

»Hickhack ist der falsche Begriff dafür.«

Hargrave gefiel es überhaupt nicht, dass Wilson persönliche Angelegenheiten ins Spiel brachte.

»Es geht hier allein darum, dass Sie einmal mehr versäumt haben, mich über Ihre Tätigkeiten auf dem Laufenden zu halten, und jetzt mit einem meiner Go-Teams ein Flugzeug besteigen wollen, um sich in eine extrem heikle Situation einzumischen.«

Er umklammerte die Rückenlehne eines Stuhls. »Eine Frage noch: Haben Sie sich mal Gedanken darüber gemacht, wie unsere Freunde von der CIA reagieren, wenn Sie dort ohne Vorwarnung auftauchen und Ihre Nase in die Sache stecken?«

»Ehrlich gesagt ist es mir völlig egal, was diese Neandertaler aus Langley davon halten.«

Hargrave war dieses Verhalten schon bei anderen Untergebenen begegnet und er wusste um die destruktiven Auswirkungen solcher Denkweisen.

»Wir kämpfen auf derselben Seite«, gab er zu bedenken.

»Und mein Job ist es, dafür zu sorgen, dass das so bleibt.«

»Worauf wollen Sie hinaus?«

»In unseren Kreisen ist niemand frei von Verdacht. Meine Aufgabe ist es, den Feind davon abzuhalten, unseren nationalen Sicherheitsapparat zu unterwandern. Die einfachste Möglichkeit, das zu tun, besteht darin, einen unserer Leute zum Seitenwechsel zu bewegen.«

»Worauf wollen Sie hinaus?«

»Ich will auf gar nichts hinaus. Fakt ist jedenfalls, dass

Joe Rickman zu den verruchtesten Agenten gehört, die unser Land in Einsätze schickt. Er ist im Prinzip ein wandelnder Verstoß gegen sämtliche Regeln unserer Branche. Falls er entführt wurde, halte ich es sogar für unsere Pflicht, Langley unsere kompetente Unterstützung anzubieten. Schon allein aus dem Grund, dass wir so das Ausmaß des Schadens besser abschätzen können. Eigentlich sollten *wir* mit der Koordination der Ermittlungen betraut werden. Seien wir doch mal ehrlich, Langley wird nur einen Bruchteil der Verfehlungen eingestehen. Was wir brauchen, ist aber eine schonungslose Aufdeckung, welche Geheimnisse in die Hände des Feindes geraten sind.«

Hargrave gefiel es zwar nicht, aber er musste seinem Kollegen recht geben. In sechs Monaten konnte diese Geschichte der Spionageabwehr das Leben zur Hölle machen.

»Ich verstehe, worauf Sie hinauswollen, aber ich erwarte, dass Sie sich an die Regeln halten.«

»Natürlich. Ich werde vor Ort meine Unterstützung bei der Suche nach Rickman anbieten. Sollte ich dabei über mögliche Rechtsverstöße stolpern, werde ich mich mit Ihnen abstimmen, bevor ich die Ermittlungen in eine neue Richtung lenke.«

»Genau das wollte ich hören.«

Wilson lächelte. Er sah keinen Grund, seine weiteren Befürchtungen vorzutragen. Senator Ferris hatte ihn bereits gewarnt, dass Hargrave ihm sowieso nicht glaubte. Also stand er auf.

»Vielen Dank, Sir. Wenn Sie mich entschuldigen wollen, ich muss dringend los.«

»Eins noch, Joel. Ich möchte, dass Sie sich jeden Tag

bei mir melden, damit ich weiß, womit Sie sich gerade befassen.«

»Das hatte ich ohnehin vor, Sir.«

Hargrave begleitete Wilson zur Haustür und beobachtete, wie er wegfuhr. Nicht eine Sekunde rechnete er damit, dass der andere sein Versprechen einhielt und ihn regelmäßig informierte. Schon gar nicht kaufte er ihm ab, dass es nur darum ging, die CIA bei der Suche nach Rickman zu unterstützen. Trotzdem musste er Wilson ziehen lassen. Rickman war ein wertvoller Agent und die Aufgaben des FBI umfassten nun mal auch die Absicherung der nationalen Sicherheitsinteressen. Ihn beschlich jedoch das Gefühl, nicht die ganze Wahrheit zu kennen. Wilson verschwieg ihm etwas.

5

Jalalabad, Afghanistan

Hubbard war eindeutig aufgewühlt. Er hatte sich ans Fenster gestellt und den Abzug von Zahir und seinen Leuten verfolgt. Rapp ließ ihn links liegen und redete mit Coleman über etwas, das dieser für ihn in Erfahrung bringen sollte. Kurz vor Ende des Gesprächs kam Hubbard zu ihnen, blinzelte mehrere Male und fragte Rapp dann: »Ist dir überhaupt klar, was du da gerade getan hast?«

»Ich denke, schon«, entgegnete Rapp seelenruhig.

»Das glaube ich nicht. Dieser Mann ist verrückt.«

Hubbard zeigte zur Tür, als stünde Zahir davor.

»Ich muss mit ihm arbeiten. Was zum Teufel hast du dir dabei gedacht?«

Rapp blieb gelassen. »Einen Kerl wie den kann man nicht mit Schmiergeld unter Kontrolle halten. Früher oder später fällt er einem in den Rücken. Immer. Die einzige Chance, jemanden wie Zahir auszubremsen, besteht darin, ihm Todesangst einzujagen.«

Hubbard teilte diese Auffassung nicht. »Darren wird ausflippen, wenn er davon erfährt. Er hat fast ein Jahr darauf hingearbeitet, uns Zahirs Kooperationsbereitschaft zu sichern.«

Bei der Erwähnung von Sickles' Vornamen verlor Rapp die Geduld. »Darren ist ein Idiot.«

»Mag sein, aber er ist mein Boss und der ranghöchste Vertreter der Agency hier in Afghanistan.«

»Bist du fertig?« Es klang mehr nach einer Warnung als nach einer Frage.

»Nein … ich bin nicht fertig. Noch lange nicht. Du wirst höchstens ein, zwei Wochen hier sein und dann zurück in die Staaten fliegen, während ich deinen Scherbenhaufen wegkehren darf. Du kennst Zahir doch gar nicht. Er ist ein skrupelloser Hurensohn und wird mich wahrscheinlich umbringen.«

»Dann bring ihn halt vorher um«, versetzte Rapp.

Hubbard starrte ihn an, als hätte er den Verstand verloren.

»Darren ist sein Agentenführer. Ich kann ihn nicht einfach umbringen.«

»Ich werde mit Darren reden. Inzwischen solltest du dir ein paar Eier wachsen lassen. Kaum zu glauben, wie du ihn einfach reinspazieren und so mit dir umspringen lässt. Was stimmt nicht mit dir, hm? Du arbeitest für die

CIA, Hub, nicht für die Regierung. Benimm dich entsprechend oder sieh dich schleunigst nach 'nem anderen Job um. Mann ... in dieser Gegend treiben sich Auftragsmörder rum, frühere Taliban, Kämpfer der Nordallianz, Leute von den Special Forces ... und alle sind scharf auf Geld. Sie hätten zu Rick gehen können, um ihm zehn oder 20 Riesen in die Hand zu drücken, und am nächsten Morgen stünde ein Dutzend Leute Spalier, um dem Saftsack beim Verlassen seines Hauses einen Kopfschuss zu verpassen.«

»So leicht ist das nicht.«

»Ach nein?«, fragte Rapp und knirschte wütend mit den Zähnen. »Tja, dann bin ich wohl der gottverdammte Superman, denn ich weiß gar nicht, wie viele Kotzbrocken von Zahirs Kaliber ich im Laufe der Jahre auf diese Weise geext habe. Dafür muss man wirklich kein Genie sein.«

Er stieß Hubbard einen Finger in die Brust.

»Wenn ich das mache, flippt Darren aus«, brachte der zu seiner Verteidigung vor.

»Ich hab doch schon gesagt, um Darren kümmere ich mich.« Rapp konnte es kaum erwarten, sich diesen abgehalfterten Schreibtischtäter vorzunehmen.

»Deine Aufgabe besteht darin, alle Quellen anzuzapfen, die du in der Gegend hast. Klopf auf den Busch und find raus, was Rick zugestoßen ist. Sollte dir Zahir über den Weg laufen und dich auch nur krumm anschauen, gib mir Bescheid. Kapiert?«

Hubbard nickte zögernd. Er schien beschlossen zu haben, sich nicht länger mit Rapp anzulegen. »Alles klar, ich mach mich sofort an die Arbeit.«

»Gut. Und denk dran, es muss schnell gehen.«

Rapp hörte, wie er von oben gerufen wurde, drehte sich zur Treppe und dann noch einmal zu Hubbard. Er klopfte dem größeren Mann auf die Schulter.

»Vergiss nie, wer wir sind, Hub. Lass dich nicht einschüchtern, schon gar nicht in den nächsten 48 Stunden. Wenn wir Rick nicht zurückbekommen, ist Zahir noch unser geringstes Problem.«

Hubbard wandte sich zum Gehen. Coleman stand neben Rapp, die Kaliber-45-Waffe von Heckler & Koch baumelte lose an der Hüfte. Nachdem der jüngere Agent verschwunden war, meinte er: »Ich glaube, der ist total überfordert.«

Rapp vermutete das auch, aber er konnte Hubbard keinen Vorwurf daraus machen.

»Mit Darren Sickles als Boss wäre aus mir wohl etwas Ähnliches geworden.«

Coleman hielt die blauen Augen stur auf die Tür gerichtet und meinte: »Wäre Darren Sickles dein Boss gewesen, hättest du ihn getötet. Verflucht, Stan war dein Boss und selbst den hättest du fast getötet, obwohl er ein tougher Bastard ist. Sickles ist dagegen 'ne Schmusekatze.«

Rapps Gedanken wanderten zu Stan Hurley, seinem Ausbilder. Der alte Haudegen gehörte zu den krassesten Typen, die er je kennengelernt hatte. Früher war Hurley ein unerträglicher Hurensohn gewesen. Inzwischen merkte man ihm jedoch sein Alter an. Der messerscharfe Verstand steckte in einem sichtlich zerbrechlicheren Körper.

»Leute wie Stan gibt's heute kaum noch.«

Coleman grinste. »Stimmt, aber du kommst schon ziemlich dicht ran.«

Rapp tat, als wäre er gekränkt. »Willst du damit an- deuten, ich sei ein mürrischer, in meinen Gewohnheiten festgefahrener Oldie, der zu viel raucht und trinkt und mit Frauen flirtet, als wäre er Anfang 20?«

»Du bist ihm ähnlicher, als du je zugeben wirst. Wäre er ebenfalls hier gewesen, hättet ihr euch in den letzten Minuten drum gestritten, wer diesem Terroristen als Erster den Schädel wegballern darf.«

Rapp musste lachen. »Genau. Er hätte natürlich gewonnen und wäre anschließend rauf nach Kabul geflo- gen, um mit Sickles dasselbe anzustellen.«

»Och, der Tag ist noch jung. Ich behaupte mal, die Chancen stehen fifty-fifty, dass du dich später noch mit Sickles anlegst.«

Rapp fluchte in sich hinein. *Noch eine Baustelle,* dachte er. Als er erneut seinen Namen hörte, lief er zu den Stufen und umkurvte dabei die Leichen der Bodyguards. Er spähte hinauf und fragte: »Was gibt's?«

Eine Brünette bog ihren Kopf um die Ecke. »Ich schlage vor, du kommst rauf. Das solltest du dir selbst ansehen.«

Rapp ging die Treppe hinauf und hielt sich dabei dicht an der Wand, um nicht in das verschmierte Blut zu treten. Sydney Hayek war der jüngste Neuzugang in Rapps Team. Es war Kennedys Vorschlag gewesen, ihr den frei gewordenen Platz zuzuteilen. Rapp hatte davon aus den unterschiedlichsten Gründen wenig ge- halten. Zunächst einmal vertraute man Fremden nicht in ihren Kreisen nicht einfach blind. Dafür war das Risiko zu hoch und die Fehlertoleranz zu niedrig. Es wäre ihm lieber gewesen, die Operation mit einem unterbesetzten Team durchzuziehen, statt mit einer neuen Rekrutin, die möglicherweise durch einen Patzer den Rest mit ins Verderben zog. Der zweite Grund war noch offensichtlicher: Man hatte Hayek vom FBI zu ihnen versetzt.

Rapp erreichte den oberen Treppenabsatz und fragte: »Was ist los?«

Wie der Rest des Teams trug Hayek eine braun-olivfarbene Einsatzjacke, in deren Taschen sie zahlreiche Ausrüstungsgegenstände bunkerte. Auf Rapps Anweisung trug sie die Splitterschutzweste darunter, damit es weniger auffiel. Komplettiert wurde ihr Outfit von Jeans, Merrell-Wanderstiefeln und einem blauen Basecap der Detroit Tigers, an dessen Schirm sie links ein Ultraviolett-Licht und rechts eine Glasfaserkamera im Miniaturformat geklemmt hatte. Sie musterte Rapp aus mandelbraunen Augen. »Hat Scott dir vom Safe erzählt?«

»Ja. Gibt's Anzeichen für Gewaltanwendung?«

»Nein. Es sieht ganz danach aus, als hätte ihn Mr. Rickman ganz normal geöffnet.«

Rapp verzog das Gesicht. »Wir sollten trotzdem keine voreiligen Schlüsse ziehen.«

Hayek zuckte die Achseln. »Ich bin dem Mann zwar nie begegnet, aber meines Wissens war er in 1000 Meilen Umkreis der Einzige, der die Kombination kannte.«

Genau genommen waren es rund 7000 Meilen, aber Rapp verzichtete darauf, sie zu korrigieren. Hayek war in Detroit als einzige Tochter einer aus dem Libanon emigrierten armenischen Familie aufgewachsen. Sie sprach fließend Arabisch und konnte sich vor allem frei durch jede Stadt im Nahen Osten bewegen, ohne aufzufallen.

Als Antwort auf ihren unterschwelligen Vorwurf sagte Rapp: »Er war der Einzige, der die Kombination kannte.«

»Nun, jedenfalls wurde der Safe mit der Kombination geöffnet. Keiner hat am Schließmechanismus rumgepfuscht oder das Teil anderweitig manipuliert.«

»Bist du dir sicher?«

»So sicher, wie ich mir nach weniger als einer Stunde sein kann.«

Rapp stellte sich vor, was vorgefallen sein mochte.

»Vielleicht hat man ihn mit vorgehaltener Waffe gezwungen, den Tresor zu öffnen.«

»Da ich ihn nicht kenne, kann ich das schwer beurteilen.«

Da er seit mittlerweile sieben Monaten mit ihr zusammenarbeitete, bekam Rapp allmählich ein Gespür dafür, wie Hayek tickte. Man musste eher auf das achten, was sie nicht sagte, als auf das, was sie sagte.

»Du hast einen Verdacht.«

»Ich habe immer einen Verdacht.«

»Teil ihn mit mir.«

»Manches ergibt keinen Sinn.«

»Was genau?«

Sie zögerte. »Komm her, ich zeig's dir.«

Gemeinsam liefen sie durch den Flur. »Pass auf, wo du hintrittst.«

Rapp schielte nach unten und wich einer beträchtlichen Blutlache aus. Im selben Augenblick bemerkte er die Spritzer an der Wand. »Was ist das?«

Hayek spähte über die Schulter. »Eins nach dem anderen. Erst will ich dir das Büro zeigen.«

Sie betrat den fensterlosen Raum, dessen Wände und Decke mit Akustikschaum isoliert waren. Quadratische Gummiplatten dienten als Bodenbelag. Hinter dem Schreibtisch erwartete sie in einer ebenfalls mit Schaum verkleideten Nische der geöffnete Safe.

»Worauf soll ich achten?«, fragte Rapp.

»Auf nichts Bestimmtes.« Hayek knipste die Schreibtischlampe aus und aktivierte die UV-Leuchte an ihrer Mütze, mit der sie erst den Boden vor dem Geldschrank ableuchtete und dann die weitere Umgebung.

»Kein Blut. Nicht ein Tropfen.«

»Kapier ich nicht.«

»Komm mit.« Sie lief quer durch den Raum zurück in den Flur und löschte die Deckenbeleuchtung. Das ultraviolette Licht förderte unzählige Blutspritzer und -flecken zutage.

»Hier draußen gibt es jede Menge Blut, da drinnen überhaupt keins. Wie gesagt, ich kenne Rickman nicht, aber nach allem, was ich gehört habe, ist mit ihm nicht zu spaßen.«

»Worauf willst du hinaus?«

»Ich kenne dich mittlerweile lange genug, um zu ahnen, dass man dir schon die Seele aus dem Leib prügeln müsste, bevor du freiwillig so einen Safe öffnest.«

Rapp nickte nachdenklich.

»Aber im Büro findet sich kein Tropfen.«

»Der Kampf könnte sich in einem anderen Raum abgespielt haben … unten in der Küche.«

Hayek schüttelte den Kopf. »Selbst dann fänden sich aufgrund der Verletzungen Spuren von Blut im Büro. Aber da ist überhaupt nichts.«

Hayeks Theorie klang schlüssig. »Was hast du noch?«

»Das hier.« Hayek zeigte an die Stelle an der Wand, die ihm eben schon aufgefallen war.

»Ich tippe, dass diese Sauerei von einem der Bodyguards im Keller stammt.«

»Von dem, dem sein halbes Gesicht fehlt.«

»Möglich.« Hayek ging näher an die Wand heran und zeigte auf einen zähflüssigen Klumpen.

»Ich habe Proben von allem genommen und werde sie in den Staaten in Ruhe analysieren. Allerdings bin ich mir jetzt schon zu 99 Prozent sicher, dass wir es mit Hirnmasse zu tun haben, an der einige Knochensplitter und Blut kleben. Das passt exakt zu der Schussverletzung von unserem John Doe Nummer vier da unten.«

»Und wieso sollte mich das interessieren?«

»Sieh dir die Form des Spritzers an.« Hayek tat, als hielte sie eine Pistole in der Hand. »Der Bodyguard muss mit dem Gesicht in Richtung Treppe hier gestanden haben. Der Angreifer kam von hinten und erschoss ihn. Die Kugel durchschlug seinen Kopf, trat an der Stirn aus, ließ das Zeug an die Wand klatschen und dann schlug er mit dem Gesicht voran auf den Boden. Das erklärt auch die riesige Blutlache.«

Rapp inspizierte die Spuren. Alles passte zusammen. »Okay, und was sagt uns das?«

»Drei der vier Wachen hat man mit einem Treffer im Gesicht erledigt … nachvollziehbar. Sie haben die Eindringlinge bemerkt und sich ihnen gestellt. Diesen hat es jedoch von hinten erwischt. Das ist *nicht* nachvollziehbar. Er hätte da drüben am Treppenabsatz erschossen werden müssen. Von den Tätern, die aus dem Keller raufkamen.«

Rapp ignorierte ihren Polizei-Slang. Ihn ärgerte, dass er es selbst nicht früher erkannt hatte.

»Wie genau hast du dir die Leichen unten angesehen?«

»Genau genug.«

»Hast du die Eintrittswunde gemessen?«

»Nur grob. Ich bin mir jedoch ziemlich sicher, dass die ersten drei Männer mit einer 9-Millimeter-Waffe niedergestreckt wurden.«

»Wie kommst du drauf?«

Hayek hielt ihm einen wiederverschließbaren Ziploc-Beutel mit drei kupfernen Patronenhülsen hin. »Die lagen auf dem Boden.«

»Und das vierte Opfer?«

Hayek schüttelte nachdenklich den Kopf. »Ich habe den gesamten Gang und die Stufen abgesucht. Keine Spur vom Projektil.«

»Hast du eine Prognose, was das Kaliber betrifft?«

»Ich tippe auf ein … 45er … Hohlspitzgeschoss. Definitiv nicht aus derselben Waffe, die die anderen Opfer getötet hat.«

Rapp ließ sich die Informationen durch den Kopf gehen. Er ahnte, auf welche Schlussfolgerung es hinauslief, wollte sich jedoch nur ungern darauf einlassen. Ein Blick zurück ins Büro. Keine Spuren einer Auseinandersetzung. Nichts in Unordnung. Hier im Gang ein blutiges Chaos. Rapp betrachtete den rorschachähnlichen Fleck. »Könnte das Projektil nicht dort in der Wand stecken?«

»Davon geh ich aus … ich wollte dich aber erst fragen, bevor ich's raushole. Du weißt schon … das Team, das aus Langley eingeflogen wird. Ich will denen ungern dazwischenfunken.«

Das versprach in der Tat Schwierigkeiten, aber damit kam Rapp schon klar.

»Find es so schnell wie möglich. Ich nehm's auf meine Kappe. Sonst noch was, das ich wissen sollte?«

Hayek überlegte kurz. »Nein.«

»Da ist doch was.«

»Nichts.« Sie schüttelte eindringlich den Kopf. »Mehr weiß ich erst, wenn ich die Blutproben mit den Toten abgeglichen habe. Ich denke, dann wissen wir ziemlich genau, wer gerade wo gewesen ist, als die Sache passierte.«

»Gute Arbeit, Sid. Tu mir einen Gefallen und behalt das für dich, bis wir uns sicher sein können, okay? Ich möchte nicht, dass jemand mit halb garen Ideen hausieren geht. Falls dir jemand Löcher in den Bauch fragt, schick ihn zu mir. Verstanden?«

Kennedy hatte sie aufgefordert, ihr so schnell wie möglich so viele Informationen wie möglich zu liefern. Das brachte sie in einen Interessenskonflikt mit ihren beiden Vorgesetzten. Allerdings begann Rapp so langsam, ihr zu vertrauen, also fiel ihr die Wahl nicht schwer: »Verstanden.«

»Gut. Erledige es so schnell wie möglich. In zehn Minuten sind wir hier weg.«

»Warum die Eile?«

»In Kabul ist ein Meeting angesetzt. Leute aus allen Abteilungen.«

»Du hasst solche Meetings.«

»Ich hasse *alle* Meetings, aber diese Art ganz besonders.« Rapp wollte sich nicht ausmalen, dass Sickles die Besprechung ohne ihn abhielt. Wie dieser Mann überhaupt beim FBI gelandet war, überforderte Rapps Fantasie.

»Trotzdem muss ich einen gewissen Schwachkopf davon abhalten, diese Geschichte noch komplizierter zu machen, als sie's ohnehin schon ist.«

6

»Ich weiß nicht mal, wer der Kerl ist«, beschwerte sich die Frau mit hörbarem Frust. »Für wen hält er sich?«

Colonel Hunter Poole nahm einen letzten Zug aus seiner Zigarette, schleuderte sie auf den Kies und zertrat sie mit der Sohle des schwarzen Springerstiefels.

»Ich weiß nicht viel über ihn.«

»Aber du hast schon von ihm gehört?«

Poole wusste, dass er vorsichtig sein musste. Arianna Vinter war eine impulsive Frau, deren eklatante Schwäche darin bestand, sich einzubilden, mit aggressivem Auftreten jeden Konflikt für sich entscheiden zu können. Nach allem, was er über diesen Rapp wusste, hielt er es nicht für klug, sich mit ihm anzulegen. Poole runzelte die Stirn.

»Nur dass er ein Spion ist. Mehr kriegt man über die Jungs in der Regel eh nicht raus.«

Vinters haselnussbraune Augen musterten ihren Untergebenen misstrauisch durch verengte Lider. »Du verschweigst mir doch was.«

Poole tat es mit einer lockeren Handbewegung ab. »Ich habe ein paar Sachen aufgeschnappt … Details, die nicht in den offiziellen Berichten landen.«

Er zündete sich eine weitere Kippe an.

»In gewissen Kreisen hat er einen Ruf weg.«

»Was für einen Ruf?« Vinter zog an ihrer dünnen Mentholzigarette.

Ihre Kontakte fanden mit wachsender Regelmäßigkeit statt. In der Botschaft ging es ziemlich beengt zu und Rauchen im Gebäude war strikt verboten – ausgerechnet in der diplomatischen Vertretung eines Landes, in dem so gut wie jeder rauchte. Hinzu kam, dass niemand mitbekommen durfte, dass sie einander kannten. Deshalb zogen sie sich in diese Ecke des Grundstücks zurück, in der sich Container in verschiedensten Farben stapelten. Das *Hinterland,* in das sich sonst nur Arbeiter und vereinzelte Ledernacken verirrten, um Vorräte aufzufrischen, nie jedoch die höherrangigen Angestellten der Botschaft, zu denen Poole und Vinter definitiv gehörten.

Poole stützte sich mit der Hand auf einem der rostigen Conex-Behälter ab und ließ sich die Gerüchte durch den Kopf gehen, die man ihm über Mitch Rapp zugetragen hatte. Genau wie er war der Typ Mitte 40. Da hörten die Gemeinsamkeiten auch schon auf. Im Gegensatz zu dem Spion hatte Poole eine makellose Weste vorzuweisen. In West Point hatte er zu den besten fünf Prozent seines Jahrgangs gehört, war danach zur Ranger School gegangen und hatte eine furiose Karriere bei den Streitkräften hingelegt. Zwischenstopps beim U.S. Army Command, dem General Staff College und der John F. Kennedy School of Government in Harvard. Danach zog er als Zugführer in den Ersten Golfkrieg und war zu Beginn der Irak-Kampagne bereits zum Leiter der Alpha Company aufgestiegen, 2. Rangerbataillon. Drei Kampfeinsätze mit den Rangers, zwei in Afghanistan, einer im Irak. Beim zweiten Afghanistaneinsatz fungierte er als Nachrichtenoffizier im Joint Special Operations Command und schnappte von seinem leitenden Kommandanten die Anekdote eines verdeckt operierenden CIA-Beamten auf, der sich in eine Haftanstalt auf der Bagram Air Base eingeschlichen hatte, indem er sich als Colonel der Air Force und Sonderberater für den Nahen und Mittleren Osten ausgab.

Eine Woche zuvor hatte man zwei hochrangige Taliban-Führer auf dem Schlachtfeld aufgegriffen, die bis zu diesem Zeitpunkt jede Aussage verweigerten. Rapp gelang es in weniger als einer Stunde, Pläne über einen bevorstehenden Terrorangriff auf die Vereinigten Staaten aus einem der Gefangenen herauszuquetschen. Es kursierten unterschiedliche Versionen, wie ihm das gelungen war, aber in jedem einzelnen Fall ging es um ziemlich rustikale Praktiken, die den Männern im JSOC eine Mischung aus Bewunderung und Angst abrangen. Es machten noch zahlreiche weitere Legenden über Rapp die Runde; überwiegend aus zweiter oder dritter Hand aufgeschnappte Schilderungen von Heldentaten an den Krisenherden der Welt. Sofern man ihnen Glauben schenken konnte, tendierte Rapp zu extremer Gewaltanwendung, sorgte sich wenig um die eigene Sterblichkeit und trat politische und rechtliche Problemstellungen der Amtsträger, denen er unterstellt war, weitgehend mit Füßen.

Poole hatte sich im Gegensatz dazu wie jeder anständige West Pointer immer strikt an die Regeln gehalten und stand kurz davor, sich den ersten Stern ans Revers heften zu dürfen. Davon hatte er ein Leben lang geträumt, obwohl es erst der Anfang war. Poole wusste, dass er das Zeug zu einer großen Karriere hatte. Eines Tages den Vorsitz bei den Vereinten Staatschefs zu bekleiden, zählte zu seinen großen Zielen. Falls es klappte, machte er sich sogar Hoffnungen auf das Oval Office. Bis vor Kurzem wäre es Poole schwergefallen, die Motive eines Mannes wie Rapp nachzuvollziehen. Er hatte sich buchstabengetreu an die Paragrafen geklammert, bis Vinter ihm die Augen für die Realitäten in Washington öffnete. Sie erklärte ihm, dass es bei gewissen Gelegenheiten darauf ankam, die Vorschriften als sinnlose Hindernisse zu betrachten und geschickt zu umgehen. Rapps komplette Karriere und sein Ruf schienen auf einer ähnlichen Philosophie zu beruhen. Abkürzungen zu nehmen war zwar eine verlockende Vorstellung, aber Poole wusste, dass er vorsichtig sein musste. Bei der U. S. Army wurden Fehltritte deutlich härter bestraft. Eine falsche Entscheidung unter den Augen eines Generals, und man konnte sich jede künftige Beförderung abschminken.

Genau aus diesem Grund übte sich Poole in dezenter Zurückhaltung, wenn es um die Einschätzung von Rapps Erfolgen ging.

»Es ist nicht ganz leicht, Wahrheit und Legende voneinander zu trennen, wenn es um diesen Mann geht, aber wenn man auch nur die Hälfte von dem glauben kann, was über ihn erzählt wird, ist er eine extrem rücksichtslose Person«, sagte er zu Arianna Vinter. *Die Art von Mann, die meine Karriere ins Aus befördern könnte,* fügte er stumm hinzu.

»Verdammt!« Vinter schnippte ihre Zigarette seitlich gegen den Container. Funken stoben auf. »Das Letzte, was wir im Moment gebrauchen können, ist irgendein Schlägertyp von der CIA, der uns alles versaut. Dafür habe ich zu hart geschuftet.«

Vinter dachte an ihre Zeit beim State Department und die vielen Opfer, die sie gebracht hatte, um trotz der zahlreichen intriganten und berechnenden Diplomaten um sie herum die Karriereleiter hochzuklettern. Sie hatte diesen grauenhaften Posten in Afghanistan aus verschiedenen, ziemlich komplizierten Gründen angetreten. Unter dem Strich zählte vor allem eins: Er ebnete ihr den Weg zur nächsten Beförderung.

Vinter hasste Afghanistan. Ein Land voller Menschen, die sich an eine überkommene, frauenfeindliche Kultur klammerten, die seit über einem Jahrhundert ausgedient hatte. Überall trieben sich religiöse Hokuspokus-Fanatiker herum, die jemandem mit Oberweite mit noch weniger Respekt begegneten als ihren Hunden.

Obwohl sie sich daran stieß, wie bärtige Freaks in diesem Land mit ihren Geschlechtsgenossinnen umsprangen, während die US-Regierung untätig zusah, hatte ihr Chef keinen Zweifel daran gelassen, dass sie andere Prioritäten setzen musste. Die entsprechenden Anweisungen kamen direkt aus dem Weißen Haus. In Anbetracht der bevorstehenden Wahlen setzte die Regierung alles daran, den militärischen Rückzug zu beschleunigen. Jedes Mittel war recht, um unentschlossene Wähler noch auf die eigene Seite zu bringen.

Reintegration lautete das Schlagwort der Stunde. Anfänglich hatte sie es noch mit dem Begriff ›Begnadigung‹ versucht, doch der schnitt bei den Meinungsforschern schlecht ab, also verpackte sie die Sache kurzerhand anders. Zahlreiche Zielgruppen-Befragungen und eine 125.000-Dollar-Zahlung an eine der führenden PR-Firmen hatten ihnen ›Reintegration‹ beschert. Ein ziemlich steriler Begriff, der beim Wahlvolk allerdings prima ankam.

Es war einer der seltenen Momente in Vinters Karriere gewesen, in denen ihr genialer Verstand ihr zu etwas verhalf, das sie eigentlich gar nicht wollte. Vor ziemlich genau einem Jahr hatte sie die Assistentin angerufen und zu einem wichtigen Treffen in das prunkvolle Büro einbestellt. Es fing vielversprechend an. Die Ministerin teilte ihr mit, dass dem Präsidenten ihre Idee ausnehmend gut gefiel. Vinter strahlte vor Stolz wie ein Kind, das endlich Anerkennung von einem entfremdeten Elternteil erhielt. Doch dann entgleiste die Sache. Der Präsident wünschte, dass sie die Sache persönlich in die Hand nahm und sich vor Ort um die Umsetzung kümmerte.

»Er möchte, dass Sie nach Kabul reisen und dort alles beaufsichtigen«, ließ sie ihr ebenfalls anwesender Boss wissen. »Sie berichten direkt an mich und verfügen über eine Menge Einfluss. Man wird den US-Botschafter in Afghanistan auffordern, Ihre Arbeit in jeder erdenklichen Weise zu unterstützen. Das Weiße Haus wird außerdem Personal im Pentagon und bei der CIA mobilisieren, das Ihnen zur Hand geht. Unter dem Strich sind Sie diejenige, die den Laden schmeißt.«

Den Rest bekam Vinter kaum noch mit. Ihr Verstand streikte bei der Vorstellung, in Kabul leben zu müssen. Ein ungeahnter Stolperstein auf ihrem bislang holperfrei verlaufenen beruflichen Weg. Sie war zuvor einige Male nach Afghanistan gereist und hatte auf Anhieb eine tiefe Abneigung gegen das Land entwickelt. Trotzdem musste sie sich darauf einlassen; ihrer Karriere zuliebe. Wenn sie sich für ein oder zwei Jahre auf einen Job in der Hölle einließ, hatte sie bei der Wahl ihres nächsten Postens vermutlich freie Auswahl. Ihr Ehemann reagierte nicht besonders begeistert, weil sie ihn vor ihrer Zusage nicht mal gefragt hatte, aber sie traute es ihm nicht zu, dass er sie deswegen sitzen ließ. Außerdem trieb ihr pubertierender Sohn sie zunehmend zur Verzweiflung. Für ihren Geschmack gab es entschieden zu viel Testosteron im Haus. Also beschloss sie, sich eine Auszeit von den beiden Männern in ihrem Leben zu nehmen. Sollte ihre Ehe daran zerbrechen, wurde sie schon damit fertig. Nach 17 Jahren war eine Veränderung manchmal gar nicht so verkehrt.

»Er ist ein winziges Rädchen in einem riesigen Getriebe«, beruhigte Poole sie gerade.

Vinter war eine extrem intelligente und leidenschaftliche Frau, aber alles zu seiner Zeit. Dass Pooles Leidenschaft sich im Moment darauf konzentrierte, ihr unter den Rock zu gehen, passte ihr überhaupt nicht. Wie auf Kommando legte er ihr die rechte Hand auf die Schulter.

»Ein Anruf beim Minister genügt, und sie verfrachten ihn ins nächste Schiff, das in Richtung Antarktis fährt«, meinte er und fing an, sie zu streicheln.

Vinter spielte die Auswirkungen dieser Variante im Kopf durch, als ihr bewusst wurde, dass es ihr kleiner Armeefreund mit den Zärtlichkeiten ein wenig übertrieb.

»Was soll das werden?«, herrschte sie ihn an.

»Ich will dir nur helfen, dich zu entspannen. Wenn du so aufgebracht bist, denkst du nicht mehr klar.«

»Und du denkst nicht mehr klar, wenn dein Schwanz das Denken übernimmt. Ich kenne diesen Blick. Es geht dir gerade nicht drum, dass ich den Kopf freibekomme, sondern dass du dein Teil zwischen meine Beine bekommst.«

Vinter registrierte sein verschmitztes Grinsen.

»Wir kennen uns gerade mal … wie lange? … sechs Wochen, und ich kenn dich schon in- und auswendig. Wir werden nicht noch mal wie räudige Hunde hier zwischen den Containern ficken. Das war eine einmalige

Ausnahme. Du hast einen schwachen Moment von mir ausgenutzt, das passiert mir nicht noch mal.«

»Komm schon.« Poole seufzte laut und zog sie dichter an sich heran. »Ich brauche dich.«

»Du hattest mich vor zwei Tagen. So nötig kannst du's doch gar nicht haben.«

»Normalerweise bin ich nicht so, aber du machst mich total verrückt.« Er küsste sie auf die Lippen, während seine Hände ihren Hintern betatschten.

Vinter schob ihn weg.

»Das Meeting ist in zehn Minuten. Reiß dich zusammen. Zahir droht damit, seine Männer mitzunehmen und zurück in die Berge zu gehen. Falls es dazu kommt, setzt er einen Dominoeffekt in Gang und alle Fortschritte, die ich im letzten Jahr erzielt habe, lösen sich in Luft auf. Und das nur, weil so ein dämlicher Spion gekidnappt wurde.«

Sie dachte über den seltsamen Wandel der Ereignisse nach.

»Soweit ich gehört habe, nimmt der Söldner, der unsere harte Arbeit zunichtezumachen droht, ebenfalls an der Besprechung teil.«

Poole zog Vinters Hand in seinen Schritt. »Apropos hart.«

Vinter stand kurz davor, ihm eine zu verpassen.

»Lass das. Wir müssen uns auf das Gespräch vorbereiten. Darren steht komplett neben sich. Er sagt, dieser Rapp kämpft mit ernsthaften psychischen Problemen. Hast du eine Vorstellung, was in Washington los ist, wenn wir die Sache vermasseln?«

Poole dämmerte langsam, dass er fürs Erste auf Sex verzichten musste.

Er stöhnte. »Du machst echt eine viel zu große Nummer draus. Wir werden gar nichts vermasseln. Die Reintegrationsbemühungen laufen nach Plan. Wenn jetzt noch etwas schiefgeht, können wir die Schuld auf diesen Rapp abwälzen. Wir werfen der CIA das Stöckchen hin und lassen die den Rest erledigen.«

»So läuft das bei mir nicht. Schiefgehen und Scheitern kommen in meinem Vokabular nicht vor.« Vinter stieß sich wütend den Zeigefinger vor die Brust, um einer Aussage Nachdruck zu verleihen, die an Nachdruck ohnehin nichts vermissen ließ. »Ich werde nicht als Fehlschlag nach D. C. zurückkehren.«

Poole stöhnte. Eine Konfrontation zwischen Arianna und Rapp ließ sich offenbar nicht vermeiden. Er überlegte, was er tun konnte, um den Konflikt zumindest abzuschwächen. Vinter rechnete sicher damit, dass er voll und ganz hinter ihr stand, doch er hatte längst beschlossen, Rapp nicht offen in die Parade zu fahren. Wenn man gegen einen unbekannten Feind in die Schlacht zog, musste man das eigene Ego ausblenden und im passenden Moment den taktischen Rückzug antreten. Auf diesen Kurs hatte er sich eingeschworen. Gut möglich, dass Vinter ihn dafür hinterher zur Schnecke machte, aber trotz des großartigen Sex hatte er allmählich genug von ihrer herrischen Art. Wer weiß, vielleicht konnte er die Sache sogar zu seinem Vorteil ausnutzen und ihr Verhältnis künftig etwas ausgeglichener gestalten.

»Ich werde dich unterstützen, aber ich warne dich. Er ist nicht der Typ Mann, mit dem man sich gerne anlegt.«

»Tja, und ich bin nicht der Typ Frau, mit dem man sich gerne anlegt. Es wird sowieso schnell beendet sein.

Ich zerquetsch ihm die Eier und schick ihn nach Hause. Dann haben wir unsere Ruhe.«

Poole hätte es gerne geglaubt, doch er teilte ihren Optimismus nicht.

»Arianna, ich weiß, dass ich dich nicht umstimmen kann, aber sag hinterher nicht, ich hätte dich nicht gewarnt.«

Da er keinen Wert auf ihre Antwort legte, setzte er sich wortlos in Richtung Hauptgebäude in Bewegung.

7

ISI-Hauptquartier
Islamabad, Pakistan

Nadeem Ashan schritt mit einem unguten Gefühl im Bauch den breiten Korridor entlang. Nach 29 Jahren beim pakistanischen Geheimdienst hätte er eigentlich an solche Komplikationen gewöhnt sein müssen, doch diese spezielle Komplikation machte ihm aus Gründen Sorgen, die er lieber niemandem sonst anvertraute. Ashan navigierte normalerweise sicher durch die turbulenten Fahrwasser des ISI, doch das trug in der aktuellen Situation eher dazu bei, seine Besorgnis zu steigern. Der militärische Nachrichtendienst der pakistanischen Streitkräfte war kein stabiler bürokratischer Apparat, in dem alle Beteiligten nach festen Regeln arbeiteten, sondern eine zutiefst zerrüttete, fast schon sektiererische Institution. Hier arbeiteten Geheimdienstler und Militärs Hand in Hand, die völlig unterschiedliche Vorstellungen davon hatten, was für ihr Land am besten war.

Die größten Verwerfungen bestanden zwischen den Säkularisten und den religiösen Fanatikern, die sich nicht einmal untereinander grün waren. Die Säkularisten drängten in der Regel auf Erneuerung und Stabilisierung und mahnten schon seit Jahren, dass die Unterstützung der Taliban in Afghanistan und der Laschkar-e Taiba, einer islamistischen Terrororganisation in Kaschmir, ihnen eines Tages einen Tritt in den sprichwörtlichen Allerwertesten zu verpassen drohte. Die religiösen Eiferer hingegen betrachteten die Taliban als Verbündete, mit deren Hilfe sich das benachbarte Afghanistan dauerhaft schwächen ließ. Die nationalistisch eingestellten Splitter-gruppen hatten lange Zeit sogar dafür plädiert, die Unter-stützung der Laschkar-e Taiba in Kaschmir trotz ihrer Zusammenarbeit mit den Mudschaheddin im Afghanis-tankrieg aufrechtzuerhalten. Sie hassten Indien so sehr, dass sie diese Wilden bewusst anstachelten, reihenweise Zivilisten abzuschlachten, um ihre ›Befreiung‹ der im indischen Teil von Kaschmir lebenden Moslems durch-zusetzen.

Diese Hardliner wurden als verblendete Narren ent-larvt, als ein Terrorangriff in Mumbai 195 Opfer forderte und das weltberühmte Taj Hotel bis auf die Grundmauern niederbrannte. Der internationale Aufschrei fiel gewaltig aus und als Leiter des Bereichs für Analyse und außenpo-litische Beziehungen bekam Ashan ihn mit voller Wucht zu spüren. Noch vor den Angriffen auf New York und Washington hatte er eine enge Beziehung zur CIA und dem britischen MI-5 gepflegt. Danach wurde ihm noch mehr bewusst, wie gefährlich es war, die Bastarde des Dschihad zu unterstützen. Selbst Präsident Musharraf wachte schließlich auf und beschloss, die Vereinigten

Staaten im Kampf gegen den Terror zu unterstützen. Prompt richtete sich der Zorn des Dschihad gegen ihn und sie starteten in seiner Amtszeit als Regierungschef insgesamt sieben vergebliche Angriffe auf sein Leben. Nur fünf dieser Angriffe waren der Öffentlichkeit bekannt. Ashan und seine Kollegen vom ISI sorgten dafür, die anderen beiden unter Verschluss zu halten, da Leute aus den eigenen Reihen an der Planung beteiligt gewesen waren.

Diese Zwischenfälle waren für den ISI ausgesprochen peinlich, aber sie rückten fast in den Hintergrund, als die Amerikaner eine ihrer Eliteeinheiten losschickten, um den berüchtigtsten Terroristen der Welt zu töten. Wie sich herausstellte, hatte sich Osama bin Laden jahrelang in Pakistan versteckt. Ashan wusste sofort, dass auch einige Vertreter des ISI eine schützende Hand über ihn gehalten hatten. Alles eine Frage des Geldes; aber auch ideologische Sympathien spielten durchaus eine Rolle. Ganz gleich, wie sehr Pakistan es leugnete, es gab eine beträchtliche Zahl von Männern bei Militär und Geheimdiensten, die das Vorgehen von Taliban und Al-Qaida ausdrücklich unterstützten und befürworteten.

Ashan befand sich gerade auf dem Weg zu einem dieser Befürworter. Lieutenant General Akhtar Durrani war der Leiter des externen ISI-Flügels. Durrani und Ashan standen zwei der drei Hauptbereiche des Nachrichtendienstes vor. Sie verfügten über weitreichende Kompetenzen und berichteten beide direkt an den Generaldirektor. Ashan gelang es in den meisten Konflikten recht gut, zwischen Säkularisten und Hardlinern zu vermitteln, während Durrani fest im Lager der Hardliner verwurzelt war. Für Ashans Pragmatismus gab es im Übrigen gute Gründe: In Pakistan waren die Muslime eindeutig in der Mehrheit.

Ashan schob sich an den handverlesenen militärischen Leibwächtern und dem persönlichen Assistenten seines Kollegen vorbei, wobei er ihnen lediglich kurz zunickte. Das Hauptquartier des ISI war in einem ausgedehnten Gebäudekomplex untergebracht. Die Abteilung für Analyse und außenpolitische Beziehungen befand sich in größerer räumlicher Entfernung zum externen Flügel. Trotzdem arbeiteten die beiden Bereichsleiter sehr eng zusammen. Fast jeden Tag trat Ashan den ausgedehnten Spaziergang von seinem Büro zu Durrani an. Im Gegensatz zu den meisten Pakistani seines Alters legte Ashan großen Wert auf seine Gesundheit. Keiner seiner Eltern hatte den 60. Geburtstag erlebt. Sein Vater erlag einem Herzinfarkt infolge jahrelangen Kettenrauchens, seine Mutter wurde vom Lungenkrebs niedergerafft. Ashan hasste Zigaretten und achtete darauf, sich gesund zu ernähren und ausreichend zu bewegen. Auf diese Weise hoffte er, mindestens 80 zu werden.

Die schwere Tür zu Durranis Büro war verschlossen. Ashan schielte über die Schulter zum Assistenten, der kurz auf die Anzeige der Telefonanlage blickte.

»Er führt gerade kein Gespräch.«

Ashan klopfte und drehte den Knauf. Er trat in den geräumigen rechteckigen Raum und wurde von dichten Rauchschwaden begrüßt. Er zögerte keinen Moment und betätigte einen Schalter an der Wand, um den Abluftventilator in Gang zu setzen. Er hatte ihn selbst vor knapp vier Jahren einbauen lassen, weil er es nicht länger ertrug, in einem völlig verqualmten Büro zu tagen. Kurz überlegte er, dem Freund einen Vorwurf zu machen, dass er den Ventilator nicht selbst eingeschaltet hatte, doch dann überlegte er es sich anders. Wer seine Lunge den ganzen

Tag lang krebserregenden Substanzen aussetzte, dem half auch zirkulierende Luft nicht mehr.

»Nadeem.« Durrani lehnte sich im hochlehnigen Ledersessel zurück. »Es ist mir eine Freude.«

Der andere trug seine Armeeuniform, um jedem seinen Rang unzweifelhaft vor Augen zu führen.

Ashan, der lediglich vier Jahre bei der Luftwaffe gedient hatte, begnügte sich mit einem blauen Anzug und gelber Krawatte.

»Ich war gerade in der Nähe und dachte, ich schau mal vorbei.«

»Natürlich, dein Fitnessritual.« Durrani lächelte und legte seine Zigarette in den Aschenbecher.

»Ich hab dich oft genug gewarnt. Wenn du dich weiter so verausgabst, bringst du dich noch um.«

»Ja, ich weiß. Würde ich so viel qualmen wie du und der Rest des Landes, wäre ich wesentlich gesünder dran.«

»Zumindest hättest du mehr Spaß«, verkündete Durrani mit einem breiten Grinsen, das unter dem üppigen schwarzen Schnurrbart aufblitzte, der für einen Offizier im pakistanischen Militär feste Karrierevoraussetzung zu sein schien.

»Ich habe eine Menge Spaß.«

Ashan lief an beiden Stühlen vor dem großen Schreibtisch des Freundes vorbei und ließ sich auf den Sessel fallen, der direkt am Fenster einen guten Blick auf die zahlreichen Innenhöfe des Komplexes erlaubte. Er hatte ihn selbst bestellt, weil die niedrigen Besucherstühle vor dem Schreibtisch einen zwangen, zu Durrani aufzuschauen, als stünde dieser auf dem Gipfel des K2. Ashan war nicht ganz sicher, vermutete aber, dass es sich um ein Überbleibsel aus der Kolonialzeit handelte, als hier noch britische Offiziere ihre Bittsteller empfangen hatten.

»Was führt dich heute in meine kleine Enklave? Muss ich dir mit den schmutzigen Tricks des externen Flügels mal wieder den Hintern retten?«

Ernster als es sein Tonfall vermuten ließ, erwiderte Ashan: »Deine schmutzigen Tricks sorgen in der Regel überhaupt erst dafür, dass ich mit meinem Allerwertesten in Schwierigkeiten lande.«

»Ach, komm schon.« Durrani lachte schallend. »Wir haben alle unsere Rolle zu spielen.«

Ashan war nicht in der Stimmung für Scherze. Er kannte seinen Freund zu gut. Kannte seine Talente und seine Schwächen. Sollte er Personal oder Expertise für diesen Wahnsinn in Jalalabad zur Verfügung gestellt haben, steckten sie alle in gewaltigen Schwierigkeiten.

»Beten wir lieber, dass niemand aus dem externen Flügel etwas mit den Vorfällen der gestrigen Nacht auf der anderen Seite der Grenze zu tun hat.«

»Von welcher Grenze redest du?«

Ashan strich sich mit der Hand über das glatt rasierte Gesicht und versuchte abzuschätzen, ob sein alter Freund die Unwissenheit heuchelte oder es ernst meinte. Der Mann war ein solcher Meister der Täuschung, dass er den Unterschied nicht länger erkannte. Er beschloss, sich nicht auf Spielchen einzulassen.

»Ich meine die Grenze im Norden.«

»Ah … Mr. Rickman. Eine unglückliche Geschichte. Es überrascht mich, dass du davon gehört hast.«

Ashan kannte die ständigen Sticheleien über die mangelnde Informiertheit seiner Abteilung nur zu gut.

»Ausländische Beziehungen sind unsere Spezialität.«

»Wer hat es dir mitgeteilt?«

»Die Botschaft. Sie haben heute Morgen ein Telegramm geschickt.«

Ashan sagte nur die halbe Wahrheit. Darüber hinaus hatte er direkt mit der CIA gesprochen. »Die Amerikaner sind ausgesprochen verärgert.«

»Das kann ich mir lebhaft vorstellen. Mr. Rickman ist niemand, den man so einfach verlieren will.«

Ashan drehte sich um und blickte aus dem Fenster. Er spürte, dass sein Freund ihn an der Nase herumführte, ohne den Grund zu kennen. Sie waren sich vor 35 Jahren erstmals begegnet, als er in Oxford studierte und Durrani an der Royal Military Academy in Sandhurst. Damals hatte er in dem anderen lesen können wie in einem offenen Buch – er trug seine Leidenschaften und Pläne deutlich zur Schau. Doch der ISI hatte ihn schrittweise in einen doppelzüngigen Meisterspion verwandelt. Ashan befürchtete, dass die Kluft zwischen ihnen zunehmend tiefer wurde.

»Akhtar, ich muss dich etwas fragen.«

Durrani forderte seinen Freund mit einem gewinnenden Lächeln zum Weiterreden auf.

»Die Frage wird dir nicht gefallen.«

»Leute stellen mir jeden Tag Fragen, die mir nicht gefallen. Das gehört zu meinem Job.«

Ashan sah zu, wie sein alter Bekannter eine weitere Zigarette anzündete, bevor er sich beiläufig erkundigte: »Wer von dir oder deinen Leuten weiß mehr über die Hintergründe von Rickmans Entführung?«

Durrani antwortete nicht sofort, sondern sog erst mal einen tiefen Zug in die Lunge, damit die Zigarette nicht ausging. Nur absolute Narren mussten eine Zigarette zweimal anzünden. Er schüttelte den Kopf und stieß dabei den Rauch aus. »Das ist ziemlich allgemein formuliert. Kannst du etwas konkreter werden?«

»Hast du gewusst, dass er entführt werden sollte?«

»Ich persönlich nicht, nein.«

»Und deine Leute?«

Durrani hüstelte. »Wieso sollten meine Leute für so eine waghalsige Aktion ein Risiko eingehen?«

Ashan fielen spontan ein halbes Dutzend Gründe ein. Zuerst wollte er die Sache auf sich beruhen lassen, doch dann trieb ihn etwas an, vehementer nachzubohren, als er es bei seinem Freund in letzter Zeit getan hatte.

»Vielleicht solltest du es mir erzählen. Immerhin wissen wir beide, dass deine Leute es auch für eine gute Idee hielten, bin Laden vor der Welt zu verstecken. In unserer direkten Nachbarschaft, sollte ich wohl noch hinzufügen.«

Durranis Gesichtsausdruck verhärtete sich.

»Es wurde entschieden, dass wir über diese Angelegenheit nicht mehr sprechen.«

Ja, es war entschieden worden. Im Rahmen des beschämenden Nachspiels der Mission von Navy SEAL Team Six hatten Präsident und ISI-Generaldirektor Ashan gebeten, ein Untersuchungsverfahren einzuleiten, um herauszufinden, ob bin Laden Hilfe vonseiten des ISI erhalten hatte. Ein Zweisternegeneral der Armee war seinerseits aufgefordert worden, in seinen Reihen nach möglichen Verstrickungen Ausschau zu halten. Er lieferte einen lächerlichen Bericht ab, der das Militär von jeglicher Verantwortung freisprach. Bei Ashans Untersuchung verhielt es sich ganz anders. Sechs ranghohe Vertreter des Geheimdienstes sowie fünf Armee-Offiziere und eine Handvoll Untergebener wurden in seinem Abschlussbericht belastet und es gab noch weitere Mitwisser. Bevor Ashan die Ermittlungen jedoch abschließen konnte, schaltete sich der Generaldirektor ein, beschlagnahmte sämtliche Unterlagen und ordnete ihre Vernichtung an.

Ashan war unglaublich wütend gewesen, aber man versicherte ihm, es geschehe zum Wohle Pakistans. Sein Vorgesetzter behauptete, die Amerikaner hätten kurz davorgestanden, Teile des Materials in die Hände zu bekommen, womit sie über Möglichkeiten verfügt hätten, sie zu erpressen. Ashan wusste, dass das ausgemachter Blödsinn war. Allerdings hatte er vor den Haustüren einiger sehr einflussreicher Persönlichkeiten Dreck zusammengekehrt und drohte auffliegen zu lassen, dass führende Regierungsvertreter dem gefährlichsten Terroristen der Welt bereitwillig Asyl gewährt hatten. Statt reinen Tisch zu machen und die Verfehlungen einzugestehen, entschieden der Präsident und seine Kabinettsmitglieder, das Ganze zu verschleiern. Niemand wurde zur Verantwortung gezogen und da Entlassungen für Aufmerksamkeit gesorgt hätten, blieben alle Beteiligten auf ihren Posten. Ashan fand das unglaublich, konnte aber nichts dagegen tun. Mit einer Ausnahme: Unauffällig steckte er den Amerikanern, was er wusste.

»Ja, es wurde entschieden, dass wir über diese Angelegenheit nicht sprechen, aber wir sind beide immer ehrlich miteinander umgegangen. Da wir gerade in deinem Büro sitzen, von dem wir wissen, dass es nicht abgehört wird, halte ich es nicht für verwerflich, dir in Erinnerung zu rufen, dass einige deiner Leute in der Tat unverantwortliche Risiken eingehen.«

»Sei nicht so selbstgefällig. Du weißt, dass auch deine Abteilung involviert war.«

»Ja«, musste Ashan zugeben. »Allerdings betraf das nur einen Mitarbeiter, dem ich das Leben seitdem zur Hölle mache. Er sitzt jetzt in einer der Kelleretagen und digitalisiert alte Akten. Kannst du das auch von den fünf Beteiligten in deinem Bereich behaupten?«

»Wie ich mein Personal führe, ist allein meine Sache.«

Die ablenkende Antwort verriet Ashan, was er wissen musste: Die Verräter klebten an ihren Sesseln.

»Nachdem wir nun geklärt hätten, dass es tatsächlich Leute in unserer geschätzten Organisation gibt, denen wir die Beteiligung am Kidnapping von Joe Rickman zutrauen, erwarte ich deinen Vorschlag, wie wir sichergehen können, dass unser Personal nicht darin involviert war.«

»Ich schlage vor, dass wir gar nichts tun.«

»Gar nichts?«

»Eine solche interne Untersuchung macht uns in den Augen der Amerikaner nur verdächtig. Ich sehe keinen Grund, meinen Flügel erneut in ihre Schusslinie zu bringen, wo ich doch überzeugt bin, dass niemand von uns darin verwickelt ist. Afghanistan ist ein raues Pflaster, das wissen auch die Westler. Wären sie früher in ihre Heimat zurückgekehrt, hätten sie jetzt nicht dieses Problem.«

Ashan brachte seine Verbitterung deutlich zum Ausdruck. »Warum behandelst du die Amerikaner nach wie vor, als ob sie der Feind sind?«

Durrani drückte die Zigarette in dem großen Aschenbecher aus Kupfer aus und faltete die Hände vor dem eng anliegenden grünen Uniformhemd.

»Afghanistan ist unsere Spielwiese. Die Briten haben sich dort lange Zeit herumgetrieben, dann wollten die

Russen es sich unter den Nagel reißen und schließlich tauchten die Amerikaner auf und bildeten sich in ihrer Arroganz ein, sich einfach nehmen zu können, woran sich zuvor Briten und Russen die Zähne ausgebissen haben. Sie glaubten allen Ernstes, die Wilden zähmen und sich krallen zu können, was uns gehört.«

Ashan schüttelte den Kopf. Diese Argumente kannte er zur Genüge.

»Du hast mal wieder den Teil mit dem Angriff von Al-Qaida ausgeklammert.«

»Al-Qaida hätten wir für sie unter Kontrolle gebracht. Eine simple Bitte wäre ausreichend gewesen. Es gab keinen Grund, unsere Nachbarn anzugreifen. Sieh dir doch an, wie viel Schaden sie damit angerichtet haben.«

Ashan wollte widersprechen, ließ es aber bleiben. Pure Zeitverschwendung. Sie drehten sich bei diesem Thema im Kreis. Durrani heuchelte Unwissenheit und suhlte sich in seinem Hass auf alle Amerikaner, steckte im Gegenzug jedoch dankbar ihr Geld ein. Gerüchteweise hatte er im Verlauf des Kriegs Millionen von Dollar kassiert, von denen ein Teil vermutlich direkt von Rickman stammte. Ashan brachte den Vorwurf bei jeder sich bietenden Gelegenheit an, lehnte sich jedoch nicht zu weit aus dem Fenster. Durrani war schließlich nicht der Einzige, der sich bestechen ließ. Ein Großteil der ISI-Führung erhielt regelmäßige Zahlungen von den Amerikanern, Ashan eingeschlossen. Das Problem bei Durrani war, dass er zwar kassierte, dann aber fieberhaft daran arbeitete, die ehrenhaften Absichten ihrer Verbündeten zu unterwandern.

»Der Schaden, den *sie* angerichtet haben? Vergisst du da nicht unseren Anteil an dem ganzen Schlamassel ... wir haben die Mudschaheddin und die Taliban ausgebildet und unterstützt, zum Teil sogar Mitglieder von Al-Qaida.«

»Afghanistan ist ein einziger Schlamassel, aber immerhin ist es unserer. Es wird Zeit, dass die Amerikaner abhauen.«

»Und was glaubst du, was sie gerade tun? Dieses Reintegrationsprogramm, bei dem ich sie unterstütze, arbeitet doch auf ihren mittelfristigen Rückzug hin.«

»Und parallel bauen sie ein Netzwerk mit bezahlten Spionen auf, die sich dauerhaft in unsere Angelegenheiten einmischen.«

Durrani schüttelte verärgert den Kopf. »Das ist inakzeptabel.«

»Nach all den Erfahrungen, die sie in der Region gemacht haben, halte ich das für absolut nachvollziehbar.«

»Würden sie es umgekehrt auch zulassen, dass wir uns in die Angelegenheiten von Nachbarstaaten in ihrem geografischen Einflussbereich einmischen?«

Durrani gab sich die Antwort selbst. »Natürlich nicht. Sie haben unsere Gastfreundschaft überstrapaziert, Nadeem. Sollen sie doch endlich verschwinden!«

In letzter Zeit verliefen alle Unterhaltungen nach diesem Muster. Widerspruch war nichts als Zeit- und Energieverschwendung.

»Und was ist mit Rickman?«

Der General zuckte die Achseln.

»Ein weiteres Kriegsopfer. Jeder Beteiligte hat tausendfache Verluste zu beklagen. Auf eine Leiche mehr oder weniger kommt es nicht an.«

Ashan schüttelte ungläubig den Kopf. »Da irrst du dich. Joe Rickman ist nicht einer unter vielen, sondern zählt zu den wichtigsten CIA-Leuten vor Ort. Sie werden nicht untätig abwarten, bis man ihn zu Tode foltert. Er kennt zu viele Geheimnisse … extrem wertvolle Geheimnisse.«

»Du übertreibst, was seine Bedeutung angeht. So wichtig ist er nun auch wieder nicht. Und selbst wenn: viel Glück bei der Suche nach ihm!«

»Ich übertreibe, was seine Bedeutung angeht?« Ashan stand auf, kam auf die andere Seite des Schreibtischs und baute sich vor dem Freund auf.

»Weißt du, wen die Amerikaner geschickt haben, um Rickman zu finden?«

»Keine Ahnung.«

Ashan stützte sich mit beiden Händen auf der Tischplatte ab.

»Deinen alten Freund Mitch Rapp.«

Durrani sah zur Seite und schluckte unbehaglich. Nach einem Moment des Schweigens fügte er an: »Wir werden ihm jede notwendige Unterstützung zukommen lassen.«

Die Worte klangen wie eine Floskel und alles andere als überzeugt.

»Akhtar, wie lange sind wir zwei jetzt schon befreundet? Sag einfach nichts und hör mir zu. Mitch Rapp ist ein extrem gefährlicher Mann. Die Tatsache, dass sie ihn zu uns schicken, beweist, wie ernst es ihnen ist, Rickman zurückzubekommen. Rapp schert sich nicht um Diplomatie oder Politik. Er ist der Letzte, mit dem du dich anlegen willst. Er wird jeden töten, der in diese Entführung verwickelt ist. Ich gehe jetzt, aber ich rate dir, dich an deine Worte zu halten. Unterstütz ihn nach besten Kräften. Und solltest du herausfinden, dass einer von deinen Leuten den Taliban bei …«

»Wir haben keine Ahnung, wer dahintersteckt«, unterbrach Durrani. Er klang mehr als nur ein bisschen gereizt.

»Da hast du recht«, meinte Ashan besänftigend. »Aber wir können fundierte Vermutungen anstellen. Sollten die üblichen Verdächtigen involviert sein, ist es so gut wie sicher, dass es auch Verbindungen zum ISI gibt. Wir müssen unsere Mitarbeiter darauf ansetzen. Sie müssen uns berichten, was sie herausfinden, und wir geben das sofort an die Amerikaner weiter. Es mag dir schwerfallen, aber dieses eine Mal musst du dich wie ein wahrer Verbündeter verhalten.«

Durrani sah aus, als hätte er in eine Zitrone gebissen.

»Ich habe die Amerikaner und ihre Arroganz dermaßen satt. Es ist nicht mein Problem. Sollen sie Rickman doch alleine finden.«

Ashan konnte es nicht glauben.

»Na gut, du sturer Narr. Rapp hat dich schon einmal gewarnt, dass es dein Ende ist, wenn du ihn hintergehst.«

Er ging zur Tür.

»Oder findest du, er wirkt wie jemand, der leere Drohungen ausstößt?«

»Ich habe keine Angst vor Mitch Rapp.«

Ashan schob die Hand an den Türknauf und fühlte eine tiefe Traurigkeit in sich aufsteigen. Sein Freund hatte sich in einen verbohrten Sturkopf verwandelt, der den Amerikanern die nötige Härte in Abrede stellte, dieses hässliche Duell bis zum bitteren Ende auszufechten. Das mochte auf den Durchschnittsbewohner der Vereinigten Staaten sogar zutreffen, aber definitiv nicht auf Mitch Rapp. Er riss die Tür auf und raunte über die Schulter:

»Wenn du wirklich keine Angst vor Mr. Rapp hast, solltest du mal deinen Kopf untersuchen lassen.«

8

Rapp spähte durch die Luke des riesigen MRAP Cougar. Die Strecke vom Flughafen zur Botschaft war relativ kurz, etwa drei Kilometer. Der Ingenieurstrupp der Army hatte gute Dienste geleistet und die Great Massoud Road an mehreren Stellen verbreitert, um Engpässe zu beseitigen. Kameras waren installiert worden und frisch asphaltierte Straßendecken hielten Aufständische davon ab, Bomben in Schotter und Bruchstücken verbergen zu können. Parken am Straßenrand wurde strikt unterbunden und die Gehsteige frei von Müll, fliegenden Händlern und so ziemlich allen erdenklichen Möglichkeiten gehalten, Sprengkörper zu tarnen. Trotz all dieser Sicherheitsvorkehrungen verspürte Rapp eine gewisse Unruhe.

Während die meisten Menschen minengeschützte, leicht gepanzerte Landfahrzeuge als angenehm empfanden, verglich Rapp sie eher mit rollenden Särgen. Genauso gut konnte man ein Schild an der unförmigen Seite der Karosserie befestigen, um die Rebellen auf ein potenzielles Anschlagsziel hinzuweisen. Rapp bevorzugte unauffälligere Transportmittel. Die Leute von der Materialstelle der CIA in Langley kauften meist ältere Fabrikate und ließen sie von privaten Auftraggebern umrüsten. Gelegentlich stattete man sie auch mit kugelsicherem Glas und anderen Schutzvorrichtungen aus. Dennoch fand Rapp, in Afghanistan bestand die beste Tarnung darin, möglichst oft den fahrbaren Untersatz zu wechseln und nicht aufzufallen.

Als sie die scharfe Abzweigung kurz vor dem Botschaftsgebäude erreichten, wuchs Rapps Gefühl von Beklommenheit. So dicht vor der Zufahrt boten sie ein optimales Ziel für diese Verrückten. Das Gefährt kam abrupt zum Stillstand. Rapp sah irritiert zu Coleman auf und fragte: »Wieso halten wir?«

Coleman zog beiläufig die Schultern hoch. »Vermutlich überprüfen sie kurz unsere Ausweise.«

»Soll das etwa heißen, dass uns diese Schwachköpfe nicht vorher angemeldet haben?«

»Keine Ahnung.« Coleman lächelte. Rapps Nervosität amüsierte ihn.

Rapp drückte einen Knopf, um die hintere Einstiegsluke herunterzulassen.

»Nun, ich bleibe jedenfalls nicht auf der Zielscheibe hocken.« Während sich die Tritte noch entfalteten, kletterte er bereits geschickt nach draußen.

Coleman grinste ihm hinterher und betätigte die Taste erneut, um den Ausstieg wieder zu verriegeln. Die Jungs von der Air-Force-Security, die am Steuer saßen, erkundigten sich murrend, welcher Vollpfosten gerade ihre Sicherheit kompromittiert hatte. Coleman wischte die Frage mit einer kurzen Handbewegung weg und entschuldigte sich.

Draußen fand sich Rapp Auge in Auge mit einem U. S. Marine wieder, der kaum älter als 20 sein mochte.

Der Corporal schenkte ihm ein wissendes Nicken. »Ich mag die Teile auch nicht besonders.«

Rapp blickte sich rasch um und erkannte, dass der Marine zu einem Vortrupp gehörte, der 30 Meter vor dem Haupttor ausgestiegen war, um die Lage zu sondieren. Im Halbkreis schwärmten sie in kurzem

Abstand zum Gelände aus; ein locker gestaffelter Kordon, der sie abschirmte, solange die Überprüfung der Fahrzeuge und Ausweise lief. Die Splitterschutzmauern der Botschaft, das kugelsichere Glas und die mit Kevlar verstärkten Wände im Innenbereich boten Sicherheit vor explodierenden Autobomben, aber Besucher setzten sich unmittelbar vor der Türschwelle des Gebäudes zwangsläufig erhöhter Gefahr aus. Zwei Viermannwachtrupps trugen im Außenbereich nur geringfügig zum Schutz der Neuankömmlinge bei.

Was für eine schlampige Arbeit!, fluchte Rapp innerlich. Das reichte auf keinen Fall, um eine Horde durchgeknallter Bastarde aufzuhalten, die in einem mit Sprengstoff vollgepackten Fahrzeug auf das Gelände bretterten. Die M4-Karabiner der Posten konnten ein bewegtes Ziel ebenso wenig wirksam ausschalten wie Salven aus ihren leichten M249-SAW-Maschinengewehren. Die Aufgabe, Löcher in den Motor eines unbefugt eindringenden Vehikels zu stanzen, blieb damit den Kaliber-50-Waffen der Security am Tor vorbehalten.

»Was hat Sie denn in diese Weiberfestung verschlagen?«, wollte Rapp wissen, während er mit den Augen weitläufig die Umgebung scannte.

Der Marine tippte auf die beiden Rangabzeichen am Ärmel. »Scheiße fließt immer den Bach runter. Und mein Gunny erinnert mich bei jeder Gelegenheit dran, dass das Corps keine Demokratie ist. Also tu ich, was man mir sagt.«

Rapp nickte, weil er verstand, dass es nur so und nicht anders laufen konnte.

»Viel Glück.«

Er wandte sich um und näherte sich der Tür neben dem großen Stahltor. Ein Sergeant, der die typische

Kampfmontur des Marine Corps und eine Panzerweste trug, trat ihm in den Weg. Rapp zeigte einen Ausweis des State Departments mit gefälschter Identität vor.

Der Sergeant nahm das Dokument entgegen. »Warten Sie hier.«

Er lief zum nächstgelegenen Wachstand und schob es durch den Schlitz in die Kabine. Einige Momente später kehrte er zurück und drückte Rapp zusätzlich eine Zugangsberechtigung in die Hand.

»Sind Sie bewaffnet, Mr. Cox?«

Rapp schüttelte den Kopf. »Nein.«

In Wahrheit trug er zwei Pistolen und ein Messer am Körper. Er folgte dem Sergeant zu der niedrigen Tür und trat hindurch. Auf der anderen Seite nahm ihn ein vertrautes Gesicht in Empfang. Seine Miene verriet nicht, ob er sich darüber freute oder es ihn störte, den anderen zu sehen.

»Irene hat beschlossen, ein wenig Verstärkung zu schicken«, sagte Mike Nash.

Nash war fast fünf Jahre ein Mitglied von Rapps Team gewesen. Kürzlich hatte man ihn zum Leiter des Terrorabwehrzentrums der CIA befördert.

»Ich bin nur Teil der ersten Welle. Sie hat Agenten von überall her zusammengetrommelt.«

Rapp verzog das Gesicht. Er hatte weder die Zeit noch die Geduld, diese Leute zu koordinieren. Sofort dämmerte ihm, dass er das auch gar nicht musste. Deswegen war Nash hier.

Trotzdem wollte er ein Wörtchen mitzureden haben, wie die Agenten eingesetzt wurden, damit es am Ende nicht drunter und drüber ging.

»Und was sollen wir mit so viel Personal anfangen?«

Nash zuckte mit den Achseln. »Die werden sich schon irgendwie beschäftigen, bis wir was Konkretes für sie finden.«

Normalerweise hätte Rapp sich entschieden dagegen ausgesprochen, unnötige Aufmerksamkeit auf den Einsatz zu lenken, aber unter den aktuellen Umständen hielt er das Vorgehen für angemessen.

»Hast du konkrete Anweisungen für mich mitgebracht?« Er ging fest davon aus.

»Klar.« Nash zuckte mit dem Kopf in Richtung eines baumbewachsenen Spazierpfads und bedeutete Rapp, ihm zu folgen. Die beiden Männer sahen sich ähnlich genug, um als Brüder durchzugehen. Rapp war zwar fünf Jahre älter und ein paar Zentimeter größer und hatte schwarze Haare mit grauen Strähnen, während die von Nash dunkelbraun waren. Ihre markante Kinnpartie und das generelle Auftreten wiesen jedoch eindeutige Parallelen auf. Ein gutes Stück vom Haupttor entfernt steuerte Nash eine abgeschiedene Stelle im Schatten einer imposanten Zypresse an.

»Was hast du in Jalalabad vorgefunden?«

»Vier tote Bodyguards und einen leeren Safe. Sein Laptop ist verschwunden und Gott weiß was noch alles. Der absolute Super-GAU.«

»Gibt's Spuren?«

»Nicht wirklich«, erwiderte Rapp. »Allerdings bin ich so einem Arschloch namens Zahir begegnet. Ein früherer Terrorist, der auf unsere Seite übergelaufen sein soll.« Rapps Tonfall machte keinen Hehl aus seiner Skepsis.

»Abdul Siraj Zahir. Ich kenne seine Vorgeschichte und habe sowohl Rick als auch Sickles davor gewarnt, sich mit ihm einzulassen. Sie wollten nicht auf mich hören.«

»Nun, der Kerl ist jedenfalls im Safe House aufgetaucht und hat sich mächtig aufgespielt.«

»Und ich bin sicher, du hast dein geballtes diplomatisches Geschick eingesetzt, um die Situation zu entschärfen.«

»Du hast es erfasst. Er hat eimerweise Scheiße über Hubbard ausgeleert. Als ich es nicht mehr ertragen konnte, hab ich ihm die Pistole vor die Stirn gehalten und damit gedroht, ihm die selbstgefällige Fresse wegzuballern.«

Nash lachte. Kurz dachte er darüber nach, Rapp zu erklären, wie gefährlich Zahir war, aber dann tat er es als Zeitverschwendung ab. Mitch kannte solche Typen nur zu gut.

»Subtil wie eh und je.«

»Hör zu … lass uns nicht lange um den heißen Brei rumreden. Uns läuft die Zeit weg. Entweder holen wir ihn in den nächsten paar Tagen zurück oder hier bricht die Hölle los.«

Nash gab ihm recht. »Irene sieht das genauso. Alle wissen um das Risiko und sind bereit, entschlossen durchzugreifen.«

Rapp traute dem Frieden nicht. »Ich hab das schon zu oft erlebt, Mike. Die Bosse verlangen ein knallhartes Vorgehen und sofortige Ergebnisse und wir rennen los, treten Türen ein und donnern Schädel gegen die Wand. In einem Jahr sickern dann plötzlich Details an die Öffentlichkeit durch und sie tun völlig schockiert und knüpfen uns am Mast auf.«

»Ich geb dir völlig recht, aber Irene meinte, diesmal stünden zumindest Verteidigungs- und Außenministerium samt den Bonzen aus dem Weißen Haus komplett auf unserer Seite.«

Rapp blieb skeptisch. »Das behaupten sie jetzt, aber ich garantier dir … sobald sich eine Gelegenheit bietet, drehen sie ihre Köpfe so flott weg, dass uns schwindlig wird.«

»Das mag stimmen, aber wir können sowieso nichts dran ändern. Entweder halten wir uns strikt an die Regeln und sehen zu, wie die Sache entgleist, oder wir gehen auf die harte Tour vor, um ihn zurückzuholen, bevor er die Familienklunker auf den Tisch packt.«

»Ich weiß, was nötig ist, und bin auch bereit dazu. Allerdings wirst du's nicht schaffen, mich davon zu überzeugen, dass wir auch nur eine Sekunde mit der Unterstützung dieser Clowns aus D. C. rechnen dürfen.«

Nash traute den Kollegen in der Verwaltung ebenso wenig über den Weg, erst recht nicht den Politikern, aber sie verfügten über mehr Einfluss, als Rapp ahnte. »Wusstest du, dass Rick inzwischen quasi zum Zahlmeister des Reintegrationsprogramms aufgerückt ist?«

Das überraschte Rapp.

»Ich dachte immer, das Außenministerium sei für dieses Riesendurcheinander verantwortlich.«

»Die hielten ursprünglich die Zügel in der Hand, jepp, aber es fehlte ihnen an den Möglichkeiten oder eher am Mumm, dem Feind die Hand zu reichen, also fragte der Präsident bei Irene nach, ob wir diese Aufgabe übernehmen können.«

»Und sie hat eingewilligt.«

»Ganz genau. Und seitdem verfügt Irene über zusätzliche Druckmittel in Washington. Deshalb sind unsere Freunde aus der Politik auch deutlich kooperativer als sonst.«

»Verzeih, wenn ich nicht zu sehr dran glaube.«

»Das dachte ich mir. Aus diesem Grund wollte ich vor dem Treffen, das gleich stattfinden wird, mit dir reden … Irene will, dass du dich im Hintergrund hältst.«

»Warum?«

»Sie hat dem Verteidigungs- und Außenministerium eingeschärft, dass deren Personal die Füße stillhalten soll. Das Weiße Haus unterstützt sie dabei. Sie ist zuversichtlich, dass in den 72 Stunden niemand genauer hinguckt, was hier passiert.«

»Klingt gut.«

Nash ließ nicht locker. »Damit das so bleibt, will sie, dass du hier keinen Streit anzettelst.«

»Mit wem?«

»Mit niemandem.«

»Auch nicht mit diesem Schwachkopf von Sickles?«

»Den soll *ich* mir vornehmen.«

»Ach ja?« Rapp zog eine Augenbraue hoch. »Dann sorg besser dafür, dass er Abstand zu mir hält.«

Nash wusste, dass die Lage ohnehin kritisch genug war, also verzichtete er auf einen Eiertanz.

»Pass auf, alle wissen, dass du dein Handwerk beherrschst, aber du hast nun mal den Ruf, dich mit den anderen Kindern auf dem Spielplatz nicht besonders gut zu vertragen.«

Rapp hörte, wie der erste MRAP durch das Tor rollte, schüttelte genervt den Kopf und meinte: »Spuck's schon aus. Ich bin gerade nicht sonderlich geduldig.«

»Du bist nie sonderlich geduldig, aber reiß dich mal für 'ne Sekunde zusammen und sperr die Lauscher auf. An der Besprechung gleich wird eine Frau namens Arianna Vinter teilnehmen … schon mal von ihr gehört?«

»Nein.«

»Sie arbeitet fürs Außenministerium … die Idee für dieses komische Reintegrationsprogramm ist auf ihrem Mist gewachsen. Eine ziemlich toughe Braut mit guten Connections, die keine Skrupel hat, Störenfriede aus dem Weg zu räumen.«

»Herrlich.«

»Allerdings … Und Irene befürchtet, dass ihr beiden nicht gut miteinander auskommen werdet.«

»Wieso steckt ihr mich dann in einen Raum mit ihr?«

»Glaub mir, Irene hat sich das lang und sorgfältig überlegt.«

»Warum lasst ihr mich nicht einfach außen vor?«

»Zunächst wollten wir das, aber Irene will, dass alle Beteiligten den Ernst der Lage verstehen und ihnen klar wird, dass *wir* den Laden schmeißen, solange aus dem Weißen Haus keine gegenteiligen Anweisungen kommen.«

»Und wo genau liegt dann das Problem?«

»Nun, Irene fürchtet, du könntest dich ablenken lassen. Diese Vinter wäre dafür prädestiniert.«

Genau solche Geschichten machten Rapp stinksauer. Normalerweise interessierte es ihn einen feuchten Dreck, was irgendeine Bürokratin im Außenministerium trieb, aber jetzt, inmitten eines der schlimmsten Debakel, welche die Agency seit Jahrzehnten erlebt hatte, brachte ihn so ziemlich jede Kleinigkeit zum Explodieren. Er ließ den Finger vorschnellen und wollte Nash gerade mit einer Salve von Schimpfwörtern eindecken, als Coleman zu ihnen kam.

»Mike, wie war dein Flug?«

»Ganz okay.« Nash schüttelte Colemans Hand und zeigte mit dem Daumen auf Rapp. »Ich versuche gerade, unseren Freund ein bisschen zu beruhigen.«

»Spar dir die Mühe. Wo ist Stan? Ich muss mit ihm reden.«

Aus unerfindlichen Gründen reagierte Nash besorgt auf die Erwähnung des Mannes, der sowohl ihn als auch Rapp ausgebildet hatte.

Rapp bemerkte es sofort. »Was ist los?«

»Er kommt nicht.«

»Warum?«

Nash starrte einige Sekunden betreten zu Boden. »Er hat schlimme Neuigkeiten erfahren, während ihr in der Luft gewesen seid.«

»Wie schlimm?«

»Krebs.«

»Shit«, raunte Rapp. »Die Lunge?«

Stan Hurley hatte über 40 Jahre wie ein Schlot gequalmt.

Nash nickte. »Im fortgeschrittenen Stadium. Die Ärzte geben ihm noch ein halbes Jahr … vielleicht etwas mehr, vielleicht etwas weniger.«

Rapp fühlte sich, als hätte jemand schlagartig sämtliche Energie aus seinem Körper abgezapft. Schrittweise sackte er vom Kopf bis zu den Füßen in sich zusammen. Seine Beziehung zu Hurley war ziemlich kompliziert und hatte unter denkbar ungünstigen Umständen begonnen, aber im Verlauf der letzten zwei Jahrzehnte lernte er den jähzornigen alten Kauz zunehmend als wertvollen Ratgeber schätzen. Oft genug hatte er sich ihm anvertraut, weil er als Einziger nachvollziehen konnte, was man in seiner Lage durchmachte. Mitch wandte sich von Coleman und Nash ab und setzte sich ohne konkretes Ziel in Bewegung. Er wollte allein sein mit der tiefen Traurigkeit, die ihn zu ersticken drohte.

9

Die Aufmerksamkeit des Auftragsmörders konzentrierte sich auf den 15-Zoll-Monitor seines Laptops. Ein ›Nicht stören!‹-Schild hing außen an der Tür, um zu verhindern, dass jemand vom Zimmerservice hereinplatzte und ihn bei seiner kompromittierenden Arbeit überraschte. Wobei er vermutlich nicht viel mitbekommen hätte. Die Tage sperriger Überwachungsgeräte waren vorbei. Überdimensionierte Kameras mit noch überdimensionierteren Linsen, Videorekorder, auffällige Mikros und monströse Koffer mit unförmigen Kontrollmonitoren benutzte längst niemand mehr. Das komplette Equipment samt drahtloser Empfangseinheit fand inzwischen in einer Schachtel mit den Abmessungen eines Päckchens Taschentücher Platz. Er hatte in seiner üppig bemessenen Freizeit selbst an der Entwicklung mitgewirkt, weil er genau wusste, dass die Amerikaner scharf auf eine so effektive und portable Spionagelösung waren.

Die Kunst der Beobachtung war deutlich anspruchsvoller, als man gemeinhin glaubte. Statische Ziele wie Botschaften setzten oft auf ausgedehnte Gegenüberwachung. Postierte man sich mit einem Fernglas vor den Augen und Kameras zu beiden Seiten in einem Fenster gegenüber einer diplomatischen Vertretung, durfte man fest damit rechnen, dass kurze Zeit später die Tür eingetreten wurde und man einen Sack über den Kopf gestülpt bekam. Und dann versprach es äußerst ungemütlich zu werden. Der Killer hatte so etwas selbst einmal erlebt und Jahre gebraucht, um die unerfreuliche Woche als Gast des russischen Auslandsgeheimdiensts aus seinem Gedächtnis zu verbannen. Er verspürte wenig Lust, erneut das Opfer solcher Barbarei zu werden. Die Amerikaner mochten zwar nicht so skrupellos wie die Russen agieren, aber bei einem Feind, der sich ihren Forderungen widersetzte, fackelten sie in der Regel ebenfalls nicht lange.

Das neu entwickelte Überwachungsequipment bestand aus zwei Kameras und einem Richtmikrofon. Beide Objektive konnten extrem nah heranzoomen, aber er beließ eins davon im Weitwinkelmodus, um den Überblick zu behalten. Kameras und Mikro fanden gemeinsam in dem kompakten grauen Gehäuse Platz, das auf einem federleichten Stativ thronte und sich über Joystick und Laptop-Maus steuern ließ. Um einer Entdeckung zu entgehen, hatte sich der Mann mit dem Rechner auf dem Schoß auf das Bett gesetzt.

Es fühlte sich gut an, erneut Teil des großen Spiels zu sein. Der Attentäter hatte sich nie komplett aus dem Geschäft zurückgezogen, aber Zahl und Risiko der angenommenen Aufträge beträchtlich reduziert. Er reiste nach wie vor viel – überwiegend um seine ausgedehnten Finanzgeschäfte zu regeln – und nutzte eine Tarnexistenz als Sicherheitsberater als Vorwand für Auslandsaufenthalte. Nachdem er so viele Jahre auf die Perfektionierung des Tötens anderer Menschen verwendet hatte, fiel ihm der Wechsel auf die Gegenseite überraschend leicht. Im Prinzip stellte er seinen Kunden ebenfalls nach. Statt sie jedoch am Ende zu töten, machte er sie auf potenzielle Schwachstellen aufmerksam und empfahl ihnen konkrete Sicherheitsvorkehrungen. Die Bezahlung ging in Ordnung und die Arbeit befriedigte ihn sogar in gewisser Weise, obwohl ihm die gewohnte Belohnung zum Abschluss fehlte. Einen anderen Menschen zu jagen, ohne ihn am Ende zu erschießen, fühlte sich an wie ein vorzeitig abgebrochener Blowjob – ganz geil, aber letztlich unbefriedigend.

Der aktuelle Auftrag wich jedoch vom gewohnten Schema ab. Man hatte ihn über seine Beratungsfirma für eine Tätigkeit in Abu Dhabi angeheuert. Er war oft in den Vereinigten Arabischen Emiraten unterwegs, weshalb er sich zunächst nichts weiter dabei dachte.

Eine Woche später checkte er im Jumeirah At Etihad Towers ein und erhielt kurz darauf ein Päckchen aufs Zimmer geliefert, das ein Smartphone und eine äußerst vage Beschreibung des angebotenen Jobs sowie Einzelheiten zur abschließenden Bezahlung enthielt. Sein Klient ging mit äußerster Umsicht vor, was dem Auftragsmörder gefiel. Das Gleiche galt für die angebotene Summe. Er kam zwar prima zurecht, aber drei Millionen waren ein nettes Sümmchen. Das Einzige, was ihm nicht gefiel, war die vage Beschreibung der Zielperson. Das kam allerdings häufiger vor. Kunden, die ihr Geschäft verstanden, hielten einem zunächst ein paar Stöckchen hin, über die man springen musste. Erst wenn sie einem vertrauten und dich für kompetent hielten, rückten sie die restlichen Informationen raus.

Die Größenordnung des Kontrakts in Kombination mit der Herausforderung, einen amerikanischen Offiziellen in Afghanistan zu eliminieren, war zu verlockend, um abzulehnen. Er folgte also den Instruktionen, schaltete das Smartphone ein, rief die SMS-App auf und setzte eine Bestätigung ab. Seitdem waren zwei Wochen vergangen, in denen er mehr als 20.000 Meilen im Flugzeug zurückgelegt und eine Tranche von einer Million Dollar in drei separaten Überweisungen erhalten hatte. Wie verlangt checkte er am Vortag in das Kabul Grand Hotel ein und wartete geduldig auf weitere Anweisungen.

Vor fünf Minuten war eine Textnachricht eingegangen und informierte ihn, dass die Zielperson in seine Richtung kam. Als Teil eines militärischen Konvois, der aus drei Fahrzeugen bestand. Das erste minensichere MRAP mit Tarnlackierung rückte in Sichtweite vor. Die Anspannung des Schützen wuchs, denn gleich erfuhr er endlich die Identität seines Opfers. Er hatte sich in den letzten 14 Tagen viele Gedanken dazu gemacht. Er liebte Herausforderungen und wünschte sich insgeheim, es mit einem Botschafter oder Viersternegeneral zu tun zu bekommen. In Anbetracht der Höhe seiner Entlohnung hielt er das für durchaus realistisch. Allerdings hatten seine Recherchen ergeben, dass der ranghöchste diplomatische US-Vertreter bereits in der Botschaft eingetroffen war. Er schied als Ziel also aus.

Die Trucks hielten kurz vor dem Haupttor des Botschaftsgebäudes, womit er bereits gerechnet hatte. Einige Sekunden später fuhr die Heckluke des hinteren Fahrzeugs herunter. Ein Kopf beugte sich ins strahlende Sonnenlicht und der Attentäter kniff die Augen zusammen, um den Mann zu erkennen, der von der Ladefläche kletterte. Seine Finger justierten mit geübten Bewegungen die Kamera nach und fokussierten sie auf das Gesicht des Fremden. Die Härchen im Nacken des Scharfschützen stellten sich in einer Mischung aus Furcht und Erregung auf. Sein Job hatte gerade die Schwelle von kompliziert zu gefährlich überschritten.

Die meisten seiner Opfer waren Geschäftsleute oder Regierungsvertreter, üblicherweise korrupt oder zu gut für diese Welt. Für gewöhnlich handelte es sich um

Männer zwischen 50 und 70, körperlich nicht sonderlich fit und geistig abgestumpft durch Frauen, Drogen, Alkohol und ein Leben im Luxus. Meist wurden sie von Leibwächtern abgeschirmt, die ebenfalls ihre besten Zeiten hinter sich hatten. Der Mann, den er auf dem Monitor vor sich sah, war hingegen alles andere als abgehalftert und zählte zu den gefährlichsten Raubtieren dieses Planeten. Er hatte den CIA-Agenten vor ein paar Jahren das letzte Mal zu Gesicht bekommen, die Einzelheiten dieses Nahtoderlebnisses hinterließen jedoch tiefe Furchen in seiner Psyche. Der andere bewegte sich unverändert in einer seltenen Kombination aus Athletik, Anmut und Bedrohlichkeit. Er blieb neben einem Soldaten stehen und wechselte einige Worte mit ihm. Der Meuchelmörder beobachtete, wie Rapps Augen die Umgebung nach möglichen Bedrohungen absuchten.

Seine erste Begegnung mit Rapp hatte sich unter beunruhigend ähnlichen Rahmenbedingungen abgespielt. Schon damals flüsterte ihm ein Teil seines tief verwurzelten Überlebensinstinkts zu, dass mit diesem Mann nicht zu spaßen war. Schon damals hatte er der Herausforderung nicht widerstehen können und sie mit viel Glück lebend überstanden. Logischerweise musste Rapp hier sein, um die Zielperson zu beschützen. Er ging die Möglichkeiten im Kopf durch. Ein afghanischer Offizieller? Nein, für dessen Tod wurden nicht solche Summen bezahlt. Das Bild der Frau tauchte wie von selbst vor seinem geistigen Auge auf. Irene Kennedy war Direktorin der CIA und sie und Rapp standen sich sehr nah. Das ergab absolut Sinn.

Es musste Irene Kennedy sein. Den Attentäter beschlich das Gefühl, einen gewaltigen Fehler begangen zu haben.

Generell gehörte die CIA zu den Organisationen, mit denen man besser nicht die Klingen kreuzte. Konkret: weil sie Männer wie Rapp beschäftigten, die einen bis ans Ende der Welt jagten, um offene Rechnungen zu begleichen. Außerdem schien ihm die Bezahlung für jemanden wie Kennedy fast zu niedrig zu sein.

Er nahm sich Zeit, um die Optionen durchzugehen. Falls Kennedy das Ziel war, hielt er es für das Schlauste, sein Zeug zusammenzupacken und mit der nächsten Maschine aus Kabul zu verschwinden. Notfalls musste er eben alles zurückzuzahlen und die Spesen aus eigener Tasche tragen. Er brauchte das Geld, aber nicht so dringend. Die Beteiligung von Rapp reduzierte die Erfolgschancen um mindestens 50 Prozent und versprach weitere Komplikationen. Mehr als fünf Minuten brauchte er nicht, um seine Ausrüstung zu verstauen. Er griff zum HTC One, das ihm sein Auftraggeber überlassen hatte. Eine einzige Textnachricht genügte, um die Identität des Ziels in Erfahrung zu bringen. Allerdings hatten sich beide Seiten im Vorfeld darauf verständigt, dass es nach dieser Information kein Zurück gab. In ihm stritten die Neugier und das Bedürfnis, zu verschwinden. Erstere setzte sich durch und er setzte eine SMS ab: Der Konvoi ist eingetroffen. Ich bin auf Position.

Er drückte auf Senden, lehnte sich zurück und beobachtete, wie Rapp das Gelände der Botschaft durch das Tor betrat. Bislang hatte der Auftraggeber immer zügig auf seine Nachrichten reagiert. Ein merkwürdiges Tänzchen, das jedoch einer verlässlichen Logik folgte. Die Details des Abkommens hatten sich schrittweise herauskristallisiert. Nach dem Festlegen der grundsätzlichen Rahmenbedingungen wurde er zum Abwarten verdammt und sollte erst vor Ort in letzter Minute erfahren, wen er jagte.

Fünf Minuten verstrichen, dann zehn. Der Auftragsmörder reagierte mit ungewohnter Nervosität auf die Verzögerung. Er ging ins Bad und wusch sich die Hände, als endlich das ersehnte Signal ertönte. Zurück im Schlafzimmer rief er die eingetroffene Mail auf, starrte das Symbol der verschlüsselten Datei an und klickte darauf. Einen Sekundenbruchteil später füllte ein Foto von Mitch Rapp das Display aus. Er ließ das Handy aufs Bett fallen und hätte um ein Haar die Vorhänge zur Seite gezogen, bevor er sich davon abhielt.

»Wie zur Hölle …«, sprudelte er hervor und geriet ins Schwitzen. Er zwang sich, ruhig zu bleiben und die Sache in Ruhe zu durchdenken. Es musste einen Ausweg geben. Drei Millionen Dollar waren entschieden zu wenig, um sich mit jemandem von Rapps Kaliber anzulegen. Selbst zehn Millionen hätten nicht genügt, dafür kamen zu viele kritische Faktoren hinzu. Der Auftragsmörder fuhr sich mit den Fingern durch die dunkelbraunen Haare und lief zurück zum Waschbecken. Er machte dem eigenen Spiegelbild schwere Vorwürfe, sich auf diese haarsträubende Unternehmung eingelassen zu haben. Klar, mit Geld und Nervenkitzel bekam man ihn immer. Doch sosehr ihn das Alltagsleben langweilen mochte, dem Sterben zog er es allemal vor.

»Wie stehen die Chancen?«, fragte er laut. Seine Gedanken drifteten ab und ein mächtiges, viele Jahrtausende altes Wort drängte sich in den Vordergrund: *Karma.* Kein Zweifel, nur so ließ sich dieser Zufall erklären. Seine Taten vor vielen Jahren hatten ihn zwangsläufig an diesen Punkt geführt. Er hatte Schulden beim Universum und musste sie jetzt in voller Höhe zurückzahlen. Was er als Nächstes zu tun hatte, stand fest. Er ging zurück ins Schlafzimmer und leitete die verschlüsselte Datei auf den Laptop weiter, um sich ausgiebig in Rapps Dossier zu vertiefen. Es fiel erstaunlich detailliert aus. So detailliert, dass sich ihm die Frage aufdrängte, wer genau sein Auftraggeber war. Ihm fielen nur wenige Organisationen ein, die Zugriff auf eine solche Fülle an Informationen hatten.

Er wechselte kurz auf das Bild der Überwachungskamera und traf Rapp im Gespräch mit einem anderen Mann an. Die Chancen standen gegen ihn, aber der Lohn, der ihm winkte, überstieg die versprochenen drei Millionen bei Weitem. Ein erwartungsfrohes Lächeln breitete sich auf dem Gesicht des Killers aus. Dies versprach der befriedigendste Auftrag seiner gesamten Karriere zu werden. Der Trick bestand darin, dicht genug an Rapp heranzukommen, ohne dass dieser ihn bemerkte. Andernfalls drohte der Tod, bevor er Gelegenheit erhielt, seine Schulden einzufordern.

10

Der Konferenzsaal befand sich am Ende eines ausgedehnten Labyrinths von Gängen im fünften Stock der Botschaft. Es handelte sich um das Revier des Außenministeriums, was Nash überhaupt nicht gefiel. Kennedy erwartete allerdings von ihm, dass er sich kooperativ verhielt und seinen Gesprächspartnern vermittelte, was alles auf dem Spiel stand. Wenn sie sich nicht darauf einließen, sollte er Rapp von der Leine lassen.

Die Vorstellung, jemanden wie Mitch auf diese Weise gezielt kontrollieren zu wollen, empfand er als absolut albern. Er hatte es Kennedy gegenüber auch angesprochen, doch sie wich keinen Millimeter von ihrem Plan ab. Warum dieses diplomatische Rumeiern im Vorfeld nötig war, wollte sie ihm nicht verraten, aber als CIA-Direktorin fühlte sie sich auch nicht verpflichtet, ihren Untergebenen die Hintergründe jeder Anweisung detailliert zu erläutern. Sie operierte auf einer Ebene, in die jemand wie Nash ohnehin keinen Einblick hatte, und wurde von Personen und Organisationen beeinflusst, mit denen er sich glücklicherweise nicht herumschlagen musste. Da er sie für die klügste Person hielt, für die er jemals gearbeitet hatte, beschloss er, ihre Vorgaben lückenlos umzusetzen.

Das war noch in Washington gewesen. Hier in Afghanistan stellte er Sinn und Zweck ihrer Strategie erneut infrage. Dass Rapp für solche Angelegenheiten nicht der Passende war, hätte ihm unrecht getan. Zutreffender schien da schon das Urteil, dass die übrigen Beteiligten für den Krieg gegen den Terror nicht die Richtigen waren. Rapp ging mit größerer Entschlossenheit vor als jeder andere Agent, den er kannte, und daran musste man sich erst einmal gewöhnen.

Zu den Nebenprodukten dieser Entschlossenheit gehörte sein entschiedener Mangel an Geduld. Hinzu kam, dass er den Feind kannte wie kein Zweiter. Während andere eine Krise aus jedem erdenklichen Blickwinkel beleuchteten und sich oft in Detailfragen verbissen, analysierte Rapp die Lage mit einer erstaunlichen Geschwindigkeit und entschied blitzschnell, wie und ob er handelte. In der Regel ging es jedoch ausschließlich um das *Wie* und nur höchst selten um das

Ob. Rapp wusste aus Erfahrung, dass jeder Vorstoß einen näher zum gewünschten Resultat brachte als untätiges Herumsitzen, das dem Gegner das Heft des Handelns in die Hand drückte. Nash wäre fürs Erste schon zufrieden gewesen, wenn sie diese Besprechung überstanden, ohne dass Rapp dem verhassten Sickles die Fresse polierte.

Darren Sickles, der Stationschef, hatte Nash versichert, dass der Besprechungsraum abhörsicher war. Nash tat so, als kaufte er ihm das blind ab, und setzte dann unauffällig einen Mann seines Teams darauf an, die Behauptung zu überprüfen und alles nach verdeckten Spionagevorrichtungen abzusuchen. Sickles hatte kurz vor Beginn des Meetings davon erfahren und sich hintergangen gefühlt. Mit Kennedys Anweisung im Hinterkopf bot er Sickles eine halbherzige Entschuldigung an und beließ es bei der Bemerkung, man könne nie vorsichtig genug sein. Er nahm sich vor, die Sache im Abschlussbericht kurz zu erwähnen. Kennedy legte immensen Wert auf sichere Kommunikation. Niemand im aktiven Dienst durfte sich daran stoßen, wenn jemand durch eine erneute Überprüfung jeden Zweifel ausräumte. Deshalb hielt Nash Sickles' Beschwerde für ausgesprochen kindisch.

An solche Knüppel zwischen die Beine hatte er sich längst gewöhnt. Als man ihm im relativ jungen Alter von 39 die Leitung des Counterterrorism Centers der CIA anbot, hatten viele Kollegen, die schon deutlich länger dabei waren als er, mächtig angefressen reagiert. Nash machte sich so wenige Gedanken wie möglich um solche Neider. Trotzdem wusste er, dass man in Gegenwart mancher Leute besonders wachsam sein musste, und Sickles hatte sich durch seine kleinliche Reaktion gerade einen Ehrenplatz auf dieser Liste verdient.

Nash verließ den Aufzug und stellte erstaunt fest, dass Rapp ganz allein im Flur stand.

»Mist, ich habe gerade ein paar Hundert Dollar verloren.«

»Wieso?«

»Weil ich dachte, du kommst nicht.«

Rapp ignorierte den kläglichen Versuch seines Freundes, einen Witz zu machen.

»Gehen wir. Je eher wir die Sache hinter uns haben, desto früher kann ich mich wieder um die wirklich wichtigen Dinge kümmern.«

Rapp setzte sich durch den Gang in Bewegung.

»Bist du Darren schon begegnet?«, wollte Nash wissen.

Mitch schüttelte den Kopf.

»Aber du weißt, dass er sauer ist … ja?«

Rapp blieb stehen, drehte sich abrupt um und schien eine deftige Bemerkung ablassen zu wollen, bevor er es sich anders überlegte.

»Ich wollte nur, dass du weißt, worauf du dich einlässt«, meinte Nash ein wenig kleinlaut.

»Vertrau mir. Ich weiß, worauf ich mich einlasse, und ob Darren Sickles sauer auf mich ist oder nicht, ist mir vollkommen egal.«

»Mitch, die Anweisung kommt von Irene. Mir wäre es lieber gewesen, du hättest dieses Meeting geschwänzt, aber sie besteht darauf, dass du teilnimmst. Den Grund dafür kenne ich zwar nicht, aber ich flehe dich an, beherrsch dich, sonst wäre es wirklich besser, die Biege zu machen.«

Rapps Gesicht lief rot an und Nash wich unwillkürlich einen Schritt zurück. »Damit zwischen uns eins klar ist«, polterte er los, »ich weiß, dass du eine schicke neue

Funktion samt hübsch eingerichtetem Büro in Langley übernommen hast, aber du hast mir nichts vorzuschreiben. Du bist lediglich Irenes Botenjunge und mir persönlich ist es total egal, was du willst. Wenn Irene möchte, dass ich heute den guten Soldaten mime, tu ich ihr den Gefallen, aber erspar mir dein Palaver. Das juckt mich genauso wenig wie das, was Darren Sickles oder einer dieser anderen Spinner gleich von sich geben wird.«

Nash kannte Rapps schroffe Seite, aber hier steckte offenkundig mehr dahinter. Die beiden Männer hatten sich schon oft heftige Wortgefechte geliefert, aber diesmal spürte er konkrete Anzeichen von Feindseligkeit, als unterstellte Mitch ihm, dass er auf die andere Seite gewechselt war.

Nash atmete tief ein, bevor er antwortete: »Ich weiß, dass du nicht der Typ bist, der Befehle befolgt, also ist es nur verständlich, dass du jetzt nicht damit anfängst.«

»Sehr witzig, Großer. Ich habe echt keine Lust auf deinen Schwachsinn. Ich tu dir den Gefallen, aber ich warne dich: Dieser Idiot von Sickles soll sich gefälligst benehmen, sonst dauert's nicht lange und ich stürz mich auf ihn.«

»Lass dich von Darren bloß nicht provozieren. Seine Nerven liegen halt blank, weil das Ganze unter seiner Verantwortung passiert ist. Vermutlich hat er höllische Angst, dass er sich deswegen von seiner Karriere verabschieden darf.«

»Tja … meine Nerven liegen auch blank. Joe Rickman wird vermisst und wenn wir ihn nicht zurückholen, werden sich die Leichen von hier bis nach Islamabad und Teheran aufstapeln. Gott weiß, wo noch überall. Anständige Menschen, die ihren Arsch für uns riskiert haben, müssen dann mit ihrem Tod rechnen. Hinzu kommt, dass ich gerade erfahren habe, dass der Mann, von dem ich mein Handwerk gelernt habe und mit dem ich seit über 20 Jahren zusammenarbeite, unheilbar an Krebs erkrankt ist. Entschuldige also, wenn ich gerade kaum in Stimmung bin, mich auf diese Hansel und ihre belanglosen Positionskämpfe einzulassen.«

»Das ist schon in Ordnung. Ich bin auch nicht besonders scharf drauf, aber wir müssen nun mal mit ihnen zusammenarbeiten. Ricks Unterlagen sind verschwunden und diese Leute sind unsere einzige Hoffnung, sie zurückzubekommen. Wir brauchen sie, um rauszufinden, mit wem sich Rick getroffen hat. Wahrscheinlich gibt es einen Insider, der bei der Entführung geholfen hat.«

Rapp nickte langsam. »Das weiß ich alles. Trotzdem müssen wir diesen Kerlen nicht gleich den Hintern küssen.«

»Doch, das müssen wir. Zumindest sollten wir so tun.«

Rapp grummelte etwas nicht Druckreifes und ließ ihn stehen. Nash folgte mit einigen Schritten Sicherheitsabstand und fragte sich, ob Hurleys Diagnose Rapp doch mehr zu schaffen machte, als er vermutete. Natürlich arbeiteten die beiden schon lange zusammen. Andererseits wirkten sie in der Regel kaum emotionaler als zwei Felsblöcke in der Mojave-Wüste. Er folgte Rapp in den Konferenzsaal und schloss die Tür hinter sich. In der hinteren linken Ecke standen Sickles, Arianna Vinter und ein Mann, den er für den Militärattaché des Verteidigungsministeriums hielt. Nash hatte dessen Biografie auf dem Flug gelesen. An den Namen erinnerte er sich nicht, aber er hatte die Militärakademie in West Point besucht.

Die Einrichtung des Raums entsprach den üblichen Regierungsstandards. Der Teppich kaschierte mit einem pragmatischen Mix aus Grau- und Schwarztönen sämtliche Flecken. Ein großer brauner Tisch mit Kunstholzplatte beherrschte das Zentrum. Darauf stand ein Tablett mit Kaffeekanne, Sahne, Zucker, Süßstoff, Strohhalmen, einem halben Dutzend Becher und ebenso vielen Wasserflaschen. Zehn schwarze Schwingstühle flankierten den Tisch, vier an jeder Seite und jeweils einer am Kopf- und Fußende.

Vinter brachte Sickles mit einer Geste zum Schweigen und lächelte die beiden Männer an, die gerade hereingekommen waren.

»Guten Morgen. Ich nehme an, Sie sind Mr. Rapp und Mr. Nash.«

Rapp schwieg, also übernahm Nash das Antworten.

»Ganz genau. Und Sie sind vermutlich Arianna Vinter.«

»Ja. Bitte nehmen Sie Platz.«

Nash registrierte, dass sie deutlich attraktiver war als auf dem Foto ihres Regierungsausweises. Er musterte den Mann zu ihrer Linken und nahm wahr, dass ein Adler auf dem Abzeichen an seiner Brust prangte und daneben sein Name auf einem Aufnäher. Er streckte seine Hand über die Tischplatte. »Mike Nash, Colonel. Freut mich, Sie kennenzulernen.«

Poole schüttelte sie. »Von der Anti-Terror-Einheit, nicht wahr?«

»Genau.«

Poole fixierte Rapp und hielt ihm ebenfalls die Hand hin. »Colonel Poole, Militärattaché. Mr. Rapp?«

Mit einem Nicken erwiderte Rapp den Händedruck, sagte jedoch kein Wort und setzte sich.

»Darf ich einem von Ihnen etwas zum Trinken anbieten?«, erkundigte sich Vinter.

Rapp beließ es bei einem Kopfschütteln.

»Ein Kaffee wäre prima«, antwortete Nash.

Vinter griff nach der Kanne und goss ihm ein.

»Ich vermute, ein Mann wie Sie trinkt ihn schwarz.«

»Stimmt.« Grinsend nahm er den Becher entgegen und stellte ihn vor sich hin.

Vinter forderte auch Poole und Sickles zum Hinsetzen auf und ließ sich selbst auf einem Stuhl gegenüber von Rapp und Nash nieder. Sie richtete ihren Blick auf Rapp und verkündete betont freundlich: »Mr. Rapp, wir sind uns noch nie begegnet. Was genau tun Sie bei der CIA?«

»Ich bin mit geheimdienstlichen Aufgaben betraut.«

»Haben Sie eine offizielle Funktionsbezeichnung?«

Rapp schüttelte den Kopf. »Nein, aber ich bin DCI Kennedy direkt unterstellt.«

»Ich verstehe.« Vinter musterte übertrieben ausgiebig ihre Fingernägel, bevor sie beiläufig nachsetzte: »Halten Sie mich für dumm, Mr. Rapp?«

Rapp ließ sich nicht auf die Provokation ein. Stattdessen gab er Nash mit einem kurzen Blick zu verstehen, dass er die Regie übernehmen sollte.

Nash räusperte sich. »Arianna, ich bin nicht ganz sicher, ob ich verstehe, worauf Sie hinauswollen.«

Sie reagierte leicht genervt über den Zwischenruf. »Ich habe nicht mit Ihnen geredet, sondern mit Ihrem Kollegen Mr. Rapp. Also, Mr. Rapp, ich habe Ihnen eine direkte Frage gestellt. Halten Sie mich für dumm?«

»Ich kenne Sie nicht.«

»Sie kennen mich nicht. Mehr fällt Ihnen dazu nicht ein?«

»Nun, ich habe noch nie mit Ihnen gesprochen und heute Morgen das erste Mal von Ihnen gehört. Insofern will ich mir keine vorschnelle Bewertung anmaßen. Möglich, dass Sie ein Genie sind oder auch geistig minderbemittelt. Aus meiner gegenwärtigen Warte kann ich das nicht beurteilen, aber fahren Sie doch bitte fort, dann gebe ich Ihnen in ein paar Minuten eine Einschätzung.«

Vinter holte zischend Luft.

»Halten Sie den Präsidenten für einen klugen Mann?«

Rapp dachte einen Augenblick über die Frage nach. Das Staatsoberhaupt hatte Stärken und Schwächen, aber insgesamt überwogen die Vorteile.

»Ja, ich halte den Präsidenten für einen klugen Mann.«

»Gut, denn der Präsident hat mir die Leitung des Tagesgeschäfts in diesem Höllenpfuhl übertragen, weil er mich für die fähigste Person hält. Mein Team und ich haben extrem hart daran gearbeitet, den Plan des Präsidenten voranzutreiben. Alles lief ziemlich gut, bis Sie auftauchten und einem unserer Verbündeten eine Pistole vors Gesicht hielten.«

Vinters freundliche Fassade bröckelte rapide und brachte ihre cholerische Seite zum Vorschein.

»Ich bin sicher, Sie halten sich für einen tollen Kerl, aber eins sollten Sie besser kapieren: Ich habe hier das Sagen, und wenn mir Ihr Gesicht oder das, was Sie veranstalten, nicht gefällt, verfrachte ich Ihren Hintern in den nächsten Flieger zurück in die USA. Haben wir uns verstanden?«

Statt auf die Drohung einzugehen, richtete sich Rapp erneut an Nash. »Ich finde, du solltest das klären.«

»Arianna, wir befinden uns in einer einzigartigen Situation. Niemand von uns zweifelt an Ihren Fähigkeiten, aber Sie müssen verstehen …«

»Ich muss überhaupt nichts verstehen.«

Vinters Hand zuckte durch die Luft wie bei einem Karatehieb.

»Ich lebe hier. Ich weiß, was in dieser Region los ist. Im Gegensatz zu Ihnen beiden.«

Sie fuchtelte mit einem Finger erst vor Nash, dann vor Rapp herum.

»Ich werde nicht zulassen, dass Sie antanzen und ich ein Jahr harte Arbeit in die Tonne treten darf, weil Ihnen der Arsch wegen der Entführung eines Ihrer Informanten auf Grundeis geht. Auf gar keinen Fall. Damit wir uns also richtig verstehen: Sie zwei gehen nicht mal pinkeln, ohne sich vorher eine Genehmigung von mir zu holen. Sie sprechen mit keinem Beteiligten am Reintegrationsprozess, bevor ich es ausdrücklich erlaube. Verstanden?«

Rapp meldete sich, als säße er in der Schule und wollte vom Lehrer aufgerufen werden.

»Was?«, entfuhr es Vinter.

»Ich habe jetzt eine Antwort auf Ihre vorangegangene Frage … Ich halte Sie doch eher für geistig minderbemittelt. Möglicherweise spielen gewisse psychologische Phänomene hinein, aber um das zu beurteilen, müsste ich mehr Zeit mit Ihnen verbringen, worauf ich wenig Lust verspüre. Also belassen wir es dabei, dass Sie meiner Meinung nach ziemlich dumm sind.«

Auf Vinters makellosem Teint breiteten sich dunkelrote Flecken aus.

»Legen Sie sich nicht mit mir an. Ich warne Sie nicht noch einmal. Sie sind hier nicht die Chefs im Ring, sondern ich. Ein Anruf von mir genügt, und Ihre arroganten Hintern landen im nächsten Militärtransporter, der außer Landes fliegt. Ich werde mich sogar persönlich darum kümmern, dass es eine alte Propellermaschine ist, damit Sie anständig durchgeschüttelt werden und sich hinterher fühlen, als hätte Sie jemand in den Mixer gesteckt.«

»Am liebsten eine C-130«, steuerte Rapp hilfsbereit bei. »Das Dröhnen der Triebwerke hilft mir beim Einschlafen.«

»Von mir aus kriegen Sie 'nen Mordsständer davon. So oder so – noch ein Fehltritt, und Sie fliegen hier hochkant raus.«

»Nicht doch«, beruhigte sie Nash. »Wir sitzen alle im selben Boot.«

»Ich sitze nicht in Ihrem Boot«, sagte Vinter im Brustton der Überzeugung.

Rapp verlagerte seine Aufmerksamkeit auf den CIA-Stationschef. Die Tatsache dass er sich für einen Platz auf der anderen Seite des Tischs entschieden hatte, sprach Bände.

»Waren Sie so freundlich, der Lady mitzuteilen, wer wir sind?«

Sickles räusperte sich. »Ich habe ihr ein paar grundlegende Informationen gegeben.«

»Mehr nicht?«

»Mehr nicht.«

Nash ließ den Kopf zwischen die Hände sinken und wappnete sich für das, was unweigerlich folgte. Diesmal konnte er Rapp keinen Vorwurf machen. Vinter hatte ihnen eindeutig den Krieg erklärt.

Rapp wusste, dass Sickles etwas verschwieg. Wenn sie später unter sich waren, konnte er ihn immer noch darauf ansprechen und ihm nachhaltig in Erinnerung rufen, wo seine Loyalitäten zu liegen hatten. Vorerst hielt er Vinter für das größere Problem. Er funkelte sie aus seinen fast schwarzen Augen an und knurrte drohend: »Hängen Sie an Ihrem Job?«

»Lassen Sie mich raten … wir sind jetzt an der Stelle, wo Sie mir ein paar unverschämte Fragen stellen und mir anschließend drohen. Nun, ich werde Ihnen helfen, Zeit zu sparen. Sie können mir nicht drohen. Ich bin unantastbar. Ich bin die zentrale Kontaktperson des Präsidenten in Afghanistan und habe hier das alleinige Sagen.«

»Es gibt etliche Generäle und nicht zuletzt einen Botschafter, die Ihnen da widersprechen dürften, aber darauf will ich mich gar nicht einlassen. Umso besser, wenn Sie hier das Sagen haben. Dann können Sie direkt veranlassen, dass uns sämtliche Unterlagen über Ihre Zusammenarbeit mit Joe Rickman zur Verfügung gestellt werden.«

»Das wird nicht passieren. Es handelt sich um streng vertrauliche Informationen.«

Rapp schüttelte ungläubig den Kopf. »Ihnen ist schon klar, dass wir für die CIA arbeiten? Vertrauliche Informationen sind unser Kerngeschäft.«

»Mag sein, aber nicht *meine* vertraulichen Informationen.«

Nachdem er einige Male genickt hatte, stand Rapp auf. »Sie werden also nicht mit uns kooperieren?«

»Ich habe Ihnen erklärt, wie es läuft. Sie tun keinen Schritt, ohne dass ich es Ihnen erlaube. Ich werde mir eine Weile ansehen, ob Sie sich daran halten, dann reden wir noch einmal darüber, inwieweit Sie mit meiner Kooperation rechnen dürfen.«

Rapp richtete die nächste Bemerkung an Sickles.

»Haben Sie ihr den Ernst der Lage verdeutlicht?«

»Sie weiß, worum es geht, und Sie weiß auch über Ihren Ruf Bescheid. Wir haben lange und hart an dieser Reintegration gearbeitet und sind alles andere als glücklich darüber, dass Sie hier so reinplatzen und mit Füßen treten, was wir bisher erreicht haben.«

Rapp starrte Sickles fassungslos an. Er glaubte nicht, was er da zu hören bekam. Wütend fuchtelte er mit der Hand vor dem Stationschef herum, bevor er mit dem Daumen auf die Tür wies. »Sie sind hier fertig. Verschwinden Sie. Ich komme hinterher in Ihr Büro.«

»Sie haben kein Recht, mich …«

»Darren«, brüllte Rapp, »halten Sie die Klappe. Ich habe jedes Recht und die volle Rückendeckung der CIA-Direktorin. Ich schwöre bei Gott, wenn Sie nicht innerhalb der nächsten fünf Sekunden hier verschwinden, können Sie sich Ihre Pensionszahlungen abschminken. Sie lehnen sich in Anbetracht Ihrer Lage verdammt weit aus dem Fenster. Joe Rickman wurde unter Ihrer Aufsicht entführt. Ist Ihnen überhaupt klar, was das heißt?«

»Ich …«

»Ersparen Sie mir Ihre Ausflüchte. Und jetzt raus mit Ihnen. Wir reden später. Los … und zwar schnell!«

Sickles hatte heute schon dreimal versucht, Kennedy zu erreichen, doch sie war nicht an den Apparat gegangen. Möglicherweise stimmte es, was Rapp sagte. Der Stationschef stand auf und verließ den Konferenzsaal ohne ein weiteres Wort.

Nachdem sich die Tür geschlossen hatte, wandte sich Rapp an Poole: »Falls Sie auch lieber gehen möchten, tun Sie sich keinen Zwang an.«

»Ich bleibe.«

»Von mir aus.« Er schoss sich erneut auf Vinter ein.

»Sie mögen auf Ihre guten Connections vertrauen und sich für wichtig halten. Das mag auf gewisse Kreise sogar zutreffen, aber nicht in diesem Fall.«

»Ach, tatsächlich?«

»Ja. Ich erkläre Ihnen jetzt, wie es laufen wird. Wir sind die Kerle, die man ruft, wenn die Kacke im Topf kurz vorm Überkochen steht. Tun Sie sich keinen Zwang an und kontaktieren Sie Ihren Boss, nachdem unser Gespräch beendet ist. Sie wird Ihnen das bestätigen. Ich bin mir sogar ziemlich sicher, dass sie Sie auffordern wird, genau das zu tun, worum wir Sie bitten, und uns danach von der Pelle zu rücken.«

Vinter schüttelte den Kopf. »Die Außenministerin vertraut mir völlig. Wenn ich ihr berichte, was Sie mit Commander Zahir heute früh angestellt haben, müssen wohl eher Sie um Ihre Pension fürchten.«

»Von mir aus rufen Sie jetzt gleich bei ihr an, aber ich habe Sie gewarnt. Dieser Reintegrationsquatsch ist nichts als politisches Kekswichsen, und jeder in Washington weiß das. Er liefert uns im Prinzip lediglich den Vorwand, unseren Sieg zu erklären und uns elegant aus dem Staub zu machen. Dass Joe Rickman geschnappt wurde, ist dagegen ein riesengroßes Problem, und auch das wissen alle Beteiligten in D. C. Das könnte für die USA verflucht übel und peinlich enden, deshalb muss Ihre kleine Dressurnummer jetzt mal für eine Weile hintanstehen, während wir uns hier um die Abwendung der größten Krise in der Geschichte der amerikanischen Geheimdienste kümmern. Ob das Ihnen oder Ihrem Boss negative Schlagzeilen beschert, ist mir total schnuppe. Für mich zählt nur, dass unzählige Agenten bald im Sarg landen, wenn wir Rick nicht finden, und zwar so schnell wie möglich.«

»Sie haben ja keine Vorstellung, mit wem Sie sich gerade anlegen, Mr. Rapp.«

»Ich habe sogar eine ziemlich konkrete Vorstellung. Sie sind eine verwöhnte Tussi, die auf Zuruf immer genau das bekommt, was sie will.«

Er zeigte auf ihren Ehering und setzte nach: »Ihr Ehemann ist eine arme Sau. Ein eingeschüchtertes Männchen, dessen Eier Sie vermutlich in einer kleinen Schachtel auf dem Schreibtisch rumstehen haben. Und wenn ich's mir genau überlege, deutet Ihre selbstgefällige Haltung mir gegenüber darauf hin, dass Sie eine Affäre mit dem Colonel dieses Stützpunkts haben.

Aber es ist mir scheißegal, wer Sie sind. Umgekehrt sollten Sie lieber mal in Erfahrung bringen, mit wem *Sie* es hier zu tun haben. Ich bin nämlich der fieseste Hurensohn, dem Sie in Ihrem Leben je begegnen werden. Und genau deshalb hat mich der Präsident hergeschickt. Weil er Ergebnisse braucht und weiß, dass ich mir nicht von Leuten wie Ihnen auf der Nase rumtanzen lasse. Also, rufen Sie endlich Ihren Boss an und jeden, mit dem Sie sonst noch reden wollen. Nachdem Ihnen dann alle bestätigt haben, was ich gerade ausführe, werden Sie mir jedes Fitzelchen Information aushändigen, das Ihnen zu Joe Rickman und den Gaunern vorliegt, mit denen er sich in Ihrem Auftrag einlassen musste. Sollten Sie es nicht tun, garantiere ich Ihnen, dass *Ihr* Hintern im nächsten Militärtransporter landet, der außer Landes fliegt.«

11

Jalalabad, Afghanistan

Er lag auf dem Boden und trug nichts als Boxershorts, die Standardausfertigung der Armee. Wie ein Fötus krümmte er sich zusammen, Körper und Gesicht durch Prügel brutal zugerichtet. Joe Rickman wollte die Augen öffnen, aber entweder waren die Lider zu geschwollen oder das verkrustete Blut verkleisterte sie. Nie zuvor hatte er solche Schmerzen verspürt oder sich vorstellen können, dass es so schlimm werden konnte.

Seine Ausbilder in Camp Peary – besser bekannt als *Die Farm* – hatten ihn immer vor solchen Situationen gewarnt. Damals nickte er nur, als ob er begriff, worauf sie hinauswollten, doch das stimmte nicht. Nur wenn man so etwas selbst einmal durchgemacht hatte, begriff man es, wie ihm gerade klar wurde. Bisher war es ihm gelungen, sich zusammenzureißen, aber es fiel ihm zunehmend schwerer. Mehrfach liebäugelte er mit dem Gedanken, einfach aufzugeben. Allerdings rechnete er damit, dass die Gegenseite selbst wusste, wann sie aufhören musste. Rickman hatte bei seiner Arbeit jedenfalls immer gewusst, wann man besser auf die Bremse trat.

Er war bei zahllosen Verhören mit im Raum gewesen und hatte nicht einen einzigen Gefangenen verloren. Rickmans Vorgehensweise, ebenso wie die seiner CIA-Kollegen, beruhte allerdings auf einem strikten Drehbuch. Vor einer Befragung setzte man sich zusammen und plante alles genau durch. Welche Fragen gestellt wurden, welche Methoden man einsetzte, um dem anderen Schmerzen zuzufügen, falls er nicht kooperierte. Rickman hatte sich die Hände nie selbst schmutzig gemacht. Er mochte es nicht einmal, wenn sich seine Leute *ihre* Hände schmutzig machten. Deshalb hielt er viel von Elektrizität. Eine angenehme, saubere Methode. Kein Blut, das man hinterher aufwischen musste. Das wusste auch sein Team zu schätzen, denn ihm fiel hinterher das Aufräumen zu. Man konnte ja nicht einfach eine Putzfrau engagieren und zu einer Hochsicherheitseinrichtung karren, damit sie die Spuren eines blutigen Verhörs beseitigte, das etliche Teile der Bevölkerung für schlichtweg illegal hielten.

Rickmans Häscher schien sich über eine mögliche Sauerei keine Gedanken zu machen. Für die Menschen in diesen Gefilden schien Folter etwas völlig Normales zu sein. Auf ihre Weise hatten sich diese Bestien auch an ein Skript gehalten. Sie sparten seine Füße und Genitalien aus und hieben größtenteils nur auf sein Gesicht ein, statt ihm harte Schläge zu versetzen. Überwiegend kamen dabei Gummischläuche und offene Handflächen zum Einsatz – ein übliches Vorgehen, um jemandem Schmerzen zuzufügen, aber keine lebensbedrohlichen Verletzungen. Jedenfalls redete er sich das unablässig ein, während die Hiebe auf ihn einprasselten. Rickman merkte sich genau, wo und wie sie ihn trafen. Zu seinem Glück sparten sie auch das Gehirn aus. Neben einem Herzinfarkt gehörte es zu den gängigsten Risiken, ein Subjekt während eines Verhörs zu verlieren, dass es einer Hirnblutung erlag.

Rickman quälte sich erneut, die Augen zu öffnen, und schaffte es, eines der Lider einen Spaltbreit aufzubekommen. Es gab den beengten Blick auf eine nasskalte Umgebung preis. Man hielt ihn in einer Art Keller mit völlig verdrecktem Boden fest. Weiße Leinentücher waren an den Wänden drapiert. Seine Gastgeber hatten das Wort UNGLÄUBIGER mit schwarzer Farbe auf eines der Laken gesprüht. Beim Filmen der Folter achteten sie bestimmt sorgfältig darauf, dass der Schriftzug stets im Hintergrund zu sehen war.

Es müffelte nach Urin. Das war Rickman bei der Ankunft im Versteck als Erstes aufgefallen. Abstoßend! Er legte enormen Wert auf Sauberkeit. An einem so heruntergekommenen Ort festgehalten zu werden, machte ihm fast so stark zu schaffen wie die erste Folter. Als die ersten Hiebe auf seinen Körper einprasselten, rückte der Gestank relativ schnell in den Hintergrund. Inzwischen störte es ihn kaum noch, zumal er mittlerweile selbst zu dem Geruchspotpourri beigetragen haben dürfte.

Rickman versuchte den Kopf zu heben, aber es tat zu weh. Folglich blieb er einfach nur liegen und nahm eine Bestandsaufnahme der verletzten Stellen vor. Fast jeder Zentimeter seines Körpers schmerzte, aber einige Bereiche machten ihm besonders zu schaffen, allen voran die Rippenpartie. Garantiert waren etliche davon gebrochen oder zumindest geprellt. Den Großteil der Sitzung hatte er mit den Händen hoch über dem Kopf ertragen müssen, fixiert an eine Halterung an der Decke. Wurde er gerade nicht verprügelt, protestierten seine Schultern, die sich durch die unnatürliche Haltung anfühlten, als würden sie schrittweise ausgerenkt.

Rickman sammelte die Kraft, um sich von der Seite auf den Rücken zu wälzen. Er zuckte zusammen, als ihm ein scharfer Schmerz durch den Brustkorb schoss. Langsam drehte er den Kopf in Richtung Tür. Die Videokamera war auf ein Stativ montiert. Das rote Licht unterhalb der Linse verriet ihm, dass die Aufzeichnung nach wie vor lief. Sei's drum, sollten sie alles aufnehmen. Er hörte Bewegung und Stimmen von der anderen Seite der Tür und verkrampfte, weil er mit weiteren Prügeln rechnete. Die Tür schwang auf und bescherte etwas mehr Licht. Ein Mann schaltete die Kamera ab und baute sich vor Rickman auf. Er trug ein graues Oberteil, das ihm fast bis zum Knie reichte, und ausgebeulte graue Tuchhosen, die von den Einheimischen *Perahan Tunban* genannt wurden. Er kniete sich hin und hielt Rickman eine Wasserflasche an die aufgedunsenen Lippen.

»Es ist einfacher, wenn du ihnen sagst, was sie wissen wollen. Dann nimmt alles ein gutes Ende.«

»Nun, ich steh halt auf Schmerzen, kann's nicht ändern.«

Der Mann runzelte die Stirn und schüttelte betrübt den Kopf. Kurz darauf holte er eine Flasche mit Tabletten aus der Tasche und schraubte den Deckel ab. Er schüttelte zwei Pillen auf die Handfläche und bugsierte sie Rickman hintereinander in den Mund. »Die werden helfen.«

Rickman wollte sie ausspucken, aber der Mann verhinderte es.

»Sei nicht albern.«

Mit etwas Wasser spülte er die Tabletten hinunter, stand auf und ging zur Tür, um einen weiteren Mann hereinzuwinken. Dieser trug ein schwarzes Köfferchen bei sich.

Es schien ein Arzt zu sein. Immer ein gutes Zeichen. Es wies darauf hin, dass die Kidnapper nicht wollten, dass ihr Opfer starb. Der Unbekannte ging vor Rickman in die Hocke und drückte ihm ein Stethoskop an die Brust. Nachdem er ihm eine Manschette zum Blutdruckmessen angelegt hatte, leuchtete er mit einer Stiftleuchte auf die verquollenen Augen. Kaum zwei Minuten später verkündete er, der Gefangene sei kräftig genug, um das Verhör fortzusetzen.

Der Doktor verschwand und zwei weitere Männer folgten, die Gesichter von Masken verdeckt. Die Kamera wurde erneut eingeschaltet und der Mann mit der grauen Pluderhose forderte sie mit einem Nicken auf, anzufangen. Ein Seil wurde durch einen Flaschenzug an der Decke geführt und um die Handgelenke geknotet. Die beiden Männer zogen daran und hievten Rickman in eine aufrechte Position.

»Diesmal wirst du meine Fragen beantworten … ja?«

Rickman musterte den Mann durch sein halb offenes Auge und spuckte ihm einen Klumpen Blut ins Gesicht. Sofort folgten die ersten Hiebe, doch taten sie diesmal erstaunlicherweise nicht so weh. Er spornte sich an, stark zu bleiben. Allzu lange konnten sie die Qualen nicht aufrechterhalten, ohne dass er starb – und das wollten sie garantiert nicht. Nein, davon war definitiv nicht auszugehen.

12

Kabul, Afghanistan

Jeder beging mal einen Fehler. Wichtig war, wie man anschließend damit umging. Rapp hatte man beigebracht, ihn einzugestehen, sein Verhalten anzupassen, um ihn nicht zu wiederholen, und einfach weiterzumachen.

Alles andere war kontraproduktiv und egoistisch und hielt nur den Verkehr auf. Rapp konnte Uneinsichtigkeit generell nicht ausstehen, aber in einer Krise brachte es ihn endgültig auf die Palme, wenn Leute in solchen Fällen blockierten und auf stur schalteten, statt sich einen Eimer Wasser zu schnappen und beim Löschen des Feuers zu helfen. Wenn wie im Fall von Sickles noch das Leugnen dazukam, überhaupt einen Fehler begangen zu haben, brachte es den kleinen Dampfkocher in Rapps Kopf in gefährliche Nähe einer Explosion.

Es stand zu befürchten, dass Rapp dem Stationschef den Kiefer brach, das wusste Nash. Er konnte es ihm nicht einmal vorwerfen, obwohl es vermutlich nicht zur Beseitigung ihrer aktuellen Misere beitrug. Manche Agenten, vor allem Vertreter der Old-School-Fraktion, steckten lieber Prügel ein, als in Langley Rede und Antwort stehen zu müssen, aber Sickles gehörte fraglos nicht zu dieser Sorte. Nichts wäre ihm lieber gewesen, als sich im Nachhinein bei seinen Vorgesetzten als Opfer zu inszenieren. Nash tat, was er konnte, um das zu verhindern.

Rapp blieb vor der Sicherheitstür stehen, die in die Botschafterbüros der CIA führte. »Sag mir noch mal, warum du glaubst, dass wir ihn brauchen.«

»Er kennt diese Leute und hat in den letzten zwei Jahren mit Rick zusammengearbeitet. Garantiert weiß er etwas Nützliches. Falls wir ihn im Rahmen einer Dienstaufsichtsbeschwerde in die USA zurückschicken, dürfte er sich weniger kooperativ verhalten.«

»Ist mir egal. In dem Fall bekäme er wenigstens sofort mit, dass ich nicht als Einziger stinksauer auf ihn bin. Seine Karriere kann er sich abschminken, sofern er nicht dringend eine gewisse Arbeitsethik entwickelt. Und selbst

dann verbannen sie ihn in irgendeine Nische im Großraumbüro.«

Bevor Nash eine Antwort geben konnte, kam Coleman
zu ihnen. »Hubbard hat angerufen. Er hat mit dem Tierarzt in J-Bad gesprochen.«

»Und?«

»Der Arzt behauptet, er habe den Hund nicht eingeschläfert, sondern Hub gesagt, ihm fehlten die In-
strumente für eine genauere Untersuchung. Also schickte
er Rick zu einem Kollegen in Kabul. Dort gibt's eine
besser ausgestattete Tierklinik.«

»Also hat Hub falsch ausgesagt oder war falsch informiert?«

»Ich kann dir nicht folgen.«

»Nun, er behauptete, der Hund sei von einem Tierarzt
in Jalalabad eingeschläfert worden. Entweder hat Rick
ihm das selbst erzählt oder er hat's einfach nur unterstellt.«

»Hm.«

»Hol ihn ans Telefon. Ich will mit ihm drüber reden.«
Rapp kreiselte um die eigene Achse.

»Falls du's mir ausreden willst, Mike, geb ich dir
genau eine Minute, mich zu überzeugen. Wir werden
da draußen gebraucht, nicht hier drin. Wir müssen bei
jedem Gauner, den wir finden, die Tür eintreten. Sollten
wir rausfinden, dass der Iran hinter der Sache steckt,
zahlen wir's denen heim.«

»Ich bin genauso sauer auf ihn wie du. Er hat unsere
eiserne Regel gebrochen und vergessen, für wen er
arbeitet. Nicht fürs Außenministerium, sondern für uns.
Aber wie du selbst sagst: Die Uhr tickt und die Spur wird
immer kälter. Und Rick mag zwar ein kluger Kopf sein,

aber an Muskeln fehlt's ihm. Wenn sie ihn nicht längst gebrochen haben, dauert's nicht mehr lange. Darren muss uns sofort alles geben, was er hat. Nicht erst in zwei, drei Tagen, wenn er wieder in Langley ist und Irene ihm klargemacht hat, dass er sich wie ein Vollidiot aufgeführt hat.«

Rapp gestand es ungern ein, aber Nash hatte recht.

»Dann packen wir alle Karten auf den Tisch und bieten ihm zwei Alternativen an: Entweder er reißt sich zusammen und schließt sich wieder der Heimmannschaft an, oder er ist geliefert. Seine letzte Chance.«

Nash nickte. »Ich finde, du solltest derjenige sein, der ihm diese Botschaft überbringt.«

Ehe Rapp antworten konnte, drückte Coleman ihm das Telefon in die Hand. »Hub ... Hat Rick dir erzählt, dass er Ajax vom Tierarzt in Jalalabad einschläfern lassen musste, oder bist du einfach nur davon ausgegangen?«

Rapp lauschte Hubbards Antwort, bevor er sagte: »Okay, schick mir die Daten zu der Klinik in Kabul. Ich werd mal mit denen reden.«

Rapp reichte Nash das Handy zurück. Bevor er sich erneut auf das wandelnde Problem namens Darren Sickles konzentrieren konnte, hakte sein Begleiter nach: »Was hast du vor?«

Rapp war nicht der Typ, der über unausgegorene Theorien sprach. Zuerst brauchte er mehr Informationen.

»Ich gehe ein paar Spuren nach. Kümmer du dich um Darren. Wenn ich nicht sofort aus diesem Gebäude rauskomme, tu ich noch jemandem was an.«

»Mach du's. Das dauert doch höchstens fünf Minuten«, bettelte Nash.

»Nein. Ich hab genug vom Rumlabern. Ich muss hier weg.«

»Eine Tierklinik … Mitch, was versprichst du dir davon?«

»Mach dir um mich keine Gedanken. Konzentrier dich auf Darren und diese anderen Idioten. Denk dran, es kommt Verstärkung.«

Rapp schielte auf die Uhr. »In etwa drei Stunden. Sie sollten hier nicht untätig rumsitzen, also arbeitest du bis dahin besser einen Einsatzplan für sie aus.«

Nash wirkte alles andere als glücklich.

»Hey, seit wann bin ich für so was zuständig?«

»Bringt alles deine schicke neue Funktionsbezeichnung mit sich. Du bist der ranghöchste Mann vor Ort, also bleibst du in der Basis und spielst den Babysitter, während wir losziehen, in Gebäude eindringen und den Bösen den Hintern versohlen.«

»Das ist doch Schwachsinn.«

Rapp lächelte. »Du bist ein Nationalheld. Wir können es nicht riskieren, dich zu verlieren.«

»Noch mehr Schwachsinn«, fuhr ihn Nash an. »Du warst auch dabei. In Wahrheit bist du verrückter Hurensohn derjenige gewesen, der sich mit nichts weiter als einer Pistole auf die Gegner gestürzt hat.«

»Pssssst.« Rapp hielt den Finger vor den Mund. »Das sind vertrauliche Informationen.« Er lachte und wandte sich an Coleman.

»Kümmer dich drum, dass wir nachher marschbereit sind.«

»Kleine Gruppe oder kompletter Club?«

»Nur du, ich, Joe und Reavers. Und erspar uns diesen MRAP-Quatsch. Treib lieber eine zerbeulte alte Limousine auf.«

Nash beobachtete hin- und hergerissen, wie sich Rapp und Coleman durch den langen Flur entfernten.

Es schmerzte, bei solchen Sachen außen vor zu bleiben. Er gehörte nun offiziell der Bürohengst-Fraktion an, was ihm gar nicht passte. Sicher, seine Frau freute sich darüber, und in Anbetracht der Tatsache, dass er vier Kinder hatte, eins davon noch in Windeln, schien es keine schlechte Idee zu sein, die Kampfstiefel an den Nagel zu hängen. Aber verdammt, er vermisste den Nervenkitzel.

13

Der Killer hatte im Laufe der Zeit 87 Menschen getötet. Zumindest war das die Summe aller Auftragsmorde. Vermutlich kamen noch etliche weitere dazu, Leibwächter und dergleichen, die nachträglich den von ihm zugefügten Verletzungen erlagen. Also ging er davon aus, dass es sich insgesamt um mehr als 100 handelte, aber die offizielle Zahl lautete 87. Auf viele dieser Morde war er stolz. Immerhin hatte er die Welt damit von widerlichem Gesindel erlöst, das aus Gier nach Macht oder Profit rücksichtslos andere verletzte oder beseitigte. Für einige würde ihn der Herrgott allerdings im Nachhinein zur Verantwortung ziehen, vor allem zu Beginn seiner Karriere, als sein Talent noch nicht so fein geschliffen und er noch nicht so wählerisch mit seinen Opfern gewesen war. Manchmal setzte er seine Hände, Drähte, Messer und Gift ein, in den meisten Fällen jedoch Pistolen und Gewehre. Den Einsatz von Sprengstoff bedauerte er meistens. Das Zeug richtete zwar enormen Schaden an, doch die Auswirkungen ließen sich schwer kontrollieren, was oft zusätzliche Kollateralschäden nach sich zog.

Er war gut im Töten. Eigentlich sogar zu gut, und genau das wäre ihm um ein Haar zum Verhängnis geworden. Ohne das nötige Selbstbewusstsein kam man in einem solchen Business nicht weit, aber zu viel davon brachte einen oft vorzeitig unter die Erde. Nach 13 Jahren Erfahrung wusste er, dass man manchmal besser Nein sagte – und sei es nur aus dem Grund, vorher zu oft Ja gesagt zu haben. Die ständige Herausforderung, sein Geschick auf die Probe zu stellen, und das Geld waren jedoch enorm motivierend und er maß sich mit den Besten seines Fachs. Zunehmend schoss er sich auf besonders knifflige Aufträge ein, um sich selbst zu beweisen, dass es niemand mit ihm aufnehmen konnte. Genau genommen ziemlich dumm, schließlich wartete im Jenseits kein Pokal für den besten Auftragskiller des letzten Jahrzehnts auf ihn.

Früher oder später lief er Gefahr, durch sein enormes Ego oder eine besonders hohe Prämie an die Grenzen seiner Sterblichkeit zu geraten. Durch diesen einen Job, der alles änderte. Er war sich darüber im Klaren, kannte die eigenen Schwächen und ahnte insgeheim, dass da draußen andere herumliefen, die mindestens so begabt waren wie er, wenn nicht sogar besser. Sich damit abzufinden, fiel ihm schwer.

Seine Auftraggeber lernte er nie persönlich kennen. Niemand sollte wissen, wie er aussah, und umgekehrt waren die meisten clever genug, um sich einem Weltklasse-Killer nicht zu offenbaren. Deshalb musste er auf Mittelsmänner zurückgreifen, die Verträge für ihn aushandelten und sich darum kümmerten, dass die Zahlungen pünktlich erfolgten. Bisher hatte er drei gehabt. Die ersten beiden weilten nicht mehr unter den Lebenden – einer starb eines natürlichen Todes, der andere kassierte beim Spaziergang durch den El-Retiro-Park in Madrid eine Kugel in den Hinterkopf. Der Spanier hatte es, wie sich später herausstellte, mit der Vertraulichkeit nicht ganz so ernst genommen und ihn außerdem beklaut.

In den letzten gut zwei Jahren hatte er als Vermittler meistens auf einen Russen zurückgegriffen, mit dem bisher alles glatt lief. Allerdings roch der jüngste Kontrakt zunehmend nach etwas, von dem er besser die Finger gelassen hätte. Abgesehen von der offensichtlichsten Komplikation – der Identität der Zielperson – blinkte eine Vielzahl weiterer Warnlämpchen auf. Allen voran der Umstand, dass sich sein jüngster Mandant zunehmend als Kontrollfreak entpuppte. Die Datenflut, die dieser ihm in den letzten paar Stunden zur Verfügung gestellt hatte, warf die Frage auf, mit wem um alles in der Welt er da ins Bett gestiegen war. Normalerweise gab es simple Gründe, warum jemand beseitigt werden sollte. In diesem Fall fühlte es sich anders an. Der geheimnisvolle Unbekannte fütterte ihn mit Informationen, über die nur ein Insider verfügte. Das löste bei ihm das beklemmende Gefühl aus, unter Beobachtung zu stehen. Der anonyme Auftraggeber hatte das Heft des Handelns in einem Maß an sich gerissen, das ihm widerstrebte. Wie ein Puppenspieler, der an seinen Schnüren zog, als wäre er ohne diese Unterstützung vollkommen hilflos.

Nachdem er erfahren hatte, dass das Ziel kein anderer als Mitch Rapp war, hatte ein Page einen großen Umschlag abgegeben, der eine Adresse, eine Karte, einen Schlüssel und genaue Instruktionen enthielt, wann und wie er den Abschuss durchzuführen hatte. Zunächst fühlte sich der Killer in seiner Ehre gekränkt. Immerhin war *er* der Profi. Falls der Drahtzieher im Hintergrund so genau wusste, wie vorzugehen war, wieso kam er nicht selbst her und erledigte die Sache?

Schnell kam er jedoch mit sich ins Reine und ließ sich darauf ein, diesen Kontrakt außerhalb der normalen Parameter professionell auszuführen. Allerdings meldete sich immer wieder eine mahnende Stimme in seinem Kopf, die an seine Vernunft appellierte und ihn aufforderte, auf direktem Weg zum Flughafen zu fahren und das Land zu verlassen. Falls er tatsächlich beschattet wurde, war daran jedoch nicht zu denken. Eine weitere innere Stimme, die ihn schon mehr als einmal an seine Grenzen geführt hatte, bestand hingegen darauf, die Angelegenheit sei viel zu spannend, um abzubrechen. Fürs Erste setzten sich die Neugier und die Aussicht auf die hohe Abschussprämie durch.

Er holte den Pass mit der falschen Identität samt auf den gleichen Namen ausgestellter Kreditkarte und etwas Bargeld aus dem Safe in seinem Zimmer, dazu einige weitere Papiere, die ein erfahrener Zollbeamter in der Brieftasche eines Mannes um die 40 vorzufinden erwartete. Als Nächstes schlüpfte er in eine Cargohose, Wanderstiefel und Feldhemd und zog eine hellgraue North-Face-Weste darüber. In die linke Beintasche der Hose ließ er ein Messer mit Faltklinge gleiten, ein Kershaw Black Blur. Damit ließ sich ein Gegner im Notfall diskret aus dem Verkehr ziehen.

Als Nächstes widmete er sich seiner persönlichen Lebensversicherung, falls es dramatisch aus dem Ruder lief. Er legte seinen Rucksack, eine Spezialanfertigung, auf das Bett und ging die Ausrüstung durch. Darin steckte ein FN Five-Seven, eine Selbstladepistole mit Single-Action-Abzug ohne Sicherung. Er hatte schon so gut wie jede existierende Handfeuerwaffe benutzt und hielt dieses Modell als geübter Schütze bei einer Schießerei für die optimale Wahl, und zwar aus drei Gründen: Erstens besaß sie durch den langen Verschlussweg einen geringen Rückstoß, zweitens passten 20 Schüsse ins Magazin und drittens durchschlug die spezielle Hartkern-Munition im Kaliber 5,7 × 28 selbst die besten Schutzwesten. Ein kurzer Schalldämpfer mit drei Ersatzmagazinen war an das hintere Ende geschraubt. Das Pack enthielt ferner zwei M84-Blendgranaten mit integriertem Timer, die sich in der Vergangenheit als wirkungsvolle Ablenkung erwiesen hatten.

Das Beeindruckendste war jedoch der Rucksack selbst. Er bestand aus einem ballistischen Material und ließ sich mit dem raschen Öffnen eines Reißverschlusses und dem Ziehen an einem Griff in eine kugelsichere Weste verwandeln, die sich über den Kopf streifen ließ und den Oberkörper schützte. Das Ganze dauerte kaum zwei Sekunden und hatte den Vorteil, dass Pistole und andere nützliche Utensilien dann griffbereit vor der Brust hingen.

Abschließend hakte der Attentäter noch eine Gürteltasche um die Hüfte, in der sich eine zweite Linse für die Digitalkamera und eine subkompakte 9-Millimeter-Beretta mit 2-Zoll-Schalldämpfer verbargen.

Der Rest wanderte in eine unauffällige schwarze Reisetasche. Da er immer nur auspackte, was er konkret brauchte, hatte er nach kaum fünf Minuten alle Spuren seiner Anwesenheit beseitigt. Überall im Hotel hingen Überwachungskameras, auf die möglicherweise auch die Mitarbeiter der Botschaft Zugriff hatten. Insofern bestand das Risiko, dass sein Gesicht auf irgendeinem Mitschnitt auftauchte. Das gefiel ihm nicht, aber es ließ sich nicht ändern.

Zum Abschluss warf er sich seine Canon EOS 5D Mark II über die Schulter, um die Tarnung als freiberuflicher Fotoreporter perfekt zu machen, und ging hinunter in die Lobby. Die beiden Schlüsselkarten behielt er für den Fall, dass er noch einmal ins Zimmer zurückkehren musste – eine im Rucksack, die andere in der Brieftasche. Aus früheren Erfahrungen wusste er jedoch, dass damit nicht zu rechnen war. Eher zwang ihn die weitere Entwicklung zu einer hastigen Flucht ins Ausland. Er lächelte freundlich in die Objektive der Kameras im Eingangsbereich und bat den Portier, ihm ein Taxi zu bestellen. Als dieser fragte, ob er auscheckte, verneinte er, um eine falsche Spur zu legen.

Mit Ausnahme der Antarktis hatte der Auftragskiller so gut wie jedes Fleckchen Erde auf jedem Kontinent bereist und besaß ein ausgeprägtes Gespür für die Unterschiede in den Lebensstandards. Trotz der enormen Finanzmittel, die Amerika und dessen Bündnispartner in den Aufbau der städtischen Infrastruktur investierten, glich Kabul weiterhin einer Müllkippe. Müll stapelte sich an den Bordsteinen so gut wie jeder mit Schlaglöchern gespickten Straße und falls es hier so etwas wie eine Stadtreinigung gab, tarnte sie ihre Arbeit geschickt. Die relativ geringe Luftfeuchtigkeit und ein Mangel an Regen sorgten dafür, dass so gut wie alles mit einem dichten Schmutzfilm überzogen war. Abfall wurde von den Bewohnern einfach auf den Boden geworfen, als wäre es eine traditionelle Sitte.

Der Taxifahrer erwies sich als gesprächiger Bursche, was der Killer nicht sonderlich schätzte, aber so rasant, wie sich die Lage zuspitzte, durfte er nicht wählerisch sein. Normalerweise hätte er mindestens dreimal das Fahrzeug gewechselt, aber im Moment war er viel zu neugierig darauf, den Ort, an dem er Rapp töten sollte, zu inspizieren. Dieser Aspekt setzte ihm nervlich am meisten zu. Als Profi war er es gewohnt, Ort und Zeit eines Abschusses selbst festzulegen. Wieder kam ihm der Vergleich mit der Marionette in den Sinn.

Der Bürokomplex befand sich einen halben Block vom Kabul River entfernt, einer schlammigen, mit Unrat verseuchten Kloake, die aufgrund der Schneeschmelze in den Gebirgen in den letzten Frühlings- und ersten Sommermonaten ständig über die Ufer zu treten drohte. Im Herbst reduzierte er sich zu einem Rinnsal und gab zu erkennen, dass die Einwohner auch den Fluss als Müllkippe missbrauchten.

Obwohl sich das Büro nur wenige Meilen vom Hotel entfernt befand, dauerte die Fahrt fast eine Viertelstunde, was am Mangel an Ampeln und dem dichten Verkehr zur Mittagszeit lag. Mit seinen begrenzten Arabischkenntnissen fand er immerhin heraus, dass sein Chauffeur ein bisschen Englisch sprach, was die Verständigung merklich erleichterte. Nach einigem Hin und Her einigten sie sich auf eine Pauschale für die nächsten paar Stunden. Der Killer lotste den Mann an die Stelle, wo er auf ihn warten sollte, und riss einen 100-Dollar-Schein in der Mitte durch. Das gefiel dem Fahrer kein bisschen. Nach einer Welle unflätiger Flüche erklärte ihm der Kunde, dass er die andere Hälfte nach seiner Rückkehr bekam, dazu einen weiteren nagelneuen Hunderter. Das schien den Mann etwas zu besänftigen. Sie tauschten die Handynummern aus und der Mörder ließ die Reisetasche im

Kofferraum des Taxis zurück und machte sich auf den Weg.

Er umrundete den Block und tat, als würde er alles fotografieren, fertigte in Wirklichkeit jedoch eine digitale Videoaufzeichnung an. Es handelte sich um ein gemischtes Büro- und Wohngebiet, überwiegend mit zwei- und dreistöckigen Gebäuden. Nach europäischen Standards war es das reinste Getto, doch hier in Kabul galt es als gehobener Standard. Händler am Straßenrand verkauften so gut wie alles, angefangen von den bei Einheimischen so beliebten Westen über grelle Plastikstühle und -tische bis hin zu einer erstaunlich vielfältigen Auswahl an Teesorten, Früchten und anderen Lebensmitteln. Er wusste, dass sich die Kaufleute sechs Tage in der Woche von morgens bis abends hier aufhielten und ihr Viertel genauestens kannten. Alles, was von der Routine abwich, machte sie sofort hellhörig.

Er achtete darauf, die Kamera nach Möglichkeit nicht auf Einzelpersonen zu richten, um sie nicht nervös werden zu lassen. Stattdessen tat er so, als fotografierte er entfernte Objekte im Weitwinkel. Die Tierklinik befand sich ziemlich am Ende der Straße neben einem Park, der sich über einen Seitenausgang erreichen ließ. Das Bürogebäude, in dem er sich postieren sollte, befand sich auf der anderen Straßenseite etwa 80 Meter weiter. Auf den ersten Blick eine perfekte Position.

Bevor er hineinging, schaute er sich ein letztes Mal um. Es gab keine richtige Lobby, nur eine schmale Treppenflucht, die in den ersten Stock führte. Er machte einen kurzen Kontrollgang durchs Erdgeschoss und stellte beunruhigt fest, dass es keinen Hinterausgang gab. Normalerweise hätte er an dieser Stelle abgebrochen, aber da ihm noch genug Zeit blieb, trieb ihn die Neugier ins Obergeschoss. Seine Augen benötigten einen Moment, um sich an die schwache Beleuchtung zu gewöhnen. Er ging an dem Büro vorbei, das in seinen Anweisungen bezeichnet wurde, und stieß am Ende des Flurs auf eine Leiter, die zum Dach führte. Er kehrte zum Büro zurück, zog sicherheitshalber den Reißverschluss der Gürteltasche auf und tastete mit der rechten Hand nach dem Griff der Beretta. Der Schlüssel passte perfekt ins Schloss.

Der Assassine ging hinter dem Rahmen in Deckung und schob die Tür langsam auf. Ein 20-Quadratmeter-Raum mit verdreckten, aufgesprungenen Wänden und einem verschlissenen Teppich, der genau verriet, wo der Schreibtisch des früheren Mieters gestanden hatte, erwartete ihn. Am Fenster hatte jemand einen Klapptisch und einen Stuhl aufgestellt. Auf dem Tisch lag ein hellbrauner Nylonbeutel, wie er ihn nur zu gut kannte. Er schloss hinter sich ab und näherte sich dem Beutel, als fürchtete er, dieser könne ihn beißen. Nach einem Moment des Zögerns zog er zwei Latexhandschuhe aus der Hüfttasche, streifte sie über, zog den Reißverschluss des Beutels komplett auf und faltete ihn sorgfältig nach hinten. Darin befand sich ein auf Hochglanz poliertes HK416 von Heckler & Koch. Ihm entfuhr ein bewunderndes Pfeifen. Ein moderneres Sturmgewehr gab es kaum. Es verfügte über die beste Zieloptik, die man für Geld bekam, und verwandelte sie in der Hand des Attentäters selbst aus einem halben Kilometer Distanz in eine tödliche Waffe. Ein Opfer aus 80 Metern Entfernung mit einem Kopfschuss umzulegen, erwies sich damit als Kinderspiel. Der Gasdrucklader mit kurzem Hub und Drehkopfverschluss schickte das Projektil über einen Impulskolben mit erstaunlicher Genauigkeit auf die Reise. Vor allem blockierte ein HK416 im Gegensatz zu einem M4 so gut wie nie.

Er befreite die Waffe aus dem Beutel und drehte sie in den Händen. Der Schalldämpfer befand sich in einem separaten Fach. Ein wahres Schmuckstück. Mit dem Daumen löste er die Verriegelung des Magazins und inspizierte die Patronen. Wie von ihm verlangt, hatte man es mit fortschrittlicher 300BLK-Unterschallmunition von Remington bestückt, die beträchtlich mehr Durchschlagskraft aufwies als der 5,56er-Standard. Er schob das Magazin in die Waffe zurück, aktivierte das EOTech-Visier und hob die Waffe auf die rechte Schulter.

Knapp anderthalb Meter vom Fenster entfernt richtete er sie auf den Vordereingang der Klinik aus. Er hielt beide Augen geöffnet und brachte den roten Punkt in Deckung mit dem Türbalken. Auf diese kurze Entfernung konnte er auf ein Stativ oder andere stabilisierende Vorrichtungen komplett verzichten. Selbst die optische Dreifach-Vergrößerung war überflüssig, doch er klappte sie trotzdem vor das Visier, um sich zu vergewissern, ob nicht doch jemand da draußen herumspukte und ihn observierte. Er strich die Häuserfronten systematisch entlang und hielt nach einer geeigneten Scharfschützenstellung Ausschau.

Nach fünf Minuten aufmerksamer Suche hatte er keinerlei Anzeichen für einen möglichen Beobachter entdeckt, doch das bedeutete erst mal nichts. Ein Profi konnte problemlos mit einer solchen Umgebung verschmelzen. Er verstaute das HK416, nahm sich das vorhin vom Pagen abgegebene Kuvert vor und schüttete den Inhalt auf den Tisch. Auf der handgezeichneten Karte war auch die Leiter zum Dach berücksichtigt. Um zu fliehen, sollte er über einige Hausdächer springen und dort eine Metallstiege vorfinden, die hinunter zur Straße führte. Er schob den Plan zur Seite und stieß auf ein Foto von Rapp, was ihm ein Stirnrunzeln entlockte. Sein Auftraggeber hatte ihm dasselbe Foto bereits per Mail geschickt. Mit einem Feuerzeug verbrannte er sowohl Karte als auch Porträt, warf beides auf den Boden und trat die als Asche auf dem Teppich zurückgebliebenen Überreste aus.

Auf dem Display der Digitalkamera nahm er sich die gemachten Aufnahmen vor. Drei Minuten nach Start der Wiedergabe stolperte er über zwei interessante Gestalten, die sich entschieden zu sehr für ihn interessierten und zudem strategisch günstig an entgegengesetzten Enden des Straßenblocks in Position gegangen waren.

Gerade wollte er sich näher damit beschäftigen, da traf eine Textmitteilung auf dem Handy ein. Mr. Rapp befand sich auf dem Weg hierher und traf in sechs Minuten ein. Der Herzschlag des Auftragskillers beschleunigte sich – für ihn ziemlich ungewöhnlich. Er atmete mehrmals tief ein und schüttelte die Arme aus, um die Anspannung aus seinem Körper zu vertreiben.

Wieso postierte jemand zwei Beobachter auf der Straße, wenn sie die Zielperson anderweitig im Blick hatten? Nun, die Antwort lag bedauerlicherweise auf der Hand. Es ging nicht darum, Rapp im Auge zu behalten. Zwei mögliche Erklärungen fielen ihm ein, die erste davon eher harmlos. Es ging darum, Erfolg oder Scheitern seiner Mission möglichst umgehend an den Auftraggeber zu melden. Nicht weiter beunruhigend, aber ein weiteres Zeichen dafür, dass sein ominöser Klient über bedeutende Ressourcen verfügte. Erklärung zwei schmeckte ihm deutlich weniger: Der Boss im Hintergrund beabsichtigte, ihn umzubringen, sobald er Rapp für ihn erledigt hatte.

14

Der silberne Toyota 4Runner war seit über einem Monat nicht mehr gewaschen worden. In der Windschutzscheibe des Geländewagens klafften ein von einem Steinschlag verursachtes Loch und davon ausgehend ein Riss, der sich bis zur rechten unteren Ecke zog. Die vordere Stoßstange hatte ebenfalls einiges abbekommen, wenn auch nicht so viel wie die hintere. An beiden Seiten prangten genug Kratzer und Beulen, damit das Fahrzeug perfekt zu den wilden Verkehrsbedingungen in Kabul passte. Rapp war ausgesprochen zufrieden und hielt diesen Untersatz für wesentlich unauffälliger als die gewaltigen MRAP-Stahlkolosse, die ihre amerikanische Herkunft schwer leugnen konnten.

Er starrte aus dem verdreckten hinteren Beifahrerfenster, ohne etwas Konkretes anzuvisieren. In Gedanken ließ er noch einmal seinen Besuch im Safe House am heutigen Morgen Revue passieren. Sydney Hayek rechnete damit, den vorläufigen Ballistikbericht frühestens in 24 Stunden auf den Tisch zu bekommen. Rapp war gedanklich mit seinen Überlegungen so weit fortgeschritten, dass er ihn gar nicht mehr brauchte. Die im Haus verteilten Leichen, der Kaliber-45-Einschuss im Hinterkopf des einen Opfers und das ohne jeglichen Alarm deaktivierte Sicherheitssystem sprachen eine deutliche Sprache. Nahm man noch den Hund dazu, verhieß es nichts Gutes. Am meisten beschäftigte ihn aktuell die Frage nach dem Warum.

Rickman war ein merkwürdiger Vogel, kein Zweifel, aber nur, weil jemand aus der Reihe tanzte, musste man ihn nicht gleich als Verräter brandmarken. Rapp wollte trotzdem keine voreiligen Schlüsse ziehen. Die Sache mit dem Köter mochte ein simples Missverständnis sein. Entweder hatte Hubbard ihn falsch verstanden oder etwas verwechselt, aber in der Regel konnte Rapp seinem Bauchgefühl vertrauen. Wenn ihm etwas nicht koscher vorkam, bestätigte sich das in den meisten Fällen. Diesmal hoffte er allerdings, dass er sich irrte.

Maslick saß am Steuer und der bullige Reavers hockte mit dem buschigen dunklen Bart, einer bügellosen Sonnenbrille von Oakley und dem gewohnten Ihr-könnt-mich-alle-mal-kreuzweise-Blick auf dem Beifahrersitz. Genau wie ein Pitbull verhielt er sich Unbekannten gegenüber nicht besonders freundlich, war aber eine treue Seele, wenn es um Freunde und Vertraute ging. Coleman war bei den SEALs sein Commanding Officer gewesen und sie hatten sich nach ihrem Ausstieg aus dem aktiven Dienst gemeinsam als private Auftragnehmer für die CIA ins Spiel gebracht. Maslick, ein ehemaliger Delta, stieß seit drei Jahren bedarfsweise zu Rapps Team. Beide Männer zeichnete eine kühle Abgeklärtheit aus, die sie sich beim Eliminieren von Feinden, die sie zuerst töten wollten, angeeignet hatten. Sie wirkten niemals nervös, behielten die Umgebung aber ständig auf der Suche nach potenziellen Bedrohungen im Visier.

Rapp schaute auf dem Handy nach, ob neue E-Mails aus Langley eingetroffen waren, die Licht in das Rätsel um Rickmans momentanen Aufenthaltsort brachten. Laut

Kennedy hatte die National Security Agency die Suche nach ihm zur höchsten Priorität erklärt, solange der Präsident keine abweichende Order gab. Jedes Gespräch, jede E-Mail, jeder Tweet und jede SMS im Umkreis von 1000 Meilen wurden durch die Cray-Supercomputer der NSA gejagt. Irgendwann mussten sie auf eine Spur stoßen. Rapp hoffte auf etwas möglichst Konkretes.

»Sei so lieb und erklär mir, warum du auf einmal ganz scharf auf diesen Tierarzt bist.«

Rapp blickte vom Display auf und überlegte, wie viel er Coleman sagen durfte. Neben Kennedy und vielleicht noch Hurley gehörte er zu den Menschen, denen er am meisten vertraute. Trotzdem wollte er die bevorstehende Mission durch eine unbedachte Äußerung nicht gefährden.

Der andere wartete ein paar Sekunden auf eine Antwort. Als keine kam, meinte er: »Du bist jedenfalls nicht der Einzige, der findet, dass hier was zum Himmel stinkt.«

Rapp reagierte überrascht. »Wie meinst du das?«

»Also bitte … ich war schon in genug Schießereien verwickelt, um zu erkennen, wenn etwas aus der Reihe fällt. Du störst dich an dem Bodyguard … dem Typen, dem das halbe Gesicht fehlt.«

Rapp bestätigte es mit einem kurzen Kopfnicken.

»Das ist mir auch sofort aufgefallen. Alle anderen wurden mit 9-Millimeter-Waffen erschossen, nur bei diesem Kerl war's eine 45er. Wir wissen beide, wie vernarrt Rick in seine Kimber ist.«

»Außerdem wurde der Kerl von hinten in dem Flur erwischt, der sich zwischen Ricks Büro und seinem Schlafzimmer befindet«, ergänzte Rapp.

»Ganz genau. Vielleicht hatte Rick ja den Verdacht, dass dieser Leibwächter ihn hintergeht. Und als der dann das Sicherheitssystem lahmlegte, bestätigte sich das. Nehmen wir mal an, Rick schlief, wurde vom Lärm im unteren Stockwerk wach und ballerte, obwohl er wusste, dass es nichts an der Misere ändert, dem Verräter eine Kugel in den Hinterkopf.«

Rapp spielte Colemans Theorie im Kopf durch und hoffte inständig, dass sich dadurch einige seiner Befürchtungen in Luft auflösten.

»Auf die Idee bin ich noch gar nicht gekommen.« Er stellte sich vor, wie Rickman im Halbschlaf aus dem Bett sprang und jemanden abknallte. Joe war kein typischer Soldat. Offiziell wurde er als Verwaltungsmitarbeiter im mittleren Dienst der CIA geführt. Inoffiziell führte er seit acht Jahren verdeckte Operationen gegen Islamisten durch. Auf den Organigrammen, die man den Kongressabgeordneten zur Verfügung stellte, tauchte sein Name nicht auf und er trug auch keinen klangvollen Titel. Er war weder Stationschef noch Abteilungsleiter, sondern das dunkle Geheimnis in einer Nische von Langley, in der sich Uneingeweihte besser nicht genauer umschauten.

Niemand kannte genaue Zahlen, aber vieles deutete darauf hin, dass im Rahmen von Rickmans gefährlichem Spiel mehr als eine Viertelmilliarde Dollar den Besitzer gewechselt hatte. Niemand beaufsichtigte ihn, weder wurde Buch darüber geführt, noch forderte jemand Belege ein oder rückte ihm wegen fehlender Spesenabrechnungen auf die Pelle. Die Schlipsträger in Washington wollten die Details von Rickmans Vorgehen gar nicht kennen und dank seines enormen

Gedächtnisses musste er sich keine Notizen machen. Zweimal im Jahr wurde er routinemäßig an den Lügendetektor angeschlossen, das genügte den Verantwortlichen. Rapp hielt es für einen riskanten Drahtseilakt.

Ja, Rick liebte seine Kimber, aber es gab einen gewaltigen Unterschied zwischen regelmäßigen Besuchen auf dem Schießstand, wo man unter kontrollierten Bedingungen mit einer Waffe hantierte, und dem abrupten Hochschrecken aus dem Tiefschlaf und dem Versuch, sich nicht selbst in den Fuß zu schießen. Je mehr Rapp über den ganzen Schlamassel nachdachte, desto klarer wurde ihm, dass das ausgeschaltete Sicherheitssystem den Schlüssel zur Lösung darstellte. Falls Colemans Vermutung zutraf, dass dieser Bodyguard die Entführung als Insider überhaupt erst ermöglicht hatte, mussten sich auch Beweise dafür finden lassen, dass er über das nötige Wissen verfügte, um ein derart kompliziertes technisches Alarmsystem gezielt auszuschalten. Rapp war sicher nicht dumm, aber er hätte sich daran definitiv die Zähne ausgebissen. Aus diesem Grund zog er normalerweise Spezialisten wie Marcus Dumond heran, einen extrem talentierten Hacker.

»Rick hat keinen Killerinstinkt«, stellte Rapp nach längerem Nachdenken fest. »Ich sage nicht, dass es unmöglich ist, aber es fällt mir schwer, mir vorzustellen, wie Rick mitten in der Nacht einen Eindringling mit einem gezielten Schuss ausschaltet. Erst recht nicht einen Vollprofi wie die Leibwächter, die wir für ihn abgestellt haben.«

»Das lässt sich rausfinden. Wenn mit dem Bodyguard was nicht stimmte, hat er Spuren hinterlassen. Und worum geht's nun bei der Sache mit diesem Tierarzt?«

Rapp seufzte. »Rick hatte einen Hund.«

»Ich erinnere mich. Einen Rottweiler, der ständig alles vollgesabbert hat. Den hat er nie lange aus den Augen gelassen und ihn behandelt, als wär's sein Sohn.« Coleman schüttelte missbilligend den Kopf. »So verhätschelt man doch keinen Köter.«

»Ich habe mich bei Hub nach dem Hund erkundigt. Der meinte, er sei schwer krank gewesen, obwohl er gerade mal sechs Jahre alt war. Rick sei mit ihm zum Tierarzt nach J-Bad gefahren und der habe ihn einschläfern lassen. Aus einem Gefühl heraus bat ich Hub, den Typen anzurufen und die Story zu überprüfen.«

»Aber der Arzt hat ihn gar nicht eingeschläfert.«

»Richtig. Er wusste nicht, was mit dem Tier los war, also empfahl er Rick, ihn zu einer Tierklinik hier in Kabul zu bringen.«

Coleman blickte ihn skeptisch an. »Klingt ein bisschen weit hergeholt.«

Maslick verkündete, dass sie zwei Kreuzungen vor der Klinik waren.

Rapp schielte aus dem Fenster und bemerkte einen grün lackierten Pick-up, einen Ford Ranger, den die örtlichen Polizeibehörden als Hauptbeförderungsmittel benutzten. Vier Männer in voller Kampfmontur saßen auf der Rückbank. Mehr zu sich selbst als zu Coleman sagte er: »Tja, wir werden wohl gleich erfahren, ob mehr dahintersteckt.«

15

Das Bürofenster bestand aus zwei seitlich verschiebbaren Scheiben mit Aluminiumrahmen. Es gab kein Fliegengitter und die Scharniere waren dermaßen verdreckt, dass es sich nur mit Mühe öffnen ließ. An diesem Oktobertag war es weder besonders warm noch besonders kalt. Da die Leute hierzulande oft am offenen Fenster rauchten, dürfte selbst ein so wachsamer Mensch wie Rapp deswegen nicht misstrauisch werden. Der Attentäter entschied, dass er es riskieren konnte, einen etwa zehn Zentimeter breiten Spalt zu öffnen. Der verschaffte ihm ausreichend Bewegungsspielraum, um den etwa sechs Meter breiten Haupteingang der Klinik komplett abzudecken. Er überprüfte ein letztes Mal die Sichtlinie und widmete sich dann erneut der Frage, die an seinen Nerven nagte.

Möglicherweise war sein Auftraggeber einfach nur geizig und wollte sich den Rest des Honorars sparen, aber in Anbetracht des Aufwands, den er betrieb, hielt er diese Erklärung für wenig wahrscheinlich. Wesentlich plausibler erschien es ihm, dass dieser Kontrollfreak, der ihn mit SMS, Mails und Briefen bombardierte, nichts von offenen Baustellen hielt. Und ein Auftragskiller, der einen Mann aus dem Verkehr zog, war eine solche offene Baustelle. Er bildete sich viel auf sein Bauchgefühl ein. Als Jäger zu merken, dass man selbst zum Gejagten zu werden drohte, ließ die Alarmsirenen sofort losschrillen.

Fieberhaft ging er mögliche Fluchtrouten durch, da erschütterte ihn ein besonders beängstigender Gedanke. Was, wenn der Mann im Hintergrund seine Vorgeschichte mit Rapp kannte? Wobei es geschätzt nur eine Handvoll Leute innerhalb der US-Regierung gab, die über die Einzelheiten dieser Katastrophe Bescheid wussten. Die Waagschalen in seinem Kopf wogen die moralische Integrität des Auftraggebers gegen die Möglichkeit ab, von diesem wie eine heiße Kartoffel auf dem Grill geopfert zu werden. In dieser Sekunde ahnte er es nicht, sondern er wusste Bescheid: Ihm wurde eine Falle gestellt.

Die Vordertür schien zum Entkommen keine gute Idee zu sein, zumal an beiden Enden der Straße Beobachter postiert waren. Noch schlechter sah es mit dem Dach aus. Immerhin hatte der Kunde es selbst als Fluchtweg vorgegeben, weshalb er mit einem Hinterhalt rechnen musste. Er starrte das Handy an, über das er die Anweisungen erhalten hatte, und ihn beschlich das ungute Gefühl, dass es benutzt wurde, um ihn zu tracken. Im schlimmsten Fall befand sich sogar ein Sprengkörper im Gehäuse, gerade stark genug, um ihn zu töten, wenn er den Hörer ans Ohr hielt. Geheimdienste griffen seit Längerem auf diese Methode zurück. Spontan beschloss er, keine Anrufe entgegenzunehmen.

Wie auf Kommando piepte das Telefon im gleichen Augenblick und das Display erwachte zum Leben. Der Killer zuckte zusammen und schämte sich. Seine angespannten Nerven unter Kontrolle zu behalten, machte in den nächsten Minuten den Unterschied zwischen Leben und Tod. Die Nachricht verriet ihm, dass die Zielperson in einer Minute eintraf. Außerdem wurden Hersteller und Fabrikat des Fahrzeugs genannt. Reflexartig schnappte er sich das HK416 und schob den Schalldämpfer auf die Picatinny-Schiene am Ende des Laufs. Hastig nahm er eine Inventur vor. Außer dem Magazin, das im Sturmgewehr steckte, gab es kein weiteres. Für einen längeren Schusswechsel war er also nicht gerüstet.

Ihm entfuhr ein tiefer Seufzer, wobei ihm einfiel, dass der Raum möglicherweise verwanzt war, um Bild und Ton aufzuzeichnen, im schlimmsten Fall lauerte sogar irgendwo eine Sprengladung, die nach Abschluss seiner Mission ferngezündet wurde. Das spornte ihn erst recht an, so professionell wie möglich vorzugehen. Er streifte den taktischen Riemen der Heckler & Koch über den Kopf und trat ein paar Schritte zurück, um von der Straße aus nicht gesehen zu werden, hob das Gewehr und zog prüfend am Riemen, um den richtigen Grad an Spannung auszutarieren. Anschließend schob er ein Auge behutsam hinter den Sucher und brachte den roten Punkt im Zielkreuz erneut in Deckung mit der Tür der Klinik. Im Geist zählte er bereits den Countdown bis zu Rapps Ankunft herunter und spulte mit dem Muskelgedächtnis mechanisch die unzähligen Male durch Wiederholung eingehämmerten Schritte ab. Äußerlich wirkte sein Verhalten auf einen unbeteiligten Beobachter völlig normal. Nichts verriet, dass er Verdacht geschöpft hatte. Er senkte das Gewehr und atmete betont ruhig. Für den Schuss blieb ihm nur ein kurzer Zeitkorridor von etwa fünf Sekunden, nachdem Rapp ausgestiegen war und in Richtung Eingang lief.

Während der Körper keinerlei Signale aussendete, dass etwas nicht stimmte, verhielt es sich mit dem Verstand gänzlich anders. Wieder und wieder spulte er alle denkbaren Alternativen ab und analysierte, welche Option die besten Chancen auf Überleben versprach. Mit einem Mal bedeutete ihm das Geld nichts mehr. Natürlich würde er den Vorschuss behalten, falls er lebend aus diesem Höllenpfuhl herauskam, und nahm sich vor, Jagd auf das Arschloch zu machen, das ihn in diese Bredouille gebracht hatte. Ob Yuri wusste, was hier lief? Er war seinem Mittelsmann, einem früheren Agenten des russischen Geheimdienstes SVR, nie persönlich begegnet. Es gehörte zur Natur dieses Jobs, dass sie ihre Kommunikation fast ausschließlich auf E-Mails beschränkten. Egal, darum konnte er sich später kümmern. Vorerst ging es nur darum, den eigenen Hintern zu retten.

Der Toyota-SUV rollte ins Blickfeld und bremste am Bordstein direkt vor der Klinik. Der Auftragskiller brachte das Gewehr in Anschlag und musste dank der modernen Technologie des EOTech-Visiers nicht mal ein Auge zukneifen. Nun galt es, den nächsten Schritt perfekt zu timen. Alle vier Türen des Fahrzeugs öffneten sich gleichzeitig und Männer schwärmten ins Freie. Jeder von ihnen trug ein Basecap. Obwohl er Rapps Gesicht dadurch nicht sah, identifizierte er ihn im Bruchteil einer Sekunde. Er verlagerte den roten Punkt im Zentrum der Optik auf die Mitte von Rapps Rücken und den Finger vom Abzugsbügel zum Abzug. Das Ziel überwand die Distanz zwischen Auto und Eingang, während ihm die Mündung stoisch folgte.

Ein Geräusch auf dem Flur ließ den Kopf des Killers herumzucken. Sein Finger löste sich vom Abzug und er schlich leise zur Tür und lauschte. Nach einigen Sekunden kehrte er zum Fenster zurück, nur um festzustellen, dass Rapp das Gebäude inzwischen betreten hatte. Zwei seiner Begleiter warteten auf dem Bürgersteig und behielten den Wagen im Auge. Er machte eine große Show daraus, möglichst enttäuscht dreinzublicken, griff zur Kamera, warf die Speicherkarte aus und steckte sie in die

Hosentasche. Er wollte das schwere Teil nicht länger mit sich herumschleppen.

Ohne zu wissen, was ihn im Flur erwartete, legte er das Sturmgewehr kurz zur Seite und zog an der Kordel des Rucksacks, um ihn in eine taktische Weste zu verwandeln. Er musste seine Blendgranaten griffbereit haben, falls ihm draußen jemand auflauerte. Erneut griff er zur Waffe und verschwendete keine Zeit. Er riss die Tür auf und scannte die Umgebung. Niemand zu sehen, also huschte er zur Treppe und rannte nach unten. Als er durch den Haupteingang ins Freie trat, war er auf alles gefasst. Der Gewehrkolben des HK416 stieß gegen die rechte Achselhöhle, der Schalldämpfer streifte den linken Oberschenkel.

Mit der rechten Hand umklammerte er das Griffstück, zeigte jedoch jedem, dass der Finger den Abzug nicht berührte. Er trat auf die Straße, schaute nach links, dann nach rechts und stellte fest, dass sich seine schlimmsten Befürchtungen bewahrheiteten. An den Kreuzungen in beiden Richtungen parkten Einsatzwagen der Polizei mit Beamten in voller Kampfmontur. Rapps Begleiter auf der anderen Straßenseite schienen sie ebenfalls bemerkt zu haben. Unauffällig verlagerte er seine Körperhaltung, um das Gewehr in eine bessere Position zur schnellen Beseitigung der Bedrohungen zu bringen.

Spontan entschied er sich um, schob die Waffe auf den Rücken, hob beide Hände auf Schulterhöhe und streckte die Handflächen nach vorn. Er war jetzt bis auf wenige Meter an den SUV herangekommen, lief weiter und sagte: »Ich muss mit Mitch reden.«

Der vertrauliche Tonfall schien sie zu beruhigen. Er schloss zu ihnen auf und wartete, blickte sich dabei in alle

Richtungen um. Einer der beiden Männer, die er vorhin bemerkt hatte, telefonierte, schrie plötzlich laut und forderte einen der Polizeibeamten mit hektischen Handzeichen zum Aussteigen auf. Ein zweiter Einsatzwagen mit sechs weiteren Insassen kam hinter dem anderen zum Stehen. Der Auftragsmörder kämpfte gegen den Drang an, den Typen mit dem Handy auf der Stelle zu erschießen.

Stattdessen konzentrierte er sich auf die beiden groß gewachsenen Amerikaner, die mit Rapp gekommen waren, und verkündete in nahezu makellosem Englisch: »Ich schlage vor, ihr fordert besser Verstärkung an.«

16

Im kargen Wartebereich erwarteten ihn vier Menschen, ein Hund, drei Katzen und ein Papagei. Der Vogel befand sich in einem Käfig, der hinter dem Empfangstresen stand, ebenso wie zwei der Katzen, die in Weidenkörbchen lagen und schliefen. Ein kleiner Junge, bestimmt nicht älter als acht, hielt die Leine einer putzigen Promenadenmischung fest, während seine Mutter schützend den Arm um ihn legte. Ein älterer Mann, dem eine Zigarette aus dem Mundwinkel baumelte, wiegte eine verwahrlost wirkende schwarze Katze, der ganze Fellbüschel fehlten, auf dem Schoß. Er machte einen depressiven Eindruck.

Keiner der Erwachsenen stellte Augenkontakt her, nur der Junge begrüßte Rapp mit einem freundlichen Lächeln. Rapp erwiderte die Geste mit einem dankbaren Nicken. Die meisten Menschen in Kabul ignorierten

Ausländer, woraus er ihnen nicht mal einen Vorwurf machte. Immerhin befand sich ihr Land seit fast 30 Jahren dauerhaft im Krieg. In der Regel funkelten einen die Leute an, als würden sie einen am liebsten umbringen. Im seltensten Fall erntete man einen wohlwollenden Blick, so gut wie nie ein Hallo.

Rapp lief zu dem blauen Resopaltresen. Eine nette Frau mit schwarzem Hidschab begrüßte ihn auf Englisch: »Wie kann ich Ihnen helfen?«

»Sieht man mir so leicht an, dass ich Amerikaner bin?« Rapp wirkte fast ein bisschen beleidigt.

»Ihnen nicht, aber ihm.« Sie zeigte über seine Schulter auf Coleman.

Rapp drehte sich herum und betrachtete die blonden Haare und blauen Augen seines Freundes. Colemans nordeuropäische Abstammung ließ ihn an solchen Orten zwangsläufig fehl am Platz erscheinen.

»Stimmt«, gab Rapp zu. »Er arbeitet für die Vereinten Nationen. Ich glaube, er ist Schwede oder so. Ich verstehe kein Wort von dem, was er sagt. Jedenfalls möchten wir gern mit Dr. Amin sprechen.«

»Ich bedaure, aber der ist gerade an der Universität.«

»Erwarten Sie ihn im Laufe des Nachmittags zurück?«

»Normalerweise geht er danach direkt nach Hause, aber wenn viel zu tun ist, kommt er auf dem Heimweg noch mal vorbei. Darf ich fragen, worum es geht?«

Rapp zögerte. Normalerweise gab er solche Informationen höchst ungern preis, aber die junge Dame war so zuvorkommend, dass er beschloss, die Sache mit ihrer Hilfe vielleicht ein wenig abzukürzen.

»Es ist eine ziemlich wichtige Angelegenheit.« Rapp zückte seinen Joe-Cox-Ausweis mit dem in Gold eingefassten Dienstsiegel der Vereinigten Staaten und dem bedeutungsschwangeren, zugleich aber auch etwas unkonkreten Wort ›Bundesbeamter‹.

»Wir suchen nach einer vermissten Person. Er soll seinen Hund vor etwa einem Monat in Ihrer Klinik eingeliefert haben. Ein Amerikaner mit einem Rottweiler. Vielleicht können Sie sich an ihn erinnern?«

Sie schüttelte den Kopf. »Nein, aber ich arbeite nur halbtags hier. Wie heißt er denn?«

Rickman griff ebenfalls auf wechselnde Tarnidentitäten zurück. Rapp hatte keine Ahnung, ob er eine davon benutzt hatte, also versuchte er es zunächst mit seinem richtigen Namen. Die Rezeptionistin kreiselte auf dem Bürostuhl herum und bewegte ihn im Krebsgang zu einer Reihe von Aktenschränken an der hinteren Wand. Rapp lugte über die Schulter. Coleman stand mit vor der Brust verschränkten Armen da und musterte ihn missbilligend.

»Schwedisch? Was Besseres ist dir wohl nicht eingefallen?«, raunte er leise.

Rapp brach in lautes Gelächter aus. Im selben Augenblick wurden seine Augen von etwas vor dem Eingang in Beschlag genommen. Seine linke Hand glitt in sein Jackett und krallte sich in den Griff der 9-Millimeter-Glock. Natürlich entging Coleman die Bewegung nicht. Beiläufig drehte er sich halb um die eigene Achse, um sich selbst ein Bild zu verschaffen.

Rapp traute seinen Augen kaum. Ein Geist aus einer gar nicht so weit zurückliegenden Vergangenheit war ihm erschienen. Genau genommen lag es etwa vier Jahre zurück. Er beobachtete, wie die Gestalt an Reavers und Maslick vorbeilief und in Richtung der nächsten Straßenecke deutete. Vermutlich sollte es seine Leute ablenken, aber Rapp schluckte den Köder nicht. Von diesem Mann ließ er sich nichts vormachen. Er zog die Waffe und zielte auf den Kopf des Bastards, der seine Frau getötet hatte.

Die Frau am Empfang sagte etwas, aber Rapp nahm es gar nicht wahr. Er war komplett auf den Mann fixiert, der sich anschickte, die Klinik zu betreten. Das Einzige, was ihn davon abhielt, ihn auf der Stelle abzuknallen, waren die erhobenen Arme, die ihm wie eine aufrichtige Geste der Kapitulation vorkamen.

»Ist er das wirklich?«, fragte Coleman.

»Ja.«

Eine der Glastüren schwang auf und der Auftragskiller betrat den Empfangsbereich wie in Zeitlupe. Nach einem kurzen Blick in Colemans Richtung konzentrierte er sich auf Rapp.

»Wir müssen reden, und zwar sofort.«

»Nenn mir einen guten Grund, warum ich dich nicht erschießen soll.«

Louie Gould hielt die Hände abwehrend über den Kopf und zuckte mit den Achseln.

»Ich kann dir sogar mehrere nennen, aber fürs Erste sollte der Umstand reichen, dass ich dich nicht erschossen habe, als du vor ein paar Minuten aus dem Truck gestiegen bist. Außerdem wirst du in naher Zukunft auf meine Hilfe angewiesen sein. Ich tippe auf die nächsten 30 Sekunden.«

Trotz der Wut, die durch sein Bewusstsein schoss, hielt Rapp die Pistole ganz ruhig. »Was zur Hölle soll das heißen?«

Gould blickte sich im Wartebereich um. Er hätte diese Unterhaltung lieber unter vier Augen geführt, aber dafür blieb keine Zeit. Bevor er auf konkrete Details zu sprechen kam, blickte er Rapps blonden Begleiter auffordernd an.

»Ich habe euren Leuten draußen geraten, sie sollen Verstärkung anfordern, aber sie schienen davon nichts zu halten. Ich schlage vor, einer von euch sagt ihnen, dass es besser wäre, es schleunigst nachzuholen.«

An Rapp gewandt, fuhr er fort: »Ich übernehme immer noch den einen oder anderen Auftrag.«

Mitch schüttelte den Kopf. »So hatten wir das nicht vereinbart.«

»Ich weiß«, kam die verlegene Antwort. »Aber wir brauchten Geld und ich bin bei der Auswahl meiner Kunden wirklich äußerst wählerisch vorgegangen.«

Er schüttelte leicht genervt den Kopf. »Das können wir alles später in Ruhe bereden. Wichtig ist fürs Erste, dass ich aktuell den Kontrakt eines anonymen Auftraggebers angenommen habe. Meine Anweisungen lauteten, gestern nach Kabul zu fliegen. Vor etwa 90 Minuten erhielt ich die Anweisung, zu einem Bürogebäude in dieser Straße zu kommen. Bei meiner Ankunft wartete dort ein Gewehr samt Foto der Zielperson auf mich.«

Gould zeigte auf Rapp. »Du.«

»Du hast doch nicht alle Tassen im Schrank.«

»Ich wünschte, es wäre so, aber wir haben gerade ein ganz anderes Problem.« Gould behielt die Hände oben und trat einen Schritt zurück, um zu beobachten, was an der nächsten Kreuzung vor sich ging.

Im selben Moment betrat Maslick die Klinik. »Da draußen stimmt was nicht. Die Polizei hat auf beiden Seiten der Straße eine Sperre errichtet und dort jeweils zehn Leute postiert, die aussehen, als wollten sie in den Krieg ziehen.«

Gould vergewisserte sich mit eigenen Augen, dass es stimmte.

»Sie sind hier, um dich zu töten. Auf mich haben sie es vermutlich auch abgesehen.«

Ein einzelner Gewehrschuss durchbrach die relative Stille des Nachmittags. Die vier Männer in der Lobby waren allesamt kampferprobt und zuckten nicht mal zusammen. Ihre Blicke wanderten zu Reavers, der auf dem Bürgersteig stand. Bevor einer von ihnen reagierte, folgte eine längere Salve. Die Glasscheiben der Tür zersprangen und Reavers ging zu Boden.

Colemans Stimme erklang über den Lärm der Schüsse hinweg. »Unterstützungsfeuer! Ich hol ihn rein.«

Rapp manövrierte nach links und drückte sich mit dem Rücken an die Wand, während Maslick es ihm auf der anderen Seite gleichtat. Sie deckten die Polizisten am anderen Ende der Straße mit gezielten Feuerstößen ein. Coleman steckte die Waffe ins Holster, riss die Tür auf und schleifte Reavers an der taktischen Weste hinter sich her. Beim ersten Versuch rührte sich nichts, also legte sich Coleman mehr ins Zeug. Projektile fegten ungemütlich dicht an seinem Kopf vorbei. Er bugsierte die menschliche Fracht ins Innere der Klinik und hinterließ eine rote Blutspur auf dem weißen Fliesenboden. Außerhalb der direkten Schusslinie kniete er sich hin und fuhr mit der Hand über Reavers' Körper, um nach der Quelle der Blutung zu fahnden. Innerhalb von Sekunden stieß er auf zwei schwerwiegende Verletzungen. Die erste befand sich direkt am Haaransatz in der rechten Kopfhälfte, die zweite im Schritt. Reavers' Gehirn streikte, aber sein Herz schlug unvermindert. Die anwachsende Lache auf dem Boden ließ eine durchschlagene Oberschenkelarterie vermuten.

Für Coleman schien die Zeit stillzustehen. In Rekordzeit verarbeitete er, dass sein Freund nicht mehr zu retten war, sie in diesem Moment aber ganz andere Sorgen hatten. Für Wut, Zorn, tiefe Trauer und melancholische Erinnerungen blieb später noch genug Gelegenheit. Nun ging es zunächst darum, diese Schießerei zu überstehen.

»Reavers ist tot«, verkündete er über die Feuerstöße hinweg, nahm das M4-Gewehr des anderen an sich und verstaute die Ersatzmagazine in den freien Taschen von Weste und Cargohose.

Rapp musterte den reglosen Körper des Teammitglieds und registrierte aus dem Augenwinkel den verängstigten Gesichtsausdruck des kleinen Jungen. »Schaff diese Leute in eins der Untersuchungszimmer«, rief er Coleman zu.

Gould erschien an Rapps Seite, kniete sich hin und feuerte präzise Einzelschüsse ab. Innerhalb von fünf Sekunden hatte er den Abzug dreimal betätigt und ebenso viele Gegner erschossen.

»Wir müssen jemanden auf dem Dach postieren.«

Nach einigen weiteren Treffern brüllte er: »Und es wäre sicher nicht verkehrt, wenn wir uns Verstärkung organisieren.«

»Scott«, befahl Rapp, ohne die Augen von der Straße abzuwenden. »Ruf Mike an und schildere ihm, was hier los ist. Sag ihm, er soll uns umgehend eine schnelle Eingreiftruppe schicken, sonst sind wir alle tot.« Rapp warf ein leeres Magazin aus und rammte ein neues in den Schacht. Erneut an Colemans Adresse: »Ein Kampfhubschrauber wäre auch nicht verkehrt.« Er zielte, feuerte mehrere Male und beobachtete, wie jemand zu Boden ging. An Gould gerichtet meinte er: »Rauf mit dir aufs

Dach. Sieh zu, was du ausrichten kannst. Ich komm nach, sobald ich kann. Wie viel Munition hast du noch?«

Gould schüttelte frustriert den Kopf. »Nur dieses eine Magazin mit 30 Schuss, danach muss ich auf meine Pistole ausweichen.«

Rapp kannte das Modell in Goulds Weste ziemlich gut.

»Auf diese Entfernung kannst du mit dem Teil bestimmt 'ne Menge Schaden anrichten.«

Gould nickte. »Ich bin der Beste.«

»Das werden wir sehen. Lass dir von dem Blonden Nachschub für dein Sturmgewehr geben und dann rauf mit dir aufs Dach, bevor es zu spät ist.«

17

Coleman hatte den alten Mann, die Mutter mit ihrem Sohn, sämtliche Tiere und die Rezeptionistin in eins der Behandlungszimmer am Ende des Flurs gebracht. Rapp ging davon aus, dass sich zudem einige Schwestern und mindestens ein Tierarzt im Gebäude befanden, aber für ihre Sicherheit konnte er nicht mehr tun, als die örtliche Polizei auf Abstand zu halten, bis die Kavallerie anrückte. Soweit er es einschätzen konnte, waren mittlerweile drei weitere Pick-ups mit Polizisten in Kampfmontur vorgefahren. Das warf die Frage auf, wie viele korrupte Cops es insgesamt in Kabul gab.

Der Vordereingang der Klinik hatte sich in ein Chaos aus zersplittertem Glas und abgeplatzten Mauerstücken verwandelt. Neben der Tür waren auch die Scheiben beider Seitenfenster vollkommen zerstört und die verzogenen Metallrahmen wiesen zahlreiche Einschläge durch Patronenhülsen auf. Rapp hatte sich knapp zwei Meter entfernt mit dem Rücken gegen die nächste Wand aufgestellt. Maslick stand direkt gegenüber. Abwechselnd stürmten sie ins Freie und feuerten ein paar Schüsse ab, um die Beamten von der Erstürmung des Gebäudes abzuhalten. Bislang hatten sie damit einigermaßen Erfolg.

Rapp beobachtete, wie Maslick ein leer geschossenes Magazin wechselte. Ihr entscheidender Vorteil in dieser Schlacht bestand darin, die Ziele kontinuierlich und mit beeindruckender Präzision zu treffen. Coleman, Maslick und Rapp gaben im Laufe eines Monats jeder rund 1000 Übungsschüsse mit Pistolen, Karabinern und Gewehren auf dem Schießstand ab. Rapp wusste zwar nicht, wie gut Gould im Training war, aber die Höhe seiner Abschussprämien deutete auf beeindruckende Fähigkeiten hin. Obwohl sie in der Unterzahl waren, lief am Ende alles auf den Munitionsvorrat als entscheidenden Faktor hinaus.

Rapp wusste nicht viel darüber, wie ihre Gegner ausgewählt und ausgebildet wurden. Die meisten schlugen sich einfach irgendwie durch und mussten enorm tapfer sein, weil sich die Attacken der Taliban oft gegen sie und ihre Familien richteten. Die Vorstellung, dass sie alle bestechlich waren, hielt er für naiv. Da schien es schon nachvollziehbarer, dass einer ihrer Vorgesetzten Schmiergeld für solche Einsätze kassierte. Rapp musste unweigerlich an Commander Zahir in Jalalabad denken. Bis vor Kurzem war auf den Mann als Terrorist ein Kopfgeld der US-Regierung ausgesetzt gewesen. Nicht nur, dass nicht länger nach ihm gefahndet wurde, jetzt kassierte er sogar noch ein offizielles Gehalt aus der amerikanischen Staatskasse. Wie viele Arschlöcher wie Zahir mochten noch in den Uniformen der afghanischen Polizei stecken? Unschuldig oder nicht, diese Cops versuchten, Rapp und seine Leute zu töten. Um zu überleben, blieb ihm nichts anderes übrig, als sie anzugreifen.

Eine frische Salve traf die Vorderseite des Gebäudes und deckte Rapp mit Splittern ein. Er sprang ins Freie, gab zwei gut platzierte Schüsse ab und huschte zurück in die Lobby, während zwei Dutzend Projektile die Stelle beackerten, an der er noch vor weniger als einer Sekunde gestanden hatte. Rapp schüttelte genervt den Kopf. Das wurde langsam ungemütlich. Er sah zu Maslick hinüber und bemerkte einen Klecks Blut an dessen rechter Schulter. Die Stellung wurde langsam zu heiß, um sie zu verteidigen. Eher früher als später fing sich einer von ihnen einen Kopftreffer ein. Rapp traf eine spontane Entscheidung und schickte Maslick hoch aufs Dach.

Der andere setzte zum Protest an, doch Rapp brachte ihn mit einer schroffen Handbewegung zum Schweigen. Er trat seinerseits den Rückzug aus dem Eingangsbereich an und kam dabei an Reavers' Leiche vorbei. Er bemerkte die Sig P226, die noch im Oberschenkelholster steckte. Rapp ging neben ihm in die Hocke und nahm die Pistole sowie drei Ersatzmagazine an sich. Der Zorn gewann kurz die Oberhand und Rapp schwor sich, die Verantwortlichen für dieses Reintegrationsdesaster zur Strecke zu bringen. Ein Schnappschuss von Sickles blitzte in seinem Verstand auf und ihm wurde klar, dass der Stationschef mit ziemlicher Sicherheit den Mann rekrutiert hatte, der gerade versuchte, ihn umzubringen.

Rapp schob sich den Knopf des Headsets ins Ohr, suchte Sickles' Mobilfunknummer aus dem Telefonbuch des Handys heraus und stellte eine Verbindung her.

Begleitet vom Wählton verließ er die Lobby und betrat den Flur, der das Gebäude in zwei Hälften unterteilte. Im hinteren Teil war Coleman damit beschäftigt, schwere Gegenstände vor dem Seiteneingang aufzustapeln, um ihn zu blockieren.

Er bezog in der Deckung eines Türrahmens Position, um den Vordereingang kontrollieren zu können. Rapp rätselte, ob die Mauer hinter ihm stabil genug war, um dem Einschlag einer 223er standzuhalten. Vermutlich nicht, deshalb kehrte er in den Eingangsbereich zurück, als Darren Sickles' Stimme in seinem Ohr erklang.

»Hey, Sie Arschgeige«, brüllte Rapp über das dröhnende Geschützfeuer hinweg. »Hat Mike Ihnen erzählt, wie tief wir in der Patsche stecken?«

Rapp schob seine Waffe ins Holster, duckte sich hinter den Empfangstresen und drückte mit voller Kraft gegen die Resopal-Abdeckung.

»Ich hab's gerade erst erfahren. Mich trifft ...«

»Halten Sie den Mund und hören Sie zu.« Rapp stemmte sich ein weiteres Mal gegen die Abdeckung und sie brach am Rand ab.

»Das ist alles Ihre Schuld. Sie haben diesen Abschaum rekrutiert und sich allen Ernstes eingebildet, dass man diesen Gaunern vertrauen kann.«

Rapp schleifte die Schichtstoffplatte in den Gang. »Also klemmen Sie sich gefälligst ans Telefon und lassen Sie jeden Einzelnen von denen wissen, dass ich gerade ein Kopfgeld in Höhe von einer Million Dollar auf sie ausgesetzt habe und beabsichtige, mir die Kohle selbst unter den Nagel zu reißen.«

Rapp lehnte die schwere Tischplatte gegen den Türrahmen und ging dahinter in Stellung. Erneut zog er die Waffe, nun deutlich beruhigter, was seine Sicherheit anging, aber wesentlich beunruhigter, was Sickles betraf, der hilflos stammelte, er begreife nicht, was überhaupt los sei. Dass das Ganze keinen Sinn ergab. Da er wahrlich Wichtigeres zu tun hatte, als den hysterischen Ausführungen des Stationschefs zu lauschen, brüllte er: »Darren, es geht mir echt am Allerwertesten vorbei, wie Sie darüber denken. Rufen Sie endlich Ihre Leute an und verkünden Sie ihnen, dass ich sie schnappen und abknallen werde.«

Er verspürte große Lust, Sickles ebenfalls anzudrohen, ihn zu töten, hielt es aber für kontraproduktiv. Also verkniff er sich eine entsprechende Bemerkung und trennte die Verbindung.

Rapp hatte eine ziemlich klare Vorstellung, was als Nächstes passierte, und zwar ziemlich bald. Die Vereinigten Staaten hatten die hiesigen Gesetzeshüter mit Belagerungsrammen, Vorderschaftrepetierflinten samt Bleimunition, Schlagschlüsseln, taktischen Einsatzschilden und weiterer Ausrüstung zum Einnehmen von Gebäuden versorgt. Die Schilde bereiteten Rapp die größte Sorge. Ein strategisch geschickter Commander kam garantiert auf die Idee, sie für die erstmals vom römischen Heer eingesetzte Schildkrötenformation einzusetzen. Der vordere Mann hielt den Schild zur Abschirmung vor den Körper, der nachfolgende seinen über sich selbst und den Vordermann, was beide vor Beschuss vom Dach schützte. Auf diese Weise könnten sie ungestört durch den Haupteingang in die Klinik eindringen und ihn mit seiner mickrigen 9-Millimeter-Waffe in null Komma nichts aus dem Verkehr ziehen. Die Vorstellung, auf diese Weise sterben zu müssen, brachte Rapp ins Grübeln. Laut schrie er: »Scott?«

Coleman ergänzte seine Blockade um einen schweren Untersuchungstisch aus Metall und drehte sich zu ihm um: »Was ist?«

»Hast du irgendwo Sauerstoffvorräte entdeckt?«

»Ja.« Coleman brauchte keine weitere Erklärung. Er verschwand in einem der Räume und kehrte mit zwei grünen Flaschen zurück, zog sie durch den Gang und legte sie Rapp vor die Füße.

Rapp hielt Augen und Waffe stur auf die Tür gerichtet. »Gibt's noch mehr?«

»Ja.«

»Platzier sie vor deinem Stapel drüben und dann nix wie hoch aufs Dach.«

Coleman schüttelte den Kopf. »Nein, geh du rauf. Ich hab die Lage hier im Griff.«

»Schluss mit der Debatte. Hol die Flaschen und setz dich ab. Hier gibt's eh nichts zu holen. Oben kannst du uns helfen, ein bisschen Zeit zu schinden.« Coleman wollte los, aber Rapp hielt ihn am Arm fest. »Was hat Mike gesagt?«

»Dass er uns so viele Schützen schickt, wie er innerhalb der kurzen Zeit zusammentrommeln kann.«

»Ruf noch mal an und sag ihm, dass wir mehr brauchen. Einen Little Bird, der Munitionsnachschub abwirft, idealerweise noch ein paar SAWs oder Granaten.« Rapp schielte zum Vordereingang.

»Mach ich.« Coleman hatte das Telefon schon aus der Tasche geholt, um Nash erneut zu kontaktieren. »Sag Bescheid, wenn du Hilfe brauchst.«

Beide wussten, dass es dazu nicht kam. Rapp würde den Gegner aufhalten, solange es ging, und sich dann, wenn er noch lebte, humpelnd auf den Weg zum Dach machen.

Schon ziemlich beschissen, auf so 'ne Art zu sterben, dachte er bei sich. So oft war er dem Tod schon von der Schippe gesprungen und nun drohte er von Gegnern erledigt zu werden, die eigentlich seine Verbündeten waren. In seinem Kopf meldete sich Stan Hurleys mürrische Stimme, er solle sich gefälligst am Riemen reißen. Wenn man schon die Ankunft des Sensenmanns heraufbeschwor, dann bitte schön für den Gegner. Hurley pflegte zu sagen, dass es selbst im übelsten Schlamassel immer einen Ausweg gab. Rapp klammerte sich an diese Überzeugung, zumal die Frequenz der Schüsse gerade hörbar abnahm – nur noch gelegentlich knallte es kurz, keine Garben deckten mehr die Gebäudemauer ein.

Rapp dämmerte, dass das nichts Gutes zu bedeuten hatte. Nash oder Sickles war es unmöglich so schnell gelungen, diese Hunde zurückzupfeifen. Also musste ein Befehlshaber mit halbwegs Grips im Hirn aufgetaucht sein, um die Männer auf einen organisierten Vorstoß vorzubereiten. Rapp steckte die Waffe weg und schleifte zwei der Sauerstoffbehälter in die Lobby, positionierte sie knapp zwei Meter hinter dem Eingang und glitt an der Mauer entlang zu einem der Seitenfenster, damit sie glaubten, dass niemand mehr die Tür bewachte. Von dort aus gab er zwei Schüsse ab, gefolgt von zwei weiteren, und huschte zurück in Deckung. Er war ziemlich sicher, mit den ersten beiden Versuchen einen Gegner getötet zu haben. Die weiteren waren harmlos an einem Schild aus Plexiglas abgeprallt. Rapp zog sich in den Flur zurück, erfüllt von der düsteren Vorahnung, diesmal nicht unbeschadet aus der Sache herauszukommen.

18

Gould stieß die Luke auf und musste sich zwingen, das Flachdach zu betreten. Er befürchtete, dass in der näheren Umgebung ein Scharfschütze lauerte. Er rollte sich seitlich ab, wiegte das Gewehr schützend in den Händen und kroch langsam zur Brüstung. Die 60 Zentimeter hohe Steinmauer am Dachrand bot ausreichend Deckung. Vorsichtig hob er den Kopf und checkte die Gebäude auf der anderen Straßenseite. Da niemand zu sehen war, stützte er sich auf dem rechten Knie ab und verlagerte den Gewehrkolben auf Höhe der rechten Schulter. Gould schob die Mündung über die niedrige Barriere und schwenkte sie von links nach rechts, das quadratische EOTech-Visier lieferte ihm klare Sicht auf potenzielle Ziele.

Hinter einem der Polizeifahrzeuge entdeckte er einen Aufklärer in Zivilkleidung, der gerade mit dem Handy telefonierte.

»Hab ich dich, du Scheißkerl!« Ein Lächeln stahl sich auf die Lippen des Auftragskillers. Gould brachte den roten Punkt in Deckung mit dem Mobiltelefon, atmete ganz ruhig aus und drückte routiniert den Abzug. Das Gewehr zuckte einen halben Zentimeter nach oben, doch sein Muskelgedächtnis glich die Bewegung automatisch aus. Das schwere Projektil zerschmetterte das Handy und explodierte im Schädel des Mannes, ließ Blut, Knochen und Gehirnmasse als Pilzwolke auf die Cops und die Straße hinter ihm regnen.

Drei Polizeibeamte starrten mit offenem Mund auf den Toten. Wenige Sekunden später leisteten ihm ihre Leichen Gesellschaft. Gould arbeitete sich methodisch und im Einzelschuss-Modus an seinen Zielen ab. Die Cops brauchten etwa zehn Sekunden, um zu kapieren, dass eine neue Bedrohung auf dem Dach aufgetaucht war. Sie bezahlten einen hohen Preis dafür. Sieben Kollegen hatte es bereits erwischt.

Gould wollte gerade die Mündung herumschwenken, um sich den Polizisten am anderen Ende der Straße zu widmen, da schlugen unweit von ihm mehrere Geschosse ein. Er warf sich flach auf den Bauch, während Projektile die niedrige Steinumfassung wie ein Presslufthammer bearbeiteten. Rasch erkannte er, dass sie seine exakte Position lokalisiert hatten und die Männer auf der anderen Straßenseite deutlich mehr in die Waagschale warfen als er mit seinem verhältnismäßig leichten Karabinergewehr. Da das komplette Inventar von den Amerikanern gestellt wurde, tippte er auf eine großkalibrige M249 Squad Automatic Weapon, kurz SAW. Das Standard-Infanterie-Maschinengewehr der US-Streitkräfte feuerte schwere 5,56 × 45 Millimeter NATO-Kaliber ab und verfügte über eine Reichweite von bis zu 900 Metern. Er vermutete, dass sich ihre Stellung höchstens 100 Meter entfernt befand.

Die Schnellfeuerwaffe fräste weiterhin den Dachrand auf und deckte Gould mit Steinsplittern ein. Fürs Erste blieb ihm nur, in Deckung zu bleiben und seine Position zu verlagern. Auf sich allein gestellt hätte er sonst genauso gut Selbstmord begehen können. Gould fragte sich, wieso er überhaupt noch hier war. Seinen Job, Rapp zu warnen, hatte er erledigt. Zugegebenermaßen nicht ganz selbstlos, weil es zunächst ihn selbst aus der direkten Schusslinie befördert hatte, aber nun fand er sich in einer beinahe genauso heiklen Lage wieder.

Er inspizierte den vor ihm befindlichen Teil des Dachs, um nach einem Ausweg zu forschen. Von hier aus ließ sich nicht erkennen, ob es eine Lücke zwischen diesem und dem benachbarten Gebäude gab oder die Mauern direkt gegeneinanderstießen. Im schlimmsten Fall musste er springen, über das nächste Dach sprinten und nach einer Möglichkeit suchen, runter auf die Straße zu kommen. Die Polizei war dermaßen auf das Feuergefecht fokussiert, dass er vermutlich unbemerkt entkam. Gould traf eine Entscheidung. Er hatte genug getan und wollte nicht als Märtyrer enden. Also machte er sich besser aus dem Staub, bevor weitere 100 Cops auftauchten und dieses Gemäuer endgültig in Stücke zerlegten.

Höchste Zeit, den eigenen Hintern in Sicherheit zu bringen! Ohne länger zu überlegen, wälzte er sich auf den Bauch und kroch zum hinteren Teil des Dachs. Er hatte etwa die Hälfte der Strecke zurückgelegt, als die Luke aufsprang und einer von Rapps Männern den Kopf durchsteckte. »Hey, wo soll's denn hingehen?«

Gould ignorierte die Frage. »Sie decken das vordere Dach mit Maschinengewehrfeuer ein.«

Der andere nickte, spähte auf die andere Seite und fragte: »Wo genau kommen die Salven her?«

Gould zeigte nach links.

»Okay, arbeite dich ins Zentrum vor. Auf mein Zeichen zielst du mit dem Gewehr über die Brüstung. Schieß aber erst, wenn ich das Maschinengewehr erledigt habe. Los!«

Maslick beobachtete, wie sich der Mörder von Rapps Frau in Bewegung setzte, bevor er auf allen vieren zur vorderen Ecke kroch. Sobald er in Position war, überprüfte er seine Waffe und stellte sich das weitere Vorgehen bildlich vor. Mit einem Pfiff forderte er Gould auf, den Karabiner in Anschlag zu bringen. Die schwarze Mündung hob sich über die niedrige Abschirmung. Einen Sekundenbruchteil später prasselten erste Schüsse darauf ein.

Maslick schulterte die Waffe und zielte in Richtung der Salve. Unter ihm blockierten in knapp 50 Metern Entfernung sechs grüne Pick-ups der Polizei die Kreuzung. Männer hatten sich hinter den Fahrzeugen verschanzt, aber auf einer der Ladeflächen kniete ein Mann mit einem M249, das Zweibein auf das Dach des Führerhauses gestützt. Maslick bekam den Gegner genau in dem Moment ins Visier, als diesem die Munition ausging. Der Officer streckte die Hand gerade nach einem neuen Stangenmagazin aus, als er von einem Kopfschuss niedergestreckt wurde.

Dass er jemanden getötet hatte, der eigentlich sogar auf seiner Seite kämpfte, kümmerte den früheren Delta-Force-Operator in diesem Augenblick nicht. Ihn beschäftigte nur eins, während er in rascher Folge weitere Männer hinrichtete: der Tod seines Freundes Mick Reavers.

19

Dass die Frequenz, mit der auf den Eingang der Klinik gefeuert wurde, deutlich nachließ, verpasste Rapp eine Art Adrenalin-Kater. Dieses physiologische Phänomen kannte er schon von früher. Es fing mit einer trockenen Kehle und Sodbrennen an. Bei den meisten Leuten folgten lähmende Kopfschmerzen, doch ihm blieb dieses

Symptom erspart. In der Folge wurden seine Hände leicht zittrig und sein Blickfeld verschwamm an den äußeren Rändern, aber beides ließ sich in den Griff bekommen. Ob es nun an seiner enormen Willensstärke lag oder daran, dass ihm der Effekt vertraut war: Der Körper reagierte nicht länger mit einem Schockzustand auf diese Nahtoderfahrung.

Rapps linkes Ohr klingelte aufgrund der ununterbrochenen Feuerstöße. Wann immer es möglich war, griff er bei der eigenen Waffe auf einen Schalldämpfer zurück. Dafür sprachen mehrere gute Gründe: erhöhte Unauffälligkeit, höhere Schussgenauigkeit und nicht zuletzt der Vorteil, den 50. Geburtstag nicht taub feiern zu müssen. Fast hätte er den Piepton im rechten Ohr überhört, der von seinem Bluetooth-Headset ausging.

In die Tasche zu greifen, um auf dem Display nachzusehen, wer anrief, war ihm in dieser Situation zu umständlich, deshalb tippte er einfach gegen den Knopf und nahm so das Gespräch entgegen: »Rapp.«

»Mike hier. Ich hab gerade mit Scott geredet. Wir haben bei der afghanischen Polizei niemanden gefunden, der sich kooperativ zeigt, aber ich bin mit einigen Jungs vom JSOC auf dem Weg zu euch.«

»Im Hubschrauber, hoffe ich.«

»Genau … wir haben zwei Black Hawks und zwei Little Birds.«

»Ankunft?«

Eine lange Pause entstand.

»Die Triebwerke laufen schon. Ich hoffe, wir heben innerhalb der nächsten 60 Sekunden ab. Laut Pilot sind wir in etwa zwei Minuten vor Ort. Ihr seid gar nicht so weit weg.«

Rapp schob sich an die Wand zurück und holte tief Luft. Es gefiel ihm gar nicht, wie ruhig es plötzlich geworden war. Er verspürte das dringende Bedürfnis, auf der Straße nach dem Rechten zu sehen. Langsam arbeitete er sich durch die Lobby zum Eingang vor.

»Seid ihr die ROEs durchgegangen?«, erkundigte er sich bei Mike. Er wusste, dass er den anderen damit auf dem falschen Fuß erwischte. Die Rules of Engagement, die Einsatzregeln, waren beim Militär und vor allem bei den Special Ops äußerst konkret gefasst. Sie legten fest, wer in welcher Form angegriffen werden durfte. Rapp bezweifelte, dass die Vorgesetzten es ihnen durchgehen ließen, wenn sie mit ihren Schützen ohne Vorwarnung das Feuer auf afghanische Polizisten eröffneten – ganz gleich, wie verdreht die Lage war.

»Nein, sind wir nicht.«

»Dann erspar ich euch Jungs die Kopfschmerzen, euch damit rumzuschlagen. An beiden Enden der Straße haben sich Polizisten verschanzt. Ich gehe davon aus, wenn ihr auftaucht, werden sie denken, dass ihr zu ihrer Unterstützung anrückt. Mit etwas Glück stellen sie dann den Beschuss vorübergehend ein. Ich schlage vor, ihr lasst die Black Hawks über ihnen kreisen und haltet sie mit dem Abwind des Rotors unter Kontrolle, während parallel die Little Birds zum Dach fliegen und uns einsammeln. Ich gehe davon aus, dass sie nicht auf euch zielen werden, aber ich kann's nicht versprechen.«

»Gut, das geb ich so weiter. Sonst noch was?«

»Ja. Falls ich nicht heil davonkomme, solltest du etwas wissen. Klingelt's bei dem Namen Louie Gould?«

Kurzes Schweigen. »Der Louie Gould, der deine Frau getötet hat?«

»Korrekt. Jemand hat ihn vor einigen Wochen für einen Kontrakt in Kabul angeheuert. Er behauptet, bis heute Morgen nicht gewusst zu haben, dass ich die Zielperson bin. Man hat ihn in ein Büro auf der anderen Straßenseite geschickt. Von dort aus sollte er mich erschießen, wenn ich die Tierklinik betrete.«

»Wie zur Hölle …«

»Eben. Hast du eine Idee, wieso jemand schon vor zwei Wochen wusste, dass ich am heutigen Tag in Kabul bin und zu dieser Klinik fahre, als ich selbst noch keinen blassen Schimmer davon hatte?«

»Keine Ahnung. Aber spar dir dein Geschwätz von wegen ›nicht heil davonkommen‹. Wir sind gleich bei euch. Nachdem ich deinen Hintern aus den glühenden Kohlen gerettet habe, klären wir gemeinsam, was da vor sich geht.«

»Ich kann dir sagen, was da vor sich geht. Jemand hat mich gezielt in eine Falle gelockt. Mit Rick als Köder. Die wussten genau, dass wir drauf anspringen. Das war von vorn bis hinten ein abgekartetes Spiel.«

Rapp arbeitete sich langsam an der Wand vor und blieb wenige Meter neben dem zerstörten Haupteingang stehen.

»Ist Gould noch bei euch?«

»Ja, oben auf dem Dach.« Die einzigen Cops, die Rapp draußen sehen konnte, waren hinter ihren Fahrzeugen in Deckung gegangen.

»Hat Scott dir schon gesagt, dass wir Reavers verloren haben?«

»Hat er. Es tut mir so leid.«

Rapp streckte die Muskeln in der Kniebeuge und steckte den Kopf ins Freie, um an der Vorderseite des

Gebäudes entlangzuspähen. Er ging hastig in Deckung, als eine Serie von Einschlägen losbrach. Mehr Angst als die Einschläge machte ihm jedoch, was er sah.

»Mike«, brüllte er und stolperte durch die Lobby. »Sie bereiten sich darauf vor, das Gebäude mit taktischen Einsatzschilden zu stürmen. Seht zu, dass eure Vögel etwas schneller mit den Flügeln flattern, sonst ist gleich niemand mehr da, den ihr retten könnt.«

»Wir steigen gerade auf. Haltet durch.«

Rapp verzichtete auf eine Antwort, verschanzte sich hinter der Resopalplatte und wechselte die Pistole in die rechte Hand. Im Kopf zählte er die Sekunden runter. Er rechnete damit, dass die Cops noch etwa acht Sekunden brauchten, um in ihrer straffen Formation die restliche Distanz über den Bürgersteig zurückzulegen. Er streckte den Arm aus, nahm mit der Glock einen der Sauerstoffbehälter ins Visier, entschied dann aber, dass es besser war, die Waffe dicht am Körper zu führen, um den Griff mit der linken Hand zu stabilisieren.

Der erste Schild geriet in Sicht. Der Mann dahinter umklammerte ihn mit der Linken und hielt eine Pistole in der Rechten. Drei weitere folgten, alle mit Schilden ausgestattet. Zwei sicherten die Flanke, ein Vierter hielt ihn über ihren Kopf. Als sie den Eingang erreichten, tauchte Rapp mit dem Kopf hinter die herausgebrochene Tischplatte, schloss die Augen und drückte ab. Die 9-Millimeter-Patrone durchschlug einen der Sauerstoffbehälter und entfesselte eine gewaltige Explosion.

Rapp wollte die Waffe noch hinter die Deckung zurückziehen, doch es ging zu schnell. Die Energie der Schockwelle schlug mit der Wucht eines Hammers gegen seine Hand. Sie erfasste die Arbeitsfläche und ließ Rapp durch den Flur gegen eine Wand fliegen. Er prallte davon ab und knallte auf den Boden. Teile der Resopalplatte und ein beträchtliches Stück der Mauer landeten auf ihm. Sein Gehör hatte sich komplett verabschiedet. Er mühte sich, die Augen zu öffnen, schien jedoch in ein tiefes Loch zu stürzen. Übergangslos wurde alles schwarz.

20

Coleman stieß zu Maslick und Gould auf dem Dach, während sich die Lage allmählich beruhigte. Die Sonne wanderte am wolkenverhangenen Himmel tiefer und der Wind wurde stärker. Coleman kam in geducktem Krebs-gang zu ihnen, eskortiert von sporadisch durch die Luft segelnden Projektilen. Gemeinsam mit ihnen führte er eine kurze Bestandsaufnahme in Sachen Munition durch und reichte jedem ein Magazin mit 30 Schuss, womit ihm selbst noch zwei blieben. Er spähte über den Dach-rand. Wie es aussah, hatten Maslick und Gould den Cops ziemlich den Schneid abgekauft.

Coleman hatte so etwas schon oft erlebt. Schickte man eine Gruppe von Special Operators in ein Feuergefecht mit zahlenmäßig deutlich überlegenen Gegnern, glichen sie die unfairen Kräfteverhältnisse deutlich schneller als erwartet aus. Das lag daran, dass sie auch auf größere Entfernungen meistens trafen, was sie anvisierten. Für die andere Seite musste es hingegen ziemlich demorali-sierend sein, die eigenen Reihen durch einen Kopf-schuss nach dem anderen dezimiert zu sehen. Wer es schaffte, am Leben zu bleiben, brachte eilig die Botschaft in Umlauf, dass es eine gute Idee war, den Kopf unten zu behalten. Und sobald man sich dazu entschied, war man nicht länger ein ernst zu nehmender Gegner, denn man konnte nur anständig zielen, wenn man sich aus der Deckung wagte.

Coleman hatte genügend Gefechte erlebt, um ihren charakteristischen Rhythmus zu deuten. Auf den fieberhaften Adrenalinschub des anfänglichen Vorstoßes folgte in der Regel ein Innehalten auf beiden Seiten, um erlittene Verluste einzuschätzen und danach entweder den Rückzug anzutreten oder eine weitere Welle vorzubereiten. Die Dynamik dieses speziellen Gefechts gab die Rollen klar vor. Sie befanden sich nicht in der Position, einen Angriff einzuleiten, also musste die Gegenseite die Initiative ergreifen.

Er schob sich noch etwas dichter an die Brüstung heran und ging in die Hocke. »Gibt es Bewegung auf den Dächern auf der anderen Straßenseite?«

Gould spähte in die angegebene Richtung. Ihn beschäftigte dieselbe Frage. Schräg gegenüber befand sich ein dreistöckiges Gebäude; das höchste in diesem Block. Er deutete mit dem Gewehr darauf.

»Wenn sie dort ein paar anständige Scharfschützen postieren, machen sie uns das Leben zur Hölle.«

»Stimmt … im Auge behalten.«

Gould schielte in ihren Rücken. Im Umkreis von 500 Metern gab es noch etliche weitere erhöhte Schusspositionen.

»Wenn sie von hinten attackieren, sind wir sowieso geliefert.«

Coleman sah auf die Uhr. »Bevor sie auf die Idee kommen, haben wir uns längst aus dem Staub gemacht.«

Aus einiger Entfernung erklang das dumpfe Dröhnen von Rotorblättern. Coleman spähte nach Osten in Richtung Flughafen. Zunächst bekam er die Helis nicht zu Gesicht, weil sie offenbar sehr tief flogen, doch dann bemerkte er das klassische Flirren in der Luft, wo sie in etwa drei Kilometern Entfernung über die Dachgiebel strichen.

»Scott!«

Coleman wandte den Kopf in Maslicks Richtung, der nervös über den Rand des Gebäudes deutete.

»Wir kriegen Ärger.«

Coleman schielte nach unten und registrierte sofort die Männer mit den transparenten, kugelsicheren Schilden, die neben dem Eingang in Formation gingen. Von rechts nahten weitere Polizisten. Er riss Gould an der Schulter.

»Rüber da. Helfen.«

Eine Kugel schlug in die Kante der Steinbrüstung wenige Meter neben Goulds Gesicht ein. Der Aufschlagswinkel verriet ihm, dass sich der Schütze oberhalb von ihm befand. Er warf sich auf den Bauch und zog Coleman ebenfalls nach unten, während sie von einer Garbe eingedeckt wurden.

Gould rollte zur Seite. »Ich kümmere mich um die Kerle auf der anderen Straßenseite.«

Er reichte Coleman einen kleinen Gegenstand aus seiner Weste.

»Ist nur 'ne Flashbang-Granate, aber könnte nützlich sein.«

Coleman griff danach. »Ich probiere, ihr Feuer auf mich zu lenken.«

Auf allen vieren blieb er dicht am Rand und robbte zur entgegengesetzten Ecke los. Er sah sich noch einmal zu Gould um, zählte mit den Fingern der rechten Hand einen Countdown herunter und richtete sich langsam auf. Überrascht stellte er fest, dass vier Gewehrmündungen auf ihn gerichtet waren. Er hatte maximal mit einer oder zwei gerechnet. Colemans rechter Zeigefinger schickte in rascher Folge Patronen auf die Reise. Er zielte zwar nicht sonderlich genau, aber immerhin lenkte er den Gegner so ab, dass Gould ein paar platzierte Treffer anbringen konnte.

Gould kam eine Sekunde später aus der Deckung und richtete die Optik aus. Sobald der rote Punkt den Kopf des Mannes in seiner direkten Nähe touchierte, drückte er ab. Exakt im selben Moment blitzte das Mündungsfeuer des anderen auf. Bevor er sich nach einem zweiten Ziel umsehen konnte, landete er hart auf dem Hintern. Er merkte sofort, dass seine linke Schulter etwas abbekommen hatte. Ein Blick auf das nahezu kreisrunde Einschussloch bestätigte es. Blut breitete sich langsam aus. Es schmerzte höllisch, aber Gould wusste, dass der Treffer nicht tödlich war. Jedenfalls nicht, wenn die Wunde in absehbarer Zeit medizinisch versorgt wurde. Damit das geschah, bekam er am besten schleunigst den Arsch hoch und stürzte sich zurück in den Kampf.

Mit einem lauten Stöhnen und mehr Mühe, als es ihm schmeckte, kam er auf die Beine und visierte die Männer auf der anderen Straßenseite an. Seine linke Hand hatte nichts abbekommen und zielte ruhig wie eh und je, obwohl es nicht unbedingt dabei bleiben musste. Nur zwei Köpfe in Sichtweite. Gould konzentrierte sich auf den ersten und drückte ab. Treffer! Er brachte den Lauf in Position für den zweiten Schuss, da ereignete sich eine gewaltige Explosion. Das Gebäude unter ihm erzitterte, danach wurde es still.

»Verdammt«, brüllte Coleman. »Gebt mir Deckung.«
Er schoss quer über das Dach zur Luke.

Gould schulterte seine Waffe und fokussierte das gegenüberliegende Dach. Urplötzlich wurden weitere Mündungen auf ihn gerichtet und er musste hinter der steinernen Brüstung in Deckung abtauchen. Als er hinüberspähte, war der Blondschopf verschwunden, den er sich zuletzt ausgeguckt hatte. Gould blieb noch kurz auf dem Rücken liegen, um das Ausmaß der Schulterverletzung abzuschätzen. Mit einem Mal fiel ihm der anschwellende Lärm von Rotorblättern auf, die durch die Luft peitschten.

Coleman stürmte die Leiter so flott hinab, wie man es von jemandem erwarten konnte, der einen Großteil seines Lebens auf Schiffen verbracht hatte. Als er die untere Stufe erreichte, hielt er Reavers' M4 bereits schussbereit im Anschlag. Im Flur des Erdgeschosses begrüßte ihn eine Wolke aus Staub und aufgewirbelten Trümmern. Egal wie viele Feinde im Gebäude waren, er beschloss, sich frontal in den Kampf zu stürzen. Mit eiligen Schritten rannte er durch den Korridor zur Lobby und registrierte den Schutthaufen dort, wo er Rapp zuletzt gesehen hatte. Er bekam ein ganz flaues Gefühl im Magen, während er darüber hinwegstieg und die Waffe schwenkte, um sich den Polizisten zu stellen, die durch den Vordereingang schwärmten.

Schockiert stellte er fest, dass niemand mehr am Leben war. Auf dem Gehsteig vor der zerschossenen Glastür stapelten sich die Leichen. Coleman bemerkte eine Bewegung und hätte um ein Haar abgedrückt. Einer der Cops wollte sich auf die Seite wälzen. Colemans Gewissen übernahm die Kontrolle und zwang ihn, den Finger vom

Abzug zu lösen. Zwei Geräusche durchbrachen die Stille. Zunächst ein leises Stöhnen, das rasch verebbte, dann die dröhnenden Triebwerke von Hubschraubern der U.S. Special Operations, die im Kontrast dazu sekündlich lauter wurden.

Coleman konzentrierte sich auf den Trümmerhaufen, über den er gerade geklettert war. Er riss an den Deckenplatten, Holzstücken und Gipskartons, bis er auf den blauen Resopaltisch stieß, den Rapp zur Absicherung der Position benutzt hatte. Als Nächstes erfassten seine Augen eine Hand und einen Arm. Coleman ließ das Gewehr los. Es baumelte am Riemen um den Hals, während er mit beiden Händen Trümmer aus dem Weg schaufelte, die den Blick auf einen blassen, eingestaubten Rapp preisgaben. Er stieß ein besonders großes Bruchstück zur Seite, hockte sich hin und musterte besorgt das reglose Gesicht des Teamleiters. Er tastete am Hals nach einem Puls und verpasste ihm dann mehrere heftige Ohrfeigen.

Mit einem Keuchen riss Rapp die Augen auf. Seine linke Hand schoss in die Höhe und würgte Coleman.

Coleman zog die Hand des Freundes von der Kehle weg, indem er gerade ausreichend Druck auf Rapps Handgelenk ausübte.

»Ich bin's, du Idiot. Glaubst du, du kannst aufstehen?« Der frühere Navy SEAL erkannte an der Art und Weise, wie Rapps Pupillen ziellos herumirrten, dass sein Freund nicht bei sich war. Er fuhr mit der Hand an Rapps Körper auf und ab, um nach Verletzungen zu suchen. Das Wummern der Helikopter wurde immer lauter. Die Vorstellung, ihren Flug nach Hause zu verpassen, weil einer der Vögel vom Himmel geschossen wurde oder sie sich nicht rechtzeitig in der Landezone einfanden, veranlasste ihn, den Rest der medizinischen Inspektion auf später zu verschieben. Er riss Rapp an der taktischen Weste in eine aufrechte Position. Der andere wirkte ziemlich wacklig und driftete gefährlich nach links ab, doch Coleman half ihm, das Gleichgewicht zu finden.

»Komm mit ... hier lang. Unser Lufttaxi ist gleich da.«

»Wovon redest du, Mann?«

»Wir haben gleich ein heißes Doppeldate.«

Coleman legte Rapp den rechten Arm um den Hals und setzte sich durch den Flur in Bewegung.

»Da dürfen wir auf keinen Fall zu spät kommen. Mach schon, leg einen Zahn zu.«

»Wo zum Teufel sind wir?« Rapp schwankte erneut. Seine Beine gehorchten ihm nur teilweise.

Coleman hatte Mühe, ihn zu stützen, und verlegte sich auf eine andere Taktik. Der gute alte Gamstragegriff, wie er zur Evakuierung aus Gefahrenbereichen eingesetzt wurde. Er kniete sich hin und wartete, bis Rapps Oberkörper in seine Richtung kippte. Dann griff er mit einer Hand unter dessen Oberschenkel und packte ihn am Arm, um ihn auf seinen Schultern zu fixieren. Nachdem er den Körperschwerpunkt austariert hatte, trug er Rapp die Treppe hinauf.

»Puh, du bist echt fett geworden.«

»Lass mich runter, du Idiot. Was hast du vor?«

»Ich rette dir den Hintern, Schwachkopf.«

Coleman blieb im ersten Stock vor der Leiter stehen, die aufs Dach führte. Der Rotorabwind von einem der Helikopter blies ihnen entgegen. Coleman hielt es für ausgeschlossen, die Streben mit Rapp auf den Schultern zu bewältigen, weshalb er ihn absetzte.

Rapps Pupillen waren mittlerweile so groß wie Unter-tassen.

»Scheiße«, raunte Coleman. Er drehte Rapp in Rich-tung Leiter und schob seine Hände auf die Strebe direkt über seinem Kopf.

»Los, klettern. Dalli!«

Rapp starrte ihn mit leerem Blick an.

Coleman schrie auf ihn ein. »Wir werden sterben, wenn du nicht endlich in die Gänge kommst. Reiß dich zusammen!« Coleman umklammerte seine Hüfte und hievte ihn nach oben.

Endlich schien sich Rapp aus seinem belämmerten Zustand lösen zu können und kraxelte in Zeitlupe auf-wärts.

»So ist es gut«, ermutigte ihn Coleman, für dessen Geschmack es entschieden zu langsam ging. Glück-licherweise steckte in diesem Augenblick Maslick den Kopf oben durch die Öffnung. Er erfasste die Lage sofort, packte Rapp durch die Weste an der Schulter und zerrte ihn mit roher Gewalt irgendwie aufs Dach. Als Coleman oben anlangte, hatte der kräftige Ex-Operator der Delta Force seinen Boss bereits auf die Beine gestellt und bugsierte ihn zu einem der wartenden Little Birds.

Coleman stellte beunruhigt fest, dass Patronen-hagel dicht neben Rapp und Maslick einschlug. Er stützte den M4-Karabiner gegen die Schulter, schaltete am Wahlhebel auf vollautomatischen Modus um und deckte das Dach auf der anderen Straßenseite mit einer Hochfrequenzgarbe ein. Dabei marschierte er zügig in Richtung Hubschrauber, warf das Magazin aus, als die Waffe blockierte, und schob rasch ein neues ein, lud durch und entfesselte die nächste Salve.

Coleman duckte sich unter dem Rotor des Little Bird hinweg, hielt das Unterdrückungsfeuer aufrecht und sprang auf die äußere Trittfläche an der Backbordseite. Rapp und Gould waren im hinteren Abteil als ungeordneter Haufen auf dem Boden gelandet. Maslick unterstützte ihn auf Steuerbord mit seiner Waffe. Coleman nahm kurz den Finger vom Abzug und streckte die Hand aus, um dem Piloten auf die Schulter zu klopfen und das Daumen-hoch-Signal zu geben. Der Mann begriff, dass alle an Bord waren, und brachte den Helikopter sofort in die Luft.

Sie drehten nach rechts ab, was Coleman eine hervorragende Angriffsmöglichkeit auf die Männer auf dem Dach eröffnete. Allerdings richtete keiner von ihnen die Waffe auf den Helikopter. Sie waren entweder tot oder hatten kapiert, dass es überlebensnotwendig war, in Deckung zu bleiben.

Steil kletterte ihr Fluggerät nach oben und gewann an Abstand, woraufhin Coleman das Gewehr losließ und sich anschnallte. Da erst bemerkte er, dass Rapp erneut das Bewusstsein verloren hatte. Er verpasste ihm eine schallende Ohrfeige. Dass so etwas passierte, deutete auf eine schwere Gehirnerschütterung hin. Gould lag mit einem Einschussloch in der Schulter und schmerzverzerrtem Gesicht neben Rapp. Coleman bildete sich ein, auch bei Maslick Blut gesehen zu haben. Ein Krankenhaus aufzusuchen, schien ihm sinnvoller zu sein, als zur Botschaft zurückzufliegen. Außerdem hatte die CIA in der Bagram Air Base Arrestzellen eingerichtet.

Er beugte sich vor und brüllte gegen den Lärm von Rotoren und Triebwerken an. »Wir müssen nach Bagram. Landen Sie so dicht wie möglich bei der Notaufnahme.«

Der Pilot nickte und sagte etwas in sein Lippenmikro. Etwa fünf Sekunden später brachen der Little Bird und einer der Black Hawks aus der Formation aus, um den 15-minütigen Flug in nordöstlicher Richtung zum wichtigsten US-Luftwaffenstützpunkt in der Region anzutreten, der zudem über eine Unfallklinik der Versorgungsstufe 1 verfügte. Der Black Hawk zog neben sie und Coleman sah Mike Nash, der im hinteren Teil des deutlich größeren Hubschraubers saß und in ein Headset sprach. Aufgrund der jüngsten Ereignisse war mit gewaltigen diplomatischen Komplikationen zu rechnen. Vermutlich kümmerte sich Nash bereits darum, das Schlimmste zu verhindern.

Coleman beugte sich erneut zu Rapp hinunter. Er war weiterhin nicht bei Bewusstsein. Aus medizinischer Sicht bot das Anlass zur Besorgnis, aber im konkreten Fall hatte es auch etwas Positives. Wäre Rapp wach gewesen, hätte er sie wahrscheinlich zu einem sofortigen Angriff auf das Hauptquartier der Polizei in Kabul gedrängt. Keinem afghanischen Politiker oder offiziellen Staatsvertreter dürfte das Kunststück gelingen, Rapp zu beruhigen. Selbst Kennedy tat sich nach allem, was vorgefallen war, vermutlich schwer damit. Momentan konnte ihn nur ein Krankenhausbett ausbremsen. Wenn Rapp sich etwas in den Kopf setzte, zog er es auch durch. Coleman ging davon aus, dass er jedem korrupten Offiziellen, den er in die Finger bekam, am liebsten auf der Stelle das Genick gebrochen hätte.

21

Rickman rätselte nicht länger, ob er sich die Rippen gebrochen hatte, sondern war fest davon überzeugt. Zumindest bei dreien. Beide Augen waren mittlerweile komplett dicht, die umliegende Haut fühlte sich so geschwollen und gespannt an, dass er vermutlich aussah, als ob er zu einem Insekt mutierte. Das Abtasten mit der Zunge verriet ihm, dass man ihm zwei Zähne ausgeschlagen hatte und bei einem dritten ein Stück abgebrochen war. Er stieß endgültig an seine Grenzen.

Natürlich kannte er den Spruch: Jeder ließ sich brechen, früher oder später. Warum sollte es in seinem Fall anders sein, zumal ihm sicher niemand eine besonders große Widerstandsfähigkeit zutraute. In seinem Leben war er von Schmerzen weitgehend verschont geblieben. Im Gegensatz zu Mitch Rapp war er wegen seines Intellekts angeheuert worden, nicht wegen der ausgeprägten Jagdinstinkte. Über emotionale Qualen hätte Rickman lange Abhandlungen schreiben können, aber körperliches Leid war eine völlig andere Angelegenheit. Er hatte sich innerlich dagegen gewappnet. Grob verstand er, wie es ablief, dass Schmerzen nicht ewig anhielten und auch die mentalen Wunden schrittweise abheilten.

Nichts jedoch, kein Grad an Meditation oder sorgfältiger Abwägung, hatte ihn auf die absolute Brutalität und haarsträubende Agonie vorbereiten können, die das Traktieren seiner Nervenenden hervorrief. Er schämte sich, am Ende nicht mal zwei Tage durchgehalten zu haben. Etwa 24 Stunden nach Beginn der Folterung knickte Rickman ein. Die Geheimnisse flossen wie ein Sturzbach aus ihm heraus. Er brabbelte wie ein Drogensüchtiger drauflos, hakte ein Thema nach dem anderen ab, schaffte es wie ein Cracksüchtiger nicht, logisch zusammenhängend zu reden.

Man würde zahlreiche Experten darauf ansetzen müssen, den Inhalt seines Geständnisses zu entschlüsseln, und genau darum ging es. Es schwang gerade genug Wahrheit in seinen Aussagen mit, um sie glaubwürdig zu machen, aber gezielt gestreute Täuschungen und Ablenkungsmanöver sollten der CIA genug Zeit verschaffen, um einige Leute aus der direkten Gefahrenzone zu bringen und gewisse Vorbereitungen zu treffen. Außerdem nutzte er die Gelegenheit, einige offene Rechnungen mit Feinden zu begleichen, die sich nun vor den Taliban für seine Anschuldigungen rechtfertigen mussten. Bei den Taliban lief es wie bei allen Terrorgruppen darauf hinaus, dass nichts außer der Gruppe zählte. Individuellen Bedürfnissen wurde kein sonderlich hoher Stellenwert beigemessen. Je mehr eine Person etwas abstritt, das sich nicht beweisen ließ, desto stärker verbissen sich diese stumpfsinnigen Idioten in die Vorstellung, dass jemand die eigenen Wünsche über das Wohl des Kollektivs stellte. Letztlich würden die Taliban sich darauf beschränken, den vermeintlich Schuldigen ohne konkreten Beweis aus dem Verkehr zu ziehen. Nur jemand wie Rickman konnte mit einer so komplexen Mischung aus Fakten, glatten Lügen, Halbwahrheiten und komplizierten Fehlinformationen andere auf so geniale Weise an der Nase herumführen.

Sie bildeten sich ein, alles unter Kontrolle zu haben, doch da unterlagen sie einem Irrtum. Wenn er erst einmal mit ihnen fertig war, brachten sich diese Schwachköpfe gegenseitig um. Terrorist gegen Terrorist. Als bedauerlicher Nebeneffekt mussten dabei auch einige Verbündete ihr Leben lassen, aber auf jeder Seite des Kampfes wurden auch Fehler gemacht. Jede Woche starben Soldaten im Krieg gegen den Terror. Und in einigen speziellen Fällen war es nicht mal schade um sie, fand er.

Rickman hörte, wie die Tür geöffnet wurde. Diesmal verzichtete er auf den quälenden Versuch, die Augen zu öffnen. Schon vor Stunden war ihm klar geworden, dass er sich das für die nächste Zeit abschminken musste. Innerlich verspürte er eine tiefe Ruhe. Das Ende nahte. Und dann hörten auch die Schmerzen auf.

»Wir sind bald mit dir fertig«, verkündete eine ruhige, leise Stimme.

Rickman entfuhr ein zufriedener Seufzer. Diesen Verhörspezialisten schätzte er von allen am meisten. Ein kluger Mann, der wusste, welche Fragen man stellen musste.

»Schade, dabei macht es so viel Spaß.« Trotz der geschwollenen Lippen brachte er ein Lächeln zustande.

»Das glaube ich dir sofort, aber wir alle haben Befehle, die wir befolgen müssen.«

»Ja«, stichelte Rickman. »Wie alle braven Soldaten.«

Der Mann hockte sich neben ihn und wandte der Kamera den Rücken zu. Geschickt versenkte er eine hereingeschmuggelte Spritze in Rickmans linker Armbeuge, während er so tat, als würde er den Puls des Gefangenen messen. Er zog den Kolben zurück, überzeugt, dass Rickman es überhaupt nicht bemerkt hatte. Den Körper des anderen plagten so viele Schmerzen, dass das kurze Stechen wohl unterhalb der Wahrnehmungsschwelle lag.

»Nachdem ich beschlossen habe, euch alles zu erzählen, wäre es mir sehr recht, die künftigen Sitzungen
in einer etwas angenehmeren Umgebung abzuhalten.«

»Hmm …« Der andere schien ernsthaft über den
Wunsch nachzudenken. »Da gibt es nur ein Problem.«

»Und welches?«

»Du hast uns belogen.«

»Ich habe euch nicht belogen. Ich habe euch erzählt,
was ihr hören wollt.«

»Ah, das hast du jetzt interessant formuliert. Du hast
uns also erzählt, ›was wir hören wollen‹. Aber was wir
wollen, ist die Wahrheit.«

»Die habt ihr bekommen.«

»Nein, haben wir nicht«, kam die emotionslose Erwiderung.

Rickman wurde nervös und hustete Blut.

»Ich habe alles gesagt, was ich weiß«, sprudelte er zu
seiner Verteidigung hervor.

»Du bist ein hinterhältiger Mensch.« Es klang wie bei
einem enttäuschten Vater. »Wir alle wissen es. Deshalb
müssen wir die Prügel auch fortsetzen. Du wirst bald
feststellen, dass deine geschmacklosen Ablenkungsmanöver ins Leere zielen.«

»Bitte.« Rickman tastete blind umher und krallte sich
im Arm seines Gegenübers fest.

»Ich habe alles getan, was von mir verlangt wurde.«

Der Mann stand auf und wich ein paar Schritte zurück.

»Nicht alles. Du hast uns einige deiner Geheimnisse
anvertraut, allerdings versetzt mit zahllosen Lügen. Deshalb werden wir auf die harte Tour weitermachen.«

»Nicht!« Rickman brach in Tränen aus. »Ich sage ja,
was ihr hören wollt.«

Der Mann trug eine Maske über dem Gesicht und schüttelte traurig den Kopf.

»Irrtum, mein Lieber. Du wirst mir die Wahrheit sagen … nicht das, was wir hören wollen. Die Wahrheit ist das Einzige, was dich retten kann.«

»Gut, ich sage die Wahrheit«, versicherte Rickman.

»Ja, das wirst du.«

Der Mann drehte sich von ihm weg und lief an der roten Signalleuchte der Kamera vorbei. Im Flur zog er die Maske vom Kopf und schleuderte sie auf einen Holztisch. Wie abgerichtete Hunde warteten die zwei Männer auf seine Anweisungen. Vazir Kassar hatte kein gutes Gefühl bei der Sache. Er traute diesen Handlangern nicht viel zu. Einer von ihnen hob zum Sprechen an, aber er hielt abwehrend die Hand hoch. Zumindest parierten sie. Kassar hasste Leute, die zu viel redeten, und hatte diesen beiden unterbelichteten Gestalten schon mehrfach erklärt, dass sie ohnehin nichts beizusteuern hatten, was er nicht längst bedacht hatte.

Nachdem er sich eine Zigarette angezündet hatte, stieß er eine Qualmwolke aus und meinte: »Es wird Zeit, die Schmerzen zu verstärken.«

Beide nickten eifrig. »Wie steht's mit den Genitalien? Dürfen wir ihm jetzt reinschlagen?«, fragte der Größere.

»Ja, das dürft ihr«, verkündete Kassar freudlos.

Für ihn gehörte es schlicht zum Job. »Ich habe euch gesagt, auf welche Themen wir uns beim bevorstehenden Verhör konzentrieren werden. Themen, bei denen ich weiß, dass er uns belogen hat. Ihr schlagt immer fester zu, bis er mit der Wahrheit herausrückt. Habt ihr verstanden?«

»Ja«, bestätigten die Männer.

Kassar forderte sie mit einem Wink auf, voranzugehen. Er zog noch einmal an der Zigarette und wartete, bis die zwei Schwachmaten ihre Masken angelegt hatten. Ihn beschlich das ungute Gefühl, dass sie die Geschichte vermasselten. Natürlich gab es im Leben generell keine Garantien, erst recht nicht in den gefährlichen Fahrwassern, in denen sie sich bewegten. Kassar ließ sich auf dem Holzstuhl nieder und behielt den Überwachungsmonitor im Auge. Er sah noch einmal auf die Uhr und überschlug etwas im Kopf.

»Es wird nicht lange dauern«, versprach er sich selbst.

Sie hatten Rickman erneut die Handgelenke an der Kellerdecke festgebunden. Noch hatte er keine Schläge kassiert, wimmerte aber bereits. Die Männer wechselten sich damit ab, ihm Klapse gegen den Kopf zu verpassen und ihn mit Beleidigungen zu überschütten. Kassar stellte fest, dass der CIA-Mann zunehmend die Kontrolle über seinen beeindruckenden Intellekt verlor. Er war seit anderthalb Tagen ununterbrochen wach und hatte so viele Prügel kassiert, dass es ihm schwerfiel, sich auf den Beinen zu halten. Er stand kurz vor dem körperlichen und geistigen Zusammenbruch.

Die Männer ließen kurz von ihm ab, bis einer von ihnen ohne Vorwarnung zu einem Gummischlauch griff und ihn mit vollem Schwung in die Kronjuwelen drosch. Ein Blutklumpen wurde aus Rickmans Mund geschleudert und der Körper versteifte sich. Aus dem Wimmern wurde ein Schluchzen. Spucke, Tränen und Blut sammelten sich am Kinn. Er bettelte, sie sollten damit aufhören, aber natürlich taten sie ihm den Gefallen nicht. Sie prügelten im wahrsten Sinne des Wortes die Scheiße aus ihm heraus. Entsprechend stank es auch, was seine Peiniger nur noch mehr anzustacheln schien. Aus der leichten Dresche wurden knallharte Faustschläge.

Rickman sackte förmlich zusammen, die Beine trugen ihn nicht länger. Kassar sah auf dem Monitor nach, was nicht stimmte. Dass ein Gefangener beim Verhör ohnmächtig wurde, kam durchaus vor. Der Pakistani blickte erneut auf die Uhr und verzog das Gesicht, während die zwei Männer erbarmungslos auf ihr bewusstloses Opfer einprügelten.

Es verstrich noch eine volle Minute, bis ihnen auffiel, dass etwas nicht stimmte. Doch da war es bereits zu spät.

22

BAGRAM AIR BASE, AFGHANISTAN

Rapp hörte Stimmen. Er öffnete die Augen und schaute auf eine Decke, von der er ziemlich sicher war, sie nie zuvor gesehen zu haben. Sein Gehirn schien nicht richtig zu funktionieren. Er wusste nur eins mit Sicherheit: dass er auf einer Matratze lag und dass ihm der Schädel brummte. Die Stimmen schienen vom Bettende zu kommen. Wenn er die Augen bewegte, wurde ihm schwindlig, aber er erhaschte einen Blick auf zwei Männer und eine Frau, die sich unterhielten. Ihre Gesichter kamen ihm nicht bekannt vor, aber zwei von ihnen trugen weiße Kittel. Der andere schien in einer Art hellblauem Pyjama zu stecken. Diese Art von Kleidung sagte ihm etwas, aber für den Moment konnte er es nicht zuordnen.

Er schloss die Lider und seufzte laut. Plötzlich beugten sich die drei anderen über ihn, zwei von der rechten, einer von der linken Seite. Er schlug erneut die Augen auf und registrierte, dass sich ihre Lippen bewegten. Akustische Informationen kamen allerdings nicht an. Ohne Vorwarnung leuchtete ihm die Frau mit einer hellen Lampe ins Gesicht. Rapp gefiel das überhaupt nicht, aber seine Glieder fühlten sich an, als wären sie in Beton eingegossen, was ihn dazu verdammte, untätig liegen zu bleiben. Allein die Vorstellung, sich zu bewegen, ließ einen Schmerz durch seinen Schädel rasen. Er verabschiedete sich von der Idee und ließ es geschehen, dass der Lichtpunkt zwischen beiden Pupillen hin- und herschwenkte. Als die Helligkeit endlich nachließ, verspürte er so große Erleichterung, dass er sofort wieder einschlief.

Rapp wusste nicht, wie lange er weggedämmert war, aber er erwachte zum Anblick eines Gesichts, das ihm vertraut vorkam. Sein Kopf zuckte nach rechts. Im Stuhl neben dem Bett saß jemand, von dem er wusste, dass er eine große Bedeutung in seinem Leben einnahm. Allerdings fiel ihm weder ihr Name ein – und auch nicht, woher er sie kannte. In einem kurzen Anflug von Panik stellte er sich die Frage, ob er überhaupt seinen eigenen Namen wusste. Doch, das tat er, aber bei der Überlegung, wo er sich gerade befand, schoss ihm ein halbes Dutzend Städte durch den Kopf. Das warf die Frage auf, was er beruflich tat. Doch die Sache wurde noch undurchsichtiger.

»Du bist wach«, stellte die Frau mit einem warmherzigen Lächeln fest.

Rapp musterte die braunen Augen, die Brille und das zu einem Pferdeschwanz gebundene, kastanienbraune Haar. In diesem Moment machte etwas klick.

»Boss.«

»Wir haben uns Sorgen um dich gemacht«, meinte Irene Kennedy.

»Wo bin ich?«

»Im Heathe N. Craig Joint Theater Hospital. Auf der Bagram Air Base.«

Rapp runzelte die Stirn; da fügte sich ein weiteres Puzzleteil an seinen Platz. »Afghanistan?«

Kennedy musterte ihn nachdenklich. »Mitch, was ist das Letzte, woran du dich erinnerst?«

Rapp schielte an ihr vorbei zur Wand. Teile seines Gehirns forderten ihn zum Bluffen auf, aber eine leise Stimme drängte, ihr die Wahrheit zu sagen. Er erinnerte sich nicht an alles, was sie betraf, aber es reichte, um ihr zu vertrauen. Vermutlich war sie sogar die einzige Person in seinem Leben, der er vertrauen durfte.

»Gibt's hier irgendwo ein bisschen Wasser?«

Kennedy griff nach einem Plastikbecher mit Abdeckung, aus dessen Mitte ein rosa Strohhalm ragte. Sie stellte das Kopfteil von Mitchs Bett ein Stück höher und führte den Behälter an seine Lippen. Nachdem er einen anständigen Schluck getrunken hatte, wiederholte sie ihre Frage.

»Also … woran erinnerst du dich als Letztes?«

Rapp überlegte, doch ihm fiel nichts ein. Er zuckte die Achseln.

»Keine Ahnung.«

»Aber du weißt, wer ich bin? Für wen du arbeitest? Solche Sachen?«

»Es hat einen Moment gedauert, mich an dich zu erinnern … es fiel mir nicht sofort ein.«

»Und dein Job?«

»Hm … irgendwas in Washington. Keine Ahnung, wo genau.«

»Meine Position?«

»Du bist mein Boss.«

Kennedy nickte. Die Ärzte hatten sie vor Gedächtnislücken gewarnt. »Ich bin die Leiterin der Central Intelligence Agency.«

»Oh.« Noch ein fehlendes Stück des Puzzles. »Langsam kommt alles zurück.«

»Gut. Erinnerst du dich an meinen Sohn?«

Rapp setzte zu einem Kopfschütteln an, doch es tat zu weh. »Leider nein.«

»Schon okay. Er heißt Tommy. Ihr zwei steht euch ziemlich nah.«

»Was ist mit mir passiert?« Rapp hob eine Hand in Richtung Stirn und zuckte zusammen.

»Es gab eine Explosion. Du hast dir den Kopf angeschlagen, was eine Schwellung im Gehirn hervorrief. Die Mediziner nennen es Subduralhämatom.«

»Eine Explosion?«

Sie schüttelte den Kopf. »Lass uns später über die Einzelheiten reden. Dass du wach und halbwegs bei Verstand bist, ist erst mal die Hauptsache. Die Ärzte sagen, das sei völlig normal. Der Großteil deiner Erinnerung, vermutlich sogar alles, wird im Lauf der Zeit zurückkehren.«

Kennedy lächelte ihn tapfer an. Rapp war ihr bester Agent. Selbst mit 90 Prozent seiner Leistungsfähigkeit war er noch imstande, Außerordentliches zu leisten. Allerdings hing es ganz davon ab, welche zehn Prozent fehlten.

»Wie lange war ich weggetreten?«

»Etwas mehr als einen Tag.«

»Einen ganzen Tag?«, erwiderte er überrascht.

»Ja.« Und einen ziemlich aufreibenden noch dazu. 21 tote Polizeibeamte, allesamt von ihren Leuten getötet. Mit Unterstützung eines Attentäters, was die ganze Lage zusätzlich verkomplizierte. Damit wollte sie Mitch momentan jedoch nicht belasten. Die Fakten, die sie kannte, deuteten darauf hin, dass Rapp und seinen Leuten aus Selbstschutz keine andere Möglichkeit geblieben war. Für das afghanische Volk und dessen politische Führer machte es jedoch keinen Unterschied – zumindest nicht im direkten Nachgang des Gemetzels. Der Präsident hatte Kennedy nach Afghanistan geschickt, um den Schaden einzudämmen, bevor es zu spät war. Zum Zeitpunkt der Landung verfügte sie bereits über alle relevanten Informationen.

Ihre Ermittler hatten den korrupten leitenden Beamten bei der afghanischen Polizei ausfindig gemacht, der hinter dem Zugriff steckte. Er war abgetaucht und hatte alles von Wert aus seinem von der Regierung finanzierten Haus mitgenommen. Ihre Informanten innerhalb der Dienststelle bestätigten, dass es sich beim Großteil der Opfer um ehemalige Mitglieder der Taliban handelte, die der korrupte Befehlshaber als Mitarbeiter eingeschleust hatte. Das Ganze war Teil des vom Außenministerium eingeleiteten Reintegrationsprogramms. Kennedy hatte persönlich dafür gesorgt, dass dieser Umstand allen Verantwortlichen in Washington zu Ohren kam.

Bei ihrer Ankunft vor Ort fand sie zwei gespaltene Lager vor. Eine Hardliner-Fraktion der Afghanen schob den Amerikanern die alleinige Schuld an dem Vorfall in die Schuhe. Für alle, die sich mit der Politik in der Region beschäftigten, war es keine Überraschung, dass es sich dabei ausgerechnet um die besonders eindringlichen Verfechter der Integrationsbemühungen handelte. Das zweite Lager setzte sich aus zahlreichen Gruppierungen zusammen, die seit über einem Jahrzehnt Widerstand gegen die Talibanmilizen geleistet und die Hardliner frühzeitig gewarnt hatten, die Schlüsselstellen mit ehemaligen Tätern zu besetzen, sei ebenso kurzsichtig wie naiv.

Kennedy bereitete Darren Sickles nach ihrem Eintreffen in der US-Botschaft einen ausgesprochen unterkühlten Empfang, warf ihn anschließend aus ihrem Büro und erstattete dem Präsidenten und dessen Sicherheitsstab einen ausführlichen telefonischen Bericht. In ihrer typisch analytischen Art legte sie den Schwerpunkt auf den fatalen Verrat des korrupten Polizeichefs. Der Präsident stellte nur zwei Fragen: Hatte im Vorfeld Anlass zu der Vermutung bestanden, sich mit dem Cop ein faules Ei ins Nest gelegt zu haben? Und glaubte Kennedy, dass der Mann mit der Entführung von Rickman etwas zu tun hatte?

Die erste Frage ließ sich leicht beantworten. Die CIA führte über Lieutenant General Abdul Rauf Qayem eine Akte, die so dick wie ein Telefonbuch war. Sie hatten das Außenministerium wiederholt davor gewarnt, dass er als eingeschworener Taliban galt und keinesfalls für die Teilnahme am Reintegrationsprogramm berücksichtigt werden sollte. Kennedy fasste diesen Fakt so leidenschaftslos wie möglich in Worte. Der Außenministerin stand schon genug Ungemach bevor, also musste sie den Finger nicht zusätzlich in die Wunde bohren. Sie arbeiteten gut zusammen, und dabei wollte sie es belassen. Ihre Antwort auf die zweite Frage des Präsidenten fiel deutlich vager aus. Kennedy wollte ihr Wissen über Louie Gould erst teilen, wenn sie mehr in Erfahrung gebracht hatte. Die Entführung Rickmans und der Angriff auf Rapp schienen Teil einer koordinierten Bemühung zu sein, die Operationsfähigkeit der CIA in Afghanistan einzuschränken. Bevor sie mehr herausgefunden hatte, beließ sie es gegenüber ihrem obersten Dienstherrn bei der Andeutung, sie halte eine Verbindung zwischen beiden Vorfällen für wahrscheinlich.

23

Kennedy verbrachte weitere zehn Minuten bei Rapp, in denen sie Fragen gleichermaßen beantwortete und ihnen auswich, wobei sie behutsam die Ausmaße seines Gedächtnisverlusts sondierte. Seine Unfähigkeit, sich an gewisse Details zu erinnern, erstreckte sich auf alle Bereiche seines Lebens. Eines kristallisierte sich ziemlich eindeutig heraus: In Bezug auf die Geschehnisse der letzten drei Tage wusste er gar nichts mehr. Davor fanden sich vereinzelt weiße Flecken, die Rapp nach und nach durch das Verknüpfen von Erinnerungsfragmenten beseitigte. Sie wollte ihn nicht überfordern und verschwieg ihm deshalb, dass die Ärzte in der letzten Nacht laut darüber sinniert hatten, ein Loch in seinen Schädel zu bohren, um das geronnene Blut abzusaugen, das kritischen Druck auf sein Gehirn ausübte. Ihre Prognosen waren alles andere als optimistisch gewesen.

Die Mediziner beim Militär verfügten über hinreichende Kenntnisse, was durch Explosionen verursachte Schädeltraumata anging. Allerdings unterschieden sich die Krankheitsverläufe drastisch. Manche Patienten erholten sich nach einer Woche Bettruhe vollständig, andere trotz intensiver Therapien und optimaler Betreuung nur teilweise. Kennedy verbannte alle unheilvollen Befürchtungen aus ihrem Verstand. Rapps Überlebenswille hatte sich im Laufe der Jahre als enorm stark herausgestellt. Selbst unter widrigsten Umständen weigerte er sich, vor dem Schicksal zu kapitulieren. Das brachte ihn zwar häufig in größte Gefahr, sicherte ihm aber gerade deswegen das Überleben. Er lehnte es schlichtweg ab, sich vom Tod bezwingen zu lassen.

Für seine Genesung galten nun strikte Bettruhe und Entspannung als entscheidend – etwas, woran Rapp ebenso wenig Gefallen fand wie ein Hund an dem Befehl, einen Fremden nicht anzubellen. Das bescherte Kennedy ein einzigartiges Dilemma. Einerseits brauchte sie Rapp, um Rickman zu finden. Keinem anderen ihrer Agenten traute sie diesbezüglich einen schnellen Erfolg zu. Natürlich konnte sie jemanden darauf ansetzen, aber ohne Rapps furcht- und skrupellose Vorgehensweise rechnete sie gegen die skrupellosen Individuen in diesem Teil der Welt nicht ernsthaft mit Fortschritten. Dummerweise war er jedoch zum Zuschauen verdammt, solange die medizinische Abteilung kein grünes Licht gab. Bisher beließen sie es bei der groben Andeutung, ihn noch etwa eine Woche auf der Station behalten zu wollen, gefolgt von einer weiteren Woche mit Reha-Maßnahmen. Andernfalls drohten dauerhafte Folgeerscheinungen, etwa Lethargie, undeutliche Artikulation, Beschwerden beim Gehen, Wahrnehmungsstörungen, Taubheit, Migräne, Amnesie, Benommenheit und chronische Schmerzen. Über Letzteres machte sich Kennedy keine größeren Sorgen. Rapps Schmerzgrenze lag deutlich oberhalb dessen, was andere Menschen ertrugen. Sie ging fest davon aus, dass er sich deutlich schneller als jeder andere Patient erholte. Trotzdem konnte sie sich nicht blind darauf verlassen und behauptete Mitch gegenüber, sich um einige dringende interne Angelegenheiten kümmern zu müssen, um ihm ein paar zusätzliche Tage Ruhe zu verschaffen.

Kurz nach seinem Aufwachen lief sie im Flur einem der Mediziner über den Weg, einem Major der Air Force, und informierte ihn über den Besuch bei Rapp. Sie erzählte von ihrem kurzen Gespräch, das er als äußerst positives Signal wertete. Anschließend entschuldigte er sich, um seinerseits nach dem Patienten zu sehen.

In einem kleinen Wartezimmer saß Coleman. Kennedy schickte ihre beiden Leibwächter aus dem Raum, die ihm Gesellschaft geleistet hatten, um unter vier Augen mit ihm zu sprechen. Sie setzte sich zu ihm und griff nach seiner Hand.

»Du weißt, dass du sein Leben gerettet hast.«

Coleman schien es peinlich zu sein. »Mach bloß kein Drama draus.«

Ein ungewöhnlich breites Lächeln trat auf Kennedys Gesicht.

»Sieh doch mal das Positive. Das wirst du ihm noch jahrelang unter die Nase reiben können.«

Coleman musste grinsen. »Okay, das stimmt natürlich. Blöderweise hat er mir schon mindestens zweimal das Leben gerettet. Er hat also noch was gut.«

»Seine Erinnerung ist im Moment ein bisschen unzuverlässig. Vielleicht hat er das vergessen. Von mir wird er's jedenfalls nicht erfahren.«

»Er ist wach?«

Kennedy nickte.

Coleman stieß einen Seufzer der Erleichterung aus. »Gott sei Dank! Wie geht's ihm?«

»Insgesamt ganz okay, wären da nicht diese Gedächtnislücken.«

»Wie äußert sich das?«

»Als er aufwachte, schien er erst mal gar nicht zu wissen, wer ich bin. Er erkannte mich, aber bei meinem Namen hörte es auf. Seinen eigenen brachte er noch zusammen, aber nicht, wo er arbeitet. Erst als wir ein bisschen redeten, fiel langsam der Groschen.«

»Rick?«

»Keine Ahnung. Ich glaube, er hat alles vergessen, was in den letzten 72 Stunden gewesen ist.«

»Shit.« Coleman vergrub das Gesicht zwischen den Händen. »Er ist also im Moment nicht einsatzfähig?«

»Nein. Die Ärzte haben ihm minimal eine Woche Ruhe verordnet.«

»Und was machen wir jetzt?«

»Ich bin mir nicht sicher. Traust du dir zu, die Leitung der Mission zu übernehmen?« Kennedy glaubte die Antwort bereits zu kennen, aber sie musste trotzdem fragen.

Coleman dachte kurz darüber nach und sagte dann: »An Motivation mangelt's mir nicht, aber Mitch und ich sind sehr unterschiedliche Charaktere, wie du weißt. Ich habe keine Skrupel, Regeln oder auch ein paar Knochen zu brechen, aber im Vergleich zu ihm bin ich ein Heiliger. Außer ihm könnte nur Stan die Sache eiskalt durchziehen. Nach allem, was ich gestern mitbekommen habe, ist er derzeit wohl eher nicht dazu in der Lage.«

»Wie wär's mit Mike?«, brachte sie Mike Nash, den Leiter des Terrorabwehrzentrums, ins Rennen.

Nachdem er scharf eingeatmet hatte, schüttelte Coleman den Kopf.

»Ich mag Mike, aber für den harten Kram ist er nicht der Richtige. Das mein ich jetzt nicht als Vorwurf. Er hat Frau und Kinder und du hast ihm einen netten Job mit ansprechendem Titel verschafft. Er käme zwar klar, aber sobald er mit dem Rücken zur Wand stünde, täte er alles, was nötig ist, um seine eigene Haut zu retten. Und darum geht's hier nicht.«

»Worum geht's denn deiner Meinung nach?«

»Du willst Rick zurückholen und brauchst jemanden, der bereit ist, alle Regeln über Bord zu werfen. Jemanden wie Mitch, dem die politischen Konsequenzen total egal sind … jemanden, der vor nichts zurückschreckt und diesen Drecksäcken zeigt, wie es ist, wenn man um sein Leben fürchtet.«

Kennedy musste ihm recht geben. Dummerweise fehlte ihr ein Agent mit solchen Talenten.

»Louie Gould … hattest du schon Gelegenheit, mit ihm zu reden?«

»Nur kurz.«

»Kaufst du ihm seine Version der Geschichte ab?«

Coleman stieß ein leises Lachen aus, das verriet, was er von der Frage hielt.

»Ich glaube kein Wort, das aus dem Mund dieses Kerls kommt. Was hält denn Mike davon?«

Nash und ein Verhörspezialist der CIA hatten sich Gould in der vergangenen Nacht vorgeknöpft, um seinen Lügen auf den Zahn zu fühlen.

»Er meint, sie machen nur zähe Fortschritte. Ich geh gleich noch mal rüber zu ihm. Gould weiß zwar nichts davon, aber ich verfüge über gewisse Druckmittel, was ihn betrifft. Er wird uns alles verraten, was wir wissen wollen, und noch einiges darüber hinaus.«

»Sobald wir herausfinden, wer ihn darauf angesetzt hat, klären sich vermutlich die meisten Fragen von selbst.«

»Es wäre schön, wenn das so einfach geht, aber ich fürchte, die Gegenseite hat genügend Firewalls am Start, um das zu verhindern.«

»Möglich. Aber zumindest könnte er uns einen Wink geben, in welcher Richtung wir forschen müssen.«

»Darauf setze ich.« Kennedy schloss kurz die Augen, bevor sie nachhakte: »Du hast einen Mann verloren?«

Coleman trug den Schmerz offen zur Schau. »Ja … einen meiner besten.«

»Mick Reavers?«

»Ganz genau.«

Kennedy erkannte sofort, dass Coleman noch keine Gelegenheit gefunden hatte, mit seinen Emotionen reinen Tisch zu machen. Sie sah ihn nicht an, während sie fortfuhr: »Ich habe meine Verbindung spielen lassen und sehr deutlich gemacht, dass ich erwarte, dass seine Leiche noch heute an uns überstellt wird.«

»Vielen Dank.« Colemans Blick huschte durch den Raum, bis er am Poster einer A-10 Warthog hängen blieb.

»Er hatte keine Chance. Er wurde erschossen, bevor er überhaupt die Waffe heben konnte.«

Kennedy ließ den Stress des Jobs nur selten an sich herankommen. Noch seltener zeigte sie es offen. In diesem Fall machte sie eine Ausnahme, um die Lücke zu schließen, die Rapp und Hurley derzeit hinterließen.

»Scott, eins will ich an dieser Stelle klarstellen. Wir werden diese Sauerei nicht so einfach hinnehmen. Ich habe noch mehr Scharfschützen angefordert und werde euch innerhalb der nächsten 24 Stunden eine Menge potenzieller Ziele liefern. Wir werden General Qayem aufspüren. Vielleicht nicht diese oder nächste Woche, aber wir kriegen ihn in die Finger, und dann wirst du ihn töten. Hast du mich verstanden?«

Coleman nickte. »Ich hatte gehofft, dass du das sagst.«

»Und wenn wir mit ihm fertig sind, gibt es wahrscheinlich noch einige weitere Namen, die wir unserer Abschussliste hinzufügen können.«

24

ISI-Hauptquartier
Islamabad, Pakistan

Ashan war ins Büro des Generaldirektors beordert worden und rätselte über den genauen Grund. Seine Leute hatten ihn natürlich über die Entwicklungen an der Grenze informiert. Nicht genug damit, dass man Rickman entführt hatte, es galt noch ein weiterer Agent in Jalalabad als vermisst und auf Mitch Rapp war ein Anschlag verübt worden. Als Verantwortlichen des Bereichs für Analyse und außenpolitische Beziehungen überraschte ihn lediglich, von den Amerikanern bisher nicht offiziell darüber informiert worden zu sein. Trotzdem hatte er seine Mitarbeiter sowohl in Jalalabad als auch in Kabul aufgefordert, ihre Kollegen bei der CIA zu unterstützen.

Der ISI galt als ebenso kontroverser wie einflussreicher Bestandteil des pakistanischen Regierungsapparats. In den letzten Jahren hatte der Druck zugenommen, den Geheimdienst für seine Aktionen stärker zur Verantwortung zu ziehen. Das Parlament hatte beschlossen, die beste Möglichkeit zur Abwendung künftiger Skandale bestehe darin, jemanden an der ISI-Spitze zu installieren, der nicht zu unverzichtbar war. Mit anderen Worten, sie suchten jemanden, der sich leicht kontrollieren ließ. In Person von Air-Force-General Ahmed Taj waren sie fündig geworden. Tajs Karriere bei der Luftwaffe erschöpfte sich weitgehend in Tätigkeiten des Bereichs Versorgung und Logistik. Er besaß sowohl ein Händchen als auch eine Vorliebe dafür, Männer und Ausrüstung effizient von A nach B zu schaffen.

Ashan war das sofort aufgefallen, denn jedes Mal, wenn ihn Taj in sein Büro rief, ging es darum, ein Flugzeug zu besteigen und irgendwohin zu fliegen. Im Vorfeld dieses Meetings hatte er vorsichtshalber seine Frau angerufen und sie gebeten, für ihn zu packen.

Das Büro des Generaldirektors empfand er als dekadent. Groß wie ein Tennisplatz, Wände und Decken mit dunkelbraunem Palisander verkleidet und gleich mit drei gemauerten Kaminen ausgestattet. Überall ragten gewaltige Bücherregale in die Höhe. Im Zuge von Umbaumaßnahmen warteten inzwischen mehrere Großbildmonitore hinter geschmackvollen Vorhängen auf ihren Einsatz.

Ashan traf zwar fünf Minuten zu früh ein, musste jedoch verärgert feststellen, dass General Durrani bereits beim Boss saß und Tee mit ihm trank. Das war typisch für seinen Freund, vorzeitig aufzutauchen, um das Gespräch direkt in die von ihm gewünschte Richtung zu lenken.

Der imposante Raum unterteilte sich in drei Abschnitte. Außen links thronte der Generaldirektor in der Regel an seinem riesigen Schreibtisch, der von einem Kartentisch und vier Stühlen flankiert wurde. Die Mitte nahm ein Konferenztisch für 16 Personen ein, obwohl Ashan noch nie mehr als sechs Leute gleichzeitig hier gesehen hatte. Vor einem der Kamine rechts stand eine geräumige Couch aus Leder, auf der man zu sechst Platz fand. Zwei weitere Sofas und ein runder Glastisch rundeten das Ensemble ab.

Taj begrüßte Ashan und fragte, ob er auch einen Tee wolle. Dieser nahm dankend an und entschied sich für eins der kleineren Sofas. Er nahm Tasse samt Unterteller mit beiden Händen in Empfang und stellte sie auf die Glasoberfläche. Zu gern hätte er erfahren, worüber die zwei gesprochen hatten, doch er wollte nicht zu neugierig erscheinen. Außerdem ging er davon aus, dass es im Rahmen der folgenden Unterhaltung ohnehin zur Sprache kam.

»Wie läuft's in Sachen Außenpolitik?«, wollte Taj wissen.

Ashan registrierte erfreut, dass Taj im Gegensatz zu seinen Vorgängern im Amt keine Militäruniform, sondern einen hellgrauen Anzug trug.

»Wir kommen zurecht.«

»Gut. Also …« Taj nippte am Tee. »Ich gehe davon aus, dass Sie die jüngsten Entwicklungen in Afghanistan verfolgt haben.«

»Sicher.«

»Was schlagen Sie vor?« Taj war eher durchschnittlich groß, was ihn mitten auf der ausladenden Couch wie ein Kind wirken ließ.

Ashan hasste solche offenen Fragen. Besonders wenn im Hintergrund eine klare Agenda oder zumindest fundierte Meinungen hineinspielten. Sein Job bestand darin, Erkenntnisse an den Generaldirektor weiterzugeben, also meinte er: »Das Timing deutet darauf hin, dass jemand gezielt eine Operation gegen unsere amerikanischen Freunde in die Wege geleitet hat.«

»Haben Sie eine Vermutung, wer das sein könnte?«

Jetzt wurde es knifflig. Ashan entschied sich für ein bedachtes Vorgehen. »Abgesehen von den üblichen Verdächtigen? Nein, Sir.«

»Nun, dann lassen Sie mal Ihre Liste der üblichen Verdächtigen hören.«

»Die Taliban, das liegt auf der Hand, obwohl ich bezweifle, dass sie organisiert genug sind, um so eine komplexe Operation durchzuziehen.«

»Erklären Sie mir das bitte.«

»Zwei unterschiedliche Ziele, beides Einzelpersonen, was bedeutet, dass es schwierig ist, im Voraus zu wissen, wo sie sich aufhalten. Nach allem, was uns bekannt ist, sind die Taliban auf sich gestellt und verfügen nicht über die Ressourcen, um so etwas im Alleingang zu stemmen.«

»Auf sich gestellt?«

»Ja, sie sind …« Er hielt inne. Es gab eine weniger riskante Art, die Sache zu thematisieren.

»Es reicht, auf eine Landkarte zu schauen, Sir. Afghanistan ist auf allen Seiten von Land umschlossen.« Ashan rasselte die Liste der Nachbarstaaten herunter.

»Iran, Turkmenistan, Usbekistan, Tadschikistan, China und wir.«

»Vergiss nicht die Amerikaner«, schaltete sich Durrani ein.

Die Naivität der Äußerung brachte Ashan für einen Moment aus der Fassung.

»Glaubst du etwa, die CIA steckt selbst dahinter?«

»Ich behaupte nicht, beurteilen zu können, wie die Amerikaner ticken. Ich sage nur, dass sie hohe Investitionen getätigt haben, um ihren Einfluss in der Region auszuweiten.«

Ashan ließ die Dummheit dieses Statements für sich stehen.

»Historisch betrachtet unterhält keiner der Stan-Staaten Beziehungen zu den Taliban. Wenn überhaupt, sind sie durch Amerikaner in unseren Fokus geraten. Ich kann allerdings nicht ausschließen, dass die Russen etwas damit zu tun haben.«

»Gibt es Beweise dafür?«

»Nein.« Ashan schüttelte rasch den Kopf. »Obwohl sie in jüngster Zeit sichtlich Spaß daran haben, die Amerikaner zu provozieren. Deshalb können wir sie zumindest als Urheber nicht ausschließen. Der Iran gewinnt an Einfluss und es ist kein Geheimnis, dass ihr Hass ausreicht, um etwas derart Schändliches zu versuchen. China hat hingegen bislang wenig Interesse an der Einmischung in lokale Angelegenheiten gezeigt. Der Grund dafür liegt auf der Hand. Abgesehen vom Opiumhandel gibt es keine lohnenswerten Bodenschätze oder andere bedeutende Exportgüter. Wir haben ja schon häufiger darüber gesprochen: Gäbe es Ölvorkommen in Afghanistan, würde China deutlich mehr Präsenz entwickeln.«

Der Generaldirektor zwirbelte seinen Schnurrbart und ließ sich die Analyse durch den Kopf gehen.

»Also ist es naheliegend, dass entweder der Iran oder Russland dahintersteckt.«

»Es gibt noch eine weitere Möglichkeit, Sir. Vergessen Sie nicht uns selbst.«

Das lockte Durrani augenblicklich aus der Reserve.

»Ich habe Ihnen ja eben schon angekündigt, dass er versuchen wird, uns in diese Misere reinzuziehen.«

»Davon kann keine Rede sein«, gab Ashan betont gelassen zurück. »Der Generaldirektor hat mich um meine Einschätzung gebeten, also bekommt er sie.«

Durrani ignorierte den langjährigen Freund und wandte sich an Taj.

»Ich habe Sie gewarnt. Die Sache ist gefährlich. Er hat keinerlei Beweise und will uns eine Schuld unterjubeln. Was glauben Sie, wie lange es dauert, bis die Amerikaner davon Wind bekommen? Ihre Spione sind überall auf dem Gelände.«

Er rutschte hin und her, bis er Ashan direkt ansehen konnte.

»Wie vielen Leuten hast du deinen Verdacht anvertraut?«

Ashan wäre am liebsten in Gelächter ausgebrochen, doch dafür war die Situation zu ernst.

»Akhtar, du hörst nicht zu. Lass es mich anders formulieren: Wo würdest du an der Stelle der Amerikaner anfangen, nach Schuldigen zu suchen?«

»Die Amerikaner sind mir völlig egal. Dies ist nicht unser Problem, sondern ihres. Belassen wir es dabei und bringen wir uns nicht ohne Not selbst ins Gespräch.«

Ashan lehnte sich zurück und schlug entsetzt die Hände über dem Kopf zusammen.

»Generaldirektor, ich verstehe den Grund für seine Feindseligkeit nicht. Die ist hier komplett fehl am Platz.«

Taj machte den Eindruck, als wollte er warten, bis sich der Disput von selbst verflüchtigte, doch bei diesen beiden sturen Individuen konnte das ewig dauern.

»Ich glaube, jeder von Ihnen hat stichhaltige Argumente vorgebracht.«

Ein milder Blick streifte Durrani: »Sie sollten wirklich Ihre Aggressionen zügeln, wenn es um die Amerikaner geht.«

»Ich ging davon aus, offen reden zu können, wenn wir bei Ihnen im Büro sind.« Die Maßregelung des Vorgesetzten schien ihn zu kränken.

»Es sei denn«, fügte Ashan rasch hinzu, »es geht um die unrühmliche Rolle deiner Abteilung bei der Sache mit den Taliban. Dann ist offen zu reden nämlich nicht gefragt.«

Durrani stellte fest, dass er sich in eine Sackgasse manövriert hatte und seine wachsende Aufgebrachtheit dazu führte, dass der Generaldirektor sich eher auf Ashans Seite schlug. Statt etwas zu sagen und den Chef damit noch mehr zu verstimmen, entschied er sich für Schweigen und verfasste in Gedanken eine lange Anklageschrift gegen seinen Freund.

Taj leerte die Teetasse, stellte sie auf dem Unterteller ab und schob sie ein paar Zentimeter nach hinten. Dann lehnte er sich zurück und legte den Arm über die Rückenlehne des Sofas.

»Ich finde, wir sollten die Amerikaner unterstützen. Nadeem, ich habe vorhin mit Direktorin Kennedy gesprochen. Sie befindet sich auf der Bagram Air Base. Ich möchte, dass Sie hinfliegen und ihr bei den Ermittlungen zur Seite stehen.«

Durrani sprang förmlich auf die Füße.

»Das kann doch unmöglich Ihr Ernst sein, Sir. Ich traue ihm nicht. Kein Stück. Wer sagt, dass er ihr nicht den gleichen Blödsinn auftischt wie uns gerade?«

Das letzte Mal hatte Ashan den Freund bei der Razzia gegen bin Laden so erzürnt erlebt.

»Du kennst Direktorin Kennedy doch selbst.«

Der scharfe Verstand der Amerikanerin war in Geheimdienstkreisen berüchtigt.

»Glaubst du nicht, dass sie selbst längst auf diese Idee gekommen ist? Das Fiasko mit bin Laden dürfte sich fest in ihr Gedächtnis eingebrannt haben.«

»Wieso kommst du ständig mit diesem Thema an?«

»Weil es relevant ist.« Ashan staunte, etwas dermaßen Offensichtliches überhaupt erklären zu müssen.

»Je länger ich darüber nachdenke, desto überzeugter bin ich, dass die Amerikaner vor allem unseren externen Flügel verdächtigen.«

Durrani stocherte drohend mit dem Finger in der Luft herum, als wollte er Ashan das Aus für seine Karriere androhen.

»In unserer Welt ist kein Platz mehr für die Amerikaner. Wir sind inzwischen eine unabhängige Nation, nicht länger ihre Schoßhunde. An deiner Stelle …«

»Du bist aber nicht an meiner Stelle. Und wenn du meine Meinung hören willst, Akhtar: Du benimmst dich wie ein Mann, der etwas zu verbergen hat.«

»Das muss ich mir nun wirklich nicht bieten lassen!« Hilfe suchend wartete Durrani auf den Beistand des Generaldirektors.

Taj machte eine beschwichtigende Handbewegung.

»Setzen Sie sich. Wir müssen erst mal alle runterkommen.«

Ashan wollte darauf hinweisen, dass sich im Raum nur eine Person aufhielt, die runterkommen musste, aber das wusste Taj sicherlich selbst. Er wollte Durrani nur nicht noch weiter aus der Reserve locken. »Akhtar, wenn Sie Nadeem nicht vertrauen, schlage ich vor, dass Sie ihn nach Bagram begleiten.« Taj legte eine nachdrückliche Pause ein und hielt warnend einen Finger in die Höhe.

»Ihr Mangel an emotionaler Kontrolle bereitet mir Sorgen. Wenn Sie sich gegenüber unseren amerikanischen Freunden nicht zivilisiert und hilfsbereit verhalten können, kommen Sie ihnen besser nicht zu nahe. Haben wir uns verstanden?«

Durrani machte den Eindruck, als hätte ihm gerade jemand ein mit Scheiße bestrichenes Sandwich in den Mund geschoben. Er wollte alles im Auge behalten, aber die Vorstellung, Ashan zuzusehen, wie er den Amerikanern die Stiefel leckte, widerte ihn an. Letztlich hielt er es für die einzig sinnvolle Entscheidung, in Islamabad zu bleiben. Falls Ashans Theorie zutraf, und das war bei ihm meistens der Fall, hatten die Amerikaner seine Abteilung sowieso schon im Visier. Insofern war es gar nicht verkehrt, wenn Ashan die Amerikaner ein wenig beschwichtigte. Er selbst würde hierbleiben und dafür sorgen, dass keine weiteren Verdachtsmomente aufkamen.

25

Bagram Air Base, Afghanistan

Die CIA-Büros waren ein Stück abseits der Rollfelder in einem Gebäudekomplex untergebracht, in dem unter anderem das Intel Fusion Center zur Koordinierung der geheimdienstlichen Aktivitäten und die Schlangenfresser vom Joint Special Operations Command arbeiteten. Langley hatte noch eine weitere Fläche am hinteren Ende des Geländes angekauft, um Flugzeuge und andere Ausrüstung unterzustellen. Sie besaßen quasi ihr eigenes kleines Reich auf diesem weitläufigen Luftwaffenstützpunkt.

Gezwungenermaßen mussten die Agenten ihre Erkenntnisse mit zahlreichen militärischen Einrichtungen teilen, doch gelegentlich war die Informationslage zu heikel, um gegenüber den bewaffneten Truppen allzu offenherzig zu kommunizieren. Vorsicht war bekanntlich die Mutter der Porzellankiste, weshalb sich viele Aktionen der CIA im Verborgenen abspielten. So auch im Fall von Louie Gould.

Bagram verfügte zwar über ein funkelnagelneues Internierungslager komplett mit Andachtsräumen, Gebetsmatten, Spielekonsolen, Flachbildschirmen und einem Koran in jedem Nachttisch. Doch einen Mann wie Gould in die Obhut des Militärs zu übergeben, schien eine verflucht schlechte Idee zu sein – allein schon deshalb, weil seine Inhaftierung dann in offiziellen Unterlagen festgehalten wurde.

Kennedy machte gegenüber Nash keinen Hehl daraus, dass nach dem Zwischenfall mit der afghanischen Polizei Goulds Identität vor allem jenseits ihres inneren Zirkels unbedingt geheim gehalten werden musste. Sie ging sogar so weit, Darren Sickles und alle weiteren Mitarbeiter seiner Dienststelle auf eine Ausschlussliste setzen zu lassen. Solange sie nicht mehr in Erfahrung gebracht hatten, wurde Gould wie einer von Rapps Söldnern behandelt, die während der Schießerei verwundet worden waren. Die CIA-Direktorin verlangte absolute Diskretion, bis sie selbst eine Gelegenheit bekommen hatte, den

Mann zu befragen. Zwischen ihnen existierte eine Verbindung, von der sie glaubte, dass Gould gar nichts davon ahnte. Laut ersten Berichten hatte er sich bei Gesprächen mit Nash äußerst ausweichend und unkooperativ verhalten. Aber Kennedy verfügte über ein Druckmittel, auf das Nash nicht zurückgreifen konnte.

Sie verließ die Krankenstation und bat ihre Security, sie zum Hangar zu begleiten, in dem ihr Flugzeug abgestellt war.

Clark Jones, der Leiter ihres Begleitschutzes, streifte sie mit einem irritierten Blick. »Fliegen wir etwa schon zurück?«

»Nein ... Da ist nur etwas, worum ich mich kümmern muss.«

Sie rollten in einem schwarzen Suburban, den ihnen der Chef der Basis überlassen hatte, über die makellosen Asphaltpisten, kamen an einer Poststelle, einem Burger King, einem Fitnesszentrum und einigen nicht näher identifizierbaren Gebäuden vorbei. Ein Stück Amerika in der Fremde. Der Hangar befand sich am hinteren Teil des Rollfelds, verborgen vor neugierigen Blicken. Auf den ersten Blick glich er den übrigen Flugzeughallen. Die Helikopter parkten auf der geteerten Piste und unterschieden sich durch nichts von den Black Hawks der U. S. Army auf dem Gelände. Der schwarze SUV bog in die Halle ein, in der zwei bildschöne Gulfstream G550s in Sicht gerieten – in diesem Fall ohne die üblichen Logos der Air Force. Drei zweimotorige MC-12W-Aufklärungsflugzeuge standen dicht nebeneinander in einer Ecke, weitere kleinere Maschinen und Hubschrauber verteilten sich über den Rest der ausgedehnten Fläche.

Kennedys Fahrzeug kam dicht neben dem verglasten Büro zum Stehen. Ihre Männer sprangen aus der Tür, bevor sie überhaupt die Hand nach dem Griff ausgestreckt hatte. Bill Schneeman, der Chef der Basis, wartete neben dem Eingang zum Büro auf sie. Die Bodyguards schwärmten aus, um eine schützende Blase um die Direktorin zu bilden. Sie hielt das Ganze für etwas übertrieben, aber Jones, der sich erst seit knapp zwei Jahren um ihre Sicherheit kümmerte, hatte ihr auf dem Hinflug einen kleinen Vortrag gehalten, um seine ›Spielregeln festzulegen‹, wie er es nannte. In der Regel erfuhr er nichts über die genauen Hintergründe der Einsätze, schnappte durch seine Nähe zur CIA-Chefin jedoch genügend auf, um sich ein ungefähres Bild zu machen.

In diesem Fall war ihm die Entführung von Rickman zu Ohren gekommen, einem ihrer erfahrensten Leute in Afghanistan, ebenso wie der Angriff auf das Leben von Mitch Rapp, Irenes bestem Agenten und engstem Vertrauten. Ein weiteres Detail kannte er nicht, nämlich dass John Hubbard, der Stationschef in Jalalabad, vermisst wurde und ihre Kontakte vor Ort fieberhaft nach ihm suchten. Selbst ohne dieses Wissen verhielten sich Jones und seine Männer wie übervorsichtige Mütter bei der Geburt des ersten Kindes. Kennedy empfand es eher als Belastung.

Schneeman kam auf sie zu, blieb aber auf klarem Abstand zur Security.

»Boss«, fragte er mit seinem typischen Klugscheißergrinsen, »könntest du deine Jungs dazu bringen, sich ein bisschen zu entspannen? Wir sind auf heimischem Territorium. Die Dschihadisten lauern auf der anderen Seite des Stacheldrahts.«

Kennedy bedachte Jones mit einem beiläufigen Blick.

»Clark, solange wir auf der Basis sind, könntet ihr euch doch ein bisschen zurücknehmen?« Kennedy ließ es wie eine Frage klingen, aber ihr Ton ließ keinen Zweifel, dass es sich um eine Anweisung handelte.

Jones verzog keine Miene. Die dunklen Augen und die straffe schwarze Haut verliehen ihm eine eindringliche Ausstrahlung, die perfekt zu seinem Job passte. Ebenso gut hätte er sich den Spruch ›Mit mir ist nicht zu spaßen!‹ auf die Stirn tätowieren lassen können.

Für einen Augenblick machte es den Eindruck, als wollte er widersprechen oder sogar mit ihr streiten, doch dann streifte sein Blick durch den Hangar, wie um ein letztes Mal nach Bedrohungen Ausschau zu halten, bevor er seinen Jungs das Zeichen gab, sich ein Stück zurückzuziehen.

Schneeman lief an den groß gewachsenen Kerlen mit ihren Waffen vorbei und streckte die Hand aus. »Willkommen im Spa Bagram.«

Kennedy musste bei der Anspielung grinsen. Daheim im Hauptquartier witzelten viele, ein Einsatz auf der Bagram Air Base sei wie ein Erholungsurlaub.

Tatsächlich kehrten die meisten Mitarbeiter schlank, fit und in Bestform von dort zurück. Kennedy kannte jedoch die Wahrheit. An der Entfernung zur Heimat zerbrachen viele Ehen, ebenso häufig kam es zu Seitensprüngen in der Fremde. Das mit Abstand größte Problem war jedoch der Stress – lange Arbeitszeiten und das Drängen auf Ergebnisse führten in vielen Fällen zu massivem Burn-out.

»Tut mir leid, dass ich erst jetzt vorbeischaue, aber ich war noch auf der Krankenstation«, sagte Kennedy zur Begrüßung.

»Kein Problem. Wie geht's ihm?«

»Besser. Er ist wach, aber ich fürchte, er wird eine ganze Weile nicht einsatzfähig sein.«

»Das höre ich ungern … den Punkt, dass er nicht einsatzfähig ist, meine ich.«

»Ich hab dich schon verstanden.«

Die wenigsten wussten, dass Kennedy sich in den vergangenen Monaten zunehmend an Schneeman gehalten hatte, um über die Geschehnisse in der Region auf dem Laufenden zu bleiben. Sickles vertraute sie schon lange nicht mehr. Seine Berichte über die Reintegrationsbemühungen klangen für ihren Geschmack ein wenig zu enthusiastisch und unreflektiert. Wie einer der führenden Geheimdienstler einen solchen Plan befürworten konnte, entzog sich ihrem Verständnis. Sie machte sich selbst Vorhaltungen, weil sie ihn zum Stationschef in Kabul befördert hatte und er seitdem viel zu stark auf Kuschelkurs mit der Delegation des Außenministeriums ging, ganz besonders mit dieser schrecklichen Arianna Vinter.

»Was hast du über Hubbard herausgefunden?«

»Bisher rein gar nichts. Sein Telefon taucht in der Satellitenerfassung nicht auf. Wir wissen beide, dass das ein schlechtes Zeichen ist.« Schneeman zuckte mit den Achseln und schob hinterher: »Ich überbringe ja nur ungern schlechte Neuigkeiten, aber so sieht's aus.«

»Bleib am Ball. Wir dürfen ihn nicht verlieren.« Sie wollte noch ergänzen, dass die USA sonst ziemlich blöd dastanden, fand aber, dass das zu egoistisch klang.

Immerhin setzten sie ihre Leute gewaltigen Gefahren aus. Da war es das Mindeste, sich darum zu kümmern, dass sie lebend in die Heimat zurückkehrten.

»Ich will dir nichts vormachen. Bei uns herrscht große Unruhe. Viele halten es für den Teil eines groß angelegten Plans der Taliban, unsere Einsatzfähigkeit vor Ort einzuschränken.«

»Durchaus denkbar.«

Schneeman musterte nachdenklich seine Schuhspitzen, bevor er fortfuhr: »Bisher hat mich noch niemand im Stich gelassen, aber es fehlte nicht viel und ich hätte sie Strohhalme ziehen lassen müssen, wer runter nach J-Bad fährt, um nach Hubbard zu suchen.«

Das gefiel Kennedy überhaupt nicht. Ein weiterer Grund, weshalb sie Rapp dringend brauchte. Seine unerschrockene, furchtlose Art war ansteckend. Das fehlte gerade noch, dass Agenten davor zurückschreckten, den Stützpunkt zu verlassen. Sollte sich diese Tendenz verschlimmern, musste sie sich wohl Leute vom JSOC abstellen lassen. Deren Special Operators ließen ähnlich wie Rapp nichts anbrennen.

Schneeman zeigte auf eine Türöffnung neben dem verglasten Bürokubus. »Möchtest du einen Kaffee?«

»Lieber Tee.«

Schneeman ging voraus.

»Tut mir leid, aber hier herrscht gerade enorme Hektik. Zusammen mit den neun Männern, die dich begleiten, mussten wir in den vergangenen zwei Tagen insgesamt 56 zusätzliche Leute unterbringen.«

»Dann schaff Platz. Wie viele hast du runter nach J-Bad geschickt?«

»Die Analysten sind alle noch hier. Sechs Operators und zwölf Einsatzkräfte der Special Operations Group haben sich auf den Weg gemacht. Ich habe ihnen eingeschärft, nie ohne Begleitung loszuziehen. Jedem Operator sind zwei SOGs zugeordnet. Alle müssen einmal stündlich Rückmeldung erstatten.«

Sie betraten einen kleinen Pausenraum mit Mikrowelle und Kühlschrank. Schneeman kramte in den Schränken, bis er eine Schachtel mit verschiedenen Teesorten entdeckte. Er drückte sie Kennedy in die Hand, goss sich selbst einen Kaffee und der Kollegin eine Tasse mit heißem Wasser ein.

»Wann wurde dieser Raum das letzte Mal auf Wanzen abgesucht?«, wollte Kennedy wissen.

Schneeman kannte ihre Ansprüche. »Vor weniger als einer halben Stunde.«

Sie nickte zufrieden. »Wie eng hat Rick mit Darren zusammengearbeitet?«

»Ganz ehrlich? Das weiß ich nicht genau. Ich bin ja meistens auf Achse. Darren schmeißt den Laden von Kabul aus. Keine Ahnung, woran es liegt, aber er scheint den Eindruck zu haben, dass ich ihn mittelfristig ablösen soll. In den letzten fünf Monaten hat er jede Möglichkeit genutzt, mir Knüppel zwischen die Beine zu werfen. Das Gute ist, dass ich ihn höchstens einmal im Monat zu Gesicht bekomme. Das Schlechte ist, dass er seine Leute nicht richtig im Griff hat. Und was er mit Rick genau getrieben hat, wissen vermutlich nur die beiden.«

Die CIA-Direktorin starrte ihn ungläubig an. Fakten waren ihr Geschäft, aber um sie zusammenzutragen, musste man auch ein offenes Ohr für Klatsch und verdeckte Anspielungen haben.

»Bill, du glaubst doch nicht ernsthaft, dass ich dir das abkaufe?«

»Der Typ ist mein direkter Vorgesetzter, Irene, und er behandelt mich wie einen Aussätzigen. Bei dir mag er sich vielleicht zusammenreißen, aber hier finden ihn alle unausstehlich.«

»Mir ist schon bewusst, dass der Dienstweg in solchen Fällen klar geregelt ist, aber wie soll ich vernünftige Entscheidungen treffen können, wenn man mir so etwas verschweigt?«

Rapp hatte sie bereits gewarnt, dass er Sickles für überfordert hielt, aber sonst war von niemandem auch nur der leiseste Mucks gekommen.

»Ich weiß nicht, was ich sagen soll. Wir arbeiten Tausende Meilen entfernt voneinander. Da will ich dich nicht noch mit den Baustellen vor Ort belasten. Außerdem stehen mir gewisse Vorwürfe in meiner Gehaltsklasse nicht zu.«

Kennedy verzichtete auf Nachtreten. Letztlich hatte Schneeman sogar recht. Hinter dem Rücken schlecht über den eigenen Boss zu reden und ihn als inkompetent zu bezeichnen, ohne klare Beweise vorlegen zu können, entwickelte sich schnell zum Bumerang für die eigene Karriere.

»Das bleibt bitte unter uns, aber Darren wird hier nicht mehr lange als Stationschef arbeiten.«

Schneeman schien das nicht sonderlich zu überraschen.

»Wann wird er abgelöst?«

»Ich bin mir nicht mal sicher, ob er den heutigen Tag noch übersteht, aber vorher muss ich einige Informationen aus ihm herausquetschen. Mal schauen.«

Ihm lag die Frage auf der Zunge, wer als Ablösung vorgesehen war, aber das hätte Irene sicher als Egoismus ausgelegt. Stattdessen unterfütterte er seine Bauchschmerzen mit zusätzlichen Argumenten: »In letzter Zeit passte so einiges nicht mehr zusammen.«

Kennedy verschränkte die Arme vor der Brust. »Geht das auch genauer?«

»In den vergangenen Monaten haben sie das Integrationsprogramm in den Turbomodus geschaltet und so ziemlich jedem Arschloch hier im Land einen Sack voll Geld in die Hand gedrückt. Überwiegend den Leuten, die wir in den letzten Jahren um jeden Preis aus dem Verkehr ziehen wollten.«

Schneeman schüttelte angewidert den Kopf. »Zum Beispiel diesem elenden Abdul Rauf Qayem ... ich habe Darren vorgeschlagen, dem Kerl besser eine Kugel in den Kopf zu verpassen und die Kohle selbst einzustecken. Weißt du, wie Darren darauf reagiert hat?«

»Nein.«

»Er ist regelrecht ausgeflippt. Allerdings nicht wegen der Sache mit der Kugel in den Kopf. Nein, er hielt mir einen langen Vortrag, dass ihm das Büro des Generalinspektors sowieso schon im Nacken sitze und genauestens kontrolliere, wo jeder Cent hinwandert.«

Kennedy reagierte überrascht. Das hörte sie zum ersten Mal.

»Der Generalinspektor?«

»Genau der.«

Aus naheliegenden Gründen ließ Langley seinem obersten Kontrolleur weitgehend freie Hand. Genau darum ging es schließlich, wenn eine interne Instanz sicherstellen sollte, dass sich alle Agenten an die Regeln hielten. Trotzdem funktionierte so etwas eigentlich nur auf dem Papier. Die Politiker vom Capitol Hill hatten ihnen das eingebrockt. Erstaunlich genug, dass sie ein solches Vorgehen für Erfolg versprechend hielten. Wenn die CIA die führenden Regierungen der Welt unterwandern konnte, wie schwierig mochte es da sein, ein paar Leute einzuschleusen, die im Büro des Generalinspektors Nebelkerzen warfen? Simple Antwort: überhaupt nicht. Kennedy besaß dort Vertraute, die sie über alle relevanten Entwicklungen informierten. Dass sie sich um Rickman und sein Reintegrationsprojekt kümmerten, war jedoch nie zur Sprache gekommen. Sie beschloss, sich diesbezüglich ein wenig umzuhören.

»Was ist mit Hubbard?«, fragte sie Schneeman.

»Den halte ich für kompetent.«

»Rick hat sich mit kniffligen Problemen oft an ihn gewandt, kam mir zu Ohren?«

»Ja. Der hat ihm häufig aus der Patsche geholfen, obwohl ...« Schneemans Stimme brach ab. Ihm fiel etwas ein, das er kürzlich erfahren hatte.

»Obwohl ...?«, hakte Kennedy nach.

»Rick hatte mit einer Menge halbseidener Typen zu tun. Das war schon immer so, aber im Zuge der ganzen Reintegrationsnummer hat sich das noch verstärkt. Einer der SOG-Jungs hat mir was erzählt. Genau genommen hat er sich eher über ihn beschwert.«

Bei der Special Operations Group handelte es sich um den paramilitärischen Ableger des National Clandestine Service. Der NCS koordinierte die geheimdienstlichen Aktivitäten sämtlicher US-Nachrichtendienste. Für verdeckte Operationen griff Kennedy in aller Regel auf SOG-Leute zurück.

»Und was genau hat er dir erzählt?«

»Dass Ricks Security nichts taugte. Er verstand nicht, warum er den Einheimischen alle Jobs in diesem Bereich überließ. Er fand, jemand in Ricks Position sollte sich wenigstens mit ein paar unserer Scharfschützen umgeben. In seiner Position sei er viel zu angreifbar, um seinen Schutz einer Bande örtlicher Söldner anzuvertrauen.«

»Hast du diese Bedenken an Darren weitergegeben?«

»Jupp.«

Wieso erfahre ich dann erst jetzt davon?, dachte sie verärgert.

»Und die eigentlich zu Ricks Schutz abgestellten Leute …?«

»Sind hier auf der Basis geblieben. Er hat sie nur bedarfsweise angefordert, wenn er die Muskeln spielen lassen wollte.«

Kennedy ließ sich diese für sie neuen Informationen durch den Kopf gehen. Natürlich neigte man nach Zwischenfällen wie der Entführung Rickmans tendenziell dazu, solche Kleinigkeiten überzubewerten. Sie zwang sich, nicht in diese Falle zu tappen. Darum konnte sie sich später in Ruhe kümmern.

»Aktuell haben wir jedenfalls keine Ahnung, wo Hubbard sich aufhalten könnte?«

»Nein. Und wir haben wirklich mit einem Haufen Informanten gesprochen.«

»Okay.« Sie sah zur Tür. »Unsere Hauptpriorität bleibt die Suche nach Rick. Auf Position zwei folgt Hubbard, dann Qayem.«

»Verstanden.«

»Gut. Und nun will ich wissen, was unser Gast dir und Mike erzählt hat.«

26

Nash hatte Kennedys Anweisungen Punkt für Punkt befolgt. Sie verlangte, dass Gould mit Respekt behandelt wurde, bis sie etwas anderes sagte. Seine Schulterverletzung war nicht allzu schlimm. Die Kugel hatte den Körper sauber durchschlagen und ein münzgroßes Loch an der Eintrittsstelle und ein etwas größeres auf der anderen Seite hinterlassen. Es fiel nicht weiter schwer, Gould als einen der externen Mitarbeiter auszugeben, den sie zur Bewachung einsetzten. Die Mediziner auf der Krankenstation der Basis hatten schon Menschen aus sämtlichen NATO-Mitgliedsstaaten behandelt. Der Hang der CIA zum Outsourcen war weithin bekannt. Mitarbeiter hakten nicht allzu genau nach, wenn jemand angab, mit der Agency nichts am Hut zu haben, und notierten in solchen Fällen das Kürzel OGA auf dem Krankenblatt. Das Akronym stand für ›Other Government Agency‹, also ›Behörde einer anderen Regierung‹.

Der diensthabende Arzt säuberte und verband Goulds Wunde, legte eine Infusion, verabreichte ihm Antibiotika und entließ ihn auf Nashs Drängen kurz darauf. Anschließend hatten Nash und Schneeman ihn am gestrigen Abend in den Hangar gebracht, wo gewisse Räumlichkeiten bei Bedarf als Verhörzelle genutzt wurden. Im Prinzip handelte es sich um zwei schalldichte Kabinen, von denen eine mit Kameras und Mikrofonen verkabelt war und in der anderen die entsprechenden Bilder und Tonübertragungen einliefen.

Die ursprüngliche Befragung förderte lediglich die Geschichte zutage, die Gould von Anfang an zum Besten gegeben hatte. Ein Auftrag, verbunden mit der Anweisung, nach Kabul zu fliegen und weitere Instruktionen abzuwarten. Er habe eine Nacht im Kabul Grand Hotel verbracht, dann eine Kurzmitteilung erhalten und sich in das Bürogebäude gegenüber der Tierklinik begeben. Bei der Vorbereitung zum Abschuss sei ihm angeblich zum ersten Mal ein Bild der Zielperson übermittelt worden. Erst da habe er erfahren, dass es um Mitch Rapp gehe.

»Kennt ihr meine Vorgeschichte mit Mitch?«, fragte er Nash.

Nash war müde und angespannt. Er hätte vermutlich den Unwissenden mimen sollen, aber Gould lieferte ihm so wenige Ansatzpunkte, dass er darauf verzichtete.

»Du meinst, dass du seine hochschwangere Frau getötet hast? Ja, mir ist durchaus bewusst, dass du, abgesehen von Kinderschändern, so ziemlich das größte Stück Scheiße bist, das auf diesem Planeten rumläuft. Also entschuldige bitte, wenn ich kein Wort glaube, das aus deinem verlogenen Mund kommt.«

Gould seufzte, als hätte er mit einer solchen Bemerkung gerechnet.

»Ich sage die Wahrheit.«

»Die Wahrheit?« Nash lehnte sich mit verkniffener Miene über den Tisch.

»Die Wahrheit lautet, dass ich keine Ahnung habe, warum Mitch dein Leben verschont hat. Ich kapiere ja, wieso er's nicht übers Herz brachte, deine Frau und dein Kind zu töten, aber dich …«

Nash schüttelte den Kopf.

»Es ergibt keinen Sinn, aber es steht mir nicht zu, ihn zu hinterfragen. Mitch ist mein Freund, und du hast ihm die Hölle auf Erden beschert. Wahrscheinlich täte ich ihm einen Gefallen, wenn ich dich in den nächsten Black Hawk stecke, mit dir zu einem der abgelegenen Berghänge fliege und deinen verdammten Hintern aus der Luke stoße. Niemand bekäme überhaupt mit, dass du tot bist. Selbst deine Familie wäre mir vermutlich dankbar.«

Zum ersten Mal flackerte eine Regung in Goulds Gesicht auf, aber es dauerte kaum eine Sekunde.

»Das lässt du besser bleiben«, warnte er.

»Warum sollte ich?«

»Weil ich dir helfen kann.«

Nash lachte ihn aus.

»Wir haben die halbe Nacht geredet, ohne dass du irgendetwas erwähnt hättest, das mir weiterhilft.«

»Ich wiederhol's gern: Ich will mit Mitch reden.«

»Er aber nicht mit dir. Du musst dich also wohl oder übel mit mir begnügen.«

Und so drehten sie sich stundenlang im Kreis, während Nash und Schneeman nacheinander ihr Glück mit ihm versuchten, jedoch keinerlei nützliche Informationen aus dem Auftragskiller herausbekamen. Um vier Uhr in der Früh erreichte Nash Kennedy während des Flugs und umriss kurz, was sie herausgefunden hatten – nämlich so gut wie nichts. Kennedy schlug vor, sie sollten alle erst mal schlafen gehen, Gould eingeschlossen. Trotz seiner Wut auf den Mann hielt Nash Schneeman nicht davon ab, ihm eine Isomatte, Kissen und eine Decke zu geben. Die Tür der Zelle wurde von außen verriegelt und sie postierten eine Wache im Gang und eine weitere im Beobachtungsraum, damit er den Gefangenen im Auge behielt.

Sie ließen Gould fast bis zum Mittag schlafen, flößten ihm etwas zu essen ein und fingen von vorn an. Erneut gelang es Nash nicht, ihm etwas Sinnvolles zu entlocken. Sein Gegenüber beharrte darauf, mit Rapp zu sprechen. Nach allem, was dieser Clown angestellt hatte, begriff Nash nicht, wieso sie nicht einfach die Samthandschuhe abstreiften und auf ihn einprügelten. Er malte sich gerade aus, ihn krankenhausreif zu schlagen, da öffnete sich die Tür.

»Zeit für eine Pause«, verkündete Schneeman.

»Es ist nichts Persönliches«, wandte sich Gould an Nash. »Ich muss mit Rapp sprechen.«

Nash schob den Stuhl zurück und stand auf. Schneeman begleitete ihn hinaus, schloss die Tür und lotste ihn zum Beobachtungsraum, in dem Kennedy auf sie wartete.

»Wie läuft's?« Sie stellte die Frage, obwohl sie davon ausging, dass es keinen neuen Stand gab.

»Beschissen.«

Kennedy quittierte die schroffe Antwort mit einem kurzen Nicken und blickte auf die Überwachungsmonitore. »Wir haben also nichts, was uns weiterbringt.«

»Eine treffende Zusammenfassung«, meinte Schneeman.

»Dann löscht alle Bänder.«

»Wie bitte?«

»Alle Bänder von Gould werden gelöscht. Es darf keinerlei Beweise dafür geben, dass er sich auf dieser Basis aufgehalten hat.«

Als sie das Zögern der beiden bemerkte, meinte sie: »Wir können damit sowieso nichts anfangen. Löschen und Kameras abschalten.«

»Hast du einen Plan?«, fragte Nash.

»Allerdings. Ich geh da jetzt rein und dann wird er mir alles erzählen, was ich wissen will.«

»Ach ja?« Nash grinste schief. »So einfach geht das, ja?«

»So einfach geht das«, bestätigte sie selbstsicher. »Also bringt mich bitte rüber, damit ich mich mit ihm unterhalten kann.«

Kennedy begleitete Nash zur Zelle, die sich durch Eingabe eines vierstelligen Codes öffnen ließ. Nash hielt seiner Chefin die Tür auf und machte Anstalten, ihr zu folgen.

Die CIA-Direktorin hielt abwehrend die Hand hoch. »Ich regle das allein.«

Sie ließ einen verdutzten Nash im Flur zurück und schlug ihm die Tür vor der Nase zu. Kurz darauf zog sie einen Stuhl heran und betrachtete den Mann, über den sie häufiger nachgedacht hatte, als sie sich selbst eingestand. Er hatte ein sympathisches Gesicht. Nicht zu scharf geschnitten, die Mundwinkel umspielte ein fast sanftmütiges Lächeln. Ein interessanter Kontrast zu Rapps markantem Konterfei. Rapp schaffte es, in der Menge abzutauchen und zu kaschieren, dass er ein Killer war, aber dafür musste er sich anstrengen. Bei Gould klappte das wie von selbst. Die gütigen Augen wirkten fast ein bisschen traurig. Sicher hatte er sich mit diesem Hundeblick schon an etlichen Bodyguards vorbeigemogelt.

»Sie wissen, wer ich bin?«, fragte Kennedy.

Gould schüttelte den Kopf.

»Sicher?«, hakte sie mit dem Anflug eines Lächelns nach.

»Keine Ahnung, tut mir leid.«

»Mr. Gould, ich weiß mehr über Sie, als Sie ahnen.«

»Ich muss mit Rapp sprechen.«

»Ich bedaure, aber das wird nicht passieren.«

»Warum?«

»Ich bin ziemlich sicher, wenn ich Mitch zu Ihnen hereinlasse, tötet er Sie.«

Gould stieß einen tiefen Seufzer aus und lenkte seinen melancholischen Blick auf die Tischplatte. »Ich möchte ihm nur helfen. Ich weiß, dass ich ihm etwas schuldig bin.«

»Warum hören Sie dann nicht auf, uns anzulügen?«

»Ich lüge niemanden an.« Gould wirkte entnervt. »Warum glaubt mir hier keiner?«

»Meinen Sie das ernst?« Kennedy klang eher amüsiert als wütend. »Ich habe Ihnen gerade eine simple Frage gestellt … ob Sie wissen, wer ich bin. Nicht mal die haben Sie wahrheitsgemäß beantwortet.«

»Doch, habe ich. Ich sagte, dass ich nicht weiß, wer Sie sind.«

»Und das war gelogen. Wie gesagt, Mr. Gould, ich weiß so gut wie alles über Sie. Wo Sie aufgewachsen sind, in welchen Einheiten der französischen Fremdenlegion Sie gedient haben und wen Sie im Laufe der letzten 15 Jahre so alles getötet haben.«

Gould blieb gelassen. »Soll mich das etwa beeindrucken?«

Kennedy ließ ein selbstsicheres Lächeln aufblitzen, mit dem nur jemand davonkam, der alle Trümpfe in der Hand hielt.

»Ich möchte Sie nicht beeindrucken, Mr. Gould. Mir geht es darum, diese Posse zu beenden und den Prozess der Befragung zu beschleunigen.«

Mit einer Spur von Verärgerung lehnte sich Gould vor.

»Ohne mich wären Rapp und der Rest Ihrer Männer jetzt tot. Wie wäre es, mal eine gewisse Dankbarkeit an den Tag zu legen?«

»Erwischt. Wenn Sie keine Ahnung haben, wer ich bin, wie wissen Sie dann, dass es ›meine Männer‹ sind?«

Er wischte den Einwand zur Seite. »War geraten.«

»Nein.« Kennedy ließ keinen Zweifel, dass sie ihn der Lüge überführt hatte.

»Uns ist beiden klar, dass Sie wissen, wer ich bin. Ich versuche nur noch, herauszufinden, warum Sie sich einbilden, dass Leugnen Ihnen weiterhilft.«

»Das ist doch alles Zeitverschwendung. Holen Sie Rapp her. Solange er nicht hier ist, sage ich gar nichts mehr. Ich habe nichts Falsches gemacht, sondern Ihnen geholfen.« Um seine Aussage zu unterstreichen, zeigte er mit dem Finger auf sich selbst.

»Wie wäre es, wenn wir Ihre Frau anrufen, damit Sie ihr erklären, was genau Sie hier in Kabul verloren hatten?«

»Hübscher Versuch.«

»Claudia und ich haben erst gestern miteinander telefoniert.«

»Sie überschätzen sich. Nur weil Sie ihren Namen kennen, bilden Sie sich ein, mich damit aus der Fassung bringen zu können.«

Kennedy schwieg. Sie überlegte, ob sie ihn dafür bewundern sollte, dass er so stur blieb, oder er dafür eher Mitleid verdiente. Nun, in den nächsten paar Minuten würde sie ihre Antwort bekommen.

27

Rapp fuhr aus dem Tiefschlaf hoch. Diesmal saß eine andere Frau neben seinem Bett. Auch sie glaubte er zu kennen. Ihn verband eine gemeinsame Vergangenheit mit ihr. Vage aufblitzende Gedankenfragmente verrieten es ihm, ohne dass er diese näher greifen konnte. Doch es gab einen eindeutigen Unterschied. Mit Kennedy assoziierte er Begriffe wie Sicherheit und Vertrautheit. Bei dieser Frau regten sich Gefühle, die in eine gänzlich andere Richtung zeigten.

Er überlegte zwanghaft, wie sie hieß. Sie war Anfang bis Mitte 30 und hatte das rabenschwarze Haar zu einem kurzen, lockeren Pferdeschwanz zusammengebunden. Wunderschöne, mandelbraune Augen wurden von hohen Wangenknochen und einem ausgeprägten Kinnbogen flankiert. Dass sie kein Make-up trug, unterstrich ihre Attraktivität eher noch. Er konnte sich gut vorstellen, in sie verliebt oder scharf auf sie zu sein.

Seine Erinnerung kehrte schrittweise zurück. Obwohl er die Fremde nicht genau einordnen konnte, ging er davon aus, dass sie mehr als eine oberflächliche Freundschaft miteinander teilten. Er heuchelte Erkennen, lächelte und fragte: »Wie geht's dir?«

Sydney Hayek erwiderte das Lächeln. »Mir geht's gut. Wir machen uns eher Sorgen um dich.«

Rapp schob die Bedenken zur Seite. »Ach was, nur ein paar Kratzer, weiter nichts.«

»Angeblich soll auch deine Erinnerung was abbekommen haben.«

Rapp hörte keinen Akzent aus ihrer Stimme heraus.

Sie sprach ohne jeden Dialekt wie eine Nachrichtensprecherin. Vermutlich stammte sie aus dem Mittleren Westen, obwohl ihr Äußeres eher auf Amman oder Beirut hindeutete. Michigan fiel ihm ein. Ein erster Hinweis auf ihre Identität.

»Ja, das behaupten sie jedenfalls.«

»Und?«

»Und *was?*«

»Wie steht's mit deiner Erinnerung?«

Rapp machte eine unbestimmte Handbewegung. »Ein bisschen schwankend.«

Hayek betrachtete ihn zweifelnd. »Wie heiße ich?«

Rapp strahlte. »Du kommst aus Michigan.«

»Das stimmt.«

Aus Gründen, die ihm nicht bewusst waren und die er auch im Nachhinein nicht erklären konnte, griff er nach ihrer Hand. »Tut mir leid. Es fühlt sich an, als wärst du mir wichtig. Wir scheinen wertvolle Erfahrungen zu teilen.«

Ihre olivbraune Haut erschwerte es zwar, aber man sah trotzdem, dass Hayek rot wurde. Die Lippen öffneten sich zu einem Lächeln, das eine Mischung aus Schock und Nervosität verriet. »Wir arbeiten zusammen.«

»Aber unsere Beziehung beschränkt sich nicht rein aufs Berufliche, wenn ich mein Bauchgefühl richtig deute.«

Hayek räusperte sich. Sie hatte in der Vergangenheit oft ein gewisses Kribbeln zwischen ihnen verspürt, es aufgrund ihrer schlechten Erfahrungen mit Beziehungen am Arbeitsplatz jedoch so gut wie möglich ignoriert. Das hieß nicht, dass sie sich nicht von Mitch angezogen fühlte. Ganz im Gegenteil. Gelegentlich hatte sie sich die Frage gestellt, ob es ihre Arbeit negativ

beeinflusste. In ihrer Fantasie hatte sie sich sogar aus-
gemalt, wie es mit ihm sein mochte. Rapp war ungeheuer dynamisch, launisch und zugleich berechenbar.
Anfangs hatte er ihr ein bisschen Angst gemacht. Doch
der Mann auf diesem Krankenbett wirkte wie eine neue
Version von Rapp, bei der sämtliche Blockaden verschwunden waren. Kurz überlegte sie, ob sie behaupten
sollte, mit ihm eine Beziehung zu haben, doch dann entschied sie sich dagegen.

Stattdessen verkündete sie aus einer kindischen Laune
heraus: »Wir schlafen seit einem halben Jahr miteinander.«

Rapps Augen weiteten sich. »Ehrlich?«

Hayek brach in schallendes Gelächter aus und kriegte
sich gar nicht mehr ein. Da sie kein Wort herausbrachte,
schüttelte sie nur den Kopf. Nach etwa zehn Sekunden
hatte sie sich wieder im Griff.

»Nein, tut mir leid. Das hätte ich nicht sagen sollen.
Wir arbeiten im selben Team … und du bist mein Boss.«

Rapp wirkte enttäuscht. »Schade.«

»Tut mir leid.« Sie kicherte mädchenhaft, legte die
andere Hand auf Rapps und meinte: »Das war nicht
besonders nett von mir.«

Rapp strahlte sie an. »Nun, vielleicht lässt sich das ja
nachholen?«

Sie giggelte noch lauter und hielt sich in einem letzten
Bemühen um Professionalität die Hand vor den Mund.
Dieses Verhalten passte so wenig zu Rapp, dass sie sich
fast wünschte, das Gespräch aufgezeichnet zu haben, um
es allen vorzuspielen. Nein, das wäre fies, entschied sie.
Aber trotzdem …

»Was haben die dir bloß für Medikamente gegeben?«

Rapps leicht debiles Lächeln beantwortete die Frage für ihn. Diesmal griff er nach ihrer Hand, um sie zu umklammern.

»Bist du ganz sicher, dass wir nie miteinander geschlafen haben?«

28

Kennedy hatte Gould genau da, wo sie ihn haben wollte. Die Arbeit beim Geheimdienst umfasste ein ziemlich weites Spektrum, aber letzten Endes ging es vor allem um die Menschen. Wie sie mit anderen im Rahmen ihrer täglichen Routine interagierten und ihr Verhalten in Belastungssituationen anpassten. Das verlor man nur zu häufig aus dem Blick und klammerte sich an Satellitenbilder, abgefangene Gespräche und seitenlange Auswertungen der Analysten, wo es doch im Grunde vor allem um diese soften Faktoren ging. Kennedy ging fest davon aus, dass Gould ein Frauenhasser war. Das merkte man schon daran, wie er seine Angetraute behandelte. Männer wie er neigten dazu, sie zu unterschätzen.

»Sie glauben also«, läutete sie die nächste Runde in ihrem verbalen Schlagabtausch ein, »Sie seien der Einzige, der Geheimnisse hat.«

»Jeder hat Geheimnisse.«

»Claudia … Ihre Frau, verschweigt sie Ihnen nicht auch etwas?«

Kennedy sah, wie sich Risse in der gleichmütigen Fassade bildeten. Die Erwähnung seiner Frau bei einem so persönlichen Thema erzielte den gewünschten Effekt.

»Falls Sie es schon verdrängt haben: Sie war es, die mich damals nach Ihrem verpatzten Auftrag und der Ermordung von Mitchs Frau kontaktiert hat. Wissen Sie, es fiel ihr schwer, ein Kind in die Welt zu setzen, solange eine dunkle Wolke über ihrem Kopf schwebte und die Beziehung zu Ihnen vergiftete. Im Gegensatz zu Ihnen hat sie verstanden, dass man nicht Unschuldige töten und gleichzeitig ein neues Lebewesen in die Welt setzen kann, als wäre nichts geschehen.«

»Heben Sie sich Ihr Psychogeschwätz für jemanden auf, den es interessiert. Ich kann mir nicht mal ansatzweise vorstellen, wie viele Menschen *Sie* im Laufe der Jahre getötet haben.«

Andere Leute in Kennedys Position hätten vermutlich Haarspalterei betrieben und Gould darauf hingewiesen, dass sie persönlich überhaupt niemanden umgebracht hatten. Sie hingegen hielt nichts davon, sich etwas vorzumachen. Nur weil ein anderer den Abzug drückte, entließ einen das nicht aus der Verantwortung. Allerdings wollte sie sich nicht auf einen solchen Nebenschauplatz ablenken lassen und bot ihm Paroli: »Sie müssen entschuldigen, aber ich bin nicht so naiv, dass ich Ihnen Ihren postmodernen Relativismus abkaufe. Ich habe Menschen getötet, mehr als Sie sogar, aber da gibt es entscheidende Unterschiede. Ich erhalte dafür weder Honorar noch Kopfgeld oder Zahlungen aus Verträgen, in denen ich Menschen zum Abschuss freigegeben habe. Und vor allem verschafft es mir im Gegensatz zu Ihnen keine perverse Form von Genugtuung. Ich töte Verbrecher, damit Unschuldige in Sicherheit leben können. Für Sie hingegen macht es keinen Unterschied, ob die Zielperson ein guter oder ein schlechter Mensch ist, solange Ihnen am Ende jemand den vereinbarten Betrag überweist.«

»Lachhaft«, spottete Gould.

»Ich habe keine Ahnung, warum Sie glauben, mit dieser Masche durchzukommen, aber wir kennen beide die Wahrheit. Sie sind kein Wohltäter, sondern ein selbstsüchtiges, narzisstisches Arschloch, das eine zweite Chance im Leben bekommen hat und trotzdem an seinem gefährlichen früheren Job festhält. An einem Job, der irgendwann nicht nur Sie, sondern auch Ihre Frau und Ihre Tochter umbringen wird.«

»Hören Sie auf, mir Moralpredigten zu halten, und holen Sie Rapp.«

Kennedy ließ die Bombe platzen. »Claudia und ich halten seit vier Jahren engen Kontakt. Sie ruft meistens an, wenn sie mit Anna alleine zu Hause rumsitzt, weil Sie mal wieder zu einer Ihrer ›Geschäftsreisen‹ aufgebrochen sind, um sich angeblich mit Finanzexperten zu treffen.«

Kennedy merkte an der aufblitzenden Panik in seinen Augen, dass sie einen wunden Punkt getroffen hatte.

»Ein paarmal habe ich sogar jemanden zu Ihrer Beschattung abgestellt.«

Gould schüttelte den Kopf. »Ich habe keine Ahnung, wovon Sie reden.«

»Lügen ist nicht gerade Ihre Stärke.«

»Ihre auch nicht.«

»Meine Leute sind Ihnen gefolgt, als Sie Ihren ehemaligen Geschäftspartner Gaspar Navarro in einem Park in Spanien getötet haben.«

Diese Information hätte eigentlich ausgereicht, um ihn auf die Knie zu zwingen, doch sie setzte nach, um seine Hartnäckigkeit endgültig auszuhebeln.

»Sie dachten, er unterschlägt Ihnen Teile des Honorars, nicht wahr?«

Gould tat, als ginge ihn das nichts an.

»Egal. Ich rede nur mit Rapp, sonst mit keinem.«

»Vergessen Sie's, Mr. Gould.«

»Aber warum?«

»Das habe ich Ihnen schon gesagt. Ich bin mir ziemlich sicher, sobald ich Sie beide zusammen in einen Raum stecke, fallen Sie innerhalb von wenigen Minuten tot um. Ich will ehrlich sein: Ich brauche Sie noch eine Weile lebendig.«

»Aus welchem Grund?«

»Das wissen Sie.«

Er hob die Schultern, als hätte er nicht die leiseste Idee.

»Sie verfügen über Informationen, die ich brauche. Informationen, die Sie mir innerhalb der nächsten ein, zwei Minuten überlassen werden, wenn ich mich nicht irre.«

Gould machte keinen Hehl aus seiner Verachtung.

»Oh, kommen jetzt die viel gepriesenen Verhörmethoden der CIA zum Einsatz? Wenn Sie allen Ernstes glauben, mich damit überrumpeln zu können, sind Sie dümmer, als ich dachte.«

»Das geht mir nicht häufig so, aber in Ihrem Fall bin ich allein schon in Versuchung, sie anzuwenden, um Ihnen das arrogante Grinsen aus dem Gesicht zu wischen.«

»Mit Folter kommen Sie bei mir nicht weiter und an schlagkräftigen Argumenten, warum ich Ihnen mehr als unbedingt nötig anvertrauen sollte, mangelt es ebenfalls.«

Kennedys Miene wirkte fast mütterlich.

»Da irren Sie. Ich halte den Schlüssel zu Ihrer Zukunft in der Hand, außerdem mag ich Ihre Frau. Sie ist ein anständiger Mensch, der sich dummerweise in den falschen Mann verliebt hat. Ich mache ihr jedoch keinen Vorwurf daraus, obwohl Sie unter anderem ein chronischer Lügner und Mörder sind.«

»Sie wissen gar nichts über mich.«

»Da liegen Sie ebenfalls falsch, Mr. Gould. Zum Beispiel weiß ich, dass ich mir mehr Sorgen um Ihre Frau mache als Sie. Sie haben sich mit einigen ziemlich zwielichtigen Gestalten eingelassen. Und man muss kein Hellseher sein, um zu wissen, dass Sie gestern sterben sollten, nachdem Sie die Drecksarbeit für diese Leute erledigt hatten. Solche Leute lassen nicht locker, bis sie haben, was sie wollen. Sie sind auf der Flucht und kappen gerade sämtliche Verbindungen zwischen sich und ihnen. Während Sie hier bockig rumsitzen, schweben Ihre Frau und Ihre Tochter in höchster Gefahr. Die Männer, die Sie angeheuert haben, wissen nicht, dass Sie in unserer Gewalt sind.«

Kennedy stand auf. »Also werden sie zu Hause nach Ihnen suchen und dabei zwangsläufig auf Ihre Familie stoßen.«

»Bilden Sie sich ernsthaft ein, dass ich auf einen solchen Bluff reinfalle?«

»Und ob, Mr. Gould. Nachdem ich weiß, wo Sie leben, glauben Sie nicht, Ihr Auftraggeber findet das auch raus?«

»Sie bluffen.«

Kennedy feuerte die Adresse wie Schüsse aus einer Waffe ab. »Nelson … Neuseeland … 4102 Vickerman Street.« Sie registrierte, wie seine rechte Wange nervös zuckte. Wenigstens machte er sich Sorgen um sie.

»Möchten Sie, dass ich Ihnen das Haus näher beschreibe?«

Bereits bei der Erwähnung der Stadt war seine Fassade ins Bröckeln geraten, bei Nennung der Hausnummer zerfiel sie dann endgültig in ihre Einzelteile. Er schüttelte resignierend den Kopf.

»Ich habe Claudia und Anna gestern Nacht in Schutzhaft bringen lassen«, sagte Kennedy und wandte sich zum Gehen.

»Damit wir uns richtig verstehen. Ich habe das getan, weil die zwei mir am Herzen liegen, und nicht, um Sie vor den Folgen Ihrer Geldgier und Dummheit zu bewahren.«

Gould fühlte sich, als würde sein ganzes Leben zusammenbrechen. Während Kennedy die Hand nach dem elektrischen Türöffner ausstreckte, sprudelte es aus ihm heraus: »Wie haben Sie uns ausfindig gemacht?«

Kennedy drehte sich um und musterte ihn. »Das ist Ihre letzte Chance, Mr. Gould. Entweder verraten Sie mir alles, was Sie wissen, oder ich erzähle Claudia, dass Sie mit Ihrem kleinen Hobby weitermachen, obwohl Sie ihr geschworen haben, endgültig ausgestiegen zu sein. Ich werde ihr haarklein schildern, auf welche Kriminellen Sie sich eingelassen und sie und Anna damit in größte Gefahr gebracht haben, um Ihren Drang nach persönlicher Genugtuung zu befriedigen. Und dann werden Sie den Rest Ihres Lebens in einer Zelle verbringen, sich über Ihre eigene Blödheit den Kopf zermartern und sich an jedem Ihrer Geburtstage die Frage stellen, wie Ihre Tochter inzwischen wohl aussehen mag. Also, Mr. Gould, treffen Sie Ihre Entscheidung. Sind Sie bereit, mit mir zu reden, oder wollen Sie mich weiterhin an der Nase herumführen?«

Er ließ den Kopf hängen und akzeptierte die Niederlage. »Ich werde reden.«

»Wie heiße ich und was mache ich beruflich?«

»Sie sind Dr. Irene Kennedy, Direktorin der Central Intelligence Agency.«

Kennedy nickte und betätigte den Summer. Eine Sekunde später sprang die Tür auf und gab den Blick auf Nash frei. »Ich brauche einen Stift und einen Notizblock«, sagte sie. »Mr. Gould ist bereit, eine Menge Informationen mit uns zu teilen.«

Nash wirkte mehr als überrascht, dass seine Chefin innerhalb weniger Minuten etwas gelungen war, woran er sich die ganze Nacht die Zähne ausgebissen hatte. Er nickte und verschwand, um ihre Bitte zu erfüllen.

»Und schalt die Kameras und Mikrofone wieder an«, rief sie ihm hinterher.

Kennedy ließ die Tür zufallen und richtete sich erneut an den merkwürdigen Mann, der vor ihr saß.

»Sie können das wahrscheinlich nicht nachvollziehen, aber es ist mir nicht egal, was mit Ihnen passiert.«

Gould sah ungläubig zu ihr auf.

»Jemand wie Sie mag das nicht unbedingt kapieren, aber es ist wirklich so. Mitch hat Ihr Leben aus Gründen verschont, die ich nicht vollständig nachvollziehen kann. Vermutlich steckt etwas Größeres dahinter, das allen Beteiligten im Moment noch gar nicht bewusst ist.«

Kennedy forschte in seiner Miene nach Anzeichen von Schuldgefühlen oder Dankbarkeit. Doppelte Fehlanzeige, aber das störte sie nicht, denn stattdessen schwang in seinem Blick Angst mit. Kennedy wusste aus eigener Erfahrung, dass Angst ein großartiger Motivator sein konnte.

»Ich vermute, dass Ihnen in diesem Spiel eine wichtige Rolle zukommt, Mr. Gould. Noch kenne ich sie nicht, aber ich werde es sicher bald erfahren.«

29

Joel Wilson war es gewohnt, dass alle nach seiner Pfeife tanzten. Das ging so weit, dass er sich in einen unerträglichen Bastard verwandelte, sobald jemand nicht spurte, bis am Ende jeder nach seiner Pfeife tanzte. Zumindest lief es normalerweise so, aber gelegentlich bekam er es mit Leuten zu tun, die seine wüste Batterie aus Drohungen, gemeinen Unterstellungen und Schimpftiraden angemessen konterten.

In diesem Fall hatte es durchaus verheißungsvoll begonnen. Wilson war auf dem Kabul International Airport gelandet, ohne dass die CIA oder jemand vom FBI etwas von der Ankunft seines Teams mitbekam. Danach meldete er sich bei einem FBI-Verbindungsmann in der Botschaft, um ihm mitzuteilen, dass Redebedarf bestand. »Nein«, erklärte er seinem Gesprächspartner, »Sie stecken nicht in Schwierigkeiten. Zumindest noch nicht. Aber das ändert sich, falls Sie auch nur eine meiner Anweisungen ignorieren.«

Wilson fuhr fort, dass niemand erfahren durfte, den Botschafter eingeschlossen, dass er und seine Männer sich im Land aufhielten. Der andere ließ sich auf Wilsons Bedingungen ein und schleuste ihn wenig später unbemerkt ins Botschaftsgebäude ein, damit er sich auf die CIAler stürzen konnte.

Schon folgte die erste kleinere Verstimmung, als er voller Vorfreude darauf, jemanden kräftig zusammenzufalten, feststellen musste, dass sich Darren Sickles, der Stationschef, überhaupt nicht auf dem Gelände aufhielt. Wilson beackerte dessen Sekretärin gute zehn

Minuten, bekam jedoch lediglich aus ihr heraus, dass Sickles sich wegen einer wichtigen Angelegenheit ins Innenministerium begeben hatte. Als er bat, mit Sickles' Stellvertreter sprechen zu können, hieß es, dieser sei in Jalalabad. Die Frage nach dem Aufenthaltsort von Mitch Rapp sorgte dafür, dass die Frau komplett dichtmachte. Er konnte ihr noch so sehr drohen, sie schwieg beharrlich.

Am Ende brachte ihn sein Kontakt beim FBI auf den aktuellen Stand, ein blasser Zwerg mit nicht mehr allzu vielen Haaren. Wilson fand, dass er wie ein Ausländer aussah. Offensichtlich war es zu einer Schießerei zwischen der örtlichen Polizei und Rapp gekommen, die schwere Unruhen in der Hauptstadt nach sich zog. Laut ersten Berichten hatten Rapp und seine Männer mehr als 20 Polizeibeamte getötet und der Agent war selbst schwer verletzt worden. Der Verbindungsmann brachte für ihn in Erfahrung, dass man Rapp ins Cure International Hospital eingeliefert hatte, also schnappte er sich sein Team und fuhr sofort hin.

Die Entscheidung entpuppte sich als kolossaler Fehler. Wütende Angehörige und Anwohner belagerten das Krankenhaus, in das man auch viele der toten und verwundeten Polizisten transportiert hatte. Wilson und seine Begleiter wurden beim Betreten des Gebäudes mit Steinen und Abfällen beworfen, nur um herauszufinden, dass Rapp gar nicht da war. Sie verschwendeten zwei weitere Stunden mit dem Warten auf eine Militäreskorte, die sie zurück zur Botschaft bringen sollte. Zu diesem Zeitpunkt hatte Wilson einiges mehr über die Auseinandersetzung erfahren. Ein korrupter Befehlshaber schien den Angriff befohlen zu haben. Wilson plagten eigentlich ganz andere Sorgen, aber das klang nach etwas, worum er sich kümmern sollte.

Nach der Rückkehr in die Botschaft erfuhr Wilson, dass sich Direktorin Kennedy vor Ort aufhielt. Wilson ärgerte sich unglaublich über die vertane Chance. Die CIA-Chefin ließ sich garantiert nichts vormachen und würde jede Gelegenheit nutzen, seine Ermittlungen zu blockieren. Sein Kontakt kam ein zweites Mal zu ihm und behauptete, diesmal tatsächlich zu wissen, wo Rapp sich aufhielt. Wilson drohte, im Falle eines erneuten Irrtums den schlimmsten Posten ausfindig zu machen, den das FBI zu besetzen hatte, und ihn auf diesen abzuschieben. Er fuhr mit dem Rest des Teams zum Kabuler Flughafen und ließ sich per Hubschrauber zur Bagram Air Base bringen.

Die Landung auf dem Stützpunkt verlief unspektakulär. Eine Gruppe von FBI-Agenten, die man der Basis zugeteilt hatte, nahm sie in Empfang. Befriedigt stellte er fest, wie viel Unruhe sein Besuch auslöste. Man fuhr sie zur Krankenstation und damit fingen die richtigen Probleme erst an. Ein quasi unüberwindliches Hindernis erschien in Gestalt einer untersetzten Latina, eines Sergeants bei der Air Force, die ihn aus Gründen, die Wilson nicht kannte, offenkundig zum Lieblingsfeind auserkoren hatte.

Anfangs lief es vergleichsweise harmlos, als sich der Verbindungsmann aus der Botschaft, der sie begleitete, an der Rezeption nach einem Patienten namens Mitch Rapp erkundigte. Der junge Typ am Schalter trug zwei Winkel und einen Stern an der Uniform. Wilson hatte keine Ahnung, welchem Dienstrang das entsprach, aber allzu hoch konnte er nicht sein, weil der besagte Uniformierte schlimme Akne hatte.

Bei dem Airman First Class handelte es sich um einen linientreuen, enorm patriotischen 21-Jährigen aus Kansas, der vor jeder Autoritätsperson buckelte, entsprechend verriet er auf Nachfrage sofort, auf welcher Station man Rapp eingewiesen hatte.

Dort am Empfang begegnete Wilson seiner Nemesis zum ersten Mal – der unerschütterlichen Sheila Sanchez, ihres Zeichens Command Master Sergeant bei der Air Force in voller Kampfgröße von 150 Zentimetern. Rückblickend stellte er fest, dass er taktisch völlig falsch vorgegangen war, was jemand wie er höchst ungern zugab. Seine fünfköpfige Entourage war bis zur Ankunft auf der Krankenstation auf neun Special Agents angewachsen. Auf dieser Station wurden überwiegend junge Männer und Frauen versorgt, deren Körper infolge von Explosionen teilweise grotesk verstümmelt waren. Entsprechend fürsorglich verhielt sich das für sie abgestellte Pflegepersonal. Fast wie Nonnen im Kloster, die ein Schweigegelübde abgelegt hatten.

Entsprechend schlecht kam es an, als er umgeben von seiner Meute in den Trakt hereinpolterte, in dem unter anderem auch schwere Kopfverletzungen behandelt wurden. Wilson knallte seinen Ausweis auf den Tisch und gebärdete sich entschieden zu laut und stur. Die Frauen am Schalter registrierten mit wachsender Panik, wie einer der Begleiter ohne Erlaubnis weiterging und in die offenen Türen spähte, um zu sehen, ob er Rapp irgendwo entdeckte. Als sie den Tumult mitbekam, setzte Sheila Sanchez entschlossen ihre Lesebrille ab, wirbelte auf ihrem Drehstuhl vor dem Bildschirmarbeitsplatz herum und watschelte im Rekordtempo in den Flur, um nachzusehen, wer da so einen Aufstand veranstaltete.

Sanchez leitete ihre Station mit eiserner Hand. Die Patienten kamen an erster Stelle und sie sorgte persönlich dafür, dass sie die in ihrem Zustand unabdingbare Ruhe bekamen. Da sie die ranghöchste Unteroffizierin auf dieser Etage war, machten selbst die Chefärzte in der Regel einen großen Bogen um sie. Nicht weil sie Angst vor ihr hatten, sondern weil sie die Frau respektierten und sie genau wusste, was sie tat. Also überließ man ihr mit Ausnahme des Operationssaals überall das Kommando.

Sanchez hatte auf der Air Base schon vieles miterlebt. Präsidenten, Vizepräsidenten, Minister, dekorierte Generäle und Admirale, Rockstars, Schauspieler und Komiker. Alle brachten entschieden zu viele Leute und Unruhe mit und erwiesen sich als gewaltige Störenfriede. Sanchez hatte dem Personal am Haupteingang unmissverständlich signalisiert, dass sie derartigen Besuch auf ihrer Station nicht wünschte. Sollte man die doch zu den Patienten mit den gebrochenen Knochen und Schussverletzungen schicken und ihre Traumapatienten in Frieden lassen.

Als Erstes ließ sie den Zeigefinger vor die Lippen schnellen, um die Gruppe zum Schweigen zu bringen. Sobald endlich Ruhe herrschte, kümmerte sie sich um den Mann, der ungefragt auf ihrer Station den Kopf in alle Türen steckte. Als sie ihn im Niemandsland zur Rede stellte, wusste er nicht, wie ihm geschah, und blieb wie erstarrt stehen. Sanchez verpasste ihm einen Klaps auf den Hintern, als wäre er ein ungehorsamer Dreijähriger, der gerade ohne Erlaubnis seiner Mutter auf die Straße gestürmt war. Als der Agent protestieren wollte, zerrte Sanchez ihn an der Krawatte durch den Flur zurück in den Wartebereich auf der anderen Seite des Tisches.

Leise, aber eindringlich zischte sie: »Was glauben Sie, wo Sie sind? Im Zoo? Meine Patienten sind keine Tiere, die man nach Belieben begaffen kann. Sie können hier nicht einfach reinmarschieren, rumbrüllen und rumschnüffeln!«

Wilson trat mit dem Ausweis in der Hand und einer grimmigen Miene im Gesicht vor.

»Hören Sie, Lady. Wir sind in einer offiziellen FBI-Angelegenheit hier. Ich muss mit einem Ihrer Patienten sprechen, und zwar sofort.«

»Lady?« Aus Sanchez' spitzem kleinem Mund klang es wie eine Ohrfeige.

»Sehen Sie das hier?« Sie schwang ihre linke Schulter herum, damit Wilson die Abzeichen inspizieren konnte.

»Ich bin keine ›Lady‹, sondern Command Master Sergeant Sanchez.«

Wilson hatte keine Lust auf diesen Quatsch. Er rollte mit den Augen. »Dafür habe ich keine Zeit. Ich leite eine äußerst wichtige Untersuchung. Treten Sie zur Seite oder …«

»Oder *was*?« Sanchez versetzte Wilson einen Stoß gegen das Brustbein direkt oberhalb des Solarplexus.

Wilson machte zwei schnelle Schritte rückwärts und hielt für den Fall, dass sie es noch einmal probierte, abwehrend die Hand hoch.

»Sie haben gerade einen Bundesbeamten angegriffen.«

»Dann nimm mich halt fest, du Jammerlappen.«

»Ich warne Sie zum letzten Mal …«

Ohne ihn auch nur anzusehen, rief Sanchez eine der Schwestern: »Amanda, ruf den Sicherheitsdienst an. Es gibt Ärger.«

»Hören Sie, La …« Wilson verkniff sich den erneuten

Fauxpas im letzten Moment und schielte auf das Namens-
schild an der üppigen Brust dieser durchgeknallten Tussi.

»Miss Sanchez, wir befinden uns hier in einer staatlichen Einrichtung. Ich arbeite für das FBI. Wir besitzen
hier die Befehlsgewalt.«

»Was für ein Schwachsinn!«, spuckte ihm Sanchez
förmlich ins Gesicht. »Und ich bin nicht Miss Sanchez,
sondern Command Master Sergeant Sanchez, Special
Agent Vollpfosten ... oder wie Sie auch heißen mögen.
Ich bin inzwischen mehr als 30 Jahre bei der U. S. Air
Force und kenne jede Dienstregel in- und auswendig.
Haben Sie sich überhaupt nach Ihrem Eintreffen auf der
Basis ordnungsgemäß beim USAF angemeldet?«

Sie ließ ihm einige Sekunden Zeit für eine Antwort. Als
keine kam, fuhr sie fort.

»Natürlich nicht. Wurden Ihre Ermittlungen wenigstens offiziell vom Office of Special Investigations geneh-
migt?«

Wilson wusste, dass er in Schwierigkeiten steckte, und
wandte sich Hilfe suchend an einen der Spezialagenten
der Basis. Der Mann zuckte lediglich mit den Achseln
und schüttelte den Kopf.

»Command Master Sergeant Sanchez, ich bin Leiter
der Abteilung für Spionageabwehr beim FBI. Wir untersuchen einen Fall von Bedeutung für die nationale Sicherheit. Falls Sie sich weigern und mir aus dem Weg gehen,
lasse ich Sie festnehmen.«

Sanchez hob drohend die Faust, als wollte sie ihm
einen Schlag versetzen.

»Auch wenn es in Ihren Dickschädel nicht reinpassen
sollte. Sie haben hier nicht das Sagen, sondern ich.«

»Ich bin ein Bundes...«

»Es ist mir scheißegal, wer Sie sind. Sie haben auf meiner Station nichts verloren.«

»Aber …«

»Nichts aber. Nach den ersten beiden Strikes können Sie sich nur noch einen erlauben, sonst sind Sie raus. Hier kommt mein dritter Pitch. Ich wette, Sie werden wie bei den beiden ersten kläglich versagen.« Sanchez reckte den stummeligen Zeigefinger ihrer rechten Hand empor und zeigte damit beginnend beim linken Mann seiner Gefolgschaft nacheinander auf jeden Einzelnen. »Hat irgendjemand von Ihnen die Vollmacht eines Bundesrichters dabei, in der ausdrücklich vermerkt ist, dass Sie sich Zutritt zu einer Intensivstation auf diesem Luftwaffenstützpunkt der Vereinigten Staaten verschaffen dürfen?« Sie blickte jedem Einzelnen kurz in die Augen, bis ihr verächtlicher Blick Wilson traf.

»Nicht? Das habe ich mir beinahe gedacht.« Sie scheuchte die Besucher zur nächsten Treppe.

»Sehen Sie zu, dass Sie von hier verschwinden. Und wehe, Sie trauen sich ohne Durchsuchungsbefehl noch mal her!«

30

JALALABAD, AFGHANISTAN

Kassar bemühte sich, ruhig zu bleiben, während er die Darstellung auf dem 23-Zoll-Farbmonitor studierte. Die Geisel hing reglos mit über den Kopf gestreckten Armen und angewinkelten Knien da, während die zwei geistig minderbemittelt wirkenden Befrager überlegten, was als Nächstes zu tun war. Kassar wirkte äußerlich ruhig, aber in seinem Magen brodelte es. Wenn er das hier versaute, konnte er sich genauso gut eine Knarre an den Kopf halten, um sich von der irreführenden Hoffnung zu befreien, dass man ihn am Leben ließ. Nachdem er sich mit ein paar tiefen Atemzügen beruhigt hatte, stieß er sich vom Tisch ab und griff nach der Maske. Bevor er den Raum betrat, zog er sie nach unten, damit sein Gesicht komplett verdeckt wurde.

Die Tür öffnete sich und förderte die zwei Idioten zutage, die beunruhigt Rickmans Arm abtasteten. Sie hatten ihre Hauben nach oben gestreift, sodass sie wie Skimützen auf dem Kopf saßen. Auf den ersten Blick glichen sie zwei dahergelaufenen Schurken aus einem Hollywood-Streifen. Kassar marschierte an der Kamera vorbei zu ihrem wertvollen Gefangenen, scheuchte die zwei zur Seite und forschte an Rickmans Nacken fast eine Minute nach einem Puls. Zweimal glaubte er, etwas zu spüren, aber es erwies sich als Irrtum. Auch am Handgelenk hatte er keinen Erfolg.

Seine Nervosität wuchs mit jeder verstreichenden Sekunde. Schließlich legte er sein Ohr auf Rickmans Brustkorb. Nichts. Kassar trat von dem reglosen Körper zurück und betrachtete seine Männer anklagend.

Die beiden schlichten Gemüter wirkten beschämt.

»Ihm ging's gut. Der Arzt meinte, er verträgt eine weitere Runde.«

»Wir haben gar nicht so fest zugeschlagen«, verteidigte sich der Kleinere.

Kassar war eher nervös als wütend. »Ich habe euch doch ausdrücklich verboten, ihn umzubringen. Trotzdem habt ihr genau das getan.«

»Tut uns leid.«

»Nicht so leid wie mir.« Kassar wandte sich zum Gehen. Als sein Körper in Richtung Kamera zeigte, zog er die Pistole unter der Uniformjacke hervor. Ein langer Schalldämpfer war vor die Mündung geschraubt. Kassar machte einen Schritt zur Seite und wirbelte in Richtung der beiden anderen herum.

»Ich habe euch gewarnt, was passiert, wenn ihm etwas zustößt.«

»Es tut mir leid«, wiederholte der Größere in bettelndem Tonfall.

Kassar drückte fünfmal kurz hintereinander ab und richtete die Waffe dann auf den anderen, der das Gesicht zwischen den Händen verbarg. Es war fast schon witzig, dass dieser Idiot glaubte, auf diese Weise eine Schussverletzung verhindern zu können. Kassar schob die Spitze des Schalldämpfers gegen die Hand des Mannes und betätigte den Abzug. Diesmal machte er sich nicht die Mühe, mitzuzählen, sondern ließ seiner Wut freien Lauf.

Als das Magazin leer war, drehte sich Kassar zur Kamera. Er konnte es so aussehen lassen, als wäre Rickman noch am Leben, zumindest für eine Weile. Es genügte, ein Propagandavideo ins Internet zu stellen, auf dem Rickmans Zusammenbruch zu sehen war. Die Amerikaner rechneten dann automatisch mit dem Schlimmsten. Kassar redete sich ein, dass es schon klappen würde. Das tat er bereits seit Tagen, obwohl er durchaus Zweifel hegte.

Er musste allerdings rasch handeln, sonst war alles aus. Kassar holte mit der leer geschossenen Waffe aus und stieß die Kamera um. Sie zerbrach in mehrere Teile. Das rote Licht blinkte mehrmals, bis es erlosch. Kassar stopfte die Pistole in den Hosenbund und zog die stickige schwarze Haube hervor. Er ging von einer Wand zur anderen und wieder zurück, um die nächsten Schritte durchzugehen. Nachdem er seine Nerven halbwegs beruhigt hatte, trat er zu Rickman und kappte mit einem Messer das Seil, das die Arme des Toten an der Decke fixierte.

Kassar warf sich die Leiche über die linke Schulter und hatte sie nach einigen Metern perfekt ausbalanciert. Der Gestank nach Urin und Kacke war ekelhaft. Kassar hätte sich noch vor Verlassen der Zelle fast zweimal übergeben. Er blieb im angrenzenden Raum kurz stehen, um den Laptop zuzuklappen, der alle Verhöre aufgezeichnet hatte, und die Kabel abzuziehen. Danach machte er sich über die Treppen auf den Weg nach oben und kämpfte gegen den Würgereiz an.

Kassar legte Rickman auf dem Boden ab und dachte an die lange Fahrt, die vor ihm lag. Auf keinen Fall ertrug er die ganze Zeit über diesen unsäglichen Gestank. Falls ihn Polizei oder Grenzposten stoppten, dürfte schon allein die Geruchsentwicklung eine genaue Durchsuchung des Fahrzeugs nach sich ziehen. Kurzerhand schnappte er sich die Leiche und schleppte sie zur Rückseite des Gebäudes, wo er sie in eine Badewanne plumpsen ließ.

Er sah auf die Uhr und überlegte, wie viel Zeit er entbehren konnte. Zehn Minuten sollten drin sein. Kassar drehte das Wasser auf und benutzte sein Messer, um Rickman die abartig müffelnde Unterwäsche vom Körper zu säbeln. Danach ging es relativ einfach. Ein bisschen Seife und ein Waschlappen versetzten den Toten in einen halbwegs sauberen Zustand für den bevorstehenden

Transport. Kassar trocknete Rickman notdürftig ab und schleppte ihn ins Schlafzimmer, wo er ihn in weit geschnittene Kleidung steckte. Das einzige Problem blieb das blutig geprügelte Gesicht. Kassar beschloss, ihn auf die Rückbank zu setzen und den Kopf mit einem Tuch zu bedecken. Falls man ihn anhielt, konnte er immer noch behaupten, er bringe seinen gefallenen Bruder nach Hause, um ihn zu beerdigen. Im Westen wäre so etwas aufgefallen, hierzulande galten solche Heimbegräbnisse als üblich.

Vorher musste sich Kassar noch um eine weitere Angelegenheit kümmern. Er hockte sich auf die Bettkante und klappte den Laptop auf. Seine Finger strichen über das Touchpad, bis er gefunden hatte, wonach er suchte. Ein am Vormittag geschnittenes Video, auf dem Rickman neben etlichen Lügen auch einige wertvolle Geheimnisse ausplauderte. Die Amerikaner drehten garantiert durch, wenn sie das sahen. Kassar lächelte und postete das Video in einem bekannten Dschihadisten-Portal, damit es als Vorbote des Sturms Wellen im weltweiten Datennetz schlug. Für die Amerikaner gab es keine Möglichkeit, die Verbreitung zu verhindern.

31

BAGRAM AIR BASE, AFGHANISTAN

Wilson war an den Empfangsschalter im Erdgeschoss zurückgekehrt und setzte den pickeligen Airman auf das Rätsel an, wie es einer unerzogenen Latino-Schlampe

gelungen war, neun Special Agents des FBI davon abzuhalten, ihren Job zu erledigen. Dass er seine überbezahl-
ten, überqualifizierten Begleiter nicht zusammenfaltete,
lag allein daran, dass er sich als Verantwortlicher ebenfalls die Zähne an ihr ausgebissen hatte.

Seinen jetzigen Posten hatte er bestimmt nicht bekommen, weil er vor jedem kleinsten Hindernis zurück-
schreckte. O nein, er, Joel Wilson, ließ sich so etwas nicht
bieten. Wenn diese Air-Force-Hexe glaubte, seine Autorität untergraben zu können, stand ihr eine heftige Lektion
bevor. Er klopfte mit dem Knöchel gegen den Tresen und
fragte: »Wer hat hier das Sagen?«

»Tut mir leid, Sir, da müssten Sie schon etwas konkreter werden.«

»Na, *hier!*«, brüllte er und erfasste die Umgebung mit
einer ausholenden Geste. Das Verhalten des Jungen bestätigte ihn in seiner Auffassung, dass zunehmend der intel-
lektuelle Bodensatz der Gesellschaft beim Militär landete.

»Brigadegeneral Earl Kreitzer, Sir.«

Wilson merkte sich den Namen. »Und wer leitet die
Krankenstation?«

»Die Gesamtleitung liegt in Händen von Colonel
Wyman, Sir. Er ist der Task Force Medical Commander.
Für die medizinische Leitung ist Lieutenant Colonel
Brunkhorst zuständig.«

»Ist einer der beiden aktuell im Gebäude?«

»Lieutenant Colonel Brunkhorst ist da, Sir. Darf ich
fragen, worum es geht?«

Der Mann nahm das schnurlose Telefon von der Lade-
station. »Sie wird danach fragen.«

»Es geht um diese unverschämte Frau, die auf der
Intensivstation arbeitet. Irgend so ein Sergeant Sanchez.«

In den Augen des jungen Mannes blitzte etwas auf. Er legte das Telefon auf die Basis zurück. »Command Master Sergeant Sanchez.«

»Ganz genau.«

Der Soldat aus Kansas sah sich über beide Schultern um.

»Nun, Sir, Lieutenant Colonel Brunkhorst ist zwar offiziell verantwortlich für den Klinikbetrieb, aber um ehrlich zu sein ist es Command Master Sergeant Sanchez, die alle Entscheidungen trifft.«

»Shit.« Wilsons Hand schlug auf den Tresen.

»Ich hoffe, Sie haben nichts gesagt, was sie wütend macht, Sir.« Er lehnte sich vor und verriet im Flüsterton: »Sie ist nämlich niemand, mit dem man sich anlegen sollte.«

»Ach, sag bloß, Sherlock.« Wilson stand kurz davor, komplett auszuflippen, als er aus dem Augenwinkel überrascht bemerkte, wie einer seiner früheren Special Agents, Sydney Hayek, durch den Korridor in ihre Richtung kam. Sie verband eine ziemlich komplizierte Beziehung, die Hayek am Ende ruiniert hatte. Laut Wilsons glaubwürdigen Quellen arbeitete sie inzwischen für die CIA. Wilson trat vom Schalter weg.

»Sydney«, rief er und winkte freundlich. »Du bist die Letzte, mit der ich hier gerechnet hätte.«

Hayek, im Allgemeinen sehr geschickt darin, ihre Gefühlsregungen zu verbergen, stieß an ihre Grenzen. Joel Wilson war der einzige Grund, aus dem sie beschlossen hatte, beim FBI aufzuhören.

»Was machst du denn hier?«

Wilson präsentierte das jungenhafte Grinsen, auf das er sich so viel einbildete.

»Ich bin hier derjenige, der die Fragen stellt.« Er streckte die Hand aus, um sie an der Schulter zu berühren, doch sie wich der Berührung aus. Wilson ließ sich nichts anmerken.

»Gut siehst du aus.«

Hayek beäugte mit verschränkten Armen die Männer hinter Wilson.

»Was machst du hier?«, wiederholte sie.

»Tja, ich freu mich auch, dich zu sehen, Sydney«, sagte Wilson im Plauderton.

»Schon komisch, dass ich erst auf die andere Seite der Welt fliegen muss, um dir zu begegnen. Hast du Zeit für 'ne Tasse Kaffee?«

Er erhielt keine Antwort. Hayek glaubte nicht, was sie da hörte. Vor ihr stand der Mann, der versucht hatte, ihr Leben zu ruinieren. Ein Mann, der sie sexuell belästigt und fast in einen Selbstmordversuch getrieben hatte. Er wusste das nur zu genau und tat trotzdem so, als wären sie uralte Freunde.

»Wir werden keinen Kaffee trinken.« Sie erinnerte sich an die Aufforderung ihres Therapeuten, verbal klare und unmissverständliche Grenzen festzulegen.

»Zu schade. Ich könnte nämlich deine Hilfe bei etwas brauchen. Wie ich hörte, arbeitest du inzwischen für Langley.«

»Was ich mache, ist streng vertraulich und geht dich nichts an.«

Wilson lachte schallend.

»Ich glaube, du weißt noch gar nichts von meinem neuen Posten beim Bureau. Ich leite die Spionageabwehr. Du weißt schon … jemand muss schließlich diejenigen beobachten, die andere beobachten.«

Hayek zog die Schultern hoch, um zu signalisieren, wie sie darüber dachte, nämlich: *Es ist mir scheißegal, was du inzwischen treibst.*

Wilson beugte sich zu ihr und verkündete mit einem schmierigen Lächeln: »Kurz gesagt: Deine Angelegenheiten gehen mich durchaus etwas an.«

Hayek wollte am liebsten aus der Haut fahren. Mit mühsamer Selbstbeherrschung ging sie ihm aus dem Weg und meinte: »Ich habe etwas Dringendes zu erledigen.«

Sie hatte kaum zwei Schritte zurückgelegt, da hielt er sie am Arm fest.

»Nicht so schnell, Fräulein.«

Hayek schoss herum und ließ drohend die linke Faust vorschnellen.

»Fass mich nicht an!«

Wilson wich zurück und hob abwehrend die Hände.

»Beruhig dich erst mal. Wenn du einen Bundesbeamten schlägst, landet dein hübscher kleiner Arsch sonst im Kittchen.«

»Wie wär's umgekehrt mit dem Vorwurf der sexuellen Belästigung einer Bundesbeamtin? Außerdem stalkst du mich.«

Nachdem sie jahrelang alles in sich hineingefressen und geglaubt hatte, diesen durchgeknallten Egomanen endlich losgeworden zu sein, brach es nun aus ihr heraus.

Wilson war früher schon mit ihr fertiggeworden und sah keine Schwierigkeit, es auch diesmal zu schaffen.

»Ha, dein arabisches Temperament ist impulsiv wie eh und je.«

»Ich bin halb Libanesin, halb Amerikanerin, du arroganter angelsächsischer Dorftrampel.«

Im Flüsterton, aber laut genug, dass jeder der Umstehenden es hörte, zitierte er: »Die Hölle selbst kann nicht wüten wie eine verschmähte Frau.«

»Ist es das, was du dir selbst einredest? Du glaubst, einer Untergebenen nachzustellen und nach Vorwänden zu suchen, mit ihr allein zu sein, woraufhin sie sich gegen deine billigen Anmachversuche zur Wehr setzt, läuft darauf hinaus, dass sie in Wirklichkeit scharf auf dich ist?« Hayek hatte das Thema im Rahmen ihrer Therapie mit Dr. Lewis, dem CIA-Psychologen, endlos durchgekaut. Hayek war in einer Kultur aufgewachsen, deren Ansprüche sie nicht erfüllte.

Ihr Vater, ein libanesischer Immigrant, hatte sich gewünscht, dass sie als Krankenschwester arbeitete. Er fand, dass Frauen festgelegte Rollen zu erfüllen hatten. Waffen, Dienstmarken und die Jagd nach Verbrechern passten nicht dazu. Mit 18 wollte er sie mit dem Sohn eines Freundes verheiraten. Alles war bereits eingefädelt, damit sie ihm schnellstens Enkelkinder bescherte. Ohne ihr Wissen hatte er ein Treffen in der St. Maron's Church arrangiert. Hayek, eine begabte Studentin, war zu dieser Zeit jedoch längst in den Fokus ihrer Berufsberaterin an der High School gerückt. Als ihr Vater sie mit seinen großartigen Plänen konfrontierte, hatte sie bereits ein Vollstipendium für die University of Chicago in der Tasche.

Innerhalb weniger Tage endete ihr altes Leben. Sie lehnte sich gegen ihren Vater auf und wurde von ihm aus der Wohnung geworfen. Im Rahmen eines klassischen ›Du wirst schon sehen!‹-Showdowns gab keiner auch nur einen Zentimeter nach. Die Jahre verstrichen, der Abstand zu ihrem Dad wuchs und Hayek stellte fest, dass sie ganz gut alleine zurechtkam. In den Kommilitonen an der Universität fand sie eine neue Familie, im FBI ihren Lebensinhalt. Sie genoss die neu erlangte Unabhängigkeit und schwor sich, nie wieder ein Opfer zu sein und zuzulassen, dass ein Mann ihr Leben diktierte. Das klappte hervorragend, bis ihr dieser falsche und manipulative Joel Wilson über den Weg gelaufen war.

Während der schier endlosen Therapiesitzungen half ihr Dr. Lewis zu erkennen, dass sie sich einige äußerst ungesunde Kompensationsmechanismen zugelegt hatte. Dazu gehörte, dass sie ihre Gefühle strikt vor anderen abschirmte. Mit gesenktem Kopf fraß sie jeglichen Kummer in sich hinein und machte weiter, als wäre nichts gewesen. Das funktionierte so weit ganz gut, aber nach dem Zusammentreffen mit Wilson drohte es in eine Katastrophe zu münden.

Nun, inzwischen habe ich gelernt, den Mund aufzumachen, dachte sie.

»Ich hatte gehofft, dass du dir Hilfe suchst, nachdem du dich beim FBI als Reinfall entpuppt hast. Das war wohl ein Irrtum.«

»Du Arschloch. Keiner verdreht die Fakten so wie du.« Hayek wandte sich an die anderen Agenten, von denen manche schwarze Anzüge trugen, einige jedoch ganz legere Klamotten.

»Arbeitet ihr eigentlich gerne mit diesem Arschloch zusammen?«

Sie erntete steinerne Blicke.

»Traut ihm besser nicht über den Weg. Niemals … nicht für eine Sekunde, denn ihr seid ihm völlig egal. Er hält sich nämlich für den einzigen ehrenwerten Mann in ganz D. C. und alle anderen für entbehrlich.«

»Jetzt reicht's aber«, schimpfte Wilson mit knallrotem Gesicht. »Deine psychologischen Probleme müssen warten. Ich bin in offizieller Funktion hier und du wirst mir jetzt einige Fragen beantworten.«

»Da kannst du lange warten, Arschloch. Wenn du mit mir reden willst, ruf meinen Anwalt an und vereinbare einen Termin.«

Wilson grinste.

»Oh, einen Anwalt hast du also schon. Klingt, als lägen da ein paar Leichen in deinem Keller.«

Hayek hatte sich alles von der Seele geredet, was sie ihm schon vor Jahren hätte sagen sollen, und fühlte sich befreit.

»Von mir aus«, sagte sie so laut, dass jeder es hörte. »Dann stell halt deine Fragen. Schieß los.«

Wilson verstand nicht, warum sie mit Giftpfeilen auf ihn schoss. Was ihn anging, hatte er ihre Karriere nach besten Kräften gefördert. Da sie beide enorm attraktiv waren, hielt er es für naheliegend, ihre Beziehung auf die körperliche Ebene auszuweiten. Soweit es ihn betraf, führte er eine offene Ehe.

»Netter Versuch. Es handelt sich allerdings um eine streng vertrauliche Untersuchung. Sei so gut und begleite uns, damit wir uns in Ruhe unterhalten können.«

»Was zum Teufel ist hier los?« Eine eisige Stimme meldete sich zu Wort. Nicht laut oder energisch, aber eindeutig daran gewöhnt, zu befehlen.

Wilson beobachtete, wie sich die Flut von Agenten teilte, um den Blick auf CIA-Direktorin Irene Kennedy und eine Gruppe von Männern freizugeben, gegen die seine Leute wie ein Haufen Pussys wirkten. Ihre Personenschützer weckten bei ihm Assoziationen an erfahrene Straßenkämpfer mit großen Kalibern und jeder Menge Munition.

»Direktorin Kennedy.« Er bemühte sich, ruhig zu bleiben. »Mit Ihnen wollte ich sowieso sprechen.«

Kennedy verzog keine Miene. Wie ein Raubtier, das abschätzte, ob die Beute die Mühe überhaupt wert war, stand sie da. Nach längerem unbehaglichem Schweigen konterte sie: »Das halte ich für ein Gerücht.«

»Was genau?«, erkundigte sich Wilson lässig.

»Dass Sie mit mir sprechen wollten.«

»Nicht doch, Direktorin. Ich genieße unsere Unterhaltungen immer sehr.«

»Und ich soll Ihnen abkaufen, dass Sie mit mir reden wollten, obwohl Sie bis gerade eben gar nicht wussten, dass ich hier bin?«

Wilson lächelte verkrampft und legte sich eine überzeugende Ausrede zurecht. Jemandem wie Kennedy machte man so leicht nichts vor.

»Nun, es kommt nicht oft vor, dass sich die oberste Vorgesetzte des CIA nach Bagram begibt. So etwas spricht sich auf einem Stützpunkt schnell herum.«

Kennedy musterte ihn misstrauisch. Sie glaubte ihm kein Wort.

»Nach meinem Dafürhalten kommt es noch viel seltener vor, dass sich der FBI-Verantwortliche für Spionageabwehr so weit von seinem Büro entfernt.«

»Wir gehen dorthin, wo es wehtut.«

Unter normalen Umständen hätte sich Kennedy wesentlich diplomatischer verhalten, aber nachdem einer ihrer Männer tot war, zwei weitere vermisst wurden, ein vierter schwer verletzt auf der Intensivstation lag und die gesamte afghanische Regierung Vergeltung forderte, verspürte sie wenig Lust, sich auf Wilsons Sperenzchen einzulassen. Sie kam direkt auf den Punkt.

»In welcher Angelegenheit wollten Sie Agentin Hayek befragen?«

Wilson zögerte. »Es tut mir leid, aber ich bin nicht befugt, mit Dritten über Angelegenheiten zu sprechen, die ein laufendes Ermittlungsverfahren betreffen.«

»Ist das so?« Kennedy reduzierte den Abstand zu ihm. »Ich schlage vor, dass Sie sich die Antwort auf meine nächste Frage sehr genau überlegen: Sind Sie mit den Protokollen vertraut, die einzuhalten sind, wenn Sie einen meiner Mitarbeiter befragen wollen?«

»Selbstverständlich.«

»Also haben Sie alle geltenden Regelungen eingehalten?«

»Agentin Hayek und ich kennen uns schon seit Ewigkeiten«, beschwichtigte Wilson, als hielte er die Sache für künstlich aufgeblasen. »Ich wollte einfach nur ein kurzes Vieraugengespräch mit ihr führen.«

Kennedy nickte langsam und überwand die restliche Distanz, bis sie direkt vor Wilson stand. Sie winkte ihn mit einem Finger noch dichter zu sich heran, damit niemand sonst mitbekam, was sie ihm mitzuteilen hatte. Wilson beugte die Hüfte vor und hielt Kennedy das linke Ohr hin.

»Ich bin im Bilde über Ihre Vorgeschichte mit Agentin Hayek. Lassen Sie sie gefälligst in Ruhe, sonst mache ich Ihnen das Leben auf eine Weise zur Hölle, die Sie sich in Ihrer kühnsten Fantasie nicht ausmalen können.«

Sie zog sich von ihm zurück und sagte so laut, dass es jeder Umstehende mitbekam: »Sollten Sie also in Zukunft das Bedürfnis verspüren, einen meiner Mitarbeiter zu befragen, Special Agent Wilson, wenden Sie sich

im Vorfeld an mein Büro, um eine Genehmigung einzu-
holen. Haben wir uns verstanden?«

Bevor Wilson etwas darauf erwidern konnte, hallte
eine schrille Stimme wie eine Hupe durch den Korridor.

»Was zur Hölle ist hier los?«

Wilson blickte über die Schulter und stellte entsetzt
fest, dass die knallharte Latina auf sie zugewatschelt kam.
Ihm entglitten die Gesichtszüge.

Sie drohte Wilson mit dem Finger. »Wehe, Sie haben
sich nicht inzwischen diese Vollmacht besorgt, über die
wir vorhin geredet haben. Ich schwöre bei Gott, dann lass
ich Sie achtkantig rauswerfen. Nicht nur aus der Klinik,
sondern vom Stützpunkt.«

Wilson hatte für heute genug eingesteckt und verspürte
wenig Lust, weitere Maßregelungen von Kennedy über
sich ergehen zu lassen.

»Ich bedaure das Missverständnis, Direktorin«, blies er
zum Rückzug. »Ich werde mich mit Ihrem Büro in Verbindung setzen.«

Ohne auf eine Erwiderung zu warten, schob er sich an
ihr vorbei und verließ das Gebäude.

Kennedy registrierte seine Reaktion mit gewissem
Erstaunen. Der polternde Joel Wilson ging normalerweise keinem Konflikt aus dem Weg. Sie betrachtete die
nach wie vor äußerst erboste Sanchez, die sich durch den
Gang vorarbeitete. Kennedy hatte vorhin bereits mit ihr
gesprochen und den Eindruck gewonnen, dass Rapp auf
ihrer Intensivstation in besten Händen war.

»Command Master Sergeant Sanchez, was meinten Sie
da eben wegen einer Vollmacht?«

Sanchez war außer Atem und rot angelaufen. Sie hielt
erschöpft einen Finger hoch und meinte: »Entschuldigen

Sie mich bitte für einen Moment.« Sie ging zu dem jungen Mann am Empfang. »Holen Sie mir jemanden von der Security an den Apparat. Ich möchte sofort mit Colonel DePuglio sprechen. Falls er nicht am Platz ist, sollen sie mich mit Major Callahan verbinden. Hier geht's gerade zu wie in einem Taubenschlag.« Sie drehte sich zu Kennedy um und holte schnaufend Luft. »Entschuldigung, Direktorin. Was wollten Sie von mir?«

»Der Mann, der gerade gegangen ist. Sie erwähnten etwas von einer Vollmacht?«

Sie nickte energisch. »Er wollte sich auf meine Station schleichen und mit Ihrem Patienten, Mr. Cox, reden. Allerdings nannte er ihn Mr. Rapp. Angeblich sei es Teil einer offiziellen Untersuchung. So ein aufgeblasener Kerl!«

Sanchez fuhr mit ihrem Redeschwall fort, aber Kennedy hing längst eigenen Gedanken nach. Sie beschlich das ungute Gefühl, dass irgendjemand da draußen, vermutlich eine komplette Organisation, darauf hinwirkte, die Arbeit des US-Geheimdiensts zu boykottieren. Zu viele merkwürdige Vorfälle reihten sich aneinander – so viele, dass sie es nicht länger für Zufall hielt. Wilson konnte zu einem Problem werden. Der Mann war dermaßen selbstverliebt und brauchte permanent Selbstbestätigung, dass er automatisch alle bekämpfte, die nicht seiner geschätzten Spionageabwehr-Abteilung angehörten. Zu dumm, dass ihm die CIA eine ideale Angriffsfläche bot. Und Wilson galt als äußerst hartnäckig. Er wühlte so lange, bis er fand, wonach er suchte. Leute wie er spielten nicht fair. Kennedy beschloss, dass sie in die Offensive gehen musste, damit die Situation nicht komplett entgleiste.

32

Kennedy fragte Sanchez, ob Wilson sich wirklich ausdrücklich nach einem ›Mr. Rapp‹ erkundigt und was er von ihm gewollt hatte. Sanchez schilderte die Ereignisse in ihrem ebenso anschaulichen wie militärisch abgehackten Jargon und ließ keinen Zweifel daran, diesen Clown niemals in die Nähe eines ihrer Patienten zu lassen. Mr. Cox sei in Sicherheit, versicherte sie der CIA-Direktorin. Kennedy überlegte, ob sie vor Rapps Zimmer einen Wachposten aufstellen sollte, überlegte es sich jedoch anders. Sanchez hätte das als unterschwelligen Vorwurf aufgefasst, dass sie ihren Laden nicht im Griff hatte. Zielführender erschien es ihr, die Leiterin der Intensivstation ins Vertrauen zu ziehen. Sie bat um eine kurze Unterredung ohne Mithörer und zog sich mit Sanchez einige Meter in den Gang zurück.

»Ich muss aufpassen, weil es hier um streng vertrauliche Informationen geht, aber ich habe das Gefühl, dass ich Ihnen vertrauen kann.«

Sanchez nickte, als wollte sie bekräftigen: *Da liegen Sie verdammt richtig.*

»Mr. Cox ist einer meiner besten Agenten und war einer äußerst heiklen Mission zugeteilt. Ein weiterer meiner Leute wird vermisst. Wir müssen ihn so schnell wie möglich zurückholen. Ich vermute, dass Mr. Cox über Wissen verfügt, das uns bei der Suche helfen kann. Bedauerlicherweise kämpft er gerade mit größeren Gedächtnislücken.«

»Die Ärzte gehen davon aus, dass sich sein Zustand bald bessert. Tag für Tag wird er sich an mehr erinnern können.«

Kennedy lächelte. »Und wenn es so weit ist, muss ich mit ihm reden. Deshalb bitte ich um Ihre Erlaubnis, einen meiner Mitarbeiter in sein Zimmer zu lassen.«

»Rund um die Uhr.« Sanchez runzelte die Stirn. Die Vorstellung schien ihr nicht zu gefallen.

»Falls derjenige sich danebenbenimmt, dürfen Sie ihn persönlich von der Station entfernen. Ich versichere Ihnen, Command Master Sergeant, ich habe mein Personal genau wie Sie voll im Griff. Sie werden gar nicht mitbekommen, dass er da ist.«

Nachdem sie eine Weile darüber nachgedacht hatte, willigte Sanchez ein. Kennedy bedankte sich bei ihr für die Unterstützung und drückte ihr eine Karte in die Hand.

»Das ist meine Handynummer. Ich gehe Tag und Nacht dran. Wenn etwas ist, rufen Sie mich an. Und melden Sie sich, falls dieser Kerl vom FBI noch einmal auftaucht. Ich werde dafür sorgen, dass er Ihnen keine Probleme mehr macht.«

Nachdem Sanchez auf ihre Station zurückgekehrt war, ging Kennedy zu ihrem Assistenten.

»Eugene, bitte hol Samuel Hargrave in die Leitung. Sag ihm, es sei extrem dringend.«

Paranoia gehörte zu ihrem Geschäft. Manchmal mehr, manchmal weniger. Hörte man nicht rechtzeitig auf sein Bauchgefühl, stand man später unter Umständen vor einem riesigen Scherbenhaufen. Wichtig war, dass man sich davon nicht lähmen ließ. Nach fast drei Jahrzehnten beim Geheimdienst hatte Kennedy gelernt, sich auf den natürlichen Rhythmus ihres Jobs einzustellen. Manchmal ging es nur im Zeitlupentempo voran, dann wieder überschlugen sich die Ereignisse – so wie gerade jetzt. Diesmal fühlte es sich jedoch anders an als sonst. Irgendwie erzwungen.

Ihr Mentor, Thomas Stansfield, hatte ihr beigebracht, wie der Kommandant auf einem Schlachtfeld immer das Gesamtbild im Auge zu behalten. Man musste die Flanken jederzeit absichern und im Gefahrenfall zeitnah Verstärkung anfordern, den Nachschub durch Überfälle auf feindliche Lager sichern und Kundschafter so offensiv wie möglich ausschwärmen lassen, um Stärke und Stellungen der Gegenseite jederzeit einschätzen zu können.

Aktuell bestand die Schwierigkeit darin, dass Kennedy quasi im Blindflug operierte. Jemand intrigierte gegen sie, ohne dass sie die leiseste Ahnung hatte, um wen es sich handelte und was er als Nächstes plante. Rickman, Hubbard, der Angriff auf Rapp und nun das Auftauchen von Wilson. Sie wurde den Verdacht nicht los, dass alles Teil einer konzertierten Bemühung war, die CIA nachhaltig zu schwächen. Sie und ihre Leute taten sicher gut daran, eine Liste potenzieller Nutznießer aufzustellen. Aber am Ende blieb es nur eine Liste. Nein, Kennedy brauchte etwas Konkreteres und hatte schon eine Idee, wo sie ansetzen konnte.

»Mike?« Sie bat Nash mit einem Handzeichen, ihr in eine entlegene Ecke der Lobby zu folgen. »Wo ist Marcus?«

»In Virginia, soweit ich weiß.« Der eigenbrötlerische Hacker pfiff auf die Vorschriften, die sie aufstellten, und verschwand manchmal für ein paar Tage vom Radar.

»Mach ihn ausfindig und lass ihn zusammen mit deinen besten Leuten einfliegen. Ich will wissen, was Joel Wilson ausheckt.«

Nash reagierte skeptisch.

»Hältst du das wirklich für eine gute Idee? Für den Fall, dass etwas schiefgeht …«

Er schauderte bei dem Gedanken, dass das FBI herausfand, wie sie ihnen hinterherspionierten.

Kennedy ließ sich von seinen Bedenken nicht beeindrucken. Nash gehörte zu ihren besten Männern, aber er schien dunkle Gewitterwolken magisch anzuziehen. Mit anderen Worten: Er verschwendete für ihren Geschmack entschieden zu viel Zeit damit, sich über negative Konsequenzen den Kopf zu zerbrechen. Rapp hatte sich darüber oft bei ihr beklagt.

»Mike«, beschwor ihn Kennedy. »Wir fliegen gerade durch eine dichte Nebelwand und müssen rausfinden, wer dahinter lauert und versucht, die Agency durch gezielte Treffer vor den Bug außer Gefecht zu setzen. Rumsitzen steht nicht zur Debatte. Mobilisier deine Leute. In zwei Stunden möchte ich einen Plan auf dem Tisch liegen haben, um jemanden in Joel Wilsons Gruppe einzuschleusen, und 24 Stunden später brauche ich greifbare Resultate.«

»Was ist mit Hargrave? Er ist immerhin Wilsons Boss und ihr beide versteht euch blendend. Sicher kann er uns sagen, was da los ist.«

Kennedy stieß genervt die Luft aus und gab Nash mit einem Blick zu verstehen, dass ihre Geduld am Ende war.

»Glaubst du ernsthaft, dass ich darüber nicht längst nachgedacht habe?«

»Nein … ich wollte nur … wir sollten keinen Fehler machen, den wir später bereuen.«

Kennedy hatte genug gehört.

»Mitch liegt flach und ich habe keine Ahnung, wann

er wieder einsatzfähig ist. Stan hat gerade erfahren, dass ihm die Ärzte nur noch ein paar Monate geben. Du musst die Lücke schließen. Ich erwarte von dir, dass du meine Befehle ausführst, statt sie infrage zu stellen.« Nash mochte es gar nicht, wenn man ihm den Mund verbot. Seine Miene verriet es deutlich.

Dass es ihm nicht gelang, seine Bedenken runterzuschlucken und die Anweisungen umzusetzen, gab Kennedy den Rest.

»Vergiss es«, meinte sie. »Ich suche mir einen anderen, der das in die Hand nimmt.«

Ohne seine Antwort abzuwarten, ließ sie ihn stehen und winkte Scott Coleman zu sich.

Sie wiederholte ihre Befehle und erntete diesmal keinen Widerspruch. Nachdem sie ihre Ausführungen beendet hatte, machte Coleman noch einen Vorschlag.

»Der Kerl ist doch gerade hier ... auf der Basis. Ich schlage vor, ich lasse ihn beschatten. Vielleicht finden wir auf diese Weise mehr über seine Beweggründe heraus.«

»Gute Idee. Und ruf Marcus an.«

»Darum kümmere ich mich zuerst. Sonst noch was?«

Kennedy dachte eine Sekunde darüber nach und schielte zu Mike Nash, der immer noch zu schmollen schien. Zum ersten Mal verstand sie, warum sich Hurley und Rapp in letzter Zeit häufiger über ihn geärgert hatten. Wenn diese Geschichte ausgestanden war, musste sie sich dringend Gedanken bezüglich seiner Zukunft machen. Zu Coleman sagte sie: »Das war's fürs Erste. Informier mich, sobald es was Neues gibt.«

33

Die Aufnahme des blutig geprügelten Joe Rickman verbreitete sich in Windeseile im Internet. Ein aufmerksamer Analyst im Ops Center der CIA ersparte Kennedy die Blöße, über Al Jazeera davon zu erfahren. Während der Nachtschicht stolperte er bei einer Routinekontrolle einer Reihe einschlägiger Dschihadisten-Websites über den Clip. Zehn Minuten später bestätigte eine Stimmanalyse, dass es sich bei dem Gefolterten um Rickman handelte, und es wurde ein Alarm abgesetzt. Aus Gründen, die Kennedy bis heute nicht verstand, war es in Bagram und Kabul achteinhalb Stunden später als in Washington – nicht genau acht oder neun Stunden. Die 30 Minuten irritierten sie. Als Eugene ihr mitteilte, dass es in D. C. 22:13 Uhr war, brauchte sie einen Moment, um auszurechnen, dass es 6:43 Uhr Bagram-Zeit entsprach.

Eugene reichte ihr das abhörsichere Telefon und sie setzte sich im Bett auf.

»Es ist Brad«, informierte er sie.

Kennedy rieb sich den Schlaf aus den Augen. »Da bin ich, Brad. Was gibt's?«

»Nichts Gutes, Irene.«

Kennedy war in einem der VIP-Trailer auf der Basis einquartiert. Sie forderte Eugene mit einer Geste auf, den Fernseher anzuschalten.

»Ich höre.«

»Es geht um Rick. Er ist zum unfreiwilligen Internet-Star geworden.«

Kennedy musste schlucken und ging direkt vom Schlimmsten aus.

»Lebt er noch?«

»Gerade so. Sein Gesicht ist durch die Schläge völlig entstellt. Wir mussten erst eine Stimmanalyse fahren, um ihn zu identifizieren.«

»Und das Ergebnis ist eindeutig?«

»100-prozentig.«

Kennedy hörte die Anspannung aus der Stimme ihres Deputy Directors heraus. Brad Stofer erledigte diesen Job erst seit knapp acht Monaten, arbeitete allerdings schon seit 26 Jahren für Langley. Ein Vollprofi, den das Video trotzdem ziemlich aus dem Gleichgewicht warf. Das klang nicht gut. Kennedy wusste außerdem, dass beim Abgleich von Sprachmustern nur selten 100-prozentige Übereinstimmungen erzielt wurden.

»Beschreib mir das Video.«

»Es ist vier Minuten und 37 Sekunden lang. Mehrere Schnitte. Sie haben ihm die Arme über dem Kopf gefesselt. Er scheint an der Decke zu hängen. Die Wände haben sie schlauerweise mit Laken abgehängt. Es fängt mit einer Serie von Hieben gegen den Kopf an, dann packen sie die Gummischläuche aus. Am Schluss des Films haben sie ihn zu einer blutigen Masse geprügelt.«

Nach einer langen Pause schob Stofer hinterher: »Es ist verdammt schrecklich.«

Kennedys Gedanken schweiften dahingehend ab, was Rickman gerade durchmachte, dann riss sie sich zusammen. Um ihm zu helfen, musste sie ruhig bleiben.

»Was sagt er?«

»Die Tonspur ist nicht besonders gut, aber unsere Experten sagen, sie können sie nachbearbeiten. In etwa einer halben Stunde müssten wir eine bereinigte Fassung vorliegen haben. Ich schick sie dir, sobald sie fertig ist.«

»Brad.« Kennedy klang ungeduldiger, als es ihr lieb war. »Wie groß ist der Schaden?«

»Sehr groß … er nennt viele Namen.«

»Welche?«

»Fünf unserer Informanten in Afghanistan … die beiden Regierungsmitglieder, den General, den Geheimdienstchef und den Präsidenten.«

Die afghanischen Quellen waren derzeit ihr geringstes Problem. Entsprechende Gerüchte kursierten ohnehin bereits. Die Bevölkerung rechnete damit.

»Was noch?«

»Er erwähnt, wie viel wir ihnen bezahlen, und vermutlich auch den Namen der Schweizer Bank, über die wir die Überweisungen abwickeln. Genaueres wissen wir erst, wenn der Ton nachbearbeitet wurde.«

»Was noch?« Sie ahnte, dass es noch nicht alles war.

»Er redet über Nawaz.«

»Gillani.«

»Jepp.«

Der pakistanische Außenminister hatte sie massiv unterstützt, damit die Entscheidungen aufseiten des neuen Verbündeten zu ihren Gunsten ausfielen. Ihn heil aus der Sache herauszubekommen, dürfte sich als extrem heikel erweisen.

»Weiß er schon Bescheid?«

»Ja. Er will die Angelegenheit aussitzen. Er hofft, dass er mit dauerhaftem Hausarrest davonkommt.«

Kennedy war da nicht so sicher, aber sie konnte derzeit nichts für den Mann tun. »War's das?«

»Es gibt noch eine Stelle, da hört es sich an, als ob er ›Sitting Bull‹ sagt.«

Sie schleuderte die Decke vom Körper und sprang vom

Bett auf. Sitting Bull war der Codename ihres Maulwurfs in der Führungsetage des russischen Auslandsgeheimdienstes.

»Nennt er darüber hinaus weitere Einzelheiten?«

»Nein. Er sprudelt den Begriff mitten in einer Tracht Prügel spontan heraus.«

»Schick mir die aktuelle Version. Das muss ich mir selbst ansehen.«

»Schon unterwegs. Was willst du wegen Sitting Bull unternehmen?«

Kennedy hielt eine Haarsträhne umklammert. Sie trug eine schlichte graue Pyjamahose mit einem passenden, langärmligen Oberteil. Eugene hatte lediglich Boxershorts und ein T-Shirt an. Bevor er nur herumstand, wies sie ihn an: »Weck die anderen auf. Schmeiß die Kaffeemaschine an und sag allen, dass in 20 Minuten eine Besprechung stattfindet.«

Während ihr Assistent den Trailer verließ, konzentrierte sie sich auf die Berichterstattung von Al Jazeera im Fernsehen. Bisher kam das Thema nicht zur Sprache, aber es dauerte sicher nicht mehr lange. Ein gefolterter CIA-Agent war ein gefundenes Fressen für sie.

»Lass mich kurz nachdenken«, bat sie Stofer.

Ihre Schadensanalyse hinsichtlich der Folgen von Rickmans Entführung hatte sich bisher noch nicht mit dem Thema Sitting Bull beschäftigt.

»Unsere Leute sollen sich das ansehen. Vor allem interessiert mich, wieso Rick überhaupt von Sitting Bull wusste. Meines Wissens war er in die Sache nicht eingeweiht. Bestell seine Handler zum Rapport. Die müssen uns sagen, ob sie es ihm gegenüber beiläufig erwähnt haben. Falls es keiner zugibt, sperrst sie alle weg, bis einer singt.«

»Lassen wir ihn erst mal, wo er ist?«

»Das muss ich mir überlegen.«

Sitting Bull war mit weitem Abstand ihre beste Quelle im Umfeld der russischen Regierung. Sie musste sich ihrer Sache absolut sicher sein, bevor sie das Risiko einging, ihn abzuziehen.

»Versetzt ein Extraktionsteam in Bereitschaft. Bringt in Erfahrung, ob es eine Möglichkeit gibt, ihn innerhalb der nächsten 24 Stunden unter Vorwand eine Reise antreten zu lassen. Idealerweise treffen wir uns auf neutralem Boden mit ihm, dann soll er selbst entscheiden, ob er abbrechen will. Im Vorfeld darf er nichts davon erfahren, dass er womöglich aufgeflogen ist. Alles klar?«

»Völlig.«

»Sind wir fertig?«

»Das waren erst mal die wichtigsten Punkte. Er erwähnt auch Hubbard, Sickles und ein paar andere, aber mit Ausnahme von Hubbard sind alle in Sicherheit.«

»Gut.«

Kennedy stieß einen lauten Seufzer aus und verdaute die Ausmaße der Katastrophe. »Gib mir 20 Minuten Zeit, dann ruf ich dich zurück.«

Sie beendete das Gespräch und fuhr den Laptop hoch, ging in das winzige Bad des Trailers und putzte sich die Zähne, um den Download der verschlüsselten Videodatei zu überbrücken. Danach setzte sie sich auf die Bettkante und rief den Multimedia-Player auf.

Ihr Job erforderte professionelle Distanz, aber in diesem Fall gingen ihr die Aufnahmen unter die Haut. Sie zuckte bei jedem neuerlichen Schlag zusammen, spürte Rickmans Schmerzen am eigenen Leib und hätte am liebsten im Einklang mit ihm geschrien. Mit Mühe riss sie sich zusammen. Als das Video stoppte, hätte sie den Rechner am liebsten gegen die Wand geschmissen. Stattdessen ballte sie die Faust und stieß einen stummen Schrei aus. Tränen strömten über ihre Wangen.

Nachdem sie den Laptop zur Seite gelegt hatte, ging sie noch einmal ins Bad, um sich zu sammeln. In ein paar Minuten musste sie sich diese Aufnahmen in einem Raum mit bis zu acht ihrer Mitarbeiter noch einmal ansehen. Emotionen brachten einen in solchen Krisen nicht weiter und schränkten das Urteilsvermögen ein. Sie musste einige harte Entscheidungen verkünden. Damit sie entschlossen umgesetzt wurden, mussten sie von einer toughen Spionagechefin kommen, nicht von einer hysterischen Heulsuse.

34

Cal Patterson machte sich vor Angst fast in die Hose. Er hatte sich am Holy Cross den Arsch aufgerissen, um in der Football-Mannschaft zu glänzen und mit Auszeichnung seinen Abschluss in Rechnungswesen zu bestehen. Drei Jahre später kam ein rechtswissenschaftliches Diplom von der University of Virginia dazu, das ihm einen Job beim FBI bescherte. Er hatte alles richtig gemacht und sich an alle Ratschläge seines Onkels gehalten, der insgesamt 35 Jahre lang für das Bureau arbeitete. Patterson betrachtete ihn als großes Vorbild. In den ersten beiden Dienstjahren hatte er jede Woche 72 Stunden gearbeitet und sich freiwillig für jedes Projekt gemeldet. Seine Bosse liebten ihn und belohnten ihn mit einem Posten in der Spionageabwehr. Selbst sein Onkel zeigte sich beeindruckt.

Nun saß er nur 29 Tage nach Dienstantritt in der neuen Abteilung mächtig in der Patsche. Patterson machte die Zeitumstellung gewaltig zu schaffen. Er bekam viel zu wenig Schlaf, stand deshalb jeden Morgen in aller Frühe auf, schlüpfte in die Trainingsklamotten und powerte sich im Fitnessbereich des Stützpunkts aus. Patterson stellte erfreut fest, dass die Geräte in Bagram deutlich moderner waren als in der FBI-Zentrale. Er absolvierte gerade die üblichen fünf Meilen auf dem Laufband, als auf dem Display seines Handys die Anruferkennung ›unterdrückte Rufnummer‹ aufleuchtete. Patterson unterbrach die Musikwiedergabe und riss die Ohrstöpsel heraus. Bei dieser Kennung war es meistens Wilson oder ein anderes Mitglied ihres Teams.

»Hallo«, meldete er sich etwas außer Atem.

»Special Agent Patterson, bitte.«

»Am Apparat.«

»Hier spricht Executive Assistant Director Hargrave. Wären Sie so freundlich, mir zu verraten, wo sich Agent Wilson herumtreibt?«

»Ähm … ich vermute, er schläft, Sir.« Patterson wusste genau, wer Hargrave war. Immerhin hatte er Wilson kurz vor ihrem Abflug nach Afghanistan zu dessen Haus gefahren.

»Haben Sie eine Ahnung, warum er nicht ans Telefon geht?«

»Vermutlich, weil er schläft, Sir.« Patterson bereute die dämliche Antwort sofort.

»Agent Patterson, für wen arbeiten Sie?«

»Fürs FBI, Sir.«

»Das ist korrekt. Und für wen arbeitet Special Agent Wilson?«

»Fürs FBI, Sir.«

»Das ist korrekt. Deshalb schalten wir unsere Telefone nicht aus … niemals. Haben Sie mich verstanden, junger Mann?«

»Ja, Sir.«

»Gefällt Ihnen Ihr Job?«

»Ääääh … ja, Sir. Sehr sogar, Sir.«

»Nun, dann gebe ich Ihnen jetzt einen kleinen Rat. Wenn Sie weiterhin für das FBI arbeiten wollen, werden Sie sich haargenau an meine Anweisungen halten. Wissen Sie, wo Agent Wilson gerade ist?«

»Wohl in seiner Unterkunft, Sir.«

»Und wo sind Sie?«

»Im Fitnessbereich.«

»Nun, dann sorgen Sie dafür, dass er seinen faulen Arsch hochbekommt, und rufen mich zurück, damit ich mit ihm sprechen kann. Haben wir uns verstanden?«

Patterson sprang vom Laufband. »Klar und deutlich, Sir.«

»Wenn ich nicht innerhalb der nächsten zehn Minuten von Ihnen höre, können Sie sich Ihre Karriere abschminken.«

»Sir?«

»Was?«

»Ich brauche Ihre Nummer.«

»Die schicke ich Ihnen per SMS. Zehn Minuten, mein Junge.«

Patterson wollte noch etwas sagen, aber die Verbindung war bereits unterbrochen. Er sah auf die Uhr und verstaute das Handy samt Kopfhörer in einer Reißverschlusstasche seiner Laufhose, schnappte sich das Sweatshirt und rannte los. Der Trailer, in dem Wilson schlief, befand sich nur knapp zwei Minuten entfernt, aber er wollte kein unnötiges Risiko eingehen. Während es draußen langsam dämmerte, verfiel er in einen hektischen Sprint.

Viele waren bereits auf den Beinen und schenkten ihm irritierte Blicke, während er an ihnen vorbeihetzte, als wäre der Teufel persönlich hinter ihm her. Genau genommen stimmte das ja auch. Kurzzeitig verfiel er in Panik, weil er Wilsons Trailer nicht auf Anhieb fand. Die Teile sahen alle gleich aus. Beim zweiten Versuch wurde er fündig und platzte zur Tür herein. Einer seiner Agentenkollegen saß mit einem Kaffee da und starrte aufs iPad.

»Wo ist Wilson?«

Der andere zeigte mit dem Becher in den hinteren Teil des Wohnwagens. »Schläft.«

Patterson friemelte das Handy aus der Tasche und stellte erleichtert fest, dass die SMS mit Hargraves Nummer mittlerweile eingetroffen war. Er wählte, während er durch den kurzen Flur lief, vorbei an den kleinen Schlafkojen auf beiden Seiten. Eigentlich hatte er klopfen wollen, doch der Executive Assistant Director meldete sich bereits, also verlor er keine unnötige Zeit, riss die Tür auf und marschierte direkt an Wilsons Bett. Dieser rappelte sich benommen auf, geweckt vom Lärm und dem grellen Licht, das vom Gang aus in den Raum drang.

»Da ist er, Sir.« Patterson hielt Wilson das Telefon vors Gesicht und meinte: »Es ist ein Notfall.«

Wilson nahm das Gerät entgegen. »Hallo?«

»Ich versuche seit 16 Stunden, Sie zu erreichen.«

Shit, fluchte Wilson stumm. Hargrave war so ziemlich der Letzte, mit dem er jetzt reden wollte.

»Äh … tut mir leid, ich bin ziemlich beschäftigt gewesen.«

Wilson drehte sich zum Nachttisch und schielte auf die Uhr.

»Was wollen Sie?«

»Ich will, dass Sie Ihr Versprechen einlösen. Erinnern Sie sich noch, wie Sie mich vor ein paar Tagen mitten in der Nacht aufgescheucht haben, damit ich Ihnen diesen Ausflug genehmige? Wissen Sie noch, was Sie mir versprochen haben?«

»Nicht wirklich.«

Wilson gähnte. »Geben Sie mir ein paar Minuten. Die Zeitverschiebung macht mir ganz schön zu schaffen. Sie haben mich geweckt.«

»Sie schlafen also seit 16 Stunden? Oder warum sind Sie seitdem nicht ans Telefon gegangen?«

»Nein, es gab ein paar Komplikationen nach der Landung. Hören Sie zu, ich melde mich in einer halben Stunde bei Ihnen und briefe Sie ausführlich.«

»Vergessen Sie's. Sie haben mir vor Ihrem Abflug zugesichert, mich jeden Tag anzurufen und über die erzielten Fortschritte zu informieren. Bisher kam kein einziger Bericht von Ihnen. Dafür erhielt ich einen Anruf von Direktorin Kennedy. Sie wollte von mir wissen, warum sie sich inmitten einer Flut schwerwiegender Probleme auch noch mit Ihnen herumschlagen muss, nachdem Sie ohne Vorwarnung aufgetaucht sind und ihre Leute belästigen.«

»Sir, dafür gibt es gute Gründe.«

»Verschonen Sie mich damit. Ich habe den Eindruck, jedes Mal, wenn Sie den Mund öffnen, kommt eine Lüge heraus. Hören Sie gut zu, damit Sie es genau mitbekommen. Nachdem Sie beschlossen haben, meine Gespräche nicht anzunehmen, konnte ich mich nicht bei Direktorin Kennedy zurückmelden. Sie ist so wütend über Ihr mieses Timing und Ihr selbstherrliches Auftreten, dass sie die Schnauze voll hatte und über meinen Kopf hinweg unseren Boss eingeschaltet hat. Den FBI-Direktor persönlich, mein Lieber. Wie wir in dieser Stadt zu sagen pflegen: Danach lief die Scheiße erst so richtig den Bach runter. Ich wollte eigentlich einen entspannten Abend mit meiner Frau verbringen, doch dann meldete sich der Boss bei mir und erkundigte sich, ob ich völlig den Verstand verloren hätte. Ich rechnete instinktiv damit, dass es um Sie und Ihr tollpatschiges Verhalten geht, und sollte recht behalten. Direktorin Kennedy hat sich bei ihm über eine Nummer beschwert, die Sie im Krankenhaus des Stützpunkts abziehen wollten … angeblich wollten Sie unerlaubt in die Intensivstation eindringen, um einen CIA-Agenten zu befragen, der erst kürzlich knapp einem Anschlag auf sein Leben entkommen ist.«

Wilson stand jetzt. »Ich habe nicht unerlaubt …«

»Ruhe, ich bin noch nicht fertig. Vor Ihrem Abflug habe ich Ihnen eingeschärft, sich an die Regeln zu halten. Ich habe unseren Boss über das Ziel Ihrer Ermittlungen informiert und darüber, dass Sie mir gegenüber behaupteten, die CIA bei der Suche nach Rickman unterstützen zu wollen. Außerdem dass ich Ihnen eingeschärft habe, jegliche Verstöße sofort zu melden und sich mit mir abzustimmen, bevor Sie etwas Unvernünftiges anstellen. Sie haben mich belogen.«

»Das habe ich nicht.«

»Oh, doch. Der Direktor sieht das genauso. Ich frage mich nur, warum Sie naiverweise geglaubt haben, damit so einfach davonzukommen. Jeder hier weiß, dass Sie ein heuchlerischer Hurensohn sind. Jeder hat Sie im Auge. Übrigens könnte Ihr Timing beschissener kaum sein. Die CIA steckt mitten in einem gewaltigen Shitstorm, und dann tauchen auch noch Sie auf und stochern mit einem Stöckchen darin herum. Ist Ihnen überhaupt klar, wie viel Respekt Irene Kennedy in dieser Stadt genießt?«

»Ich glaube, der Begriff, den Sie suchen, ist eher *Angst*.«

»Sie sind ein Idiot und ich habe meine Zeit mit dem Versuch vergeudet, Ihnen helfen zu wollen. Der Direktor verlangt, dass Sie umgehend nach Washington zurückkehren. Ach ja, damit Sie auf dem Heimflug ein bisschen was zum Grübeln haben: Wie es aussieht, wird er ein internes Ermittlungsverfahren gegen Sie einleiten, um herauszufinden, was für einen Quatsch Sie da angestellt haben.«

Wilson hatte bereits eines dieser Verfahren über sich ergehen lassen müssen.

Es hätte seiner Karriere um ein Haar den Todesstoß versetzt. Er bezweifelte, dass er es schaffte, ein zweites zu überstehen.

»Sir, Sie machen einen gewaltigen Fehler.«

»Mein einziger Fehler war, Sie überhaupt gehen zu lassen.«

»Das stimmt nicht, Sir. Es gibt Hintergründe, die Sie noch nicht kennen.«

»Nun, dann klären Sie mich schleunigst darüber auf. Denken Sie dran, ich kaufe Ihnen keine weiteren Lügen mehr ab. Dieser Anruf wird aufgezeichnet, also kommen Sie nicht mal auf die Idee, mir Blödsinn aufzutischen und ihn später abzustreiten.«

Wilsons Gedanken überschlugen sich.

Wie konnte er Hargrave so wenige Informationen wie

möglich zustecken, ihn aber gleichzeitig davon überzeugen, dass er nicht nur in Afghanistan bleiben musste,
sondern seine Ermittlungen eher noch ausdehnen
sollte?

»Ich habe Grund zur Annahme, dass Joe Rickman und
Mitch Rapp die US-Regierung um Beträge in Millionen-
höhe erleichtert haben.«

Hargrave lachte spöttisch. »Grund zur Annahme …
mehr haben Sie mir nicht zu bieten, Joel?«

»Sir, Sie müssen mir vertrauen.«

»Ich muss gar nichts. Sie haben Ihren Vertrauens-
vorschuss restlos aufgebraucht. Ich gebe Ihnen noch
genau eine Minute, um mir einen triftigen Grund zu
nennen, warum ich Ihnen weiter erlauben sollte, in
den Interna einer der verschwiegensten Einrichtungen
unseres Landes herumzustochern.«

Wilson sah keine andere Möglichkeit.

»Mir liegen Kontonummern, Beträge, die Zeitpunkte
der Überweisungen und eine eidesstattliche Erklärung
eines leitenden Bankangestellten vor, bei dem Mitch
Rapp das betreffende Konto eröffnet hat.«

»Wo ist diese Bank?«

»In Zürich.«

»Und seit wann besitzen Sie diese Informationen?«

Genau genommen schon seit 18 Tagen, aber er wollte
Hargrave in seinem aufgebrachten Zustand nicht noch
weiter aus der Reserve locken und entschied sich für ein
vages »Noch nicht so lange, Sir.«.

Eine ungemütliche Pause folgte.

»Sie wussten das also schon vor Ihrer Abreise und
hielten es nicht für angebracht, mich einzuweihen?«

»Ich wollte erst noch einige Details prüfen.«

»Und wie sind Sie in den Besitz dieser Unterlagen gelangt?«

Wilson wusste, wie es sich anhören musste, aber früher oder später musste er sowieso eine klare Beweiskette vorlegen. Andernfalls flog ihm die Sache um die Ohren.

»Sie wurden mir von einem anonymen Informanten zugespielt.«

»Großer Gott«, brüllte Hargrave. »Wie lange arbeiten Sie inzwischen bei uns? Ihnen sollte doch bewusst sein, wie oft allein die Russen solche Tricks probiert haben, damit wir uns gegenseitig zerfleischen.«

»Das ist mir durchaus bewusst, Sir. Deshalb bin ich auf Nummer sicher gegangen und habe mich mit dem betreffenden Bänker getroffen.«

»Und was hat der Background-Check des Mannes ergeben? Können Sie mir garantieren, dass es sich nicht um einen Spion für die Gegenseite handelt?«

»Die Prüfung läuft noch, Sir.«

»Das hätte längst erledigt sein müssen.«

»Durch die Entführung von Rickman ist mein Zeitplan etwas durcheinandergeraten.«

»Also dachten Sie, Sie können mich anlügen und nach Afghanistan jetten, um Rapp in eine Falle zu locken. Ist Ihnen klar, dass er dem Tod nur knapp von der Schippe gesprungen ist? Er liegt auf der Intensivstation und erinnert sich mit Mühe an den eigenen Namen.«

»Wie praktisch.«

»Gesunder Menschenverstand ist nicht so Ihr Ding, oder, Wilson? Die CIA ist ein befreundeter Dienst, mit dem wir kooperieren sollen!«

»Ich dachte, es geht darum, ihnen auf die Finger zu schauen, Sam.«

»Wenn die Beweislage entsprechend ist … ja, aber das heißt nicht, dass wir bei jedem anonymen Hinweis sofort Krach schlagen. Wie hat Sie dieser Hinweis überhaupt erreicht?«

»Per Päckchen.«

»Wohin wurde es geschickt? Zu Ihnen nach Hause oder ins Büro?«

»Ist das wichtig?«

»Beantworten Sie meine Frage.«

»Ins Büro.«

»Und der Poststempel?«

»Zürich.«

»Lassen Sie mich raten … das Labor hat weder Fingerabdrücke noch DNA-Spuren entdeckt … oder sonst etwas, das uns hilft, diesen anonymen Informanten ausfindig zu machen.«

»Nein, aber das beweist nichts.«

Ein frustrierter Seufzer von Hargrave folgte.

»Das war's für Sie. Trommeln Sie Ihr Team zusammen. Ihnen bleiben genau zwei Stunden, bis Ihre Maschine abhebt. In dieser Zeit werden Sie mit niemandem von der CIA sprechen. Haben Sie mich verstanden?«

»Oh, jedes einzelne Wort.«

Wilson hatte die Schnauze voll, von diesem alten Schwachkopf herumkommandiert zu werden.

»Zeichnen Sie unser Gespräch immer noch auf? Ich halte es für wichtig, dass meine nächsten Bemerkungen ebenfalls auf Band landen. Ich habe Ihnen all das bisher nicht gesagt, weil ich Ihnen nicht traue. Die gesamte Spionageabwehr munkelt, dass Sie mit Direktorin Kennedy mauscheln. Nach allem, was in den letzten Tagen vorgefallen ist, bin ich geneigt, diesen Gerüchten zu glauben.

Insofern rate ich Ihnen, sich lieber auf Ihr eigenes Ermittlungsverfahren vorzubereiten.«

Wilson wirbelte herum und knallte Pattersons Handy gegen die Wand. »Fuck!«

Er brach auf dem Bettrand zusammen, vergrub den Kopf zwischen den Händen und stellte sich die Frage, wie es so weit hatte kommen können. Hargrave war ein Idiot. Im Geheimdienst tummelten sich eine Menge kriminelle Gestalten – Rickman, Rapp und vermutlich noch Dutzende weitere. Senator Ferris hatte ihm die Zahlen genannt. Fast eine Milliarde Dollar in bar war von den angeblichen Hütern der Verfassung in die Hände korrupter lokaler Machthaber, Drogendealer und Politiker gewandert. Ein System, das auf Korruption beruhte, und Wilson hatte Material in der Hand, um es zu beweisen. Dass Hargrave so auf seine Enthüllungen reagierte, konnte nur bedeuten, dass er Kennedy schützen wollte.

Er sah keine andere Möglichkeit, als nach Washington zurückzukehren, aber er nahm sich vor, dort gewaltig auf den Busch zu klopfen. Senator Ferris war kein dahergelaufener Versager, sondern besaß Einfluss. Sie verband die Überzeugung, dass man der CIA nach 9/11 zu viel Macht an die Hand gegeben hatte und ihre Aktionen nicht ausreichend kontrollierte. Sobald die Bevölkerung erfuhr, dass diese Ganoven die mühsam verdienten Dollars der Steuerzahler klauten, würde man Hargrave, Direktor Miller und die ganzen anderen Arschlöcher zu einer Befragung nach Capitol Hill beordern. Dann würden sie sich rechtfertigen müssen, wieso sie seine Ermittlungen boykottiert hatten, und der Senat machte reinen Tisch. Danach bekam Wilson freie Hand und sie konnten ihn alle mal kreuzweise.

35

Kennedy passte Rapps diensthabenden Arzt kurz vor der morgendlichen Visite ab. Major Nathan war ein 35 Jahre alter Neurochirurg, der zwei Wochen im Monat auf der Bagram Air Base verbrachte und die anderen zwei im Sloan-Kettering-Therapiecenter in New York. Für einen Hirnchirurgen war er ein ziemlich geselliger Bursche.

»Guten Morgen, Major. Haben Sie Zeit für einen kurzen Plausch?«

»Ich war gerade auf dem Weg zu Mr. Cox.« Der Major lächelte. »Ich nehme an, das ist nicht sein richtiger Name?«

In einem seltenen Anflug von Ehrlichkeit schüttelte Kennedy den Kopf.

»Ich hatte gehofft, Sie könnten mir etwas über seinen aktuellen Zustand sagen.«

»Es geht ihm viel besser. Laut den letzten Scans ist die Schwellung deutlich zurückgegangen.«

»Ist er schon wieder einsatzbereit?«

Die Frage ließ ihn zusammenzucken.

»Solche Kopfverletzungen sind knifflig. Keine gleicht der anderen. Manche Patienten erholen sich sehr schnell, andere überhaupt nicht.«

»Und in seinem konkreten Fall?«

»Wenn es absolut nötig ist, könnte ich ihn entlassen, aber ich empfehle, damit noch ein paar Tage zu warten.«

Kennedy verzog das Gesicht.

»Gibt es ein Problem?«

»Ich kann nicht darüber reden. Belassen wir es dabei,

dass Mr. Cox seine Arbeit verdammt gut erledigt und wir ihn dringend brauchen.«

Kennedy wollte ihn nicht nur zurückhaben, sondern ihn vor allem an einen Ort bringen, an dem ihn Joel Wilson nicht in die Finger bekam.

Der Major hatte Kennedy sofort erkannt, als eine der Schwestern sie tags zuvor in sein Büro führte. Sie erklärte ihm höflich, dass sein neuester Patient einer ihrer besten Agenten war. Nathan hatte sich bereits zusammengereimt, dass es sich bei Mr. Cox um keinen gewöhnlichen Analysten aus dem Hauptquartier handelte. Es gehörte zur üblichen Prozedur, dass man Notfallpatienten die Kleidung vom Leib schnitt, weil sie bei der Behandlung nur im Weg war. Cox hatte zwar keine offenen Wunden, aber Nathan zählte drei Einschusslöcher und eine markante Narbe, die von einer Messerverletzung zu stammen schien. Selbst den Schwestern war es aufgefallen. Seine Kriegsnarben in Verbindung mit seiner enormen Physis ließen keine Zweifel. Nathan wurde inzwischen seit neun Monaten auf die Air Base beordert und hatte seitdem alles gesehen. Zumindest hatte er das geglaubt. Dieser Cox ließ ihn daran zweifeln.

Nathan verstand, dass Kennedy auf glühenden Kohlen saß, und beschloss, alles zu tun, um ihr zu helfen.

»Dann wollen wir doch mal schauen, wie es ihm geht. Vielleicht kann ich ja doch was machen.«

Sie fanden Rapp aufrecht sitzend mit einem Essenstablett auf dem Schoß vor, während er eine Folge von *Justified* im Fernsehen verfolgte. Nach dem Austausch der üblichen Nichtigkeiten vertiefte sich der Doktor in seine Unterlagen.

»Wie fühlen Sie sich heute Morgen, Mr. Cox?«

»Besser.« Rapp ignorierte den Fernseher für einen Moment. »Keine Kopfschmerzen mehr. Der Appetit ist auch wieder da.«

Dr. Nathan kritzelte ein paar Notizen auf sein Klemmbrett. »Sehr gut. Wie steht's mit dem Gedächtnis?«

»Ziemlich gut.« Rapp zeigte auf den Fernseher. »Ich weiß, dass ich diese Folge schon mal gesehen habe, und erinnere mich an die meisten Charaktere … Dewey Crowe, Boyd Crowder, Raylan Givens, Art Mullen und Dickie Bennett.«

»Ist es eine gute Serie?«, fragte Nathan, ohne aufzuschauen.

»Ich fürchte, da bin ich der falsche Ansprechpartner, Doc. Ich schaue nicht genug fern, um Vergleiche ziehen zu können.«

Nathan lachte. »Und Ihr Gedächtnis generell?«

»Scheint deutlich besser geworden zu sein.«

»Mal sehen. Welches College haben Sie besucht?«

»Syracuse.«

Nathan ratterte dieselben Fragen herunter wie am Abend des gestrigen Tages. Mädchenname der Mutter, Grundschule, High School, bester Freund in der Kindheit und so weiter. Anders als am Vortag beantwortete er diesmal jedoch alles richtig. Nathan beschloss, die Liste zu erweitern.

»Erster Job nach dem College?«

Rapp streifte Kennedy mit einem wissenden Blick und behauptete, keine Ahnung zu haben.

»Aktueller Job?«

»Ich glaube, ich bin ein Auftragskiller.« Rapp registrierte, wie der Arzt die Augen schockiert aufriss.

»Ich mach nur Witze, Doc. Ich arbeite für die CIA.

Wenn ich auch nur einen Satz mehr dazu sage, müsste ich Sie …«

»Töten«, beendete Nathan den Satz für ihn.

»Ganz genau.«

Nathan sah zu Kennedy. »Ist er immer so ein Komiker?«

Kennedy verspürte enorme Erleichterung, dass der Mitch, den sie kannte, wieder da war.

Sie grinste und schüttelte den Kopf. »Einen sonderlich ausgeprägten Sinn für Humor hat er nie besessen.«

Ehe Rapp etwas dazu sagen konnte, schoss Nathan aus der Hüfte: »Lieblingsfarbe?«

»Blau … glaube ich.«

»Frau? Kinder?«

Rapp wurde abrupt ernst und sein komplettes Verhalten änderte sich. Lange schwieg er, dann blickte er Hilfe suchend zu Kennedy.

Genau das hatte Irene befürchtet. Es war schwer genug, so etwas einmal durchzustehen. Zum zweiten Mal damit konfrontiert zu werden, musste die Hölle sein. Mitchs gequälter Gesichtsausdruck verriet, dass er sich zumindest an Teile der Tragödie erinnerte.

»Deine Frau …«, begann sie und brach ab.

Nathan bemerkte den Stimmungsumschwung und nickte Kennedy aufmunternd zu.

»Alle Erinnerungen sind wichtig … positive und negative gleichermaßen.«

»Ich erinnere mich«, erklang Rapps fast unbeteiligt klingende Stimme. »Sie hieß Anna und war schwanger.«

Kennedy bestätigte es.

Nathan hakte mit professionellem Interesse nach: »Wie ist sie gestorben?«

»Ich denke, das wollen wir an dieser Stelle nicht vertiefen.«

Rapp blickte auf. »Sie wurde ermordet.«

»Tut mir leid«, erwiderte Nathan betroffen.

Eine längere Pause entstand, dann runzelte Rapp plötzlich die Stirn, als würde ihm etwas gerade zum ersten Mal bewusst.

»Was ist los?«, fragte Nathan.

Kennedy glaubte den Grund für seine Reaktion zu kennen und schaltete sich ein. »Ich glaube, das reicht fürs Erste.«

Rapp schüttelte den Kopf, als wollte er einen blockierten Gedanken lösen.

»Da ist ein Gesicht. Ein Mann, den ich kenne, aber sein Name fällt mir nicht ein. Er hat etwas mit meiner Frau zu tun. Was genau, ist mir nicht ganz klar.«

Kennedy machte sich Vorwürfe, nicht Dr. Lewis hinzugezogen zu haben. Thomas Lewis war der CIA-eigene Psychologe, der in den vergangenen Jahren sehr häufig mit Rapp zu tun gehabt hatte. Vermutlich wäre er in der Lage gewesen, Empfehlungen für den Umgang mit dieser einzigartigen Situation abzugeben. Rickman, Hubbard und Wilson ... das alles hatte sie so sehr in Beschlag genommen, dass sie den Anruf bei Lewis schlicht vergessen hatte. Ihre Befürchtung, dass Rapp mit dem Gedanken spielte, Gould zu töten, war sicher nicht ganz unbegründet. Sie wusste nicht mal mit Sicherheit, ob sie im konkreten Fall dazwischengegangen wäre. Major Nathan hatte sie allerdings gewarnt, Rapp bis zur Besserung seines Zustands keinesfalls unnötigem Stress auszusetzen.

Ein Klopfen gegen den Türrahmen ließ sie herumfahren. Sie begrüßte Coleman mit einem erwartungsvollen

Gesichtsausdruck. Der ehemalige SEAL hatte blondes Haar, blaue Augen und Sommersprossen, was ihm ein jungenhaftes Aussehen verlieh. Heute Morgen verriet die angespannte Kinnpartie, dass er die Neuigkeiten mitbrachte, auf die sie ungeduldig wartete.

»Entschuldigen Sie mich für einen Moment.« Kennedy verließ den Raum und leistete Coleman im Flur Gesellschaft.

»Wilson?«

»Jepp. Wir haben seine beiden Telefone abgehört, aber die benutzt er nicht. Dafür fanden wir raus, in welchem Trailer er untergebracht ist, und haben ihn gestern während des Abendessens verwanzt. Ich probiere noch, seinen Laptop in die Finger zu bekommen, bisher ohne Erfolg. Dafür hat ihn vor einer halben Stunde einer seiner Agenten geweckt und ihm ein Handy in die Hand gedrückt. Hargrave war in der Leitung. Wir konnten zwar nur eine Seite der Unterhaltung verfolgen, aber offensichtlich hat er Wilson ziemlich zur Schnecke gemacht.«

Coleman hielt ihr sein iPhone hin. »Ich habe hier eine komplette Aufzeichnung. Wie wär's vorab mit einer kleinen Zusammenfassung?«

»Gern.«

»Wilson behauptet, ein anonymer Absender habe ihm ein Päckchen ins Büro geschickt, in dem sich Beweismaterial befand, wonach Rick und Mitch hohe Geldsummen abzweigen und auf privaten Konten einer Züricher Bank parken.«

Kennedy zuckte zusammen. Bei Rickman hielt sie das für möglich, aber nicht bei Mitch. Auf keinen Fall. Er hatte genug eigenes Geld und war nicht darauf angewiesen, die CIA zu beklauen.

»Es klang, als hätte Hargrave Wilson ziemlich unter Druck gesetzt. Wilson behauptet, Kontonummern, Überweisungsdaten und eine eidesstattliche Erklärung des Bankangestellten zu besitzen, bei dem Mitch das entsprechende Konto eröffnet hat.«

»Wissen wir, wer dieser Angestellte ist?«

»Noch nicht, aber wir bleiben dran. Da ist noch etwas. Wilson wurde in die USA zurückbeordert, was ihm überhaupt nicht behagt. Er sagte zu Hargrave, alle wüssten, dass er und du unter einer Decke steckt. Sobald er den Beweis angetreten hat, dass Rick und Mitch die USA bestehlen, will er Hargrave das Handwerk legen.«

Kennedy hielt Sam Hargrave für einen anständigen Kerl, aber ein Ego wie das von Wilson in den Griff zu bekommen, drohte ihn vorzeitig ins Grab zu bringen. »Wann reist er ab?«

»In etwa zwei Stunden, zumindest behauptet er das. Gegenüber seinen Leuten lässt er kein gutes Haar an Hargrave. Er lehnt sich so weit aus dem Fenster, dass er sich damit noch mächtig in Schwierigkeiten bringen kann.«

»Vielleicht sollten wir unsererseits ein anonymes Paket losschicken.«

»So was Ähnliches hab ich mir auch schon überlegt.«

»Siehst du eine Chance, an seinen Computer ranzukommen, bevor er abreist?«

Coleman überlegte. »Versuchen kann ich's, aber ich rechne mir keine großen Chancen aus. Na ja, halb so wild. Sich aus der Ferne in so ein Teil einzuhacken, beherrscht Marcus ja im Schlaf.«

Kennedy nickte. »Dann setz ihn mal darauf an. Mal sehen, was er rausfindet.«

»Mach ich.«

Kennedy und Coleman blickten auf, als sie Hayek in ihre Richtung kommen hörten. Sie lief ziemlich flott, blieb einige Schritte vor ihnen stehen und verkündete zerknirscht: »Ich hab großen Mist gebaut.«

36

Bei Einsätzen wurden Agenten mit sehr spezifischen Herausforderungen konfrontiert, die sich jedoch überwiegend als planbar erwiesen. Es gab eine eiserne Grundregel, die alle kannten – oder zumindest kennen sollten. Dass 72 Stunden nach Ausbruch einer Krisensituation die Erfolgschancen eines Teams beträchtlich sanken.

Nicht nur die CIA hatte sich mit diesem Umstand befasst. Auch Vertreter des Militärs untersuchten das Phänomen regelmäßig, um die Effektivität auf dem Schlachtfeld besser einschätzen zu können. Im Krieg war es wichtig, zu wissen, wie lange eine Einheit im Kampf ohne Schlaf, aber mit Wasser und Nahrung durchhielt – oder sogar ohne beides. FBI, CIA und andere Regierungseinrichtungen, die sich in Krisen- und Katastrophensituationen bewähren mussten, führten im Nachgang detaillierte Analysen durch. Im Ergebnis lief es immer auf das Gleiche hinaus: Bei 72 Stunden stieß man ans Limit. Danach lieferten selbst die Besten keine vernünftigen Resultate mehr. Die kognitiven Fähigkeiten ließen drastisch nach, Halluzinationen setzten ein und der Körper machte dicht. Wie bei fast allem gab es natürlich Ausnahmen.

Elitekämpfer, wie sie bei der Delta Force und den Navy SEALs ausgebildet wurden, schafften es unter Extrembedingungen, die Drei-Tage-Grenze zu sprengen, wenn auch nicht deutlich. Dort wurde den Männern eingetrichtert, jede Gelegenheit zu nutzen, um ein, zwei Stunden Schlaf zwischendurch zu bekommen – notfalls selbst mitten in einem ausgedehnten Gefecht. Falls genügend Leute zur Verfügung standen, war es entscheidend, sich in Schichten abzuwechseln. Drei Teams, von denen jedes acht Stunden am Stück durcharbeitete, waren der Idealfall, doch im konkreten Fall musste Kennedy auf diesen Luxus verzichten. Das Go-Team, das sie in aller Eile zusammengestellt hatte, konnte mit Mühe und Not zwei Zwölf-Stunden-Schichten abbilden – allerdings nur zur Bewältigung der Rickman-Krise. Als sie noch Leute abziehen musste, um nach Hubbard zu suchen, wurde die Personaldecke endgültig zu dünn. Und dann kamen die Aufarbeitung der Schießerei mit der afghanischen Polizei und die Veröffentlichung des Verhörvideos von Rickman obendrauf. Unter dem Strich konzentrierte sie sich derzeit vor allem auf Schadensbegrenzung. Es ging nicht länger nur um Joe Rickman.

Obwohl es sich anfangs so anfühlte, hatte Kennedy eigentlich immer gewusst, dass viel mehr an der Sache dranhing als ›nur‹ Rickman. In seinem Gehirn waren Hunderte von Namen abgespeichert, hinter denen menschliche Schicksale steckten. Mitarbeiter und Verbündete der CIA. Manche von ihnen Amerikaner, die ohne jeden diplomatischen Schutz als Undercover-Agenten im Ausland tätig waren. Falls sie aufflogen, musste man davon ausgehen, dass sie nicht lebend davonkamen. Hinzu kamen Maulwürfe – Männer und

Frauen, die im Dienst fremder Regierungen standen. Von Politikern über Verwaltungsangestellte bis hin zu Wissenschaftlern, Bankiers, Militärangehörigen und Geheimdienstlern wurde die komplette Palette abgedeckt. Selbst Hausmeister oder Sekretärinnen gehörten zu ihren Spitzeln.

Mehr noch als Spionagesatelliten oder andere Abhörvorrichtungen bildeten diese Männer und Frauen die Augen und Ohren der CIA. Sie lieferten ihnen Informationsschnipsel, die zusammengesetzt Kennedy und ihren Leuten halfen, die Absichten der Gegenseite zu erkennen und im Bedarfsfall die nächsten Schritte vorherzusagen. Solche Unterstützer waren das Lebenselixier der CIA. Ohne sie funktionierte die Agency nicht länger wie ein effektiver Geheimdienst. Sollte Rickman sein komplettes Wissen auf den Tisch packen, blieb Kennedy keine andere Wahl, als die Verbindungen zu ihrem Netzwerk von Kundschaftern zu kappen. Der Neuaufbau drohte mindestens ein Jahrzehnt in Anspruch zu nehmen, wenn nicht sogar länger.

Trotz der Dringlichkeit der Situation wusste Kennedy, was zu tun war. Hayek wirkte müde. Ihr komplettes Personal wirkte müde. Ihnen war bewusst, was auf dem Spiel stand, also wollten sie die Experten Lügen strafen und sich an der 72-Stunden-Grenze vorbeimogeln. Doch das funktionierte nicht. Kennedy unterbrach Hayeks Redeschwall mit einer Handbewegung.

»Wann hast du zum letzten Mal geschlafen?«

Die Frage traf die Agentin unvorbereitet. Sie starrte ins Leere und versuchte sich daran zu erinnern, wann sie das letzte Mal die Augen für mehr als ein paar Sekunden geschlossen hatte.

»Ich glaube, ich habe mich letzte Nacht ein, zwei Stunden ausgeruht.«

Kennedy stellte Coleman dieselbe Frage.

»So oft wie möglich. Ich habe einen festen Rhythmus eingehalten. Immer zehn Stunden arbeiten und zwei Stunden frei.«

»Seit wann?« Colemans Team bestand aus sechs Leuten.

»Seit Beginn des Einsatzes. Ich habe darauf geachtet, dass auf dem Hinflug jeder mindestens vier Stunden Schlaf bekam.«

Er zuckte die Achseln. »Vor der Landung gab's sowieso nicht viel für uns zu tun.«

Beeindruckend. Der frühere SEAL hatte inmitten des Chaos dafür gesorgt, dass die Disziplin in seiner Truppe eingehalten wurde. Für ihn vermutlich eine Selbstverständlichkeit. Kennedy war peinlich berührt, dass sie nicht besser auf die Einhaltung der Ruhezeiten geachtet hatte.

»Ich will ganz ehrlich sein«, meinte Coleman. »Ich könnte eine kleine Auszeit gut gebrauchen. In den letzten zwei Tagen ist so viel passiert. Und durch den Verlust von Reavers fehlt uns ein Mann, was die Abläufe ein bisschen durcheinandergebracht hat.«

Kennedy schob einen Arm auf seine Schulter. Zu Hayek sagte sie: »Geh nicht so hart mit dir ins Gericht. Wir waren von Anfang an unterbesetzt. Die Schießerei mit der Polizei hat uns dann endgültig den Rest gegeben. In etwa drei Stunden treffen 26 Mann Verstärkung ein. Sobald sie auf dem Posten sind, sollte niemand länger als 16 Stunden am Stück arbeiten. Scott, behalt Wilson noch so lange im Auge, bis er in der Luft ist, und dann verordne deinem kompletten Team eine Pause. Stellt euch keinen Wecker, sondern schlaft einfach durch, bis ihr aufwacht. Wir brauchen euch noch, und dann solltet ihr ausgeruht sein.«

Kennedy ließ ihre eigene Belastung Revue passieren. Sie hatte sich nachts immerhin vier Stunden hingelegt und fühlte sich den Umständen entsprechend ganz okay. In 15 Minuten war eine Einsatzbesprechung angesetzt, danach wollte ihr die Arbeitsgruppe in Langley eine ausführliche Einschätzung zu den potenziellen Konsequenzen der Rickman-Affäre liefern. Anschließend traf sie sich mit Nadeem Ashan vom pakistanischen Geheimdienst. Sie mochte Ashan und hoffte auf seine Unterstützung und wertvolle Hinweise, allerdings ging es den Mitarbeitern des ISI in der Regel eher darum, den eigenen Hintern aus der Gefahrenzone zu retten.

»Dieser Polizeibeamte«, meinte Kennedy zu Hayek. »Ich bin nicht ganz sicher, dass ich seine Rolle bei dem Ganzen verstehe.«

Coleman antwortete an Hayeks Stelle. »Wir sind ihm im Safe House begegnet. Er ist eins der Versuchskaninchen in Darrens Reintegrationsprogramm. Abdul Siraj Zahir ... ein ziemlicher Mistkerl. Um's abzukürzen: Er platzte einfach rein und stieß wüste Drohungen aus. Mitch hat sich das natürlich nicht bieten lassen.«

Coleman spähte kurz über die Schulter, um sich zu vergewissern, dass es niemand mitbekam, bevor er sagte: »Er hat dem Kerl gedroht, ihm den Schädel wegzupusten.«

Kennedy schüttelte missbilligend den Kopf.

»Ach was, das klingt jetzt dramatischer, als es in Wirklichkeit gewesen ist. Jedenfalls ging es ein bisschen hin und her, bis Mitch beschloss, den Kerl am Leben zu lassen, wenn er sich darauf einlässt, für uns zu arbeiten und herauszufinden, was Rick zugestoßen ist.«

Obwohl er sich nicht wohl dabei fühlte, rückte Coleman mit der ganzen Wahrheit heraus: »Mitch hat dem Kerl eine Frist von 48 Stunden gesetzt, um Informationen zu liefern. Andernfalls drohte er, ein Kopfgeld von 500.000 Dollar auf ihn auszusetzen.«

»Mitch hat mich gebeten, das Handy von diesem Zahir zu tracken«, steuerte Hayek bei. »Langley hat seine Anrufe in den vergangenen zwei Tagen aufgezeichnet und jeden seiner Schritte verfolgt. Leider ist mir das erst vor einer Viertelstunde wieder eingefallen.«

»Und?«, wollte Kennedy wissen.

»Er hat probiert, Mitch zu erreichen, und ihm seit letzter Nacht fünf Nachrichten auf der Mailbox hinterlassen.«

»Mit welchem Inhalt?«

»In einem Satz: ›Bring mich nicht um, ich hab was Wichtiges rausgefunden.‹ Er klang ziemlich verängstigt.«

»Nun, worauf wartest du? Ruf ihn an.«

Hayek schüttelte den Kopf. »Ich denke, Mitch sollte das übernehmen. Wenn ich oder jemand anders sich bei ihm meldet, wird er neu verhandeln wollen.«

»Klingt logisch.«

»Erinnert sich Mitch denn überhaupt an den Typen?«

»Keine Ahnung«, erwiderte Coleman. »Am besten rede ich mal mit ihm.«

Kennedy ging die Liste ihrer übrigen Baustellen durch. »Und Wilson?«

»Auf den hab ich zwei Leute angesetzt.«

»Also schön. Geh zu Mitch und sorg dafür, dass er bei Zahir anruft. Sollte sich daraus etwas Wichtiges ergeben, gebt mir Bescheid.«

Rapp wusste mit Zahirs Namen zunächst nichts anzufangen, doch nachdem Coleman ihm den mit Schuhcreme geschwärzten Bart und die geschniegelte blaugraue Polizeiuniform beschrieben hatte, entstand ein konkretes Bild vor seinem geistigen Auge. Die Umstände ihrer Begegnung zu verdeutlichen, wurde schon komplizierter. In der vergangenen Nacht hatte Coleman Mitch den Grund ihres Aufenthalts in Afghanistan erklärt. Rapp erinnerte sich nur vage an Rickman. Bei der Schilderung, wie er mit dem Polizisten umgesprungen war, riss er ungläubig die Augen auf. »*Das* soll ich gesagt haben?«

Coleman grinste. »Allerdings.«

»Springe ich oft so mit anderen Leuten um?«

»Mit schmierigen Mistkerlen wie Zahir schon.«

Mit jeder Stunde schien Rapp mehr über seine Vergangenheit und damit auch über sich selbst zu lernen. Inzwischen besaß er eine grobe Vorstellung, was seine Person betraf, doch ständig kamen neue schockierende Details dazu. Sich damit abzufinden, dass er Menschen umgebracht hatte, fiel ihm schwer. Allerdings äußerte sich das nicht in ›O mein Gott, ich bin ein Monster!‹-Momenten. Nein, er begriff, dass ein solches Handeln seiner Natur entsprach. Nach und nach füllte er die Lücken und beschloss, mit einem abschließenden Urteil zu warten, bis das Bild komplett war. Auch das faszinierte ihn an diesem Prozess, sich selbst neu kennenzulernen: Beim zweiten Mal sprangen einem Details ins Auge, die man ursprünglich gar nicht wahrgenommen hatte.

»Ich habe ihm also mit einer Abschussprämie von 500 Riesen gedroht?«

»Genau … du wolltest ihm sogar eine Rakete in den Arsch rammen.«

Grinsend ergänzte Coleman: »Klingt böse, aber ganz ehrlich, du hast dir dafür genau den Richtigen ausgesucht. Er ist ein echter Dreckskerl, und du hast ihm das sehr deutlich zu verstehen gegeben.«

»Also ruf ich ihn jetzt an und frage, was er rausgefunden hat.«

»Ja. Idealerweise feuerst du ein paar knallharte Beleidigungen auf ihn ab. Glaubst du, das kriegst du hin?«

»Klar, warum nicht?«

»Prima. Wir haben ihn vor Kurzem in Jalalabad geortet.« Coleman schielte über Hayeks Schulter auf die blinkende rote Anzeige. »Hmm …«

»Was denn?«, fragte Rapp.

»Sieht aus, als wäre er gerade ganz in der Nähe des Unterschlupfs, aus dem Rickman entführt wurde.« Er tippte Hayek auf den Rücken. »Alles bereit?«

»Eine Sekunde noch.« Man hatte Rapp bei der Einlieferung im Krankenhaus die Kleidungsstücke vom Leib geschnitten und seine kompletten Besitztümer wie Handy, falsche Ausweise und Kreditkarten in einem Beutel verstaut, um sie einzulagern. Auch das war in dem ganzen Durcheinander untergegangen. Hayek koppelte gerade Rapps Telefon per Bluetooth mit ihrem Laptop, damit sie das Gespräch mithören und aufzeichnen konnte. Als sie damit fertig war, schloss sie zwei Kopfhörer an den Rechner an, reichte Coleman einen davon und behielt den anderen für sich.

»Die Nummer ist schon eingegeben«, sagte sie und gab Rapp das Handy. »Einfach auf OK drücken.«

»Du hast erwähnt, dass unsere Leute in Langley seine kompletten Anrufe mitschneiden.«

»Stimmt.«

»Und wenn die nun auf Band haben, wie ich drohe, ihn umzubringen?«

Coleman schaltete sich ein. »Wir sind hier nicht beim FBI. Es gehört zu unserem Job, Verbrechern wie Zahir zu drohen. Ich werde mich darum kümmern, dass die Aufzeichnung hinterher gelöscht wird.«

»Gut.« Rapp baute die Verbindung auf und bereitete sich darauf vor, den knallharten Agenten zu mimen.

37

JALALABAD, AFGHANISTAN

Zahir hatte keine offizielle Polizeiausbildung genossen, aber er war auch nicht dumm. Mit der Hand fuhr er sich durch den dichten schwarzen Bart und betrachtete die Leichen. Einer der Toten kam ihm bekannt vor. Ein überzeugter Taliban. Im Gegensatz zu Zahir, der alles tat, um zu überleben, war dieser Mann seiner Sache treu geblieben, nachdem die Amerikaner ins Land gekommen waren und die Taliban attackiert hatten. Bei dieser Gelegenheit war Zahir zum ersten Mal mit Rickman in Berührung gekommen. Der Amerikaner kam in Begleitung eines Dutzends bärtiger Soldaten in sein Heimatdorf geritten, während zwei Kampfflug-zeuge der Amerikaner wie Raubvögel hoch über ihren Köpfen kreisten. Die Taliban hatten sich der Übermacht des Feindes sofort ergeben. Zahir, der sein Fähnchen stets nach dem Wind drehte, wusste sofort, was er zu tun hatte.

Rickman bot ihm an, entweder 25.000 Dollar in bar anzunehmen und dafür einige Kämpfer aus seinen Reihen abzustellen, oder von den Navy F-18 Hornets am Himmel sein Dorf in Schutt und Asche legen zu lassen. Zahir reagierte nicht einmal beleidigt, sondern traf die wohl einfachste Entscheidung seines bisherigen Lebens. Sie fiel ihm umso leichter, weil er genau wusste, dass er im weiteren Verlauf des Krieges noch häufiger die Fronten wechseln würde. Die Taliban hatten sich zwar in ihre Zuflucht auf der anderen Seite der pakistanischen Grenze zurückgezogen, aber sie lauerten dort lediglich auf ihre nächste Angriffschance.

Zahir mochte Rickman und respektierte ihn. Er nahm es nie persönlich, wenn Zahirs Loyalität ins Wanken geriet, sondern schien es eher als willkommene Herausforderung zu betrachten, den Afghanen auf Kurs zu bringen. Ganz anders verhielt es sich mit Hubbard, den er für einen ausgemachten Idioten hielt. Dem fehlte es an Rickmans Durchtriebenheit und er ließ sich problemlos manipulieren. Ganz anders als dieser verrückte Amerikaner vor zwei Tagen. Zahir hatte sich bemüht, herauszufinden, wer er war, aber mit seinen eingeschränkten Mitteln gelang es ihm nicht. Außerdem rechnete er damit, dass er wie die meisten CIA-Schnüffler einen falschen Namen benutzte.

Zum ersten Mal in vier Jahren nahm Sickles seine Anrufe nicht entgegen. Ein schlechtes Zeichen. Dann verschwand auch noch Hubbard. Eine ganz merkwürdige Geschichte, denn er war zuletzt auf dem Luftwaffenstützpunkt gesehen worden und es gab keine Aufzeichnungen, dass er das Gelände verlassen hatte. Schließlich ereignete sich die große Schießerei in Kabul. 21 Polizisten, am helllichten Tag von einer Horde amerikanischer

Auftragskiller aus dem Weg geräumt. Seit zwei Tagen redete man in der Gegend über nichts anderes. Zahir hielt die meisten Berichte für falsch, denn nach seinen Informationen hatten in Wahrheit General Qayem und seine Männer ihrerseits die Amerikaner angegriffen. Qayem befand sich seitdem auf der Flucht und die afghanische Nationalpolizei saß vor einem Trümmerhaufen aus Verrat und Schande. Gelder in die eigene Tasche zu stecken mochte ja noch in Ordnung gehen, aber ein Überfall auf Amerikaner? Der pure Wahnsinn! Zumal der General fast zwei Dutzend seiner eigenen Leute in den Tod geschickt hatte. Zahir ging davon aus, dass Qayem auf den Fahndungslisten der US-Behörden ganz weit oben stand.

Unter dem Strich herrschte absolutes Chaos. Wieso hatte Qayem so etwas bloß getan? Zahir konnte lediglich Mutmaßungen anstellen. Vermutlich eine Mischung aus viel Geld und dem Versprechen, nach Abzug der Amerikaner eine einflussreiche Position zu bekleiden. Darum ging es in den meisten Fällen: Alle spekulierten auf die Zeit, nachdem die Verbündeten in ihre Heimat zurückgekehrt waren und die Taliban endgültig die Kontrolle übernommen hatten. Zahir glaubte nicht, dass es dazu kam. Selbst in ihrer Blütezeit waren die Taliban nicht in der Lage gewesen, ganz Afghanistan zu lenken. Dafür gab es zu viele kleinere Gruppen mit Machtansprüchen. Verbrecherkartelle. Drogenringe. Alle kämpften um ihr Stück vom Kuchen und rüsteten massiv auf.

Das galt auch für Zahir selbst. Er hatte bereits Vorkehrungen getroffen, um zu gegebener Zeit alle Männer und die von den Amerikanern zur Verfügung gestellte Ausrüstung in sein Dorf abzuziehen. Seit dem ersten

Tag, an dem er die Uniform trug, schaffte er Munition und Ersatzteile zur Seite. Und mit einer Flotte perfekt gewarteter Trucks ging es natürlich wesentlich schneller.

Dass die Taliban früher oder später ins Land zurückkehrten, stand für ihn fest. Wie Unkraut ließen sie sich nicht vertreiben, waren genauso wie die Felsen und Bäume ein Teil der Landschaft. Allerdings durften sie ihre Erwartungen nicht zu hoch schrauben. Sie hatten zwar bewiesen, dass sie Chaos und Verwüstung anrichten konnten, aber die Fähigkeit zum Regieren brachten sie nicht mit. Schon seit Alexander dem Großen hatten viele machtgierige Parteien erkennen müssen, dass Brutalität allein nicht genügte. In Kabul und anderen größeren Städten ließ sich das Volk nicht von der Scharia knechten. Die meisten Afghanen plädierten eher für eine zurückgenommene Form muslimischer Rechtsprechung. Wenn Männer aus den Bergen auf die eigenen Frauen oder Töchter einprügelten, weil sie die Farbe ihrer Hidschabs für unpassend hielten, mündete das schnell in Ressentiments und Hass.

Es gab noch einen weiteren, ziemlich simplen Grund, warum Zahir es für falsch hielt, sich komplett auf die Seite der Taliban zu schlagen: Es fehlte ihnen an Unterstützung aus der Luft. Und von dort drohte seiner Meinung nach die größte Gefahr: Die Amerikaner hatten unzählige Menschen mit unbemannten Drohnen und Hightech-Jets getötet. Die meisten Afghanen schienen nicht zu begreifen, dass die USA auch nach ihrem Rückzug nicht komplett verschwunden waren. Ihre Drohnen lauerten weiterhin am Himmel, um zu lauschen und zu beobachten. Deshalb wollte Zahir dem verrückten Amerikaner unbedingt nützliche Informationen liefern, damit er nicht verstärkt unter Beobachtung geriet. Die Zukunft Afghanistans stand auf wackligen Füßen, wie schon seit den frühesten Ursprüngen des Landes. Ständig neue Allianzen führten zu stets neuen Machtkonstellationen. Nur eines konnte Zahir heute mit Sicherheit sagen: Er war über eine wichtige Information gestolpert, die ihm höchstwahrscheinlich das Leben rettete. Nun musste er nur noch warten, dass der Amerikaner zurückrief.

Als sein Telefon endlich klingelte, stand er rauchend auf der Straße und atmete erleichtert die frische Luft ein. Im Keller des Hauses hinter ihm stank es so widerlich, dass er es kaum länger als eine Minute darin aushielt. Der kleine Bildschirm des Handys verriet, dass es sich um eine unterdrückte Rufnummer handelte. Hoffnungsvoll und nervös zugleich nahm er ab.

»Hier spricht Commander Zahir.«

»Wehe, du hast nichts für mich.«

Zahir glaubte, das bedrohliche Rotieren eines Propellers ganz in der Nähe zu hören. Er reckte den Kopf gen Himmel und forschte nach einem verräterischen grauen Fleck. Eine dichte Wolkenschicht verurteilte den Versuch zum Scheitern. Er wurde das ungute Gefühl nicht los, dass ihn dieser Mann buchstäblich im Fadenkreuz hatte.

»O doch, das habe ich«, versicherte er. »Haben Sie das Video von Mr. Rick gesehen? Es läuft überall im Internet.«

Zwei Sekunden Schweigen. Dann: »Ja.«

»Ich habe etwas entdeckt, das Sie sehen müssen.«

»Was ist es?«

»Ich bin ziemlich sicher, dass es das Haus ist, in dem Mr. Rick gefoltert wurde.«

»Was macht dich da so sicher?«

Zahir drehte sich zu dem zweistöckigen Steingebäude um. Einer seiner Männer recherchierte gerade die Besitzverhältnisse.

»Es gibt einen Raum im Keller. Zwei der Wände sind mit Laken abgehängt. Genau wie in dem Video.«

»Was noch?«

»Ein Seil ist an der Decke befestigt, auf dem Boden gibt es eine Menge Blut. Es passt alles zusammen.«

»Ist das alles?«

»Nein. Ich habe zwei Leichen gefunden.«

Zahirs Puls beschleunigte sich. Er hoffte, dass dies die Information war, die sein Leben rettete.

»Ich bin sicher, dass es sich um die zwei Männer handelt, die zu sehen sind, wie sie Mr. Rick foltern.« In der Leitung hörte er, dass im Hintergrund leise gesprochen wurde.

»Die Männer im Video tragen Masken. Wie kommst du also drauf?«

»Sie tragen die Masken nach wie vor. Sie sind allerdings nach oben gezogen und verdecken nicht länger ihre Gesichter.«

»Und sie sind definitiv tot?«

»Ja … von mehreren Schüssen getroffen.«

»Also schön, Commander, du hast damit einen wesentlichen Schritt gemacht, um deinen Arsch zu retten, allerdings noch nicht ganz. Du musst mir Fotos von den Leichen und dem Keller schicken. Kriegst du das hin?«

»Ja.«

»Gut. Ich kann auf einem Bildschirm verfolgen, dass du dicht bei Mr. Ricks ehemaligem Versteck bist. Stimmt das?«

»Ja. Sehr dicht.«

»Hast du das Gebäude gesichert?«

»Ja. Aber wir haben nichts angerührt.«

»Gut.« Schließlich sagte der Amerikaner: »Lass mir die Fotos zukommen. Ich melde mich in fünf Minuten mit weiteren Anweisungen.«

»In Ordnung. Ich versichere Ihnen, es sind die Männer.«

»Und ich versichere dir, wenn du mich anlügst oder mir eine Falle stellst, bist du so gut wie tot.«

»So etwas würde ich niemals tun.«

»Ach wirklich?«, fragte Rapp ungläubig. »Kennst du General Qayem?«

Zahir zuckte zusammen. Das war so ziemlich der Letzte, an den er erinnert werden wollte. »Ja.«

»Hast du mitbekommen, was deinen Kollegen von der Polizei in Kabul zugestoßen ist?«

»Ja. Wir sind alle zutiefst beschämt deswegen.«

»Erspar mir deine geheuchelte Betroffenheit, Commander. Ich war vor Ort. Man hat uns aus dem Hinterhalt überfallen. Bevor es richtig losging, verloren wir schon unseren ersten Mann. Danach haben wir uns zu viert gegen eine Horde Cops zur Wehr setzen müssen und ziemlich gut geschlagen. Verstehst du, worauf ich hinauswill?«

»Ich glaube, schon.«

Einer seiner Beamten gestikulierte hektisch, doch er drehte sich weg.

»Da bin ich mir nicht so sicher. Jedenfalls verdankt ihr es General Qayem, dass unsere Finger am Abzug jetzt ziemlich stark jucken. Wenn wir gleich zu euch kommen, werden wir deutlich mehr als vier Männer mitbringen.«

»Mr. Harry«, verkündete Zahir mit einem Seufzen. »Man kann mir sicher vieles vorwerfen, aber dumm bin ich nicht. Ich weiß, dass Sie General Qayem wie einen Hund jagen und er für seinen Verrat bezahlen wird. Ich möchte mir weder Sie persönlich noch die Vereinigten Staaten zum Feind machen.«

»Du sagst genau, was ich hören will, Abdul, und das macht mich nervös. Verscheißer mich nicht.«

»Ich verscheißere Sie nicht, Mr. Harry.«

»Dann her mit den Fotos. Ich melde mich.«

Die Verbindung wurde getrennt und Zahir starrte auf sein Handy und verfluchte die moderne Technik, die es den Amerikanern ermöglichte, ihn zu orten. Sie wussten genau, wo er gerade war. Er schielte erneut zum Himmel, um nach einer ihrer Drohnen Ausschau zu halten, und glaubte ein leises Summen zu hören, war sich jedoch nicht ganz sicher. Eine andere Begleiterscheinung der amerikanischen Luftübermacht. Die psychologischen Auswirkungen waren enorm. Ständig in Angst zu leben, dass eine Drohne über einem kreiste und unsichtbar jede Bewegung überwachte, brachte einen gehörig aus dem Konzept. Hinzu kam die Vorstellung, dass Tausende von Meilen entfernt ein Mann vor einem Bildschirm saß und einen per elektronischem Fadenkreuz verfolgte, bis er grünes Licht für den Abschuss erhielt. Zahir konnte nachvollziehen, warum manche Leute da durchdrehten. Nervös spähte er nach oben, um nach der Predator-Sonde zu suchen, und machte sich ernsthaft Sorgen um seine geistige Gesundheit.

38

Mit Kopfschmerzen kämpfte Kennedy nur selten. Sie hatte schon zwei Tassen Kaffee getrunken und eine Excedrin geschluckt, aber das Ziehen im linken Schläfenbereich hielt sich hartnäckig. Die konkrete Ursache kannte sie nicht, ging jedoch davon aus, dass es nichts mit Ashan zu tun hatte. Nadeem war ein liebenswerter Mann und ein fairer Partner im Krieg gegen den Terror. Leider ließ sich das von der Mehrheit seiner Kollegen bei der pakistanischen Inter-Services Intelligence nicht behaupten. Möglicherweise rührte ihr Migräneanfall daher. Ashan hatte sofort bemerkt, dass etwas nicht stimmte. Kennedy war normalerweise ein Fels in der Brandung. Selbst in extremen Krisenzeiten brachte sie nichts aus der Ruhe.

Die Abwesenheit ihres sonst so unerschütterlichen Gesichtsausdrucks machte es umso deutlicher, dass sie Schmerzen litt.

»Sind Sie sicher, dass alles in Ordnung ist?«, erkundigte er sich besorgt.

Kennedy zog die Hand von der Stirn weg. Obwohl sie am liebsten laut gewimmert hätte, quetschte sie hervor: »Es geht schon.« Sie ließ den Blick auf die andere Seite des Tischs schweifen. Nash und Schneeman musterten sie beunruhigt, was nicht gerade zu ihrer Ablenkung beitrug. Die beiden Kollegen, die Ashan mitgebracht hatte, ließen sich dagegen nichts anmerken.

Nash beugte sich zu ihr und bot flüsternd an: »Soll ich übernehmen? Eine kurze Pause täte dir sicher gut.«

Ein nettes Angebot, aber Kennedy ließ sich nicht darauf ein.

»Besorg mir lieber noch ein paar Excedrin oder hoch dosierte Tylenol. Und ein Glas Wasser, bitte.« Nash verließ den Raum und sie zwang sich zum Lächeln. Ashan verstand vermutlich am besten, was für ein Druck auf ihren Schultern lastete. Das Rickman-Problem verschärfte sich nahezu stündlich. Nachdem das Video im Netz aufgetaucht war, hatte sie der Kopf so ziemlich jedes befreundeten Geheimdienstes kontaktiert. Alle erkundigten sich, ob ihre Agenten aufzufliegen drohten. Vor allem mit den Briten bestand ein reger Austausch. Für gewöhnlich kannten zwar nur einzelne Verantwortliche die Identität eines bestimmten Spions, beispielsweise örtlich begrenzt auf Budapest, aber natürlich war es naheliegend, dass solche Informationen auf Umwegen auch bei anderen CIA-Kollegen landeten. Kennedy versicherte jedem Einzelnen, dass Rickman diesbezüglich nicht aktuell war. Grundsätzlich stimmte das zwar, aber im weitesten Sinne tischte sie ihren Gesprächspartnern damit eine Lüge auf. Ein Mann mit Rickmans Connections schnappte im Laufe der Jahre zwangsläufig so einiges auf.

Sein Gedächtnis galt als legendär. Er vergaß nichts, was er einmal hörte. Eigentlich ein Vorteil – solange er nicht dem Feind in die Hände fiel. Kennedy konnte nicht ausschließen, dass Rickman die Codenamen und Vorgesetzten vieler befreundeter Agenten kannte, ebenso wie die von ihnen weitergegebenen Informationen. Talentierte Verhörspezialisten schafften es mit Sicherheit, innerhalb eines Monats daraus ein Gesamtbild zusammenzusetzen, das mögliche Verräter in den eigenen Reihen offenbarte.

Neben den Geheimdienstchefs hatte auch Stofer angerufen, um weiterzugeben, dass ihre Handler mit Extraktionsanfragen regelrecht überflutet wurden. Männer und Frauen aus Europa, dem Nahen Osten und Südostasien hatten die Bilder des verdeckten CIA-Agenten natürlich gesehen, der unter Folter Teile seines Wissens preisgab. Es gab einige Beteiligte, für die es ungemütlich wurde. So war etwa das Grundstück des pakistanischen Außenministers von der Armee umstellt worden. Berichten zufolge stand er unter Hausarrest. Andere malten sich aus, dass ihnen etwas Ähnliches blühte, doch in den meisten Fällen mussten sie mit wesentlich schlimmeren Konsequenzen rechnen. Man würde sie aus ihren Häusern oder Wohnungen zerren, in ein dunkles Kellerloch stecken und von Männern mit Oberarmen wie Gorillas, die nach Zigarettenqualm stanken, übel zurichten lassen. Es klang zwar etwas überdramatisiert, aber diese einsamen Seelen waren meistens auf sich allein gestellt und hatten allen Grund, um ihr Leben zu fürchten.

»Direktorin Kennedy«, riss Ashan sie aus ihren düsteren Gedanken. »Im Namen des ISI möchte ich Ihnen sagen, wie leid uns die Sache mit Mr. Rickman tut. Wenn es etwas gibt, das wir für Sie tun können, sagen Sie es bitte.«

»Danke, Nadeem. Ich habe es Ihnen schon einmal gesagt, nennen Sie mich doch bitte Irene.«

»Natürlich. Entschuldigen Sie, das hatte ich vergessen. Ich möchte Ihnen versichern, dass wir all unsere Kontakte ausschöpfen, um den Verantwortlichen für diese feige Tat zu finden.«

»Gibt es Ergebnisse?« Der skeptische Tonfall von Schneeman verriet, dass er es für äußerst unwahrscheinlich hielt.

Ashan hatte gehofft, bei diesem Treffen etwas vorweisen zu können, um seine Kooperationsbereitschaft zu untermauern. Insgeheim hoffte er, die Sache den Taliban in die Schuhe schieben zu können, doch bisher gab es keine entsprechenden Indizien. Er verstand das Misstrauen der Amerikaner. Immerhin war der ISI definitiv am Massaker in Mumbai beteiligt gewesen. Die CIA verfügte über einen Telefonmitschnitt zwischen den Terroristen und ihrem ISI-Kontaktmann mitten in einer Angriffswelle. Ashan konnte sich noch gut an das daraus resultierende Treffen erinnern. Extrem unangenehm. Seine Kollegen hatten eine gute Stunde lang jegliche Beteiligung abgestritten, bis Direktorin Kennedy ein Foto des ISI-Agenten auf einem Schirm einblenden ließ und den Ton des Telefonats dazu abspielte.

Die Unterredung hatte im CIA-Hauptquartier in Langley, Virginia, stattgefunden. Durrani war ebenfalls dabei gewesen und besaß damals die Dreistheit, sich über die stichhaltigen Anschuldigungen zu empören. Kennedy ließ ihn eine Weile toben und schimpfen, bis sie am Ende seiner peinlichen Vorstellung weitere Bilder auf den Schirm holte, die Überweisungen von Geheimdienstseite zur Finanzierung der Operation ebenso wie vorläufige Schlachtpläne und eine Liste primärer und sekundärer Ziele festhielten. Den dramatischen Schlusspunkt setzte ein Foto des ISI-Agenten, der in einer Pfütze aus eigenem Blut lag, niedergestreckt durch einen gezielten Kopfschuss.

Kennedy hatte sich damals seelenruhig zu Durrani umgedreht und gesagt: »General, ich schlage vor, in Anbetracht der erdrückenden Beweislage halten Sie einfach den Mund. Je länger Sie leugnen, desto mehr bestärkt mich das in der Einschätzung, dass Sie ebenfalls an der Planung beteiligt gewesen sind.«

Ihr Verhältnis zur CIA glich einem Wechselbad der Gefühle. Manchmal gelang es Ashan, das Ruder in Richtung einer Zusammenarbeit herumzureißen, doch dann boykottierten Durrani und andere seine diplomatischen Bemühungen. Im Laufe der Zeit hatte es zahllose Zusammenkünfte mit den Kollegen in Langley gegeben und sie lernten einander besser kennen. Sie durchschauten inzwischen die jeweiligen Organigramme, wussten, wer welche Abteilung oder Einheit leitete und andere überstimmen konnte. Manche Personen nahmen zwar nicht an den Besprechungen teil, waren dem ISI jedoch wegen ihres Rufs oder durch Überwachungsmaßnahmen bekannt. Zum Beispiel Mitch Rapp.

Rapp hatte allerdings an dem Termin nach dem Mumbai-Massaker teilgenommen. Ohne dass man ihn offiziell vorstellen musste, erkannten alle, mit wem sie es zu tun hatten. Dass er direkt neben Kennedy saß, verriet Ashan alles, was er wissen musste. Nur einmal ergriff er kurz das Wort, und zwar nach Kennedys Vorwürfen gegen Durrani und dem verzweifelten Nebelkerzenmanöver des Generals. Statt auf den Rat der CIA-Direktorin zu hören, beteuerte sein Kollege nämlich weiterhin die Unschuld seiner Leute und ging sogar so weit, zu behaupten, dass er sich durch Kennedys Vorhaltungen persönlich gekränkt fühle.

Da hatte Rapp zum ersten und zugleich letzten Mal die Stimme erhoben. »General, ich nehme für gewöhnlich nicht an solchen Treffen teil, weil ich den Schwachsinn nicht ertrage. Es nervt mich, hier zu sitzen und mir dreckige Lügen anzuhören. Vor allem von jemandem, der angeblich unser Verbündeter sein soll. Wir sind alle Profis und wissen, was auf dem Spiel steht. Es ist ganz normal, dass wir gewisse Punkte verschweigen, aber unter Freunden gibt es gewisse Grenzen, die man nie überschreiten sollte. Dieser Mann auf dem Monitor« – Rapp deutete auf das Foto des getöteten pakistanischen Agenten, Mawaan Rana – »hat definitiv für Ihre Abteilung gearbeitet. Wir wissen ohne jeden Zweifel, dass er die Ausbildung und Mission dieser islamistischen Spinner finanziert hat, die 164 Menschen das Leben kostete.«

Durrani setzte erneut zu einer flammenden Verteidigungsrede an, doch Rapp schnitt ihm das Wort ab: »General, Sie brauchen weder zu bestätigen noch zu dementieren, was ich gerade gesagt habe. Das ist nicht nötig, weil ich die Wahrheit kenne. Uns liegen nicht nur Mitschnitte von Telefongesprächen und die kompletten Überweisungsläufe vor, sondern Ihr Mann Rana hat mir gegenüber offen zugegeben, dass er für Ihren externen Flügel arbeitet und Anweisungen von oben befolgt hat.«

Durrani schien die Anschuldigung für lächerlich zu halten.

»Wann wollen Sie mit ihm gesprochen haben?«

Rapp blickte ihm direkt in die Augen und sagte: »Unmittelbar bevor ich ihm die Kugel in die Stirn geschossen habe.«

Die Worte verfehlten ihre Wirkung nicht. Für den Rest des Meetings schwieg er, durchbohrte Durrani jedoch mit mörderischen Blicken, als ginge er in Gedanken eine Liste durch, wie er den General am liebsten aus dem Verkehr ziehen konnte. Ashan hatte noch nie erlebt, dass jemand seinen Freund dermaßen aus der Fassung brachte.

Zurück in Pakistan kristallisierte sich schnell heraus, dass Rapps Behauptung den Tatsachen entsprach. Die Botschaft des Amerikaners war eindeutig: Solltet ihr weiterhin die Massentötung unschuldiger Zivilisten durch Terroristen unterstützen, verpassen wir euch irgendwann ebenfalls eine Kugel.

Ashan hatte insgeheim damit gerechnet, Rapp heute wiederzusehen, und reagierte erleichtert darauf, dass der Killer in Diensten der CIA bei dem Termin nicht zugegen war.

»Irene, ich kann Ihnen nur noch einmal versichern, dass wir sämtliche Ressourcen einsetzen, um herauszufinden, wer hinter diesem feigen Angriff steckt.«

»Das weiß ich sehr zu schätzen, Nadeem. Ihnen ist natürlich bewusst, dass sich unser Verdacht in erster Linie gegen die Taliban richtet.«

Dass Rapp aufgrund des präzisen Vorgehens eine Beteiligung der Terrormiliz für eher unwahrscheinlich hielt, verschwieg sie bewusst.

»Wie Sie wissen, haben wir mit diesen Verbrechern nichts zu schaffen, aber mir wurde versprochen, dass sich die geeigneten Experten damit beschäftigen, dieser Theorie nachzugehen.«

Ihr Kopfschmerz ließ ein bisschen nach, was sie als große Erleichterung empfand. Kennedy ließ sich Ashans Bemerkungen durch den Kopf gehen.

»Nadeem, Sie sind immer ein fairer Partner gewesen, aber Sie wissen, dass es innerhalb des ISI Kräfte gibt, die unsere Allianz boykottieren. Das war schon in der Vergangenheit inakzeptabel, aber durch die Entführung von Joe Rickman ist eine neue Qualität der Bedrohung erreicht. Sollte ich zu dem Ergebnis gelangen, dass der

ISI in einer wie auch immer gearteten Weise an seinem Verschwinden beteiligt war oder die Taliban in Schutz nimmt, zwingt mich das zu ernsten Schritten.«

Ashan verdaute ihre Aussage und überlegte, ob darin die Drohung mitschwang, die Hilfszahlungen in Milliardenhöhe einzustellen, die die Amerikaner all-jährlich an Pakistan leisteten.

»Von welchen Schritten reden wir genau?«

»Auge um Auge, Nadeem. Joe Rickman war ein extrem wertvoller Mann für uns. Jemand hat eine sorg-sam koordinierte Attacke in die Wege geleitet, um meine Organisation handlungsunfähig zu machen. Wer auch immer dahintersteckt, ich werde ihn teuer dafür bezahlen lassen. Nicht unbedingt sofort, aber Menschen werden spurlos verschwinden und für ihre Beteiligung mit dem Leben bezahlen. Ich werde es mir persönlich zur Aufgabe machen, die Verantwortlichen aufzuspüren und ihnen alles zu nehmen, was ihnen lieb und teuer ist. Und wenn ich damit fertig bin, werde ich so viele falsche Spuren auslegen, dass sich hier über Jahrzehnte hinweg jeder von jedem verraten fühlt. Die Organisation im Hinter-grund wird nicht länger arbeitsfähig sein. Ihre Mitglieder werden sich vor dem eigenen Schatten fürchten.

Glauben Sie nicht, dass das leere Drohungen sind, Nadeem. Ich verfüge über die Mittel, die Standhaftig-keit und die personelle Ausstattung, um es möglich zu machen. Also machen Sie Ihren Kollegen wie General Durrani deutlich, dass ihnen die Zeit wegläuft. Ich will Joe Rickman zurück, und zwar innerhalb der nächsten 24 Stunden. Andernfalls wird es für Sie alle äußerst un-gemütlich.«

39

Sie wollten auf keinen Fall weitere ›Green on blue‹-Angriffe riskieren. Diesen Begriff verwendete das Militär, um Attacken afghanischer Militärs oder Polizisten auf Sicherheitskräfte befreundeter Staaten zu bezeichnen. Da der Zeitpunkt des Rückzugs amerikanischer Truppen aus dem Land näher rückte, war die Gefahr ohnehin groß. Sie verständigten sich auf ein Großaufgebot, um das Haus zu stürmen, in dem Rickman mutmaßlich gefoltert worden war. Die Predator-Drohne, mit der sie die Bewegungen von Commander Zahir verfolgt hatten, sollte Echtzeit-Bilder des Grundstücks einfangen und ihnen vor allem Bildmaterial liefern, wie Zahir mit seinen Leuten vor zwei Stunden angerückt war. Soweit es die Strategen des Joint Special Operation Command beurteilen konnten, warteten keine unschönen Überraschungen auf sie.

Das von der Drohne gesammelte Datenmaterial ermöglichte eine beschleunigte Missionsplanung. Sie stimmten sich eng mit der schnellen Eingreiftruppe auf der Basis in Jalalabad ab. Ein Platoon des ersten Bataillons des 75. Ranger-Regiments rückte in acht MRAPs aus. Sie passierten gerade das Haupttor, als auf dem Stützpunkt in Bagram die Luftunterstützung losgeschickt wurde. Zwei der minengeschützten Ranger-Fahrzeuge verfügten über automatische Mark-19-Maschinengranatwerfer, zwei weitere über Kaliber-50-Geschütze auf einer Drehkuppel, die restlichen vier waren mit fernsteuerbaren 7,62-Millimeter-Miniguns ausgerüstet.

Die Aufgabe wurde natürlich dadurch erleichtert, dass die JSOC-Mitarbeiter seit mehr als einem Jahrzehnt auf täglicher Basis solche Operationen durchführten, in den meisten Fällen unter zeitkritischen Bedingungen. Dadurch herrschte ein eingespielter Rhythmus. Die Schützen und das Flugpersonal schliefen bis in den Nachmittag hinein, während die Bodencrew ihre Vögel für die abendlichen Missionen fit machte. Und Missionen gab es eigentlich immer. Die Strategen im gemeinsamen Gefechtsstand waren ständig mit dem Disponieren und Umschichten von Ressourcen beschäftigt, basierend auf Eingaben des Verteidigungsministeriums und dem Präsidenten unterstellter Dienste wie der CIA. Rickman wurde aktuell die höchste Priorität beigemessen, entsprechend blies man andere Einsätze ab und holte das Personal vorzeitig aus dem Schlaf.

Die beiden schweren Apache-Kampfhubschrauber erreichten ihre Position über dem Zielgebäude und zeichneten weitere taktische Livebilder auf. 1500 Meter über ihnen brachte sich der Führungshelikopter in Position und wertete das übermittelte Videomaterial aus. Im hinteren Teil des umgebauten Black Hawks überwachten drei JSOC-Mitarbeiter eine Monitorwand. Sobald der Sperrverband eingetroffen war und beide Enden der lang gezogenen Straße blockierte, erhielt der Kampftrupp grünes Licht.

Zwei Black Hawks rauschten mit hoher Geschwindigkeit heran, dicht an dicht, und positionierten sich in 15 Metern Höhe über dem Gelände. Eine Landung war angedacht worden, aber der Leiter des Lufteinsatzes entschied sich dagegen. Stattdessen wurden lange schwarze Taue aus den offenen Luken geworfen, zwei an jeder Seite beider Hubschrauber. Die Besatzung glitt daran hinunter, insgesamt 20 Männer. Hastig rannten sie zu den vorher festgelegten Positionen. Die Aircrews lösten die Fixierung und ließen die schweren Seile auf den Boden fallen. Wenn alles nach Plan lief, wurden sie später wieder mitgenommen.

Der erste der beiden Black Hawks erhob sich in die Luft des späten Vormittags, da tauchte über ihm ein dritter auf und rotierte in knapp 500 Metern Höhe gegen den Uhrzeigersinn. Zwei Scharfschützen der Delta Force wurden festgeschnallt, bezogen Position an der geöffneten Backbordluke und übernahmen Deckung und Aufklärung. Jeder von ihnen war mit einem M110-Selbstlade-Scharfschützengewehr ausgerüstet, bestückt mit einem 20-Schuss-Magazin im Kaliber 7,62 × 51 Millimeter.

Die Apaches dienten im Prinzip als reine Machtdemonstration. In einer solchen Umgebung hätten ihre M230-Kettenkanonen, die 70-Millimeter-Raketen und Hellfires einen inakzeptabel großen Flurschaden angerichtet. Wenn etwas Unerwartetes passierte, sollten sich zuallererst die Scharfschützen der Bedrohung annehmen.

Zwei Little Birds komplettierten das Luftaufgebot. Sie setzten ohne Zwischenfall auf der Straße vor dem Haus auf. Ein Schäferhund samt Betreuer sowie zwei Bombentechniker kletterten samt Ausrüstung aus dem ersten Vogel. Im zweiten saßen Coleman, Hayek und Rapp. Rapp und Coleman hatten die Lektion aus dem letzten Abenteuer gelernt und volle Kampfmontur angelegt. Während Coleman einen Krempenhut mit Flecktarnmuster trug, hatte sich Rapp auf Drängen von Dr. Nathan für ein integriertes ballistisches Helmsystem entschieden.

Kennedy war nicht über den Einsatz informiert. Sie nahm gerade an einer Sitzung auf Führungsebene teil. Rapp wollte keine falschen Hoffnungen wecken, ehe sie sicher sein konnten, dass Zahir sie nicht an der Nase herumgeführt hatte. Ein grober Abgleich der vom Afghanen per SMS übermittelten Fotos mit dem im Internet verbreiteten Video ergab einen Treffer. Am schwierigsten war es gewesen, Major Nathan zu einer vorzeitigen Entlassung von Rapp zu bewegen. Der Major nötigte ihn zu einer Reihe abschließender Tests, die sich vor allem auf den Gleichgewichtssinn konzentrierten. Zur Überraschung des Arztes schlug sich sein Patient mehr als ordentlich. Nathan hielt es zwar für entschieden zu früh, Rapp in eine Mission zu schicken, bei der er sich dem erneuten Risiko einer Gehirnerschütterung aussetzte, aber letztlich fehlte es ihm an überzeugenden Argumenten, den Agenten gegen dessen Willen auf der Krankenstation festzuhalten. Allerdings gab er Rapp mit auf den Weg, ihn für den Fall, dass er verwundet zurückkehrte, nur mit einem Minimum an Schmerzmitteln zu versorgen, um ihn für seine Unvernunft zu bestrafen.

Das Metalltor stand offen und Zahir wartete in der Einfahrt auf sie. Rapp und Coleman schenkten ihm keine Beachtung und näherten sich stattdessen dem Commander der Sturmtruppe.

»Chief«, erkundigte sich Coleman. »Wie ist der Status?«

»Die Umgebung ist gesichert und der Trainer hat gerade den Hund reingeschickt.«

Der Seniorchief musterte die Beamten der örtlichen Polizei. »Die Jungs wirken ziemlich nervös.«

»Tja, klar, hätte es einen von uns vor zwei Tagen erwischt, wären wir es auch.«

»Stimmt allerdings.«

»Trägt der Hund 'ne Kamera am Körper?«

»Ja … der Trainer kümmert sich zusammen mit den Eierköpfen im JSOC um alles. Sobald wir von den Bossen den Befehl kriegen, schickt das Bombenteam den Roboter rein.«

»Wie lange wird das dauern?«, wollte Rapp wissen.

»20 bis 30 Minuten.«

»So lange will ich nicht warten.« Rapp sah rüber zu Zahir. »Ich hab 'ne bessere Idee.«

Als der Hund aus dem Haus kam, fragten sie den Trainer, ob ihm etwas Ungewöhnliches aufgefallen war. Abgesehen von den zwei Leichen im Keller schien alles ziemlich normal zu sein. Während die Bombentechniker ihre Ausrüstung auspackten, hielt Hayek die Stellung. Mitch ging mit Coleman zu Zahir. »Commander, du und deine Leute, ihr habt nicht zufällig irgendwelche Fallen entdeckt, während ihr drinnen wart?«

Zahir verspürte überhaupt keine Lust auf Spielchen mit den Amerikanern. Er schüttelte den Kopf und schwieg beharrlich.

»Gut«, meinte Rapp. »Dann bist du also bereit, noch mal mit uns reinzugehen und uns zu zeigen, was du gefunden hast.«

Zahir nickte, forderte sie mit einem Handzeichen auf, ihnen zu folgen, und marschierte an seinen Männern vorbei ins Gebäude.

»Bist du dir sicher?«, fragte Coleman.

Rapp hielt es für besser, nicht den Rest seines Lebens mit der Sorge zu verbringen, dass hinter jeder Ecke eine Bombe lauern konnte, sondern zurück aufs Pferd zu steigen.

»Du hast doch den Bericht über Zahir gelesen. Selbstmordattentate sind nicht seins. Dafür ist er viel zu selbstverliebt. Wenn er freiwillig das Haus betritt, besteht keine Gefahr.«

»Ich hoffe, du hast recht.« Coleman blickte über die Schulter. »Chief, wir gehen jetzt rein. Sollte das JSOC ausflippen, sagen Sie denen, Mr. Cox habe die Anweisung gegeben.«

Als altgedienter Soldat wollte er nicht, dass der Mann Ärger für etwas bekam, das nicht auf seine Kappe ging. Im Laufen rief er ihm zu: »Ansonsten können Sie immer noch den Roboter reinschicken.«

Zahir führte sie durch das Erdgeschoss.

»Gibt's da oben was, das man sehen sollte?«, fragte Rapp, als sie den Aufgang zum ersten Stock erreichten.

»Vermutlich werden Sie hier alles in seine Einzelteile zerlegen wollen. Mir ist jedenfalls nichts aufgefallen.« Zahir zeigte auf die Stufen in Richtung Keller.

»Die wichtigen Sachen sind da unten.«

Rapp ließ Zahir vorgehen und zielte mit dem Sturmgewehr auf den Rücken des anderen. Auf halbem Weg schlug ihnen ein mörderischer Gestank entgegen. Zahir hielt sich ein Taschentuch vor den Mund. Am unteren Treppenabsatz stand ein Tisch mit Computermonitor, Tastatur und Maus. Zahir führte sie durch eine offene Tür und der Gestank wurde nahezu unerträglich. Rapp und Coleman hielten sich die Nase zu und ließen ihre Blicke durch den rechteckigen Raum schweifen. Das Erste, was Rapp auffiel, waren die beiden reglosen Körper auf dem Boden.

Sie sahen aus wie die Männer im Video. Laken bedeckten die Wände und an einem der Deckenbalken

befand sich ein Metallhaken mit einem daran festge-
knoteten Seil.

»Der hier« – Zahir deutete auf den Größeren der
Toten – »ist Shah Rukh Ahmad Wazir. Ein Taliban.«

»Bist du dir sicher?«, fragte Rapp.

»Ja.«

»Und der andere?«

»Keine Ahnung, aber das finden wir raus. Vermutlich
gehört er ebenfalls zu der Bande.«

»Gott, müffelt das hier!«, schimpfte Rapp. »Wie kommt
das? Die Kerle sind noch nicht lange genug tot, um dermaßen zu stinken.«

Zahir zeigte auf eine Pfütze zwischen den zwei Leichen
unweit von ihrer Position. Eine rostbraune Mixtur.

»Ich vermute, das ist Blut, vermischt mit Kot und
wahrscheinlich auch ein bisschen Urin.« Er hatte häufig
genug erlebt, dass sich Männer bei einem Verhör in die
Hose machten, wollte das den beiden Amerikanern aber
nicht unbedingt erzählen.

»Wie hieß der Große noch mal?«, fragte Coleman. Er
hatte das Handy aus der Tasche geholt und wollte den
Namen an die Strategen in der Zentrale weitergeben. Zahir
buchstabierte ihm den Namen. Da er den Mann kannte,
tauchte er bestimmt in einer ihrer Datenbanken auf.

Rapp wich der widerwärtigen Masse aus, um die Toten
genauer in Augenschein zu nehmen. Beide hatten blut-
unterlaufene Knöchel und geschwollene Hände. Ganz in
der Nähe lagen zwei Gummischläuche, was die Theorie
stützte, dass Rickman hier ausgequetscht worden war. In
den Leichen klafften jeweils mehrere Einschusslöcher.
Das Bild der toten Leibwächter im Safe House kehrte zu
ihm zurück.

»Sieh dir das an«, meinte er zu Coleman. »Weißt du noch? Bei Ricks vier Bodyguards gab es jeweils nur eine Schusswunde.«

»Stimmt«, meinte Coleman. »Hier muss einer mächtig angepisst gewesen sein.« Er wandte sich um und untersuchte die übrigen Wände. Soweit er es beurteilen konnte, hatten Projektile darin keine Dellen hinterlassen. Sie hatten es hier nicht mit einem Feuergefecht, sondern mit einer gezielten Hinrichtung zu tun.

Rapp bemerkte eine Videokamera samt umgekipptem Stativ. Sie brauchten Hayek hier unten. Rapp bog sich das Lippenmikrofon vor den Mund und betätigte den Zwei-Wege-Rufknopf an seinem Motorola-Funkgerät. »Sid, hier ist Harry, over.«

»Ich höre.«

»Hast du Atemmasken mitgebracht? Hier unten stinkt's ganz schön.«

»Hab ich, ja.«

»Gut, dann schnapp dir deine Ausrüstung und komm her. Ich wart im Erdgeschoss auf dich.«

»Harry«, kam die kratzende Antwort per Funk. »Unser Boss hat ihr Meeting beendet und ist nicht besonders glücklich über deinen Alleingang.«

Rapps Erinnerung wies nach wie vor Lücken auf, aber er ging fest davon aus, dass sie nicht das erste Mal sauer auf ihn war.

»Sag ihr, ich bin mir zu 99 Prozent sicher, dass wir das Versteck gefunden haben, in dem Rick festgehalten wurde. Das beruhigt sie hoffentlich ein bisschen. Ich komm zum Vordereingang.«

Rapp klappte das Mikro nach oben und lief zur Treppe.

»Das ist ganz schön frech«, fand Coleman.

»Was denn?«

»Wir befinden uns kaum anderthalb Blocks vom Safe House entfernt. Da suchen wir den halben Planeten nach ihm ab, dabei war er die ganze Zeit direkt in der Nähe. Ich geb's ungern zu, aber das ist ganz schön clever. Wer kommt schon auf die Idee, ihn in der unmittelbaren Nachbarschaft zu vermuten?«

Bei Colemans Worten regte sich eine vage Erinnerung in Rapps Verstand. Sein Gehirn kämpfte jedoch weiterhin mit Problemen. Es schien zwar zu wissen, wonach es suchte, hing jedoch in einer Art Endlosschleife fest – wie ein Computer, dessen Programmierung blockierte.

Coleman hörte förmlich, wie die Zahnräder in Mitchs Kopf ratterten.

»Worüber denkst du nach?«

»Gute Frage. Irgendetwas, das du gesagt hast, kommt mir wichtig vor, aber meine Birne will noch nicht so, wie ich es will.«

»Das wird schon wieder.«

Rapp betrat den angrenzenden Raum. Zahir folgte ihm. »Mr. Harry, sind Sie zufrieden?«

Er blieb auf der ersten Stufe stehen und musterte den korrupten Polizeibeamten. Seufzend rang er sich ein Lob ab: »Ja, Abdul, du hast einen guten Job gemacht.«

Er machte zwei Schritte, dann fiel ihm etwas ein. »Abdul, wie genau hast du die Toten entdeckt?«

Zahir hätte am liebsten behauptet, es sei ein Tipp von einem Kontaktmann gewesen, doch der Amerikaner fand die Wahrheit sowieso heraus. Da er nicht länger wütend auf ihn zu sein schien, verriet er: »Auf dem Revier ging ein anonymer Anruf ein.«

»Anonym?«

»Ja.«

Das kam Rapp komisch vor. Da boten sie Tausende von Dollar als Belohnung an, wenn ihnen jemand half, Rickman zu finden. Und der Hinweisgeber verschwieg seinen Namen. Rapp schüttelte den Kopf und stieg mit Ashan im Gefolge nach oben.

»Mr. Harry, ich wollte noch etwas sagen: Es tut mir leid, dass wir auf dem falschen Fuß angefangen haben.«

»Mir auch, Abdul. Lass uns einfach noch mal von vorn anfangen.«

Rapp blieb vor der Eingangstür stehen und musste dem Roboter ausweichen.

»Das würde mir gefallen.«

Der Satz spielte Rapp in die Karten. »Gut. Dann finde Mr. Hubbard für mich. Am besten lebend.«

Zahir druckste herum. »Gibt es denn eine Belohnung?«

Rapp hätte damit rechnen müssen. Typen wie Zahir änderten sich nie.

»50 Riesen … möglicherweise mehr. Das hängt davon ab, wie hart du dafür arbeiten musst.«

Zahir lächelte erleichtert. So machte er am liebsten Geschäfte. Doch seine Freude währte nicht lange.

Rapp richtete die Mündung seiner Waffe auf Zahirs Brust und sagte: »Wehe, wenn du mich verarschst oder selbst in diese Sache verwickelt bist. In dem Fall leg ich dich nämlich eigenhändig um.«

40

Hayek war in einen weißen Einweg-Overall mit Haube und Stiefeln gehüllt, trug eine Atemmaske vor dem Mund und schmiss alle aus dem Gebäude, die Bombentechniker eingeschlossen. Mehr als eine Stunde verbrachte sie damit, alles gründlich zu fotografieren. Im Kellerraum, in dem die Folterung stattgefunden hatte, nahm sie zwei Proben von jeder Flüssigkeit, die sich finden ließ. Während ihrer Zeit beim FBI hätten sie einen Tatort dieser Größe mit mindestens sechs Kollegen beackert. Sie befürchtete, dass ihr ein Haufen Beweise durchrutschte, aber da ihre Erkenntnisse im Nachhinein nicht einer richterlichen Prüfung standhalten mussten, ging sie ohnehin ganz anders vor. Ihr vorrangiges Ziel war relativ simpel: Sie musste Kennedy mit an Sicherheit grenzender Wahrscheinlichkeit bestätigen können, dass man Joe Rickman tatsächlich hier festgehalten hatte.

Während sie systematisch die Räume absuchte, wusste sie bereits, welche Empfehlung sie Kennedy geben würde. Sie musste ein forensisches Team vom Joint Expeditionary Forensic Laboratory in Bagram oder einen der FBI-Spezialistentrupps herbeordern. Kennedy hielt in der Regel nichts davon, solche Aufträge an Externe zu delegieren, aber die simple Wahrheit lautete, dass es der CIA an Expertise mangelte, um eine kriminologische Untersuchung auf diesem Niveau selbst durchzuführen. Hayek bevorzugte die FBI-Lösung, aber das hing natürlich mit ihrer eigenen beruflichen Vergangenheit zusammen.

Nachdem sie alle Proben genommen hatte, sah sie sich mit einem kleinen Dilemma konfrontiert. Auf der anderen Seite des Kellers, ein Stück entfernt von den beiden Toten, war eine Digitalkamera auf einem Stativ am Boden festgeschraubt gewesen. Die Kamera schien umgestoßen worden zu sein, denn ein Haarriss zog sich durch den optischen Sucher. Zudem waren Teile des schwarzen Plastikgehäuses zerkratzt und abgesplittert. Sollte das FBI zum Tatort beordert werden, musste sie die Kamera hierlassen, damit sie ihre eigenen strikten Protokolle zur Beweissicherung befolgen konnten.

Hayek war keine Elektronikspezialistin, aber sie wusste, dass es bei den meisten Digitalkameras neben dem internen Speicher noch Steckplätze für Karten oder Sticks gab. Sie wiegte das Gerät wie einen Vogel mit gebrochenem Flügel in den behandschuhten Händen, drehte es behutsam hin und her und stellte fest, dass der Kartenslot leer war. Sie wollte die Kamera wieder zur Seite legen, entschied sich jedoch dagegen.

Hayek schimpfte mit sich selbst. Manchmal dachte sie einfach noch zu sehr wie ein Gesetzeshüter und nicht genug wie eine CIA-Agentin. Ihr Auftrag lautete, Kennedy so viele Informationen wie möglich so schnell wie möglich zukommen zu lassen. Sie konnte das Gerät später immer noch an die Experten vom Federal Bureau übergeben. Die Bilder ließen genaue Rückschlüsse auf den Fundort zu. Vorsichtig schraubte sie das Stativ vom Untergrund los und verstaute die Kamera in einem durchsichtigen Beweisbeutel.

Beim Hinaustreten in die Nachmittagssonne stellte sie fest, dass die meisten Kollegen mittlerweile merklich entspannter wirkten. Rapp stand mit Coleman direkt neben dem Eingangstor. Letzterem fielen schon die Augen zu. »Wie ist es gelaufen?«, erkundigte sich Rapp.

Hayek zog die Haube vom Kopf und die Maske vom Mund weg.

»Für den Anfang habe ich genug Material gesammelt, aber wir sollten unbedingt noch jemanden kommen lassen, der sich das gesamte Haus sorgfältig vornimmt.«

»Wen denn?«

»Am besten ein Forensikteam vom FBI.«

»Die Idee gefällt mir nicht.«

»Das glaub ich dir, aber sie sind nun mal die Besten.«

»Das muss Irene entscheiden.«

»Natürlich. Bis dahin schlage ich vor, das Grundstück vollständig abzuriegeln. Niemand darf rein oder raus, auch keiner der örtlichen Cops.«

Rapp wandte sich an Coleman. »Was schlägst du vor?«

»Na ja.« Er rieb sich die müden Augen. »Die JSOC-Jungs auf die Bewachung eines leeren Gebäudes anzusetzen, wäre in etwa so, als ob man ein Rassepferd zwingt, einen Acker zu pflügen. Außerdem haben die heute mit Sicherheit noch was anderes vor.« Coleman wollte gerade vorschlagen, Hubbard anzurufen, damit er einige Infanteristen vom Stützpunkt dafür abstellte, doch dann fiel ihm ein, dass Hubbard vermisst wurde.

»Ich telefonier mal ein bisschen rum. In der Zwischenzeit probier ich, die Rangers zu überreden, alles im Auge zu behalten.«

Coleman wurde zum Einsatzleiter in Bagram durchgestellt und gab einen kurzen Lagebericht ab. Innerhalb von 60 Sekunden hatten sie eine Lösung erarbeitet. Das gehörte zu den Vorzügen des JSOC. Die geballte praktische Erfahrung erfasste auch winzigste Nuancen oberflächlich betrachtet identischer Missionen im Rekordtempo. Die zwei Black Hawks, die das

Einsatzteam eingeflogen hatten, warteten einige Meilen entfernt auf dem Rollfeld der Jalalabad Air Base. JSOC hatte bereits drei MRAPs angefordert, um die Mannschaft samt Ausrüstung dorthin zu bringen und an Bord der Helikopter zurück nach Bagram. Nun wurde entschieden, die Rangers vorübergehend zum Haus vorrücken zu lassen, um die Security zu übernehmen, bis jemand anders kam und sie ablöste. Coleman ließ außerdem ihren Little Bird kommen, um sie an Bord zu nehmen. Fünf Minuten nach dem Abheben schlief er tief und fest, während Rapp mit weit aufgerissenen Augen grübelte, was da an den Rändern seiner eingeschränkten Erinnerung knabberte.

In diesem Stadium sorgte sich Kennedy weniger um absolute Geheimhaltung, sondern war vielmehr an Ergebnissen interessiert. Hayek nutzte die Chance, um sich eine Zugangsberechtigung zum gemeinsamen Forensiklabor auf dem Stützpunkt erteilen zu lassen. Kennedy gab den Wunsch an den diensthabenden Kommandanten der Bagram Air Base weiter, einen Zweisternegeneral aus Idaho, der sich als äußerst zuvorkommender Gastgeber erwies. Mit einem kurzen Telefonat verschaffte er ihr eine Freigabe und jegliche Unterstützung der Labortechniker, die sie brauchte.

Hayek war beeindruckt von der Ausstattung der Einrichtung, die vom Criminal Investigative Command der U.S. Army betrieben wurde. Wie bei der Armee üblich, hatten sie die Bezeichnung in ein Akronym verwandelt und sprachen nicht von der Joint Expeditionary Forensic Facility, sondern von JEFF. Hayek packte ihre Beweisbeutel auf einen Tisch aus rostfreiem Stahl und vergewisserte sich, dass für jede Probe ein Ersatz vorhanden war. Die Doubles packte sie zusammen in einen größeren Klarsichtbeutel und versiegelte ihn. Falls im Labor etwas schieflief, konnte sie später darauf zurückgreifen und die Back-ups mit ihren vertrauten Instrumenten zu Hause in den Staaten untersuchen. Sie hatte von den beiden Toten auch Fingerabdrücke und DNA-Proben genommen, übergab sie den örtlichen Abdruckspezialisten und Genexperten und sagte ihnen, mit welchen Datenbanken sie die Ergebnisse abgleichen sollten. Die zwei Frauen lächelten und versicherten ihr, so etwas gehöre zu ihrer täglichen Routine.

Der Leiter des Labors war ein gewisser Major Archer. Hayek zeigte ihm die Asservatentüte mit der beschädigten Kamera. »Gibt es hier jemanden, der in der Lage ist, herauszufinden, ob darauf nützliches Bildmaterial gespeichert ist?«

Der Major trug keine Handschuhe und rührte die Tüte deshalb nicht an. »Ja, Ma'am. Da gibt es einen IT-Analysten, für den das genau das Richtige ist. Ich bin gleich wieder bei Ihnen.«

Als er zurückkehrte, hatte er einen kleinen Schwarzen mit breitrandiger Nerdbrille im Schlepptau.

»Agent Hayek, das ist Corporal Floyd, einer unserer Besten. Wenn es da etwas gibt, wird er es finden.«

Der Corporal trug einen weißen Coverall, ließ ein Paar Latexhandschuhe über die Fingerkuppen schnappen und streckte wortlos die Hände aus. Hayek reichte ihm den Beutel und beobachtete, wie er die Kamera gegen das Licht hielt und sie aus verschiedenen Blickwinkeln untersuchte.

Als er schließlich sprach, war es eine Frage: »Haben Sie das Netzkabel mitgebracht?«

Hayek hätte sich am liebsten in den Hintern getreten. Sie sah das Kabel auf dem Boden genau vor sich, war aber nicht auf die Idee gekommen, es mitzunehmen. »Sorry ... kein Kabel.«

Der Corporal zuckte mit den schmalen Schultern. »Ach, da findet sich schon was. Canon-Kameras haben in der Regel einheitliche Anschlüsse.«

Er musterte die Unterseite des Gehäuses und schickte sich an, den Beutel zu öffnen. »Ist das okay?«

»Natürlich.«

Er zog die Kamera mit Videofunktion heraus und überprüfte den SD-Karten-Einschub.

»Es steckt kein externer Speicher drin«, wies Hayek auf das Offensichtliche hin. »Sehen Sie eine Chance, dass wir trotzdem was finden?«

Der Corporal nickte. »Das ist eine Canon Vixia HF R30 mit integriertem 8-Gig-Flash-Drive. Da passen drei Stunden HD-Video drauf. Falls das WLAN-Modul noch funktioniert, ist die Übertragung ein Klacks. Andernfalls muss ich das Laufwerk erst ausbauen. Das dauert dann etwas.«

»Wie lange?«

»Bestimmt ein paar Stunden.«

Das gefiel Hayek überhaupt nicht.

»Können Sie nicht einfach einen Fernseher anschließen und die Aufnahme abspielen?«

Er grinste schwach. »Mit den passenden Adaptern und einem voll funktionsfähigen Gerät wäre das natürlich kein Problem, aber so brauch ich eine Weile, um alles zum Laufen zu bringen. Keine Sorge, falls noch etwas darauf gespeichert ist, komm ich für Sie ran.«

Die Aufnahmen – allein darum ging es. Sollte dieser junge Soldat es schaffen, sie auszulesen, stand ihm ein ziemlicher Schock bevor. Hayek hatte sich nach wie vor nicht an das Doppelleben gewöhnt, das sie führte. Sie hatte dem diensthabenden Offizier und den anderen Mitarbeitern, denen sie begegnet war, noch nicht mal ihren falschen Namen genannt. Manchmal fragte sie sich ernsthaft, ob sie bei der CIA nicht völlig verkehrt war.

»Hören Sie«, wandte sie sich in vertraulichem Tonfall an die beiden Männer. »Das Video, das Sie vorfinden werden, ist enorm verstörend. Einer unserer verdeckten Ermittler wurde vor ein paar Tagen entführt. Wir gehen davon aus, dass mit der Kamera Teile seines Verhörs festgehalten wurden. Kein Uneingeweihter darf diese Aufnahmen zu Gesicht bekommen. Sobald Sie drangekommen sind, müssen Sie aufhören.«

»Womit ... aufhören?«, hakte Floyd nach.

»Aufhören, sie wiederzugeben. Sollten meine Befürchtungen zutreffen, dürfte selbst ich nicht über die nötige Freigabe verfügen, um zu sehen und zu hören, was auf diesem Laufwerk gespeichert ist. Ich vertraue auf Ihre Diskretion, Corporal. Andernfalls droht Ihnen eine interne Nachbesprechung, die sich gewaschen hat.«

»Alles klar. Ich werde sehen, was ich tun kann. Sobald ich das Teil zum Laufen gebracht habe, gehört es Ihnen.«

Hayek fokussierte ihre Aufmerksamkeit auf die Frage, die sich am schnellsten beantworten ließ. Von jedem CIA-Agenten, der im Ausland eingesetzt wurde, bewahrte man in Langley eine DNA-Probe auf. Hayek hatte eine von Rickman mitgebracht. Sie betrachtete die sechs Beweisbeutel, in denen sie Proben der verschiedenen Körperflüssigkeiten hatte, die sich unter dem Haken an der Decke verteilten. Bei Blut war der Abgleich am einfachsten. Sie entschied sich für die optisch am wenigsten verunreinigte Probe und reichte sie der Analystin. »Fangen wir damit an.«

41

Kennedy gähnte in die Handfläche und hoffte, dass es niemand in Langley mitbekam. Die sichere Videokonferenz dauerte nun schon fast eine Stunde. Nicht dass sie sich gelangweilt hätte, sie war einfach nur todmüde. Bei der Besprechung drehte sich alles um Leben und Tod. Die Krise schien kein Ende nehmen zu wollen. Vielmehr breitete sie sich aus wie eine Seuche, sprang von einem Ballungszentrum auf das nächste über und erzeugte eine Art Mikropanik bei allen Beteiligten. Ein Teil von ihnen kämpfte gegen den Fluchtinstinkt an, der andere Teil witterte Blut.

Der pakistanische Außenminister war von den Kräften des landeseigenen Geheimdienstes förmlich aus dem Haus gezerrt worden. Die Kameras der herbeizitierten Medien hielten jede brutale Einzelheit fest. Allein diese Bilder lösten einen Exodus in Reihen der niederen Informanten aus. Vier Spione der mittleren Ebene fanden sich in der Botschaft in Islamabad ein, obwohl man sie eindringlich aufgefordert hatte, es nicht zu tun. Drei weitere verschwanden von der Bildfläche. Ob sie ebenfalls abgeholt worden oder selbst geflohen waren, blieb der eigenen Fantasie überlassen. Keiner von ihnen wurde auf dem im Internet verbreiteten Video erwähnt, aber darum ging es nicht. Sobald sich die Angst im vereinsamten Verstand eines Agenten einnistete, spürte er den rasselnden Atem der Panik im Nacken.

Die Botschaft in Islamabad meldete, dass der ISI seine Überwachung rund um das Botschaftsgelände deutlich verstärkt hatte und sie damit rechneten, dass jeder, der das Gebäude betrat oder verließ, fotografiert wurde. Es war nur noch eine Frage der Zeit, bevor ein formaler Protest eingereicht wurde und die Pakistani die ersten Amerikaner außer Landes verwiesen.

Zu allem Überfluss musste sich Kennedy auch noch mit den Idioten herumschlagen, die die Anweisungen ihrer Agentenführer ignoriert und in der Botschaft um Asyl ersucht hatten. Die pakistanische Regierung würde ihre Auslieferung verlangen. In Anbetracht des herrschenden politischen Klimas führte für Kennedy kein Weg daran vorbei. Wie viele von ihnen die Sache überlebten, ließ sich nicht absehen, aber sie mussten zumindest mit brutaler Folter rechnen. Und jenseits der Grenze lief es nicht unbedingt besser. Der Leiter des Geheimdienstes und sein Stab hatten gerade einen vernichtenden Bericht abgeliefert.

Insgesamt 13 Kontaktleute, die fünf in Pakistan nicht mitgezählt, hatten überstürzt die Flucht angetreten. Fünf waren vor den Türschwellen amerikanischer Botschaften in Europa aufgetaucht und ihre Handler arbeiteten fieberhaft daran, ihnen eine Rückkehr in ihr normales Leben zu ermöglichen, bevor sie aufflogen. Allerdings weigerte sich jeder Einzelne von ihnen strikt gegen die Rückkehr. Von den übrigen acht wussten sie nicht einmal, ob man sie festgenommen hatte oder sie zur nächstbesten Grenze flohen, um sich nach Amerika abzusetzen. Kennedys Netzwerk aus Spionen drohte sekündlich in alle Himmelsrichtungen zu zerfallen, dabei befand sich die Krise noch in der Anfangsphase. Sie fragte sich, wie viele der Betroffenen wussten, was ihr bekannt war: dass Rickman nur einige wenige Geheimnisse auf den Tisch gepackt hatte. Trotzdem reichte das durchgesickerte Video bereits, die Arbeit der CIA nahezu komplett zum Erliegen zu bringen.

Sie musterte die am Konferenztisch versammelten Gesichter und die Kollegen, die über den Großbildschirm aus Langley zugeschaltet waren. Begriffen alle den Ernst der Lage? Es waren kluge Köpfe, andernfalls hätten sie es in der Hierarchie der CIA nicht so weit nach oben gebracht, aber bei solchen Katastrophen verlief die Lernkurve unterschiedlich. Manche agierten in so einer Lage ausgesprochen kurzsichtig. Es gab festgelegte Aufgaben, die erledigt werden mussten, aber manche steckten den Kopf in den Sand und bekamen von ihrer Umgebung so gut wie nichts mehr mit. Kennedy konnte es nicht riskieren, ihren Kopf in einem Stapel Akten zu vergraben. Ihr Job bestand darin, das Schiff sicher durch die Untiefen zu lotsen. Aktuell stellte sich ihr die Frage, ob das überhaupt möglich war.

»Bist du in Ordnung?«

Kennedy sah Rapp an, der sie aus dunklen Augen nachdenklich musterte. Es gab Situationen, so auch jetzt, wo sie dieser Blick kopfscheu machte. Er schien tief in die Seele eines Menschen vorzudringen und die Angst des anderen zu wittern.

Als wollte er ihre Vermutung bestätigen, sagte er: »Ich weiß, die Lage scheint hoffnungslos zu sein, aber früher oder später werden wir in ruhigeres Fahrwasser kommen.«

»Ich wünschte, ich könnte deinen Optimismus teilen.«

Er lehnte sich dichter zu ihr heran.

»Im Moment ist es das Wichtigste, Schadensbegrenzung zu betreiben. Irgendwann blutet es nicht mehr, dann müssen wir uns den Arsch aufreißen und weitermachen.«

Aktuell hatte Kennedy nicht den Eindruck, dass die Wunden jemals zu bluten aufhörten, und falls doch, hatte sie bis dahin wahrscheinlich keinen Job mehr. Ihr fiel auf, dass sie mit Rapp immer noch nicht über Gould gesprochen hatte. Ihn schienen noch gewisse Erinnerungslücken zu plagen, sonst hätte er es seinerseits längst zur Sprache gebracht und explizit verlangt, ihn zu sehen. Vielleicht konnte sie Coleman bitten, mit ihm darüber zu sprechen, bevor Dr. Lewis morgen eintraf.

Zumindest zeigte sich Gould kooperativ. Nash zeichnete die letzten vier Jahre im Leben des anderen akribisch nach, konzentrierte sich vor allem auf seine Geldflüsse und Auftraggeber. Kennedy fiel es schwer, zu glauben, dass Gould rein zufällig gleich zweimal in vier Jahren darauf angesetzt worden war, Rapp zu töten. Und dann war da noch die Sache mit Wilson. Für den Geheimdienst arbeiteten zwangsläufig Leute, die das exakte Gegenteil des netten Nachbarn von nebenan waren. Rapp machte häufig Geschäfte mit auf Diskretion eingestellten Kreditinstituten in der Schweiz, auf Zypern, in Gibraltar oder Singapur. Alles mit ausdrücklicher Billigung Kennedys. Blieb die Frage, wie Wilson davon erfahren hatte. Genauer gesagt: Wer hatte gewollt, dass er es herausfand?

Die Tür zum Besprechungsraum wurde aufgerissen und Sydney Hayek kam herein, außer Atem und mit einem Laptop unter dem Arm. Kennedys Assistent Eugene folgte dicht hinter ihr.

»Tut mir leid, so hereinzuplatzen«, verkündete Hayek, »aber ich habe etwas herausgefunden, das Sie alle sofort sehen sollten.«

Hayek folgte Eugene zu einer mit Elektronik vollgestopften Nische im hinteren Teil des Raums und drückte ihm den Rechner in die Hand. Er verband ihn mit mehreren Kabeln und legte das Bild des Laptops auf einen der Monitore. Dann reichte er ihr eine Fernbedienung und verließ den Raum, wobei er die schallsichere Tür hinter sich zuzog. Obwohl er Kennedy direkt unterstellt war, fehlte ihm eine Freigabe für die höchsten Sicherheitsstufen.

Hayek sammelte sich, bevor sie den Blick über Kennedy, Rapp, Schneeman und Nash schweifen ließ und danach die zugeschaltete Gruppe auf dem Konferenzmonitor anblickte.

»Sie alle wissen von dem Gebäude, auf das wir vor Kurzem in Jalalabad gestoßen sind. Ein DNA-Abgleich hat eindeutig ergeben, dass Joe Rickman im Keller des Hauses festgehalten wurde.«

»Dort unten soll ein ziemliches Chaos geherrscht haben«, schaltete sich Nash ein. »Wie sicher können wir da sein, was einen Treffer angeht?«

Hayeks Kopf bewegte sich unruhig hin und her. Sie wusste nicht genau, wie sie anfangen sollte, weshalb sie die Frage als dankbare Steilvorlage nahm.

»Ich bin mir 100-prozentig sicher. Die DNA ist mit 99-prozentiger Wahrscheinlichkeit identisch, aber es gibt noch weitere Beweise.« Sie sah zu Kennedy.

»Ich habe eine Digitalkamera im Keller gefunden. Sie war stark beschädigt und es steckte keine Speicherkarte im Gehäuse. Allerdings verfügt das Modell über ein internes Flash-Laufwerk.« Fragen hallten durch den Raum, aber sie erhob die Stimme und die Hand und erstickte sie im Keim.

»Ich möchte Sie alle davor warnen, dass die Aufnahmen extrem verstörend sind. Wir haben mindestens zwei Stunden Videomaterial, dessen Auswertung uns monatelang beschäftigen wird. Ich möchte Ihnen allerdings etwas zeigen, was alle kennen sollten, bevor wir damit anfangen.«

Hayek drückte auf Play und startete die Wiedergabe. Der Flachbildschirm zeigte, wie das im Internet kursierende Video, einen blutig geprügelten Rickman, der mit nacktem Oberkörper und über den Kopf gestreckten Händen an der Decke hing. Rote Striemen bedeckten seinen Leib. Beide Augen waren zugeschwollen und die unnatürliche Mundhaltung deutete auf einen gebrochenen Kiefer hin. Die beiden Männer schlugen wie Berserker auf ihn ein, immer abwechselnd, um sich die Kräfte einzuteilen. Schließlich fingen sie an, ihm mit den Gummischläuchen in den Schritt zu schlagen. Rickman wand sich unter Krämpfen und spuckte Blutklumpen aus. Seine vermummten Peiniger setzten ihren Ansturm noch einige Sekunden fort, bevor sie zu merken schienen, dass etwas nicht stimmte.

Die Schläge hörten auf, und sie bogen sein stark geschwollenes Kinn nach oben. Sobald der Kleinere der beiden es losließ, sackte der Kopf leblos auf die Brust. Die beiden Männer diskutierten hektisch auf Paschtu und zogen sich dann die Masken vom Gesicht, wodurch ihre Gesichter erkennbar wurden. Sie wirkten panisch und tasteten nach einem Puls. Ein dritter Mann trat in den Bildausschnitt, bewegte sich als unscharfer Schemen an der Kamera vorbei. Er ignorierte die anderen und schob einen Finger an Rickmans Hals. Er schien eine gefühlte Ewigkeit hektisch nach Lebenszeichen zu forschen, auch an den Händen. Schließlich schob er ein Ohr über Rickmans blutige Brust, trat dann zur Seite und wurde mit einer Flut von Beschwichtigungen der beiden Folterknechte überschwemmt.

Er fiel ihnen schreiend ins Wort und zückte eine Pistole. Nach weiteren hektischen Diskussionen erschoss der Neuankömmling, der nach wie vor eine Maske trug, den Größeren der beiden anderen. Nachdem er mit ihm fertig war, visierte er den Zweiten an und schoss, bis das Magazin leer war. Er machte kehrt, lief direkt zur Kamera, drosch mit der Mündung dagegen, und der Bildschirm wurde schwarz.

Fassungsloses Schweigen schloss sich an. Kennedys Verstand mühte sich ab, das Gesehene zu verarbeiten, hin- und hergerissen zwischen Entsetzen, Trauer, Erleichterung und dem widerwilligen Eingeständnis, dass einer ihrer besten Agenten nicht mehr lebte. Innerhalb von Sekunden bilanzierte sie mit analytischem Kalkül, dass Joe Rickman zwar einige unvorstellbar grauenvolle letzte Tage auf dieser Welt verbracht hatte, ihm dadurch im Gegenzug aber Monate entsetzlicher Folter erspart geblieben waren. Perverserweise fiel die Abrechnung positiv aus: Ein Mann war tot, dafür hatte er unzähligen anderen den Galgen erspart. Eine Welle von Erleichterung erfasste Kennedy. Ihr Spionagenetzwerk war nicht kompromittiert worden. Zugleich hasste sie sich für diesen Gedanken, weil er die Trauer um Rickman überlagerte.

42

Joel Wilson hatte weder Energie noch Lust, mit seinem Hund spazieren zu gehen, aber es gehörte zum Plan. Deshalb schlüpfte er in ein Paar Tennisschuhe und zog die braune Baumwolljacke mit dem Cordkragen an, die an der Garderobe in der Vorhalle hing. Seine Frau, eine gertenschlanke Fitnessfanatikerin mit raspelkurzer, platinblonder Mähne, führte den Hund normalerweise vor und nach der Arbeit Gassi. Als Wilson nach der Leine griff, blickte ihn der Köter misstrauisch an. *Machst du Witze?*, schien er fragen zu wollen.

»Mach du mir nicht auch noch Stress. Ich hab schon genug um die Ohren.«

»Hast du was gesagt, Schatz?«

»Nein, nichts«, rief Wilson seiner Frau zu, die im hinteren Teil des Flurs vor dem Computer saß.

»Ich geh nur kurz eine Runde mit Rose um den Block.«

»Ehrlich?« Sally Wilson steckte den Kopf aus dem Arbeitszimmer, eine schwarze Lesebrille auf dem Nasenrücken.

»Ich weiß, dass ich mich normalerweise nicht drum kümmere, aber ich muss den Kopf freibekommen.«

»So schlimm?« Sally arbeitete im Energieministerium und wusste nur zu gut, wie einem kleinliches Kompetenzgerangel in den Machtzentralen von Washington den Tag versauen konnte.

Das werde ich gleich herausfinden, dachte Wilson, behielt den Gedanken jedoch für sich.

»Es sieht ziemlich übel aus, aber das letzte Wort ist noch nicht gesprochen. Nur weil dieser verrückte alte Spinner von Hargrave sauer auf mich ist, muss er nicht automatisch recht behalten.«

Sie kam und drückte ihm einen Kuss auf die Wange.

»Du kriegst das schon hin. So wie immer. Du bist der klügste und beste Mann, den ich kenne.«

Wilson wurde rot. Er liebte sie abgöttisch. Die meisten kinderlosen Ehen fuhren vor die Wand. Ihre war dadurch noch stärker geworden. Sie funktionierten großartig als Team.

»Danke, Schatz, ich liebe dich.«

»Ich lieb dich auch.«

Ihr zweigeschossiges Stadthaus befand sich in einem neu erschlossenen Wohngebiet, das man zwischen den Reagan National Airport und das Pentagon gezwängt hatte. Nach der Einebnung eines alten Industriegebiets hatten die Architekten dem Flair des historischen Georgetown nachgeeifert. Das erreichten sie durch Errichtung vier unterschiedlicher Varianten moderner Stadtvillen, deren Grundriss mehr oder weniger identisch war, die sich jedoch im Schnitt und der Farbe der Fensterläden und Eingangstüren voneinander unterschieden. Es war ein nettes Viertel, in dem vor allem Lobbyisten und hohe Regierungsvertreter wohnten.

Wilson überließ dem Cockerspaniel die Führung. Ihn frustriert zu nennen, wäre untertrieben gewesen. Der lange Rückflug aus Afghanistan hatte ihm zu viel Zeit zum Nachdenken gegeben. Selbst die Mitglieder seines eigenen Teams mieden ihn. Sie schienen zu befürchten, dass er sie mit seinem Unglück ansteckte. Ihm war keine überzeugende Ausrede eingefallen, warum sie nur zwei

Tage nach der Ankunft Hals über Kopf ihre Sachen zusammenpacken mussten. Ursprünglich hatten sie mit einer mindestens einwöchigen Einsatzdauer gerechnet, bevor ein Großteil von ihnen nach Washington zurückkehrte und einige vor Ort blieben, um weitere Ermittlungen durchzuführen. Der hektische Aufbruch hatte ihm keine Chance gelassen, die Gerüchte im Keim zu ersticken. Noch vor dem Abheben wusste das gesamte Team, dass Cal Patterson einen beunruhigenden Anruf von Executive Assistant Director Hargrave erhalten hatte.

Niemand im Team kannte Hargrave so gut wie Wilson. Sie hielten ihn lediglich für einen strengen Vorgesetzten mit eindrucksvollem Titel, der sie bei Bedarf auf einen ungeliebten Posten abschieben konnte. Wilson allein wusste, dass er ein Blender war, doch das hätten ihm seine Leute in der aktuellen Situation sowieso nicht abgekauft.

Zwei Kreuzungen vom Haus entfernt blieb er unter einer Laterne stehen und hielt nach dem Wagen Ausschau. Der Hund drehte sich mit einem misstrauischen *Was treibst da da?*-Blick zu ihm um und drängte ihn zum Weiterlaufen.

»Bleib sitzen, du dämlicher Köter«, zischte Wilson.

Einen Block weiter flackerten Scheinwerfer auf und ein Fahrzeug setzte sich in Bewegung. Als der schwarze Lincoln Town Car neben ihm zum Stehen kam, sah er nur das eigene Spiegelbild in den getönten Fenstern. Ein Klicken verriet das Lösen der Zentralverriegelung. Wilson zog die hintere Beifahrertür auf und starrte auf die dunkle Rückbank.

»Steigen Sie ein.«

Wilson nahm den Hund auf den Arm und kletterte hinein. Er setzte Rose auf seinen Schoß und zog die

Tür zu. Die Limousine setzte sich in Bewegung und die Glasscheibe zwischen Vorder- und Rücksitzen fuhr nach oben.

»Was für ein süßer Hund. Wie heißt er?«

»Rose. Es ist ein Mädchen.«

Senator Carl Ferris streckte die Hand aus und ließ zu, dass seine mit Leberflecken übersäte Hand abgeschleckt wurde.

»Ich liebe Hunde. Haben Sie das gewusst?«

»Nein.« Nichts hätte Wilson mehr egal sein können.

»Ich habe mein ganzes Leben welche gehalten. Im Moment sind es drei. Zwei sind in der Villa in Connecticut, der andere begleitet uns überallhin. Ein kleiner Cockapoo. Es gibt nichts Niedlicheres.«

Wilson sah zu, wie der Senator Rose am Hals kraulte und mit dieser albernen Babystimme auf sie einredete, die seine Frau auch immer benutzte, um so zu tun, als führte sie eine ernsthafte Unterhaltung mit dem Cocker.

»Es freut mich, dass Sie so begeistert von meiner vierbeinigen Begleitung sind, aber im Moment habe ich wahrlich andere Probleme.«

Ferris setzte sein Verwöhnprogramm fort.

»Ja, das glaube ich gern. Sehr unschön, was Samuel mit Ihnen abgezogen hat. Der Mann ist extrem launisch.«

»Ich finde, ›Arschloch‹ bringt es ziemlich genau auf den Punkt.«

Ferris zog die Hündin auf seinen Schoß. »Wie ernst ist die Lage?«

»Verdammt ernst. Ich muss morgen um Punkt elf Uhr im Büro des Direktors antanzen. Ich weiß noch nicht, wer alles dabei sein wird, aber Sie können wetten, dass Hargrave schwere Geschütze gegen mich auffahren wird.

Ich habe ihm keine regelmäßigen Statusberichte geliefert, genau wie Sie es mir empfohlen haben, und daraus dreht er mir garantiert einen Strick. Glauben Sie mir, das wird kein gutes Ende nehmen. So etwas sieht man beim FBI gar nicht gern. Ich wünschte, ich hätte mich zumindest sporadisch bei ihm gemeldet.«

»Das wäre ein gewaltiger Fehler gewesen.«

Ferris war ein korpulenter Mann, der sein schütteres Haar sorgsam drapierte, um die kahlen Stellen zu verbergen.

»Er wäre damit sofort zu Kennedy gerannt und dann hätten Sie Ihre Untersuchung vergessen können.«

»Was ändert es? So oder so wird man mich morgen in die Wüste schicken. Vermutlich lande ich im Büro des Gleichstellungsbeauftragten oder auf einem anderen Posten, der Gift für meine Karriere ist. Verflixt, wahrscheinlich habe ich gar keine Karriere mehr, wenn die mit mir fertig sind.«

»Ganz ruhig«, meinte Ferris mitfühlend. »Reißen Sie sich zusammen und denken Sie dran, dass Sie zwar ein paar Leuten auf die Füße getreten sind, aber aus gutem Grund. Sie haben immerhin einen massiven Betrug aufgedeckt. Millionen von Dollar sind im Schlund einer korrupten und außer Kontrolle geratenen CIA verschwunden.«

»Mich müssen Sie nicht überzeugen. Aber meine Bosse!«

»Hargrave? Nicht wirklich. Direktor Miller stünde garantiert voll hinter Ihnen, wenn die Situation nicht bereits so verfahren wäre.«

»Sie glauben also auch, dass ich geliefert bin?«

»Das habe ich nicht gesagt. Sie befinden sich in einer schwierigen Lage, aber es könnte schlimmer sein.«

Ferris schob den Hund vom Schoß.

»Das Wichtigste ist, dass Sie morgen überzeugende Argumente vorlegen. Immerhin besitzen Sie die eidesstattliche Erklärung des Bankangestellten und die Überweisungskopien. Solche stichhaltigen Beweise lassen sich nicht einfach ignorieren.«

»Dummerweise werden sie wissen wollen, wie ich in den Besitz dieser Unterlagen gelangt bin. Meine Antwort dürfte ihnen überhaupt nicht gefallen. Wir reden immerhin von der CIA.«

»Das verstehe ich«, verkündete Ferris mit Spuren von Ungeduld. »Aber Beweise sind Beweise. Sie müssen einfach ans Licht kommen, dann verstehen alle Beteiligten, wie ernst es ist.«

Wilson legte den Kopf schräg. »Wollen Sie damit andeuten, ich soll die Informationen den Medien zuspielen? Dann wäre es *mein* Hintern, der im Knast landet.«

»Immer mit der Ruhe.« Ferris ließ sich nicht aus der Reserve locken. »Das habe ich mit keiner Silbe gesagt. Ich weiß, dass es gewisse Regeln gibt, die Sie einhalten müssen. Aber Ihre Vorgesetzten sind nicht dumm und werden begreifen, dass es besser ist, wenn Sie Ihre Ermittlungen in dieser Sache fortsetzen, weil Sie sonst selbst in den Fokus einer möglichen Vertuschung rücken.«

Das gefiel Wilson. Mit so etwas konnte man den hochrangigen Aktenhengsten den Schweiß auf die Stirn treiben.

»Wissen Sie, wenn ich Ihren Namen fallen lasse und erwähne, dass sich der Rechtsausschuss des Repräsentantenhauses bereits mit der Angelegenheit befasst, dürfte das genügen, damit man mich in Ruhe lässt.«

Die Miene des Senators verdüsterte sich.

»Nein, lassen Sie den Kontakt zu mir aus dem Spiel. Vertrauen Sie mir. Wir sind noch nicht an dem Punkt, an dem ich mich in die Sache einschalten kann. Ich versichere Ihnen, wenn es so weit ist, werde ich mich wie ein 800-Pfund-Gorilla für Sie in die Manege stürzen.«

»Und in der Zwischenzeit präsentiere ich denen meinen Arsch auf dem Silbertablett.«

Ferris seufzte. »Sie übertreiben mal wieder, mein Lieber. Das ist unwürdig für einen Mann in Ihrer Position.«

43

Islamabad, Pakistan

General Durrani saß auf dem Rücksitz seiner gepanzerten Mercedes-Limousine. Zwei identische schwarz lackierte E350 folgten. Die Wagen ließen sich äußerlich nicht voneinander unterscheiden. Die getönten Scheiben machten es unmöglich, die Insassen zu erkennen. Durrani zog es vor, im führenden Fahrzeug zu sitzen. Attentäter unterstellten normalerweise, dass die Zielperson in der Mitte der Kolonne zu finden war. Letztlich machte sich Durrani ohnehin keine Sorgen, in die Luft gesprengt zu werden. Leute, die so etwas taten, die richtig militanten Kräfte, hatte er ohnehin alle in der Tasche.

Der Autokonvoi näherte sich der Zufahrtskontrolle seiner bewachten Wohnanlage, Bahria Town, die an die Außenbezirke von Islamabad grenzte. Durrani hatte dem Bauunternehmer geholfen, das weitläufige

Gelände für das Projekt zu erschließen, indem er frühere Mieter gewaltsam aus ihren Wohnungen vertrieb und Grundstücksbesitzer einschüchterte, die mit dem Verkauf haderten. Ferner sorgte er dafür, dass Offizielle in Schlüsselpositionen bestochen oder erpresst wurden und sich das Wachpersonal ausschließlich aus früheren Armeebediensteten rekrutierte, die ihm wohlgesonnen waren.

Als Gegenleistung für seine Hilfe erhielt er ein eigenes Anwesen auf einem abgelegenen, mit Palmen bewachsenen Grundstück mit drei Meter hohen Mauern. Neben dem Haupthaus mit 8000 Quadratmetern gab es zwei Gästepavillons, ein Poolhaus und eine Garage für acht Wagen samt Zimmern für Dienstboten und Leibwächter. Er verspürte jedes Mal ein Gefühl tiefer Glückseligkeit, wenn er in das neue Zuhause zurückkehrte. Nur in seinem geliebten Pakistan wurde man für harte Arbeit mit solchem Luxus belohnt.

Die Autos schossen die breite, mit Bäumen bewachsene Prachtstraße entlang. Anders als im Rest von Islamabad und Rawalpindi lag hier nirgendwo Abfall herum. Das Tor zur Wohnsiedlung stand bereits offen, zwei der von Durrani rekrutierten militärischen Bodyguards hatten sich mit G3s von Heckler & Koch neben den breiten Steinsäulen postiert.

Sie fuhren mit hoher Geschwindigkeit an ihnen vorbei und bogen in die ausgedehnte private Zufahrt ab. Durrani wartete nicht, bis seine Personenschützer ausgestiegen waren und ihre Positionen bezogen hatten. Immerhin lebte er hier und wollte mindestens einen Ort auf der Welt haben, an dem er sich frei und ungehindert bewegen konnte. Er lief zum Haupthaus, wo ihn sein Butler bereits an der Tür erwartete.

»Guten Abend, General«, wurde er von dem kleinen Mann im weißen Sakko mit schwarzer Hose begrüßt. »Kann ich etwas für Sie tun?«

Durrani lief an dem Bediensteten vorbei, ohne Augenkontakt herzustellen, und blieb mitten in dem großen, mit Marmor ausgekleideten Foyer stehen.

»Ist Vazir da?«

»Ja, General. Im Shahi-Pavillon.«

Durrani nickte schroff und durchquerte den Eingangsbereich zum Aufzug. Als die Türen zur Seite glitten, trat er ein und drückte den Knopf für das Kellergeschoss. Er war ein äußerst paranoider Mann und sein Job verstärkte sein Misstrauen noch. Aus diesem Grund hatte er den Bauunternehmer gebeten, einen sehr guten Freund und Geschäftspartner, das komplette Gelände zu untertunneln, sodass alle Gebäude durch verborgene Gänge miteinander verbunden waren. Auf diese Weise hoffte er, dass die Amerikaner nicht alles mitbekamen, was er trieb. Die Tunnel gestatteten es ihm, sich den neugierigen Elektronikaugen ihrer Satelliten zu entziehen. Durrani hatte sogar einen Analysten darauf angesetzt, die genauen Überflugzeiten der US-Erdtrabanten für ihn zu ermitteln, um in diesen Phasen besondere Vorsicht walten zu lassen. Das Problem bestand darin, dass die Amerikaner den Kurs regelmäßig veränderten und durch den Einsatz von Spionagedrohnen zunehmend neue Möglichkeiten an die Hand bekamen, ihm hinterherzuspionieren.

Durrani tippte den Code ein, um die schwere Stahltür zu öffnen. Die Gangsysteme waren nichts Besonderes – schlichte Betonwände mit 2,40 Meter hohen Decken. Alle paar Meter sorgte eine vergitterte Hängelampe für bessere Sicht. Der Tunnel vom Hauptgebäude zum ersten Gästepavillon war knapp 50 Meter lang. An der nächsten Kreuzung bog er rechts ab und lief durch einen deutlich kürzeren Korridor weiter, gab eine andere Ziffernfolge ein, betrat den kargen Keller und sprang die Treppe hinauf. Als er das ebenerdige Geschoss erreicht hatte, ging sein Atem schwerfällig. Durrani stützte sich mit einer Hand am Geländer ab und hielt sich mit der anderen die Brust.

Eine Stimme kam aus dem benachbarten Raum.

»Sind Sie das, General?«

Beim Antworten war Durrani nach wie vor außer Atem.

»Ja.«

Er tastete nach den Zigaretten, zündete sich eine an, stieß sich vom Geländer ab und betrat das etwas tiefer angelegte Wohnzimmer. In diesem Pavillon dominierte eine schlichte, zeitgemäße Optik mit Weiß als Grundfarbe. In der Mitte des Raums standen zwei weiße Ledersofas und dazu passende Sessel mit Chromgestell auf einem gleichfarbigen Flokati-Teppich, unter dem sich ein weißer Marmorboden mit subtilen grauen Einsprengseln ausdehnte.

Durrani blieb im Durchgang stehen und betrachtete den Mann im dunklen Anzug, der mit übergeschlagenen Beinen auf einer der Couchen saß, eine Zeitschrift in der einen, eine Zigarette in der anderen Hand, die schwere schwarze Pistole griffbereit neben sich. Vazir Kassar war einer seiner zuverlässigsten Männer, benahm sich zuweilen aber wie ein rotzfrecher Hurensohn. Er wusste nur zu genau, dass Durrani total gespannt auf seinen Bericht wartete, ließ sich aber trotzdem die Würmer aus der Nase ziehen.

»Nun?« Durranis Augen waren erwartungsvoll geweitet.

»Nun *was*, General?«

Durrani störte sich an der Waffe auf dem Sofa. »Weg damit. Du bist Gast in meinem Haus.«

»Ich dachte, ich wäre Ihr Angestellter«, erwiderte der dunkelhäutige, dünne Mann mit einer Stimme, die vor Doppeldeutigkeit triefte.

»Lass diesen Quatsch. Wie ist es gelaufen?«

Der andere ließ sich nicht aus der Reserve locken. »Es war nicht einfach.«

»Aber er lebt?«

»Ja.« Kassars Kopf ruckte zur Tür. »Er liegt im Schlafzimmer am Ende des Korridors.«

Durrani klatschte in die Hände und stieß einen Freudenschrei aus.

»Du musst mir später alle Einzelheiten schildern, zuerst will ich ihn sehen.«

Durrani hastete durch den Flur, wobei seine schwarzen Anzugschuhe laut über den Steinboden klickten. Hätte er schon wieder genügend Luft gehabt, er wäre glatt gerannt.

Am Ziel verschwendete er keine Zeit mit Anklopfen, sondern riss die Tür auf und blieb ungläubig stehen. Die Verdunkelungsvorhänge waren nicht zugezogen, weshalb das helle Nachmittagslicht ungehindert durch die hauchdünnen Vorhänge aus weißer Seide einfiel. Mitten auf dem Kingsize-Bett voller weißer Kissen, mit weißen Laken und einer flauschigen weißen Daunendecke lag eine Masse aus rosigem Fleisch.

Das Lächeln verschwand schlagartig aus Durranis Gesicht.

»Großer Gott. Was haben diese Narren mit dir angestellt?«

Durrani rannte zu ihm und betrachtete das aufgequol-
lene, mit Schrammen und Blutergüssen übersäte Gesicht.

»Bist du das wirklich? Ich bin mir nicht mal sicher.«
Das monströse Gesicht drehte sich langsam zu ihm.
Der Mann war blind. Die fest zugeschwollenen Augen
sahen aus wie überreife Pfirsiche. Die Lippen waren auf-
gesprungen und so dick, dass die Oberlippe gegen die
gebrochene, deformierte Nase stieß. Durrani hatte das
Video im Internet gesehen und unterstellt, dass Make-
up zum Einsatz gekommen war, um die Verletzungen zu
übertreiben. »Was ist passiert?«

Undeutliche Worte drangen aus dem Gesichtsfried-
hof hervor: »Sprechen fällt mir schwer. Ich glaube, mein
Kiefer ist gebrochen.«

Wut schoss durch Durranis Körper.

»Ich bring sie um. Ich schwör dir, ich bring sie um.«

Barsches Gelächter von der Tür. »Ich fürchte, da
kommen Sie zu spät.«

Durrani schielte über die Schulter zu Kassar. »Wie
konntest du es nur so weit kommen lassen?«

»Es war Ihre Idee.« Auf Schuldzugeständnisse ließ er
sich nicht ein. »Alles Teil Ihres ach so großartigen Plans.«

»Das« – Durrani wies anklagend auf Rickman – »war
nicht mein Plan.«

»Ruhig, Akhtar«, brachte Rickman heraus und streckte
die linke Hand in seine Richtung aus.

Als Durrani die geschundenen, gebrochenen Gliedma-
ßen bemerkte, zuckte er zurück.

»Ich lebe«, sagte Rickman. »Es hat geklappt. Vazir hat
sich um deine zwei Taliban-Tölpel gekümmert. Es soll

ziemlich dramatisch gewesen sein. Glücklicherweise war ich bewusstlos und habe nichts davon mitbekommen.«

»Hast du Schmerzen?«, wollte Durrani wissen.

Alles eine Frage der Verhältnismäßigkeit; wobei die Schmerzen verhältnismäßig groß waren. Er fühlte sich nicht besonders wohl, aber verglichen mit den Qualen während der Folter ließ es sich aushalten.

»Schon okay.«

»Du bist ganz und gar nicht okay. Du siehst aus wie … eine Blutwurst.«

»Ich werd's überleben.«

»Da bin ich mir nicht so sicher.« Durrani wandte sich erneut an Kassar.

»Wie konntest du das zulassen?«

»Er hat darauf bestanden«, behauptete Kassar. »Sie haben mir mehr als einmal eingeschärft, dass es meine Aufgabe ist, Anweisungen zu befolgen. Ich wollte früher abbrechen, aber er wollte, dass die zwei weitermachen, damit es überzeugend rüberkommt.«

»Es ging darum, *meine* Anweisungen zu befolgen.« Durrani schlug sich wiederholt mit der Hand gegen die Brust.

»Nun, Sie waren nicht da, General. Also habe ich auf Joe gehört.«

Durrani ging Kassars unerschütterliche Art zunehmend auf den Wecker. Statt ihn anzubrüllen, verlagerte er seine Aufmerksamkeit zurück auf Rickman. Es gab nicht einen Millimeter seines Körpers, der unverletzt geblieben war.

»Wieso hast du dir das angetan?«

»Ich hab mir das nicht angetan. Das waren deine Taliban-Lakaien. Übrigens ziemliche Hohlbratzen, aber damit perfekt für den Job geeignet. Gut gemacht, mein Freund.«

Durrani musste grinsen. Rickmans Humor hatte ihm schon immer gefallen. »Sie scheinen es allerdings deutlich übertrieben zu haben.«

»Anders ging's nicht, sonst hätte man an meinem Tod gezweifelt.«

Durrani war sprachlos. Er hielt den Amerikaner schon lange für clever, aber diese Skrupellosigkeit kannte er an ihm noch nicht.

»Du bist entweder der tapferste oder der durchgeknallteste Mann, den ich kenne. Was von beiden ist es?«

»Von beidem ein bisschen, vermute ich.« Rickman wollte ebenfalls grinsen, nahm jedoch davon Abstand. Es tat zu weh.

Durrani behielt das große Ganze im Blick. Einen etwas weniger knappen Ausgang hätte er zwar bevorzugt, war aber dankbar, dass Rickman noch lebte. Er hatte einen der entscheidendsten Coups in der Geschichte der weltweiten Geheimdienste durchgezogen.

»Dies ist ein großer Tag!« Er schob seine rechte Hand auf Rickmans Schulter und drückte sie aufmunternd.

Rickman stöhnte und Kassar erklärte: »Die Schultergelenke haben sich wohl ausgerenkt, weil sie ihm die Arme so lange über den Kopf gebunden haben. An Ihrer Stelle würde ich das nicht tun.«

Durrani zog rasch die Hand zurück.

»Hat sich das schon ein Arzt angesehen?«

Kassar schüttelte den Kopf und holte ein Päckchen Zigaretten aus der Anzugjacke. Er befreite eine aus der Verpackung und zeigte mit dem filterlosen Ende auf Rickman. »*Er* will das nicht.«

»Wie bitte?«

»Richtig gehört. Er lässt es nicht zu.«

Durrani bedachte Kassar mit einem ungemütlichen Blick. Er war der Einzige, der für ihn arbeitete und ihm regelmäßig Paroli bot.

»Ich habe es auch beim ersten Mal verstanden. *Warum* lässt er es nicht zu?«

»Weil er unserem Arzt nicht traut. Er findet, je weniger Leute ihn zu Gesicht bekommen, desto besser.«

»Aber er muss medizinisch versorgt werden.«

Durrani betrachtete den brutal zugerichteten Mann, der auf dem großen Bett lag. »Du brauchst einen Arzt.«

»Den du dann nach der Behandlung töten wirst.« Rickman deutete mit einer behutsamen Bewegung nach links und dann nach rechts ein Kopfschütteln an.

»Das heilt schon. Lass mich einfach etwas ausruhen.«

»Danke«, sagte Kassar. »Ich wäre derjenige gewesen, der ihn umbringen muss, und ich mag Dr. Bhutani. Er hat mich bei mehreren Gelegenheiten wieder zusammengeflickt … ein äußerst nützlicher Mann, auf dessen Dienste ich gern noch oft zurückgreifen möchte.«

Durrani drehte sich halb zu ihm und wedelte mit dem Arm, um Kassar zum Verlassen des Raums aufzufordern. Der vorlaute Kerl zog noch einmal tief an der Zigarette, zuckte mit den Achseln und verschwand. Über Rickman gebeugt, fragte Durrani: »Nimmst du wenigstens etwas gegen die Schmerzen?«

»Ja.« Rickman wand sich im Bemühen, den Kopf zu heben.

»Es ist nicht so schlimm, wie es aussieht … eine Kleinigkeit im Vergleich zu den Prügeln, die ich einstecken musste.«

»Kann ich dir was besorgen?«

»Nein, danke. Ich will einfach nur hier liegen.«

Durranis Augen verengten sich. Er verstand nicht besonders viel von Medizin oder menschlicher Anatomie, hatte jedoch an zahlreichen Verhören teilgenommen. Ein Großteil davon endete mit dem Tod, und zwar nicht nur wegen Herzversagen. In vielen Fällen starb das Opfer an den Folgen einer Infektion. Angesichts der hygienischen Bedingungen in den Zellen keine Überraschung. Hinzu kamen die kontinuierliche nervliche Belastung und der Mangel an Schlaf. Kein Wunder, dass das Immunsystem irgendwann zusammenbrach und der Patient mit dem Leben dafür bezahlte. Durrani entschied in dieser Sekunde, seinen Arzt trotz Rickmans Ablehnung umgehend zu verständigen. Er war ehemaliger Armeeangehöriger und besaß eine Freigabe, für den ISI zu arbeiten. Außerdem unterstützte er die pakistanischen Bemühungen um politische Selbstbestimmung. Natürlich gab es immer Risiken, aber falls Probleme auftraten, konnte Durrani ihn anschließend immer noch aus dem Verkehr ziehen lassen.

Rickman räusperte sich und fragte: »Was ist mit Rapp?«

Jetzt kam der Teil, auf den Durrani sich weniger freute. Alles andere hatte so gut geklappt.

»Er ist dem Tod entronnen, aber mach dir keine Sorgen. Ihn plagen im Moment ganz andere Sorgen.«

Rickman wollte sich aufrichten, kam aber nicht besonders weit, bevor eine Hustenattacke ihn zwang, sich wieder hinzulegen. Blut sickerte aus dem Mund. »Nicht zu fassen!«

»Ganz ruhig. Reg dich nicht auf.«

»Ich hab dir doch gesagt, Rapp muss unbedingt beseitigt werden. Es war der einzige Teil der Operation, der nicht schiefgehen durfte.«

»Ich weiß«, antwortete Durrani und hätte das Thema am liebsten nicht weiterverfolgt. »Aber dein Killer wollte ihn nicht erschießen.«

»Was soll das heißen?«

»Er ist stattdessen über die Straße zur Klinik gelaufen und hat sich Rapp ergeben.«

»Das glaub ich dir nicht.«

»So war es aber. Ich hatte zwei meiner besten Leute dafür abgestellt, einer von ihnen ist jetzt tot. Dein Scharfschütze ist einfach zu ihm gerannt, um mit ihm zu reden. Nachdem dein Mann versagt hatte, musste ich auf meinen Plan B zurückgreifen. General Qayem schickte seine Männer los und richtete ein Blutbad an.«

»Ein Blutbad?«

»21 Menschen starben.«

Rickman war fassungslos. »Wie groß war Rapps Team?«

»Es bestand aus vier Leuten.« Durrani streckte die entsprechende Anzahl nikotinfleckiger Finger nach oben und brüllte ihn regelrecht an. »Und dein Mann hat sich quasi als Verstärkung aufgedrängt. Soweit ich hörte, hat er eigenhändig zahlreiche von Qayems Leuten erschossen.«

Rickman schien plötzlich jede schmerzende Stelle im Körper überdeutlich zu spüren. Woran lag es, dass Rapp einfach nicht totzukriegen war? Ein ungutes Gefühl von Vorahnung legte sich schwer auf seine Brust und hinderte ihn am Atmen. Er machte sich vor allem Sorgen um Hubbard, der Rapp dazu bewegt hatte, der Tierklinik einen Besuch abzustatten. Mehr als ein Jahr hatte er an der Vorbereitung dieses Hinterhalts gearbeitet. Dass Kennedy nicht irgendwen, sondern Rapp nach Afghanistan schickte, um die Suche nach ihm zu leiten, lag auf der Hand. Deshalb hatte er sorgfältig Spuren ausgelegt, von denen er genau wusste, dass Rapp darauf ansprang, weil seine Instinkte ihm verrieten, dass da etwas nicht zusammenpasste. Da Rapp die Attacke überlebt hatte, musste Hubbard entweder tot oder auf der Flucht sein. Rickman sehnte sich danach, die Augen öffnen zu können, um Durranis Gesichtsausdruck deuten zu können.

»Wie steht's mit Hubbard? Wo ist er?«

Durrani wusste, dass es sich nicht vermeiden ließ. Dem anderen die Wahrheit zu sagen, kam nicht infrage. Nicht wenn er wollte, dass Rickman weiterhin kooperierte. Sein Freund schien ziemlich aufgebracht zu sein. Ein Jammer eigentlich, denn es gab so viel Grund zum Feiern. In Wahrheit hatte Durrani nie Vorkehrungen getroffen, Hubbard außer Landes zu schaffen. Wo sollte er einen kahlköpfigen, käsigen 1,90-Meter-Riesen in einem Kulturkreis verstecken, den fast exklusiv dunkelhäutige Männer bevölkerten, die zudem mindestens einen Kopf kleiner waren? Er hatte Rickman zugesichert, Hubbard im Anschluss nach Pakistan zu bringen, weil dieser sich sonst nicht auf den Plan eingelassen hätte, aber in Wahrheit war ihm von Anfang an klar gewesen, dass Hubbard die Sache nicht überlebte.

»Leider muss ich dir die traurige Mitteilung machen, dass dein Freund tot ist.«

Rickman schluckte. »Bist du sicher?«

»Ja.«

»Wie ist das passiert?«

»Wir glauben, dass Rapp dahintersteckt, sind uns aber nicht sicher.«

Rickmans geschundener Körper verkrampfte sich. Er schrie auf. »Hast du überhaupt irgendwas richtig gemacht?«

»Das ist nicht fair, Joe. Wir wussten von Anfang an, dass es auf eine äußerst komplizierte Operation hinausläuft. Deinem Freund war das ebenfalls bekannt.«

»Ich kann's nicht glauben, dass Rapp noch lebt und Hubbard tot ist. Du musst Männer nach Zürich beordern. Rapp darf auf keinen Fall Obrecht in die Finger bekommen.«

»Das ist bereits erledigt«, log Durrani. Er hatte das Ablenkungsmanöver mit dem Schweizer Bankier komplett vergessen. Nach dem Tod Rapps wäre er als zentraler Belastungszeuge in Erscheinung getreten, um die Verwicklung des Agenten in unseriöse Geldgeschäfte nachzuweisen. Das passte zu Rickmans Methoden, jemanden *post mortem* in den Dreck zu ziehen.

»Du bist noch am Leben«, betonte er nachdrücklich. »Das ist das Wichtigste. Du bist ein freier Mann und reicher, als du es dir je erträumt hast.«

Mit jeder weiteren Enthüllung war Rickman weniger nach Feiern zumute.

»Aber Mitch Rapp lebt noch und wird nicht aufgeben, bevor er mich zur Strecke gebracht hat.«

»Der findet dich nie. Wir halten an meiner ursprünglichen Planung fest. Sobald du die OP hinter dir hast, erkennt dich keiner aus deinem früheren Leben.«

So leicht ließ sich Rickman nicht ablenken. »Wie ist Hubbard gestorben?«

»Wir sind nicht ganz sicher … jedenfalls ist er nicht am vereinbarten Treffpunkt aufgetaucht.«

In Wirklichkeit war er in der Lagerhalle in Jalalabad erschienen und dort umgekommen, aber diese Information gedachte er Rickman zu verschweigen. Durrani wusste, was das Beste für seinen Freund war. Er machte es ihm damit leichter.

»Es ist also denkbar, dass er noch lebt?«

»Wir halten es für unwahrscheinlich. Es gab eine Schießerei … die Details sind etwas vage, aber alles deutet darauf hin, dass Rapp ihn erwischt hat.«

»Hört sich eher an, als wärt ihr nicht ganz sicher.«

Rickman reagierte zunehmend aufgebracht. »Sollte Hubbard am Leben sein, sind du und ich so gut wie tot.«

»Nun«, erklärte Durrani im fieberhaften Bemühen, den anderen zu beruhigen, »er ist so gut wie sicher tot. Ich bedenke nur alle Eventualitäten.«

»Alle Eventualitäten? Pah, wenn dem so wäre, müssten wir uns jetzt keine Sorgen darüber machen, dass Rapp überlebt hat. Fuck!«

In dem Fluch schwang eine gehörige Portion Verzweiflung mit.

»Ich hab dir doch gesagt, dass es entscheidend ist, Rapp unter die Erde zu bringen. Ich hab alles genau durchgeplant. Mitch Rapp ist ein Gegner, den niemand überlebt. Du kennst ihn nicht so gut wie ich. Der gibt nicht auf, bis er mich gefunden hat … und dann bist du ebenfalls erledigt.«

»Jeder hält dich für tot«, brachte Durrani zu seiner Verteidigung vor.

»Die meisten, ja, weil sie es glauben wollen. Aber so tickt Rapp nicht. Bei ihm geht es nicht drum, was er glauben will oder soll. Er ist ein menschlicher Bullshit-Detektor. Er wird die Schwachstellen in deinem Plan zielsicher erkennen und dann so lange auf das ganze Lügengebilde einhämmern, bis es in sich zusammenbricht. Ehe du dich versiehst, hängt er uns an den Fersen.«

Rickman stöhnte und fügte hinzu: »Also habe ich die ganzen Schmerzen umsonst ertragen.«

»Du übertreibst, was die Fähigkeiten deines früheren Kollegen betrifft.«

»Ich übertreibe nicht. Ich habe mehr als 20 Jahre mit ihm zusammengearbeitet. Er ist das Duracell-Häschen unter den Geheimagenten. Er tötet und tötet, sein Akku ist nie leer und wenn du überleben willst, musst du ihn abmurksen, und zwar so rasch wie möglich.«

Rickman reagierte wirklich vollkommen übertrieben.

»Ganz ruhig, mein Freund. Wir haben eine Menge Grund zum Feiern.«

»Wie soll ich mich beruhigen, solange dieser Killer nicht im Grab liegt?«

Rickman hustete erneut und weiteres Blut tropfte aus dem ramponierten Mundwinkel.

Durrani hielt es für höchste Zeit, einen Arzt kommen zu lassen.

»Warte kurz«, erklärte er und zog sich aus dem Zimmer zurück. Er ignorierte Rickmans abgehackten Protest und eilte durch den Flur ins Wohnzimmer.

»Lass sofort Dr. Bhutani kommen. Ich bin schwer enttäuscht, dass du meine klare Anweisung ignoriert hast.«

Kassar sah von seiner Zeitschrift auf. »Er hat mir verboten, jemanden kommen zu lassen. Bis Sie ihn mit Ihrem Bericht dermaßen aus der Fassung gebracht haben, ging es ihm bestens.«

»Treib es nicht zu weit!« Durrani drohte ihm mit der Faust. »Sonst bist du eines Tages fällig.«

»Sie können mich jederzeit loswerden, wenn Ihnen danach ist.«

»Ruf jetzt Dr. Bhutani an und sorg dafür, dass er so schnell wie möglich kommt.«

Kassar legte das Magazin zur Seite und drückte die Zigarette im großen Kupferaschenbecher auf dem Tisch aus. Er erhob sich.

»Schon gut, ich werde Bhutani verständigen, aber wie ich schon sagte, ich mag den Doc. Sollten Sie beschließen, dass er verschwinden muss, suchen Sie sich einen anderen für die Drecksarbeit.«

»Von mir aus«, blaffte Durrani. »Aber jetzt ruf endlich an.«

»Ach ja, ich habe mitbekommen, worüber Sie beide geredet haben.«

»Und zwar?«

»Über Rapp.«

Durrani hatte keine Lust auf diese Diskussion. Nicht jetzt. Erst musste sein Freund medizinisch versorgt werden.

»Ja, und?«

»Schminken Sie es sich ab.«

»Was soll ich mir abschminken?«

»Ihn zu töten. Zumindest mich damit zu beauftragen.«

»Wer hat dir eigentlich den Floh ins Ohr gesetzt, dass wir auf einer Ebene miteinander reden? Ich bin hier derjenige, der die Befehle erteilt. Du führst sie aus.«

Kassar nickte. »Das haben Sie klar zum Ausdruck gebracht. Ich stehe bei Ihnen unter Vertrag. Sollten Sie mit meinen Leistungen nicht länger zufrieden sein, kündigen Sie mir. Allerdings habe ich umgekehrt das gleiche Recht.«

»Soll das eine Drohung sein?«

»Nein«, entgegnete Kassar knapp. »Ich will Sie nur davon abhalten, eine riesige Dummheit zu begehen. Machen Sie einen großen Bogen um Mr. Rapp und beten Sie, dass er nie herausfindet, welche Rolle Ihnen in dieser Geschichte zukommt.«

»Hast du etwa Angst vor ihm?« Durranis Stimme klang spöttisch.

Kassar griff zum Hörer und wählte Dr. Bhutanis Nummer.

»Ich respektiere den Mann und seine besonderen Talente. Sie sollten das ebenfalls tun. Wenn Sie entschlossen sind, ihn erneut töten lassen zu wollen, suchen Sie sich dafür einen anderen als mich. Jemanden, der naiv genug ist, ihn für besiegbar zu halten.«

44

LANGLEY, VIRGINIA

Kennedy sah sich die letzte bearbeitete Fassung zum mittlerweile achten Mal an. Ihre Gewissensbisse waren nicht mehr so groß wie beim ersten oder zweiten Abspielen. Die Aufnahmen hinterließen inzwischen etwas weniger Eindruck. Sie stellte sich die Frage, wie oft sie das Video wohl anschauen musste, um die dokumentierten Schrecken völlig gleichmütig hinzunehmen. Sie ging davon aus, dass das nie der Fall sein würde, sehnte sich aber insgeheim danach, dass eine derartige Abstumpfung möglich war.

Der interne Speicher der Digitalkamera enthielt etwa zwei Stunden Film. Zwei Stunden mit der brutalsten, unmenschlichsten Gewalt, die Kennedy je hatte ertragen müssen, obwohl ihr natürlich bekannt war, dass solche Sachen passierten. Sie kannte ähnliche Mitschnitte. Saddam Hussein etwa neigte dazu, alles aufzuzeichnen, was sich in seinen Palästen zutrug. Allerdings hatte sie sich nie mehr als eine oder zwei Minuten davon am Stück zumuten müssen. Analysten sichteten das Material für sie nach belastbaren Stellen und schnitten diese zu leicht verdaulichen Kurzfassungen zusammen.

Diesmal hatte sie sich gezwungen, die kompletten zwei Stunden anzuschauen. Auf dem Rückflug von Bagram in die USA. Am Morgen, nachdem Hayek ihnen Ausschnitte in der Sitzung gezeigt hatte, war Hubbards Leiche in einem Lagerhaus in einem Industriegebiet außerhalb von Jalalabad gefunden worden. Ein gezielter Schuss in die Schläfe wurde als Todesursache ermittelt.

Mike Nash hatte sie am Vormittag unter vier Augen überredet, ins Hauptquartier in Washington zurückzukehren. Kennedy zögerte zunächst, doch Nash ließ nicht locker und argumentierte, nach dem Tod von Rickman und Hubbard sei das Schlimmste vor Ort ohnehin überstanden. Man brauchte sie jetzt in D. C., um Fragen zu beantworten, die der CIA von etlichen einflussreichen Leuten gestellt wurden. Es drohte hässlich zu werden, das wussten sie alle, und Kennedy erkannte, dass Nash recht hatte. Sie musste schnellstens zurück in die USA, also überließ sie Nash und Schneeman das weitere Aufräumen.

Kennedy hatte sich mit den hohen Belastungen ihrer Arbeit längst arrangiert, trotzdem war sie nur ein

Mensch. Hautnah nachzuerleben, wie Rickman seine Peiniger anbettelte, ihn zu verschonen, gehörte zu den herzzerreißendsten Erfahrungen ihrer Karriere, zumal sie bereits wusste, dass es kein Happy End gab. Diesmal platzten keine SEALs oder Delta-Force-Männer in den Raum, um die beiden Vernehmenden in letzter Sekunde niederzustrecken. Dass sie das Ende des Films bereits kannte, machte den Rest umso schwerer erträglich. Die anfängliche Erleichterung, dass ihre Geheimnisse durch den Tod Rickmans nicht mehr an fremde Ohren drangen, wich dem lähmenden Schuldgefühl, verantwortlich für das Ableben eines ihr unterstellten Mitarbeiters zu sein.

Rapp durchschaute sie wie üblich auf Anhieb und las in ihren Gedanken wie in einem aufgeschlagenen Buch. Irgendwo über Europa hatte sich Kennedy mitten in der Nacht in der G550 umgeschaut und festgestellt, dass alle übrigen Passagiere entweder schliefen oder kurz vor dem Wegdämmern standen. Sie klappte den Laptop auf, um die letzten zwei Stunden von Rickmans Leben zu verfolgen, und weinte nahezu ununterbrochen. Kurz vor dem Ende kam Rapp zu ihr, tippte ihr auf die linke Schulter und fuhr wortlos den Rechner herunter. Sie nahm den Kopfhörer ab.

Er setzte sich gegenüber von ihr. »Warum tust du dir das an?«

Kennedy kämpfte um Beherrschung und wischte sich die Tränen mit dem Ärmel ihres Pullovers aus dem Gesicht.

»Ich musste es mir ansehen, um zu wissen, was er alles preisgegeben hat.«

Rapp schüttelte langsam den Kopf und blickte sie vorwurfsvoll an.

»Das stimmt nicht, und das weißt du auch. Selbst in einer ruhigen Umgebung versteht man höchstens die Hälfte von dem, was er sagt … hier in zwölf Kilometer Höhe sind es maximal 20 Prozent. Der Ton muss erst bereinigt werden, darum kümmert man sich in Langley gerade. Zum Zeitpunkt unserer Landung dürfte eine detaillierte Mitschrift seiner Aussage vorliegen. 24 Stunden danach liefern dir deine besten Leute eine Einschätzung zum Ausmaß des Schadens. Bis dahin gibt es nur eine Erklärung, warum du dir das Video ansiehst. Du willst dich mit Selbstvorwürfen zerfleischen.«

»Thomas hat mir beigebracht, dass man sich aus erster Hand einen Eindruck verschaffen muss, wie hart es bei einem Einsatz zugegangen ist.«

Rapp hatte eine hohe Meinung von Thomas Stansfield, Kennedys Mentor und ihrem direkten Vorgänger, aber manchmal beschlich ihn der Eindruck, dass Irene sich etwas zu sehr anstrengte, den von ihm gesetzten Maßstäben nachzueifern.

»An Empathie hat es dir noch nie gemangelt. Mach dich nicht selber klein. Du trägst keine Schuld an dem Ganzen. Niemand ist schuld daran. Es ist ein Teil unserer Arbeit.«

»Ein Teil, den ich hasse.«

»Jeder von uns hasst ihn, aber wir müssen trotzdem weitermachen.«

Rapp griff nach ihrer Hand. »Jemand, den ich sehr respektiere, hat mir mal gesagt, ich soll mir ein bisschen Zeit zum Trauern nehmen und mich danach zusammenreißen und weitermachen.«

»Stan?«

Rapp nickte.

Der knallharte, kompromisslose Stan Hurley war Experte, wenn es darum ging, andere vor übertriebenem Selbstmitleid zu bewahren.

»Und wenn ich das nicht schaffe?«

»Dann besuchst du am besten unseren Lieblings-Seelenklempner.«

Inzwischen saß Kennedy auf ihrem Drehstuhl im Büro, ließ den Ausblick auf das mit Bäumen überfrachtete Tal des Potomac River auf sich wirken und erinnerte sich an die nächtliche Unterredung mit Mitch. Sie hatte bisher keinen Termin bei Dr. Lewis vereinbart, nahm es sich aber fest vor. Allein schaffte sie es nicht, ihre widersprüchlichen Gefühle in den Griff zu bekommen.

Allerdings fragte sie sich, wann sie dafür Zeit finden sollte. Ihr Kalender war prall gefüllt mit Terminen, die man nach ihrem überraschenden Aufbruch nach Afghanistan kurzfristig verlegt hatte, und neu hinzugekommenen Gesprächen, um mit Partnern und Verbündeten die Konsequenzen von Rickmans Tod zu erörtern. Und natürlich erwartete auch der Kongress am heutigen Nachmittag ein erstes Briefing.

Kennedy hatte eine kleine Überraschung für die Abgeordneten im Gepäck. Hayeks DNA-Proben aus dem Folterkeller hatten einen Treffer ergeben. Bei einem der Männer auf dem Video handelte es sich um Wafa Zadran. Er hatte drei Jahre in Guantánamo eingesessen. Zahlreiche Mitglieder des Joint Intelligence Committee zählten zu den schärfsten Kritikern der kubanischen Haftanstalt und hatten CIA und Pentagon bei jeder sich bietenden Gelegenheit vorgehalten, dass ›Gitmo‹, wie man es auch nannte, gezielt zur Rekrutierung von

Terroristen herangezogen wurde. Diese spezielle Gruppe von Politikern hing dem gefährlichen Irrglauben nach, dass radikale Islamisten wie jeder andere Mensch dachten, handelten und reagierten und dass es genügte, nett zu ihnen zu sein, damit sie umgekehrt auch nett zu einem waren. Freundlich formuliert war das extrem naiv, drastischer zugespitzt zeugte es von extremer Verblendung. Jedenfalls ließ sich dem islamistischen Terror auf diesem Weg nicht beikommen. Zadran war ein weiterer Beleg dafür, dass diese kurzsichtige Herangehensweise nicht funktionierte. Kennedy wusste jedoch, wie Politiker tickten. Auf keinen Fall würden sie die Verantwortung für diese Entwicklung übernehmen.

Es klopfte leise an die Tür. Eine Frau Mitte 50 trat ein. Betty Walner, die Leiterin der CIA-Abteilung für Öffentlichkeitsarbeit.

»Alles ist vorbereitet. Habe ich Ihre Erlaubnis, den Clip freizugeben?«

Der Clip war ihre Lösung zur Beruhigung der panischen Agenten und Verbündeten. Chuck O'Brien, der Chef des National Clandestine Service – jener Bundesbehörde, die die geheimdienstlichen Aktivitäten sämtlicher US-Nachrichtendienste koordinierte –, hatte sich für diese Vorgehensweise starkgemacht.

»Tote plaudern keine Geheimnisse aus«, brachte er die Intention auf den Punkt. »Damit bringen wir etwas Ruhe hinein.«

Kennedy hatte den Vorschlag zunächst entschieden abgelehnt. Die CIA gab ungern vertrauliches Material an die Öffentlichkeit. Vertraulicher als in diesem Fall ging es kaum. Sie war entschlossen gewesen, nicht nachzugeben, bis die Terroristen ein zweites Video von Rickmans Folter in den weltweiten Datennetzen verbreiteten. Es war offensichtlich, dass sie den Eindruck erwecken wollten, dass Rickman noch lebte. O'Briens Vorschlag gewann dadurch enorm an Durchschlagskraft. Indem sie bewiesen, dass Rickman tot war, entzogen sie den Taliban die Grundlage für weitere Propaganda und stellten sie gleichzeitig bloß, wenn sie zeigten, dass die zwei Folterknechte von einem ihrer eigenen Leute exekutiert wurden. Damit dokumentierten sie deren amateurhaftes Vorgehen.

»Ja, das Weiße Haus hat es abgesegnet«, antwortete Kennedy und griff nach ihrer Teetasse.

»Mich haben bereits mehrere Anfragen für ein Interview mit Ihnen erreicht.«

»Ich bin momentan zu beschäftigt.«

»Das weiß ich, aber Sie müssen trotzdem einige offizielle Verlautbarungen abgeben. Vor allem, was Rickman und Hubbard und deren Verdienste für unser Land betrifft. Daran führt kein Weg vorbei.«

Kennedy nickte. »Das werde ich zu gegebener Zeit tun.«

»Es muss heute passieren.«

Kennedy nahm es nicht persönlich. Walner erledigte nur ihren Job.

»Bis zum Abend habe ich eine Erklärung fertig.«

»Und es wäre enorm hilfreich, wenn Sie sich auf ein Pressegespräch einlassen, an dem etwa ein halbes Dutzend Reporter teilnehmen.«

»Streng vertraulich?«

Walner schüttelte den Kopf. »Nicht in diesem Fall, Irene. Dafür ist die Story zu groß. Haben Sie heute schon mal in die Zeitung geschaut?«

»Nein.«

»Die Geier auf dem Capitol Hill stürzen sich auf das Reintegrationsprogramm in Afghanistan und zerpflücken es regelrecht. Sie verurteilen die Angriffe der dortigen Polizei auf Truppen befreundeter Staaten aufs Schärfste und geben dem Weißen Haus die Schuld. Sie müssen sich dazu äußern, ob Sie wollen oder nicht. Spätestens heute Nachmittag lädt man Sie als Zeugin in einen Untersuchungsausschuss, richtet Kameras auf Sie und stellt Ihnen enorm unbequeme Fragen. Ich schlage vor, dass Sie von sich aus vorher die Initiative ergreifen und damit die Darstellung selbst lenken.«

Kennedy schielte durch ihr Büro zur Verbindungstür, hinter der ihr Deputy Director saß. Stofer kümmerte sich mit einem Stab ihrer besten Berater um die Öffentlichkeitsarbeit. Ihr fehlte im Moment die Kraft, sich mit den Medien herumzuschlagen. Sie wollte hören, was die Experten von Walners Vorschlag hielten.

»Halten Sie Ihren Vorschlag schriftlich fest. Ich werde sehen, wie meine Leute darüber denken«, sagte sie zu ihrer Besucherin.

Walner ließ sie allein und Kennedy begab sich mit ihrem Tee zur Sitzgruppe, die aus einer langen Couch mit dem Rücken zum Fenster, einem rechteckigen Tisch und vier Sesseln bestand – zwei davon gegenüber der Couch, die anderen an den Enden des Tisches. Kennedy setzte sich auf den gewohnten Platz und rief ihren Beraterstab zu sich.

»Wie ist der Stand der Dinge?«, wollte sie wissen.

Der Chef des National Clandestine Service sah erst zu Stofer, dann zu Rapp und räusperte sich. »Irene, keiner von uns nimmt diese Sache auf die leichte Schulter. Es ist eine furchtbare Tragödie, aber unter dem Strich ist

Ricks Tod für uns nicht das Schlechteste. Ich weiß, dass das herzlos klingt, aber so läuft es in unserem Geschäft nun mal.«

»Das klingt nach der berühmten ›Das Glas ist noch halb voll‹-Philosophie.«

O'Brien reagierte leicht verlegen. »Ich bin nicht stolz darauf, aber wenn du es so sehen willst, ist das für mich in Ordnung.«

Nervös drehte er das goldene Schmuckstück an seinem Ringfinger und fügte hinzu: »Es hätte alles noch viel schlimmer kommen können.«

Kennedy setzte die Brille ab und rieb sich die Augen. »Leider fühlt es sich nicht so an.«

»Erinnerst du dich an Buckley?«, fragte O'Brien mit unheilschwangerer Stimme. Bill Buckley war als CIA-Stationschef 1984 von Hisbollah-Milizen entführt worden.

Natürlich erinnerte Kennedy sich. Buckley war ein Freund ihrer Eltern gewesen. Nach seinem Kidnapping hatte man ihn brutal gefoltert und so lange Informationen aus ihm herausgeprügelt, bis sein komplettes Netzwerk aus Spionen und Informanten aufflog. Nacheinander verschwand jeder Einzelne von ihnen spurlos oder wurde tot aufgefunden. Diese Katastrophe hatte die Arbeit der CIA in der Region mehr als ein Jahrzehnt zum Erliegen gebracht.

»Ich vermute, wir haben in dieser Woche alle mehr als nur einmal an Bill denken müssen.«

Sie musterte ihre Teetasse und gab zu: »Du hast natürlich recht, es hätte deutlich schlimmer kommen können. Trotzdem fühle ich mich dadurch keinen Deut besser.«

»Es klingt nicht schön«, schob O'Brien mit seiner sonoren Stimme hinterher, »aber Rick wäre garantiert selbst dafür gewesen. Nach allem, was er durchgemacht hat ...« Er schüttelte den Kopf. »So etwas wünsche ich nicht mal meinem ärgsten Feind.«

Rapp wusste nicht, ob es an seiner Kopfverletzung lag oder es schon immer so gewesen war, aber die offen zur Schau gestellten Emotionen gefielen ihm überhaupt nicht. Bei der CIA und vor allem im Geheimdienst arbeiteten toughe Kerle aus allen Bereichen des Militärs. Sie gingen enorme Risiken ein und wurden geschickt, um die Drecksarbeit zu verrichten. Man konnte Folter verniedlichen und als ›fortschrittliche Befragungstechniken‹ umschreiben, aber Rapp verfügte genau wie Rickman über immense Erfahrung in diesem Bereich. Sie lebten nun einmal in einer solchen Welt. Natürlich fand er es schlimm, dass Rickman nun selbst solchen Methoden zum Opfer gefallen war, aber das mussten sie als Profis wegstecken.

Noch etwas anderes störte Rapp, ohne dass er es näher definieren konnte. Etwas stimmte nicht, passte nicht zusammen.

»Wie geht's deinem Kopf?«

Rapp blickte auf, um festzustellen, dass Kennedy ihn musterte. Es ging ihm gut, er fühlte sich lediglich etwas müde.

»Alles in Ordnung.«

Ihre Pupillen verengten sich. »Du sahst gerade aus, als ob du Schmerzen hast.«

»Nein ... ich habe nur über etwas nachgedacht.«

Rapp beugte sich vor, verschlang die Finger ineinander und fragte, um Kennedy vom Thema abzulenken: »Okay, wie ist der aktuelle Stand, was diesen Idioten vom FBI betrifft?«

»Dich wird sicher interessieren, dass Scott ihn letzte Nacht bei einem kleinen Ausflug mit einem alten Freund von uns beobachtet hat. Senator Ferris.«

»Haben wir eine Tonaufzeichnung?«

»Leider nicht.«

»Muss ich mir über den Kerl Sorgen machen?«

Kennedy schüttelte den Kopf. »Er hatte am heutigen Vormittag ein Gespräch mit FBI-Direktor Miller. Miller versicherte mir, dass uns Agent Wilson künftig keine Schwierigkeiten mehr bereiten wird.«

»Gut«, meinte Rapp.

Ihm fiel etwas anderes ein. »Wie steht's mit dem Transkript von Ricks Verhör? Er scheint diese Terroristen ganz schön auf die falsche Fährte gelockt zu haben, was?«

Stofer klappte eine schwarze Ledermappe auf.

»Das stimmt. Er hat teilweise wahllos Namen in den Raum geworfen ... Namen von Leuten, die unseres Wissens definitiv nicht für uns arbeiten.«

»Wen zum Beispiel?«, erkundigte sich Kennedy.

Stofer rückte seine Lesebrille zurecht.

»Aleksei Garin vom Direktorat S des russischen Auslandsgeheimdienstes.«

Er pfiff durch die Zähne. »Daran werden sie eine Weile zu knabbern haben.«

»Ich gehe davon aus, dass sie sich gar nicht trauen werden, der Sache nachzugehen. Aleksei fackelt nicht lange, wenn es darum geht, jemandem eine Kugel in den Kopf zu jagen.«

Zustimmendes Kopfnicken in der Runde. Stofer nannte weitere Namen:

»Shahram Jafari, der Leiter der iranischen Atomenergiebehörde AEOI. Noch eine eher unwahrscheinliche

Nebelkerze, aber so paranoid, wie diese Jungs sind, machen sie Jafari wohl trotzdem das Leben zur Hölle, zumindest eine Zeit lang. Sie werden sich gegenseitig bei dem Versuch übertrumpfen, Jafari nachzuweisen, dass er ein Verräter ist. Der letzte Name auf der Liste ist nicht ganz so weit hergeholt. Er hat Nadeem Ashan vom ISI genannt. Der arbeitet zwar nicht per se für uns, aber wir stufen ihn als wertvollen Verbündeten ein.«

»Gibt es einen nachvollziehbaren Grund, warum Rick den Namen von Ashan genannt haben könnte?«, fragte Rapp.

O'Brien schenkte sich einen Kaffee nach.

»Möglicherweise ist er ihm unter Druck einfach spontan eingefallen. In so einer Situation tut man alles, damit die Schmerzen aufhören. So läuft das doch meistens.«

Da musste Rapp ihm beipflichten, allerdings hielt er Rickman für zu klug, um einem solchen Instinkt nachzugeben. Jemand wie er legte sich gezielt vorab eine Liste mit Namen im Kopf zurecht.

»Wir sollten uns Ricks Kontakte zu Ashan mal genauer vornehmen. Eventuell steckt mehr dahinter.«

»Schon in Arbeit«, versicherte Stofer.

Die Haupttür zum Büro schwang auf und Stan Hurley steckte den Kopf herein.

»Tut mir leid, dass ich so spät komme. Was hab ich verpasst?«

Rapp beobachtete, wie sich sein Lehrmeister mit gemächlichem Schritt anmutig durch das geräumige Zimmer bewegte. Für einen unheilbar an Krebs erkrankten Mann jenseits der 70 hielt er sich wacker. Hurleys Gangart war so ziemlich das einzig Anmutige an ihm. Ecken und Kanten, eine schwierige Persönlichkeit und meistens ziemlich miese Laune kamen einem eher in den Sinn, wenn man an ihn dachte. Rapp sah ihn das erste Mal, seit er von der Krebsdiagnose erfahren hatte. Kurz liebäugelte er mit dem Gedanken, aufzustehen, um Hurley zu begrüßen, ihn sogar kurz zu umarmen, doch genauso schnell verabschiedete er sich davon. Hurley hielt nichts von Gefühlsduselei und wurde ungern berührt. Er betrachtete beides als lästige Angewohnheit. Deshalb beließ es Rapp bei einem kurzen Nicken zur Begrüßung.

Kennedy und Stofer brachten Hurley auf den aktuellen Stand. Danach füllte O'Brien das kurze Schweigen mit der Bemerkung: »Irene, Betty hat vorgeschlagen, dass ich mit der Presse rede. Ich soll eine Stellungnahme zu Rick und Hub und dem Opfer abgeben, das sie für unser Land gebracht haben.«

»Das halte ich für eine gute Idee. Es wäre lieb, wenn du mir das abnimmst, danke.«

Einige Sekunden sagte niemand etwas, dann richteten sich alle Blicke auf Rapp, der seine Hände abwechselnd zur Faust ballte und entspannte, als hätte ihm sein Arzt das als neumodische Entspannungstherapie empfohlen. Stofer sprach ihn zuerst darauf an.

»Mitch, stimmt was nicht?«

Rapp hielt es für eine unpassende Gelegenheit, wollte sich aber nicht länger auf die Zunge beißen.

»Es tut mir leid, euch die Feierlaune zu verderben, aber etwas ist nicht in Ordnung.«

»Was ist nicht in Ordnung?«, wollte Kennedy wissen.

»Wir stoßen kollektiv Seufzer der Erleichterung aus, obwohl ich das Gefühl nicht loswerde, dass uns jemand in eine Falle locken will.«

»Ich bin nicht sicher, ob ich verstehe, worauf das hinausläuft«, meinte O'Brien. »Rick ist tot.«

Rapp hielt es für verfrüht, Zweifel an dieser Aussage anzumelden. Zugleich war er nicht restlos überzeugt, dass sein Kollege tatsächlich gestorben war.

»Ich war im Safe House«, sagte er.

Das Bild der vier erschossenen Bodyguards tauchte vor seinem geistigen Auge auf.

»Es war ein äußerst gezielter Abschuss. Eine Operation, auf die wir selbst stolz gewesen wären.«

Er sah Hurley an. »Ein erstklassiges Alarmsystem wurde deaktiviert, ohne dass es unsere Wachhunde in Langley mitbekommen haben. Vier Patronen, vier Tote. Nicht ein einziger unnötiger Schuss … alle aus schallgedämpften Waffen abgegeben. Der Safe wurde normal geöffnet, nicht aufgebrochen, und Ricks Laptop, sämtliche Unterlagen, sein Bargeld und wer weiß was noch alles sind verschwunden. Ohne dass es einen einzigen Zeugen gibt.«

»Ich verstehe ebenfalls nicht, was du damit andeutest«, meldete sich Stofer zu Wort.

Kennedy massierte sich die Schläfen. Sie hatte geahnt, dass Mitch die Sache nicht einfach hinnahm. Er misstraute zu naheliegenden Schlussfolgerungen. Stofer hingegen begegnete Rapp fast schon mit einer gewissen Ehrfurcht. Er stammte aus dem analytischen Bereich und hatte bei zu vielen Vorgängern erlebt, wie herablassend sie mit Agenten im Feldeinsatz umgingen. Deshalb bemühte sich Stofer umso mehr, den Einsatzkräften das Gefühl zu geben, dass ihre Bedenken Gehör fanden.

»Wir sind uns aber einig«, hakte Kennedy nach, »dass Rick tot ist?«

Rapp überlegte einen Moment. »Da bin ich mir nicht so sicher.«

O'Brien stöhnte. »Hör mal, Mitch, mach's nicht unnötig kompliziert. Wir haben auf dem Video gesehen, wie er stirbt. Man sieht ganz klar das Entsetzen in den Gesichtern der beiden Schläger, als sie merken, was sie angerichtet haben. Und die Wut in der Stimme des Dritten, als er keinen Puls findet.«

»Ja … ich weiß.« Rapp klang, als zweifelte er an sich selbst.

»Und dann legt der Chef seine beiden Untergebenen sogar um. Wir wissen, dass das kein Fake war, sonst hättet ihr die Leichen nicht genau dort vorgefunden, wo sie auf der Aufzeichnung zu sehen waren.«

»Aber Ricks Leiche haben wir nicht.«

»Das überrascht mich gar nicht«, sagte O'Brien im Brustton der Überzeugung. »Die stellen es so hin, als wäre er noch am Leben. Das gibt ihnen die Möglichkeit, Teile ihres Verhörs schrittweise nach draußen sickern zu lassen. Diese Idioten wissen nur nicht, dass es zu wenig ist, nur die SD-Karte aus der Cam mitzunehmen, weil das Gerät ein zusätzliches Back-up auf dem internen Flashlaufwerk anlegt.«

Rapp teilte diese Einschätzung nicht.

»Vermutlich mehrere Männer haben das Versteck gestürmt und extrem präzise Schüsse abgegeben. Anschließend wird Rick nur wenige Hundert Meter weiter zu einem anderen Haus gebracht, vermutlich von denselben Leuten. Es findet ein Verhör statt, nach ein paar Tagen stirbt Rick. Dieser Dritte, der offenkundig das Sagen hat, regt sich tierisch auf und verballert ein komplettes Magazin auf die beiden Untergebenen, die es versaut haben.«

»Worauf willst du hinaus?«, fragte O'Brien, für den alles absolut Sinn ergab.

»Wir sind geübte Schützen«, sagte Rapp und schwenkte den Daumen zwischen sich und Hurley hin und her. »Hätten wir den Zugriff übernommen, wäre es ähnlich abgelaufen. Ein gezielter Schuss auf den Kopf jedes Gegners. Hätten wir Scott und seine Männer als Unterstützung gehabt, wären ein paar Fehlschüsse hinzugekommen. Worauf ich hinauswill: Es gibt immer ein festes Muster. Gute Schützen sind disziplinierte Schützen. Egal wie sauer wir werden, wir ballern nicht planlos auf Ziele, nur weil wir angepisst sind.«

Alle Augen wandten sich Hurley zu, der sich nachdenklich mit dem Finger über die trockenen Lippen fuhr und nickte. »Da hat er völlig recht.«

»In dem Fall halte ich es für den Umständen geschuldet«, gab O'Brien zu bedenken. »Sie mussten eine Menge auf sich nehmen, um Rick in ihre Gewalt zu bringen, und als sie ihn endlich so weit hatten, dass er auspackt, starb er ihnen unter den Händen weg, nachdem sie gerade erst an der Oberfläche gekratzt hatten.«

Er versetzte sich selbst in eine entsprechende Situation. »In so einer Lage wäre ich auch ausgetickt.«

»Okay, betrachten wir es noch mal aus einem anderen Blickwinkel«, wagte Rapp einen neuen Anlauf. »Die Leute, die den Überfall auf das Safe House durchgeführt haben, waren Profis. Die beiden Schwachköpfe, die Rick gefoltert haben, waren keine Profis. Das merkt man daran, wie sie vorgehen. Mann Nummer drei.« Er schüttelte den Kopf. »Das ist eine andere Geschichte. Wenn ich ihn auf dem Video sehe, werde ich das Gefühl nicht los, dass er nur eine Show für die Kamera abliefert.«

»Meinst du nicht, dass das etwas weit hergeholt ist, Mitch?«, fragte Kennedy.

»Möglich. Aber habt ihr euch den Ballistikbericht von der Entführung mal angesehen?« Alle schüttelten den Kopf, also schloss Rapp ihre Wissenslücken.

»Drei der Leibwächter wurden mit einem zentralen Treffer in die Stirn durch 9-Millimeter-Projektile erledigt, allesamt im Erdgeschoss. Der vierte wurde von einem Kaliber 45 in den Hinterkopf getroffen. Er befand sich im ersten Stock und wollte gerade nach unten gehen – vermutlich weil er den Krach dort mitbekommen hatte. Ricks private Waffe war eine 45er Kimber.«

»So was Ähnliches habe ich schon im Flurfunk aufgeschnappt.« O'Brien schien nicht viel von der Theorie zu halten. »Ich glaube eher, der vierte Bodyguard hat Rick verraten und der fand das im letzten Moment heraus und hat ihn aus Rache erschossen.«

»Und das deaktivierte Alarmsystem?«

»Die Bodyguards kannten die Codes, um es abzuschalten.«

»Mag sein, aber auf keinen Fall den Generalcode, um es komplett offline zu nehmen. Die Kameras, alles … das hätte höchstens Rick selbst erledigen können, allenfalls noch Marcus, unser Meisterhacker. Aber doch nicht irgendwelche dahergelaufenen Taliban-Clowns.«

»Sie haben in Ricks Unterschlupf gelebt«, sagte Kennedy. »Da ist es nicht völlig aus der Luft gegriffen, dass sich einer von ihnen den Code angeeignet hat.«

»Okay, aber was ist mit dem Safe?«, fragte Rapp. »Der wurde ohne jede Gewaltanwendung geöffnet. Sid hat das überprüft. Überall im ersten Stock fanden sich Blutspuren, aber nicht ein einziger Tropfen im Raum mit dem Safe. Sie hat deutlich darauf hingewiesen, dass er von jemandem geöffnet wurde, der unverletzt war. Zuerst ging ich davon aus, sie haben Rick unter Druck gesetzt, indem sie ihm eine Pistole an den Kopf hielten und ihn dazu zwangen. Aber auf dem Video sieht man deutlich, dass er sich nicht so leicht unterkriegen lässt. Die hätten ihn schon halb bewusstlos prügeln müssen, um ihn dazu zu bewegen, dass er ihnen diesen Safe öffnet. Warum gibt es also keinerlei Blut?«

»Ich weiß nicht, Mitch.« Stofer schüttelte den Kopf. »Das ist mir zu spekulativ.«

»Mag sein, aber denkt doch mal darüber nach, Leute. Überlegt euch, wie wir solche verdeckten Einsätze planen und angehen. Welchen Aufwand wir betreiben, um falsche Spuren zu legen und unser wahres Ziel zu vertuschen.«

Kennedy hatte kein Problem damit, ergebnisoffen unkonventionellen Theorien nachzugehen, aber Mitchs Verschwörungstheorien neigten dazu, jeden, der sich bei einem Einsatz im Gebäude aufhielt, am Ende als potenziellen Maulwurf abzustempeln.

»Worauf willst du hinaus? Dass Rick seine Finger im Spiel hatte und seine eigene Entführung inszeniert hat, sich freiwillig halb besinnungslos foltern ließ und sein Tod am Ende nur vorgetäuscht war?«

Rapp wusste, wie lächerlich das klang, aber er wurde das Gefühl nicht los, dass irgendwo ein Beweis dafür herumlag, der seine Theorie unumstößlich bestätigte. Er stand auf und trat ans Fenster.

»Ich weiß ja selbst nicht, was ich davon halten soll.«

»Mitch, ich glaube, das ist diesmal zu weit um die Ecke gedacht.« O'Brien schüttelte skeptisch den Kopf.

Rapp wandte sich an den groß gewachsenen Iren. »Hast du Sids vorläufigen Bericht gelesen?«

»Nein.«

»Dann lies ihn. Und schau dir die Fotos aus dem Safe House genau an. Die Präzision, mit der alles durchgeführt wurde. Versetz dich in die Haut der Typen, die Rick in ihre Gewalt bringen wollten. Ein so gut wie perfekter Einsatz.«

»Das bezweifelt ja auch keiner.« O'Brien weigerte sich, Rapps aberwitzige Version der Realität zu akzeptieren.

»Und wie passt das mit dem weiteren Verlauf zusammen? Wieso versagt dieselbe Gruppe von Profis auf einmal total, tötet aus Versehen erst Rick und bringt sich dann gegenseitig um?«

»Nun, das ist auf der Aufzeichnung eindeutig zu erkennen und lässt sich wohl schwer abstreiten.«

»Doch. Wieso sollten solche Könner, die einen geheimen Unterschlupf erfolgreich angreifen, wenige Tage später komplett durchdrehen, es passenderweise sogar auf Video festhalten und die Kamera zurücklassen, damit wir sie finden?«

»So was kommt im Eifer des Gefechts mal vor. Nicht jeder handelt unter Druck so zielgerichtet wie du.«

»Aber es gibt eine Menge hinterhältige Menschen auf der Welt«, insistierte Rapp. »Sie legen es darauf an, dass wir die inszenierte Wahrheit schlucken und die fehlende Logik im Hintergrund ignorieren. Weil die Alternative zu schrecklich ist. Dass Rick nämlich noch am Leben ist und gerade die Familienjuwelen an unsere Gegner verschachert.«

Rapp setzte sich wieder. »Ganz ehrlich, gibt es jemanden unter euch, der nicht insgeheim erleichtert war, als Rick am Ende des Mitschnitts starb?«

Sie schüttelten betrübt den Kopf. »Es stimmt schon. Das hat uns das Leben deutlich leichter gemacht.«

»Mitch«, schaltete sich Stofer ein. »Ich verstehe ja, worauf du hinauswillst, aber diese Terroristen sind nicht immer die hellsten Kerzen auf der Torte. Dass sie es versaut haben und uns ihr Versagen letztlich in die Hände spielt, muss nicht zwangsläufig bedeuten, dass es sich um eine Täuschung handelt.«

»Ich weiß«, gestand Rapp. »Aber ich werde trotzdem das Gefühl nicht los, dass wir noch nicht über den Berg sind. Wir müssen uns jedes kleinste Detail noch einmal intensiv vornehmen und der Frage nachgehen, wohin das ganze Geld geflossen ist, über das Rick verfügen konnte. Und wo ist sein Laptop? Wissen wir, welche Informationen darauf gespeichert waren? Während wir nach diesen Antworten suchen, sollten wir uns vor allem eine Frage stellen.«

»Und welche?«, erkundigte sich Kennedy.

»Was, wenn sie wirklich von Anfang an wollten, dass wir die Aufzeichnung der Folter finden?«

»Nicht schon wieder diese Leier.« O'Brien hatte genug. »Die Theorie ist dermaßen dürftig.«

Kennedy ließ Hurley nicht aus den Augen. Sie wusste, dass er gerade eine Reise durch seine Erinnerungen machte und gezielt Stationen abklapperte, deren Erfahrungen ihm beim Einschätzen der aktuellen Situation weiterhalfen.

»Stan, was meinst du?«

Hurley bekam die Frage anfangs gar nicht mit. Er war in Gedanken ganz woanders und überlegte, wie er selbst eine solche Täuschung eingefädelt hätte.

»Was? Oh, ich glaube, Mitch könnte recht haben. Oder

er liegt total falsch. So oder so, es könnte uns das Genick brechen, sein Bauchgefühl zu ignorieren.«

»Ich denke eher, es bricht uns das Genick, wenn wir einem Hirngespinst hinterherjagen«, widersprach O'Brien. »Die traurige Realität ist, dass Rick nicht mehr lebt und es für eine Menge Leute das Beste ist.«

Hurley grummelte, wie er es immer tat, wenn einer seiner Wutausbrüche bevorstand. Nachdem er leise ein ausgedehntes Selbstgespräch geführt hatte, sagte er: »Unser Protokoll sieht in solchen Fällen also neuerdings vor, einfach einen auf Vogel Strauß zu machen und Verdachtsmomente zu ignorieren? So was verflucht Bescheuertes hab ich echt noch nie gehört.«

Ein Außenstehender hätte vermutlich unterstellt, dass O'Brien diese harsche Beleidigung persönlich nahm, aber sie arbeiteten alle schon lang genug mit ihm zusammen, um es nicht zu tun.

»Spulen wir noch mal zum Anfang zurück«, sagte Hurley. »Für mich sieht es wirklich so aus, als hat uns da jemand an der Nase rumgeführt. Die Taliban sind nie und nimmer so strategisch vorgehende Gesellen, wie es dieser Einsatz nahelegt. Bei entsprechender Manpower hätten sie es höchstens mit planlosem Rumballern geschafft, das Safe House einzunehmen. Aber jemanden wie Gould zu engagieren, damit er Rapp umlegt? Das passt doch vorne und hinten nicht zusammen. Da hat jemand gezielt die Spielsteine auf dem Schachbrett verschoben wie früher die Russkis. Jemand, der Mitch gut genug kannte, um zu wissen, dass er auf die Sache mit dem Hund anspringt und ihr nachgeht. Und Hubbard systematisch zu überwachen, weil sie nur wenige Minuten, nachdem der ihm gesagt hatte, wo die Tierklinik ist, Gould auf den Kill ansetzten und ihren korrupten Polizeichef losschickten, damit er den Mist in Ordnung brachte? Nein, das können unmöglich die Taliban eingefädelt haben. So raffiniert sind die auf keinen Fall.«

Stofer wirkte verwirrt. »Soll das heißen, es waren die Russen?«

Hurley zuckte die Achseln. Davon ging er jetzt nicht unbedingt aus, aber es lag im Bereich des Möglichen.

»Keine Ahnung, wer das ausgeheckt hat, in jedem Fall muss es ein verschlagener Bastard sein. Wir sind auf der völlig falschen Fährte gewesen. Doch, ich glaube, Mitch liegt mit seiner Vermutung richtig. Wer so viel Aufwand betreibt, lässt doch keine Leichen oder Kameras zurück. Es sei denn, er *will*, dass wir sie finden.«

Bei Kennedy kündigte sich die nächste Migräneattacke an. Nicht weil sie sauer auf das Störfeuer von Hurley und Rapp war, sondern weil sie ahnte, dass die beiden richtiglagen. Man hatte sie durch den angeblichen Tod von Rickman in falscher Sicherheit gewiegt. O'Brien konzentrierte sich weiterhin darauf, Kontra zu geben. Kennedy stand auf und ging zu ihrem Schreibtisch, ohne dass es jemandem auffiel. Aus der linken oberen Schublade holte sie eine Flasche Tylenol, ließ zwei der roten Pillen auf die Handfläche rollen und spülte sie mit einem Schluck Wasser hinunter.

»Meine Herren«, sagte sie. Keiner hörte es, sodass sie es noch einmal lauter wiederholte, bis die Unterhaltung stoppte und alle Köpfe in ihre Richtung herumwirbelten.

»Wir brauchen Rickmans Leiche. Solange wir die nicht haben, gehen wir davon aus, dass er noch lebt.«

O'Brien wollte widersprechen, doch sie hob die Hand wie eine Verkehrspolizistin.

»In der Außendarstellung bleiben wir dabei, dass er tot ist. Intern werden wir jedoch keinen Stein auf dem anderen lassen, und sei es nur, um herauszufinden, welcher ausländische Geheimdienst diese Schweinerei zu verantworten hat.«

Rapp stand auf und fühlte sich zum ersten Mal seit dem Aufwachen im Krankenhaus wieder voller Tatendrang. Er knöpfte das Jackett zu und fragte: »Was ist, wenn wir herausgefunden haben, wer dahintersteckt?«

»Dann übermitteln wir demjenigen eine sehr persönliche Botschaft.«

45

FBI-Hauptquartier
Washington, D.C.

Joel Wilson störte sich nicht daran, dass seine komplette Karriere in der Schwebe hing. Zumindest war er bei der morgendlichen Rasur zu diesem Ergebnis gelangt. Statt sich hängen zu lassen, beschloss er, es als Herausforderung zu betrachten. Washington war eine durch und durch korrupte Stadt – und von dieser Korruption blieb auch das FBI nicht verschont. Wilson hatte während seiner gesamten beruflichen Laufbahn dagegen angekämpft. Aktuell kam es ihm fast so vor, als wäre er der einzige anständige Mann im ganzen Gebäude. Er tröstete sich mit dem Gedanken, dass es Männer wie Senator Carl Ferris gab, die verstanden, was auf dem Spiel stand.

Die entscheidende Frage lautete, wann Ferris sich ein-schaltete und zu seiner Rettung eilte. Der Senator agierte bis zu einer gewissen Grenze zurückhaltend, doch wenn diese überschritten wurde, griff er entschlossen zu den Waffen; üblicherweise wenn eine Fernsehkamera in der Nähe auftauchte. Direktor Miller hatte mit der Rück-holung des Teams aus Afghanistan einen taktischen Fehler begangen. Damit war seine Einmischung in eine wichtige CIA-Untersuchung offiziell dokumentiert. Genau der richtige Hebel für den Senator, um Miller vor einen Untersuchungsausschuss zu zitieren, wenn der richtige Zeitpunkt gekommen war. Mit Wilson als Haupt-belastungszeuge.

Wilson gefiel gar nicht, seine enge Beziehung zu Ferris ständig leugnen zu müssen. Schon gar nicht am heu-tigen Morgen, an dem seiner Karriere empfindlicher Schaden drohte. Washington schien Kennedys Arbeit generell gutzuheißen, aber das dürfte sich ändern, wenn die Wahrheit über Rickman und Rapp ans Licht kam. Der Missbrauch von Regierungsgeldern galt als schweres Verbrechen. Die Unverfrorenheit, mit der die beiden das vom Kongress in sie gesetzte Vertrauen mit Füßen traten, kam einem massiven Leck in der nationalen Sicherheit gleich. Wilson rechnete damit, dass sie nur die Spitze des Eisbergs bildeten und es weitere Schuldige im Umfeld der Geheimdienste gab. Falls Wilson seinen Posten nicht verlor, wollte er sich als Nächstes um John Hubbard kümmern. Hatte Mitch Rapp ihn möglicherweise aus Angst ermordet, von ihm entlarvt zu werden? Steckte Rapp sogar hinter Rickmans Entführung und Hin-richtung – ebenfalls aus Selbstschutz oder um das Geld, das sie zur Seite geschafft hatten, allein einzustreichen?

Alles war möglich, wenn es um diese Krieger im Untergrund ging. Er hielt sie für Gauner ohne moralischen Kompass, die ohne die CIA garantiert als Verbrecher geendet hätten. In einer unruhigen Nacht überlegte er, ob er sich als Whistleblower betätigen sollte. Insgesamt schien ihm das eine verlockende Idee zu sein, zugleich allerdings äußerst riskant. Wer sich auf diese Weise opferte, wurde von einem Teil der Verantwortlichen zwar in den Heldenstand erhoben, von der überwiegenden Mehrheit jedoch diffamiert. Drei bis vier Jahre unterzutauchen, um am Ende entweder unehrenhaft aus dem Dienstverhältnis entlassen zu werden oder in Regierungskreisen als unvermittelbar zu gelten, wollte er nicht riskieren, zumal ihm dann auch seine Rente durch die Lappen ging. Umgekehrt konnte man natürlich auch achtstellige Beträge für Buch- und Mediendeals einstreichen und sich als Rebell gegen das Establishment in gewissen Kreisen feiern lassen, aber das klappte nicht immer. Trotzdem – die Vorstellung, dass seine mutige Entscheidung, sich gegen das Establishment aufzulehnen, zum Stoff eines Hollywood-Films wurde und er die Bestechungen im Umfeld von Langley öffentlich machen konnte, hielt er für enorm reizvoll.

Wilson zweifelte zwar nicht an seinen Fähigkeiten und war fest davon überzeugt, es mit so ziemlich jedem Trio in Washington aufnehmen zu können. Dummerweise bestand die CIA aber aus deutlich mehr als drei Leuten. In diesem Gebäude trieben sich unglaublich viele Gestalten herum, die ihren Lebensunterhalt mit Lügen, Betrügen und Klauen verdienten. Bei ihnen durfte man nicht erwarten, dass sie in einer Schlacht mit fairen und ehrenhaften Mitteln kämpften. Nein, befürchtete Wilson, als Whistleblower konnte er allenfalls seine eigenen Chefs einschüchtern, nicht aber die Gauner von der CIA. Die zogen am Schluss als Sieger den Kopf aus der Schlinge. Wenn überhaupt, musste er die Medien mit Teilen der Geschichte füttern. Das bot nach seiner Einschätzung die meiste Aussicht auf Erfolg.

Ferris auf seiner Seite zu haben war eine feine Sache, aber das FBI basierte als Organisation stark auf Regeln, Vorschriften und Hierarchien. Wilson hatte sich auf gefährliches Terrain begeben, indem er Hargrave über seine Aktivitäten im Dunkeln ließ. Damit hatte der alte Kauz ihn in die Ecke gedrängt, doch Wilson hielt noch die eine oder andere Überraschung parat. Letztlich lief alles auf die Haltung von Direktor Miller hinaus – und auf die Frage, ob der ihm sein eigenmächtiges Handeln verzieh.

Wilson wartete im Vorzimmer des Direktors und ignorierte dabei geflissentlich die grobschlächtigen Leibwächter, während er sich ausmalte, wie das Gespräch mit seinen Vorgesetzten ablaufen würde. Sie ließen ihn schon seit über einer Stunde zappeln, was er für kein gutes Zeichen hielt. Direktor Miller legte enormen Wert auf Pünktlichkeit. Hargrave saß vermutlich mit einem Stock im Arsch da und bestand darauf, alles akribisch schriftlich festzuhalten. Wilson sah ihn direkt vor sich mit seinen lächerlichen buschigen Augenbrauen, wie er wichtigtuerisch und pingelig jede von Wilsons vermeintlichen Verfehlungen haarklein mit Miller durchging. Er war erfüllt vom Hass auf diesen Mann und legte gerade letzte Hand an seinen Plan, ihn zur Strecke zu bringen, als Direktor Millers Chefsekretärin ihm mitteilte, die Herren seien jetzt bereit für ihn.

Wilson stand auf und griff nach seiner Aktentasche. Die Sekretärin war eine äußerst attraktive Brünette mit braunen Schlafzimmeraugen. Wilson lächelte sie an und meinte: »So ähnlich muss es sich anfühlen, wenn man zum Galgen geführt wird.«

Sie ignorierte seinen Versuch, die Situation durch Humor aufzulockern, und wandte sich ihrem Bildschirm zu. In einem seltenen Anflug von Unsicherheit rätselte Wilson, ob sie seine Verfehlungen womöglich kannte und bereits ein Urteil über ihn gefällt hatte. Er richtete seine Krawatte und rüstete sich für die bevorstehende Breitseite. Als seine Hand den Türknauf berührte, dachte er bei sich, dass er den Tag sicher noch erlebte, an dem dieses widerliche Weibsstück und eine Menge anderer Leute sich bei ihm für ihr Verhalten entschuldigten.

Wilson betrat Millers Büro, schloss die Tür hinter sich und versuchte, so gelassen wie möglich zu bleiben, während er sich zur Delegation am großen Besprechungstisch umdrehte. Wilson hatte mit Miller und Hargrave gerechnet, vielleicht noch mit jemandem aus der Rechtsabteilung, aber ganz sicher nicht mit Lisa Williams, der Leiterin der Intelligence Division, und Jason Smith, der die Abteilung für Kongressangelegenheiten betreute. Am meisten Sorgen bereitete ihm die Anwesenheit seines direkten Vorgesetzten, David Taylor, der nach einer Rücken-OP offiziell beurlaubt war. Keines der fünf Gesichter wirkte auch nur ansatzweise freundlich oder aufmunternd.

Wilson kämpfte gegen den Drang an, sich ans entgegengesetzte Ende des Tischs gegenüber von Miller hinzusetzen. Der große Abstand hätte das Gespräch nur noch unangenehmer gemacht. Stattdessen lief er an die rechte

Seite und entschied sich für den Stuhl direkt neben Taylor, stellte die Aktentasche auf den Boden und musterte den Mann, dessen Oberkörper vom Nacken abwärts durch ein weißes Plastikkonstrukt umschlossen wurde, das Klettbänder seitlich und im Schulterbereich fixierten. Er schien sich damit alles andere als wohlzufühlen.

»Wie geht's Ihnen?«, versuchte sich Wilson an Small Talk.

Taylor starrte ihn an, sagte jedoch nichts.

»Kommen wir direkt zur Sache«, meldete sich ein ungeduldiger Direktor Miller zu Wort. Er richtete anklagend die Spitze seines Kugelschreibers auf Wilson.

»Haben Sie etwas zu Ihrer Verteidigung vorzubringen, bevor wir anfangen?«

Wilson wurde die Kehle eng. Er schimpfte mit sich selbst, Miller nicht unmittelbar nach der Landung aufgesucht zu haben. Es war ein gewaltiger Fehler gewesen, Hargrave den Vortritt zu lassen. Der angewiderte Gesichtsausdruck Millers verriet ihm, dass das Kind längst in den Brunnen gefallen war. Da er keine andere Möglichkeit sah, entschied er sich für die naheliegendste Strategie.

»Direktor, ich habe keine Ahnung, was Executive Assistant Director Hargrave Ihnen berichtet hat, aber ich kann Ihnen versichern, dass es bei dieser enorm komplexen und wichtigen Untersuchung noch eine andere Seite gibt. Es gab gute Gründe, weshalb ich EAD Hargrave nicht über alle Schritte meines Vorgehens auf dem Laufenden gehalten habe.«

Wilson lehnte sich zurück und musste erst einmal verschnaufen. Hoffentlich trat Miller ein wenig auf die Bremse und war bereit, sich seine Version anzuhören.

Miller trat nicht auf die Bremse. Stattdessen umriss er mit deutlichen Worten das weitere Vorgehen. In Anbetracht seiner früheren Tätigkeit als Bundesrichter war das grundsätzlich keine Überraschung.

»Ich will weder Ausflüchte noch versteckte Andeutungen hören. Haben wir uns verstanden?«

»Ja.«

»Gut.« Miller sah auf die Uhr. »Weiter.«

»Sir, bei allem Respekt, ich halte EAD Hargrave für nicht ausreichend informiert, um über mich und die Handlungen meines Teams zu urteilen.«

Taylor mit seinem steifen Korsett hielt eine Hand in die Höhe und verzichtete auf das aussichtslose Unterfangen, die übrigen Anwesenden anzuschauen.

»Wir sind nicht hier, um über die Männer und Frauen Ihres Teams zu sprechen. Es geht ausschließlich um Ihr Verhalten.«

»Also gut«, korrigierte sich Wilson. »Dann halte ich EAD Hargrave für nicht ausreichend informiert, um über mich zu urteilen.«

»Verraten Sie uns den Grund«, bat Direktor Miller.

»Nun, es liegt an seiner extrem engen Beziehung zu CIA-Direktorin Kennedy.«

Millers Gesicht trug eine missbilligende Geste zur Schau, während er sich nach vorn lehnte und auf dem Touchscreen seines Tablets herumtippte.

Wilson hörte seine eigene Stimme aus den Deckenlautsprechern. *»Oh, jedes einzelne Wort. Zeichnen Sie unser Gespräch immer noch auf? Ich halte es für wichtig, dass meine nächsten Bemerkungen ebenfalls auf Band landen. Ich habe Ihnen all das bisher nicht gesagt, weil ich Ihnen nicht traue. Die gesamte Spionageabwehr munkelt,* *dass Sie mit Direktorin Kennedy mauscheln. Nach allem, was in den letzten Tagen vorgefallen ist, bin ich geneigt, diesen Gerüchten zu glauben. Insofern rate ich Ihnen, sich lieber auf Ihr eigenes Ermittlungsverfahren vorzubereiten.«*

Wilson erinnerte sich an jedes einzelne Wort. Hargrave diese Sätze entgegenzuschmettern hatte sich gut angefühlt. In dieser Runde kamen sie ihm ziemlich dämlich vor.

»Das ist ein ziemlich ernster Vorwurf.« Miller griff zu einem Stift und ließ ihn über einem gelben Notizblock kreisen. »Daher möchte ich von Ihnen genau wissen, welche Mitarbeiter der Spionageabwehr sich in dieser Weise über das Verhältnis von Sam zu DCI Kennedy geäußert haben.«

»Sir, ich stehe zu meiner Aussage, aber ich fühle mich nicht wohl damit, Kollegen in die Sache hineinzuziehen.«

»Ach, aber wilde Verdächtigungen in die Welt zu setzen, damit fühlen Sie sich wohl?« Miller funkelte ihn an und wartete auf eine Antwort.

»Nein, so habe ich das nicht gemeint, Sir. Ich stehe zu dem, was ich gesagt habe, ich möchte nur nicht, dass jemand meinetwegen in Schwierigkeiten gerät.«

Miller sprach Taylor an. »David, Sie haben diese Abteilung dreieinhalb Jahre lang geleitet. Sind Ihnen dort in dieser Zeit jemals Vorwürfe zu Ohren gekommen, dass Sam mit … wie hieß es noch gleich? … dass er mit Direktorin Kennedy ›mauschelt‹?«

»Nicht ein einziger.«

»Vielleicht von sonst jemandem bei der CIA?«

»Nein.«

»Hm.« Miller legte demonstrativ den Stift zur Seite. »Klingt, als wäre es mit Ihrer Behauptung, die ›gesamte

Spionageabwehr‹ teile diese Auffassung, nicht besonders weit her. Ihr Vorwurf hängt ziemlich einsam in der Luft. Das FBI verfügt über klare Dienstvorschriften und es ist nicht Ihre Entscheidung, ob und unter welchen Umständen Sie sich daran zu halten haben. Ich gebe Ihnen noch eine letzte Chance. Aus welchem Grund haben Sie darauf verzichtet, EAD Hargrave in Ihre eigenmächtige Untersuchung einzuweihen?«

Wilson räusperte sich und trommelte nervös mit den Fingern auf die Tischplatte. Diese Karte hatte er noch nicht ausspielen wollen, aber nun führte kein Weg daran vorbei.

»Senator Ferris sagte mir, dass EAD Hargrave in dieser Angelegenheit nicht zu trauen ist. Er schlug vor, ich solle meine Ermittlungen durchführen, ohne ihn darüber zu informieren.«

Miller machte sich mit übertriebener Dramatik Notizen.

»Seltsam, Joel, ich bilde mir ein, das Organigramm des Bureau in- und auswendig zu kennen, aber ich muss da wohl etwas übersehen haben. Wo genau taucht Senator Ferris' Name da noch gleich auf?«

»Gar nicht, Sir.«

»Jason.«

Miller richtete das Wort an den Verantwortlichen der Abteilung für Kongressangelegenheiten.

»Ich darf wohl davon ausgehen, dass Joel sich an die Vorschriften gehalten und Sie über seine Gespräche mit Senator Ferris in Kenntnis gesetzt hat?«

»Das hat er nicht getan.«

»War Ihnen bewusst, dass Joel Kontakt zu Senator Ferris hat?«

»Nein, davon höre ich gerade zum ersten Mal.«

Wilson begriff, dass es nicht gut aussah. Er musste aufs Ganze gehen und die Bombe platzen lassen.

»Sir, ich möchte nicht, dass sich einige der heute Anwesenden aufgrund ihrer Abneigung gegenüber dem Senator auf ein vorschnelles Urteil einschießen.«

»Seien Sie vorsichtig«, tadelte ihn Miller wie ein vorsitzender Richter einen übereifrigen Anwalt der Verteidigung. »Es geht hier nicht um Gefühle und Meinungen, sondern rein um Fakten. Momentan deutet alles darauf hin, dass Sie Ihrem Vorgesetzten absichtlich Informationen vorenthalten haben und es darüber hinaus versäumten, die Kollegen von Congressional Affairs zu unterrichten, dass Sie auf Grundlage von Daten, die Ihnen Senator Ferris zur Verfügung gestellt hat, eigenmächtige Untersuchungen in die Wege leiteten.«

»Das ist nicht wahr, Sir. Ich habe aus unabhängigen Quellen Unterlagen erhalten, die beweisen, dass Angestellte der CIA Millionenbeträge in bar unterschlagen und das Geld auf privaten Konten in der Schweiz bunkern.«

Wilson holte die Dokumente aus seinem Aktenkoffer und schob sie dem Direktor hin.

»Neben den Kontonummern liegen mir auch die Zeitpunkte und Beträge der entsprechenden Überweisungen vor. Ferner gibt es eine eidesstattliche Erklärung von einem leitenden Mitarbeiter einer Privatbank, dass Joe Rickman und Mitch Rapp Eigentümer dieser Konten sind.«

»Und wie sind Sie in den Besitz dieser Unterlagen gelangt?«, fragte Miller.

»Sie wurden mir per Post geschickt. Danach habe ich persönlich mit dem Bankangestellten gesprochen. Ich halte ihn für einen glaubwürdigen Zeugen.«

Miller schaute die Dokumente durch. »Die eidesstattliche Erklärung ist auch hier drin?«

»Ja, Sir.«

Miller blätterte weiter, bis er die Seite gefunden hatte. »Der Name des Bankiers ist geschwärzt.«

»Aus Sicherheitsgründen, Sir.«

Miller griff zu seinem Stift. »Wie heißt er?«

Wilson wand sich. »Sir, ich möchte die Quelle ungern preisgeben, bevor die Untersuchung ein fortgeschrittenes Stadium erreicht hat.«

»Entweder geben Sie mir den Namen oder Ihr Dienstabzeichen und Ihre Dienstwaffe.«

Er sah keinen anderen Ausweg. »Leo Obrecht.«

»Und was die per Post erhaltenen Unterlagen betrifft … lassen Sie mich raten … Sie wurden Ihnen ohne Absender anonym zugeschickt.«

»Das ist doch in unserem Metier nichts Ungewöhnliches, dass ein Informant seine Identität nicht preisgibt.«

»Kennen Sie sich mit dem Schweizer Bankenwesen aus?«

»Ein bisschen, Sir.«

Miller klappte die Akte zu. »Was meinen Sie, wie leicht es ist, an solche Kontendaten heranzukommen?«

»Das kann ich nicht beurteilen, Sir.«

»Lisa?«

Die Leiterin der Intelligence Division antwortete: »Extrem schwierig, Sir. Wir brauchen oft Monate, um auch nur in Erfahrung zu bringen, ob ein Verdächtiger ein Konto bei einem Schweizer Kreditinstitut unterhält. Detaillierte Auszüge bekommen wir so gut wie nie in die Hand.«

»Sind Sie je auf die Idee gekommen, dass es sich um eine gezielt gestreute Fehlinformation handeln könnte?«, wollte Miller von Wilson wissen.

»Durchaus, aber dann hat es mir der Mitarbeiter der Bank ja persönlich bestätigt.«

»Lisa«, bellte Miller, »wie schwierig ist es, diese Bankiers dazu zu bringen, über ihre Kunden zu sprechen?«

»Das tun sie in der Regel erst, wenn sie die Verfügung eines Schweizer Gerichts dazu zwingt.«

»Lag Ihnen eine solche Verfügung vor, Wilson?«

»Nein.«

»Wie wäre es mit der Erklärung, dass es sich um völlig legitime Konten handelt?«

»Legitim? Ich verstehe nicht.«

»Ihnen sollte doch bekannt sein, dass die CIA häufig Gelder ins Ausland transferiert.«

»Ja.«

»Und da wir hier von der CIA reden, müssen sie es natürlich über vertrauliche Kanäle abwickeln.«

Wilson nickte. »Ein Grund mehr, genauer hinzusehen.«

Miller schüttelte den Kopf. »Sie kapieren es wirklich nicht, hm?«

»Was kapiere ich nicht, Sir?«

»Dass Sie den Karren so gewaltig vor die Wand gefahren haben, dass Sie froh sein können, wenn ich Ihnen am Ende dieses Gesprächs nicht Ihre Kündigung in die Hand drücke!«

»Bei allem Respekt …«

»Halten Sie den Mund.« Miller hatte genug gehört. »Lisa, erklären Sie Senator Ferris' Vertrautem doch bitte, was hier läuft.«

»Es sieht so aus, als hätte ein feindlich gesinnter aus-
ländischer Nachrichtendienst eine Operation gegen die
geheimdienstlichen Aktivitäten der CIA in die Wege
geleitet. Wir haben Anlass zu der Vermutung, dass die
Operation zum Teil darauf basierte, die Spionageabwehr
des FBI gezielt mit Fehlinformationen zu versorgen.«

Wilson verzog das Gesicht. »Wer sagt das … die CIA?
Das ist doch Unsinn. Wo haben Sie diese Information
her?«

»Ich bedaure, das ist vertraulich.« Williams' Blick wanderte von Wilson zu Miller.

Der Agent wollte nicht so leicht aufgeben.

»Meine Freigabestufe ist die gleiche wie Ihre.«

»Ihre Freigabestufe *war* die gleiche wie Lisas«, korrigierte der FBI-Direktor.

»Was geht hier vor? Ich verstehe das nicht. Der Fakt,
dass einige von Ihnen Senator Ferris nicht mögen,
bedeutet doch nicht automatisch, dass meine Informationen falsch sind. Sie müssen mir erlauben, meine
Ermittlungen weiterzuführen. Geben Sie mir 30 Minuten
mit Rapp, dann kann ich ihn an einen Lügendetektor
anschließen und Antworten bekommen.«

Miller schüttelte den Kopf. »Ich habe Ihre Sicherheits-
freigaben aufgehoben, bis die interne Untersuchung des
Vorfalls abgeschlossen ist.«

»Aber … Sie müssen mir die Chance geben, das durch
eine Befragung von Rapp aufzuklären.«

Lisa Williams, die einzige Frau im Raum, blickte ihn
fast mitleidig an.

»Haben Sie eine Ahnung, von wem Sie da reden?«

»Rapp meinen Sie? Klar, ich kenne solche Typen. Er
hat Dreck am Stecken, ist korrupt und ich begreife nicht,

warum alle so viel Schiss haben, ihn damit zu kon-
frontieren.«

Millers Finger schoss in Wilsons Richtung. »Damit
eins klar ist: Selbst wenn Sie Mitch Rapp ein ganzes Jahr
an einen Detektor anschließen, bekämen Sie keine Silbe
aus ihm raus.«

»Da muss ich widersprechen, Sir.«

»Hören Sie auf, mich ständig zu unterbrechen. Sie
haben keine Ahnung, wovon Sie da reden. Rapp verspeist
Leute wie Sie zum Mittagessen. Darüber hinaus wissen
Sie rein gar nichts über den Mann. Er ist ein verdammter
Nationalheld. Man hat Sie zum Narren gehalten, Joel, und
Ihretwegen steht das FBI jetzt wie eine Bande von Idioten
da.«

Miller hämmerte auf den Knopf der Sprechanlage.
»Schicken Sie sie rein.«

Er richtete seine Aufmerksamkeit erneut auf Wilson.
»Sie sind auf unbestimmte Zeit vom Dienst befreit.
Warten Sie, bis ich mich bei Ihnen melde. Wenn Sie das
Glück haben sollten, Ihre Dienstmarke zu behalten, ver-
spreche ich Ihnen schon heute, dass ich Sie auf einen
ungefährlichen Posten verbannen werde, auf dem Sie so
wenig Schaden wie möglich anrichten können.«

In Wilson brodelte es. Nicht mal in seinen kühnsten
Träumen hatte er sich vorgestellt, dass es so schlimm
kam. Dann öffnete sich die Tür und es wurde noch
schlimmer.

Direktorin Kennedy blieb direkt gegenüber von ihm
stehen, legte ein Dokument auf die hölzerne Tischplatte
und schob es in seine Richtung. Nachdem Wilson es in
die Hand genommen hatte, meinte sie: »Ich nehme an,
Sie erkennen, worum es sich handelt.«

Wilson las die Überschrift. Es war ein Verschwiegenheitsabkommen zu Themen, die die nationale Sicherheit betrafen.

»Wenn Sie zur letzten Seite umblättern, werden Sie Ihre Unterschrift vorfinden.«

Wilson tat es und erkannte seinen Namenszug. Er hatte das Schriftstück bei seinem Dienstantritt in der Spionageabwehr unterzeichnet. Er schob das Blatt zurück zu Kennedy.

»Ich finde, wir sollten uns mit Ihrem ...«

Kennedy streckte die Hand aus und hielt ihn davon ab, das Abkommen auch nur einen Zentimeter weiterzuschieben.

»Das ist Ihre Kopie. Ich schlage vor, Sie setzen sich intensiv damit auseinander und suchen sich einen richtig guten Anwalt. Am besten einen nicht staatlichen, was vermutlich verdammt teuer wird. Das FBI wird Ihnen nach allem, was Sie sich geleistet haben, nämlich keinen Rechtsbeistand finanzieren.«

»Was soll das denn jetzt? Als ob Sie entscheiden, was das FBI tut oder nicht tut.« Wilson schaute Hilfe suchend zu Miller.

»Stimmt, das ist nicht mein Job, aber mein Job ist es, die CIA zu leiten, und wir haben eine äußerst gute Rechtsabteilung, die rein zufällig enge Kontakte zu einigen Bundesrichtern unterhält, die dem Thema nationale Sicherheit große Bedeutung beimessen. Wir haben noch nicht mal richtig angefangen, gegen Sie zu ermitteln, und sind bereits auf drei Fälle gestoßen, in denen Sie eindeutig gegen die Regelungen Ihres Kontrakts verstoßen haben. Ich bin keine Juristin, Agent Wilson, aber man sagte mir, wenn wir die Sache mit Nachdruck verfolgen, landen Sie mehrere Monate in einem staatlichen Hochsicherheitsgefängnis. Sie haben die Sache im großen Stil vermasselt. Falls Sie einer Haftstrafe entgehen wollen, rate ich Ihnen, ernsthaft mit uns zu kooperieren. Sonst halten Sie zumindest Ihre große Klappe und verkriechen Sie sich unter dem nächstbesten Felsen. Dies ist Ihre einzige Warnung. Sollten Sie damit zu Ferris rennen oder sich als Opfer inszenieren, lasse ich Sie einsperren.«

»Ich lasse mich nicht von Ihnen einschüchtern.«

Kennedy merkte, dass Wilson den Ernst der Lage wirklich nicht begriff.

»Ich schüchtere Sie nicht ein, sondern nenne Ihnen die nackten Fakten. Sie haben sich Verfehlungen in einem Umfang geleistet, wie es nur sehr wenige Leute in Ihrer Position überhaupt hinbekämen. Sie haben das Dokument unterzeichnet, das Sie in Händen halten, und wir nehmen dessen Inhalt äußerst ernst. Tun Sie sich selbst den Gefallen und hören Sie sich nach einem Rechtsberater um, der in solchen Angelegenheiten Erfahrung besitzt. Er wird Ihnen bestätigen, dass es rein von meiner Gutwilligkeit abhängt, ob Sie auf freiem Fuß bleiben.«

»Wenn es so eindeutig ist, wieso lassen Sie mich dann nicht gleich festnehmen?«, fragte Wilson in einem neuerlichen Anflug von Selbstsicherheit.

Kennedy sagte zu Miller: »Ich bin fertig mit ihm. Der Mann ist ein Vollidiot. Wenn Sie ihn bis heute Abend zur Vernunft bringen, pfeife ich die Hunde zurück. Andernfalls treffen wir uns morgen früh vor einem Bundesgericht.«

Kennedy verließ den Raum ohne ein weiteres Wort.

Wilson sah seine Kollegen fassungslos an.

»Merken Sie nicht, was hier los ist? Sie will, dass ich die Sache fallen lasse, weil sie ganz genau weiß, dass ich auf einer heißen Spur bin.«

Als niemand reagierte, wandte er sich an David Taylor, mit dem er in den vergangenen drei Jahren eng zusammengearbeitet hatte.

»David, kapieren Sie's nicht?«

Taylor kreiselte auf seinem Stuhl nach links. Aufgrund seines Rückenkorsetts war es die einzige Möglichkeit, Wilson in die Augen zu schauen.

»Wissen Sie, was Ihr Problem ist, Joel? Sie halten sich für den einzigen anständigen Menschen in dieser Stadt.«

»Hören Sie auf.«

»Ich mein's ernst. Für Sie sind wir anderen alle korrupt oder zumindest geldgierig. Unsere Motive sind allesamt verdächtig, Ihre eigenen natürlich nicht. Sie bilden sich ein, über allem zu stehen. Sie geben hier den Märtyrer, obwohl sie sich das komplett selbst eingebrockt haben, weil Sie ein arroganter Besserwisser sind. Und selbst jetzt, wo es zu spät ist, tun Sie noch, als ob Sie im Recht wären.«

Direktor Miller blickte ihn voller Abscheu an.

»Ich denke, es wird Ihnen guttun, die Sache mal aus einer anderen Perspektive zu betrachten. Unsere Außenstelle in Bismarck, North Dakota, scheint mir da genau das Richtige zu sein.«

46

Das Haus befand sich 40 Minuten nordwestlich von Langley, direkt hinter dem Dulles International Airport. Ein Ehepaar, das sich nach mehr als 30 Jahren aus der Geheimdienstarbeit zurückgezogen hatte, war im Grundbuch als Eigentümer des ausgedehnten Anwesens eingetragen. Inzwischen wurden sie offiziell als CIA-Berater geführt und erhielten dafür weiterhin eine großzügige Entlohnung. Allerdings traf man sie nur selten im George Bush Center for Intelligence an, wie die offizielle Bezeichnung des als Hauptquartier der Central Intelligence Agency genutzten Areals lautete. Ihre Hauptaufgabe bestand darin, das 5000-Quadratmeter-Grundstück mit den zahlreichen Gebäuden zu verwalten. Hinter hohen Baumreihen und Zäunen verborgen, kannten nur Eingeweihte die Anlage, zu der lediglich eine zentrale Zufahrt existierte. Es gab weder Wachhunde noch auffälliges Wachpersonal, das mit Maschinenpistolen durch das Gelände pirschte.

Selbst aufmerksame Beobachter bekamen nicht viel zu sehen. Die Absicherung bestand lediglich aus Stolperdraht mit Mikrowellen- und Hitzesensoren und Miniaturkameras. Das System wurde komplett automatisch gesteuert. Die Software unterschied zuverlässig frei laufendes Wild von Menschen, um Fehlalarme zu minimieren. Die meisten Investitionen in die Sicherheit galten dem Hauptgebäude. Sämtliche Fensterfronten bestanden aus starrem, beschusshemmendem Plexiglas und nach

jüngst erfolgten Angriffen auf ausländische Botschaftsgebäude hatte man die Wände mit ballistischem Gewebe
verstärkt. Alle Türen waren aus massivem Titanium
gefertigt, durch Holzfurniere getarnt. Der Keller beher-
bergte zwei Gefängniszellen, einen Vernehmungsraum
und einen Panic Room als letzte Zuflucht, falls trotz aller
Vorkehrungen Angreifer ins Erdgeschoss vordrangen.

Rapp saß in einem schwarzen Ohrensessel im Arbeitszimmer. Ein weiterer Mann hatte es sich zwei Meter
entfernt auf der anderen Seite des Kamins in einem
identischen Sessel bequem gemacht, stellte Fragen und
machte sich Notizen. Bei dem Mann handelte es sich
um Dr. Lewis, den hauseigenen CIA-Psychologen. Er
kannte Rapp schon seit vielen Jahren, rückte sich die
Lesebrille zurecht und lieferte das nächste Stichwort:
»Deine Frau.«

»Was soll mit ihr sein?«

»Woran genau erinnerst du dich?«

Rapp erinnerte sich an jede Einzelheit, zumindest
glaubte er das. Er fand es zwar merkwürdig, alles noch
ein zweites Mal zu durchleben, aber nicht unbedingt
unangenehm. Die guten Erinnerungen kehrten genauso
zurück wie die schlechten. Rapp hielt es für keine ver-
kehrte Idee, diesen Gedanken mit Lewis zu teilen. Es
führte grundsätzlich kein Weg daran vorbei, sich ihm in
gewissem Maße anzuvertrauen, sonst sprach er einem
kurzerhand die Eignung für Einsätze ab. Das Einzige,
was ein Agent als noch belastender empfand als eine
Therapiesitzung, war die Arbeit in einer Wabe in einem
Großraumbüro von Langley. Außerdem vertraute er dem
Doc. Das Gefühl ähnelte dem, das er beim Aufwachen
im Krankenhaus für Kennedy empfunden hatte. Ihn

beschlich der Verdacht, dass er sich generell schwer damit tat, anderen Leuten sein Herz zu öffnen.

»Zunächst war da nichts als Schmerz … negative Erinnerungen … der Verlust … die Befürchtung, nie vollständig darüber hinwegzukommen. Es prasselte alles auf mich ein.«

»Und wie hat sich das angefühlt?«

Rapp lächelte nervös. »Total beschissen … was glaubst du denn?«

Lewis nickte und kritzelte eine kurze Notiz auf seinen Block.

»Ich kann mir vorstellen, dass das keine besonders angenehme Erfahrung gewesen ist.« Er hörte auf zu schreiben. »Und was ist dann passiert?«

»Die positiven Erinnerungen kehrten zurück. Unsere erste Begegnung, die Dates, die tiefe Zuneigung füreinander … es ging alles sehr schnell. Dann die Hochzeit. Wir waren so glücklich. *Ich* war so glücklich.«

Lewis nickte. »Das kann ich unterschreiben.«

Rapp riss den Blick vom flackernden Feuer los. »Hast du sie gekannt?«

»Ich bin ihr nur einmal begegnet, aber ich habe deine gesamte berufliche Laufbahn begleitet und war vor über 20 Jahren für deine erste psychologische Voruntersuchung zuständig. Du hattest gute und schlechte Phasen, aber in dem Lebensabschnitt, den du gerade beschreibst, hat man dir das private Glück deutlich angemerkt.«

Rapps Blick wanderte zurück zu den Flammen.

»Merkwürdigerweise sehne ich mich danach zurück.«

»Wie genau meinst du das?«

»Was Anna und ich geteilt haben. So etwas will ich noch mal finden. Wie kam ich nach ihrem Tod klar?«

Lewis konnte mit solchen vagen Fragen nichts anfangen. »Geht das etwas genauer?«

»Habe ich mich als Person verändert oder bin ich ganz der Alte geblieben? Wie würdest du es beschreiben?«

»Kurz gesagt: Dein Trauerprozess verlief relativ typisch.«

»Du verschweigst mir etwas«, stellte Rapp fest und musterte Lewis misstrauisch.

Lewis fiel spontan Kennedys Aussage ein, sich von Mitchs Blicken manchmal regelrecht geröntgt zu fühlen. »Du hattest allen Grund, wütend zu sein.«

»Gewalttätig?«

»Ja«, bestätigte Lewis. »Wobei Gewalt ja ein fester Bestandteil deines Jobs ist.«

»Aber meine Hemmschwelle war niedriger als vorher?«

»Ja ... es mangelte dir an Geduld. Nicht dass du je allzu viel davon besessen hättest, doch nach Annas Tod bist du bei der kleinsten Meinungsverschiedenheit sofort an die Decke gegangen.«

»Hat es meiner Arbeit geschadet?«

Lewis dachte lange über die Frage nach, bevor er antwortete: »Meines Wissens nicht, aber das dürfte Irene besser beurteilen können.«

»Du verschweigst mir schon wieder etwas.«

»Nun, es gab Bedenken, dass du zu leichtsinnig agierst. Unnötige Risiken eingehst. Selbst dann weitergemacht hast, wenn es besser gewesen wäre, kurz innezuhalten und sich neu zu sortieren.«

Das klang vertraut. Rapp erinnerte sich an seine Wutausbrüche, an das Töten gewisser Zielpersonen und das befriedigende Gefühl hinterher, dass diejenigen nie mehr einen einzigen Atemzug taten. Im Großen und Ganzen durchaus erfreulich. Rapp hatte einige Zeit mit dem Versuch verbracht, sich an alle Menschen zu erinnern, deren Tod auf sein Konto ging. Er legte eine Art Fotoalbum voller Arschgeigen an. Ein Who's Who der Terroristen, Attentäter, Waffenhändler, korrupten Firmenbosse und Agenten. Bei diesem Trip durch die Vergangenheit hatten sich keinerlei Schuldgefühle eingestellt.

»Zurück zu den positiven Erinnerungen.«

Lewis versuchte, die Sitzung auf den entscheidenden Punkt zurückzulenken. »Wie hast du dich dabei gefühlt?«

»Gut.« Rapp wirkte leicht irritiert. »Deshalb nennt man sie doch auch gute Erinnerungen, oder?«

Lewis lachte und notierte sich etwas.

Rapp runzelte die Stirn, als ihm etwas einfiel. »Hab ich dir nicht mal gesagt, dass ich es hasse, wenn du ständig mitschreibst?«

Lewis fühlte sich ertappt, legte den Stift zur Seite und antwortete: »Doch, hast du.«

»Und wir sind zu einer Art Übereinkunft gelangt.«

Lewis nickte.

»Wenn ich offener zu dir bin, hörst du auf, ständig auf deinem Block rumzukritzeln.«

Lewis hüstelte, bevor er zugab: »Stimmt.«

»Warum tust du's also trotzdem?«

»Aus Gewohnheit«, erwiderte Lewis kleinlaut.

»Oder wolltest du damit mein Gedächtnis auf die Probe stellen?«

»Das auch, ja.«

Rapp zeigte erst auf den Block, dann auf den Kamin. Lewis riss gehorsam die oberen drei Blätter ab und warf sie ins Feuer. »Okay«, meinte Lewis, »zurück zu den angenehmen Erinnerungen. Erzähl mir mehr darüber.«

»Ich war glücklich.« In Rapps Augen trat ein entrückter Ausdruck. »Wir standen uns sehr nahe und litten unter jeder einzelnen Trennung. Sobald wir uns wiedersahen, konnten wir die Finger nicht voneinander lassen.«

»Erinnerst du dich auch an den Sex?«

»Hoppla, Doc.« Rapp rutschte unruhig auf dem Sessel hin und her. »Das geht jetzt zu weit. Manche Sachen behalt ich dann doch lieber für mich.«

Lewis lächelte. »Kein Problem. Ich muss nicht alles wissen. Aber es freut mich, dass du es nicht länger verdrängst.«

»Hab ich das mal getan?«

»Ja. Jedes Mal, wenn ich dich darauf ansprach, hast du so aufgebracht darauf reagiert, dass ich das Thema rasch fallen ließ.«

»Sag bloß, ich hab dir gedroht?«

Die Frage traf Lewis unvorbereitet und er kicherte nervös.

»Was?«

»Deine bloße Anwesenheit ist für die meisten Leute eine Bedrohung.«

»Und für dich?«

»Nein.« Lewis schüttelte den Kopf. »Dafür kenne ich dich schon zu lange. Du hast mich nie unter Druck gesetzt, aber du besitzt nun mal ein Talent dafür, andere Menschen einzuschüchtern. Nach der Ermordung deiner Frau fürchteten viele, dass dich das zu einer tickenden Zeitbombe macht.«

Diese Bemerkung klang gar nicht gut. »Du meinst, ich hatte mich nicht mehr unter Kontrolle?«

»Richtig.«

»Bin ich je zu weit gegangen?«

»Hmm … nein.«

»Aber ich stand kurz davor.«

»Ja.«

Bedenklich. »Ich glaube, ich brauche einen Drink.«

»Warum?«

Rapp verzog das Gesicht. »Um zu verarbeiten, was ich gerade höre.«

Lewis wertete das als vielversprechendes Zeichen. Bei jemandem wie Rapp war jeder noch so kleine Fortschritt, den man erzielte, ein Grund zum Feiern.

»Ich trinke einen mit. Komm.«

Die beiden Männer verließen das Arbeitszimmer und gingen durch den Flur ins Wohnzimmer mit der offenen Kochnische. Rapp war überrascht, Kennedy in der Küche vorzufinden. Ein Stapel Akten lag auf dem Tisch vor ihr ausgebreitet.

Die CIA-Chefin sah zu ihnen auf. »Wie läuft's?«

Rapp zuckte die Achseln. Er hielt sich nicht für den richtigen Ansprechpartner, um das zu beurteilen.

»Es läuft gut«, meinte Lewis.

Kennedy hörte an seinem Tonfall, dass er es ernst meinte. Sie staunte. »Wie steht's mit seinem Gedächtnis?«

»Gut. Ihm sind schon eine Menge Details wieder eingefallen.«

Lewis griff nach einer Flasche Cabernet und kramte in den Schubladen, bis er im dritten Anlauf auf einen Korkenzieher stieß und den Wein öffnete. Er holte zwei Gläser aus dem Schrank und hielt Kennedy eins davon hin.

»Bitte.«

Rapp hatte einen Tumbler mit Eis gefüllt und stand vor dem Barwagen im Wohnzimmer. Seine rechte Hand tanzte unentschlossen über den Flaschen. »Wäre einer von euch so lieb, mich zu erinnern, was ich am liebsten trinke?«

Kennedy starrte ihn beunruhigt an.

»Ich mach Witze«, beschwichtigte Rapp. »Wodka, ab und zu einen Scotch oder Whiskey, im Sommer Gin Tonic, Margaritas, wenn ich beim Mexikaner esse, einen anständigen Tequila südlich der Grenze und nach Möglichkeit keinen Campari. Davon musste ich mal kotzen.« Rapp schenkte sich einen Grey Goose ein.

»Ist allerdings Jahre her. Ich glaube, das war Stans Schuld.«

»Das ist sogar mehr, als ich wusste.« Lewis streifte Kennedy mit einem fragenden Blick.

»Ist wohl auch nicht ganz dein Thema«, konterte sie. »Mit Hochprozentigem hast du bekanntlich so deine Probleme.«

Rapp kam an den Küchentisch und zog sich seinen Stuhl heran.

»Damals war ich ziemlich naiv und bildete mir allen Ernstes ein, ich könnte Stan unter den Tisch saufen.«

Rapps gesamter Körper verkrampfte bei dem Gedanken.

»Keine besonders witzige Erinnerung.«

»Apropos Erinnerung«, sagte Kennedy, während Lewis ihr Wein einschenkte. »Danke, Thomas. Also … Was fällt dir zur Schweiz ein?«

Rapp nippte am Wodka. »Die Schweiz? Ein hübsches Land. Geht's etwas genauer?«

»Banken … Bankiers, um genau zu sein. Weißt du noch, was für Geschäfte du im Laufe der Jahre mit ihnen abgewickelt hast?«

»Natürlich. Erst mit Carl Ohlmeyer, später mit seinen Söhnen. Ist was mit seiner Enkeltochter Greta?« Rapp hatte vor Jahren eine Affäre mit ihr gehabt.

»Nein … nicht dass ich wüsste. Gibt es etwas, das du mir über Greta sagen möchtest?«

»Nicht besonders professionell«, beschwerte sich Rapp und schüttelte enttäuscht den Kopf.

»Wie meinst du das?«

»Na, meine kleine Gehirnerschütterung gibt euch noch lange nicht das Recht, in meinem Privatleben herumzustochern.«

»War einen Versuch wert«, fand Lewis. »So kooperativ ist er früher nie gewesen.«

»Das stimmt«, antwortete Kennedy. Beide redeten, als wäre Rapp gar nicht im Raum. »Siehst du eine Chance, dass er so bleibt?«

Lewis lieferte eine großartige Show ab, indem er sich die Frage erst mit theatralischer Mimik durch den Kopf gehen ließ, um dann mit frustrierter Miene zu verneinen.

»Ich fürchte, er wird früher oder später wieder derselbe streitsüchtige, schlecht gelaunte Kerl sein, der er immer gewesen ist.«

»Und seine Probleme mit Autorität?«

»Schwer zu sagen, aber es steht zu befürchten, dass sie zurück an die Oberfläche kommen, sobald er in den gewohnten Trott zurückfällt.«

»Ihr zwei seid großartige Komiker. Was haltet ihr davon, wenn wir uns zur Abwechslung mal *euren* Defiziten zuwenden?«

Kennedy und Lewis wechselten einen kurzen Blick und beteuerten gleichzeitig: »Wir haben keine.«

Während sie sich über ihren eigenen Witz amüsierten, starrte sie Rapp finster an. »Banken … wir haben über Banken geredet.«

»Entschuldige.« Kennedy trank etwas Wein. »Banken, okay.« Sie stellte das Glas ab, schnappte sich eine blaue Mappe, klappte sie auf und zeigte Rapp das Foto eines Manns in den fortgeschrittenen Fünfzigern.

»Kommt er dir bekannt vor?«

Rapp schüttelte den Kopf. »Ich hab ihn noch nie gesehen.«

»Sicher?«

»Ja.«

»Vielleicht ein blinder Fleck? Hältst du's für möglich, dass es dir erst später einfällt?«

»Das wäre eher ungewöhnlich. Bisher lief es so, dass ihr mir Fotos gezeigt oder etwas erzählt habt und mir die Einzelheiten wieder einfielen. Bei diesem Typen hier …«, Rapp zeigte auf das Foto, »da regt sich gar nichts. Ich hab nicht das Gefühl, ihm je begegnet zu sein oder etwas über ihn zu wissen.«

»Interessant.« Kennedy blätterte ein paar Seiten weiter. »Wie steht's mit diesen Aufnahmen?«

Kennedy zeigte ihm die Totale eines Bürogebäudes und die Nahaufnahme eines Wohnhauses.

»Nichts.«

»Er ist bei der Filiale eines Kreditinstituts angestellt. Sparkasse Schaffhausen, Distrikt fünf, Gewerbeschule.«

»Ich weiß, wo das ist.« *Woher kenne ich diesen Ort?*, rätselte Rapp. In seinem Kopf tummelten sich Fragmente einer dunklen Straße und eines Schusswechsels. »Ich glaube, ich habe ganz in der Nähe mal jemanden erschossen.«

Kennedy musterte ihn mit einem schwer zu deutenden Blick, bevor sie bestätigte: »Das ist korrekt. Es gab sogar zwei Opfer. Du hast sie nicht weit von dort entfernt erschossen und bist dann in Richtung Gewerbeschule geflüchtet.«

»Ja, jetzt weiß ich's wieder.« Rapp nahm Kennedy die Mappe aus der Hand und hielt nachdenklich das Foto des Bankangestellten in die Höhe. »Erzähl mir mehr von ihm.«

»Sein Name ist Obrecht. Wir wissen nicht besonders viel. Ich habe ein paar diskrete Erkundigungen über ihn eingeholt, aber unsere Leute scheinen in seinem Umfeld niemanden zu kennen.«

»Ist das der Mann, der die eidesstattliche Erklärung abgegeben hat, dass ich Geld auf Konten seiner Bank abzweige?«

»Ja.«

»Ich und Rick.«

»Richtig. Direktor Miller hat mir das Dokument gezeigt. Obrecht behauptet, er habe dich zweimal getroffen, Rick sogar bei fünf unterschiedlichen Gelegenheiten. Jedes Mal habt ihr laut seinen Angaben Bargeld in Inhaberschuldverschreibungen umwandeln lassen und diese in einem Schließfach deponiert.«

»Und wie ist Agent Wilson auf diesen Herrn Obrecht gestoßen?«

»Durch einen anonymen Hinweis.«

»Ist nicht dein Ernst!«

»Doch … ich weiß, wie lächerlich das klingt.«

»So ein Schwachsinn.«

Rapp schien seinen Drink förmlich hypnotisieren zu wollen, ehe er fortfuhr: »Rein hypothetisch gesprochen:

Hätte ich die Absicht, Langley zu erleichtern, würde ich da meine Spuren nicht besser verwischen? Ich meine, wir haben fünf Konten in der Schweiz, die wir für die Finanzierung zahlreicher Unternehmungen nutzen. Stimmt doch, oder?« Noch traute er seinem Erinnerungsvermögen nicht blind.

»Ja, stimmt.«

»Warum sollte ich also auf die Dienste eines kleinen Filialangestellten zurückgreifen, den ich kaum kenne und von dem ich nicht weiß, ob ich ihm trauen kann?«

»Ich vermute, das ist eine Frage, die wir besser Herrn Obrecht stellen.«

Man merkte Rapps Gesicht die Erregung an. »Sag mir bitte, dass wir an ihm dran sind.«

»Ich lasse ihn beobachten, ja.«

»Und?«

»Bisher nichts, abgesehen von ein paar Kontakten mit eher zwielichtigen Erscheinungen. Das hat in der Schweizer Bankenwelt allerdings erst mal nichts zu bedeuten.«

»Wie wär's, wenn ich ein kleines Schwätzchen mit ihm halte?« Rapp hob erwartungsvoll eine Augenbraue.

Das war der Rapp, den sie alle kannten. Extrem ergebnisorientiert und viel zu ungeduldig, um abzuwarten, bis sich eine Situation von selbst klärte. Kennedy fühlte sich hin- und hergerissen zwischen dem Wunsch, ihn tun zu lassen, was er wie kein Zweiter beherrschte, und der Sorge über potenzielle Konsequenzen, falls es nicht nach Plan lief. Das FBI stärkte ihr momentan den Rücken, aber nachdem sich Senator Ferris auf sie eingeschossen hatte, konnte sich das ganz schnell ändern. »Wenn ich es dir erlaube, worüber würdest du mit ihm reden wollen?«

Rapp musterte sie misstrauisch, als rechnete er mit einer Fangfrage.

»Vor allem wohl darüber, warum dieser kleine Scheißer das FBI belügt und behauptet, ich hätte mit ihm krumme Geschäfte gemacht.«

Kennedy runzelte die Stirn. »Klingt nicht gerade subtil.«

»War ich bekannt für mein subtiles Vorgehen, bevor ich mir den Kopf angeschlagen habe?«, wollte Rapp von Lewis wissen.

Der Psychologe seufzte. »Ich muss zugeben, Subtilität zählte noch nie zu deinen Stärken.«

47

Islamabad, Pakistan

In der oberen linken Ecke des 50-Zoll-Flachbildfernsehers sah man, wie ein einzelnes Auto durch das Haupttor von Bahria Town rollte. General Durrani zog an seiner Zigarette, blendete den Moderator von Al Jazeera völlig aus und konzentrierte sich auf das eingeklinkte Bild der Überwachungskamera. Der nächste Teil seines Plans war so genial, dass er ihn selbst Rickman vorenthalten hatte, um in den Genuss zu kommen, dass ihn der andere nach dem anfänglichen Schock für seine Dreistigkeit bewunderte. Er malte sich den überraschten Gesichtsausdruck seines Komplizen aus, wenn die Sache ans Licht kam.

Dr. Bhutani war am Vorabend eingetroffen, hatte eine Stunde beim Patienten verbracht und Durrani danach informiert, dass es völlig richtig gewesen war, ihn zu verständigen. Rickman plagten hohes Fieber, eine Hodenruptur, mehrere schwere Prellungen im Nierenbereich, vier gebrochene Rippen und eine zerschmetterte linke Augenhöhle – und das war lediglich die initiale Diagnose. Darüber hinaus gab es zahllose Kratzer und Quetschungen. Ohne Röntgenaufnahmen und weiterführende Anamnese ließ sich nicht einschätzen, ob es weitere Organe erwischt hatte. Allerdings war der Arzt nicht naiv und wusste um die Bedeutung von Durranis Arbeit und den großen Stellenwert, den der Mitstreiter dem Thema Diskretion beimaß.

Nachdem er seine Erstuntersuchung abgeschlossen hatte, sagte er zu Durrani: »Dieser Mann muss dringend ins Krankenhaus. Ich gehe davon aus, dass du das nicht erlauben wirst?«

»Nein«, erwiderte Durrani schroff. »Und er selbst lehnt das ebenfalls strikt ab.«

»Staatsgeheimnisse?«

»Ja.«

»Du kannst mir vertrauen, das weißt du.« Bhutani überlegte, wie er diesen faszinierenden Patienten optimal versorgen konnte. Dass es sich um einen Amerikaner handelte, wusste er bereits.

»Antibiotika sind nach meinem Dafürhalten das Beste, um ihn aufzupäppeln, aber manche Verletzungen müssen wir sorgsam im Auge behalten. Wenn wir das Fieber mit den Medikamenten nicht in den Griff bekommen, muss er wirklich in eine Klinik, um zu überleben. Soll ich mich mal diskret nach Möglichkeiten umhören?«

Durrani verkrampfte. »Auf gar keinen Fall darfst du mit einem Dritten darüber sprechen.«

»Ich verstehe.« Bhutani legte beschwichtigend die Hand auf den Arm des Generals. »Ich werde kein Wort über den Patienten verlieren, aber zumindest sondieren, wo wir ihn im äußersten Notfall behandeln lassen könnten. Ich habe da schon so eine Idee. In der Zwischenzeit solltest du dir eine schlüssige Erklärung für seinen Zustand einfallen lassen … Tarngeschichte oder wie du das nennst.«

»Das ist bereits erledigt.« Durrani zwinkerte.

»Darf ich eine Schwester zu ihm lassen? Jemanden, dem wir vertrauen können?« Er bemerkte Durranis Zögern.

»Es ist von großer Bedeutung, dass seine Lebenszeichen stündlich kontrolliert werden, bis sein Zustand nicht länger kritisch ist.«

Sein langjähriger Freund wirkte noch nicht überzeugt, also schob er nach: »Ich weiß, wem ich vertrauen kann. Es gibt Leute, die glauben an das, was du tust … an das, was *wir* tun.«

Durrani wog die Notwendigkeit der Geheimhaltung gegen das Risiko ab, dass Rickman seinen Verletzungen erlag. Es bestand jederzeit die Möglichkeit, die Krankenschwester zu töten, falls er es für notwendig hielt, aber Rickman zu verlieren hätte er sich nie verziehen. Mit Unterstützung einer solchen Frau kamen sie vielleicht auch um die Einlieferung in ein Krankenhaus herum, deren Begleiterscheinungen er für schwer kontrollierbar hielt.

»Gut, aber nur eine Schwester. Sie kann einem meiner Männer beibringen, was zu tun ist, während sie schläft. Und sie darf mit niemandem darüber sprechen. Auch im Nachhinein nicht.«

»Dafür werde ich sorgen.«

Durrani unternahm den Versuch, dem Arzt einen Umschlag mit Geld in die Hand zu drücken. Bhutani lehnte empört ab. Als der andere darauf bestand, reagierte er beleidigt und erklärte, jeder müsse seinen Teil zur Verteidigung Pakistans leisten. Das hier halte er für seinen persönlichen Beitrag.

Die Krankenschwester stand kaum eine Stunde später vor der Tür.

Eine hässliche, fette Kuh, weshalb Durrani spontan beschloss, dass sie sterben musste. Sie hatte die Nacht an Rickmans Seite verbracht, sich aufopferungsvoll um ihn gekümmert und dafür gesorgt, dass er die nötigen Medikamente und Flüssigkeiten bekam.

Jetzt griff Durrani zum Mobilteil seines Bürotelefons und stellte eine interne Verbindung zum Anschluss im Wohnzimmer des Gästepavillons her. Nach einigen durchdringenden Pieptönen meldete sich Kassar gewohnt gleichgültig.

»Die Schwester«, sagte Durrani zu ihm. »Schick sie rüber in den anderen Pavillon und sag ihr, sie soll zwei Stunden Pause machen. Und dass du sie holen wirst, falls etwas ist.«

»Hat sich Ihr Freund schon blicken lassen?«

Durrani schaute auf den Bildschirm der Überwachungskameras. »Er ist gleich da. Ich will nicht, dass die Frau ihn zu Gesicht bekommt.«

»Was spielt das für eine Rolle? Sie werden sie sowieso umbringen.«

»Sie soll es nicht mitkriegen. Außerdem steht es dir nicht zu, meine Entscheidungen infrage zu stellen. Tu gefälligst, was von dir verlangt wird.«

Durrani legte auf und überlegte, ob es nicht höchste Zeit wurde, Kassar abzuservieren. Ersatz für ihn zu finden dürfte allerdings knifflig werden. Er beherrschte seinen Job dermaßen gut, dass gleichwertige Nachfolger nicht gerade Schlange standen.

Durrani richtete seine Aufmerksamkeit erneut auf den Bildschirm, auf dem gerade ein schwarzer Range Rover vor die private Zufahrt rollte. Seine Männer überprüften mithilfe eines Spiegels den Unterboden des Fahrzeugs und öffneten die Ladeklappe. Da sie nichts fanden, setzte der Geländewagen die Fahrt fort. Durrani drückte die Zigarette aus, stand auf und lief durch den langen Korridor in Richtung Foyer. Nach 15 Monaten harter Arbeit nahte der Moment der Entscheidung.

Er betrachtete sein Ebenbild in einem Ganzkörperspiegel mit dickem Goldrahmen. Nachdem er das schwarze Barett auf dem Kopf zurechtgerückt hatte, zupfte er am hellbraunen Uniformrock, bis alle Knöpfe mittig saßen. An der linken Brust prangten vier Reihen mit Bandschnallen, an beiden Kragen jeweils zwei goldene Sterne in einem Meer aus Rot. Zufrieden mit seiner imposanten Erscheinung lief Durrani zur Eingangstür und öffnete sie genau in dem Moment, als sein Gast aus dem Geländewagen stieg.

»Larry«, rief er und winkte. Einer von Durranis Leibwächtern strich mit einem schwarzen Magnetstab über den Körper des Besuchers. Reine Effekthascherei. »Nicht nötig«, rief er dem Mitarbeiter zu. »Er ist sauber. Kommen Sie her, Larry.« Der General stand voller Vorfreude da und wartete, bis ihm sein Freund aus den USA Gesellschaft leistete.

Der Amerikaner trug einen schmutzbraunen Anzug mit blauem Hemd, überquerte lässig den mit Steinen gepflasterten Vorplatz und schenkte ihm ein warmes Lächeln.

»General, wie schön, Sie zu sehen.«

»Geht mir umgekehrt genauso, Larry.«

Larry Lee war ein im Ausland lebender US-Staatsbürger aus Wichita in Kansas. Ein Ingenieur, der sich auf Petroleumraffinerien spezialisiert hatte.

»Ich kann's kaum fassen, wie hübsch Ihr Haus geworden ist.«

Lee blieb kurz stehen und drehte sich einmal um die eigene Achse, um das komplette Anwesen zu bewundern.

»Ihr Haus wird mindestens genauso hübsch.«

»Das bezweifle ich, aber nett, dass Sie das sagen.«

Durrani hatte ein kleineres Grundstück nebenan für Lee, seinen Geschäftspartner, erworben. Obwohl die Bauarbeiten quasi zeitgleich begannen, zog sich die Fertigstellung wohl noch einige Monate hin.

Lee beschwerte sich ständig, dass der Bauunternehmer ihn über den Tisch zog, aber Durrani hatte mit dem Architekten gesprochen und erfahren, dass der Ingenieur in Lee die Verzögerungen verursachte, weil er jede Kleinigkeit selbst inspizieren und absegnen wollte.

Die beiden gaben sich die Hände.

»Wann ziehen die Arbeiter denn von Ihrer Baustelle ab?«

Lee hob die Schultern, als wollte er andeuten, dass er es selbst nicht so genau wusste.

»Angeblich in zwei Monaten, aber das glaub ich erst, wenn ich's sehe.«

»Ich werd mal probieren, ob ich's ein bisschen beschleunigen kann.«

410

Durrani zwinkerte und zog den Amerikaner am Ellbogen hinter sich her.

»Kommen Sie, ich will Ihnen was zeigen«, flüsterte er verschwörerisch und dirigierte ihn ins Innere.

Auf halbem Weg durch die Vorhalle zum Arbeitszimmer blieb er stehen und forderte den Aufzug mit einem Knopfdruck an. Lee wirkte überrascht. »Im Keller?«

»Ja.«

»Haben Sie einen Schießstand einrichten lassen?«, fragte Lee erwartungsvoll.

»Nein … auf die Idee bin ich nicht gekommen.«

Durrani strich sich über den Schnurrbart und lachte. »Aber was für ein großartiger Gedanke. Ich werde meinen Planer darauf ansetzen.«

Sie betraten die Kabine und Lee nutzte die Gelegenheit, um Durrani einige fachkundige Empfehlungen hinsichtlich Schießanlagen in geschlossenen Räumen zu geben. Durrani zählte genervt die Sekunden herunter. Er hatte endgültig die Schnauze voll von diesem besserwisserischen Westler. Er schob ihn zur Sicherheitstür und tippte den Zahlencode ein.

»Ich wusste gar nicht, dass es Tunnel in Ihrem Haus gibt.« Lee schritt zügig über den Betonboden aus.

»Die habe ich aus Sicherheitsgründen anlegen lassen.« Durrani setzte den Small Talk fort, bis sie den Zugang zum kleineren der beiden Gästepavillons erreicht hatten.

Beim Erklimmen der Treppe fragte Lee: »Was wollen Sie mir denn zeigen?«

»Diese Tunnel sind äußerst praktisch. Was halten Sie davon, wenn wir auch einen anlegen lassen?«

»Zwischen unseren beiden Grundstücken?«

»Genau.«

»Das wäre mir selbst nie eingefallen.«

Als sie das obere Ende der Stufen erreichten, schnappte Durrani nach Luft. Lee redete in einer Tour weiter und stellte ihm eine Frage. Durrani hielt die Hand hoch, um zu signalisieren, dass er außer Atem war, während er mit der anderen nach einer Zigarette tastete.

»Sie wissen, dass Sie die Teile eines Tages umbringen werden, oder? Als Ihr Geschäftspartner liegt es in meinem Interesse, Sie darauf hinzuweisen. Sollten Sie an Lungenkrebs sterben, löst sich unsere Partnerschaft in Luft auf.«

Es gab so vieles, was Durrani darauf gern erwidert hätte. Er schluckte es herunter, stopfte sich einen Glimmstängel zwischen die Lippen und nickte zustimmend. Kassar tauchte am vorderen Ende des in den Boden abgesenkten Wohnzimmers auf. »Vazir«, sagte Durrani. »Du erinnerst dich an Larry?«

»Natürlich.« Mit einem Kopfnicken begrüßte er den Gast.

Durrani inhalierte gierig das Nikotin, das seine Atmung auf magische Weise zu beruhigen schien. Er stieß eine riesige Rauchwolke aus und bedeutete Lee, ihm zu folgen. Auf dem Weg durch den Flur redete er mit leiser Stimme auf ihn ein.

»Was ich Ihnen jetzt zeigen werde, ist eine echte Tragödie. Ich habe noch einen Freund aus Amerika, der von einigen Straßenräubern in Rawalpindi fast totgeprügelt wurde. Ich habe ihm eins meiner Gästezimmer überlassen, damit er in Sicherheit ist und sich erholen kann. Es ist wirklich eine Schande, wie meine Landsleute mit unseren großartigen Verbündeten umspringen.«

»Nicht alle sind so brutal. Ihr Verhalten, General, ist ein leuchtendes Vorbild.«

»Vielen Dank, mein Freund.« Durrani blieb vor der geschlossenen Tür stehen. »Lassen Sie mich kurz allein mit ihm reden. Ich rufe Sie dann rein.«

»Natürlich.«

Durrani glitt ins Zimmer und schob die Tür zu. Er lief zum Bett, noch immer nicht an den abstoßenden Anblick gewöhnt, den der andere bot. »Bist du wach?«

Rickman lag mit drei Kissen im Rücken halb aufgerichtet da. »Ja.«

»Gut … wie ich sehe, kannst du eins deiner Augen schon fast öffnen.«

»Die Schwester achtet darauf, dass ich einmal pro Stunde Eis draufpacke. Die reinste Folter.«

»Aber es hilft … oder?«

Rickman ignorierte die Frage. »Du wirst sie anschließend umbringen, oder?«

»Warum unterstellst du mir immer gleich das Schlimmste?«

»Weil du bekannt dafür bist, Leute aus dem Verkehr zu ziehen, die dir nicht länger nützlich sind.«

»Oh, das.« Durrani tat den Vorwurf mit einem Lächeln ab. Er wollte sich diesen besonderen Moment durch Rickmans schlechte Laune nicht verderben lassen.

»Du bist hingegen natürlich der reinste Engel. Wir tun beide, was wir tun müssen. Deshalb funktioniert unsere Zusammenarbeit ja auch so gut.«

»Und die Schwester?«

Durrani seufzte. »Was ist mit ihr?«

»Warum musst du sie töten?«

»Hör auf damit. Wir haben wichtigere Themen zu besprechen. Ich muss dir etwas zeigen.«

»Was denn?«

»Das wirst du gleich sehen.« Durrani war schon wieder an der Tür, öffnete sie einen Spaltbreit und winkte Lee herein. Er hielt einen Finger an die Unterlippe und mahnte: »Wir müssen leise sprechen.«

Durrani kehrte mit Lee an seiner Seite zum Bett zurück.

»Großer Gott!« Mehr brachte Lee nicht heraus.

»Ich weiß … es ist schrecklich.«

»Und das haben Kinder getan?«

»Nein, es waren schon Erwachsene.«

Lees Reaktion geriet zu einer Mixtur aus Schock und Abscheu.

»Wer ist er? Kenne ich ihn?«

»Nein, ich bin mir sicher, dass Sie ihm noch nie begegnet sind.«

Durrani sprach Rickman an. »Joe, kennst du diesen Mann?«

Rickman verdrehte mühsam den Kopf und stierte durch einen schmalen Schlitz im rechten Auge auf die verschwommenen Umrisse seines Gegenübers. Durch geschwollene, mit Vaseline verklebte Lippen kam die Antwort. »Nein.«

»Hat er sich in einer üblen Gegend rumgetrieben?«, wollte der Besucher aus Kansas wissen.

»Das kann man wohl sagen. Genau deshalb habe ich Sie schon häufig ermahnt, vorsichtig zu sein.«

»Schrecklich. Haben Sie die Polizei verständigt?«

»Nein.« Durrani schüttelte den Kopf. »Es gibt keinen Anlass, die Behörden einzuschalten. Meine Männer werden sich darum kümmern.«

»Und seine Familie?«

Ein teuflisches Grinsen umspielte Durranis Lippen. »Äh … genau wie Sie hat er keine Familie.«

»Wo kommt er her?«

»Aus Denver, glaube ich. Stimmt doch, Joe?«

Rickman klang gelangweilt. »Ja.«

»Gibt es etwas, das ich für ihn tun kann?«, fragte Lee aufrichtig besorgt.

»Da fällt mir tatsächlich etwas ein.« Durrani grinste breit. Er spähte über die Schulter und gab Kassar das verabredete Zeichen, bevor er sich wieder zu Lee umdrehte und ihn bedauernd ansah. »Ihr Tod wäre eine große Hilfe.«

Lee starrte ihn irritiert an.

Kassar hatte während des Gesprächs unauffällig die Handschuhe übergestreift und entfaltete gerade eine Mülltüte. Blitzschnell eilte er heran, stülpte sie über Lees Kopf und drückte sie am Hals zusammen, damit keine Luft entweichen konnte. Kassar hatte diesen kleinen Trick vor vielen Jahren gelernt. Das Entscheidende war, Handschuhe zu tragen, weil das Opfer einem sonst im Todeskampf die Hände zerkratzte. Einmal hatte es ein besonders widerspenstiges Gegenüber allerdings geschafft, das Plastik vor seinem Gesicht mit den Zähnen zu zerbeißen. Daraus entwickelte sich eine ziemlich hässliche, unprofessionelle Tötung, bei der sie sich wild auf dem Boden wälzten. Kassar hatte damals die Überbleibsel der Tüte benutzt, um den Mann zu erwürgen, war aber nicht ohne bleibende Schäden davongekommen. Die leicht schiefe Nase erinnerte ihn seitdem an die Notwendigkeit, stetig an der Perfektionierung seiner Fähigkeiten zu arbeiten.

Der Müllbeutelhersteller Glad war so freundlich gewesen, das Problem durch die Erfindung der reißsicheren ForceFlex-Variante für ihn zu lösen.

Dieser spezielle Amerikaner entpuppte sich als besonders dankbare Beute. Er war weder besonders kräftig noch leistete er nennenswerten Widerstand. Kassar musste ihn lediglich davon abhalten, in die umstehenden Möbel zu taumeln. Er behielt die Tüte fest im Griff und lieferte sich mit dem Mann in dem beengten Raum zwischen Bett und Tür ein kleines Tänzchen. Das Drehbuch war quasi jedes Mal identisch: wild rudernde Arme, verzerrte Körper, Hände, die verzweifelt versuchten, den Kopf aus dem tödlichen Gefängnis zu befreien, dann sank eine Hand nach unten, während die Erschöpfung einsetzte, danach die andere, bis das Opfer entkräftet zusammenbrach.

Kassar bremste den Fall, als wollte er den Mann behutsam für ein längeres Nickerchen hinlegen. Er kniete sich neben den reglosen Körper und zählte bis zehn. Als er überzeugt war, dass Lee nicht zu neuem Leben erwachte, zog er an den beiden roten Bändern, verschnürte sie fest miteinander und stand auf.

»Gut gemacht«, lobte Durrani voller Respekt.

»Danke.« Kassar registrierte erfreut, dass sein Puls relativ gleichmäßig ging.

»Was sagst du dazu?«, wollte Durrani von Rickman wissen.

Rickman wurde oft Zeuge gewaltsamer Tötungen, aber dieser orchestrierte Mord kam ihm besonders absurd vor. Er hüstelte. »Ich habe keine Ahnung, was das sollte.«

»Er ist ein Geschenk für dich. Deine neue Identität. Sieh ihn dir an.«

Durrani deutete auf den Boden.

Rickman verzichtete auf die unnötige Anstrengung. »Er hat einen Müllsack über dem Kopf.«

»Hmm.« Durrani trommelte mit dem Finger gegen die Oberlippe.

»Egal. Jedenfalls ist er genauso groß wie du und hat dieselbe Haarfarbe. Ich bin vor etwa einem Jahr über ihn gestolpert und habe einige lukrative Geschäfte mit ihm abgewickelt, um sein Vertrauen zu gewinnen. Ich ließ ihm sogar ein Haus auf dem Grundstück nebenan bauen. Es ist wunderschön. Du kannst darin wohnen.«

Rickmans Kopf pochte und die Wirkung des Oxycodon, das er vor vier Stunden geschluckt hatte, ließ langsam nach. »Ich soll also in die Rolle von diesem Typen schlüpfen?«

Durrani klatschte in die Hände. »Ganz genau! Du führst dein Leben in aller Ruhe weiter, für jeden sichtbar und doch unerkannt. Die Amerikaner werden dir nie auf die Schliche kommen.«

»Du willst mit plastischer Chirurgie nachhelfen?«

»Genau. Der Arzt trifft in zwei Tagen ein.«

Das Ausmaß von Durranis jüngstem Geniestreich sickerte langsam in seinen Verstand durch. »Ich werde danach also aussehen wie er?«

»Ja«, plapperte Durrani aufgeregt weiter. »Du wirst seine Vergangenheit genau studieren. Ich habe ein ausführliches Dossier für dich zusammengestellt, komplett mit Fotos und allen erdenklichen Einzelheiten. Seine Eltern sind tot und die einzige lebende Verwandte ist eine Schwester auf Hawaii, zu der er den Kontakt abgebrochen hat. Er ist … wie nennt ihr Amerikaner das, wenn jemand dem eigenen Land den Rücken kehrt?«

»Ein Auswanderer.«

»Richtig … das war das Wort, nach dem ich suchte. Ein Auswanderer. Den wenigen Menschen, die ihn kennen, werde ich erklären, dass er von einer Diebesbande in Rawalpindi übel zugerichtet wurde. Das wird die Schönheitsoperation und die Schwellung deines Gesichts in den nächsten Monaten erklären. Und vor allem hast du auf diese Weise eine unauffällige Vergangenheit.«

»Eine Legende.«

»Wie bitte?«

Rickman dachte fieberhaft nach. »In unserem Metier bezeichnen wir das als Legende.«

»Ach so. Nun, wie auch immer du es nennst, es verschafft dir ein deutliches Plus an Freiheit. Sollten sich deine früheren Arbeitgeber näher mit deiner neuen Identität beschäftigen, werden sie auf nichts Verdächtiges stoßen.«

Rickman musste zugeben, dass das ein enorm cleverer Schachzug war. Ursprünglich hatte der Plan lediglich vorgesehen, ihm ein neues Gesicht und einen falschen Namen zu besorgen. Sie hatten unterstellt, dass die CIA ihm schon nicht auf die Spur kam, wenn er sich nur unauffällig genug verhielt. Diese Variante gefiel ihm deutlich besser.

»Gut gemacht, General. Das kommt mir sehr entgegen.«

»Gern geschehen.«

Durrani deutete eine Verbeugung an. Er konzentrierte seine Aufmerksamkeit auf Kassar.

»Schaff die Leiche durch das Tunnelsystem in die Garage. Und dann ab mit ihm in die Müllverbrennungsanlage, sobald es dunkel ist.«

»Warte mal.« Das fand Rickman jetzt weniger toll. »Ich dachte, Vazir kümmert sich um mein Problem in Zürich.«

»Das wird er auch. Er reist gleich morgen früh ab.«

In Rickman regte sich Panik und er machte sich bittere Vorwürfe, die Schmerztabletten geschluckt zu haben.

»Ich hab dir doch gesagt, dass man sich um die Sache mit der Bank sofort kümmern muss.«

»Beruhig dich. Vazir musste erst das hier erledigen, als Nächstes kommen deine Schwierigkeiten an die Reihe.«

»Aber ich hab dir erklärt, dass es umgehend erledigt werden muss. Wenn Rapp ihn findet, wird es eng für uns.«

»Soweit ich gehört habe, plagen Mr. Rapp gerade ganz andere Sorgen.« Durrani klang äußerst zufrieden. »Die vertraulichen Unterlagen, die du dem FBI-Agenten zugespielt hast, sind Gold wert. Der Schnüffler hat bereits eine interne Ermittlung gegen Rapp angestoßen. Wenn Vazir den Bankier tötet, rückt das Rapp und die CIA in ein noch schlechteres Licht. Ich habe Vazir angewiesen, den Mord möglichst spektakulär zu inszenieren.«

»Ganz miese Idee.«

Rickman wurde das Gefühl nicht los, mit einem Amateur zu arbeiten.

»Wenn es aussehen soll, als ob Rapp dahintersteckt, muss er Obrecht mit einem gezielten Kopfschuss erledigen.«

»Von vorn oder von hinten?«, fragte Kassar.

»Völlig egal, solange Obrecht sofort tot ist.«

»9 Millimeter, Kaliber 40, Sig .45?« Kassar hatte keine Ahnung, welche Waffe Rapp bevorzugt einsetzte.

»Aus der kurzen Entfernung schlage ich eine 9-Millimeter-Pistole vor.«

Kassar nickte zum Zeichen, dass er verstanden hatte.

Rickman schaltete nahtlos auf Einsatzmodus um. Dummerweise verbot sein Zustand, Kassar und seine

Männer zu begleiten, um ihnen persönlich Anweisungen zu erteilen.

»Wie viele Leute wirst du mitnehmen?«

»Ich wollte das eigentlich allein erledigen. Hinterlässt weniger Spuren und lässt mich flexibler agieren.«

Das entsprach exakt Rapps Vorlieben. »Und für den unwahrscheinlichen Fall, dass du Rapp in die Arme läufst, während du dich um Obrecht kümmerst?«

Kassars Miene blieb undurchdringlich.

»Hängt davon ab, wo er mir begegnet. Jedenfalls bin ich eindeutig im Vorteil, denn ich weiß, wie er aussieht. Er kennt mich umgekehrt nicht.«

Ein leises Lachen quälte sich aus Rickmans Lippen.

»Das ist völlig egal. Er wird dich wittern, wahrscheinlich schon aus einer Meile Entfernung. Ich kann nicht erklären, wie er das schafft. Muss eine Art genetisch verwurzelter Überlebensinstinkt sein, der noch aus der Ära stammt, als seine Vorfahren vor Dinosauriern flüchten mussten.«

Rickman sehnte sich danach, seine alten Kontakte zu reaktivieren, um in Erfahrung zu bringen, was Rapp gerade trieb.

Durrani verschränkte die Arme vor der Brust und straffte den Rücken.

»Ich glaube, du übertreibst. Bei dir klingt es, als wäre dieser Rapp eine mystische Heldengestalt.«

Rickman kannte den Grund für diese Bemerkung.

»General, dein überbordendes Ego bricht dir eines Tages noch das Genick. Du darfst deine Gegner nicht unterschätzen. Sosehr ich mir Rapps Tod wünsche, für unseren talentierten Freund ist er eine Nummer zu groß.«

Durrani schnaubte verächtlich. »Unsinn.«

Er befahl Kassar: »Wenn dir dieser Rapp in die Quere kommt, wirst du ihn töten.«

Kassar quittierte den Befehl mit einem simplen Nicken, obwohl er nicht vorhatte, ihn zu befolgen. Einen dahergelaufenen Narren wie den Mann zu seinen Füßen zu töten, war das eine. Mit einem Profi wie Mitch Rapp verhielt es sich völlig anders. Jemand wie Rapp rechnete ständig mit dem Schlimmsten und leistete vor allem massive Gegenwehr. Kassar blickte nachdenklich in Rickmans Richtung.

»Vielleicht sollte ich doch besser Verstärkung mitnehmen.«

Rickman dachte über den Vorschlag nach, während Durrani vor Wut kochte, weil sein Angestellter nicht tat, was er ihm sagte, sondern einen anderen um Rat fragte. Rickman hob schwerfällig die Hand und kratzte sich am Kinn. »Ich halte das für eine gute Idee. Am besten gleich drei Männer.«

Kassar fragte Durrani: »Darf ich sie mir aussuchen?«

»Ja«, zeigte sich Durrani einverstanden, obwohl er es absolut nicht war.

»Und«, meinte Rickman noch, »falls du Rapp irgendwo siehst, solltest du dir ernsthaft überlegen, die Operation abzubrechen. Vor allem, wenn du Obrecht zu diesem Zeitpunkt bereits eliminiert hast.«

»Schwachsinn!«, polterte Durrani. »Falls du Rapp siehst, wird er sterben. Hast du mich verstanden? Ich habe genug von diesem Schnüffler. Auf diese Weise schlägst du mehrere Fliegen mit einer Klappe. Ich werde dich fürstlich dafür belohnen.«

Rickman hatte endgültig die Schnauze voll von der Großspurigkeit seines Gastgebers. In der Rolle des Krüppels fühlte er sich zunehmend unwohl. Nicht aufspringen und diese Meinungsverschiedenheit notfalls mit körperlichen Argumenten für sich entscheiden zu können, frustrierte ihn.

»Kassar, alle Reichtümer der Welt nützen dir nichts, wenn du tot bist. Verlass dich auf dein Urteilsvermögen und unterschätz Rapp auf keinen Fall. Der Mann steht an der Spitze der Nahrungspyramide. Wenn du ein klares Trefferbild hast und er deine Anwesenheit noch nicht bemerkt hat, lass es drauf ankommen, aber sobald er weiß, dass du da bist, nimm die Beine in die Hand und flieh.«

Rickman musterte Kassar durch die Augenschlitze. »Du bist ein kluger Mann, Vazir. Du weißt, worauf ich hinauswill, oder?«

»Ja«, entgegnete Kassar mit der für ihn typischen leidenschaftslosen Stimme. Er wusste es tatsächlich. Männer wie Rapp waren außerordentlich gefährlich. Das lag nicht allein an ihrem Talent und ihren ausgeprägten Instinkten. Am meisten beeindruckte ihn, dass Rapp nach allem, was man ihm entgegengestellt hatte, nach wie vor am Leben war.

»Was ist mit dem Auftragskiller ... diesem Gould?«

Rickman hatte sich selbst schon gefragt, wie sie dieses Problem am besten lösten. Er wusste eine Menge über den Mann, aber Gould hatte umgekehrt keinen Schimmer, dass Rickman hinter dem Auftrag steckte, Rapp zu ermorden. Er war fest davon ausgegangen, dass der ehemalige Legionär die Gelegenheit, alte Rechnungen zu begleichen, dankbar nutzen würde. Irgendwie musste er sich verkalkuliert haben – oder auch nicht. Ihm fiel plötzlich etwas ein. Zu Durrani sagte er: »Hattest du nicht erwähnt, dass General Qayem und seine Leute auf Abruf bereitstehen, falls mein Killer scheitert?«

»In der Tat.«

Rickman seufzte. »Ich hätte wissen müssen, dass du meinen Plan verpfuschst.«

»Ich habe keine Ahnung, wovon du redest.«

»Doch, das hast du. Du bist so durchschaubar. Du wolltest Gould beseitigen lassen, nachdem er Rapp erledigt hat, nicht wahr?«

Durrani schniefte. »Ich mag keine losen Enden. Er war ein loses Ende.«

»Und?«

»Was meinst du?«

Rickman stieß sich mit den Ellbogen ab und schaffte es, sich in den Kissen aufzurichten. Diesmal registrierte er voller Dankbarkeit, dass die Medikamente im Kreislauf die Schmerzen weitgehend dämpften.

»Falls unsere Partnerschaft funktionieren soll, darfst du nicht ständig hinter meinem Rücken agieren. Ist dir überhaupt klar, was du angerichtet hast? Gould ist ein Profi. Natürlich hat er deine Leute bemerkt und wusste, was ihm blüht. Deshalb nutzte er die einzige Chance, um heil aus der Sache rauszukommen, und ist auf Rapps Seite übergelaufen.«

Durrani tat es mit einer Handbewegung ab. »Lächerlich.«

»Nein, General, hier ist nur eins lächerlich. Nämlich wie du meine sorgfältig ausgearbeiteten Pläne boykottierst. Hör auf mit dem Mist. Je mehr Tote es gibt, desto mehr Verdacht lenken wir auf uns.«

»Im Gegenteil. Ich lasse töten, um uns zu schützen. Unser Geheimnis ist zu wertvoll. Wir müssen den Kreis der Eingeweihten möglichst überschaubar halten.«

»Das ist eine schlechte Strategie. Nicht jedes Problem lässt sich durch Mord in den Griff bekommen. Was gedenkst du mit Vazir zu tun, wenn er aus der Schweiz zurück ist? Willst du ihn etwa auch aus dem Verkehr ziehen?«

»Nein, er ist zu wertvoll«, rief Durrani aufgebracht. »Loyale Untergebene töte ich niemals.«

Rickman wusste genau, dass Durrani in der Vergangenheit zahlreiche loyale Helfer zum Abschuss freigegeben hatte, doch er behielt es für sich. Kassar lauschte aufmerksam und war alles andere als dumm. Sicher hatte er sich schon selbst Gedanken darüber gemacht, wann Durrani ihn ausmusterte.

»Von jetzt an, General, werden wir keine Geheimnisse mehr voreinander haben, sonst endet alles in einem Fiasko.«

48

RAPPAHANNOCK COUNTY, VIRGINIA

Stan Hurley traf um kurz vor acht ein. Das allgegenwärtige Thema seiner tödlichen Krebsdiagnose wurde nicht zur Sprache gebracht. Er hatte Kennedy gegenüber deutlich gemacht, keine große Sache daraus machen zu wollen, und murmelte vor sich hin, dass sowieso jeder sterben musste – manche eben etwas früher als andere.

Lewis hatte Fettuccine mit Shrimps und einen Spinatsalat zubereitet. Während des Abendessens löcherte Rapp sowohl Kennedy als auch Hurley und Lewis ununterbrochen wegen Rickman. Das lag vor allem daran, dass der Kollege seine Exfrau und Tochter so gut wie nie erwähnte. Rapp erinnerte sich nur an einen einzigen Anlass, bei dem Rickman kurz über sie gesprochen hatte. Auf einer ehemaligen Basis der Sowjets im südlichen Usbekistan, direkt nachdem die amerikanische Luftwaffe, ein Dutzend US-Spezialkräfte, einige Leute vom Geheimdienst und eine zusammengestückelte Armee aus Kräften der Nordallianz die Taliban abgefertigt hatten. Rickman hatte die Operation geleitet und zum ersten Mal seit 9/11 fühlten sie sich, als hätten sie wirklich etwas erreicht.

Grund zum Feiern also. Angesichts der Taliban in völligem Rückzug Richtung pakistanische Grenze floss der Alkohol in Strömen. Schon damals war Rickman ein strategisches Genie gewesen, das ungeheuer komplexe Operationen virtuos leitete und dabei nie potenzielle Fallstricke aus dem Auge verlor. Dabei konzentrierte er sich mit großer Gelassenheit auf den erfolgreichen Abschluss der Mission. In Anbetracht der vielen unkalkulierbaren Faktoren und eines Feindes, der sich alles andere als kooperativ verhielt, wahrlich nicht einfach.

Aus Gründen, die Rapp bis heute nicht verstand, hatte ein leicht rührselig gewordener Rickman in jener Nacht beschlossen, ihm seine private Misere anzuvertrauen. Rick berichtete von seiner Frau, die er nie wirklich geliebt hatte und der er umgekehrt unterstellte, dass sie es auch nicht tat. Die gemeinsame Tochter befand sich inzwischen im Teenageralter und hasste ihren Vater, weil er ständig unterwegs war und sich zu Hause nicht mal eine kurze Begrüßung in ihre Richtung abrang. Alles ging den Bach runter und Rickman schwankte zwischen dem fatalistischen Gedanken, es sei eh nichts mehr zu retten, und dem Gefühl, dass es sich auch nicht lohne. Eine typische Ein-Mann-Gerichtsshow mit einem Betrunkenen als

Richter und Vollstrecker in Personalunion. Rapp schaffte es mehrfach, das Gespräch auf ein anderes Thema zu lenken, doch Rick drang immer wieder in das schmutzige Fahrwasser vor.

Am nächsten Tag kam das Thema nicht mehr zur Sprache und blieb auch später unter den Teppich gekehrt. Einige Monate darauf bekam Rapp über Umwege mit, dass Rickmans Frau die Scheidung eingereicht hatte. Keine untypische Situation. Selbst wenn bei Missionen alles glatt lief, hinterließ die Arbeit als Geheimagent bleibende Schäden im persönlichen Umfeld. Eine Partnerin musste schon übernatürlich verständnisvoll sein, wenn sie es schaffte, dauerhaft die Stellung zu halten, während der Mann in den Gossen dieser Welt dafür kämpfte, amerikanische Interessen zu wahren.

Schon vor 9/11 war die Trennungsrate enorm hoch gewesen. Nach dem Angriff auf die Twin Towers und das Pentagon schoss sie regelrecht durch die Decke. Die CIA schickte ihre Leute in ständig neue Einsätze, die oft Jahre dauerten. Familien gingen zu Bruch, Ehen sowieso. Rapp wollte von seinen Kollegen wissen, ob Rickman je mit ihnen über die Scheidungen und die Belastung im Job gesprochen hatte.

Kennedy sah Lewis an. »Ich glaube, wir haben mal überlegt, ihn in die USA zurückzuholen.«

»Ja, ich erinnere mich«, antwortete der Psychologe.

»Das hatte weniger mit der Scheidung zu tun, denn Scheidungen gab es in jener Phase ja zuhauf. Aber uns wurde eines Morgens bewusst, dass er schon sechs Jahre am Stück im Ausland war.«

Kennedy wirkte, als durchlitte sie in ihrem Kopfkino einen ihrer größten Fehler.

»Ich hatte gerade in Kabul zu tun und setzte mich mit ihm zusammen, um zu hören, wie es ihm geht. Er hat sich nie beklagt. Kein einziges Mal.«

»Nie?«, fragte Hurley skeptisch.

»Nie. Er ging komplett in seiner Arbeit auf. Ein wandelndes Lexikon, das genau wusste, welche Gruppierung für welche Ziele kämpfte. Er kannte sich so gut aus, dass es irgendwann zum Standardprozedere gehörte, dass das JSOC vor einer Operation erst mal mit ihm Rücksprache hielt. Sie lieferten ihm einen Namen, manchmal noch ein Foto und einen Ort, und dann sagte Rick so etwas wie: ›Ich glaube, da habt ihr den falschen Mohammad im Visier. Der Mann, den ihr sucht, lebt einen Ort weiter.‹ Jedenfalls habe ich mit ihm gesprochen, einen Bericht abgefasst und ihm im Anschluss eine Beförderung und einen Job im Hauptquartier angeboten. Er wollte nicht mal darüber nachdenken, sondern meinte nur, seine Talente wären bei einem Verwaltungsjob verschwendet.«

»Da ist er nicht der Erste, der so denkt«, stellte Hurley fest.

Kennedy nippte an ihrem Wein und stimmte zu.

»Ihr hättet ihn zwingen müssen, in die USA zurückzukehren«, fand Rapp.

»Ich habe darüber nachgedacht, aber als ich die Idee beim JSOC und anderen strategischen Partnern zur Sprache brachte, standen sie kurz vor dem Herzinfarkt. Jeder Einzelne sagte mir, ohne ihn wären sie hoffnungslos verloren.«

»Also hast du dich darauf beschränkt«, steuerte Lewis bei, »ihn für ein zweiwöchiges Briefing in die Zentrale einfliegen zu lassen.«

Hurley hüstelte. »Lasst mich raten. Du hast ihn bei unserem Doc hier auf die Couch gelegt.«

Kennedy hob die Schultern. »Standardverfahren. So mache ich das bei jedem. Selbst bei euch beiden.«

»Hat mir ja auch wirklich was gebracht«, verkündete Hurley ironisch.

»Sorry, Doc«, beschwichtigte er gegenüber Lewis hastig. »Nicht Ihre Schuld. Ich bin halt komplett im Arsch.«

Lewis grinste. »Schon gut. Wobei ich dir widersprechen muss. Du bist nicht ›komplett im Arsch‹, nur … ganz schön kompliziert.«

»Nein«, widersprach Rapp. »Er ist definitiv im Arsch.«

Hurley amüsierte sich köstlich. »Das sagt der Richtige.«

»Ich habe nie behauptet, keine Probleme zu haben«, konterte Rapp amüsiert. »Aber sie sind bei Weitem nicht so schlimm wie deine.«

»Langsam, Kleiner. Wart mal, bis du 30 Jahre älter bist, dann wirst du dich noch wundern.«

»Wir sind alle nicht frei von Fehlern.« Kennedy reckte ihr Weinglas in die Höhe. »Aber in Anbetracht dessen, was ihr zwei durchgemacht habt, schlagt ihr euch wacker.«

Hurley und Rapp nahmen die Einschätzung mit einem stummen Dank entgegen, bis sich Stan in der für ihn typischen Direktheit an Lewis wandte: »Sag schon, was hast du rausgefunden, als Rick bei dir auf der Couch lag?«

»Nicht viel. Wir hatten nur zwei Sitzungen, jeweils 120 Minuten lang.«

»Hast du dabei den Eindruck gewonnen, dass er nicht loslassen konnte?«, hakte Rapp nach.

Lewis schüttelte den Kopf. »Ich habe gar keinen Eindruck gewonnen. Ihr Jungs …« – er deutete auf Rapp und Hurley – »seid meine mit Abstand kompliziertesten Patienten. Ich habe Jahre gebraucht, um euer Vertrauen zu gewinnen, und selbst heute macht ihr mir die Tür nur so weit auf, wie ihr es unbedingt für nötig haltet. Im Vergleich zu Rickman seid ihr trotzdem ein offenes Buch. Hat mal einer von euch einen Blick in seine Personalakte geworfen?«

Kennedy nickte, Rapp und Hurley verneinten. »Sein IQ«, verriet Lewis, »beträgt 205.«

Hurley kratzte sich an der Wange. »Das sagt mir nichts.«

»Der höchste im gesamten Gebäude«, klärte ihn Kennedy auf, »und zwar mit weitem Abstand.«

»Ihr zwei zusammen«, lieferte Lewis ein wenig schmeichelhaftes Beispiel, »könntet es gerade so mit ihm aufnehmen.«

»Doc, es mag ja sein, dass er clever wie ein Haufen Scheiße ist, aber nach meiner Erfahrung haben solche Genies meistens Probleme, ihr Leben auf die Reihe zu bekommen«, sagte Hurley.

»Das ist nicht ganz verkehrt. Ich habe bei unseren Sitzungen bemerkt, dass er sich ausgegrenzt fühlt, Schwierigkeiten im Umgang mit anderen Menschen hat, vor allem mit denen, die er nicht täglich um sich hat. Ein gewisser Mangel an sozialer Kompetenz, wenn man so will.«

»Aber«, fügte Kennedy rasch hinzu, »das ist nicht ungewöhnlich für unsere Agenten, die oft längere Zeit im Ausland verbringen. Ihr kennt das sicher aus eigener Erfahrung. Man muss bei einer Mission ziemlich heftige

Erfahrungen wegstecken und hat dann überhaupt keine Geduld, sich auf jemanden einzulassen, der über irgendwelche Lappalien jammert.«

Was Hurley betraf, besaß er generell eine relativ geringe Toleranzschwelle für Mitmenschen.

»Ist es möglich, dass er vor dem Absprung stand?«

»Wir haben nicht mal annähernd genug Anhaltspunkte, um so etwas zu vermuten. Allerdings hat er sich im Verlauf des letzten Jahres in der Tat etwas zurückgezogen.«

Lewis wollte unterstreichen, dass er niemandem persönlich einen Vorwurf daraus drehte.

»Rückblickend zeichnet sich natürlich ein gewisses Muster ab. Sickles hat komplett die Kontrolle über ihn verloren. Rickman spielte sich eher umgekehrt als Darrens Boss auf oder entschied zumindest, seine Anweisungen weitgehend zu ignorieren.«

»Irene«, schaltete sich Rapp ein. »Ich hoffe, du wirst Darren zur Verantwortung ziehen. Er ist ein inkompetentes Arschloch und eine echte Schande.«

Kennedy erhielt derzeit eine Menge kluge Ratschläge von Leuten, wie sie auf die Vorfälle in Afghanistan angemessen reagieren sollte.

»Wir sind gerade in der Nachbesprechung mit ihm. Ich will sicher sein, dass er alles weitergibt, was er weiß, danach werde ich entscheiden, wie wir ihn künftig einsetzen.«

Sie wollte nicht zu weit vom Thema abkommen.

»Zurück zu Rick ... wir haben nichts Eindeutiges, vermutlich bleibt es auch dabei. Trotzdem habe ich drei meiner besten Analysten darauf angesetzt. Falls er einen Fehler begangen hat, werden sie darauf stoßen.«

Rapp schüttelte den Kopf, als glaubte er nicht daran. »Das kannst du vergessen. Leute wie Rick machen keine Fehler. Er achtet strikt drauf, seine Spuren zu verwischen, es sei denn, er will explizit, dass jemand im Nachgang auf etwas stößt.«

»Zum Beispiel auf einen Bankmitarbeiter«, kommentierte Hurley. Er genehmigte sich einen anständigen Schluck Jack Daniel's.

»Steht der Kerl wenigstens auf deiner offiziellen Liste von Partnern? Und wenn ja, warum zum Teufel packt er beim FBI aus?«

Langley führte eine lange Liste mit Mitarbeitern von Privatbanken, über deren Tisch Zahlungen für Undercover-Operationen wanderten. Die Institute verteilten sich überwiegend auf die Schweiz, Zypern, Gibraltar, die Cayman Islands und Singapur. Vor einer solchen Geschäftsbeziehung wurden sowohl die Banken als auch ihr Personal intensiv durchleuchtet. Kennedy war die einzige Person im Gebäude, der alle Namen bekannt waren.

»Nein ... er steht nicht auf der Liste«, musste sie zugeben.

»Wie steht's mit der Bank, bei der er arbeitet?«

Rapp verfolgte die Theorie, dass Obrecht einem seiner Kollegen nachspioniert hatte.

»Nein. Wir haben mit denen noch nie Geschäfte gemacht. Auch mit keinem ihrer Angestellten.«

»Und du hast diese eidesstattliche Erklärung selbst gesehen?«, fragte Hurley.

»Ja ... heute Nachmittag. Bliebe die Frage, ob wir Agent Wilson generell trauen können. Ich bezweifle es. Obrecht behauptet jedenfalls, sowohl mit Mitch als auch mit Rick

Geschäfte gemacht zu haben. Er behauptet, es gehe um mehrere Konten und Einlagen in Höhe von mehreren Millionen Dollar. Außerdem gibt es ein Schließfach.«

»Was ist drin?«

»Das wird nicht erwähnt.«

»Du bist dir wirklich sicher, Mitch, dass du den Mann nicht kennst?«

»Absolut. Ich habe keine Ahnung, wer er ist.«

Hurley blickte Lewis nachdenklich an. »Könnte die Kopfverletzung schuld daran sein?«

»Da will ich mich als Laie nicht zu weit aus dem Fenster lehnen, aber bisher hat sein Erinnerungsvermögen keinen Anlass zum Zweifeln gegeben. Es war immer so, dass ein paar Stichwörter genügten, damit sein Gedächtnis die entsprechenden Lücken überbrückte.«

»Ich habe ihn wirklich noch nie gesehen. Außerdem«, versicherte Rapp und sah Kennedy an, »kennst du meine finanziellen Verhältnisse und weißt, dass ich dank meines Bruders ein reicher Mann bin. Aus welchem Grund sollte ich mich privat bereichern wollen?«

Rapps Bruder arbeitete an der Wall Street und hatte Mitchs Ersparnisse in einem lukrativen Portfolio angelegt.

»Ich hoffe für dich, die CIA kennt nicht jeden einzelnen deiner Sparstrümpfe«, ätzte Hurley. »Hast du denn gar nichts von mir gelernt?«

»Stan«, mahnte Kennedy.

»Bleib mir mit deinem ›Stan‹ weg! Ist doch wahr. Wir ziehen vor den bösen Jungs regelmäßig unsere Eier auf dem Hackklotz blank und kassieren dafür nicht mal 'ne anständige Gefahrenzulage. Du weißt, wie's läuft: Sobald uns Geld in die Hände fällt, das auf krummen Touren in den Besitz der Leute geraten ist, parken wir es in unserem Notfallfonds für schlechte Zeiten.«

Kennedy hasste dieses Old-School-Gepose. Ein Stück weit verstand sie es sogar, aber sie hielt trotzdem nichts davon. »Genau mit so einem Gerede bringst du Leute wie Wilson auf die Palme.«

Hurley wies den Vorwurf mit einer brüsken Handbewegung zurück. »Wir sind doch nicht blöd. Das meiste von der Kohle, das wir unterwegs auflesen, landet auf den schwarzen Konten, über die wir gerade geredet haben, um solche Einsätze zu finanzieren. Trotzdem kannst du meinen Jungs keinen Vorwurf draus machen, wenn sie sich eine Prämie abzwacken. Das ist unsere einzige Absicherung, sollten wir mal kurzfristig untertauchen müssen.«

»Untertauchen? Ihr habt den gesamten CIA-Apparat als Rückendeckung.«

»Das ist Quatsch, und das weißt du auch.« Hurley wurde langsam sauer. »Erklär das mal einem Idioten wie Wilson oder diesem Schwanzlutscher Ferris. Scheiße noch eins!« Er knallte den Drink auf den Tisch und riss ein Softpack Camel ohne Filter aus der Tasche. Beim Anzünden der Zigarette fiel sein Blick auf Kennedys besorgtes Gesicht. Er blies eine Rauchwolke in Richtung Deckenbeleuchtung.

»Hör zu, Prinzessin. Ich habe Krebs. Ich werde sterben. Auf ein paar mehr oder weniger kommt's auch nicht mehr an.«

Hurley nahm einen weiteren tiefen Zug und bekam ein schlechtes Gewissen. Irene war gefühlt ein Teil seiner Familie.

»Ich hatte ein tolles Leben und bereue nichts … zumindest nichts, was für eure Ohren bestimmt ist …

okay, Mitch erzähl ich's vielleicht noch, bevor ich ins Gras beiße. Trotzdem will ich keine langen Gesichter sehen. Wir geben alle irgendwann den Löffel ab. Dass ich so lange durchgehalten habe, ist doch klasse.« Er hielt sein Glas hoch. »Auf ein erfülltes Leben.«

Sie stießen an. Kennedy wischte sich eine einzelne Träne von der Wange und lachte.

»Es ist tatsächlich ziemlich erstaunlich, dass du so weit gekommen bist. Du rauchst diese Dinger, solange ich denken kann.«

»Als ich damit anfing, warst du noch gar nicht auf der Welt«, präzisierte Hurley mit einem Zwinkern und einer gierigen Portion Jack Daniel's. »Mit 14 in Bowling Green hab ich die erste gequalmt.«

Mit entrücktem Blick ließ er seine Kindheit Revue passieren, seine Jahre beim Militär, dann die ruhmreiche Zeit hinter dem Eisernen Vorhang in Diensten der CIA. Hinter ihm lag ein erfülltes Leben. Bevor er zu sentimental wurde, konzentrierte er sich auf das akute Problem: »Zurück zu diesem Bankier. Ich vermute, wir lassen nicht locker?«

»Marcus kümmert sich darum und um ein paar andere Baustellen. Bisher ohne konkretes Ergebnis, aber da gibt es etwas, das … hm … ein wenig seltsam ist.«

Kennedy wirkte fast ein wenig verlegen.

»Mitch, darüber müssen wir reden.«

Sie wusste nicht recht, wie sie anfangen sollte, also sprang sie direkt ins kalte Wasser: »Klingelt bei dem Namen Louie Gould was?«

Sein Wodkaglas war noch halb voll. Für einen Moment überlegte er ernsthaft, den Inhalt in einem Zug runterzustürzen. Stattdessen schob er es von sich weg.

»Ja, ich erinnere mich an ihn.«

»Auch an das, was er getan hat?«

Rapp verzog keine Miene. »Er hat meine Frau umgebracht.«

Kennedy schluckte. »Erinnerst du dich, was mit ihm in Kabul vorgefallen ist?«

»Nicht so genau. Ich weiß nur, dass ich ihn gesehen habe, kurz bevor die Hölle auf Erden losbrach, mehr nicht.«

Kennedy hatte bisher vergeblich versucht, sich einen Reim auf diesen merkwürdigen Zufall zu machen. »Rate mal, wer für Gould in der Schweiz seine Geldgeschäfte abwickelt.«

»Ein gewisser Obrecht.«

»Genau. Er ist Mr. Goulds persönlicher Berater.«

»Du verarschst uns, oder?« Hurley sprang auf. »Dieser beschissene Mist stinkt doch echt zum Himmel.«

Kennedy war an sein impulsives Verhalten gewöhnt. Hurley fiel es genau wie Rapp schwer, längere Zeit still zu sitzen. Sie verglich es mit Haien und anderen Raubtieren, die auch ständig in Bewegung blieben.

»Gould arbeitet natürlich noch mit anderen Banken zusammen, aber Obrecht ist einer seiner wichtigsten Ansprechpartner.«

Hurley schlurfte mit der Zigarette zum Kühlschrank, holte sich etwas zu trinken und kam an den Tisch zurück.

»Wisst ihr, wonach das für mich langsam aussieht?«

Kennedy nickte. Sie hatte sich schon ausgiebig Gedanken gemacht.

»Nach einer sorgfältig geplanten, mehrgleisigen Verschwörung. Fast so raffiniert wie früher bei den Russen. Völlig verwirrend, bis man die ganzen falschen Fährten und Ablenkungsmanöver aussortiert und erkennt, worauf das Ganze hinausläuft.«

»Und worauf läuft es in diesem Fall hinaus?«, kitzelte Kennedy seine Theorie hervor.

»Keinen Schimmer. Ich meine, wir können davon ausgehen, dass es den Zweck verfolgt, uns handlungsunfähig zu machen, aber mehr auch nicht.«

Rapp zuckte zusammen. In seinem Kopf lief eine Szene aus der Vergangenheit ab. Eine Unterhaltung, die er vor längerer Zeit mit Rickman geführt hatte. Zunächst nichts Greifbares, weil Rickman wie ein Wasserfall lossprudelte, ständig das Thema wechselte und auf Umwegen wieder auf den ursprünglichen Punkt zurückkam.

Kennedy bemerkte Rapps abwesenden Gesichtsausdruck und bohrte nach: »Was ist?«

»Rick hat mal was zu mir gesagt … das ist mindestens 15 Jahre her. Mir fällt nicht mehr alles ein, aber es ging um Geheimdienstoperationen und seine Vorstellung, dass sie auf mehreren Ebenen parallel ablaufen müssen. Er fand, dass es nicht reicht, Kontaktleute an Schlüsselstellen zu rekrutieren. Man müsse zusätzlich ein, zwei Ablenkungsmanöver starten, um Beobachter auf eine falsche Spur zu locken … vor allem Beobachter, die sich auf die Kontaktleute eingeschossen haben, um im Auge zu behalten, ob sie nicht für die Gegenseite spionieren. Er wies ziemlich nachdrücklich darauf hin, für wie entscheidend er es hielt, sie in die Irre zu leiten.«

Rapps Miene erhellte sich, als die Einzelheiten langsam zurückkehrten. Er schnippte mit den Fingern.

»Sein Vorschlag lautete, die Beobachter in eine Falle zu locken, indem man den Verdacht auf sie lenkt und es hinstellt, als wären sie selbst Spione. Er schlug vor, Konten auf ihren Namen einzurichten und nach dem Enttarnen von Kontaktleuten die Information gezielt an die Öffentlichkeit durchsickern zu lassen. Dann hätten sie viel zu viel mit ihrer eigenen Verteidigung zu tun, um ihre Beschattung fortzusetzen. Er schlug sogar ernsthaft vor, Affären mit den Frauen der Spione zu haben … solchen Kram. Alles mit dem Ziel, sie aus dem Tritt zu bringen.«

»Du willst also darauf hinaus, dass ein fremder Geheimdienst mithilfe von Obrecht den Verdacht gezielt auf uns lenken wollte?«

»Möglich … sie haben diesen Quatsch mit dem Bankier eingefädelt und dem FBI gesteckt, um uns Knüppel zwischen die Beine zu werfen. Fast hätte es sogar geklappt. Wäre Wilson nicht so stümperhaft vorgegangen, müssten wir alle uns aktuell wohl mit den Feds rumschlagen und viel Zeit damit verbringen, unsere Unschuld nachzuweisen.«

»Sofern deine Theorie stimmt«, sagte Kennedy, »bliebe noch die Frage, welchem Zweck dieses Vorgehen dient. Wovon wollen sie ablenken? Und wie passt das mit einer Theorie zusammen, die Rickman vor 15 Jahren aufgestellt hat?«

Rapp griff zu seinem Wodka und trank. Er dachte an die letzte Woche und seine Achterbahnfahrt der Gefühle zurück. Die ›Oh, Shit!‹-Momente, als sie herausfanden, dass Rick verschwunden war, die entsetzten, panischen Reaktionen nach der Veröffentlichung des Videoclips zum Verhör und die totale Erleichterung vieler CIA-Verantwortlicher nach der Entdeckung der Kamera und der Gewissheit, dass Rick tot war – und ihre Geheimnisse damit in Sicherheit. Darum ging es bei dieser Finte, begriff er.

»Ich weiß, ich gehe euch damit auf die Nerven«, meinte er schließlich und stellte direkten Augenkontakt mit Kennedy her. »Aber ich bleibe dabei: Rick ist nicht tot. Sie wollen nur, dass wir das glauben.«

»Dafür gibt es keine Beweise ... nur dein Bauchgefühl.«

»Wie gesagt, ich krieg's nicht auf die Reihe, dass dieselben Leute, die einen höchst professionellen Überfall auf das Safe House durchgeführt haben, hinterher aus Versehen Rick umbringen und praktischerweise eine Cam mit Aufnahmen zurücklassen, die seinen Tod minutiös dokumentieren.«

Kennedy empfand diese Theorie als beängstigend.

»Hör zu, wir haben uns ja durchaus mit dieser Möglichkeit auseinandergesetzt, aber bisher gibt es keine konkreten Anhaltspunkte dafür, dass du recht hast.«

»Bauchgefühle machen in dieser Branche manchmal den entscheidenden Unterschied.«

Sie ließ sich die Aussage lange durch den Kopf gehen. »Du hast recht.«

»Dann sollte ich so schnell wie möglich meinen Hintern nach Zürich bewegen.«

»Fühlst du dich denn fit genug?«

»Sicher.«

Kennedy wollte erst Lewis' Meinung hören. »Pass nur auf, dass dein Kopf nichts abbekommt«, warnte der Doc.

»Zürich ist eine sichere Stadt. Mir passiert schon nichts«, versicherte Rapp. Und zu Kennedy: »Wie steht's mit Überwachung?«

»Ich habe ein Team vor Ort.«

»Wie aggressiv gehen sie vor?«

»Überhaupt nicht. Er soll nicht vorzeitig Verdacht schöpfen.«

»Gut.«

Kennedy wandte sich an Hurley. »Kannst du ihn begleiten?«

»Mal sehen. Ich habe die Wahl, hierzubleiben und mir anzuhören, wie mein Onkologe ernsthaft darüber philosophiert, ob's nicht besser wäre, mir Rattengift einzuflößen, oder ich kann in die Schweiz fliegen, um dort einem Bankier die Scheiße aus dem Leib zu prügeln. Schwere Entscheidung.«

»Stan.« Kennedy stand nicht der Sinn nach Scherzen.

»Natürlich begleite ich ihn.«

»Gut.« Sie konzentrierte sich wieder auf Rapp. »Eins noch. Ich will, dass du vor der Abreise mit Gould redest.«

Damit hatte er nicht gerechnet. »Warum?«

»Ich bin sicher, er weiß etwas über Obrecht und verschweigt es uns.«

»Und du meinst, ausgerechnet mir wird er es anvertrauen?« Rapp wirkte plötzlich ziemlich fahrig. »Dafür habe ich keinen Kopf, Irene. Ich muss mein Team schnellstmöglich in die Luft bringen.«

»Dein Team ist bereits versammelt … jedenfalls so gut wie. Scott erledigt noch etwas für mich, aber er wird pünktlich zum Abflug da sein.«

Rapp stutzte. »Du hast meine Jungs zusammengetrommelt, ohne vorher mit mir zu reden?«

»Ich weiß, dass es dir manchmal schwerfällt, das zu akzeptieren, aber ich bin hier der Boss.«

Die Vorstellung, in einem Raum mit Gould zu sein, erschreckte ihn.

»Also befiehlst du mir, mit ihm zu reden?«

»Allerdings.«

Kennedy schob ihm eine Akte hin. »Lies dir das durch und dann geh runter und bohr nach, was er über Obrecht weiß. Ach ja, auf dem USB-Stick findest du ein paar Videos. Gould hat die Umgebung der Tierklinik kurz vor dem Angriff gefilmt. Ich vermute, das dürfte interessant für dich sein. Ich schlage vor, du siehst dir das Material zusammen mit Stan an.«

Die Videos und die Akte waren Rapp egal.

»Wie weit darf ich gehen?«

Kennedy holte zischend Luft. »Die Entscheidung überlasse ich dir.«

»Und wenn ich entscheide, ihn zu töten?«

Rapps dunkle Augen weckten in Kennedy ein unbehagliches Gefühl. Er war ihr Freund, deshalb verdrängte sie ab und zu, dass er tief im Herzen auch ein Killer war. Sie räusperte sich. »Ich will nicht, dass du ihn tötest.«

»Weshalb?«

»Aus Gründen, die ich dir momentan nicht erklären kann. Vertrau mir.«

»Aus Gründen, die du mir momentan nicht erklären *willst*, meinst du.«

»Wie auch immer. Vergesst eins nicht, ihr zwei.« Kennedy zeigte nacheinander auf Rapp und Hurley. »Ihr habt nicht das Sagen. Ich treffe die Entscheidungen und ich sage, dass er vorerst am Leben bleibt. Verstanden?«

Rapp war nicht mal sicher, ob er den Mann überhaupt töten wollte. Wenn es um Gould, seine Frau und sein Kind ging, regten sich in ihm widersprüchliche Emotionen. Zuweilen hatte er sich bittere Vorwürfe gemacht, die Chance nicht genutzt zu haben, den Gegner aus dem Verkehr zu ziehen. Letztlich hatte ihn die Erinnerung an Anna davon abgehalten, es nachzuholen, und er akzeptierte es als ominösen Wink des Schicksals. Allerdings hatte er unterstellt, dass Gould sich zur Ruhe setzte und um seine Familie kümmerte. Dass dieser rücksichtslose Idiot die Chance auf ein neues Leben total vermasselte, ließ Rapp an seiner Entscheidung zweifeln. Kennedy mochte zwar seine Vorgesetzte sein, aber Gould verdankte ihm sein Leben. *Wenn der richtige Moment gekommen ist,* dachte er, *werde ich derjenige sein, der darüber urteilt, ob er weiterlebt oder sterben muss.*

Rapp lehnte sich zurück und schlug die Beine übereinander. »Okay, fürs Erste halten wir uns an deine Regeln.«

»Gut. Ach ja, etwas steht nicht in den offiziellen Unterlagen … Ich habe Claudia und Anna in Schutzhaft nehmen lassen.«

Der entrückte Blick kehrte in Rapps Augen zurück. »Wo waren sie?«

»In Neuseeland.«

»Wie hast du sie gefunden?«

»Ich bin die ganze Zeit mit ihr in Kontakt geblieben.«

Rapp war überrascht, obwohl es keinen Grund dazu gab. Kennedy machte keine halben Sachen.

»Wie alt ist die Kleine inzwischen?«

»Drei.«

Die Tatsache, dass Goulds Gattin ihre Tochter nach Rapps ermordeter Frau benannt hatte, brachte ihn auf eine Weise durcheinander, die er nie für möglich gehalten hätte. Er hatte Monate damit zugebracht, beide ausfindig zu machen, fest davon überzeugt, sie ohne jedes Zögern sofort zu erschießen. Doch dann kam der Moment, in dem er vor der Mutter und ihrem Baby stand, und alle Pläne lösten sich in Luft auf. Ihm war, als hätte die Seele seiner verstorbenen Frau kurzzeitig von ihm Besitz ergriffen, um zu mahnen, dass es das kleine Mädchen nicht verdient hatte, als Waisenkind aufzuwachsen. Selbst einen Mann wie ihn, der seit fast zwei Jahrzehnten andere Menschen tötete, brachten solche Emotionen aus der Fassung.

»Gould hat Claudia verschwiegen, dass er in seinen alten Job zurückgekehrt ist«, sagte Kennedy. »Er tut, als wäre es ihm egal, aber tief im Innern scheint er große Angst zu haben, dass sie es herausfindet und ihn verlässt. Dieses Druckmittel solltest du nutzen.«

Rapp nickte, obwohl ihm ganz andere Druckmittel vorschwebten. Eine an den Kopf gehaltene Pistole hielt er persönlich für ungleich überzeugender. Es gab nur ein Problem bei dieser Vorgehensweise, und das wusste er. Sobald er das tat, verlor er jegliche Kontrolle.

49

Aurora Highlands, Virginia

Für Wilson stellte sich nicht die Frage, ob er deprimiert war. Das stand ohne jeden Zweifel fest. Zum ersten Mal in seiner Karriere überlegte er, sich die Mündung seiner Dienstwaffe in den Mund zu stecken und dem Leid ein Ende zu machen. Er nahm jedoch rasch davon Abstand, denn die Vorstellung, so eine Sauerei zurückzulassen, schreckte ihn ab. Und sollte er es vermasseln, was bei seiner aktuellen Pechsträhne gar nicht so unwahrscheinlich schien, drohte ihm das Schicksal, den Rest seines Lebens als Krüppel in einer Pflegeeinrichtung zu verbringen und das Elend der Welt mit anzusehen, ohne selbst eingreifen zu können. Nein, entschied Wilson, wenn überhaupt Selbstmord, dann mithilfe von Pillen.

Ferris musste seine Verzweiflung gespürt haben, denn er ließ durch einen seiner Assistenten ausrichten, ihn um Punkt 22 Uhr an der gewohnten Straßenecke treffen zu wollen. Deshalb stand Wilson nun schon die zweite Nacht in Folge im Eingangsflur seines Hauses, um mit einem Hund, der ihm reichlich egal war, einen Spaziergang anzutreten, was er hasste.

Er steckte den Kopf ins Arbeitszimmer. »Ich dreh noch eine Runde mit Rose.«

Sally drehte sich vom Computerbildschirm weg. »Bist du sicher? Ich übernehm das gern.«

Wilson hatte ihr noch nicht von seinem enorm beschissenen Tag berichtet. Er ertrug den Gedanken nicht, von ihr mit Vorhaltungen überschüttet zu werden und eine endlose Flut von Fragen zu beantworten. Vor gar nicht so langer Zeit hatte sie ihm mal gesagt, dass sie ihn sehr liebte, er sich aber daran gewöhnen musste, nicht immer recht zu haben. Das Thema würde bei einem Gespräch über die heutigen Ereignisse garantiert zur Sprache kommen. Vermutlich erntete er einen nachdenklichen Blick von ihr, bevor sie nachhakte, wie es möglich war, dass jemand wie Direktor Miller, der als ehrlicher und fairer Mensch galt, sich dermaßen irrte. Und dann würde sie tiefer im Dreck wühlen und erfahren, dass ihm kein einziger Kollege den Rücken stärkte. Für sie wäre das der klare Beweis, dass die Mehrheit eine Entscheidung getroffen hatte und er falschlag. Wilson ertrug so ein Urteil nicht – nicht heute und vermutlich auch sonst nie.

»Schon okay«, sagte er. »Ich will ein bisschen den Kopf freibekommen.«

»Du warst den ganzen Abend ziemlich still. Willst du über das Meeting reden?«

»Nein … vorher muss ich über ein paar Sachen nachdenken.«

»Ich bin für dich da, wenn du ein offenes Ohr brauchst.«

Sie stand auf, kam zu ihm und küsste ihn auf die Wange.

»Du bist ein guter Mann, Joel.«

»Danke. Ich habe großes Glück, dass du an meiner Seite bist.«

»Ja, das hast du.« Sie fuhr mit dem Handrücken über sein Gesicht und begleitete ihn zur Tür.

Den Weg vom Haus zur Straße zu laufen, kostete ihn große Überwindung. Seine Füße schienen ihn an eine Stelle zu tragen, die er gar nicht erreichen wollte. An der nächsten Ecke traf ihn ein heftiger Windstoß. Wilson fröstelte, zog die Jacke enger um den Körper und richtete den Kragen auf. Er fühlte sich verwundbar und hasste es.

Rose gab die Richtung vor, er folgte mit trägen Schritten. Beim Erreichen des Treffpunkts fiel ihm der Lincoln Town Car erst gar nicht auf, bis der Fahrer die Scheinwerfer aufflackern ließ. Joel seufzte und wappnete sich für die erwarteten lahmen Aufmunterungsversuche des aufschneiderischen Senators aus Connecticut. Er zog die hintere Tür auf, packte Rose unter dem Bauch und bugsierte sie auf den Rücksitz. Wenn es nach ihm ging, sollten Ferris und sie ihre kleine Romanze von gestern ruhig fortsetzen.

Ferris zog die Hündin liebevoll auf den Schoss und kraulte sie im Nacken.

»Ist heute nicht so gut gelaufen, was?« Wilson zupfte nervös an der Jacke. »Es war eine elend beschissene Vollkatastrophe.«

»Müssen Sie immer so vulgär sein?«

»Verscheißern Sie mich nicht. Soll ich Ihnen etwa abnehmen, dass Sie nicht fluchen, wenn Sie wütend sind?«

Ferris schüttelte langsam und vorwurfsvoll den Kopf. »Früher mal, aber inzwischen weiß ich, dass es nichts bringt.«

»Tja, stehen *Sie* mal einen Tag durch, wie ich ihn heute hatte, und dann überlegen Sie sich noch mal, ob es angebracht ist, mir einen Vortrag wegen meiner Ausdrucksweise zu halten.«

Wilson betrachtete die Einfamilienhäuser, die am Fenster vorbeizogen.

»Haben Sie eine Ahnung, wie schlimm das gewesen ist?«

»Nein, ich weiß nur, dass man Sie beurlaubt hat.«

»Ihnen ist klar, was das bedeutet?«

»In der Regel bedeutet es, dass man weiterhin bezahlt wird, während eine unabhängige Kommission die Frage klärt, ob man sich etwas zuschulden kommen ließ, das eine Entlassung rechtfertigt.«

»Mag sein, dass das bei den Regierungsjobs so ist, mit denen Sie sich auskennen, aber beim FBI läuft das anders. Wer da beurlaubt wird, kann sich die komplette weitere Karriere abschminken.«

»Das ist eine Möglichkeit, es zu sehen.«

»Nein, es ist die einzige Möglichkeit. Drei meiner direkten Vorgesetzten haben an der Besprechung teilgenommen und mir klar zu verstehen gegeben, dass ich für sie erledigt bin.«

»Nun, sie sind aber nicht die Einzigen, die in dieser Stadt etwas zu sagen haben.«

Wilson ballte frustriert die Fäuste. »Sie kapieren es nicht, oder? Die haben sich längst darauf festgelegt, dass hinter diesem Quatsch mit dem Schweizer Bankangestellten der Versuch eines gegnerischen Geheimdienstes steckt, die CIA aus dem Gleichgewicht zu bringen.«

»Das ist doch lächerlich.«

»Nun, die fanden es jedenfalls nicht lächerlich und haben, um keinen Zweifel daran zu lassen, sogar noch Kennedy zu dem Treffen zitiert. Und wissen Sie, was diese blöde Kuh gemacht hat?«

»Nein.«

»Sie hat eine Kopie der Verschwiegenheitserklärung mitgebracht, die ich damals bei Dienstantritt unterzeichnen musste, und sie mir genüsslich um die Ohren gehauen. Außerdem meinte sie, wenn ich mit irgendjemand darüber rede, wirft sie mich ins Gefängnis.«

»Sie blufft. Sie bluffen alle, weil sie Angst haben.«

»Leute wie Miller kennen keine Angst. Er leitet das FBI inzwischen seit vier Jahren. Man kann dem Mann so einiges vorwerfen, aber einschüchtern lässt er sich nicht. Hielte er die Vorwürfe gegen Rapp und Rickman für berechtigt, hätte er sie schon längst vor Gericht gebracht. Er weiß etwas. Jemand muss ihm etwas gezeigt haben, das ihn davon überzeugt, dass diese Information kompletter Bullshit ist.«

»Vermutlich hat Kennedy Dokumente manipuliert. Sie kennt in der Hinsicht keine Skrupel. Was glauben Sie, warum sie schon so lange auf ihrem Stuhl klebt?«

Ein übler Verdacht schoss Wilson durch den Kopf und er konfrontierte Ferris damit: »Woher stammen Ihre Informationen zu Rapp und Rickman?«

»Von einem Kontakt, der direkt an der Quelle sitzt.«

»Werden Sie mal konkret. Wer ist dieser Kontakt?«

»Ihr Ton gefällt mir nicht.« Ferris starrte ihn eisig an.

Ein irres Lachen löste sich aus Wilsons Eingeweiden. »Mehr fällt Ihnen nicht ein? Sie manipulieren mich, bis ich brav über Ihre Stöckchen springe, und nachdem meine Karriere im Lokus gelandet ist, fällt Ihnen nichts Besseres ein, als sich über meinen Tonfall zu beschweren? Ficken Sie sich doch selbst ins Knie, Senator.«

Ferris' Gesicht verwandelte sich in eine starre Maske aus Wut. Er war offenkundig nicht daran gewöhnt, dass jemand so mit ihm umsprang, schon gar kein Staatsbediensteter.

»Joel, ich kann Ihnen helfen, aber nur, wenn Sie mir vertrauen und sich beruhigen. Meine Güte, ich dachte, Sie wären ein Profi. In diesem Spiel ist gerade mal das erste Viertel vorbei und Sie tun so, als wäre bereits der Schlusspfiff ertönt.«

»Tja, vielleicht hab ich ja was an den Ohren, aber was mich betrifft, kam der Schlusspfiff schon längst.«

»Blödsinn. Jetzt reißen Sie sich mal zusammen, Mann.«

Ferris schob die Hündin auf Wilsons Schoß.

»Ich habe noch keine einzige Anhörung einberufen. Wenn es so weit ist, wird Kennedy eine Menge Fragen beantworten müssen, und Sie treten als mein Starzeuge auf. Dieses Weibsstück wird den Tag noch bereuen, an dem sie Ihnen dieses Schriftstück unter die Nase gerieben hat.«

Wilson kämpfte damit, Rose unter Kontrolle zu bekommen.

»Was macht Sie da so sicher?«

»Wie ich schon sagte, ich habe meine Quellen. Sie können mir vertrauen.«

Wilson schüttelte den Kopf. »Das ist mir zu dürftig. Ich bin derjenige, der kurz vor dem Ertrinken steht, während Sie auf der Dachterrasse des Lido relaxen und einen fruchtigen Cocktail schlürfen. Ich brauche Garantien. Ein Großteil der internen Untersuchung konzentriert sich auf den Punkt, wie ich den Machenschaften von Rapp und Rickman auf die Schliche gekommen bin … früher oder später wird man sich auf Sie stürzen. Wenn Sie also in dieser Situation von mir erwarten, die Bälle flach zu halten, müssen Sie mir schon mehr über den Ursprung dieser Vorwürfe verraten.«

Ferris rieb mit dem Zeigefinger an der Oberlippe und dachte angestrengt nach. Einige Sekunden später antwortete er: »Ich darf Ihnen nicht sagen, wer meine Quelle ist, aber es handelt sich um den hochrangigen Regierungsvertreter eines loyalen Partnerstaats. Jemanden, an dessen moralischer Integrität kein Zweifel besteht.«

»Wird diese Person auch in den Zeugenstand treten, wenn es hart auf hart kommt?«

»Gott, nein. Seien Sie nicht albern. So läuft das nicht.«

»Also bin ich der Einzige, der seine berufliche Zukunft riskiert? Der Hinweisgeber begnügt sich damit, Anschuldigungen weiterzugeben, und hält sich selbst raus?«

»Jetzt seien Sie mal nicht naiv. Derjenige würde alles verlieren. Dass er mir die Informationen geliefert hat, ist ein persönlicher Gefallen.«

»Und was hab ich davon?« Wilson fühlte sich zunehmend in die Ecke gedrängt. Rapp, Rickman und wahrscheinlich eine Menge anderer abtrünniger Agenten waren genauso schuldig wie diese Schrulle Kennedy, aber Ferris und sein geheimnisvoller Informant ließen ihn allein im Regen stehen. »Das ist doch Scheiße.«

»Joel, es tut mir wirklich leid für Sie.«

Zum ersten Mal befürchtete Ferris, dass Wilson einen Rückzieher machte. Die gleichen Gründe, aus denen er genau der richtige Mann war, um Langley etwas anzuhängen, sorgten nun dafür, dass er das Vertrauen in ihn verlor.

»Aber Sie müssen noch ein bisschen durchhalten. Sehr bald bin ich in der Position, eine Menge Druck auf Kennedy auszuüben. Bis es dazu kommt, müssen Sie etwas für mich tun.«

»Warum muss ständig ich etwas für Sie tun? Wann tun Sie zur Abwechslung mal was für mich?«

Ferris hatte langsam genug. Er funkelte Wilson wütend an.

»Reißen Sie sich zusammen, Kumpel. Sie führen sich auf wie eine Memme. Schluss mit diesem Selbstmitleid. Wir sind hier in Washington, da geht es hart zur Sache. Was haben Sie denn erwartet … dass Leute wie Kennedy und Rapp beim Anblick Ihrer Dienstmarke in Ohnmacht fallen und alles widerstandslos über sich ergehen lassen?«

»Nein«, musste Wilson zugeben.

»Dann behalten Sie die Nerven. Ich sagte ja bereits, dass wir uns noch in einer frühen Phase des Spiels befinden. Sie gehören zu der Mannschaft, die am Ende als Sieger vom Platz geht. Und dann werden Direktor Miller und eine Menge anderer Leute vor Ihnen zu Kreuze kriechen und Sie um Entschuldigung anflehen.«

Die Vorstellung gefiel Wilson. »Okay, okay. Was soll ich als Nächstes für Sie erledigen?«

»Haben Sie schon mal von Darren Sickles gehört?«

»Klar, er ist der CIA-Stationschef in Kabul. Ich habe mich erst vor Kurzem mit ihm unterhalten.«

»Nun, nach meinen Informationen wurde er ins Hauptquartier zurückbeordert, wo ihm Kennedy und Rapp gerade das Leben schwer machen.«

»Und was kümmert mich das?«

»Es kümmert Sie, weil Mr. Rapp gedroht hat, Sickles töten zu wollen.«

Wilson blieb skeptisch. »Behauptet wer?«

»Arianna Vinter aus dem Außenministerium.«

»Auch die kenne ich.«

»Nun, dann sollten Sie mal mit ihr sprechen. Sie meinte, Rapps Drohung habe wenig Raum für Interpretationen gelassen.«

Wilson blickte mürrisch drein. »Sie wissen, wie schwer sich so etwas vor Gericht nachweisen lässt.«

»Es geht hier nicht um einen Termin vor Gericht, sondern um öffentliche Anhörungen auf dem Capitol Hill in den Räumlichkeiten meiner Kommission, bei denen Kameras und Pressevertreter präsent sind. Sie müssen aufhören, ständig wie ein Agent zu denken. Es geht darum, Rapp vor Zeugen ans Kreuz zu nageln und das Bild eines außer Kontrolle geratenen Soziopathen zu zeichnen, der durch Drohungen, Lügen und Betrug bekommt, was er will. Sobald wir das geschafft haben, ist das juristische Nachspiel reine Formsache.«

Zwei Kreuzungen weiter saß Scott Coleman im Heck eines schwarzen Honda-Minivans. Die Wanze anzubringen, war eine seiner leichtesten Aufgaben gewesen. Die Montur des örtlichen Kabelnetzbetreibers und ein paar Leckerli hatten genügt. Wilsons Köter war eben kein Wachhund. Trotzdem hatte Coleman die Bröckchen vorher mit einem leichten Betäubungsmittel getränkt, den Van in einer Nebenstraße geparkt, die Leckerli über den Zaun geworfen und so getan, als würde er die Leitungen überprüfen. Nach fünf Minuten war er in den Hinterhof geklettert, lockte den Hund mit einigen weiteren Mitbringseln der nicht einschläfernden Art, ging in die Hocke und streichelte ihn, während er die Wanze am Halsband befestigte.

Ein kurzer Check mit seinen Leuten im Van bestätigte, dass die Übertragung funktionierte. Coleman und seine Leute zogen sich aus dem Gebiet zurück. Wilson hielt sich zu diesem Zeitpunkt noch in der FBI-Zentrale auf. Als er das Gebäude kurz nach Mittag verließ, folgte ihm ein zweites Team nach Hause und hörte ihn dort mithilfe des Minispions ab.

Es gab nichts Besonderes zu berichten – abgesehen davon, dass Wilson einmal kurz in Tränen auszubrechen schien. Nachdem er selbst eine Menge Kollegen im Einsatz verloren hatte, brachte Coleman für jemanden, der wegen seiner eigenen Dummheit heulte, nicht das geringste Verständnis auf.

Jetzt lauschte der ehemalige SEAL dem Gespräch zwischen dem Senator und Wilson und stellte befriedigt fest, dass dabei für Kennedy eine Menge verwertbare Neuigkeiten heraussprangen. Sollte der Senator die belastenden Unterlagen tatsächlich vom Vertreter einer fremden Regierung erhalten haben, brachte er sich damit in eine höchst prekäre Lage. Hinzu kam, dass sie nun seine nächsten Schritte kannten. Der Mann wollte öffentliche Anhörungen abhalten.

Coleman übertrug das Audiofile auf sein Smartphone und schickte es in einer Mail mit Dringlichkeitsvermerk an die CIA-Direktorin. Anschließend bat er den Fahrer, kurz anzuhalten.

»Leute«, sagte er zu seinen beiden Männern. »Ihr bleibt hier am Ball und haltet mich auf dem Laufenden.«

»Und wo willst du hin?«, fragte der hagere Techniker.

»Nach Zürich. Schickt mir regelmäßig die Mitschnitte. Ich sollte in ein paar Tagen zurück sein.« Coleman schlug die Wagentür hinter sich zu und joggte zu seinem eigenen Auto, das ganz in der Nähe parkte.

50

Islamabad, Pakistan

Nadeem Ashan war schon häufig auf Hindernisse gestoßen, aber nichts ließ sich auch nur annähernd mit dem vergleichen, was er im Moment durchmachte. Mitten beim Abendessen hatte es gestern an die Tür geklopft. Er war schon den ganzen Tag auf einen solchen Besuch vorbereitet gewesen, seit der Veröffentlichung des zweiten Videos von Joe Rickman. Immerhin hatte dieser darin eindeutig den Vorwurf geäußert, dass Ashan als Agent für die Amerikaner arbeitete. Ashan wusste, dass er sich dieser Lüge stellen musste, also war er direkt zum Generaldirektor gegangen, um seine Unschuld zu beteuern und ihm volle Unterstützung bei der Aufklärung dieser dreisten Diskreditierungskampagne zuzusichern. Tajs zurückhaltende Reaktion verriet ihm, dass sich das Problem nicht so leicht aus der Welt schaffen ließ.

Der restliche Tag war ziemlich ernüchternd verlaufen. Zahlreiche Kollegen schauten in seinem Büro vorbei und beteuerten, dass sie voll und ganz hinter ihm standen. Durrani zeigte sich optimistisch, dass die Anschuldigungen ins Leere liefen. Lieutenant General Mahmud Nassir, der Leiter des internen Flügels, äußerte sein Bedauern, dass eine interne Untersuchung nicht zu vermeiden war. Ashan und Nassir hatten sich bisher nie besonders gut verstanden, weshalb das Treffen ziemlich eisig verlief.

Beim abendlichen Klopfen war ihm das Herz endgültig in die Hose gerutscht. Seine Frau weinte nahezu ununterbrochen. Sie war eng mit der Gemahlin des Außenministers befreundet und wusste, wie man ihn aus der Wohnung gezerrt hatte. Entsprechend ging sie davon aus, dass ihrem Mann ein ähnliches Schicksal drohte. Als er die Tür öffnete, überraschte es ihn nicht sonderlich, Lieutenant General Nassir vor sich zu sehen, aber dass Durrani ihn begleitete, kam doch unerwartet.

Bevor Nassir etwas sagen konnte, trat Durrani vor.

»Ich bin mitgekommen, um dafür zu sorgen, dass man dir den verdienten Respekt entgegenbringt.«

Nassir ließ sich keine Regung anmerken und bedeutete seinen Männern, ins Haus zu gehen. Ashan und seine Frau wurden in getrennte Räume geführt. Glücklicherweise blieb Durrani bei ihr, um sie zu beruhigen, denn sie war nicht auf eine längere Befragung vorbereitet. Drei Männer plus Nassir folgten Ashan ins Arbeitszimmer und fühlten ihm sechs Stunden am Stück auf den Zahn. Obwohl er sie mehrfach bat, nicht zu rauchen, ignorierten sie es. Ashan nahm sich vor, dafür zu sorgen, dass diese drei für ihre Respektlosigkeit gegenüber einem höherrangigen Offizier zur Verantwortung gezogen wurden, sobald die Sache ausgestanden war.

Ohne Durrani hätte Ashan in Anbetracht dessen, was seine Frau gerade durchmachen musste, keinen klaren Gedanken fassen können. Um kurz nach 22 Uhr informierte ihn der Freund, dass man ihr erlaubt hatte, zu Bett zu gehen. Er verspürte eine gewisse Erleichterung, dass man anständig mit ihr umging, doch die währte nicht lange. Als Nächstes wartete Durrani nämlich mit der Neuigkeit auf, dass man seinen Sohn und seine Tochter für ein Verhör aus ihren Wohnungen geholt hatte. Sein Sohn arbeitete als Arzt in Karatschi, die Schwester als Ingenieurin in Islamabad. Ersterer kam damit sicher klar, aber sie war eine extrem attraktive junge Frau und der ISI in dieser Hinsicht nicht gerade für Zurückhaltung bekannt.

Ashan schleuderte imaginäre Dolche in Nassirs Richtung.

»Ich bin unschuldig. Diese Vorwürfe werden sich aufklären. Sollte meinen Kindern auch nur ein Haar gekrümmt werden, kümmere ich mich persönlich darum, dass Ihrem Nachwuchs etwas Ähnliches passiert.«

Der Drohung allein haftete allenfalls eine 50-prozentige Chance auf Erfolg an, doch Durrani sprang ihm zur Seite und verlieh ihr Nachdruck. Er überschüttete Nassir mit einem Schwall von Schimpfworten und schilderte auf deutlich drastischere Weise, was er den lieben Kleinen anzutun gedachte. Anschließend schob er noch einige Drohungen an die drei Untergebenen hinterher. Ashan war mit Abstand der Zivilisierteste unter den Abteilungsleitern, Durrani tendierte ins andere Extrem.

Er ging skrupellos gegen Feinde des pakistanischen Volkes vor und wurde deshalb auch von den eigenen Männern gefürchtet.

Nassir entschuldigte sich prompt und verschwand im Nachbarzimmer, um seinen Leuten zu verdeutlichen, dass er jeden persönlich umbringen würde, der Ashans Kinder nicht mit dem gebotenen Respekt behandelte. Etwa eine Stunde später zog er sich mit seinem Gefolge zurück. Nachdem Durrani eindringlich geschildert hatte, welche sexuellen Perversionen er ihnen anzutun gedachte, hatte der Eifer, mit dem sie die Befragung durchführten, merklich nachgelassen.

Ashan dankte seinem Freund überschwänglich für dessen Beistand. Durrani meinte nur, im umgekehrten Fall hätte er sicher dasselbe für ihn getan. Ashan machte sich beim Einschlafen Gedanken, ob das wirklich stimmte, während er sich an seine Frau schmiegte. Nervös wartete er auf Anrufe von den Kindern. Seine Tochter meldete sich zuerst und wollte wissen, was überhaupt los war. Er erklärte ihr, das Ganze sei ein großes Missverständnis, wobei er genau wusste, dass das Gespräch abgehört wurde. Sein Sohn rief erst zweieinhalb Stunden später an. Weder Ashan noch seine Gattin bekamen vorher ein Auge zu. Nachdem sie auch ihm versichert hatten, dass alles schon wieder in Ordnung komme, schliefen sie morgens gegen 20 nach vier eng umschlungen ein.

Zwei Stunden später wachte er auf, rasierte sich und schlüpfte in seine Arbeitskleidung. Beim Verlassen des Hauses entging ihm nicht, dass eine ganze Kolonne von Militärfahrzeugen am Bordstein parkte. Er fragte sich, ob man ihn überhaupt gehen ließ. Prompt tauchte ein

Colonel der Armee auf und kündigte an, ihn zum ISI-Hauptquartier zu eskortieren. Ashan beschlich ein ungutes Gefühl, als er hinten in den ihm unbekannten Wagen einstieg. In Pakistan galt es fast schon als Freizeitsport, Regierungsvertreter unauffällig auf der Rückbank zu erledigen.

Die Fahrt zum Büro verlief glücklicherweise ohne weitere Zwischenfälle, was sich vom Verlauf des Vormittags nicht behaupten ließ. Ashan musste bei der Ankunft feststellen, dass man seine drei Sekretärinnen und zwei Assistenten in der vergangenen Nacht festgenommen hatte. In seinem Büro trieben sich zuhauf Mitarbeiter des internen Flügels herum und durchwühlten vertrauliche Akten. Das war mehr, als der erfahrene Geheimdienstler verkraftete. Er suchte sofort den Generaldirektor auf. Drei Helfer versuchten, ihn am Eintreten zu hindern, doch Ashan schob sich einfach an ihnen vorbei und fand Taj im Gespräch mit Durrani und Nassir vor. Der Blick, den Durrani ihm zuwarf, beunruhigte ihn zutiefst.

»Was ist denn los?«, fragte Ashan.

»Hinsetzen.« Taj wies auf einen Platz neben Durrani.

Ashan blieb stehen.

»Mein Büro ist voller Leute, die als streng geheim klassifizierte Dokumente lesen.«

»Das ist mir bekannt. Setzen Sie sich endlich.«

Tajs Finger, der die Zigarette hielt, zuckte mahnend in Richtung Couch.

»Diese Mitarbeiter verfügen nicht über die nötige Freigabe«, stellte Ashan fest, während er Platz nahm. »Das ist ein schwerwiegender Verstoß gegen das Sicherheitsprotokoll.« Er blickte zu den drei anderen Männern auf und erwartete, dass sie seine Bedenken teilten.

Taj gab Nassir ein Handzeichen. Dieser schlug eine goldene Mappe auf und hielt einige Blätter in die Höhe.

»Kommen Ihnen die bekannt vor?«

»Nein.«

»Ganz sicher?«

»Nun drücken Sie sie ihm schon in die Hand, damit er sie lesen kann«, forderte ihn Taj auf.

Ashan nahm sie entgegen und seine Welt brach zusammen. Er hatte die Seiten nie zuvor gesehen, erkannte allerdings sofort, was er vor sich hatte.

»Die gehören nicht mir.«

»Wieso hat sie dann einer meiner Leute gestern Nacht mit Klebeband befestigt unter Ihrem Schreibtisch gefunden?«, wollte Nassir wissen.

»Ich habe damit nichts zu tun. Wer sagt mir, dass Ihre Männer sie nicht gezielt dort versteckt haben?«

Nassir stellte Blickkontakt zu Taj her und schüttelte enttäuscht den Kopf.

»Generaldirektor, Sie müssen mir glauben. Ich arbeite nicht als Spion für die Amerikaner oder eine andere Seite. Und das ist auch nicht mein Schweizer Nummernkonto. Diese Dokumente sehe ich zum ersten Mal.«

»Aber Sie *haben* ein Schweizer Nummernkonto?«, setzte Nassir nach.

Durrani ging dazwischen, ehe Ashan antworten konnte.

»So gut wie jeder von uns hat eins. Ersparen Sie uns den albernen Eiertanz. Wir sind alle schon lange im Geschäft und wissen, dass man in gewissen Fällen auf diskrete Bankverbindungen zurückgreifen sollte. Diese angeblichen Beweise sind keine.«

»Ich bedaure, aber so simpel ist es dann doch nicht«,

schaltete sich Taj ein. »Es geht nicht um die bloße Existenz eines solchen Kontos. Wie Sie richtig sagen, gehört das fast schon zu unserem Rüstzeug. Aber dass Mitarbeiter amerikanischer Geheimdienste Sie als CIA-Agenten anschwärzen, können wir nicht ignorieren. Nicht mal dann, wenn es eine Lüge sein sollte.«

»Es *ist* eine Lüge«, insistierte Ashan. »Ich bin kein CIA-Agent.« Seine Augen wanderten von Gesicht zu Gesicht und er musste feststellen, dass ihm niemand glaubte. Durrani mied seinen Blick.

»Akhtar, du traust mir so etwas doch nicht allen Ernstes zu?«

»Du bist ein besserer Mann als wir anderen und ich halte diese Vorwürfe für komplett aus der Luft gegriffen, aber« – Durrani blickte Taj wütend an – »meine Meinung scheint für unseren Boss nicht zu zählen und er will sich offenbar auch nicht die Zeit nehmen, es aufzuklären.«

Zunächst begriff Ashan nicht, was der Freund damit meinte. Konsterniert fragte er: »Was soll das heißen?«

Taj drückte die Zigarette aus. »Der Präsident hat mich kurz vor Ihrem Eintreffen angerufen. Es tut mir leid, aber er besteht leider darauf, dass ich Sie entlasse.«

Die Worte schwebten zunächst an seinem Verstand vorbei, ohne durchzudringen. Allmählich dämmerte ihm, dass es endgültig vorbei war. Er klappte den Mund auf, um etwas zu sagen, und brachte schließlich heraus: »Das war's ... einfach so? Nach 30 Jahren, in denen ich mir nie etwas zuschulden kommen ließ?«

»Diese Angelegenheit ist größer als Ihre Position ... größer als wir alle ... größer als der ISI. Ich hoffe, dass man eines Tages feststellen wird, dass Sie keinerlei Schuld trifft, aber der Präsident fordert eine sofortige Reaktion. Wir müssen Stärke demonstrieren und dürfen nicht in den Verdacht geraten, Marionetten der Amerikaner zu sein.«

»Geben Sie ihm wenigstens die Chance, sein Gesicht zu wahren«, bat Durrani. »Lassen Sie ihn eine Stellungnahme verbreiten. Wir können es so drehen, dass er, um Schaden abzuwenden, sein Amt bis zur vollständigen Klärung freiwillig ruhen lässt. Und im Zuge dessen klärt er die Öffentlichkeit über den Verdacht auf, dass die Amerikaner im Rahmen einer Verschwörung die Souveränität Pakistans infrage stellen wollen.«

Ashan kam es vor, als wäre er körperlich überhaupt nicht anwesend. Taj schüttelte bedauernd den Kopf.

»Der Präsident hat mir keine Wahl gelassen. Die Entlassung soll noch heute Morgen erfolgen. Es tut mir leid, dass es so läuft, Nadeem. Ich weiß, dass das ein schwacher Trost für Sie ist, aber ich persönlich halte Sie für einen guten, ehrenhaften Menschen. Bedauerlicherweise muss ich Ihnen mitteilen, dass Sie und Ihre Familie bis zum Abschluss der Untersuchungen unter Hausarrest gestellt werden.«

Ashan stand wortlos auf. Am liebsten hätte er sich übergeben. Er verließ Tajs Büro und wurde von einem halben Dutzend Uniformierter in Empfang genommen. Diskussionen nützten in diesem Fall nichts. Wenn der Präsident involviert war, gab es keine Möglichkeit, gegen den Rauswurf vorzugehen. Er begriff nicht, warum sein Leben von jetzt auf gleich dermaßen auf den Kopf gestellt wurde. Er ließ sich widerstandslos durch die Halle führen und ermahnte sich, nicht die Fassung zu verlieren. Es gab noch genügend Zeit, um herauszufinden, was hier gerade passierte und – zumindest hoffte er das – wer dahintersteckte.

51

Rapp und Hurley sichteten die Akte. Nash, Schneeman und Coleman hatten den Löwenanteil der Befragungen übernommen und Lewis steuerte eine kurze psychologische Einschätzung bei. Gould schien sich extrem unkooperativ zu verhalten, wiederholte ständig die gleichen Aussagen und betonte, mit keinem anderen als Rapp sprechen zu wollen. Die beiden erfahrenen Agenten rochen schon von Weitem, dass die Sache zum Himmel stank. Gould streute als Verhandlungsmasse einige Halbwahrheiten in sein Gespinst aus Lügen ein. Was Rapp anging, tat er sich damit keinen Gefallen. Bei ihm kam man nur weiter, wenn man die Karten offen auf den Tisch legte.

Im Gegensatz zu den Protokollen, die nutzlos waren, entpuppte sich Goulds Videomaterial von Rapps Beschattung als äußerst aufschlussreich. Sie mussten sich die Dateien nur zweimal ansehen, um zu erkennen, weshalb Gould Verdacht geschöpft hatte. Agenten mit weniger Einsatzerfahrung wäre es wahrscheinlich nicht aufgefallen, doch die beiden Männer auf der Straße stachen aus dem Alltagsrhythmus hervor wie bunte Hunde.

Rapp lief in den Keller und betätigte den Summer neben der Metalltür. Zusammen mit Hurley ließ er den Irisscan der Deckenkamera über sich ergehen. Mit einem leisen Klicken löste sich die Verriegelung. Dahinter wartete ein rechteckiger Raum mit zwei großen Sichtfenstern für beide Zellen auf sie. Gould saß in der linken, die rechte wurde aktuell nicht genutzt. ›Big Joe‹ Maslick erwartete sie am Bedienpult.

»Wie läuft's, Joe?«, fragte Rapp.

»Stinköde. Was ist eigentlich mit dem Trip nach Zürich? Wieso bleib ich da außen vor?«

»Nicht meine Entscheidung, Joe. Tut mir leid … Irene ist der Boss.«

»Hat's was mit meiner Schulter zu tun?« Er schwenkte den Arm. »Der geht's gut … nur ein kleiner Kratzer.«

Rapp wusste, dass Maslick sich selbst etwas vormachte. Er hatte an der Tierklinik in Kabul einen empfindlichen Treffer kassiert. Laut Kennedy konnten die Ärzte einen dauerhaften Nervenschaden nicht ausschließen und waren ziemlich beunruhigt. Eine verlässliche Prognose ließ sich erst nach mindestens einem weiteren Monat Physiotherapie abgeben. Noch schwerer wog, dass sein bester Freund Mick Reavers den Einsatz nicht überlebt hatte. Lewis wollte, dass Maslick sein Trauma erst in Ruhe verarbeitete, bevor man ihn wieder nach draußen schickte.

»Ich sag doch, das musst du mit Irene klären.« Rapp schwenkte die Akte in Richtung von Goulds Zelle.

»Was treibt unser Freund?«

»Nichts.« Maslick kippelte auf dem Stuhl. »Er wiederholt in einer Tour, dass er mit dir reden will. Nervt total. Er kann nur froh sein, dass er uns vermutlich allen das Leben gerettet hat.«

»Wie meinst du das?«

»Na ja, zunächst mal hätte er dich direkt umnieten können, als du in Kabul aus dem Wagen gestiegen bist. Und als dann die Schießerei losging« – Maslick hing einen Moment seinen trüben Erinnerungen nach – »hielt er uns diese Hunde vom Hals. Wäre er nicht mit mir auf dem Dach gewesen, hätten wir verdammt alt ausgesehen.«

»Hast du dich mit ihm unterhalten?«

»Nein ... nicht wirklich.«

»Dann belass es auch dabei. Wie steht's mit der Video- und Audioüberwachung?«

»Läuft.«

»Schalt beides ab.«

Maslick schmeckte das gar nicht. »Hey, Jungs, Irene will, dass wir alles lückenlos aufzeichnen.«

Rapp reagierte gereizt. »Komm schon!«

»Ihre Anweisung war ziemlich eindeutig, Mitch. Sie ahnte, dass du mit so einer Bitte ankommst, und hat ausdrücklich betont, ich soll mich nicht darauf einlassen. Außerdem will sie, dass ich eure Waffen kontrolliere.«

Rapp starrte Hurley an. »Spinnt die?«

Stan zuckte nur die Achseln. »Ist doch nichts Neues. Sie und der Doc pfuschen uns ständig rein.«

Hurley zog seine Kimber 1911 aus dem Hüftholster und packte sie auf den Tisch. »Komm schon.« Er forderte Rapp auf, es ihm gleichzutun. »Zöger's nicht unnötig raus.«

Maslick entriegelte die Zelle. Rapp betrat sie mit Hurley im Schlepptau. Bolzen verankerten den Verhörtisch im Untergrund. Bei den Stühlen auf beiden Seiten hatte man dieselben Vorkehrungen getroffen, ebenso beim Bett und der Toilette, die aus Sicherheitsgründen ohne Deckel auskommen musste. Außerdem gab es noch ein mickriges Waschbecken. Eine sieben Zentimeter dicke Gummischicht als Belag auf dem nackten Beton sollte Stürze und gezielte Selbstmordversuche abfedern, Wände und

Decken waren mit grauem Akustikschaum verkleidet, damit die Mikrofone selbst leises Flüstern auffingen.

Rapp legte die Akte auf den Tisch und wies auf den Stuhl gegenüber von ihnen. Gould löste betont langsam die Verschränkung seiner Hände hinter dem Kopf und setzte sich auf der dünnen Matratze auf. »Wer ist das?«, fragte er misstrauisch und fixierte Rapps Begleiter.

Rapp ging gar nicht darauf ein. Dieser arrogante Typ benahm sich, als hätte er hier das Sagen. Hurleys Retourkutsche ließ nicht lange auf sich warten: »Wer ich bin, geht dich einen feuchten Kehricht an. Für dich ist eher entscheidend, *warum* ich hier bin.«

Gould rollte die Augen. »Also gut, warum bist du hier?«

»Ich bin hier, um dafür zu sorgen, dass er dich diesmal tatsächlich umbringt. Falls er's nicht tut, nehm ich mir die Freiheit raus, dir eigenhändig das Genick zu brechen.«

»Klar doch.« Gould schnaufte verächtlich. »Als ob du das schaffst, alter Mann.«

Rapp spürte, wie Hurley an ihm vorbeirauschte. Gould befand sich auf dem Bett in einer denkbar schlechten Ausgangsposition und unterschätzte außerdem Hurleys Geschwindigkeit. Er war erst halb aufgestanden, da verpasste Hurley ihm schon einen flotten rechten Haken gegen den Unterkiefer. Gould wurde zurück auf die Matratze geschleudert. Rapp bemerkte den Schlagring an Hurleys rechter Hand. Der Auftragskiller lehnte keuchend an der Wand und umklammerte sein Kinn. Er hatte die Augen fest zusammengekniffen und wartete, bis der Schmerz nachließ.

»Du spielst hier nach unseren Regeln«, klärte ihn Rapp auf. »Und jetzt schieb deinen Arsch hier rüber, bevor dieser ›alte Mann‹ die Scheiße aus dir rausprügelt.«

Gould schlich zum Tisch und tastete behutsam die Kieferpartie ab. »Das war unangebracht«, beschwerte er sich. »Behandelt man so einen Mann, der einem das Leben gerettet hat?«

»Wie bitte?«

»Als ich in das Gebäude auf der anderen Straßenseite gegangen bin und rausfand, dass du die Zielperson bist, hätte ich dich genauso gut erschießen können, aber ich fand, ich war dir was schuldig. Einfach abzuhauen wäre auch eine Option gewesen. Stattdessen bin ich zu euch rübergekommen und hab dir den Arsch gerettet. Und das ist der Dank!« Gould maß mit den Armen anklagend die Zelle aus.

»Hattest du bei deinem Auftrag Verstärkung?«

»Wie meinst du das?«

»Na, Verstärkung. Gab es Leute, die dich unterstützt haben?«

»Nein.« Gould schüttelte den Kopf. »Ich arbeite immer allein. Das weißt du doch.«

Rapp schlug die Mappe auf, nahm erst ein Foto heraus, dann ein weiteres. Er legte sie nebeneinander auf den Tisch. »Erkennst du die beiden?«

Gould wusste sofort, um wen es sich handelte, aber er heuchelte Unwissenheit.

»Ach? Das überrascht mich. Das sind Standbilder von der Speicherkarte, die wir dir bei der Leibesvisitation auf der Air Base abgenommen haben.«

Es handelte sich um Aufnahmen von zwei Männern, die mit dem Handy telefonierten, während sie an beiden Seiten des Straßenzugs, in dem sich der Angriff ereignet hatte, auf dem Posten standen. Rapp schob ein drittes Foto hinterher, überlassen von der afghanischen Polizei.

Es zeigte einen der Männer, der mit einer Schusswunde in der Brust auf dem Boden lag. »Du hast diesen Typen im Rahmen deiner Erkundung bemerkt und ihn später vom Dach aus gezielt erschossen«, fasste er die naheliegende Vermutung in Worte.

Gould tat so, als ginge ihn das Ganze nichts an. »Denk doch, was du willst.«

»Wenn's nicht so traurig wäre, würd ich glatt lachen«, meinte Rapp. »Du sitzt hier und tust, als hättest du das Richtige getan, dabei wissen wir alle, dass du ein Haufen Scheiße bist. Du bist nicht zu uns gekommen, um mir das Leben zu retten. Nein, als die Polizei anrückte, wurde dir klar, dass dich deine Auftraggeber hintergehen und du nur heil aus der Sache rauskommst, wenn du dich mit uns verbündest.«

»Du hast doch keine Ahnung, wovon du redest!«

Rapp ersetzte die drei Fotografien durch zwei neue. Er benutzte diesen Trick häufiger. Väter und Ehemänner reagierten enorm empfindlich, wenn es um ihre Frauen und Kinder ging. Er beobachtete Gould ganz genau. Der Anblick schien den anderen zumindest nicht kaltzulassen, denn nach einigen Sekunden schaute er weg.

»Ich habe dir eine zweite Chance geschenkt«, fuhr Rapp fort.

»Und ich habe dir dein Leben in Kabul geschenkt«, konterte Gould sofort. »Wir sind quitt.«

Wut ließ sich in ihrem Metier zum eigenen Vorteil ausnutzen, solange man sie dosiert einsetzte. Rapp wusste das so gut wie jeder andere, aber hier handelte es sich um eine Ausnahme. Diese Angelegenheit war deutlich persönlicher als alles, womit er bisher zu tun gehabt hatte.

Er versuchte gar nicht erst, den Zorn zu bändigen, der an die Oberfläche drängte.

»Du Scheißkerl. Ich kenne niemanden, der dermaßen selbstverliebt ist wie du. Niemanden. Hör zu, du Schwachkopf, ich hätte, ohne zu überlegen, mein Leben geopfert, um meine Frau und mein Kind zu retten, aber du hast mir diese Wahl nicht gelassen, sondern sie vorher umgebracht.« Er lehnte sich über den Tisch und beackerte Goulds Nase mit der linken Faust. Der Kopf des Auftragskillers flog nach hinten und Blut sammelte sich auf der Oberlippe.

Rapp lief zu ihm und verpasste ihm einen seitlichen Schlag gegen den Kopf. Gould riss schützend die Arme vors Gesicht. Rapp zerrte ihn an den Haaren und setzte das Gewitter aus gezielten Hieben fort. »Du selbstsüchtiger Wichser! Ich hab dir ein neues Leben ermöglicht und dich und deine Frau am Leben gelassen, damit ihr eure Tochter aufziehen könnt. Hast du eine Ahnung, was ich dafür gäbe, noch einen weiteren Tag mit meiner Frau verbringen zu dürfen?« Er unterbrach seine Attacke und riss Goulds Kopf nach hinten, damit der andere ihn ansehen musste: »Mein Kind ist in ihrem Bauch gestorben, du Idiot. Trotzdem hab ich dich am Leben gelassen. Du hattest drei Jahre mit deiner Tochter, ich nicht mal eine verfickte Sekunde.«

Rapps Faust sauste noch zweimal hinab. Die dünne Hautschicht über Goulds linkem Auge zerbarst.

»Was ist los mit dir? Bist du so 'ne Art Adrenalin-Junkie? Brauchst du deinen regelmäßigen Kick? Kannst du nicht loslassen?«

»Du verstehst das nicht«, brüllte Gould zurück. »Du bist noch Teil des Spiels. Du weißt nicht, wie es ist, wenn andere auf deinem Leben rumtrampeln. In Neuseeland haben sie inzwischen sogar Walmart-Filialen eröffnet ... nicht zu fassen, oder?«

»Was faselst du da für einen Schrott, verdammt?« Rapp dämmerte, dass Gould unter Umständen den Verstand verloren hatte, und ließ von ihm ab.

»Du glaubst wirklich, wir sind uns ähnlich, hm?«

»Wir haben mehr gemeinsam, als du dir je eingestehen wirst.«

Gould wischte sich mit dem Ärmel das Blut vom Mund.

»Ich berausche mich nicht dran, Menschen zu töten. Ich kassiere keine Koffer voller Geld als Abschussprämie. Ich töte Verbrecher wie dich, weil die Welt ohne euch ein besserer Ort ist.«

Gould kaufte ihm das nicht ab.

»Du machst dir selbst was vor. Wer so gut ist wie du, der genießt, was er tut.«

»Da liegst du falsch. Ja, ich beherrsche meinen Job verdammt gut, aber im Gegensatz zu dir macht mich das nicht high. Mir geht's nicht um die Herausforderung, sondern darum, Arschlöcher wie dich aus dem Verkehr zu ziehen ... in deinem Fall hätte ich das damals an diesem Strand direkt erledigen sollen. Ist dir überhaupt klar, was für einen riesigen Gefallen ich dir getan habe?«

Gould richtete sich auf und starrte die Tischplatte an, ohne die Frage zu beantworten.

»Weißt du was? Sie haben jemanden wie dich gar nicht verdient.« Rapp schob die Fotos von Goulds Frau und Tochter direkt vor ihn auf den Verhörtisch und zog die hereingeschmuggelte Ersatzpistole aus dem Versteck am Rücken.

»Jetzt kommt dein Moment der Wahrheit.« Rapp drückte die Mündung gegen Goulds Hinterkopf.

Maslicks Stimme drang aus dem Lautsprecher: »Mitch, die Befragung ist hiermit beendet.«

Hurley starrte die von dieser Seite undurchsichtige Glasscheibe an. Er wusste, dass Maslick auf der anderen Seite zum Hörer gegriffen hatte, um Kennedy anzurufen.

»Leg sofort auf, Joe.«

Hurley zückte ebenfalls eine Waffe. »Wir bringen das zu Ende. Entweder verrät uns dieser kleine Scheißer alles, was er weiß, oder wir legen ihn um. Und jeder, der uns davon abhalten will, kassiert ebenfalls 'ne Kugel.«

Rapp zwang Gould, die Bilder zu betrachten. »Schluss mit den Spielchen. Entweder, du redest und überzeugst mich, dass sie dir etwas bedeuten, oder ich lass deine Gehirnmasse auf die Abzüge klatschen und sorg dafür, dass sie dich für immer verlieren. Die Entscheidung liegt bei dir. Was darf's sein?«

»Ich hab dein Leben verschont«, quetschte Gould durch das angespannte Gebiss.

»Um dir selbst den Arsch zu retten.«

»Hab ich doch gar nicht«, widersprach Gould.

»Es ist sowieso egal, Louie. Hier wird nicht verhandelt. Rede oder stirb.«

»Ich will Garantien.«

Rapp ließ die Haare des anderen für eine Sekunde los, um ihm einen satten Hieb gegen den Schädel zu verpassen.

»Eins kann ich dir anbieten: Du darfst deine Frau und deine Tochter sehen, wenn du uns alles erzählst.«

»Sie sehen? Das reicht mir nicht. Ich will die Zusicherung, in mein altes Leben zurückzukehren.«

»Als Auftragskiller? Du bist echt nicht bei Trost!«
Er wandte sich an Hurley: »Der spinnt doch komplett,
oder?«

»Wir verschwenden bloß unsere Zeit mit ihm. Knall
den Schwachkopf ab. Wir brauchen ihn nicht. Obrecht
wird uns alles sagen.«

»Du hast recht.« Rapp rammte die Waffe gegen Goulds
Kopf.

War das nur ein Bluff? Gould wusste es nicht genau.
Sein Gegenüber verhielt sich komplett unberechenbar.
Egal, er musste nur noch ein paar Minuten durchhalten,
um später mit Kennedy oder einem der anderen CIAler
einen Deal einzufädeln. »Warte.«

»Die Zeit des Wartens ist vorbei. Ich weiß genau,
was dir gerade durch den Kopf geht«, flüsterte Rapp.
»›Blufft er nur oder drückt er wirklich ab?‹ Um das zu
beantworten, musst du dir nur eine Frage stellen …
Was würdest du tun, wenn jemand Claudia oder deine
Tochter tötet? Du würdest keine Sekunde zögern, den-
jenigen abzuknallen, oder? Er wäre bereits tot. Wenn du
also überzeugt bist, dass wir zwei uns so ähnlich sind,
weißt du, dass ich abdrücken werde. Dies ist deine letzte
Chance, Gould. Es muss sowieso jeder sterben. Manche
eben etwas früher als andere.«

52

Durrani verspürte keine Genugtuung, Ashans Absturz mitzuerleben. Er war ein anständiger Mann und ein guter Freund, aber er stand für eine fehlgeleitete Politik. Um Pakistan in eine gesicherte Zukunft zu führen, musste die Abteilung Analyse und außenpolitische Beziehungen mit harter Hand geführt werden, nicht von einem Schwächling. Durrani hatte bereits einen Nachfolger in petto – einen Mann, der seine Entschlossenheit teilte, auf ein starkes Pakistan hinzuarbeiten. Ashan kam schon irgendwie heil aus der Sache raus. In ein paar Monaten würde Gras über die Sache gewachsen sein. Er selbst hatte sich auf die Fahnen geschrieben, dafür zu sorgen, dass man seinen Freund und dessen Familie mit Respekt behandelte. Eventuell schaffte er es sogar, dass Ashan einen Teil des Geldes auf dem Schweizer Nummernkonto behalten durfte.

Durrani unterdrückte sein Bedauern über das, was er dem Freund angetan hatte, und konzentrierte sich auf Rickman. Der Missmut des anderen ärgerte ihn. War das etwa der Dank für all seine Bemühungen? Bei solchen Operationen lief nie alles perfekt. Doch statt den Triumph auszukosten, machte ihm der Amerikaner Vorwürfe und rieb ihm den kleinsten Patzer unter die Nase. Gut, rückblickend hätte er besser darauf verzichtet, General Qayem zu befehlen, nach Rapps Tötung auch den Attentäter erschießen zu lassen, aber es war doch nur gut gemeint gewesen. Das Leben des Franzosen bedeutete ihnen nichts. Seine komplizierte Beziehung zu Rapp trug allerdings dazu bei, die CIA zu verwirren und auf eine falsche Fährte zu locken.

Durrani nahm sich vor, die Scharte auszuwetzen. Mit einer Geste, die seinen Partner in dieser Verschwörung garantiert sehr glücklich machte. Und dann war es an Rickman, seinen Teil der Abmachung einzuhalten.

Der Köter war ein absolutes Monstrum. Durrani hatte den Chef seiner Security angewiesen, drei neue Wachhunde als Begleitung für die regelmäßigen Kontrollgänge auf dem Grundstück zu kaufen. Er verlangte ausdrücklich nach Rottweilern. Da keiner der Bodyguards Hunde mochte, geschweige denn sich in der Lage sah, sie abzurichten, ließ Durrani einen Coach aus Europa einfliegen, der ihnen beibrachte, wie man mit den Tieren umging. Ein teurer Spaß, bisher schon satte 27.000 Dollar, außerdem hatte einer der Männer gekündigt, nachdem er gebissen worden war. Offiziell schimpfte er zwar selbst über die Hunde, aber in Wahrheit waren sie ihm ans Herz gewachsen. Nicht nur wegen der Angst, die sie bei anderen Leuten auslösten, sondern auch, weil sie massiv um seine Aufmerksamkeit buhlten. Sie schienen sofort zu begreifen, dass zwar viele Leute auf dem Grundstück arbeiteten, aber nur Durrani etwas zu melden hatte.

Ein vierter Hund, der hier zu Gast war, verhielt sich weniger kooperativ. Er überragte die anderen deutlich, war sowohl älter als auch klüger und der klare Chef im Ring. Im Gegensatz zu den drei anderen machte er Durrani nervös. Er ließ ihm zunächst ein Würgehalsband mit langer Leine anlegen, doch nachdem er einem der Wachmänner in den Schritt gebissen hatte, verzichtete er darauf und wechselte die Strategie. Seitdem gab es ausschließlich Belohnungen für ihn, keine Bestrafungen mehr.

Das Monster schleifte ihn förmlich die Stufen zum Gästepavillon hoch. Nach einem kurzen Blick auf das Tier trat die pummelige Krankenschwester hastig den Rückzug an. Durrani ignorierte sie, während der Hund ihn schnüffelnd durch den Flur zum Schlafzimmer lotste. Durrani verzichtete aufs Anklopfen, betrat den Raum und ließ den Hund von der Leine. Die Bestie sprang aufs Bett und leckte Rickman das lädierte Gesicht ab.

»Jax«, begrüßte dieser seinen vierbeinigen Besucher erfreut. Er kraulte den Rottweiler am Hals. »Hast du mich vermisst? Ja doch, du hast mir auch gefehlt.«

Durrani konnte sich ein Grinsen nicht verkneifen. Er hoffte, eines Tages eine ähnliche Beziehung zu seinen Tieren aufzubauen.

»Tut mir leid, dass ich ihn erst jetzt zu dir bringe, aber ich wollte nichts überstürzen und war mir unsicher, ob du ihn bändigen kannst.«

»Bändigen? Bei mir ist er brav wie ein Baby.«

»Stimmt.« Durrani trat ans Bett. »Auf dich lässt er sich sofort ein, bei meinen Angestellten schaltet er auf stur.«

Der große Kläffer rekelte sich behaglich und ließ den Kopf auf Rickmans Schoß ruhen. Durrani zog einen Stuhl heran. »Er macht dich glücklich, was?«

»Und wie. Danke, dass du dich darum gekümmert hast, ihn verschwinden und einfliegen zu lassen. Als es mit der Folter losging, war ich mir nicht sicher, ob ich ihn je wiedersehe.«

»Ich bin froh, zu eurer Wiedervereinigung beizutragen.«

Durrani betrachtete Hund und Halter für einen Moment. Zum ersten Mal seit über einem Monat wirkte Ajax absolut zufrieden. *Perfektes Timing!*, stellte er fest. Er klatschte in die Hände. »Dann mal los. Ich bin sicher, du hast mir einiges zu erzählen, mein Freund.«

Rickman ließ Ajax keine Sekunde aus den Augen. »Das hat Zeit.«

Durrani wollte erst in die Luft gehen, fing sich jedoch schnell.

»Du hast mir ein Versprechen gegeben. Ich habe meinen Teil der Abmachung erfüllt. Du bist in meinem Land sicher und wirst bald sogar eine neue Identität bekommen. Jetzt bist du an der Reihe. Ich will die Namen der amerikanischen Spione.«

Rickman tätschelte den imposanten Kopf des Rott-weilers.

»Sobald Vazir aus Zürich zurückkommt, nehmen wir eine Bestandsaufnahme vor. Dann werde ich entscheiden, wann und auf welche Weise ich dir diese Informationen zukommen lasse.«

»So war das nicht besprochen!«, ärgerte sich Durrani.

Die Pupillen des Rottweilers verengten sich und er fletschte die Zähne. Rickman beruhigte ihn.

»Die Regeln haben sich durch deine Entscheidung geändert, dem von mir beauftragten Killer in die Arbeit reinzupfuschen. Jetzt müssen wir erst mal abwarten, welche Folgen das hat.«

Durrani war außer sich. »Ich hatte es in der Hand, dich umzubringen«, zischte er. »Was hältst du davon, wenn ich dich, sobald du wieder gesund bist, noch mal so zurich-ten lasse? Wie würde dir das gefallen, du bescheuerter Amerikaner? Du hältst dich für clever, was? Da irrst du dich. Ich halte alle Trümpfe in der Hand. Ich allein entscheide, ob du lebst oder stirbst.«

Das Lachen tat weh, aber Rickman konnte nicht anders. Als er sich endlich wieder im Griff hatte, fragte er: »Glaubst du ernsthaft, du hast mich in der Tasche, General?«

Rickmans spöttischer Unterton brachte ihn auf die Palme, aber er wollte nicht auf dessen Niveau absinken. »Ich kann jederzeit den Befehl geben, dich umzubringen.«

»Stimmt, aber dann bist du in spätestens einem Monat ebenfalls tot.«

»Was redest du da?«

»Sei nicht so naiv, General. Hältst du mich für blöd genug, mein Leben ohne Absicherung in deine Hände zu legen?«

»Du bluffst doch.«

»Nein, das ist nicht mein Stil. Ich plane lieber, statt mich ans offene Messer zu liefern. Ich habe gewisse Vorkehrungen getroffen und mehrere Anwälte damit beauftragt, eine verschlüsselte Datei an Direktorin Kennedy und andere ausgewählte Empfänger zu übermitteln, falls ich mich nicht in festgelegten Abständen bei ihnen melde.«

Durrani ahnte, dass es keine Lüge war. Das passte zu einem verschlagenen und nicht vertrauenswürdigen Menschen wie Rickman. »Und was enthält diese Datei?«

»Gerichtlich verwertbares Material zu deiner Rolle in dieser Affäre.«

»Wie kannst du so etwas nur tun? Das ist unverantwortlich … die Anwälte könnten auf die Idee kommen, die Datei zu knacken.«

Rickman hatte damit gerechnet, dass Durrani so reagierte. Das Damoklesschwert, dass eine unbekannte Zahl von Leuten auf Informationen zugreifen konnte, die ihn entlarvten und alles zerstörten, worauf er hinge- arbeitet hatte, ihn möglicherweise sogar das Leben kosteten, machte einem Kontrollfreak wie ihm schwer zu schaffen. Sicher fand er auf Jahre hinaus keinen ruhigen Schlaf mehr. Falls er überhaupt noch so lange lebte.

Nun kam es darauf an, so gelassen wie möglich zu bleiben und dem General zu verdeutlichen, dass er nicht mehr am längeren Hebel saß.

»Wie gesagt, die Datei ist verschlüsselt. Und ich ver- traue diesen Leuten blind. Außerdem wissen sie, dass jeglicher Versuch, sich Zugang zum Inhalt zu verschaffen, ihr eigenes Leben bedroht.«

Seelenruhig streichelte er den Rottweiler. »Du musst dir keine Sorgen machen, sofern du dich an unsere Abmachung hältst.«

»Du bist derjenige, der sich daran halten sollte. Der Senator braucht dringend die Namen der Agenten, damit er zum entscheidenden Schlag gegen Rapp und Kennedy ansetzen kann.«

Das mochte sogar stimmen, aber solange Rickman nicht zweifelsfrei wusste, dass Rapp an seinen Tod glaubte und von ihm abließ, musste Senator Ferris sich noch gedulden. »Warten wir ab, wie es in Zürich läuft.«

»Du bist ein Narr.«

»Findest du?« Rickman klang amüsiert. »Wenn du mich fragst, bin ich eher pragmatisch.«

»Ich spreche davon, dass du Wildfremden derart heik- les Material anvertraust. Das ist töricht.«

»Nein, es ist ziemlich clever. Na ja, vielleicht nicht

unbedingt clever, wenn man sich mit deiner Vergangenheit beschäftigt.«

Durrani schnauzte ihn an: »Was soll das heißen?«

»Nun, es ist ein offenes Geheimnis, dass du deine Geschäftspartner hinterher meistens um die Ecke bringst.«

»Das ist ja nun völlig übertrieben.«

»Ist es nicht. Und deshalb sind meine Vorkehrungen auch kein Zeichen von Cleverness, sondern eher von gesundem Menschenverstand.«

Hätte Durrani geglaubt, seine Probleme damit aus der Welt schaffen zu können, hätte er Rickman und seinen verrückten Köter sofort abgeknallt, aber er war auf den Amerikaner angewiesen, um seinen Plan erfolgreich abzuschließen. Deshalb beschloss er, auf weitere Drohungen zu verzichten und ihre gemeinsamen Interessen in den Vordergrund zu rücken.

»Joe, wir wissen beide, wie du tickst. Wir haben oft genug darüber gesprochen. Du findest doch selbst, dass das, was deine Landsleute hier in Afghanistan treiben, völliger Unsinn ist. Du hast es von Anfang an erkannt, aber trotzdem deinen Job erledigt. Du hast mit angesehen, wie Leute, die du verachtest, unglaublich reich geworden sind – und zwar dank der Kohle deiner Regierung. Du hast tapfer durchgehalten, bis dir irgendwann der Kragen geplatzt ist und du begriffen hast, dass Amerika sich in die Angelegenheiten meines Landes nicht einmischen sollte. Schon gar nicht, indem es ausgerechnet den Verbrechern Geld und Waffen zur Verfügung stellt, die erklärte Feinde der USA sind. Also hast du einen Schlussstrich unter diese Ungerechtigkeiten gezogen und das Geld selbst eingesteckt. Allerdings brauchtest du Hilfe, um unterzutauchen. Ich habe dir geholfen. Ohne mich hättest du es nie geschafft.«

»Da hast du natürlich recht«, antwortete Rickman und fragte sich, warum Durrani immer alles auf die persönliche Ebene bringen musste.

»Ich sage doch nur, dass das Timing im Moment nicht passt. Es freut mich, zu hören, dass du unsere Beziehung zu schätzen weißt. Aber damit das so bleibt, müssen wir darauf achten, dass keiner den anderen mit Gewalt zu etwas drängt, was dieser nicht möchte. Das siehst du doch sicher ein.«

Durrani teilte Macht nur ungern. Das führte automatisch zu Kontrollverlust. Solange er Rickmans Netzwerk von Anwälten nicht ausfindig gemacht hatte, musste er dessen Spiel jedoch mitspielen.

»Ich verstehe, worauf du hinauswillst«, antwortete er, obwohl es nicht stimmte.

»Aber du musst dich auch in meine Situation versetzen. Ich habe enormen Aufwand betrieben, um dir zu helfen, und bisher nichts zurückbekommen. Um die nächste Phase unseres Plans einzuläuten und die CIA in einen Skandal zu verwickeln, müssen wir die versprochenen Informationen an Senator Ferris weitergeben.«

Dieser Teil hatte Rickman von Anfang an nicht gefallen. Ferris war ein aufgeblasener Wichtigtuer. Obwohl er davon überzeugt war, dass Amerika in Afghanistan nichts zu suchen hatte, drehte sich ihm bei der Vorstellung der Magen um, dass ausgerechnet dieser selbstverliebte Senator den politischen Wandel in Gang setzte. Aber das war im Augenblick vernachlässigbar.

»General, ich glaube nicht eine Sekunde daran, dass du aus dieser Situation nicht längst deinen Vorteil gezogen hast. Das höre ich doch an der Leidenschaft, die in deiner Stimme mitschwingt. Du bist verdammt stolz auf deine Rolle in dem Ganzen, und dazu gibt es auch allen Grund. Immerhin hast du eine der bedeutendsten Undercover-Operationen der jüngeren Geschichte koordiniert. Jede Wette, wenn etwas Zeit verstrichen ist, wirst du es der ganzen Welt verkünden und dich in der Bewunderung deiner Landsleute sonnen. Bis dahin sollte dir die enorme Befriedigung genügen, dass du der vermutlich bedeutendsten Geheimdienstorganisation weltweit ihre Grenzen aufgezeigt hast.«

53

Zürich, Schweiz

Rapps Nervosität wuchs, während die schwere Limousine sich die hügelige Straße hochkämpfte. Die Lage in Europa wurde zunehmend kniffliger. Längst konnte man nicht mehr unbemerkt in eine Stadt oder ein Land eindringen. Überall hingen Überwachungskameras, sogar in den kleinen Bergdörfern in der Schweiz. Zoll und Polizei hatten ihre Datenbanken vernetzt und per Handy war jeder ständig online oder per SMS oder Anruf erreichbar. Wobei es nicht mal das Hauptproblem darstellte, in die Schweiz zu gelangen, ohne auf dem Schirm der Behörden zu landen. Selbst Obrecht zu töten, ohne dass die Blaulicht-Brigaden anrückten, hätte er hinbekommen. Was danach passierte, bereitete ihm Kopfschmerzen. Man hinterließ beim Reisen unweigerlich eine digitale Spur und die Ermittler verstanden sich inzwischen verflucht gut darauf, Puzzlestücke zusammenzusetzen, um den Täter zu finden.

Die Angst, nach der Tat festgenommen zu werden, war äußerst begründet. Das hatten Israelis aus erster Hand erfahren müssen, als sie ein Team von Agenten nach Dubai einschleusten, um Mahmud Al-Mabhuh zu töten, ein prominentes Mitglied der radikalislamischen Hamas. Computer und Kameras an den Flughäfen und in seinem Hotel hatten das komplette Team bei der Vorbereitung der Operation und der anschließenden Flucht festgehalten. Kurz gesagt: Als Profi kam man zwar irgendwie ins Land rein, aber spätestens, wenn man jemanden umgebracht hatte, musste man Mittel und Wege finden, seine digitalen Fußabdrücke zu verwischen, damit nicht plötzlich die BBC oder einer dieser Rund-um-die-Uhr-Nachrichtensender mit Bild nach einem fahndete.

Dieser Umstand gestaltete Auslandsoperationen zunehmend komplexer. Statt einfach mit einer Linienmaschine nach Zürich zu fliegen und die normale Passkontrolle über sich ergehen zu lassen, landete das Team auf der Ramstein Air Base und bekam gefälschte Stempel in die Ausweise, die es so aussehen ließen, als wären sie bereits zwei Tage früher in Frankfurt/Main gelandet. Partner vor Ort fuhren die Gruppe zu einem privaten Flugfeld in der Nähe. Von dort aus brachte sie eine kleine Propellermaschine in die Schweiz.

Nachdem es formal bereits in die EU eingereist war, konnte das achtköpfige Team das Terminal für Geschäftskunden ohne weitere Kontrollen verlassen und die Ausrüstung in zwei bereitstehende 7er-BMWs laden. Sechs Scharfschützengewehre, zwölf Pistolen, ein Pfund

Plastiksprengstoff und eine große Auswahl an technischem Equipment. Die übliche Durchleuchtung des Gepäcks hätte dieses Aufgebot niemals überstanden.

Die einzige Kamera, die ihnen auffiel, befand sich in der Nähe des Gates. Dank der stark getönten Scheiben der Limousinen ging ihr Blick ins Leere. Es war ein Samstagnachmittag. Das Vorauskommando hatte sie direkt nach der Landung in Deutschland informiert, dass Obrecht sein Stadthaus in Zürich verlassen hatte, um zum Wochenenddomizil am nahe gelegenen Bodensee zu fahren. Als Hilfestellung erhielten sie per Mail ein Luftüberwachungsvideo, das eine Drohne von dem Objekt gedreht hatte. Rapp, Hurley und Coleman stürzten sich sofort darauf. Ihnen gefiel gar nicht, was sie sahen. Hurley störte sich an der Größe des Grundstücks, Coleman eher am Umfang des Personals, das zur Bewachung abgestellt war.

Seit nunmehr fast 70 Jahren pflegten Angehörige der CIA sehr enge Kontakte zu einer Schweizer Bank im Besitz der Ohlmeyer-Familie. Nach Sichtung des Videos meinte Rapp zu Hurley: »Ich schlage vor, du setzt dich mit den Ohlmeyers in Verbindung, um zu fragen, was sie über den Mann wissen. Ich halte es für ausgeschlossen, dass er ein stinknormaler Sachbearbeiter ist. Wer sich so einen Zweitwohnsitz leisten kann, muss mindestens Bankdirektor sein. Und warum sollte so einer persönlich Kunden wie Gould betreuen?«

Sie hatten die Befragung des Franzosen abkürzen müssen, um rechtzeitig am Flughafen zu sein, aber was es über Obrecht zu erfahren gab, hatten sie aus ihm herausgekitzelt. Zumindest war Rapp bis gerade eben davon ausgegangen.

»Ich hab doch gleich gesagt, wir nehmen ihn besser mit«, meinte Hurley. »Der kleine Scheißer hat uns angelogen.«

Gould zufolge war Obrecht mehr als nur sein Bankberater gewesen. Er habe auch die Rolle des Kontaktmanns übernommen, um Anfragen entgegenzunehmen und Abschussprämien mit potenziellen Auftraggebern auszuhandeln.

»Er weiß also, wer dich angeheuert hat, um mich umzubringen?«, hatte Rapp ihn in der Zelle gefragt. Gould wollte sich darauf nicht festlegen, weil Obrecht die Mandanten in den seltensten Fällen persönlich traf. Allerdings kümmerte er sich um die Überweisungen der Honorare, was sie höchstwahrscheinlich auf die Spur des Drahtziehers für die versuchte Ermordung führte.

Rapp vermutete nach der Sichtung des Videos, dass Obrechts ›Wochenendhäuschen‹ locker 25 Millionen wert war. Er wurde das ungute Gefühl nicht los, von Gould getäuscht worden zu sein.

»Das ist kein gewöhnlicher Bankier, der sich mit den Provisionen von unserem französischen Freund ein bisschen was dazuverdient.«

»Oder er stammt aus einer reichen Familie«, schlug Coleman vor.

Das war für Rapp das Stichwort gewesen, Marcus Dumond auf den Eigentümer des Grundstücks anzusetzen. Der junge Hacker erwischte einen miesen Tag. Er verbrachte den Großteil des Flugs mit vergeblichen Versuchen, in das Netz von Obrechts Kreditinstitut einzudringen. Selten hatte er ihn so frustriert erlebt.

Was Hurleys Vorschlag betraf, den Killer auf die Reise mitzunehmen, so bekam er allein schon von der

Vorstellung Pickel, nur eine Sekunde länger als nötig mit ihm verbringen zu müssen. Der Typ machte ihn krank und wenn Kennedy wirklich wollte, dass er am Leben blieb, musste sie sich etwas einfallen lassen, denn Rapp gierte danach, ihn zur Strecke zu bringen.

Trotz der trüben Aussichten leiteten sie die zweite Stufe ihrer Mission ein. Es stand zwar zu bezweifeln, dass sie Obrecht in die Finger bekamen, solange er sich hinter den Mauern seines Anwesens verschanzte, aber er blieb ja nicht für immer dort. Spätestens am Sonntagabend musste er allein schon aus beruflichen Gründen die Rückreise nach Zürich antreten. Die gewundenen Bergstraßen waren wie geschaffen für einen Hinterhalt.

Rapp saß am Steuer, Hurley auf dem Beifahrersitz. Dumond und Hayek hatten es sich hinten bequem gemacht. Ersterer setzte seine Versuche fort, den Bankrechner zu hacken, während Hayek mit einem Digitalscanner Obrechts Handy ins Visier nahm. Gould hatte ihnen eine Nummer genannt. Bisher ohne Ergebnis. Entweder war das Telefon abgeschaltet oder der Killer hatte sie auch diesbezüglich getäuscht.

Am Rand eines 170-Seelen-Dörfchens namens Engwilen hatten sie sich mit dem zweiköpfigen Vorauskommando verabredet. Ein gemischtes Mann-Frau-Team, wie Rapp erfreut feststellte, weil sie sich auf diese Weise leichter als Ehepaar auf Urlaubsreise tarnen konnten. Die beiden waren einmal am Haupttor von Obrechts Villa vorbeigefahren, um zu bestätigen, was sie dank der Drohne bereits wussten. Vier Männer in dunkelblauen SWAT-Uniformen bewachten den Eingangsbereich, mindestens ein Hund samt Führer lief im Bereich der Zufahrt Patrouille.

»Wie bei einem verdammten G8-Gipfel«, hatte Rapp bei der ersten Betrachtung des Videos geflucht.

Zusammen mit Hurley, Coleman und dem Pärchen stand er vor dem Kofferraum des vorderen BMWs und ging zehn Minuten lang etliche Fragen durch. Die Sache kam ihm zunehmend hoffnungslos vor. Der Vortrupp glaubte, Anzeichen für ein modernes Überwachungssystem auf dem Gelände entdeckt zu haben. Sie mussten davon ausgehen, dass auch das Haus selbst entsprechend gesichert war. Darüber hinaus zeigte das Drohnenvideo allein acht Bodyguards im Sichtbereich. Wie viele sich darüber hinaus noch im Gebäude aufhielten, wollte er sich lieber gar nicht ausmalen.

Sie kamen überein, dass es am klügsten schien, Obrechts Aufbruch abzuwarten und ihn auf dem Rückweg nach Zürich auf freier Strecke abzufangen. In der Zwischenzeit sollte sich Hayek mit dem CIA-Hauptquartier in Verbindung setzen, um prüfen zu lassen, ob ein Abfangen der Kommunikation auf dem Grundstück möglich war. Dumond kümmerte sich weiterhin um das Eindringen in den gesicherten Server der Bank.

Coleman fuhr mit seinem Team in den benachbarten Ort, um die Umgebung auszukundschaften und nach einer Übernachtungsmöglichkeit ohne lästige Kameras zu suchen. Rapp und Hurley blieben grübelnd am BMW zurück. Beide trugen dunkle Anzüge und einen leichten Mantel. Obwohl es nur etwa zehn Grad warm war, brachte sie die Nachmittagssonne ins Schwitzen.

Hurley zündete eine Zigarette an und inhalierte genüsslich. Er schloss die Augen, hob den Kopf zum strahlend blauen Himmel und fragte: »Weißt du, was komisch ist?«

»Hier ist gerade eine ganze Menge komisch, Stan. Geht's etwas genauer?«

Hurley schielte Rapp durch ein leicht geöffnetes Lid an. »Mir geht's gut.«

»Das freut mich.«

»Ich bin mit mir selbst im Reinen.«

Eine Minute sagte keiner von ihnen ein Wort, dann setzte Hurley nach: »Weißt du, was ich denke?«

»Jepp. Aber die werden das Tor mit Kameras überwachen.«

Hurley zuckte die Achseln. »Wen juckt's? In spätestens einem halben Jahr kratz ich eh ab.«

»Wieso sagst du das ständig?«

»Weil's wahr ist«, verkündete Hurley, als wäre es völlig selbstverständlich.

Rapp ließ es sich durch den Kopf gehen. »Das mag ja sein, aber …«

»Lass es«, fiel ihm Hurley ins Wort. »Wir beide haben immer offen miteinander geredet. Also fang jetzt nicht an, mir was vorzumachen.«

Hurley hatte recht. Ehrlichkeit spielte in ihrem Verhältnis eine entscheidende Rolle – zumindest nachdem sie sich in den ersten ein, zwei Jahren gegenseitig die Hörner abgestoßen hatten. Die Realität ließ sich nicht leugnen. Schon gar nicht, wenn es um Leben und Tod ging.

Außerdem wollte er Stan nicht vorschreiben, wie er damit umzugehen hatte.

»Also schön, gehen wir.« Rapp stieß sich vom Kofferraum ab. »Hast du deinen gefälschten Interpol-Dienstausweis dabei?«

»Ohne den verlass ich nie das Haus.«

»Gut. Ich schreib nur kurz Scott 'ne SMS, damit er weiß, wo wir sind.«

Sie stiegen in den Wagen und Rapp ließ den Motor an, legte den Gang ein und ließ den BMW über die schnurgerade Landstraße rollen.

»Wo geht's hin?«, erkundigte sich Hayek vom Rücksitz.

»Stan will mal kurz bei Obrecht anklopfen.«

»Du machst Witze, oder?«

Hurley schüttelte den Kopf. »Bei solchen Themen versteh ich keinen Spaß, Prinzessin.«

»Aber … ich dachte, wir warten, bis er morgen nach Zürich zurückfährt.«

»Wäre 'ne Möglichkeit«, meinte Rapp.

»Könnte aber ziemlich chaotisch werden«, gab Hurley zu bedenken. »Also fahren wir jetzt hin und klopfen. Erstaunlich, wie oft das funktioniert.«

»Und wenn nicht«, verriet Rapp, »erfüllt es trotzdem seinen Zweck.«

»Inwiefern?« Hayek verstand kein Wort.

»Na, es macht ihn dann wenigstens nervös«, erklärte Stan. »Im Moment liegt er wahrscheinlich gemütlich auf der Couch und denkt, seine Welt sei komplett in Ordnung. Also rütteln wir mal ein bisschen an seinem Käfig. Gut möglich, dass er dann endlich das Handy einschaltet, das du bisher vergeblich anpeilst. Oder er macht sich aus dem Staub. Allemal besser, als die Nacht in einem langweiligen Kaff zu verbringen und morgen früh festzustellen, dass er gar nicht mit dem Auto zurück in die Stadt fährt, sondern lieber den Hubschrauber nimmt.«

Hayek blieb nicht viel Zeit, sich mit dem geänderten Ablauf anzufreunden. Schon wenige Minuten später bogen sie in die Zufahrt ein, die vor dem Haupteingang von Obrechts Grundstück endete. Hurley drückte Rapp einige gefälschte Papiere in die Hand und überprüfte selbst noch einmal seinen angeblichen Interpol-Ausweis.

Rapp spähte durch die Windschutzscheibe zu den vier Wachposten. »Was meinst du? Private Security oder Vollprofis?«

Hurley legte sich sofort fest. »Für mich sehen die nach Vollprofis aus.«

»Find ich auch.«

»Dann wird's auch nicht klappen, an ihnen vorbeizukommen. Ich werde ein bisschen mit den Burschen plaudern und meine Visitenkarte dalassen.« Damit war er schon zur Tür hinaus. »Wünscht mir Glück.«

Rapp beobachtete, wie er die Zufahrt entlanglief. Niemand kannte Hurleys genaues Alter, aber er tippte auf Anfang bis Mitte 70, obwohl er damit möglicherweise komplett danebenlag. Stan bewegte sich mit einer Geschmeidigkeit, als wäre er 20 Jahre jünger. Dafür fanden sich in seinem Gesicht deutliche Spuren einer Menge übler Situationen, in die er verwickelt gewesen war.

»Verdammt«, fluchte Dumond.

Rapp schielte in den Rückspiegel, um herauszufinden, was nicht stimmte. Dumond hatte zusammen mit Rapps kleinem Bruder Steven am MIT studiert, war dann allerdings von den Feds festgenommen worden, weil er sich unbefugt in die Zentralrechner einiger der größten New Yorker Banken eingeklinkt hatte. Rapp überredete Kennedy damals, sich für das junge Computergenie einzusetzen. Statt in den Knast zu wandern, ergatterte er also einen Job bei der CIA. So frustriert wie heute hatte er ihn erst selten erlebt. »Was ist los, Marcus?«

»Das ist totale Kacke, Mitch.«

»Kommst du nicht rein?«

»Nö. Ich bin noch keinen Schritt weiter.«

»Woran liegt's?«

»Dieser Laden fährt ganz schwere Geschütze auf. Zeug, wie es die Chinesen oder unsere Kumpel draußen in Fort Meade benutzen. Moderner geht's nicht.«

Rapp wusste nicht viel über das, was Dumond tat, aber er bemühte sich, ihm zu helfen.

»Was hältst du davon, wenn wir dich mit einem der Großrechner in Langley vernetzen? Steigt dann nicht die Übertragungsrate?«

Dumond musterte Rapps Reflexion im Spiegel und quittierte den Versuch mit einem vernichtenden ›Tu doch nicht so, als ob du wüsstest, wovon du da redest‹-Blick.

»Entschuldige. War bloß nett gemeint.«

Dumond fuhr fort, auf seine Tastatur einzuhämmern. »Eins steht jedenfalls fest. Das ist nicht normal. Wer sein System so gut absichert, muss verdammt paranoid sein. Nicht nur das, es muss auch einen triftigen Grund für seine Paranoia geben. Da hat jemand eine Riesenleiche im Keller liegen.«

Rapp verfolgte Hurleys Versuche, mit dem Wachpersonal zu reden, während er sich Dumonds Einschätzung durch den Kopf gehen ließ. Offenbar steckte hinter diesem Obrecht deutlich mehr, als sie anfangs geglaubt hatten. Interessant. Rapp sah, wie Hurley einem der Männer eine Karte gab und zum Auto zurückgejoggt kam.

»Wie lief's?«

»Netter Bursche.« Hurley ließ sich in den Sitz fallen und rückte sein Jackett zurecht.

»Brite?«

»Nein … einer von uns … Green Beret. Die beiden anderen sind Engländer, beim Vierten tippe ich auf eine polnische Spezialeinheit.«

»Und für wen arbeiten sie?«

»Für Obrecht.«

»Direkt … oder hat er sie über Triple Canopy oder eine andere Sicherheitsfirma angeheuert?«

»Nein. Er hat sie vor einem Monat persönlich an Bord geholt.«

Rapp überlegte, was ihm das Timing verriet. »Sonst noch was?«

»Ja … ich hab meine aktuelle Handynummer auf die Karte geschrieben und sie gebeten, die ihrem Boss zu geben.«

Hurley zeigte aufs Fenster. »Schau mal, die rufen wohl schon bei ihm an.«

Stans Gesprächspartner hielt ein Telefon in der einen und die Visitenkarte in der anderen Hand. »Ich bat ihn, dem Boss auszurichten, dass ich mit ihm über Louie Gould reden muss.«

Damit hatte Rapp nicht gerechnet.

»Keine schlechte Idee. Falls Gould uns die Wahrheit erzählt hat, dürfte der Kerl jetzt mächtig nervös werden.«

»Glaubst du, er meldet sich?«

»Nein. Ein Typ wie der lässt eher seine Anwälte bei Interpol Erkundigungen über dich einholen. Falls ihm gefällt, was er hört, ruft er dich eventuell an. Aber heute ist Samstag, also rechne frühestens Montag damit.«

»Stimmt auch wieder.«

Sie behielten die Aufpasser noch eine Weile im Auge, bevor Rapp sagte: »Ich habe nachgedacht. Marcus tut sich ziemlich schwer damit, in den Server der Bank reinzukommen. Er meint, die setzen State-of-the-Art-Technik ein.«

»Wundert mich nicht. In der heutigen Zeit achten gerade Privatbanken verstärkt auf ihre Sicherheit.«

»Damit hat es nichts zu tun«, meldete sich Dumond von hinten. »Die schirmen sich deutlich stärker als normal ab.«

»Worauf ich hinauswill«, fuhr Rapp fort. »Obrecht legt auffällig viel Wert auf Security. Klingt das nach jemandem, der sich freiwillig mit dem FBI an einen Tisch setzt und denen vertrauliche Unterlagen über die finanziellen Aktivitäten eines geschätzten Klienten aushändigt?«

Hurley runzelte die Stirn. »Wohl kaum.«

»Hier stimmt was nicht. Ich glaube, jemand tanzt uns gehörig auf der Nase rum.« Rapp trommelte mit den Fingern auf dem Lenkrad und wollte gerade vorschlagen, zurück zu Coleman zu fahren, da kam ein dunkelgrauer Peugeot um die Kurve vor ihnen gebogen. Je näher er der Zufahrt kam, desto langsamer wurde er. Nicht weiter verwunderlich, wenn man überlegte, dass ein reich verziertes Tor mitten in der Einöde, um das sich bewaffnete Männer versammelten, zwangsläufig Aufmerksamkeit auf sich lenkte.

Rapp ließ das Fenster herunter und beugte sich mit zusammengekniffenen Augen über das Steuer, um Fahrer und Passagiere genauer zu erkennen. Es waren insgesamt vier, alle mit schwarzen Haaren und dunkler Haut. Der Fahrer trug einen dicken Schnurrbart, aber es war der Mann auf der hinteren Beifahrerseite, der Rapp stutzen ließ. Als sich beide Fahrzeuge fast auf gleicher Höhe befanden, trafen sich kurz ihre Blicke. Der andere schien ihn zu kennen und zuckte zusammen.

Das andere Auto war bereits verschwunden, bevor Rapp den Kollegen von seiner Beobachtung hatte berichten können. Hurley brachte es in der ihm eigenen Art auf den Punkt: »Was zur Hölle haben vier Windelköpfe an einem Samstagnachmittag beim Sightseeing in der Schweizer Einöde verloren?«

Rapp war nicht sicher, ob es sich tatsächlich um ›Windelköpfe‹, also Muslime handelte, aber dass der Mann auf der Rückbank ihn erkannt hatte, stand für ihn fest. Er legte den Gang ein und lugte in den Spiegel. »Ist dir der Typ auf der hinteren Beifahrerseite aufgefallen?«

»Allerdings … der schaute, als hätte er ein Gespenst gesehen.«

Hurley drehte sich zu ihm um. »Worauf wartest du eigentlich? Die bleiben bestimmt nicht an der nächsten Kreuzung stehen, um Fotos für ihre Liebsten daheim zu knipsen. Wend den Wagen und gib Gas!«

54

Rapp durchbrach die 120-km/h-Marke, stocherte die Hörmuschel des Headsets ins Ohr und rief Coleman auf dem Handy an. Während es klingelte, bog er um die nächste Kurve und erhaschte einen kurzen Blick auf die graue Limousine mit den vier Männern. Sie verschwand so schnell hinter der nächsten Biegung, dass sie mindestens mit Tempo 160 unterwegs sein mussten.

»Die haben's eilig«, stellte Hurley fest.

»Seid ihr angeschnallt?«, erkundigte Rapp sich bei

Hayek und Dumond. Beide nickten. Im Augenwinkel registrierte er, dass Hurley den Gurt nicht angelegt hatte.

»Ist doch wurscht!«

»Ja … schon klar, in einem halben Jahr kratzt du eh ab. Trotzdem, schnall dich verflucht noch mal an.«

»Was gibt's?«, meldete sich Coleman in diesem Augenblick.

»Wir verfolgen einen grauen viertürigen Peugeot. Er kommt in deine Richtung. Vier Insassen … alle Ende 30, Anfang 40. Vermutlich Afghanen oder Pakistani.«

»Definitiv aus Pakistan«, beharrte Hurley. »Ich kenn doch meine Pakis.«

Rapp ignorierte ihn und konzentrierte sich auf das Telefonat.

»Bist du an der Pension?«

»Ja, ich steh direkt davor auf dem Bürgersteig.«

»Dann sieh zu, dass du einsteigst und ans andere Ende der Stadt fährst, wo wir vorhin gehalten haben. Der Graben am südlichen Ende bietet eine prima Deckung. Wicker soll sich dort postieren und auf die Reifen des Peugeots zielen, wenn er vorbeirauscht.«

Rapp hörte, wie Coleman seinen Männern hektische Anweisungen gab.

»Scott«, mahnte Rapp, »die sind extrem flott unterwegs. Ihr müsst euch echt sputen.«

»Das schaffen wir. Sitzen schon im Auto und sind losgefahren. Soll ich in der Leitung bleiben?«

»Nein. Wir wissen ja, wo die Straße hinführt. Bringt euch in Stellung und ruft dann wieder an. Falls ihr in eine Schießerei verwickelt werdet, lasst mindestens einen von ihnen leben, damit wir ihn hinterher aushorchen können.«

»Alles klar. Ich meld mich.«

Hurley ruderte ungeduldig mit den Armen. »Du musst schneller fahren.«

»Scott hat alles im Griff.«

»Und wenn nicht?«

»Mann, du bist echt 'ne Nervensäge!« Rapp bremste abrupt und kurbelte am Lenkrad. Die Reifen schlitterten über den Asphalt. »Legst du's drauf an, dass wir im Straßengraben landen?«

»Ich find lediglich, dass du ein bisschen mehr Gas geben könntest.«

Ein längerer gerader Streckenabschnitt folgte und Rapp brachte den Drehzahlmesser in den tiefroten Bereich, als plötzlich ein Wagen aus einer Einfahrt vor ihnen herausschoss. Rapp wechselte auf die Überholspur und nahm das Tempo etwas zurück, weil eine enge Kurve folgte. Keine Spur vom Peugeot. Nach jeder weiteren Kehre rechnete er insgeheim damit, den anderen Wagen qualmend an einem Baum vorzufinden. Egal, er musste sie ja nicht einholen, sondern nur dicht genug dran-bleiben, um sie Colemans Team in die Arme zu treiben.

300 Meter hinter der Stadtgrenze schlängelte sich die Straße in Form einer Serpentine gen Norden. Coleman hielt am Straßenrand und löste die Verriegelung des Kofferraums. Wicker sprang aus der Tür und schnappte sich die Waffentasche. Kaum hatte er den Deckel geschlossen, raste der BMW los und Wicker spurtete auf die andere Straßenseite, sprang in die Senke und erklomm die Steigung dahinter. Die meisten Leute begin-gen beim Abfangen eines Fahrzeugs den Fehler, zu dicht an der Straße in Deckung zu gehen. Dumm nur, dass man

in so einem Fall Gefahr lief, selbst unter die Räder des außer Kontrolle geratenen Gefährts zu geraten. Deshalb lief Wicker bis zum benachbarten Waldrand, suchte sich eine geeignete Schussposition und legte die Tasche ab.

Der frühere SEAL-Scharfschütze verzichtete auf die üblichen Tarnvorkehrungen. Die Bäume boten genug Deckung. Er richtete die Stellung am Fuß einer großen Kiefer ein, visierte zwei Straßenschilder an und maß mit dem Ziellaser grob die Entfernung, schob das Auge hinter den Sucher des Gewehrs und konzentrierte sich auf eine flache Atmung.

Kaum zehn Sekunden später hörte er ein lautes Motorengeräusch und hob den Kopf. Der graue Peugeot raste in waghalsigem Tempo in seine Richtung. Wicker verfolgte das Ziel mit der Optik. Der Wagen fuhr viel zu schnell, um ihn vernünftig anzuvisieren. Allerdings kam gleich eine Wegbiegung. Davor musste der Fahrer zwangsläufig die Geschwindigkeit rausnehmen. Wie aufs Stichwort flackerten die Bremslichter auf. Wicker zielte auf den Vorderreifen auf der Fahrerseite und schickte ein schallgedämpftes Projektil auf die Reise.

Sekundenbruchteile später folgten ein lauter Knall und das unverwechselbare Geräusch von zerfetztem Gummi. Die linke Vorderseite des Peugeots sackte schlagartig nach unten und das Heck wirbelte im Uhrzeigersinn. Wicker verzog sich mit dem Gewehr hinter den dicken Stamm des Nadelbaums. Das wurde ganz schön eng.

Kassar kämpfte schon seit Tagen gegen wachsende Panik an. Er hatte die Anweisung, nach Zürich zu fahren, nur aus einem einzigen Grund befolgt: Sollte er sich endlich dazu durchringen, sich abzusetzen, bot sich hier eine perfekte Gelegenheit. Er traute Durrani nicht länger über den Weg. Sein Boss hatte schon zu viele Untergebene getötet, um lose Enden zu beseitigen, wie er es nannte. Früher oder später kam auch Kassar an die Reihe und wurde durch einen dieser skrupellosen Schläger ersetzt – mit drei von ihnen war er gerade unterwegs.

Kassar hasste solche Typen. Durrani rekrutierte sie in den Stammesgebieten und ließ sie so lange trainieren, bis sie seine radikalen Manöver fehlerlos umsetzten. Es waren gedankenlose Militante, bei denen die Grenze zwischen unglaublicher Tapferkeit und massiver Dummheit verschwamm. Sie hatten überhaupt keinen Stil und kannten keine Finesse. Nach dem ersten Vorbeifahren an Obrechts Anwesen hatten sie einstimmig dafür plädiert, das Gelände nach Anbruch der Dunkelheit zu stürmen. Kassar schaffte es nicht, ihnen zu verdeutlichen, dass die Chancen auf Erfolg gegen null gingen. Sie ignorierten seine Einwände kurzerhand.

Beim zweiten Besuch passierte das Unerwartete. Da Kassar wusste, dass sie seine Autorität nicht infrage zu stellen wagten, sobald er den General ins Spiel brachte, hatte er vor dem Aufbruch behauptet, Durrani habe ihm eingeschärft, die Mission abzubrechen, falls sie Mitch Rapp begegneten. In diesem Fall sollten sie sich schnellstmöglich in der pakistanischen Botschaft einfinden. Und dann parkte da plötzlich ein BMW vor Obrechts Einfahrt. Kassar traf fast der Schlag, als er Rapp am Steuer entdeckte. Diesmal spurten seine drei Begleiter auf Anhieb, als er ihnen sagte, wen er gesehen hatte und dass sie sofort abhauen müssten.

Zumindest ging es knapp einen Kilometer gut. Dann verfiel Mansur, der selbst ernannte Anführer des Trios, auf die selten dämliche Idee, den anderen Wagen in einen Hinterhalt zu locken. Kassar lehnte vehement ab, doch Mansur ließ nicht locker und holte sich Rückendeckung von den anderen zwei Volltrotteln. Da brannten Kassar die Sicherungen durch und er griff zum Telefon. »Ich rufe jetzt den General an, ihr Schwachköpfe. Wenn ihr gegen seine ausdrückliche Anweisung handeln wollt, macht das gefälligst selbst mit ihm aus.« Mit übertriebener Theatralik hämmerte er die Nummer ein, drückte die Wahltaste und hielt sich das Handy ans Ohr.

Mansur hob zu einer Entschuldigung an, doch Kassar schaltete auf stur. Als Durrani endlich ans Telefon ging, erklärte ihm Kassar, was vor sich ging, und forderte ihn auf, die inkompetenten Idioten nach ihrer Rückkehr für eines der Selbstmordkommandos abzustellen, mit denen sich die Taliban so gern die Zeit vertrieben. Als Durrani anfing, zu viele Zwischenfragen zu stellen, würgte er ihn ab und kündigte an, ihn später zurückzurufen. Er beendete das Gespräch, als sie gerade in den kleinen Ort hineinfuhren. Bevor er den Wunsch formuliert hatte, langsamer zu fahren, waren sie bereits am anderen Ende angelangt.

Er stieß einen Seufzer der Erleichterung aus, dass sie sich wieder inmitten von Feldern und Bäumen befanden. In diesem Moment passierte es. Der Wagen geriet ins Schlingern, wurde langsamer und kreiselte in rasendem Tempo um die eigene Achse. Da keiner von ihnen den Gurt angelegt hatte und das Auto nach einigen Umdrehungen aufs Dach kippte, hing Kassar hilflos zwischen Sitz und Wagenhimmel fest. Danach rauschten sie mit enormer Wucht gegen ein Hindernis und schlitterten kopfüber in den Wald hinein, bis sie von zwei Bäumen ausgebremst wurden.

Orientierungslos, aber bei Bewusstsein tastete Kassar im auf dem Kopf stehenden Innenraum herum. Überall lagen Glasscherben, es stank nach ausgelaufenem Benzin und verbranntem Reifengummi. Jemand rührte sich in seiner Nähe. Ausgerechnet der Oberidiot von Mansur schien überlebt zu haben. Der Fahrer rührte sich nicht mehr. Da Rapp sie verfolgt hatte, ignorierte Kassar die Schmerzen und beeilte sich. Er zwängte sich durch das geborstene Seitenfenster, prallte hart auf den Rücken und kam mit Mühe auf die Beine. Mansur und einer der anderen folgten ihm und fragten, was sie tun sollten. Kassar schaute sich um. Zu seiner Linken parkte ein Auto, davor standen Männer mit Gewehren. Rechts glaubte er Rapps BMW zu erkennen, der durch den Ort rollte und näher kam.

Mansur umklammerte seinen Arm. »Wir müssen Widerstand leisten.«

Kassar schüttelte müde den Kopf. »Ich sag dir, was wir tun müssen.« Er zeigte auf den Wald. Mansur und sein Begleiter drehten sich in die Richtung, in die er deutete, und er verpasste beiden eine Kugel in den Hinterkopf, ließ die Waffe fallen und lief mit erhobenen Händen in Richtung Straße.

55

RAMSTEIN AIR BASE, DEUTSCHLAND

Die Gulfstream G550 landete nach Einbruch der Dunkelheit. Der Präsident hatte Kennedy angewiesen, sich mit ihrem Ansprechpartner vom pakistanischen Geheimdienst zu treffen, um Lösungen für die vertrackte Situation in der US-Botschaft in Islamabad zu erarbeiten, in der vier pakistanische Staatsangehörige nach dem Auffliegen von Rickmans Kontakten um politisches Asyl ersucht hatten. Täglich versammelten sich mehr Menschen vor dem Gebäude. Am Freitag hatte sich die Lage durch den von einer Gruppe radikaler Imame angeführten Protestmarsch zugespitzt, der drei Todesopfer forderte. Außerdem gingen die örtlichen Sicherheitskräfte mit Tränengas und Gummigeschossen gegen die Menge vor. Die Imame hatten mit ihrer baldigen Rückkehr und dem Erstürmen der Botschaft gedroht. Kennedy suchte verzweifelt nach einer Möglichkeit, die Lage zu entspannen. Sollte sie scheitern, musste sich der Außenminister etwas einfallen lassen.

Die Reichweite der G550 erlaubte es, ohne Zwischenstopp von Washington nach Islamabad zu fliegen. Kennedy ließ die zweistrahlige Maschine jedoch in Ramstein zwischenlanden, nachdem Rapp sie über seine Entdeckung unterrichtet hatte. Kennedys Gulfstream kam neben den übrigen hier stationierten CIA-Flugzeugen zum Stehen. Sobald die Gangway den Boden berührte, rannte Rapp mit Hurley die Stufen hinauf. Sie liefen am Personenschutz und den Mitarbeitern der CIA-Direktorin vorbei in den hinteren Teil, um sich mit Kennedy abzustimmen. Mit Unterstützung von Hayek hatte Rapp einen kurzen Bericht vorbereitet.

Rapp reichte ihr den Hefter.

»Ich schlage vor, du beschäftigst dich auf dem Flug damit. Darin findest du Informationen, um Durrani gehörig unter Druck zu setzen. Wir wissen zwar jetzt, dass er hinter allem steckt, aber ich schlage vor, dass du ihm das vorerst nicht unter die Nase reibst.«

Kennedy nahm die Unterlagen in Empfang.

»Bist du sicher, dass er der Drahtzieher ist?«

»Ja. Dieser Kassar verhält sich äußerst kooperativ. Es gibt keinen Grund zur Annahme, dass er sich das alles nur ausgedacht hat.«

»Und er sagt, Rick sei noch am Leben?«, vergewisserte sich Kennedy.

»Ja, Rickman erholt sich auf Durranis Anwesen. Für Montag ist eine kosmetische Operation angesetzt, um sein Aussehen zu verändern.«

Kennedy massierte ihre Schläfen.

»Ich glaub das alles nicht.« Sie begrüßte Hurley. »Stan, hältst du den Zeugen für vertrauenswürdig?«

»Ich vertraue auf der Welt nur zwei Menschen: dir und Mitch. Aber ich glaube ihm, ja.«

»Hat er nicht zwei seiner eigenen Leute in der Schweiz erschossen?«

»Jein«, antwortete Rapp. »Das waren nicht seine Leute, sondern Häscher von Durrani. Er meinte, sie seien ihm ziemlich auf den Wecker gegangen.«

»Ach so, also schießt er sie einfach über den Haufen und ich soll so tun, als wäre das völlig normal?«

Hurley und Rapp tauschten unbehagliche Blicke aus.

»Es ist schwer zu erklären, Irene, aber ich bin sicher, wir können uns auf den Mann verlassen.«

Kennedy dachte über das nach, was Rapp vor ein paar Tagen zu ihr gesagt hatte.

»Glaubst du ihm, weil du ihm glauben *willst*?«

»Nein, damit hat es nichts zu tun«, sprang ihm Hurley zur Seite. »Dieser Kassar hat uns eine absolut schlüssige Geschichte erzählt.«

»Irene.« Rapp beugte sich zu ihr. »Er ist der Mann vom

Video. Derjenige, der am Schluss in den Raum kommt und die beiden Peiniger erschießt.«

»Das hat er euch erzählt?« Kennedy war vollkommen schockiert.

»Ja … und auch, dass er Rick kurz vor der letzten Folter etwas gespritzt hat, damit es nur so aussieht, als wäre er tot. Sie haben das von A bis Z inszeniert und die Kamera absichtlich dagelassen, damit wir sie später finden.«

»Aber die Schläge waren echt?«

»Ja … das soll Rick vorgeschlagen haben. Kassar meinte, er habe das mehrmals unterbinden wollen, aber Rick ließ sich nicht darauf ein. Er meinte, es müsse absolut echt wirken, weil wir sonst daran zweifeln.«

Kennedy rief sich vor Augen, welche Qualen und bitteren Selbstvorwürfe sie wegen Rickmans Folter und seines vermeintlichen Todes ausgestanden hatte. Wie krank musste jemand sein, um sich so etwas freiwillig anzutun?

»Und Hubbards Verschwinden war ebenfalls von langer Hand geplant«, ergänzte Hurley. »Das gehörte zu dem Deal, den Rick eingefädelt hat. Er sorgte dafür, dass Hubbard brühwarm die Geschichte mit dem Hund an Mitch weitergibt. Anschließend wollten sie ihn aus dem Land schmuggeln. Durrani hielt es jedoch für ein zu großes Risiko, Hubbard mitzunehmen, also ließ er ihn töten und behauptete gegenüber Rick, Mitch hätte es getan.«

»Und Gould?«

»Den hat Rick engagiert. Laut Kassar war er regelrecht besessen von Mitch und hat Durrani in einer Tour gewarnt, dass das Ganze zu scheitern droht, wenn Mitch nicht stirbt.«

»Versteh ich nicht.«

»Offensichtlich«, meinte Rapp betroffen, »hält er mich für den einzigen Menschen, der ihn durchschaut und in der Lage wäre, seine Pläne zu durchkreuzen.«

»Und«, steuerte Hurley bei, »er hat unglaublichen Schiss vor Mitch. Er warnte Durrani ständig davor, dass er als Einziger bei der Agency die ganze Farce durchschauen könnte und sie dann beide jagt und zur Strecke bringt.«

»Und genau das werde ich auch tun.«

Kennedy atmete tief ein und lehnte sich zurück. Der Gesichtsausdruck von Rapp und Hurley verriet ihr, dass es keinen Sinn machte, ihnen die Tötung von Rickman und Durrani auszureden. Für den Moment hatte sie nichts dagegen, allerdings stand ihnen eine äußerst komplizierte Operation bevor, die sie möglicherweise nicht überlebten.

»Wieso werde ich das Gefühl nicht los, dass ihr euch längst einen Plan zurechtgelegt habt?«

»Wir arbeiten noch dran«, verriet Rapp.

»Bloß nichts überstürzen«, bat Kennedy. »Lasst uns das JSOC involvieren und es anständig erledigen.«

»Irene, du weißt, dass ich die Jungs vom Joint Command mag. Keiner erledigt den Job besser als sie, aber es könnte Wochen dauern, bis sie bereit sind. Das gäbe Rick eine Menge Zeit, um weitere Geheimnisse auszuplaudern. Scheiße, wahrscheinlich sind schon zwei Tage zu viel.«

»Mir gefällt die Idee nicht, euch zwei allein auf eine solche Geschichte loszulassen. Falls etwas aus dem Ruder läuft, kann ich euch nicht beispringen. Durrani ist ein gefährlicher Mann.«

»Irene, erinnere dich dran, was nach dem Angriff auf Osama bin Laden passiert ist. Das war in Abbottabad, eine Stunde nördlich der Hauptstadt, bin Laden war ein elender Saudi und der meistgesuchte Terrorist weltweit. Durrani dagegen ist ein hochdekorierter Armeeoffizier, gilt als zweitmächtigster Mann des ISI und hält sich auf einem Grundstück direkt außerhalb der Hauptstadt auf. Da kannst du unmöglich SEALs oder Deltas reinschicken, sonst bricht hier ein beschissener Krieg aus.«

Sosehr sie es auch hasste, das zuzugeben, Rapp hatte recht.

»Wie wollt ihr vorgehen?«

Rapp und Hurley wechselten einen weiteren schuldbewussten Blick.

»Wie ich schon sagte, wir arbeiten noch dran.«

»Soll mir recht sein, aber ich will, dass ihr mir vorab in groben Zügen schildert, was ihr vorhabt.«

»Wann findet dein Treffen mit Taj statt? Bekommst du's irgendwie hin, dass Durrani dran teilnimmt?«

»Morgen Nachmittag um drei. Ich habe um die Anwesenheit aller drei Abteilungsleiter gebeten. Das schließt auch Nadeem Ashan ein, den sie gestern gefeuert haben.«

»Gut. Es wäre eine große Hilfe, wenn Durrani dabei ist. Er weiß, dass drei seiner Leute tot sind. Wir haben mitbekommen, wie Kassar ihm davon erzählte. Er flippte völlig aus.«

»Angesichts der Bedeutung des Gesprächs ist es kein Problem, dass ich noch mal nachhake.«

»Okay, Folgendes haben wir uns ausgedacht: Wir fliegen nach Jalalabad und fahren mit einem Wagen über die Grenze nach Pakistan. Die Sicherheitskontrollen auf den Straßen sind deutlich laxer als an den Flughäfen. Auf diese Weise schaffen wir unsere Ausrüstung ins

Land. Sobald Kassar einen falschen Schritt macht, stirbt er. Das klappt nur, wenn wir eben nicht offiziell über Islamabad International oder Bhutto Airport ins Land einreisen.«

»Wie lange dauert die Fahrt?«, wollte Kennedy wissen.

»Maximal vier Stunden«, antwortete Hurley. »Ich habe die Strecke schon öfter zurückgelegt. Deshalb kenne ich auch ein paar Jungs in Peschawar, die es einfädeln, dass wir unbehelligt reinkommen. Das läuft dort so ähnlich wie im Wilden Westen. Solange du genügend Waffen oder Geld hast, bekommst du alles, was du willst.«

»Soll mich das etwa beruhigen?«

»Irene«, wirkte Rapp auf sie ein. »Dieser Mist klappt nie, wenn man nach den Regeln spielt, und das weißt du. Wenn es je die Notwendigkeit gab, rasch zu handeln, dann in diesem Fall. Durrani wiegt sich in Sicherheit. Wir haben Kassar gebeten, ihn anzurufen und zu behaupten, alles sei in bester Ordnung.«

Kennedy forderte noch einen kurzen Abriss, was sie nach der Ankunft in Jalalabad zu tun gedachten. Nachdem Rapp es ihr geschildert hatte, meinte sie: »Ich will diesen Kassar kennenlernen, bevor ich das absegne.«

Rapp hatte damit gerechnet. Kennedy folgte ihm in die andere Maschine, während Hurley draußen auf dem Rollfeld heimlich eine Zigarette rauchte. Kassar saß auf dem hinteren Sitz der Steuerbordseite, Knöchel und Handgelenke waren mit Plastikfesseln fixiert. Ein blutunterlaufener Striemen zierte seine Stirn, an den Armen prangten einige Schnittwunden.

Da er ahnte, was seiner Chefin durch den Kopf ging, betonte Rapp: »Die Verletzungen hat er sich beim

Autounfall zugezogen. Wir haben ihn nicht angerührt.«
Einer von Colemans Scharfschützen, Bruno McGraw,
bewachte den Gefangenen. Rapp tippte ihm auf die Schulter und forderte ihn auf, eine kurze Pause zu machen.

Kennedy setzte sich gegenüber von Kassar. »Wissen
Sie, wer ich bin?«

»Ja, Ma'am.«

»Wie alt sind Sie?«

»36.«

»Und wie lange arbeiten Sie schon für General Durrani?«

»Seit fünf Jahren.«

»Woher der plötzliche Sinneswandel?«

Kassar dachte einen Moment nach, bevor er antwortete.

»Der General ist extrem rücksichtlos geworden. Und
er behandelt sein Personal nicht besonders gut.« Kassar
sah Rapp fragend an.

»Mach schon«, spornte dieser ihn an. »Erzähl's ihr.«

»Wenn er bekommen hat, was er wollte, neigt er dazu,
seine Untergebenen zu töten.«

Kassar schwieg für einen Moment, ehe er hinzufügte:
»Und in letzter Zeit war immer ich derjenige, der Leute
für ihn umgebracht hat. Ich werde das Gefühl nicht los,
dass ich jetzt, wo er Mr. Rickman hat, entbehrlich geworden bin. Und ich weiß zu viel ... also wird er mich
abservieren.«

»Black Storks?«, fragte Kennedy und spielte damit auf
den Spitznamen an, den sie den Spezialeinheiten der
pakistanischen Streitkräfte verpasst hatten.

»Ja ... sieben Jahre lang.«

»Und man hat Sie für den ISI rekrutiert?«

»Genau.«

Kennedy musterte seinen Haarschnitt und seine Kleidung. Obwohl der Anzug zerfetzt und blutig war, sah man ihm den hochwertigen Schnitt an.

»Wo sind Sie aufgewachsen?«

»In Karatschi.«

»In den Slums?«

»Ja.«

»Und die Armee hat Ihnen ein neues Leben geschenkt.«

»Richtig.«

»Religion?«

»Islam«, verriet Kassar ohne jede Leidenschaft.

»Nicht besonders gläubig?«

»Nein.«

Sie war nicht sicher, ob sie ihm glauben konnte, obwohl er vertrauenswürdig wirkte.

»Und was erhoffen Sie sich von Ihrem Wechsel auf die andere Seite?«

Kassar blickte Rapp nervös an. »Mein Leben zu retten.«

»Das ist ein guter Anfang, aber ich nehme an, Sie haben noch andere Erwartungen und Absichten?«

»Ich glaube, dass Pakistan mir keine Zukunft mehr bietet.«

Sie begriff. »Was halten Sie von Amerika?«

In Kassars Augen trat ein entrückter Ausdruck. »Amerika wäre schön.«

»Und was halten Sie von Mitchs Plan, Mr. Rickman und General Durrani zu holen?«

»Zu holen? Das heißt, sie kämen mit nach Amerika?«

Rapp schaltete sich ein.

»Mit ›holen‹ meint sie natürlich töten.«

Rapp wollte es nicht noch komplizierter machen, als es ohnehin schon war.

»Das klingt nach einem guten Plan.«

»Also schön.« Kennedy betrachtete ihn eine ganze Weile, bis sie entschied: »Vazir, ich gehe mit meinen Mitarbeitern nicht so um wie mit General Durrani. Wenn Sie Ihren Job gut machen und es alle lebend nach Hause schaffen, werde ich dafür sorgen, dass man sich um Sie kümmert. Vielleicht habe ich sogar einen Job für Sie … aber nur, wenn Sie das wollen. Ansonsten werden wir Ihnen mit einer anderen Identität und etwas Geld dabei helfen, ein neues Leben anzufangen. Hört sich das gut an?«

»Ja.« Kassar nickte. »Sogar sehr gut.«

»Okay.« Kennedy deutete auf die Plastikfesseln. »Die brauchen wir wohl nicht mehr.«

Nachdem Rapp sie mit dem Messer durchtrennt hatte, schüttelte Kennedy Kassar die Hand.

»Viel Glück, Vazir. Ich freue mich darauf, Sie besser kennenzulernen, nachdem Sie zurück sind.«

Rapp folgte Kennedy aus dem Flugzeug und lief mit ihr über die Rollbahn. Sie blieben auf halbem Weg zwischen den beiden Gulfstreams stehen.

»Was hältst du von ihm?«

»Schwer einzuschätzen, da ich nur ein paar Minuten mit ihm geredet habe.«

»Schon klar, aber wie ist dein erster Eindruck?«

»Ich glaube, er ist das Risiko wert.«

Kennedy drehte sich zu der Maschine um, aus der sie gerade ausgestiegen waren.

»Sollte er allerdings nur einen einzigen Fehler machen und du bekommst davon Wind, erwarte ich, dass du ihn ausschaltest. Drücke ich mich klar aus?«

»Glasklar.«

»Gut.« Kennedy drückte ihm einen Kuss auf die Wange.
»Dann viel Glück. Mach keine Dummheiten.«

56

Kennedy betrat das Büro von Air Force General Ahmed Taj in Begleitung von Mike Nash, den sie aus Bagram eingeflogen hatten. Auf dem Weg zum abhörsicheren Besprechungsraum der Botschaft hatte sie ihm kurz das Wichtigste über Kassar mitgeteilt. Taj, Durrani und Nassir steckten in offiziellen Militäruniformen, Ashan trug einen normalen Anzug. Kennedy freute sich, ihn zu sehen, fand aber, dass er alles andere als gut aussah.

Der Raum wirkte übertrieben prunkvoll, vermutlich eine Hinterlassenschaft der Briten. Er war mindestens viermal so groß wie Kennedys Büro. Wände und Decke waren mit dunklem Holz getäfelt und es gab gleich drei Feuerstellen. Bücherregale ragten an den Seiten in die Höhe und zwei Flatscreen-Monitore hingen unter der Decke, der eine über dem großen Konferenztisch, der andere unmittelbar vor Tajs Schreibtisch. Zusammen mit seinen drei Abteilungsleitern erwartete er sie in der Nähe des Kamins zur Rechten.

Kennedy ging zu ihnen und begrüßte jeden Mann einzeln.

Als Ashan an der Reihe war, sagte sie: »Nadeem, es tut mir leid, von Ihren Schwierigkeiten zu hören. Zu den

Angelegenheiten, die ich heute klären möchte, gehört auch Ihre Situation.«

»Es ist eine Schande«, verkündete Durrani theatralisch.

Die CIA-Direktorin streifte den Verräter mit einem kurzen Blick.

Auf dem Flug hatte sie genügend Zeit gehabt, die gesamte Rickman-Affäre Revue passieren zu lassen und sich dabei auch über Durranis Motive Gedanken zu machen. Bei Rick gab es mehrere Erklärungen, warum er zum Verräter geworden war, aber bei Durrani lag es klar auf der Hand. Er wollte Tajs Job und musste dafür Ashan und jeden anderen moderat eingestellten Widersacher aus dem Weg räumen. Um seine Ansprüche auf den Thron durchzusetzen, war er auf Rickmans Informationen angewiesen. Er durfte sich Hoffnungen machen, innerhalb von ein, zwei Jahren an die Spitze des ISI vorzurücken und sämtliche geheimdienstlichen Aktivitäten zu beaufsichtigen.

Tajs Miene wirkte leicht verkniffen.

»Direktorin Kennedy, ich muss Sie warnen. Nadeem nimmt heute nur an dieser Unterredung teil, weil Ihr Präsident ausdrücklich darum gebeten hat. Er ist nicht länger für den ISI tätig und bekleidet keinen offiziellen Rang mehr.«

»Ja. Die Gründe dafür finde ich ausgesprochen interessant. Ich glaube, man hat Ihren Geheimdienst in ähnlicher Weise manipuliert wie meinen, aber darauf komme ich später noch zu sprechen.«

»Gut«, erwiderte Taj, ohne die geringste Ahnung zu haben, was Kennedy damit andeuten wollte.

»Setzen Sie sich doch.« Er deutete auf ein riesiges Ledersofa, auf das locker sechs Erwachsene gepasst hätten. Es stand direkt vor dem flackernden Feuer, im rechten Winkel flankiert von weiteren Couchen. Durrani und Ashan entschieden sich für die rechte Sitzgelegenheit, Nassir und Nash für die linke.

Taj erkundigte sich, ob Kennedy einen Tee trinken wollte. Sie lehnte höflich ab und legte eine Mappe auf den Tisch, um allen Anwesenden zu signalisieren, dass sie zum Geschäftlichen kommen wollte.

»Dieses Problem mit Ihrer Botschaft« – Taj wand sich sichtlich – »ist nicht gut für unsere Beziehungen.«

»Da gebe ich Ihnen recht«, beteuerte Kennedy eilig.

»Dann sollten Sie uns diese vier Männer ausliefern«, sagte Durrani, als gäbe es keine Alternative.

Kennedy ignorierte ihn und konzentrierte sich voll und ganz auf General Taj.

»Mir gefällt dieser Konflikt zwischen unseren beiden Ländern genauso wenig wie Ihnen, aber an der Geschichte ist etwas faul. Bis wir die näheren Umstände kennen, profitieren diese vier Männer vom Schutz des Hoheitsgebiets der Vereinigten Staaten von Amerika.«

Durrani lachte, als hielte er die Aussage für vollkommen absurd.

»General«, erkundigte sie sich freundlich. »Sie wollen doch nicht etwa anzweifeln, dass es sich bei dem Gelände der US-Botschaft um amerikanisches Hoheitsgebiet handelt?«

»Nein, aber unsere Geistlichen werden diese Auffassung sicher nicht teilen.«

»Dann sollten Sie ihnen wohl besser die rechtlichen Hintergründe erläutern, statt mithilfe Ihrer Verbindungsleute den Konflikt künstlich zu schüren.«

Durrani ließ sich nicht aus der Reserve locken.

»Ich bedaure, Direktorin Kennedy, aber da hat man Sie falsch informiert.«

»Das bezweifle ich, General, doch es ist ja nichts Neues, dass wir meist unterschiedliche Auffassungen haben.«

Kennedy schlug die Mappe auf und entnahm ihr eine Reihe von Fotos. Wie eine Geberin am Pokertisch teilte sie diese auf drei Stapel auf, von denen sie einen vor Durrani und Ashan hinlegte, den zweiten vor Taj und den dritten vor Nash und Nassir.

»Ich gehe davon aus, dass Ihnen allen die Umstände der letztwöchigen Entführung, Folterung und Ermordung von einem meiner Männer in Afghanistan bekannt sind?«

Nachdem alle nickten, fuhr sie fort: »Auf das Leben eines engen Mitarbeiters von mir wurde ein weiterer Anschlag verübt. Er war in den Vorfall verwickelt, bei dem 21 Polizisten ums Leben kamen. Wie sich herausstellte, stammte der Befehl, meine Leute anzugreifen, von General Qayem persönlich, der seitdem verschwunden ist.«

Kennedy zeigte auf die Abzüge. »Erkennen Sie einen dieser beiden? Der eine wurde bei der Polizeiaktion getötet, den anderen haben wir bisher nicht finden können.«

Als keine Antwort kam, setzte sie nach: »Laut afghanischem Geheimdienst handelt es sich bei beiden um ISI-Agenten.«

»Was wollen Sie damit andeuten?«, brauste Durrani erbost auf.

»Ich will gar nichts andeuten, sondern suche lediglich nach Antworten. Daher bitte ich Sie, meine Herren, diese Fotos intern herumzuzeigen und in Erfahrung zu bringen, ob einer Ihrer Mitarbeiter möglicherweise abtrünnig geworden ist.«

»Das ist lächerlich«, ereiferte sich Durrani. »Sie versuchen lediglich, von dem Umstand abzulenken, dass Sie als vermeintlicher Bündnispartner unseres Landes vier pakistanische Staatsleute darauf angesetzt haben, uns auszuspionieren, und ihnen jetzt zu allem Überfluss Asyl in Ihrer Botschaft gewähren.«

»Das bestreite ich nicht, General. Im Moment geht es mir allerdings darum, in Erfahrung zu bringen, wer in der vergangenen Woche einen koordinierten Angriff auf meinen Geheimdienst verübt hat.«

Durrani fuchtelte aufgebracht mit den Händen, während Taj meinte: »Tut mir leid, Direktorin Kennedy, aber wir haben keine Ahnung, wovon Sie reden.«

»Mag sein … mag auch nicht sein. Es gibt da übrigens noch ein weiteres auffälliges Detail.«

Kennedy zog Kopien der eidesstattlichen Erklärung von Obrecht heraus, die man Special Agent Wilson per Post zugespielt hatte.

»Hat jemand von Ihnen schon mal von einem Schweizer Kreditinstitut namens Sparkasse Schaffhausen gehört?«

Ashans Miene erhellte sich. »Das ist die Bank, bei der ich angeblich eine Million Dollar geparkt habe, die von Ihrer Regierung stammen sollen.«

»Dann habe ich das also richtig mitbekommen. Nun, offensichtlich führt diese Bank auch Konten des mittlerweile verschiedenen Mr. Rickman und eines anderen meiner Topleute, obwohl ich mit absoluter Gewissheit behaupten kann, dass keiner von ihnen Geschäftsbeziehungen zu diesem Institut unterhält. Oder sagen wir es anders: Mr. Rapp hat dort definitiv kein Konto eingerichtet. Was Mr. Rickman betrifft, kann ich es nicht mit Sicherheit sagen.«

»Wieso nicht?«, nutzte Durrani die Steilvorlage.

»Weil er tot ist. Insofern lässt sich kein stichhaltiger Beweis antreten.«

Kennedy richtete ihre nächsten Worte an Taj: »Ich will darauf hinaus, dass diese Bank gezielt missbraucht wurde, um gewisse Vertreter der CIA als korrupt hinzustellen, obwohl das nicht den Tatsachen entspricht. Diese Fehlinformationen wurden gezielt an das FBI weitergegeben, um strafrechtliche Ermittlungen gegen die CIA anzustoßen. Glücklicherweise hat das Federal Bureau schnell erkannt, dass es sich um einen Teil derselben Verschwörung handelt, die auf die Entführung von Mr. Rickman und die glücklicherweise gescheiterte Ermordung von Mr. Rapp abzielte. Halten Sie es nicht für einen seltsamen Zufall, dass General Ashan sein unrechtmäßig erworbenes Vermögen ebenfalls ausgerechnet bei diesem Institut geparkt haben soll?«

»Ich habe noch nie etwas von dieser Bank gehört«, meinte Taj. »Und Sie, meine Herren?«

Die drei Abteilungsleiter schüttelten alle den Kopf. »Mysteriös, in der Tat. Wieso sollte jemand sowohl Ihren Mr. Rickman und Mr. Rapp als auch unseren Mr. Ashan diskreditieren wollen?«

»Das ist eine sehr gute Frage, General.«

»Hatten Sie schon Gelegenheit, mit einem Mitarbeiter der Sparkasse zu sprechen?«

»Nein, noch nicht. Einige meiner Mitarbeiter sind seit Freitagabend in Zürich. Allerdings erweist es sich als unerwartet schwierig, diesen Obrecht ausfindig zu machen, der für alle drei Konten als Betreuer eingetragen ist. Im Zuge dieser Bemühungen kam es zu einem unerwarteten Zwischenfall.«

Sie öffnete die Mappe erneut, um weitere Fotos herauszuholen.

»Meine Leute parkten vor Obrechts Zweitwohnsitz auf dem Land, als plötzlich ein Wagen mit vier Männern vorbeifuhr. Die näheren Einzelheiten sind unklar, aber es kam zu einer Verfolgungsjagd und einem Schusswechsel.«

Sie schleuderte die Aufnahmen der drei Toten auf die Tischplatte. »Nur einer der vier überlebte und ist seitdem flüchtig. Wir haben jedoch eine detaillierte Personenbeschreibung. Schwarze Haare, dunkelhäutig, dunkle Augen und er« – Kennedy deutete auf die Fotos – »nun, er sah aus wie diese drei. Was glauben Sie, welche Nationalität diese Männer haben, General Taj?«

Der Generaldirektor des ISI vertiefte sich in die Abzüge und starrte sie nachdenklich an, während sich ein dünner Schweißfilm auf seiner Stirn bildete. Er räusperte sich und verkündete gequält: »Sie sehen aus wie Pakistani.«

»Und was haben Ihre Landsleute in der Schweiz bei Obrecht verloren? Haben Sie sie zu ihm geschickt?«

Taj war noch nie in seinem Leben so beschämt gewesen wie in diesem Moment. »Bitte entschuldigen Sie, Direktorin Kennedy. Ich schlage vor, wir setzen das Gespräch morgen fort. Ich muss mich erst einmal intern mit meinen Bereichsleitern abstimmen.«

»Natürlich, General. Sie finden mich in der Botschaft, falls Fragen auftreten.«

57

Wie Hurley prophezeit hatte, erwies sich der Grenzübertritt als vollkommen unproblematisch. Die zwei dreckstarrenden, zerbeulten Toyota 4Runners kämpften sich über den Bergpass die A1 entlang, passierten Peschawar und erreichten Islamabad nach drei Stunden und 47 Minuten. Rapp saß am Steuer des vorderen Geländewagens, Kassar neben ihm, Hurley und Dumond auf der Rückbank. Coleman und drei seiner Männer folgten ihnen. Alle trugen einheimische Kleidung und reisten mit mehreren 100.000 Dollar im Gepäck. Für den Fall, dass sie unterwegs angehalten wurden, wollten sie sich gar nicht erst auf Albernheiten einlassen und behaupten müssen, für eine internationale Hilfsorganisation zu arbeiten. Sie gaben sich vielmehr als Waffenhändler aus und hatten jede Menge Warenmuster auf der Ladefläche dabei, um sie den Grenzbeamten oder interessiertem Armeepersonal vorzuführen.

Wie sich herausstellte, mussten sie dank Hurleys guten Kontakten nur etwa 10.000 Dollar für Schmiergelder investieren. Nach der Grenze verschmolzen sie unsichtbar mit der Masse von Trucks, die Ausrüstung zwischen Pakistan und Afghanistan hin und her transportierten. Sie erreichten die Landeshauptstadt gegen 13 Uhr. Ihre Strategie hatte während des Flugs von Deutschland nach Jalalabad Formen angenommen. Coleman und Hurley lehnten Rapps Vorschlag zur konkreten Vorgehensweise strikt ab, doch Mitch blieb stur. Das komplette

Team an den Wachposten vorbei nach Bahria Town zu schmuggeln, hielt er für utopisch. Kassar hatte deutlich zum Ausdruck gebracht, dass das nicht klappen konnte. Stan hielt die Behauptung für völligen Blödsinn und der Pakistani nahm den schier aussichtslosen Kampf auf, ihn vom Gegenteil zu überzeugen.

Rapp, nicht gerade bekannt für übermäßige Geduld, bereitete der Auseinandersetzung ein vorzeitiges Ende. Für ihn bestand die beste Aussicht auf Erfolg darin, sich selbst im Kofferraum von Kassars Range Rover hineinbringen zu lassen. Dessen Auto wurde bei der Kontrolle am Tor nie durchsucht. Wicker sollte eine Scharfschützenposition eine halbe Meile entfernt unmittelbar an der Umzäunung der Wohnanlage einnehmen, Dumond übernahm mit einer der Minidrohnen die Luftaufklärung und der Rest des Teams hielt sich als schnelle Eingreiftruppe bereit.

Als sie Kassars Rover in Humak abholten, versuchte Hurley ein letztes Mal, sie zu einer Planänderung zu bewegen.

»Lass mich den Platz im Kofferraum übernehmen.«

»Warum?« Sobald Rapp die Frage gestellt hatte, wusste er, wie die Antwort lautete.

»Weil ich in spätestens einem halben Jahr eh tot bin.«

»Du ständig mit deinem halben Jahr. Diesmal klopfst du mich damit nicht weich. Ich habe Kassar prima im Griff. Du bist noch ganz gut in Form, aber ich bin dafür körperlich definitiv besser geeignet.«

»Schwachsinn.«

»Außerdem dürfen wir nicht riskieren, dass du einen deiner Hustenanfälle bekommst, während er mit den Wachposten redet. Wie ich dich kenne, steckst du dir

514

dann eine Kippe an und die Sache fliegt uns im wahrsten Sinne des Wortes um die Ohren.«

Der betagte Spion hielt ein Päckchen Nicorette-Kaugummi hoch. »Sehr witzig.«

»Sieh mal an. Wie ein Pfadfinder … für jeden Notfall gerüstet.«

Rapp trug seine Waffentasche und die taktische Weste vom Toyota zu Kassars Truck.

»Warum bist du bloß immer so stur?«, probierte es Hurley ein letztes Mal.

»Ich fürchte, das hab ich von dem Sturkopf gelernt, der mein Ausbilder war.« Rapp überprüfte kurz den Inhalt einer der Taschen der Weste, bevor er sie anlegte. »Hör mal, machen wir es nicht zu kompliziert. Irene hat Leute abgestellt, die Durrani beschatten. Sie versorgt uns regelmäßig per SMS mit Updates, ihr haltet mich per Funk auf dem Laufenden.«

Er tippte gegen sein Headset. »Natürlich nur, wenn gerade keine Gefahr droht und ich empfangsbereit bin. In Durranis Abwesenheit überwachen zwei Bodyguards das Gelände. Ich vermute, die sind tödlich gelangweilt. Mit denen sollte ich also fertigwerden.«

»Was spricht dagegen, dass dich noch jemand begleitet?«

»Das Risiko ist zu groß. Es ist entscheidend, dass wir aufs Grundstück kommen, ohne dass jemand etwas merkt. Danach geht es ganz leicht.«

Rapp entging nicht, dass Hurley skeptisch blieb.

»Behalt du unterdessen Durrani im Auge. Sollte er mit mehr als der üblichen Menge von Leuten zurückkommen, kämpft euch aufs Gelände vor. Ansonsten regle ich das allein.«

Rapp lief zur Rückseite des Range Rovers. »Und denk dran, was du selbst gesagt hast: Irgendwann sterben wir alle.«

Er öffnete die Heckklappe, kletterte hinauf und schlug sie hinter sich zu.

Hurley hob eine Hand. »Und was ist, wenn Kassar dich verrät?«

»Ich behalt ihn im Blick.«

Das schien Hurley nicht zu reichen.

»Hör zu, ich bin ein großer Junge und komm ganz gut ohne fremde Hilfe klar.«

Der Konvoi aus drei Fahrzeugen mit Kassar an der Spitze setzte sich in Bewegung. Als sie die Stelle im hügeligen Umland erreichten, an der Wicker aussteigen sollte, kontaktierte der Pakistani Coleman per Funk und gab ihm Bescheid. Der Range Rover setzte die Fahrt fort, während die beiden anderen Trucks am Straßenrand hielten. Wicker sprang aus dem hinteren und tauchte in seiner Tarnmontur ins Unterholz ab. Dumond ließ die Klammern an einer im Kofferraum mitgeführten Kiste aufschnappen. Die Drohne war in etwa so groß wie eine Krähe. Dumond entfaltete die Flügel, arretierte sie und startete den Propeller. Die graue Apparatur erwachte summend zum Leben und der Hacker warf sie in die Luft wie einen Papierflieger. Das unbemannte Kleinfluggerät sackte kurz nach unten, bevor es stetig an Höhe gewann und auf eine vorprogrammierte Höhe von etwa anderthalb Kilometer stieg, um über dem Areal zu kreisen. Dumond packte zusammen und sie fuhren im Truck davon.

Rapp kauerte mit dem Gesicht nach hinten im Heck des Geländewagens. Er hatte Kassar bereits gewarnt, dass

Wicker keine Sekunde zögern würde, ihm einen Kopf-schuss zu verpassen, falls entweder am Haupttor oder an der Einfahrt zu Durranis Grundstück etwas schiefging. Dass die kleine Drohne die aus der Vogelperspektive erfassten Livebilder ohne Verzögerung an sein Handy weiterleitete, war dem Pakistani ebenfalls bewusst. Mit der Pistole in der einen und dem Telefon in der anderen Hand verfolgte er, wie sie sich langsam der Zufahrt der Wohnsiedlung näherten.

Der schwarze SUV wurde langsamer und blieb kurz stehen, bevor er wieder anfuhr. Rapp schnaufte erleichtert, nachdem sie die erste Hürde bewältigt hatten. Nach knapp zwei Minuten erreichten sie die Ausläufer von Durranis Grundstück. Die Wachposten winkten Kassar durch und machten keine Anstalten, das Fahrzeug zu filzen.

»Zeig mir den Innenhof«, flüsterte Rapp mehr zu sich selbst. Wie auf Kommando zoomte Dumond auf den Bereich zwischen Haupthaus, Garage und den beiden Gästepavillons. Ein Gärtner kümmerte sich um die Pflanzen, ansonsten war niemand zu sehen. Der Rover rollte in die Garage. Rapp ließ das Handy in eine Brust-tasche der Weste gleiten, umklammerte die Waffe mit beiden Händen und zählte im Kopf bis fünf. So lange gab er Kassar Zeit, nach dem Anhalten die Heckklappe zu öffnen. Mit einem Klicken sprang sie auf. Licht fiel durch den Fünf-Zentimeter-Spalt auf die Ladefläche. In diesem Augenblick hörte er eine Stimme.

Kassar redete mit jemandem, den Rapp nicht sehen konnte. Nach etwa zehn Sekunden endete das Gespräch und Kassar spähte zu ihm herein. Rapp rutschte ins Freie und blieb in geduckter Haltung, während sein Begleiter alles verriegelte und ihn wie vorab besprochen durch die Garage ins Haus lotste. Er öffnete eine Metalltür und vergewisserte sich, dass die Luft rein war, bevor er ihn eine Treppenflucht hinunterführte. Rapp stand direkt neben ihm, als Kassar einen Code in das Türschloss eintippte. Es folgte ein langer, gut beleuchteter Tunnel, den sie zügig passierten, bis an einem weiteren Durchgang erneut eine Kombination abgefragt wurde. Danach ging es weitere Stufen nach oben. Kassar ließ Rapp auf dem Absatz warten, bis er die Krankenschwester in den vorzeitigen Feierabend geschickt hatte.

Rapp meldete sich bei Hurley und teilte ihm mit, dass er im Haus war. Einige Sekunden später hörte er, wie die Schwester durch den Flur kam und durch den vorderen Eingang verschwand. Er lief zu Kassar, der im Gang auf ihn wartete. Nervös verkündete dieser: »Der Hund ist bei ihm.«

»Der große Rottweiler?«

Kassar nickte.

Es war nicht das erste Mal, dass Rapp es mit so einem Viech zu tun bekam. Das M4-Gewehr hing um seinen Hals und baumelte seitlich am Körper hinab. Er hielt die Pistole mit dem Schalldämpfer mit beiden Händen fest und vergewisserte sich, dass sein Funkgerät auf Sendemodus geschaltet war.

»Du bleibst hier. Gib sofort Bescheid, wenn jemand auftaucht.«

Er schlich durch den Gang zum Tor am hinteren Ende des Raums. Kassar hatte ihm den Grundriss exakt beschrieben, aber Rapp wusste nicht, wo genau sich der Hund befand. Er hätte Kassar danach fragen sollen und überlegte kurz, noch einmal zurückzugehen, wollte jedoch keine unnötige Zeit verlieren. Er zog die Tür mit der rechten Hand auf und trat ein, schwenkte die Waffe von rechts nach links und zurück. Der Hund knurrte, was ihn veranlasste, das Richtkorn auf den gewaltigen Kopf des Tiers zu lenken.

»Wenn der Köter einen Mucks macht, knall ich ihn ab.«

Eine blasse Hand hielt ihn am Halsband zurück.

Rapp begutachtete das zermatschte Gesicht seines Gegenübers. Hätte er das Video vom Verhör nicht gesehen, wäre er niemals auf die Idee gekommen, dass es sich um Rickman handelte. »Bist du okay, Rick?«

Volle fünf Sekunden brachte Rickman keinen Laut hervor. Dann stotterte er los. »J-ja … ein Glück, dass du h-hier bist.«

»Halt die Klappe, Rick.«

»I-ich kann's nicht g-glauben, dass du mich ge-f-funden hast.«

Rapps Blicke zuckten wie Blitze durch den Raum, damit ihm keine Einzelheit entging.

»Ich wette, du bist total schockiert. Immerhin hast du Louie Gould drauf angesetzt, mich zu töten, und bist nicht mal davor zurückgeschreckt, deinen Vierbeiner als Köder zu missbrauchen.«

»Mitch, ich schwör dir, General Durrani steckt hinter dem Ganzen. Er hat mich entführt, gefoltert und es dann so hingestellt, als wäre ich tot, damit ihr nicht länger nach mir sucht.«

»Klar, und hinterher hat er dir deinen Hund wieder-gegeben, damit er dir Gesellschaft leistet. Du hältst mich wohl für total verblödet, Rick. So clever, wie du denkst, bist du nicht.«

Rapp wandte sich dem Vierbeiner zu. Es führte kein Weg daran vorbei. Er hatte nichts gegen die Töle, aber sie musste sterben. Effizient wie eh und je drückte er den Abzug und setzte den Rottweiler mit einem Treffer in die Schädeldecke außer Gefecht. Ihm blieb nicht mal Zeit für ein kurzes Winseln.

Dafür reagierte Rickman umso lauter. Er war völlig außer sich.

»Was hast du getan? Ajax kann doch nichts dafür.« Rickman brüllte und umschlang den leblosen Körper des Vierbeiners. »Du bist eine verdammte Bestie. Gott!«

»Und du bist ein krankes Miststück«, verkündete Rapp seelenruhig und näherte sich dem Bett.

»Deine vier Leibwächter sind tot … einer starb durch deine eigene Hand. Mick Reavers, 21 Polizisten und Hubbard hat's ebenfalls erwischt. Du steckst das ohne Regung weg, aber sobald jemand auf deinen Hund schießt, fängst du an zu flennen.«

Rickman fehlten die Worte. Der Verlust seines Freundes schmerzte zu sehr.

»Möchtest du noch was sagen?«

»Tu's nicht, Mitch. Ich kann dir helfen. Dir und Langley. Ihr könnt mich befragen. Ich weiß eine Menge … sehr wichtige Sachen.«

Rapp ging davon aus, dass das sogar stimmte, nur traute er dem Kerl keinen Zentimeter mehr über den Weg. Rickman und sein Superhirn wären außerdem ein Albtraum für jeden Verhörspezialisten. Hinzu kam der Umstand, dass er durch seinen Verrat gute Männer in den Tod geschickt hatte. Die Entscheidung fiel ihm deshalb nicht schwer.

»Fick dich, Rick.« Er drückte ab.

58

Durrani verspürte den Drang, die Mullahs und Imame anzurufen, um einen Sturm auf die amerikanische Botschaft zu befehlen. Er liebäugelte sogar mit dem Gedanken, ihnen ein Foto dieser Kennedy-Schlampe zu überlassen, damit sie sie für ihn umlegten. Am Ende entschied er jedoch, sich in Geduld zu üben. Taj war enorm aufgebracht und behielt ihn wahrscheinlich genauestens im Auge. Nachdem Kennedy und ihr Mitarbeiter das Meeting verlassen hatten, verlangte Taj klare Antworten. Durrani wusste, dass man die von der CIA-Direktorin vorgelegten Fotos mit der ISI-Personaldatenbank abgleichen würde und vermutlich bei allen fünf einen Treffer landete. Das belastete nicht zwangsläufig ihn persönlich, aber der Umstand, dass die Männer alle für den externen Flügel arbeiteten, rückte ihn in denkbar schlechtes Licht. Und es drohte noch schlimmer zu werden, wenn sie anfingen, sein Personal zu befragen. Durrani kämpfte stets an vorderster Front, weshalb er bei diesem Schlamassel überall seine Spuren und Fingerabdrücke hinterlassen hatte.

Deshalb tat er das Einzige, was ihm übrig blieb, und gab zu, ein Team in die Schweiz abkommandiert zu haben.

»Was haben Sie sich nur dabei gedacht?«, fragte Taj.

»Ich wusste genau, dass man meinem Freund eine Falle gestellt hat«, heuchelte er Mitgefühl für Ashan. »Da mir klar war, dass sich niemand sonst für ihn einsetzt, schickte ich jemanden hin, um mit diesem Bankier zu sprechen.«

Die Fotos lagen noch auf dem Tisch.

»Und wie kam es zu dem Feuergefecht mit den Amerikanern?«

»Ich weiß es nicht.«

»Was für Leute haben Sie ausgewählt? Was wollten Sie mit diesem Obrecht anstellen?«

Die Unterstellung, die bei dieser Frage mitschwang, war offensichtlich: Durrani hatte einige Schläger in die Schweiz geschickt, damit sie die Wahrheit aus dem Bankangestellten herausprügelten.

»Einige meiner besten. Sie sollten lediglich die Wahrheit herausfinden.«

Durrani merkte, dass Taj ihm nicht glaubte. Nassir schien das Gespräch mit wachsender Genugtuung zu verfolgen. Vermutlich genoss er den Fakt, dass sein Hauptkontrahent sich selbst ins Knie geschossen und jede Chance verwirkt hatte, Tajs Nachfolge anzutreten. *Nur weiter so,* dachte er. *Unterschätzt mich auch weiterhin, ihr werdet alle teuer dafür bezahlen.*

Ashan verhielt sich ungewöhnlich kühl ihm gegenüber. Durrani hatte erwartet, dass er sich über die Unterstützung freute. Dass er es nicht tat, deutete darauf hin, dass er seine wahren Absichten zu durchschauen schien. Auf einmal hatte er es ausgesprochen eilig, das Büro des Generaldirektors zu verlassen. Er musste mit Rickman reden. Gemeinsam fiel ihnen bestimmt ein Ausweg aus dieser vertrackten Situation ein.

Nun, da sein Fahrzeugkonvoi den Toren von Bahria Town entgegenrollte, regte sich in ihm die Überlegung, Rickman sicherheitshalber an einem anderen Ort zu verstecken. Allerdings hatte er im Moment mit einem gewissen Personalmangel zu kämpfen, was ein solches

Unterfangen etwas heikel gestaltete. Außerdem zögerte es den Moment hinaus, in dem Rick alles auspackte, was er über die CIA wusste. Damit wollte er sich ungern abfinden. Die Männer, die er in der Schweiz verloren hatte, ließen sich ersetzen, aber es gab niemanden außer Rickman, der die ganzen Interna kannte.

Die Autos hielten im Hof und Durrani schoss förmlich nach draußen. Raza erwartete ihn am Eingang. Als er an ihm vorbeiging, verkündete der Butler: »Kassar ist zurück.«

Durrani wirbelte herum. »Wo ist er?«

Raza zeigte zum kleineren der beiden Gästepavillons.

Durrani wollte erst ins Haus gehen, beschloss dann jedoch, sich diesmal nicht mit den Tunneln abzumühen. Zudem wurde es allerhöchste Zeit, einen Punkt auf seiner Liste abzuhaken. Er ging zurück in den Hof und herrschte seine Männer an, ihm zu folgen.

Rapp stand in der Küche und verfolgte den Videofeed der Drohne. Hurley ließ es sich nicht nehmen, über Funk einen Begleitkommentar zu liefern. Durrani stieg aus dem Wagen und lief in Richtung Haupthaus. Kassar erklärte, dass er für gewöhnlich das verzweigte Tunnelsystem im Keller benutzte, um die Gästehäuser zu betreten. Da er sich stattdessen entschied, seine Leute vor dem Haupthaus zu versammeln, brandete prompt ein lautes Stimmgewirr in der Leitung auf.

»Beruhigt euch!«, rief Rapp in das Lippenmikro. Er schwenkte das Gewehr vor der Brust und reichte Kassar seine schallgedämpfte Glock-19-Halbautomatik.

»Es sind noch 14 Patronen im Magazin. Er ist mit einem halben Dutzend Männer unterwegs hierher.«

Kassar huschte durch das Foyer ins Wohnzimmer, wo seine Zeitschrift und ein Aschenbecher auf ihn warteten. Er setzte sich auf die Couch und verbarg die Waffe dicht am rechten Oberschenkel. Rapp zog sich in die Vorratskammer am hinteren Ende der Küche zurück und ließ die Tür einen Spaltbreit offen stehen.

»Bleibt alle auf euren Positionen.«

»Wir sehen nicht, was sich im Haus tut«, gab Hurley zu bedenken.

»Nicht schlimm. Wenn ich Hilfe brauche, meld ich mich.«

»Dann ist es womöglich schon zu spät.«

Rapp blieb keine Gelegenheit für eine Antwort, denn in diesem Moment schwang die Eingangstür auf und Schuhe und Stiefel schlurften über den Marmorboden. Er umfasste den Griff des M4-Karabiners und spähte durch die Öffnung. Wie erwartet: sechs Gegner plus Durrani.

»Was zum Teufel hast du hier verloren?«, herrschte Durrani den Untergebenen an. Rapp sah, dass er eine Pistole in der Hand hielt. »Ich habe dir ausdrücklich gesagt, dass der Gästepavillon für dich künftig tabu ist.«

»Es gab Probleme bei der Flucht aus der Schweiz. Genau genommen bestand das größte Problem darin, dass Sie mir solche Amateure zur Seite gestellt haben.«

»Es waren zuverlässige Leute. Wegen dir sind sie tot.«

»Nein, das war ihre eigene Schuld.«

»Ist dir überhaupt klar, in welchen Schwierigkeiten ich deinetwegen stecke? Ich komme gerade von einer Besprechung mit der CIA-Direktorin zurück. Sie hat Fotos von meinen Begleitern und hat sie Taj überlassen.«

»Nicht mein Problem. Ich sagte gleich, dass ich das lieber allein erledige.«

Durrani hob die Pistole. »Du hast deine Schuldigkeit getan.«

Rapps rechte Hand drückte die Tür der Vorratskammer auf. Der Lauf des Gewehrs zuckte nach oben und wanderte zentimeterweise nach links. Der rote Punkt fand den Kopf des ersten Manns und Rapp betätigte den Abzug. Kurz nachdem das Projektil fast geräuschlos die Mündung verlassen hatte, explodierte der Schädel des Gegners im Foyer. Bevor jemand reagierte, gingen die nächsten zwei zu Boden. Rapp übersprang Durrani und erledigte einen weiteren Bodyguard. Die letzten beiden waren vor Schock förmlich erstarrt, weil sie den Tod ihrer Kameraden hautnah miterlebt hatten. Ihre Waffen schwenkten in Rapps Richtung, jedoch viel zu spät. Er traf den Fünften mitten ins Gesicht. Kurz bevor er Nummer sechs ausschalten konnte, sauste eine Kugel an seiner linken Schulter vorbei. Er drückte ein sechstes Mal ab und der andere sackte zu Boden. Ein Schwall von Blut ergoss sich aus seinem Hinterkopf.

Rapp richtete das Gewehr auf einen schockierten Durrani und erklärte: »Alles sauber. Sechs Tangos eliminiert. Slick«, wandte er sich an Wicker, »sollte sich jemand mit einer Waffe meiner Position nähern, leg ihn um.«

»Wie können Sie es *wagen*«, ereiferte sich Durrani, der umgeben von sechs toten Leibwächtern zitternd im Foyer stand. »Das werden Sie …«

Rapp verspürte kein Bedürfnis, sich leere Drohungen anzuhören. Deshalb zielte er mit dem M4 auf Durranis linkes Knie und landete einen weiteren Treffer. Der General fiel in sich zusammen wie eine Marionette, deren Schnüre man gekappt hatte, und landete in einer stetig anwachsenden Blutlache.

»Ich bin der Letzte, mit dem du dich anlegen solltest, du dämlicher Hurensohn«, raunte er.

»Sie verstehen nicht …«

Rapp achtete nicht weiter auf ihn, sondern verfolgte aufmerksam das laute Geplapper in seiner Ohrmuschel. Wicker schien zumindest ein Ziel ins Visier genommen zu haben. Sie mussten schleunigst von hier verschwinden, also hob er das Gewehr, um Durrani endgültig zum Schweigen zu bringen.

»Warte«, sagte Kassar, als sein Finger bereits am Abzug ruhte.

Kassar stieg über die Toten hinweg und streifte Durrani mit einem abfälligen Blick. »Ich wusste immer, dass es eines Tages so endet.«

»Ich war immer gut zu dir«, jammerte Durrani, während er sein Knie umklammerte.

»Sie wollten mich gerade töten.«

»Aber …« Mehr bekam Durrani nicht heraus.

Mit gefasstem Blick und ruhiger Hand verkündete Kassar: »Du hast deine Schuldigkeit getan«, ehe er seinen Boss mit einem gezielten Schuss tötete.

Blitzsauber getroffen!, registrierte Rapp anerkennend.

Kassar drehte sich mit der Pistole in der Hand um und hielt sie ihm hin.

Er schüttelte den Kopf und lief Richtung Treppe. »Behalt sie.«

59

Wilson fühlte sich etwas besser. Beim Derby am Montagabend führten seine Washington Redskins mit 17 Punkten gegen die verhassten Rivalen von den Eagles, und es waren nur noch fünf Minuten zu spielen. Was Wilson betraf, gab es keine schlimmeren Menschen auf der Welt als Anhänger der Philadelphia Eagles. Im Vergleich wirkten selbst Fans der Yankees wie mustergültige Bürger. Wilson wertete die Dominanz der Redskins als Zeichen, dass es auch für ihn aufwärtsging. Er sah auf die Uhr und trank sein Bier aus. Es wurde Zeit für eine weitere seiner spätabendlichen Verabredungen.

Er holte die Leine und fand Rose abmarschbereit an der Haustür vor, was ihm überhaupt nicht gefiel. Nachher gewöhnte sich dieser elende Köter noch an ihn. Seine Frau schob den Stuhl vom Schreibtisch zurück, kam diesmal jedoch nicht zu ihm, sondern rief nur durch den Flur: »Wie schön! Es gefällt mir, dass ihr zwei euch langsam anfreundet.«

»Übertreib's nicht.«

Er ging zu ihr und gab ihr einen Kuss. Dabei ließ sie liebevoll die Hand auf seinen Bauch rutschen. »Wenn du so weitermachst, bist du bald deine kleine Plauze los.«

Wilson war bisher gar nicht aufgefallen, dass er eine hatte. Er tastete beunruhigt nach unten. »Eine Plauze? Ich?«

»Nur eine winzig kleine«, sagte sie und spreizte Daumen und Zeigefinger leicht, bevor sie ihn noch einmal küsste.

»Ich geh noch mal unter die Dusche und leg mich dann splitterfasernackt ins Bett, um auf dich zu warten.« Sie lief zur Treppe und hauchte: »Beeil dich.«

Wilson fand, dass es kaum besser laufen konnte. Allerdings wurde es draußen inzwischen empfindlich kalt. Er beschloss, Ferris vorzuschlagen, sich etwas anderes für ihre Treffen zu überlegen. Er hatte allmählich die Schnauze voll davon, mit der dämlichen Töle durch die eiskalte Nacht zu laufen. Während er die gewohnte Strecke entlanglief, malte er sich Treffen in einem gut geheizten Büro auf dem Capitol Hill aus. Er blieb an der vereinbarten Ecke stehen und checkte die Zeit. Genau pünktlich. Eine halbe Minute später fluchte er: »Wo bleibt ihr, verdammt? Ich frier mir hier den Arsch ab.«

Am anderen Ende der Straße stand ein Mann unter einer Laterne. Einige Sekunden später setzte er sich in seine Richtung in Bewegung. Sobald er in Rufweite war, meinte Wilson vorwurfsvoll: »Spät dran.«

Darren Sickles blickte sich suchend über die Schulter um. »Ich wollte ganz sicher sein, dass mir keiner folgt.«

Wilson hätte ihm am liebsten gesagt, dass er viel zu unwichtig war, um verfolgt zu werden, aber da der andere ein äußerst zerbrechliches Ego zu besitzen schien, behielt er den Gedanken für sich. Der Town Car hielt eine Minute später neben ihnen. Wilson ließ Sickles zuerst einsteigen. Zu dritt wurde es hinten ein wenig eng. Anstatt zu warten, bis Ferris nach dem Hund fragte, schob Wilson ihn kurzerhand auf den Schoß des Senators.

»Mr. Sickles«, eröffnete Ferris das Gespräch. »Joel sagte mir, Sie seien nicht besonders glücklich mit Ihrem momentanen Arbeitgeber.«

»Nein, Sir.«

Wilson schaute durch das Fenster auf die vorbei-ziehenden Häuser.

»Rapp hat angedroht, ihn umzubringen.«

»Ich möchte das gerne selbst von Mr. Sickles hören, wenn es Ihnen nichts ausmacht.«

Lass mich der Sache doch ein bisschen auf die Sprünge helfen, dachte Wilson. *Zu Hause wartet eine nackte Frau im Bett auf mich.*

»Ja, er hat mein Leben bedroht … unter anderem«, bestätigte Sickles.

»Was noch?«

»So ziemlich alle Gemeinheiten, die es gibt.«

»Wann war das?«

»Nach der Entführung von Joe Rickman. Wissen Sie, wer das ist?«

»Und ob.«

»Nun, Rapp hat mir die Schuld daran gegeben … Er meinte, ich verplempere die Mittel der Verwaltung für meinen ›Reintegrationsschwachsinn‹.«

Ferris lächelte in sich hinein. Er konnte es kaum er-warten, dass Sickles diese Worte unter Eid vor Fernseh-kameras wiederholte.

»Und er hat wirklich damit gedroht, Sie umzubringen?«

»Ja.«

»Was denken Sie über die verschwundenen Gelder?«

»Sie sprechen von den Beträgen, die Rapp und Rickman abgezweigt haben sollen?«

»Ja. Und vermutlich noch andere bei der CIA.«

»Der Geheimdienst ist nach meinem Dafürhalten ein durch und durch korrupter Haufen. Rapp und Rickman sind ein Musterbeispiel dafür, was dort schiefläuft.

Deshalb wurde Rickman vermutlich auch gekidnappt. Intern redet niemand drüber, was für ein korruptes Schwein er war.«

Ferris nickte, als könnte er Sickles' Frust gut nachvollziehen.

»Ich werde in Kürze eine Anhörung zu dieser Angelegenheit durchführen … nach aktuellem Stand am kommenden Mittwoch. Ich müsste Sie möglicherweise als Zeugen vorladen. Können Sie mir versichern, dass Sie dieselben Antworten auch unter Eid geben werden?«

Sickles dachte einen Moment darüber nach.

»Meine Karriere ist sowieso im Arsch. Warum also nicht?«

»Hier geht es darum, das Richtige zu tun.«

Ferris forschte in Sickles' Augen nach Anzeichen von Verbindlichkeit.

»Ich kann Sie vor diesen Leuten beschützen und als Vorsitzender des Rechtsausschusses im Repräsentantenhaus dafür sorgen, dass dieses Rattennest ausgehoben wird.«

Sickles gefiel, was er hörte. »Okay, dann stehe ich Ihnen zur Verfügung.«

»Gut. Bevor ich den Termin am Mittwoch publik mache, möchte ich, dass Sie sich mit Arianna Vinter und Colonel Poole in Verbindung setzen und sich erkundigen, ob sie bereit sind, Ihre Aussagen zu bestätigen. Nach allem, was mir zugetragen wurde, hat sich Rapp sehr brüsk ihnen gegenüber verhalten, als er kürzlich nach …«

Ferris hielt inne, als er die Sirenen hörte. Flackernde rote und blaue Signallichter wurden von den Seitenscheiben reflektiert. Der Town Car bremste abrupt und die Türen wurden von außen geöffnet. Jemand riss Wilson aus dem

Auto und warf ihn auf das Pflaster. Das Gleiche geschah mit Sickles. Beiden wurden die Arme hinter dem Rücken mit Handschellen fixiert. Sickles schwieg, Wilson jedoch nicht. Wie ein Besessener ratterte er ununterbrochen seine Rechte herunter.

Ein Mann in dunklem Anzug und dazu passendem Trenchcoat kam zu Ferris. »Senator, steigen Sie bitte aus.«

»Und wenn ich mich weigere?«

Rapp beugte sich heran und zeigte ihm sein Gesicht.

»Dann werde ich Ihren Hintern mit dem größten Vergnügen persönlich aus dem Wagen zerren und Sie festnehmen.«

Ferris seufzte und gab nach. »Ich weiß, wer Sie sind«, sagte er. »Sie haben überhaupt kein Recht, mich festzunehmen.«

»Das stimmt, aber das übernimmt dann er.« Rapp deutete auf FBI-Direktor Miller, der neben einem schwarzen Suburban stand und das Geschehen genau beobachtete.

»Wenn Sie möchten, können Sie sich auch bei ihm beschweren, aber dann wird die Sache schnell offiziell und die Presse bekommt Wind davon. Nach allem, was ich weiß, dürfte das für Sie keine sonderlich verlockende Alternative sein.«

Coleman kam herangeeilt, um dem Senator die Hündin abzunehmen. Er nutzte die Gelegenheit, die Wanze zu entfernen, die er Rose in der Vorwoche untergejubelt hatte.

»Hier lang, Senator.« Rapp lotste den Mann zu Kennedys parkendem Suburban. Ferris setzte sich neben der CIA-Chefin auf den Rücksitz, Rapp stieg vorn auf der Beifahrerseite ein.

»Ich will nichts von Ihnen hören, Senator«, sagte Kennedy. »Wir haben Ihre netten Besprechungen mit Agent Wilson komplett auf Band.«

»Ich habe mir nichts vorzuwerfen.«

»Sie sollen den Mund halten. Am frühen Abend haben wir den Laptop Ihres Dienstmädchens beschlagnahmt, auf dem wir auf einen sehr belastenden E-Mail-Verkehr zwischen Ihnen und General Durrani vom pakistanischen ISI gestoßen sind. Wussten Sie übrigens, dass er gestern im eigenen Haus erschossen wurde und es nicht überlebt hat?«

Dem überraschten Gesichtsausdruck des Senators entnahm sie, dass ihm das nicht bekannt gewesen war.

»Und wissen Sie, was wir noch in seinem Haus entdeckt haben? Nun, das wird Ihnen erst recht nicht gefallen. Die Leiche von einem meiner Geheimdienstagenten, Joe Rickman. Ich bin sicher, Sie können mit dem Namen etwas anfangen. Offenbar steckte General Durrani hinter der Entführung und Folter von Rickman und wollte ihm gezielt Informationen entlocken, um den Vereinigten Staaten zu schaden.

Ich denke, nun dämmert Ihnen allmählich, worauf es hinausläuft, Senator. Aus meiner Sicht können Sie sich für eine von zwei Varianten entscheiden. Die erste läuft auf eine enorme Bloßstellung und einen Prozess wegen Geheimnisverrats hinaus, den die amerikanische Öffentlichkeit mit größtem Interesse verfolgen wird. Rückendeckung von Ihren Kollegen haben Sie nicht zu erwarten, denn ich werde allen Beteiligten die Informationen zukommen lassen, die ich besitze. Niemand lässt sich dann noch freiwillig in Ihrer Nähe blicken, Senator. Eine Hinrichtung bleibt Ihnen vermutlich erspart, weil das nicht länger dem Zeitgeist entspricht, aber Sie wandern auf jeden Fall ins Gefängnis. Ich werde mich persönlich dafür einsetzen, dass es ein Gefängnis sein wird, wie es ein Mistkerl wie Sie verdient.

Die andere Variante wäre, dass Sie sich morgen um Punkt neun in meinem Büro blicken lassen und für eine eingehende Befragung zur Verfügung stellen. In diesem Fall behalten Sie Ihren Job und Ihren Vorsitz im Ausschuss und gelten trotz Ihres Hasses auf die Agency künftig als einer unserer wichtigsten Verbündeten auf dem Capitol Hill. Haben Sie verstanden, was ich Ihnen da anbiete?«

Ferris schluckte hart. »Ja.«

Kennedy schaute auf die Uhr an ihrem Handgelenk.

»Also gut. Ich gebe Ihnen zehn Sekunden, um sich zu entscheiden.«

Für einen Mann wie Ferris gab es nur eine gangbare Alternative.

»Ich entscheide mich für die zweite Variante.« Später konnte er sich immer noch Gedanken machen, wie er aus dieser Misere herauskam.

»Gut«, zeigte sich Kennedy zufrieden. »Dann bis morgen früh um neun.«

Rapp hielt Ferris die Tür auf. Nachdem sie sich ein paar Schritte vom Fahrzeug entfernt hatten, packte er den Senator am Arm und raunte: »Es gibt noch eine dritte Option.«

»Und zwar?«

»Ich schleiche mich mitten in der Nacht in Ihr Haus und breche Ihnen das Genick.«

Er starrte Ferris ungemütlich lange an, bevor er im Plauderton nachschob: »Gute Nacht, Senator.« Er lief zurück zum SUV und stieg diesmal hinten ein.

Beim Wegfahren fragte Kennedy ihn: »Dir schmeckt diese Lösung überhaupt nicht, hm?«

Rapp rieb sich die Augen. »Sein Tod wäre mir lieber.«

»Ich weiß, dass das deine Standardlösung ist, aber in manchen Fällen verhält es sich doch etwas komplizierter.«

»Ich weiß. Auf diese Weise ersparen wir uns die lästige Publicity und der Vorsitzende eines der einflussreichsten Komitees der Stadt frisst uns künftig aus der Hand.«

Eine Weile fuhren sie schweigend weiter.

»Ein Problem gibt es allerdings noch«, brachte Kennedy dann zur Sprache.

Rapp starrte auf das Display seines iPhones und überflog die jüngsten E-Mails.

»Wir haben eine ganze Menge Probleme.«

»Vor allem eins: Was soll mit Gould passieren?«

»Seit wann interessiert dich meine Meinung?«

»Jetzt spiel mal nicht den Eingeschnappten. Das steht dir nicht. Außerdem weißt du ganz genau, wie sehr ich deine Meinung schätze.«

Rapp dachte kurz darüber nach. »Soll ich dir was sagen? Ich bin hundemüde und es ist mir völlig egal, was du mit ihm anstellst, solange er mir künftig nicht mehr in die Quere kommt.«

»Glaubst du, er gibt seine Auftragsjobs auf, wenn wir ihn gehen lassen?«

»Nein«, antwortete Rapp ohne jedes Zögern. »Das wird er so lange durchziehen, bis ihn jemand verkrüppelt oder abknallt.«

Jetzt war behutsames Vorgehen gefragt, damit Rapp nicht komplett ausflippte. Sie räusperte sich und fragte: »Was hältst du davon, wenn wir ihm stattdessen vorschlagen, im Bedarfsfall für uns zu arbeiten?« Sie wartete auf die unweigerliche Explosion, während er sich zu ihr wandte.

Rapps angespannte Kieferpartie lockerte sich schrittweise.

»Ich schlage vor, wir lassen es auf einen Versuch ankommen. Falls er's versaut, ist er eh tot. Falls nicht, setzen wir uns hinterher mit ihm zusammen und reden.«

»Mit der Reaktion hätte ich jetzt nicht gerechnet«, gestand Kennedy überrascht.

»Und ich weiß auch schon, auf wen wir ihn als Erstes ansetzen.«

Rapp wusste, wie gut der Mann abgeschirmt wurde und wie schwer es war, ihn zu töten. Vielleicht hatte er sogar Glück und der Typ nahm es ihm ab, Gould von seinem Elend zu erlösen, damit er es nicht selbst erledigen musste.

»Auf wen denn?«

»Unser netter Mann von der Sparkasse Schaffhausen ist doch ein prima Übungsobjekt.«

»Obrecht?«

»Genau der.«

Danksagungen

Meinem Agenten und Freund Sloan Harris für eine weitere reibungslose Vertragsverhandlung. Du schaffst es jedes Mal aufs Neue. Kristyn Keene bei ICM gratuliere ich zur Beförderung und freue mich auf Shira Schindel als Nachfolgerin von unser aller Lieblingsassistentin. Chris Silbermann hat einen herausragenden Job bei der Verlängerung der Option mit CBS Films geleistet. Und dank Lorenzo DiBonaventura und Nick Wechsler rückt das Leinwanddebüt endlich in greifbare Nähe. Ich beneide euch um eure Hartnäckigkeit. Rob Richer füttert mich seit Jahren mit Hintergrundinformationen zu Spionage, Terrorismus und Geopolitik. Du bist wirklich einer von den Guten, Rob.

Danke an meine Lektorin und Verlegerin Emily Bestler für eine großartige Partnerschaft, die nun schon 15 Jahre andauert. Auf viele weitere Jahre! An Kate Cetrulo und Caroline Porter von meinem amerikanischen Stammverlag, die sich auf all die Kleinigkeiten stürzen, die mir durchrutschen, und mich mit sanftem Nachdruck daran erinnern, meine Hausaufgaben zu erledigen. An Jeanne Lee, die mich noch nie enttäuscht hat. Wieder mal ein großartiges Cover. Und an Al Madocs, von dem ich hoffe, ihn eines Tages nicht mehr in den Danksagungen erwähnen zu müssen – leider habe ich ihm auch diesmal wieder eine Menge zugemutet.

David Brown – von all den Leuten, mit denen ich zusammenarbeite, bringt mich kein anderer so zum Lachen wie du. Es ist eine Freude, mit dir zusammenzuarbeiten, ebenso wie mit Ariele Fredman. Wir alle wissen, dass sie in Wirklichkeit den Laden schmeißt.

Danke, Judith Curr und Louise Burke, für die treue Unterstützung. Und Carolyn Reidy, die einen Deal so reibungslos und professionell auf den Weg gebracht hat, wie ich es bisher noch nicht kannte. Ich fühle mich geehrt, nach 15 Jahren immer noch Teil der Erfolgsgeschichte von Simon & Schuster sein zu dürfen.

Danke allen, die für mich gebetet und mir mit medizinischen Mitteln geholfen haben. Ich fühle mich besser als seit Jahren. Das gilt vor allem für meine Freunde und Familienmitglieder in den Twin Cities und darüber hinaus, die uns weiterhin mit religiösem Beistand, Genesungswünschen und vielen Liebenswürdigkeiten bedenken. Ich stehe tief in eurer Schuld.

Dr. Bill Utz und Dr. Eugene Kwon und ihr großartiges Team – Krebs ist eine fiese Bestie. Ihr macht die Reise für mich ein wenig erträglicher. Dr. Douglas Olson, mein Radiologe, ist fester Bestandteil meiner täglichen Gebete. Dr. Mike Nanne, du bist ein guter Freund geworden. Dein Enthusiasmus ist ansteckend. Danke auch an Misty Mills, Paul Hesli, Leslie Vadnais, Jodi Bakkegard und Cristine Suihkonen – ihr tut so viel für mich und meine Familie.

Und schließlich: Danke, Lysa, meiner bezaubernden Ehefrau, die deutlich mehr Weisheit besitzt, als es ihr Alter vermuten lässt, und mich daran teilhaben lässt, wenn ich sie am nötigsten brauche. Wenn du mir nur noch ein bisschen was von deiner Anmut abgeben könntest, wäre ich wunschlos glücklich. Du bist das Schönste in meinem Leben.

www.vinceflynn.com

VINCE FLYNN wird von Lesern und Kritikern als Meister des modernen Polit-Thrillers gefeiert. Dabei begann seine literarische Laufbahn eher holprig: Der Traum von einer Pilotenlaufbahn beim Marine Corps platzte aus gesundheitlichen Gründen. Stattdessen schlug er sich als Immobilienmakler, Marketingassistent und Barkeeper durch. Neben der Arbeit kämpfte er gegen seine Legasthenie und verschlang Bücher seiner Idole Hemingway, Ludlum, Clancy, Tolkien, Vidal und Irving, bevor er selbst mit dem Schreiben begann.

Insgesamt 60 Verlage lehnten sein Roman-Debüt ab. Doch Flynn gab nicht auf und veröffentlichte es in Eigenregie. Der Auftakt einer einzigartigen Erfolgsgeschichte: *Term Limits* wurde ein Verkaufsschlager, ein großer US-Verleger griff zu, die Folgebände waren fortan auf Spitzenpositionen in den Bestseller-Charts abonniert.

Der Autor verstarb 2013 im Alter von 47 Jahren infolge einer Krebserkrankung.

Der Anti-Terror-Kämpfer Mitch Rapp ist der Held in bisher 15 Romanen. Aufgrund des bahnbrechenden Erfolgs wird die Reihe in Absprache mit Flynns Erben inzwischen von Kyle Mills fortgesetzt.

Die Mitch-Rapp-Serie:
AMERICAN ASSASSIN – Wie alles begann
KILL SHOT – In die Enge getrieben
TRANSFER OF POWER – Der Angriff
THE THIRD OPTION – Die Entscheidung*
SEPARATION OF POWER – Die Macht*
EXECUTIVE POWER – Das Kommando*
MEMORIAL DAY – Die Gefahr*
CONSENT TO KILL – Der Feind*
ACT OF TREASON – Der große Verrat*
PROTECT AND DEFEND – Die Bedrohung*
EXTREME MEASURES – Der Gegenschlag*
PURSUIT OF HONOR – Codex der Ehre
THE LAST MAN – Die Exekution
THE SURVIVOR (mit Kyle Mills)
ORDER TO KILL (mit Kyle Mills)

* Neuauflage bei Festa in Vorbereitung

AMERICAN ASSASSIN und KILL SHOT handeln chronologisch vor TRANSFER OF POWER, wurden aber später veröffentlicht.

Infos, Leseproben & eBooks: www.Festa-Verlag.de

MITCH RAPP – DER HELD AUS DEM HOLLYWOOD-BLOCKBUSTER MIT DYLAN O'BRIEN UND MICHAEL KEATON

ISBN: 978-3-86552-582-6

Im Dezember 1988 kommen beim Lockerbie-Bombenanschlag alle 259 Passagiere einer Boeing 747 ums Leben, darunter auch Mary, die Verlobte des US-Collegestudenten Mitch Rapp.
Ein Jahr nach ihrem Tod wird Mitch von der CIA rekrutiert und schließt sich dem geheimen Orion-Team an, das gegen den weltweiten Terror in den Kampf zieht. An Krisenherden in Europa, im Nahen Osten und Asien bewältigt er den Verlust seiner großen Liebe und sucht nach einem neuen Sinn für sein Leben.

Vince Flynn wird von Lesern und Kritikern als Meister des modernen Polit-Thrillers gefeiert.

American Assassin – Der Auftakt zu einer globalen Bestseller-Reihe.

Infos, Leseprobe & eBook:
www.Festa-Verlag.de

Zuletzt erschienen in der Reihe FESTA ACTION:

Wenn Lesen zur Mutprobe wird ...
www.Festa-Verlag.de

Festa: *If you don't mind sex and violence and lots of action*

Niemand veröffentlicht härtere Thriller als Festa. Werke, die keine Chance haben, in großen Verlagen veröffentlicht zu werden, weil sie zu gewagt sind, zu neuartig, zu extrem.

Statt der üblichen Matt- oder Glanzfolie haben die Bücher von Festa eine raue, lederartige Kaschierung. Sie symbolisiert die Härte und sexuelle Gewagtheit unseres Programms. Diese »Bücher im Ledermantel« sind auch sehr widerstandsfähig – die Bücher wirken nach dem Lesen noch wie neu.

Unsere erfolgreichsten Buchreihen:

HORROR & THRILLER – Moderne Meister des Genres

FESTA ACTION – Blockbuster zum Lesen

FESTA EXTREM – Wenn Lesen zur Mutprobe wird ...

Wegen der brutalen und pornografischen Inhalte erscheinen die Titel als Privatdrucke ohne ISBN und werden nur ab 18 Jahre verkauft. Sie können nur direkt beim Verlag bestellt werden.

Festa steht beim Thema harte Spannung für viele Jahre bewährte Qualität. Darauf geben wir sogar eine Zufriedenheitsgarantie. Dieser Service ist für einen Buchverlag einzigartig.

Warum tun wir das?

Frank Festa: »Wir wollen, dass die Leser unsere Bücher lieben. Das geht nur mit Qualität. Und als Spezialist für Horror und Thriller aus Amerika können wir in dem Bereich diese Qualität garantieren – so einfach ist das.«